復刻版

三好十郎著作集

第6巻

不二出版

復刻版『三好十郎著作集』刊行にあたって

一、復刻にあたっては、辻吉祥氏の所蔵原本を使用しました。記して深く感謝申し上げます。
一、資料の中に、人権の視点から見て不適切な語句・表現もありますが、歴史的資料の復刻という性質上、そのまま収録しました。
一、原本において誤植がある場合でも、そのまま収録しました。
一、原本の状態により判読困難な箇所があります。

（不二出版）

〈第6巻　収録内容〉

第二七巻　一九六三（昭和三八）年一月三一日発行

第二八巻　一九六三（昭和三八）年二月二六日発行

第二九巻　一九六三（昭和三八）年四月　五　日発行

第三〇巻　一九六三（昭和三八）年七月二七日発行

第三一巻　一九六三（昭和三八）年五月一五日発行

『三好十郎著作集』復刻版と原本との対照表

復刻版巻数	原本巻数	原本発行年月
第1巻	第1巻～第5巻	1960（昭和35）年11月～1961（昭和36）年3月
第2巻	第6巻～第10巻	1961（昭和36）年4月～8月
第3巻	第11巻～第16巻	1961（昭和36）年9月～1962（昭和37）年2月
第4巻	第17巻～第21巻	1962（昭和37）年3月～7月
第5巻	第22巻～第26巻	1962（昭和37）年8月～12月
第6巻	第27巻～第31巻	1963（昭和38）年1月～5月
第7巻	第32巻～第37巻	1963（昭和38）年6月～1964（昭和39）年1月
第8巻	第38巻～第42巻	1964（昭和39）年1月～5月
第9巻	第43巻～第48巻	1964（昭和39）年6月～11月
第10巻	第49巻～第53巻	1964（昭和39）年12月～1965（昭和40）年4月
第11巻	第54巻～第58巻	1965（昭和40）年6月～12月
第12巻	第59巻～第63巻・附録	1966（昭和41）年1月～10月

三好十郎著作集

第二十七巻

三好十郎著作集

第二十七巻

監修　三好きく江

編集　大武正人

秋元松代

高橋昇之助

石崎一正

恐山トンネル

１から４までの四場面は、一つの舞台の四ヶ所を照らす四つのスポットの下で同時に演出される。長いトンネル内の別々の個所である事が、舞台構成又は遠近法又は照明の大小強弱等の方法で適当に表現されなければならない。四場面は各独立したものとして取扱はれると同時に、全体が四部合唱又はシュプレッヒコールとしての効果をあげ得るやうに、シンクロナイズされる。

(1)、トンネルの一ヶ所

闇。遠くで起り、消えて行く線路工夫の歌。

（間）

松公　三吉、起きろ、行こうや。（返事なし。間）ヒモノになるぞ今に。始まらねえ。（間。）

三吉　……始まらねえ？、フン。

松公　又、笑ふのか。（返事なし。間）お前は昨日から、死ぬ死ぬと言ってるが、なら、ほんとに死んで見ろ。

三吉、（出しぬけに大きな声で）おいらに、もう一度歌を歌はしてくれろ。

松公　何だ？、歌をだって？、へん！　くたばりたきや、線路を枕にするなり、えーと、其処の暗渠に飛び込むなり、えーと！……

三吉、おいらに歌はしてくれろ。さっき聞えたなあ、外で会った工夫の野郎だ。さうだらう？、

松公　次の町へ着けば、又、何か仕事があるかもわからねえんだ。何とか言ったっけ、久保山だ。――サイコロみたいなもんだ。明日になりや、張り目が出るかも知れねえんだ。――だから死んだ方がましだってお前は言ふだらうが、目をつぶるのはいつでもつぶれらあ、それよ――、

三吉　ハハハハ、面白え。

松公　俺達みてえな者がウント居るかと思ふと、金持ちてえ奴等がゐらあ。どうにもこうにも我慢がなるか。

三吉、もう一度、俺に歌を……。

松公　労農兵ってえのがあるさうだ。鉄砲の打ち方さえ知ってりやいいって言はあ。そん時になって、そいつに俺あ志願するんだ。そん時に死ぬ覚悟だ。とにかく、おいら金持とそのメカケと、テカケと、そいつのお嬢さんと坊ちゃんとか言ふ奴等を五六

人叩っ殺されねえぢゃ――。それまでホトケ様になるなあ不賛成だ。誰がクソ！
三吉　それまでどうする？　ズーッと失業してゐるのか？　食はずにゐるのか？　へビぢゃあるめえし。
松公　何だと。何がへビだ。
三吉　食ふもなあ食はねえで俺達プロレタリアのために斗ってゐるってえツラした組合の幹部だ。実は食ってやがるんだ。俺達あダライバンにかぢり付いてる間に肴だ。所詮組合斗争なんて駄目の皮さ。
松公　何時アナーキスになった？
三吉　アナーキスたあ何だ？
松公　どうしろって言ふんだよ？
三吉　だからよ、土台のとこから、綺麗サッパリひっくり返しちめえ。
松公　セッカチな事言ったって――
三吉　だから、おいら生きてるなあ、まっぴらだって言ってるんだ。
（間）――（此の辺でえが始まる）
松公　（憎しみで）死んで見ろ。おたんちんめ！
三吉　おう、おう、おろ、の、おう（と、何かの歌の節だけを歌ふ。間もなくピタリとやめる）
間
三吉　おい。松公。おい。
松吉　――とにかく次の町まで行かうよ。
三吉　へん、きてえるぞ、鼻汁の音が。
松公　なぐり殺すぞ、こん畜生！
間
三吉　此処はどこだ。
松公　失業して食へないのは、俺達だけぢゃねえんだ。
三吉　此処はどこだ？
松公　恐山トンネルだ。
三吉　オンレ山トンネル？　トンネルか？　どうして知ってる？
松公　入口んとこの上に書いてあった。
三吉　もうとっくに日が暮れてゐたんだぞ。
松公　俺にゃ見えるんだ。腹のすいたせいだ。
三吉　ウソつけ、見えるもんか。
松公　おやお前の格好を言ってやらうか。包を枕にして仰向けに寝てら。右手を腹の上に置いてら。

三吉　うーん。……オソレ山か。
長い間――（此処から3が始まる）
松公　行くのか、行かんのかて、俺あもう此処にゐるのはゴメンだ。
三吉　何度言やあいいて、おいら、動くのがいやだ。お前一人で行け。
松公　よし、おや行くぞ。後で一人で吠えるなよ。畜生め！（思ひ返して）だけど、お前と俺あ長い間の相棒だ。なあ兄弟。左様ならをしやうったつて、お前の方ではそれで気が済むか知れねえが――。
三吉（大きな声で）おいらに、もう一度歌を歌はしてくれろ！
松公（怒って）まゝにしやがれ！（行きかける）
三吉　ろーろーろー、ろ、ろ！（歌の節だけを怒鳴る）
松公（立上り）なあ、三吉、
三吉　だから、ズンぐ行け。うるせえ、メソくすることあねえ。事あ簡単だ。生きてるのがいやだから、自分のノドを締めるだけの話よ。アハハハ、
松公　此のトーナス野郎！（行きかける）
三吉　おい松公、おめえ、たしかローソクまだ持ってたな、置いてけ。
松公（すがり付く様に引返して来て）そら見ろ、死ぬんだなんて、そんなサッパリと行くものか。あゝ、ローソクなら有ら、火をつけるか。（ローソクをマッチでともす。かなり明るく二人を照す。三吉は仰向けに寝て天井を見てゐる）さあ明るくなった、元気を出して立上って見ろ、な！
三吉　思ひつきりの悪いっちや無え！　明るくつたって暗くたって、それが何だ！　暗渠を捜さうて言ふんだ。行け！
松公　暗渠は直ぐそこだ。どうするんだ？
三吉　飛び込むんだ。――考えてゐたんだが、ドザエモンが一番楽なやうだ。
松公　勝手にしやがれ。よし、おやくたばれ！（杖でレールをガチンとぶんなぐって）畜生！畜生！　おや思ひ切りよく往生して見ろ！　俺が見てゝやらあ！　友達甲斐に、てめえのおしめえを見届けてやらあ！　くそ！　世間に人間はチッ

トばかし沢山居過ぎら。
三吉　（大きな声）もう一度、歌を歌はしてくれろ。
松公　やって見ろ、見てゝやらあ。見とゞけてから俺あ行くんだ。
三吉　あーあーあーチヌビプレンダス、プリリ、ベル、プリリベル、プリリベル（歌ふ）ロスケが昔シベリヤで歌ったもんだとよ。チユビ　プレンダス、プリリベル（歌ふ）
松公　糞！　フヌケ！　やって見ろ！　タルカン野郎！　オッチヨコチヨイ！　見てゐてやらあ！　面白え！　ホラ見め！
三吉　と、それから、おーおー、月は無情と言ふけれどう、可愛いあの子は尚無情だ、尚、無情うーと、月はー。古いや。——
　ピタリと止める
松公　土左エ門の現場はまだ見た事がねえんだ、やって見ろ、見てゝやらあ、このスカタンめ！
　遠くでゴーッとかすかに音がする、二人黙ってしまふ——間
　此処で4が始まる
三吉　（ムクリと起き上る）やるぞ、見るか？
松公　（歯を喰ひしばって）おゝ、やれ、御題目は後にして、スッパリとやってくんな。
三吉　おー、えれえ、（立って松公からロウソクを取る。二人がおっと顔を見合はせる。何か云ふ《ママ》とするが、言はずに黒い口を開いてゐる暗渠のフチへ行く、下を覗く、ロウソクを石垣のハシへ立てる、又覗く。——近づく列車の音、二人ともそれに気がつかぬ）
松公　三吉！
三吉　（振向いてヂッと見た後、ニヤニヤして）ここもと御覧に入れますする《ママ》ゲイドウ《ママ》、首尾よく参りますればお手拍子、——（云ひ終らないで暗渠に飛び込む、水の音、松公は動けなくなって見詰めてる、近づく列車の音——間）
松公　（暗渠へ走り寄り）三吉！　三吉！　（返事ナシ）三吉よう！　（両手で顔を被うてゐる）
三吉の声　松公、
松公　お、お、お、三吉、大丈夫か？　どうした？　俺が悪かった、俺が悪かったから、上って来い、そんなワルフザケはいい加減にして、早く上って来い、

三吉の声　ワルフザケ？、ハハハ、おめえ、さう思ってゐたのか？、此處あ水が浅いや、
松公　横むから上って来てくれ、な、おい、
三吉　深え所を捜してゐるんだ、――アバよ松公、ブクブクブクと、シモの方は段々深くなら、――ろーろーろー（かすかになる歌の声、それを消して出しぬけに大きくなった列車の響、反響の具合でそれまで案外に遠くに聞えてゐたのが急に間近かに、かみくだく様な車輪の音、松公は暗渠の中へ向って、夢中に怒鳴ってゐる）
　列車の響が四辺を圧して、黒い巨人なものがロウソクを吹き消す。
松公　ワーッ！。
　間。列車過ぎ響遠くなる
　見ると、消えたと思ったロウソクは、その間焔をなぎ倒されて暗くなってゐたゞけらしく再び光る。
　松公の姿も見えなくなっている。――間。
　暗渠から這ひ上って来る三吉の姿。
三吉　（ビシヨ濡れの水を切りながらボンヤリ暫く突立ってゐたあげく松公、どけえ行った？、松公お、ワッ――って悲鳴を聞いた様な気がしたが行っちまったのか？、アハハハ、おやもう一度おいら逆戻りだ、死に損ひ、やり直し、（再び暗渠へ入って行かうとして、身をひねった拍手に向ふ側の線路の凹地に倒れてゐる松公を認める。）お、やっぱりさうだ、やられやがった、（近附く）おい、松公、どうした？、
松公　ウーン、ウーン、腕だ、左の――。
三吉　はねられたのか？、しっかりしろ！、どれ、なあに、さわっただけだ、血は出てゐねえ、（手当をする）
松公　イテ！、テ、テ、テテ！。
三吉　しっかりしろ！、俺の最后を見とゞけるなんておせっかいを出すからだ。しっかりしろい。
松公　（グイと起き上って）テ、テテ！。よし、見てゐるぞ、くそっ！。見てるから、身投げをして見ろ、死んで見ろ、くそ、べら棒め！。
三吉　暗渠は暗いぞ、シモへ行く程深くなってら。
松公　イテ！　イテ！、死んで見ろ、今畜生！。
三吉　アハハハ、もう止めだ、平気で死なうとした俺が死ねゝえで、執念深く生きてゐやうとしたお

前が汽車くらってくたばり損なった、変なもんだ、もう止めだ、お前と一緒に行くよ俺あ、

松公、糞！　ヒョータン野郎！　クタバリ損ひめ！　ケ、ケ、ケ、ケ！　（泣いてゐる）

三吉　松公、お前と俺とは兄弟だ、そして考へて見ると、兄弟はほかにも沢山あらあ、行かうぜ、仕事の見つかるまでのして行かう。いいぞ。

（壁に現はれる幻燈の文字）

全日本の失業者
3,000,000人の
の中の
二人

松公　ウーン、ウーン、ウーン。

三吉　痛むか、俺の肩につかまれ。――なあ松公、俺暗渠の中をアゴの辺まで水ん中に、入れて深い所へ行ってると、目がチカチカしてきてなあ、――何にも見えやしねえんだ、暗くって、てえと、目の先に何だか赤いもんがヒラヒラ見えら、気のせいかと思ってると、その赤いもの、何だと思ふ、旗だ、金属支部の玄関の三疊一杯にブル下つてゐたろう、あの真紅な旗だ、ハッキリ見えた、それが――考へたよ――考へて見ると、俺達あ、やりように依りや、これでその旗の布れの一切れだ、さうだらう？、さう思ったんだ。――くたばってたまるか。仕事が無きゃ何処までだって、何にだってなるあ。ダラ公にしめ出されて職場あ離れちやったけど、失業者同志団結する事だって出来るんだ。横につながりゃ三百万だぞ。行け！、そして、そこんとこで山だろうが町だろうが田畑だろうが、かまうか、そこで根を生やすんだ。今にその辺をマッカにしてやらあ。兄弟、さあ行こうぜ

男甲　三吉！、三吉！、（しやくり上げる）

男乙　（抱き合って）アハハハ。どうだ、歩けるか。ローソクめ、まだともってゐやがら。（足でパッとローソクを蹴倒して）消えろ畜生！、そんなチッポケな火はいらねえ、暗くたって、何だ！、アハハハ。行こうぜ。（暗い中に砂利の上を歩き出した二人の足音）ラー・ラー・ラー、ラー、ラー、

（ヨワルシヨウ凸の節）

第　二　場

手に懐中電燈をともして東口の方から歩んで来る鳥打帽の男。電燈の光の端の辺――西口の方からノロ〳〵近附く金の人影。双方が互いを認めてチヨイと立上る。そこへタッ〳〵と足音がして、西口から東口へ向って走り過ぎやうと現はれた黒影が、金の人影へドンと突き当る。

三郎、お！。納屋の兼兄いか！。レポ引きついでくんな。客車が後一つ、その次だ！。あと二十分。急行車の直ぐ後の箱が来だ。二番□番がスキャブだ。電話が今来た。わかったな？、

金 …………（動かぬ）

三郎、西口の警備は出来た。ヨタやゴロが一ンク来たってニンク来たって退くこつちや無え。東口はどうだ？、町のバクチウチの奴等が山越えで東口へ向ったそうだ。用心しろい！・まだ、来ないのか、そいつら？、 え、大丈夫なのかい？、

金 …………

三郎、兼兄い、どうした？、東口のカタメは（近づく、マヂ〳〵見て）おゝ！。なあんだ、先刻の朝鮮人ぢやねえか！。俺あ又――馬鹿にしてやがら！・早く何とか云やがれ、チエッ、（走り出そうとして、振り返り）今云った者、聞かねえ事にしといてくんな。頼むぜ。なあ、お前も労働者だらう、だなあ？、（金うなづく）有難え。先刻あお前を追い返してしまったが、悪く思はねえでくんなよ今夜んとこあ、たとへ誰だらうと西口を出すこたあならねえんだ。このトンネルが関ヶ原だ。

金 ……（うなづく）

三郎、有難え。と――。（東口へ向いて走り出す。直ぐにレポの男にズッカリそうになり）おっとっと！。兼――いや違った。お前も朝鮮の人かね？、今云ったこと頼むぜ。

レポ あゝ、いいとも、大丈夫だ。

三郎、お前は朝鮮ぢや無えな。

レポ 失業者さ。金が無えんで線路を夜道かけてるんだ。

三郎、そいつあ、こんな処で足止めを食はして気の毒だ。まあ、俺達あ、抗山《ヤマ》の労働者に免じてかんべんしてくんな。

レポ いいとも。何だかよくも知らねえが、どうかしっかりやってくんな！ 俺あ久保山の労働者が、どんな風に斗ふか、この眼で見てるぜ。

三郎　有難え！（オ一ノ肩をグンと叩き）見てくんな兄弟！。（手をグット握り、風の様に東口へ向って走り去る）

レポと金がその方を暫く見てゐた後、互ひに見詰め合ふ――間）

レポ　君あ、何処まで行くんだい？、（レポ《（ママ）》を三郎と訂正する）

金　……（黙って西口を指す）

レポ　浜崎の方だね？、

金　モジ、行く。

レポ　モジ？、　門司へ行くんだって？、

金　モジ、あたしの妻と子供とおフクロさん待ってゐる。早く行かぬと、食べるものない。うえ死にする。手紙来た。

レポ　そっちへ行くってんだろう？、　それで門司だって？、

金　さうだ、門司。バカン。

レポ　なあんだ。おや方角が違ふ。（東口の方を指す）こっちだよ、門司は。ハハハ。

金　警察の人、さう言った。門司こっちだ。

レポ　君が感違いをしたんだ。そっちへ行ったんだや一年たったって門司へは出るもんか。

金　ホントか、それ？、

レポ　何のために嘘を言ふんだ？、

金　あゝあ、お前の国の人間、みんな嘘つきだ。いつも、いつでも嘘言ふ。

レポ　何だと？、

金　チョセンのおカミ嘘つく。俺の田地買上げの時嘘ついた。田地、ただみたように取上げられた。食べられない。出かせぎに内地へ来た。此の先きキタカタでドカタをする。一日一円五十銭くれると言ふ。妻、子供、おフクロさん、バカンのイトコの家あづけて来ると一日九十センしか払はぬ。

三郎　さうか――。

金　イトコ、ロードーウンドウした。やられた。俺もキタカタでやられた。イトコの華云へと云ってあゝ、見てくれ、これ、このキズ！門司へ行くと云ったら、門司はこっちと教へた。ケイサツで言った。ニホン人、みんな嘘つく。あゝ、あゝ、みんな嘘だ。

三郎　さうか。さうだ。お前の云ふ通りだ。

金　俺達朝鮮人、たまされても、いちめられても、

仂かねばならない。どこ行っても苦しい。仂かねば金取れぬ。おナカすく。死ぬ。どうするか？、自分一人ならかまわない。妻子とおフクロサンどうする？、お前考へてくれ。どうする？、ヨボヨボとみんな、いぢめる。朝鮮人、ハラの中では、いつも血の涙、泣いてゐる。あゝ、あゝ。泣いても、たれも聞いてくれない。

間

三郎　お前何と云ふ名だい？、　俺あ三郎って言ふんだ。

金　俺、金だ。金万喙。

三郎、だゞ金さん、だけど俺だってお前と同じ目に会ったんだ。工場の俺達のアヂトのあり家を云へといふんだ。口を割らねえもんだからこのざまだ。揚句その製薬工場もフイよ。

金　さうか、〳〵。

三郎、何も言ふ必要はねえ。お前にももう解ってゐるんだ。さうよ、しよっちうひどい目に会って、だまされてゐるなあ朝鮮人だけとは限らねえんだ。鮮人だろうが、内地人であらうが、その外の国の人間だらうが、それあゝ働いてゐる人間だ。だらう？、

金　さうだ。働いてゐる人間だ。

三郎、お前、西口で抗夫の連中から追ひ帰されたと云ったなあ？、

金　今夜だけは、誰も通さない。かん忍してくれ、言った。

三郎、ストライキを守るために通せねえんだ。命がけだ。どうしてさうなったんだ？、え？、奴等も資本家の泥豚野郎共に欺されたからだ。爆発で抗夫は殺す。規定の手当は出さない。それに抗夫団の合言葉なくして解雇致すまじくてえ一札が入ってゐる。だのに、それを踏みつぶして二百人てえ従業員を首にしたんだ。嘘つきだ。だから抗夫の連中怒り出したんだ。

金　わかる。よくわかる。

三郎、同じだ。いつも欺されて、ひでえ目に会ふのは鮮人だとか、内地人だとか、その他の国の人間だとか云ふ理由からぢあなくってプロレタリアだからだ。

金　お前の云ふ事、本当だ。

三郎、だら、俺達のしなきやならん者は、何だい？、

哀れみを乞ふのか？、慈善事業を盛んにして貰ふのか？、イギリス見てえに労働党のダラ幹政府を拵へることか？、そのイギリスに飯の食へねえ人間がどれ程沢山ゐると思ふ？、俺達あ皆一緒になつて、何をするんだ？、お前はそいつをよく知つてら。

金　知つてる。泣きごと云ふ。俺悪い。俺達殺されても死んではいけない。

三郎、いよ〱と云ふ時まで俺達あへタつちやいけねえんだ。石にでも鉄にでもかぢり付くんだ。おあ、これでアバヨ。元気で行きな。金さん。

金　お前も元気で行け、三郎さん。俺、お前に此処で会つて、こんな話したこと、死ぬまで忘れない。サヨナラ。

三郎、お前、ロシアの国知つてるか？、

金　知つてゐる。よいところだ、同じ面林の息子がモスコー、学校行つてゐる。

三郎、ぢや、お前の方がくわしいや。そいから、支那の長沙知つてるか？、

金　知つてゐる。よく知つてゐる。イトコが話してくれた。長沙ソビエト、よく知つてゐる。

三郎、何も言ふ事あねえ。ガンバランゼ、兄弟。へ相手の手を握る）

金　兄弟！

三郎、金さん、お前の仲間にもよろしく言つてくんな。お前は一人だが、ほかに何百万てえ金さんがゐるな？、わかるかい。

金　わかる。わかる。それては、お前の他に、何百万の三郎さんがゐるな？、

三郎、ハハハハハ！

金　ハハハハ

（壁に現はれる幻燈）

全日本の失業者
3,000,000人
の中の
二人

三郎、えらくヨロ〱してゐるがどうした？、

金　今朝から飯をくわぬ。平気、平気。

三郎、さうか。平気なことがあるもんか。——（包から出して）これ喰ひな。二つかねえけど。

金　ニギリメシ！　ありがとう。ありがとう。しかし、お前の取つて、すまない。

三郎、ハハハハ、すまないつて！　変なこと言ふな

よ。おや、あばよ。（もう一度手を握る）門司はそっちだぜ。

金　サヨナラ。

別れて、金は東口の方へ、三郎は暫く立ってゐる。奥より、第一場の男が歌ってゐる。「にくしみのルンボ」のハミングの響。聞いてゐる内に、それに和して、低い声で歌ひ出す三郎。――見物の方へチッと目を注ぎつつ。フットライト真上まで歩いて来る。

奥より近づく列車の響。

(3)　トンネルの他の一ヶ所

包みと、木の束を持った疲れた夫婦、女の背の幼児、二人立ち止る。……間）

女、くたぶれやしないの、お前さん？

男、なあに。

女　長いトンネルだ。ねえ、休んで行かうか？

男　うん。

女　どうしたの？

男　いいよ。何でもないんだ。

女　……馬鹿に又沈んでゐるもんだから。（包みを解いて風呂敷を出して壁の下に敷きます自分から腰を降ろす）どうしたの、座ったらいいのに。

男　うん。（坐る。咳をする。……間）

女　寒いんじゃなくって？

男　なあに（母の背中の幼児を覗き込んで）それよりもこいつはどうかしたんじゃないのかい？

眠ってばかりゐるが？

女　お腹がくちくなったんで。

男　だってお前。

女　なあに、さうじゃないんだけど、先刻の町で買ってやった煎餅を、あらかた二つも平げて了ったんだもの（男が咳く。）お前さん寒いんだらう。おや待ってゐておくれ。拾って来たこれ、今燃すからね。マッチは何處へ行ったのか知ら。あゝさうさう此處にあった（焚火にかかる）――あとを綺麗に消しておけば大丈夫だよ。それにたった今汽車が通ったばかりだから。この次までには間があるもの。

男　俺が火の方は焚く。坊やを解いて少しゆっくり

さしてやれよ。何しろ今朝から何里歩いたか覚えもねえけど背中に縛り付けられたまゝじやたまるめえ。

女　なあに私の背中の方が結局楽だわね。やっと燃え付いた。（火がチヨロチヨロ燃え始める）もつとズット側へお寄りよ。いやにじめじめするからねえ。

男　なあに外よりや風が当らないだけ暖いや。あゝいい火だ。

女　そりやそうとわたし水が飲みたくなったんだけど。

男　この水は止しな。前に一度通って知ってゐるんだ。明礬臭くってとても飲めたもんじやねえ（ママ）から。もう少し我慢しなよ。

女　お前さんお腹が空きやしないのかい？、

男　すいたんだかすかないんだか……。

女　煎餅があと、三四枚あるんだよ。

男　坊主の奴にとつときぬえ（ママ）。お前は？、

女　私は大丈夫。（努めて快活に）あゝ、あゝ、くたびれた。足に核が入った。

男　だらうなあ。四五円の金さへありや、一息なんだけどなあ。

女　大丈夫ね、先方の口の方は？、

男　村松さんは請合ってちやくれたが、……（長い間）俺あつくづくいやになっちまった。

女　後生だからそんな弱いこと。何が？、

男　何がってお前……。

女　お前のやうでもないじやないか。

男　俺あ、あの時から……。しかし弱音を吐くまいと思ってずうっと我慢して通して来た。今日も朝からズット線路を歩きながら足が前へ出たからねえ。明るい所では口に出せなかった。此處は暗いや。何だか五体中が色んな所が力抜けがして了ってバラバラになったやうな心持だ。俺はもう……。

女　お前さん……。

火を見詰めたまゝ長い間。水の音。右手遠くの方から近付いて来る足音と調子をとった線路工夫の歌）

線路工夫と、ヨウトコラ
空飛ぶ鳥は、ホイトコラ
何處のいづくで
果てるやら
ホイノホイノホイトコラ（次第に近付く）

線路工夫と、ヨウトコラ
アウチの猫は、ホイトコラ
枕叩いて
日を暮らす。
ホイノホイノホイトコラ

四十過ぎの線路工夫が右手から出て来て立上る

工夫　おや誰だ、そんな所で焚火をしてゐるのは！駄目だぜ、困るぜ。おい。あっちから見て変だった。チヨロチヨロ煙の様なものが見えるんで、どうしたんだなと思ってゐたら、これだ。おい困るよ。

女　（呼び覚されたやうにびっくりして火を消しにかゝる）どうもすみません。あんまり寒かったもんだからつい……。

工夫　寒かったって、お前、寒いのはあたりまへだよ。こんな所で焚火されちや困るぜ

男　勘辨してくんなせえ。何しろ今朝っから空ッ空の中を歩き続けて来たんでね。勘辨しておくんなせえ（火を消しにかかる）

工夫　お前達ばかりじやねえ、俺等だってこうして。ま、ま、いいや。こいつが係長にでも知れやうものなら、事なんだ。だけど、まあいいや、消さなくたっていいや。商売にや勝てねえ。寒い中を見廻りなんぞにやって来た様なものの、俺だって先刻から火が恋しくって。煙草ものみたいしね。ま、いいや。ドッコイショと、（鶴ハシを肩から下してしやがみ込む）

女　どうもすみません。

工夫　（煙草を吸ひ付けながら）なあに俺が見付けたから却っていい様なもんだ。あゝいい火だ。何さ俺がこんな事をいふのもこのトンネルというのが始めっから曰くの付いた所だからのこってね。此處を掘る時に四五人の土方が取られちまったんだ。それ以来何かと言へばケチの附きたがる処なんだ。俺達仲間じや、鬼門に当ってゐるんでね（夫婦は火を見つめ、だまりこんでいる）

工夫　……で、何かね。お前さん達はこんな処を通って何處へ行かうてんだね？、

女　ええ姫浜まで行くんです。

工夫　そいつは大変だ。だけど何だって又。軽便に乗っちまやわけやねえぢやないか。

女　（淋しく笑って）ええそれがあなた（向）

工夫　まあ、そりや俺達貧乏人にやありがちの事だけど。そうかね、そりや一骨だ。何しにね、

女　え。今まで居た処に居れなくなっちまったもんですから、仕事を見付けに――。

工夫　何か当があってね、

女　製氷会社の火夫の口があると言ふんですけど、行って見なけりやはっきりした事がわからないんで。

工夫　そうかね……（間）どうだね煙草はバットだけどね、

男　ありがとう。それねえんで（長い間）

工夫　余計な事を聞くやうだが、これ迄何してゐなすったんだね？、

女　紡績の火工をやっていたんです。私は女工をやってゐました。

工夫　おや立派なもんだ。なんで止したね？、

女　すき好んで止したわけじやないんですけど――。

工夫　どうしてねゝ、（女口籠る）

男　なあにお前さん、どうにも仕様がねえんだ。はっきり呑み込めねえんですよ。友達から頼まれてビラを撒いただけなんだ。工場の角で撒いてゐたんでさ。其処をいきなりゴロッキ見てえな奴にふんづかまって了って、引っ張って行かれる、さあ撲る、蹴る、見て下せえ、こゝんとこ髪毛も何もかも引っこ抜かれて了ってね。

工夫　だってお前、どう……

男　それがわしにもわからねえ。何とか云う奴から渡されたんだろう、それを白状しろと云ふんだ。知らねえと云っても承知しねえんで。今でもビラに書いてあった事は覚えてゐるんだが、悪い事はかいてありはしねえんですよ。それでもその奴等はその何とか云ふ人から渡されたんだらうと云って、わしにして見りや覚えもねえ事を云はせ様とするんだ。わしにそれを撒いてくれと云って渡した男はわしの小さな時の友達でね、極く人のいい仂き人なんだ。それでも奴等がそんなに大げさに騒ぐ位のビラなんだから、その友達の名前言っちや悪からうと思って、わしあうんともすんとも口を割らなかったんだ。するとこれがまたシブトイてんで散々な目に会はされた。さうさね、十日、十五日、二十日、ざっと二ヶ月余り、わしあ生れついて体が弱くって（胸をさして）それに長い間

の火のあほりで此處をすっかりやられてゐるんで何も覚えがない位になって——。

工夫　その男はどうなったえ、友達ってのは？、

男　わしが出て来た時にゃ何処に行ったんだかゐなくなってゐた。極く人のいい人間だが、して見りゃ何か尻尾を押へられちゃ悪い事があったんだね。なんせ俺あ、その男の事なざあ、おくびにも出さなかった。俺だけが廻り合はせが悪かったとあきらめたりゃ、すむんだから。ところが、豚小屋を出されるとその日の内に会社はパイになる。俺だけじゃねえ、女房の方までこんな男の女房は使って置けねえってんで——。

工夫　だってお前、会社に働いてゐるのはお前達二人っきりぢゃないんだらう？、皆は黙ってゐたんかね？、　その会社には組合は無いのかい？、

男　駄目さ。組合の方ぢゃ俺の撒いたビラが、組合の加入してる党とは別の党から出たビラだってんだ。だからどうにも出来ないって言ふんだ。いーや、そのビラは何も俺達の組合の連中の云ってゐる事と大して違った事はかいてないんだ。俺達にゃ何もかもわからない事ばかりさ。そんなわけで其処にも居れなくなっちまってね、だもんだから……（無意味に薄笑ひする）

工夫　さうかね、そいつあ……（間）わからねえ話ぢゃねえか。よしんばそのビラが別の党から出たものにしたって、そんな酷い目にあわさなくたっていいぢゃねえか。お前だって組合に入ってゐたんだらう？、　其処の連中にゃ血も涙もねえのかね？、

男　あきらめてゐるんだ。俺みてえに気性の弱え、それにこんな体の人間がどんなにやっきとなったって始まらねえんだ。

工夫　お前達をこんな路頭に迷はしてまでも、その党とやらの意地を通さなくちゃいけねえわけでもあるまい。ストライキでも何でもおっ始めればいゝぢゃないか。ストライキと云や、この辺の抗山（ヤマ）の連中はやはりしっかりしてゐるよ。たとへ自分達の頸が飛んでもそんな不人情な者はしないや、今現にこの次の抗山（ヤマ）でストライキをやらかして、あげくロックアウトとか何とか言って一人残らず首になったとかならないとかで大騒ぎをやってゐるがね。元気なもんだ。もとの

おこりははっきり知らねえけど、似たやうなもんだ。

男　さうかね。

工夫　連中は飯場から退かねえと頑張ってゐるんだ。そいつを逐ひ出そうとして、昨日とか下関の支店の方から、えらい人数の応援が繰り出して来たさうだ。ところが坑山（ヤマ）の連中と来たひにゃ気が荒いんだからね、今にも血の雨が降るかってえ騒ぎだ。

男　へえ、そうかね。

工夫　あすこにゃ俺の甥が働いてゐるんだ、応援に行きたくても坑山《ヤマ》まではずい分あるんだからね。山越をしなきゃいけねえんだから。このトンネルを通って行きゃ割に近いがね、さうだ、さう云へばもう会社の方でもこのトンネルに眼をつけてもう張り番位出口の方にやって来てゐるかも知れねえ。さあグズグズしては居れないぞ。坑夫達も気は荒いが会社側の命知らずと来た日にゃ何をするか知れねえからな。すっかりしゃべっちまった、どれ、どっこいしよ（立上る）……お前達あまだ行かねえのかね。早く行った方がいいぜ、こんな所に長居をするとどんな係合ひにならねえとも限らねえ。しかし大変だなあ、これが普段なら甥の奴に話して見れば坑山に一人や二人の口位見附かるかも知れねえが。

女　御親切にありがたうご……。

工夫　火だけはよく消しといておくれよ。まあ気を落さねえでしっかりおやんなせえ。

女　え、、ありがとう。火は消しときますから。

工夫　ぢゃ頼みますぜ。ドッコイショ（左手へ歩み去る。歌を歌ひながら）

工夫ばらすにゃヨウトコラ
刃物はいらぬ、ホイトコラ、
雨の十日も
降ればよい
ホイノホイノホイトコラ

歌の声が遠くへ消えてしまってからも男女は黙って消えかかった火を見詰めて動かぬ

女　……ねえ、もう行かない？、

男　うむ……。（二人とも立たうとしない）

女　ソロソロ行かないと今夜中に向ふに着きされないよ（男　返事をしない）ねえ、気分でも悪いの？

男、うむ、いいや。
女、ぢや早く行からよ。（と口では云っても立ち上らうとしない）
長い間
男 ……外では又風だな――。
女、さうさねえ（二人は再び黙り込んでしまふ。間）
男、俺はもうごめんだ。俺達は何時でも汗みどろになって働くんだ。俺には物心ついてからこっち自分の事を仕合せのいい人間だと思った事が一度もない。
女 だってお前、今更そんな……。
男 何時でももう少したてばもう少しは楽になるか楽になるかと、さうさ、そのもう少し、もう少しで今までやって来たんだ。ところが今度と云ふ今度は――。
女、そんな弱い音を吹いたって。
男 お前だってさうだらう。考へて見るがいい。俺達に面白い事や楽しい事が一つもあったか？
女 だって向ふへ着けば、
男 嘘だ、それが。実は今だから言ふがお前をがっかりさせまいと思って、口があるなんて云ったが、村松さんは今、姫浜にゐねんだ。居るにしたってこんな事になった俺を傭ってくれる口なんぞありあしない。
女 ……だってお前さんこの児の事を考へておくれ。
男 （間）俺だって思ふ事あ同じだ。だけどどうなるもんぢやねえさ。こいつも大きくなったら俺達と同じ様に気が弱い、その上に仲間の連中から煮え湯を呑ませられてへたばるのが落ち。それよりも、いっその事……。俺はもう何をするのもいやだ。ここにぢっとさして置いてくれ俺は……（二人が顔を見合はせた儘長い間。近附いて来る列車の響。二人が（ママ）それをぢっと聞いてゐる。音次才に近附く。男がすっと立上ってレールの所まで歩いて来て枕木の上に立った儘耳を澄しながら、観客の方を見据える。近づく列車のひゞき。女も立ち上って男の側まで歩いて来てよろける様にレールの上に坐って観客の方を見詰める。女がレールの上に打伏せになって啜り泣きを始める。男はもとの儘の姿勢。次才に高くなる女の啜り泣きの声と、それを押しかぶせて近附く列車のひびき。男が急に壁をふり返る。
今度向き直った時には彼の表情がす

つかり変ってゐる。　地響を立てゝトンネルに入って来たらしい列車の方を彼はふり返り次にレールの上に打伏せになってゐる女を見下し、急に両手で女の襟を掴んで猛烈な勢で壁の方へ引きずって行き、身を壁にしがみつき女をも壁に押し附ける様にしながら）

男、止せ、〳〵〳〵！　いま死んぢやあいけねえ、今死んぢやいけねえ！　もっとやって見るんだ。畜生、俺が俺が。俺達だけが苦しいんぢやねえ。仕事がなくて食えねえ者が皆んなかたまるんだ。それでも死ぬか？　くそ！　俺たちがやって見せる。俺達が〳〵……

　彼の声を打消す位に大きな車輪の響が四辺を圧す。

　壁に現はれる幻燈の文字

全日本の
失業者
3,000,000人
の中の
3人

第四場

同じ場所

線路傍に倒れてゐる行路病者。唸ってゐる。周囲を、ウロウロ廻ってゐる十三四の息子。

息子　（初め、わけのわからぬことを叫んでゐたのが、次第にハッキリと）……モヒネ！　モヒネ！　あゝ、モヒネをくれ！　誰かモヒネをくれ。チヤンが死んでしまんだ。モヒネを打ってやらんと、チヤンは死んでしまわあ。――モヒネをおくれ！　俺が何でもして金は返すから、誰かモヒネをくれ！　チヤンが死ぬと、俺あ一人ぼっちだ。モヒネをくれ！　ヒッーッ！

　東口の方からエモノを持って抜足で出て来るゴロ二人

ゴロ一、何だ？　用心しろ、兄弟。

ゴロ二、ガキだ。誰か倒れてゐら。旅のモンだ。放っとけ、そんな段ぢやねえや。

ゴロ一、一応調べて見ろ、坑夫の奴等と来た日にや、

苦しまぎれに、どんな事でもやらかしやがるから
な。やい！、
息子　（ゴロ一の腰や棒にすがりつき）モヒネをお
くれ！、旦那、モヒネをおくれ！。モヒネを買う
から金おくれ！、
ゴロ一　へ、へ、変な事を言うな！、気味の悪い小
僧だ。
ゴロ二　放っとけよ。汽車賃がなくなって線路をテ
クらって宿無しだ。先刻逢った連中と同類よ。
山越えすりゃいいものを、道のりが十が一ですむ
もんだから皆、此のトンネルを通るんだ。野良犬
めら放っとけ、放っとけ。
ゴロ一　ま、待て。おい小僧、お前こゝにゐる間に、
坑夫を見はしなかったか？、変な奴が通りやしな
かったか？、
息子　モヒネをおくれ、旦那。チャンは死ぬんだ。
モヒネ！。
ゴロ二　よけいな手間だ。行こうぜ。もう後半時間
しか無え。東口あ、あれだけの人数でかためとき
ゃ大丈夫だ。西口だ。それまでに、西口の餓鬼共
を蹴散らしとかなきゃ、汽車に喰ひさがりかねゝ
え。
ゴロ一　奴等、偵察だなんてこの辺マゴマゴして見
ろ。引っ《ね》かめえてサッパリのしちゃらう。
ゴロ二、音をあげさせねえで暗渠に叩き込んだ方が
手間がかからねえ。行こう。
その以前よりヤ二場のレポが東口から足音を盗
んで小走りにやって来てゐる。二人のスキをね
らってゐたが、この時、風の様に二人を駆抜け
ようとする
ゴロ一　だ、だ、誰だ！、
ゴロ二　来た！。やい、待て。（おどりかゝる）
レポ　どきやがれ、ゴロん棒め！、
レポとゴロが格斗
ゴロ一　逃がすな、畜生！、やい小僧離せ！　はな
せと言ったら！、
息子　（しがみついて）モヒネ！、モヒネだ！、
チャンが死んだまうんだ！、モヒネ！、
ゴロ二　（レポと上になり下になりしながら）てめ
えを逃してなるか！、大辰身内の鎌造だ！、チ
チ、畜生め！、今夜の貨物車、此のトンネルを通
せなきゃ、大辰一身の、くそ、アイテ、テテ！

顔にかかわるんだ！。
レポ 通して見ろ！。犬め！ 西口ぢや人間の死骸の山を築いて、クソッ！。列車あ止めて見せら！番犬め！。キ、キ、キ！、たかが、たかが会社の金でやとわれておるバクチ打ちのコッパ！。
ゴロ二、おい、兄弟！。加勢に来てくれ！。
ゴロ一 合点だ！。合点だが、畜生！。コワッパ邪魔するな！。叩き殺すぞ！。
息子 モヒネ！。モヒネ！。モヒネ！。

ゴロ一が息子の手を撲って振りもぎる。同時にゴロ一をはね返したレポが、西口へ向って脱兎の様に逃れ去る。之れを追ふて、ののしりながら、ゴロ二人も走り去る。

息子 ワーン、ワーン！。痛いよう！。モヒネ！。モヒネをくれ！。

第二場の三郎のこっちへ近づいて来る歌声。

息子 チヤンよう！。しっかりしてくれよう、死んぢまっちやいやだよう。
行路 ウーム、ウーム、峯よ——
息子 しっかりしてくれ、チヤン！。もう直きモヒネ——、
行路 ……寒いんだ、包ん中に古いスエタがあるから——
息子 （包から出す）がまんしてくれよ、チヤン。これでいいのかい？、寒いと言んだけど、ノドの辺、汗でヌラヌラしてるぜ。
行路 あゝ——いつもこうだ——之れでゐて寒くって、やりきれねえんだ。ウーム。

三郎出て来る

三郎、オーオーオー（折返しを歌ひ終って立停る）どうしたい君？、
息子 あゝ、小父さん、モヒネ呉れ。
三郎、モヒネ？、どうしたんだ？、
息子 おや買うから金をくれ。放っときやチヤン死んでしまう。
三郎 チヤン病気かい？、そいつあ困るだろう。（病人に近づき）おい、しっかりしねえ、腹でも痛むのかい？、
息子 そうぢやねえんだよ、小父さん。チヤンはモヒネが切れると、いつでもこうなんだ。金が無えんで昨日でおしまひになっちまったんだ。
三郎、そうか、モルヒネか。弱ったな。どうしてヌ

お前達こんな所でウロウロしてゐるんだ。
息子　村へ帰るんだよ。いいや、俺、知らねえ、俺ハマで生れたんだから、チヤンの生れた村なんぞ行くの今度が初めてだ。チヤンはハマで植字工やってたんだ。あんまり永いことやってゐたんで、モヒネ打たねえぢゃ、やって行けなくなったんだ
（壁に現はれる幻燈の文字）
「全日本の失業者三。。。。。。。人の中の二人」
三郎　ウーン。よくある奴だ。――でも、それならそんなに永いことやってゐる植字止しちやって、村なんぞ帰る事あ、あるめえがぐ、
息子　首になっちやったんだ。――誰が好きでこんな所帰って来るもんか。門司までの汽車賃有ったたから、あすこまではよかったんだ。先おとつたからズーッと線路歩いてゐるんだ。昨日の夕方からこの軽便にかかったんだ。昨日っから何も食はねえんだ。――チヤンは、村へ帰って百姓するってんだ。田地なんか無えんだ。金も無えんだ。おいらだって、ハマで文選の見習やってゐる方がいいんだ。チヤンはモヒネが無きや一日だって生きちや行けねえんだ。どうなるんだ。――おいらあ、おいらあ（泣声になる）
三郎　さうか。しかし泣くな。泣いたって始まらねえ。おい、小父さん、しっかりしろ。
息子　小父さんは坑夫の方かい、バクチ打ちの方かい？、
三郎　なにで、何だ？、
息子　ホンの先刻、ここで坑夫とバクチ打ちが撲り合ひを□たん（ママ）坑夫とバクチ打ちで何か喧嘩があってゐるんだ。
三郎　いよいよだな。さうよ。この次の貨物者（ママ）とかをここを通す通さねえで両方でガンバリ合ってゐる。だが俺あ、唯の旅のもんだ。やっぱり失業者だ。
息子　やっぱり植字の方かい？、
三郎　製薬にゐたんだ。だがチヤンをこうして置いちや、いけめえ。おい、小父さん！、
息子（ママ）　チヤンよ。しっかりしてくれろ！、
行路　ーウーム。（ビンを出して）これ飲みな。
息子　よ、その小父さんが来て呉れてるぜ。しっかりしてくんな。
行路　ム、ム、ム、――　さうか、ああありがてえへ

ビンに噛みついて飲む）ウム、ウム、ウム、あゝ、

三郎　次の町まで行きや何とかなるらあ。薬屋だつて有らあ、こんな所でへばつちや子供が可哀走（ママ）だぜ。

行路　へい、ありがたう。あゝ、あゝ。どなたさんか知らねえが、御親切、ありがたう。これだ。これだ。（片手を立てて拝む）

三郎　相見たげえだ。寒むそうだな。よし、父だ。何か有らあ。（焚火の跡をかき集めて、峯と二人で燃しつける）もつたつと此方へ寄りな。

行路　あ、ありがてえ。ありがてえ。

三郎　だが、薬も薬だらうけど、昨日から何も食はねえつて？、たまるもんか、そいじや、ま、待ちな（包から物を出す）有る。有る。これ食ってくんな。なあに遠慮はいらねえ。やりなよ。

行路　す、す、すまねえ。何てえ方だか知らねえが、死んでも忘れねえよ。しかし、そいつあおこころざしだけいただきや沢山だ。

三郎　何だつて？、お前さん、失業だらう？、俺も失業者だ。どうして食はねんだ？、そんなもんか、世間て言ふなあ？、

行路　そ、そうか。ぢや遠慮なしに、いただか。ふるえる両手でニギリ飯を掴んで、いただく）峯よお、お礼を言へ、小父さんに。さ、俺あ、いいから、てめえ食へ。

息子　ありがたうよ。小父さん。いんや、おいらいらねえから、チヤン食へ。

行路　おめえ、食へと言った食へ！

息子　チヤン食へ！

三郎　もう一つ有りやいいが、それつきりだ。半分づつ、やりやいい。

行路　さうだ（半分を息子に渡す。そしてガツガツ食ふ）あ、あ、ウン。

息子　―（無言でかぶり付いてゐる内に、急に鼻から泣き声を出しながら食ふ）

行路　（食いながら）―　ありがてえ―。世間にや―金持ちの食ふメシと、貧乏人の食ふ飯と―ベツベツだ。なあ、おめえさん？、俺が俺達が―金持ちの奴等を一人残らず逆バリツケにした上で―そいつを眺めながら―眺めながら、メシを食つて見てえと思つてよ、―心の底からさう思つた事が二度や三度ですむもんか。

三郎　―。

行路　—実を言やあ、モヒネっ気の無くなったのよりや、腹が空いて歩けなくなったんだ。—畜生、死なんぞ！

—幕—

息子　あっ汽車が来らあ。（列車の音）
三郎　お、おや一件ものの貨物車かな。
行路　一人残らず逆バリツケだ！　さうだらう、お前さん、さうだらうう？、
息子　あ、来た！　いいや音が違ふ。客車だ。貨物はその次だろ。
三郎　（手を掴んだ病人に）さうだ！　さうだとも（息子に）おい、出ると危ねえから、もっと此方へ寄りな！

病人が大声で咒声をあげてゐる声を縫って、近づく列車のひどい響。）

—暗転又は幕—

5、同じ場所で（少し間を置いて）
チヨロ・チヨロ燃えてゐる焚火を囲んで、前場の三人と、第一場の松公と三吉。

松公　—（語り次ぐ）さうだらう？、　だろうがやねえか！、俺達あ、皆で五人ぽっちきあ。此處にゐやあしねえ。しかし、同じやうに喰ふものも、仕事も汽車賃もなくって、こうやってアテもなしに歩き廻ってゐる人間は何万、何十万ゐるか。ゴエモンの言草ぢやねえが浜のアサゴって奴だ。—そいつら、みんな、一度でも考えて見た事がねえと思ふのかい。え、おい？、日本中に米が足りなくなっちまった。金が無くなった。工場や会社が仕事を止してしまった。金持や政治家が死んぢまつた。なんてえ事は一つだってありやしねえ。あるか？、みんな大平楽だ。で、俺達あこんなだ。お上が呉れる労働手帖なんて口や利いちやくれねえ。大ベラボーが笑せやがら。俺達だけが当り前ぢやねえんだ。そこんとこがよ。ハタがみんな当り前で、俺達だけが当り前でねえ、そこんとこのカラクリが何だか変てこだってえ事をさ、考えて見た事がねえ奴がゐたら、お目にかゝらア。
三吉　ハハハ、急に強くなりやがった。わかり切った事を言うな。ウーン、ウーン、オ、オ、ウーン、（歌ふ）
松公　又、歌ふのか？、どうすればいいんだ？、

三吉　町か村かへ行きあいいんだ。火の粉を撒き散して、それから、燃してやるんだ。
松公　行けやしねえ。口のところで坑夫の連中ガンバッて通さねえ。（三郎に）ね、兄弟、そう言ったね？、　イテヽ、腕め、畜生！
三郎　俺達あ奴等を裏切っちやいけねえんだ。
三吉　変なことこと言ひこなしにしやうぜ！　出来りや連中に加勢してえんだ。
息子　（父に）チヤン、どうだい具合は？、
行路　あゝ、いいや、寒いのが少しやんだ。
松公　（三吉に）だからよ。此処を一度、東口の方へ出て、山越しをすりあいいぢやねえか。
行路　そいつあ、駄目だ。夜が明けたって、越せる訳のもんぢやねえ。俺あ若え時に越したことがあるんで知ってゐる。騒動の済むまで、此処で待ってる方が結局早え。
松公　おや、否でも応でも、それまで待つんだな。早く来てくれ、その貨物車の野郎——
間。
三郎　（之に）お前の言った事あほんとうだ
三吉　何が？、
三郎　俺達の何十万の仲間で、世の中のカラクリが変てこだって事を考へてみねえものは一人もゐまいと、君の言ったことだ。しかし、そう考へただけでは始りやしねえ。
三吉　あたりめえよ。誰が考へるだけだと言ったい？、クソッ——いやさ、俺、怒ってるんぢや無えぜいいな？、　お前が俺達なんぞよりや、ヨッポドしっかりした活仂者だと俺睨んだから言っちまうが、いいかい？、俺あ、ほんのたづの、くだらねえ活仂者だ。自分のことを特別にえらいともゴッイとも思っちやゐねえ。お前多分知るめえが又関の久メの端れにある能×セメントの職工だったんだ。三月にならあ、三月前のサボタージん時に、俺職長の野郎をミキサん中へ叩き込んでやった。テロやるならよく無え。知ってら、しかし、ダラ幹を曝露してやるにや、ダラ幹と話し合ひの出来上ってゐる職長を一度あれ位の目に会はせることが必要だったんだ。争議委員会が命令したんだ。
三郎　さうか。君が今田川君だったのか。
三吉　なに！、ど、どうして、それを知ってゐるんだ？、

三郎、メ関で、君の一つ置いた左側の箱にゐたんだ。

三吉、おゝ、あれがお前さんか！ さうか！ さうか！ぢやたしかメ津の方の——。

三郎、まあいいや。

三吉 ぢやクダクダ言ふ必要は益々無えんだ。ね、さうだらう？、今の者だ、何十万と言ふ人間が、さう考へてるだらう？、そしてよ、俺見たいなケチな野郎だって、良かれ、悪しかれ、やる時あやるんだ。そいでゐて、どうにもならねえんだ。ストライキが方々で勝ったからって、失業者が少くなったてえ話は聞かねえんだ。すると、どうなるんだい？、俺聞きてえんだ。

三郎、そりや俺にもわからねえ。

三吉 言っちやくれねえんだな。

三郎 多分何だらう、そりや皆が一緒に立ち上らねえからだろう。失業者だって、いつまでもシッポ巻いてる事あ無えんだ。ダンケツして出来ねえこたあねえ、いま時、全国の失業者は三百万だ。それが横につながって見ろ、どうだい。それが職場にゐる連中と、こんだタテに手を握らどうなる？、一番大事な事あ組織だ（聞いてる四人が唸りはじめる。——間）

三郎、ところが昨日までダラのことをダラダラと言ってた奴が、今日はもうダラ様だ。オタマジヤクシがシッポを生やすなあ一日ありや沢山だ。社会民主々義てえシッポをね。

行路、ホントだ。俺んとこの工場の組合にや労メ党の委員が三人ばかりゐたんだ。忘れもしねえ、去年の暮に、工場に入り込んでゐたオルグが連れて行かれちまった。その後始末をどうするかって言ふ会議の時によ、それまでイヤに突っ走った事を言ってゐたその連中、シヤアシヤアしたツラをして、総聯盟幹部の尻馬に乗っかっちまやがった。

三郎、そんなんだ。そんな奴等の指導してゐる日常斗争がどこまで行ったってどうなるもんか。何につながって行くもんか。

三吉 だから、それを聞いてゐるんだ。

三郎、そりや、よく知らねえ。それだけ知ってりや何だって、一足飛びにや行きやしねえ。

三吉、そりやさうさ。俺だって、トドのドンズマリの時の用意はいつまでもしてら。だけど、そこん所がよ、お前さん——（言ひ続けやうとする）

息子（西口の方を見て）あ、又誰かやつて来たぜ。
松公　誰だい？、
　　第三場の夫婦者が西口の方から出る。
夫　みなさん、あたらしておくんなさい。
松公　遠慮はいらねえ。おつ赤ん坊連れか。
行路　おかみさん、もつと寄りなせえ、おゝ大将、
　口を開いて寝てら。可哀そうに。
女　ありがたうございます。お寒いことで。
松公　お前さん達、こつちからやつて来たが、どうしたんだい？、よく通してくれたな。
夫　いえ、さうぢや無え。私等は先刻此処を通つて、西口の方へ抜けやうと思つて行つたんで。炭坑の人達が、口にゐて通しちやくれません。仕方がねえ、済むまで待たうと言ふんでね。
松公　何人ぐれえガン張つてゐたね？、
夫　さうさねえ。暗いんでハッキリとは見えなかつたが、三十人から下ぢやないね。凄いやうだ。タキ火を囲んで静まり返つてゐるんでね。どんなことになるか――。
行路　何しろ、早く通してくれねえぢや、こちとら大弱りだ。早く町へ着かなきや身体が持たねえ。
夫　全く、ま、先方ぢや、オダヤカにもう暫く待つてくれ、お前さんばかりでなく誰だつて、待つて貰つてゐるからと云ふんですがね。現に一緒に行つた線路工夫の人なんぞ、坑夫の中に自分の甥がゐるんだが、その人も通さないんだから、まあ、話あわかつてゐるんだけど、何しろ弱つた――。
松吉（三）　どうしたつてんだね　正の話か？、
夫　よくはわからねえけど、何でもその貨物車に新規募集の坑夫が百人あまり乗つてゐるつて言ふ。
三吉　マキヤップだ！
夫　（へー）その外に米が二三十俵積んであるつてんだ。争議団ぢや米は欲しいし、又マキヤップは欲しくねえし、何でも、そのマキヤップの乗つてゐる箱の二つだけを、この先の駅で切離しちまつてやるやうに、坑夫連の方から人数が繰出してあるつて言ふ様なことをチラッと小耳にはさんだが―。
松吉（三）　米俵の積んである車だけを頂載しようつてんだね、うまくやつてら、
三郎　会社の方でウッチヤッとく筈はあるめえ、
夫　東口に会社から差廻した連中がソロソロつめかけたとか、かけねえとか、私等が丁度此処へ引返

しく来る時に駆けつけた男が怒鳴ってゐましたよ。
三吉　読めた！しっかりやれ！
松公　しかし、軽便は車からやって来るんだから東口にがん張ってゐる会社の連中の方に分がある訳だ。
行路　どうして争議団だや、東口の方へ先手を打たねえんだな？、
夫　手が廻ったらしい、山越えして行くんだからね
三郎、どっちにしろ、衝突はあるんだ。
（女房の背中の幼児、酷めて弱い声で泣出す）
女　おゝ、よし、よし。
夫　チチを飲ましてやれ。
女　（幼児を胸に廻して乳房をやるが泣き止まぬ）がまんしておくれよ、がまんしておくれ。
夫　出ねえのか？、
女　あゝ、お前さん（顔を両手で被ふ）
松公　どうしたんだい？、
夫　なあに、此奴だって、へえるもんがへえらねえだや乳なんか出ねえさ、ハハハ（泣きさうな笑声）昨日と今日と、一昨日と、あれ以来、米つ気を匂がねえ、ま、いいや。（間）
息子　あゝ、あゝ、あゝ、チヤンよ、おいらも腹がへった——何か食ひてよう、チヤン（皆が急に黙りこむでしまふ——永い間、弱い幼児の泣声ばかり）
三吉、（オ一場の調子とはまるで違った語調で）えいクソ！おいらに歌を唱はしてくれろ！（線路のゴロタ石を掴んで口を開けて遠くを見るが、歌は出ぬ。石がレールの鉄を叩く音がガチリガチリ歌の拍手を取るだけ、幼児の泣声、皆、石の様に身動きせぬ間）
線路工夫、急ぎ足に西口より出て来る。
工夫　誰だい、こんな所で焚火をしてる！（夫一婦者を認めて）あゝ、お前さん達か、（皆、黙りこんでいる）
工夫（グルグル見廻して）見りや旅をかけてゐる人ばかりの様だが、さあさ、こんな所にいつまでもマゴマゴしてゐると、ロクな事あ無えぜ、行かうぜ、行ったり、行ったり。
三郎、小父さん、あとどれ位でその貨物車あやって来るんだ？、
工夫、なに？、もう知ってるのか、お前達も変な時

にトンネルにかかったもんだ。だが見た所が房坊者だ。久保山の坑夫達の邪魔だけはしてくれるな。
三郎、誰が邪魔をすると言った－！
松公　此処が通れるを待ってゐるだけだ。
工夫　怒っちやいけねえ。さうよなあへ時計を出して見てゝえーと、十二時半カッキリだから、えーと、十二時チヨイト過ぎに柏戸を出て、いけねえ！。あと十分だ、さあ、こうしちや居れねえ。
三吉、マキヤップの乗った箱を柏戸で置いてきぼりを喰はすってなあ本当かね？、
工夫　それがよ、軽便の従業員も同情罷業をやると か、やらねえとか、今ゴタゴタしてる最中なんでね。今朝からこっち、どうなったか、その箱の切り離しだってうまく行ったかどうだか――
松公　どうして、もっと早く同情罷工やっつけねえんだ？、
工夫　俺に言ったって始まらねえ、俺なんざ、保線課のペイペイだ。此の軽便だって私設でチヤチなんだから、人数だってスッペリで三百位のもんだ目つぶしや利いてよし、立ちあくれの気味だ。さ、こうしちやいられねえ、柏戸までタダ走りだ。

行きかける。そこへ東口の方から、第二場の金出る。
三郎　お、どうした、金さんて、どうして舞戻って来ちまったんだ？、
金　ダメダメ
三郎、何が駄目だい？、
金　東口も人一杯、通れない、通さない、言った、無理にも通りたいなら命がけで通れと言った。みんな獲物持ってるよ、おれ、此処を鉄の棒でナクられた。
工夫　会社の手が廻ったな、畜生、ゴロめ、
三郎、何人位ゐたい、そいつら？、
金　よく見えね、二十人位、いやもと多い、三十人居る。
息子　おそろしいや、おいら、チヤン、どうするんだよ
三吉、スキャップを、無事に通して、その上に米を争議団にや渡すめえと云ふんだろう。
松公　米あ会社のもんだろう？、
工夫　会社ぢやまだ今月分の支払ひは済ましてゐねえんだから、その米あ坑夫の米だ。

行路　どうなるんだい、俺達あ？、
女　ねえ、あんた！。あたしおそろしい、身内が顫えてきた。
夫　あゝ、あゝ！、もう何分ですかい？、
工夫　もう後七分ばかりだ。いけねえ、こいつあいけねえ、下手すると、これだけの人間が恐山で佛様だ。トンネル工事のソモソモの初めっから恐山あ魔所だ々々とケチばかり附いてゐたが、こいつあ、こいつあ（あえぐ）
　幼児が火の附いた様に泣き出す、それを両手で差上げる女房
女　助けて下さいよう！。坊やを、坊やだけでいいから助けて！。貧乏でいつもつらい私達をおしめえにこんな所で取り殺す！。誰だ？、こんなムゴイ、ムゴイ事をするのは誰だ？、坊やを助けて下さいよう！
金　汽車来る、坑夫来る、ゴロ来る、カタナー俺死ぬとツてと子供、オフクロサンとうする？、　みな、うえ死にする、あゝ、うえ死にする。
　間。青くなってその辺を駆け廻る息子、ウロウロする夫婦
息子（しゃがんで線路に耳をつける）あゝ、汽車が来た！。音がして来た！。汽車だ！。
工夫　どれ？、おっホントだ。あと三分！
松公　どうする、あにき？、
三吉（行路病者に）どうするんだい、君？、
行路（三郎に）どうする、あんた？、
三郎、——返事をせず、立って東口をヂット睨んでゐる
　遠い列車の響
　西口より迫って来る坑夫群の足音と、時々放たれる鋭い叫声。「覚悟はいいか」「おう」「おう」「連絡が三台の場合は後の二台がスキヤップ！。前の一台が米！。その間の連結を叩きこわして、米だけ台車へ！。いいか！」「おっ！」「一台の場合はスキヤップは柏戸で喰いとめたんだ！。そのまゝ機関車占領、前進！。いゝか！」「おゝ」「おゝ」「無駄な手出しはするな！」「ゴロを避けられるだけさけろ！」「おゝ！」等々、西口より近づく足音と叫声、東口より近づく遠い列車の響。
(6)、東口で

大きい焚火の光に照されて、物々しく勢揃ひした会社警備隊、——守衛、役付き、小頭等とバクチ打ち等の三十人ばかり。トンネル内部と、遠く東の線路の両方を覗いたまま、言葉なし。

——間。

——。まだ来ねえか、貨物車？、

——。あと五分。

——。ウウウーッ——（ふるえる様な呻声）

——。守衛さん、あの朝鮮人の野郎、何だか怪しいぜ。追っぱなしてよかったのけえ？、

——。さうだ！ 今夜中に門司まで行くなんて、ひと、なめやがって！、

——。やっつけりやよかったんだ。血祭りにバッサり。眠らしたって、わかる事ぢや無え。（言ってサッと振った抜刀の光）

親分 てめら、今っからキンタマてあ、つるし上げたまってるな？、ハハハハハ、さういきり立つな。そんな調子ぢや、いざとなりや、ドスが手のひらにくっついちまって、出しも引きもなるめえぜ。ハハハ。

——。だって親分、待遠しいや。畜生、早く来やがれ。

親分 白刃《しらは》の下をあんまりくゞった事のねえ奴は、それだ。死に急ぎをするやつだ。

——。死に急ぎだって！ エンギでも無え！

親分 ハハハハ、ま、怒るな。話がよ。ねえ小頭、さうだらう？、

小頭 親分の言ふ通りだ。先づ、喧嘩のイキも、ボンゴザの呼吸も同じもんだからな。勝たう勝たうとイキリ立ってる奴あ、丁勝負、っしポンと来る時迄にや大概腹力がなくなってゐて、取られてばかりゐるてえ寸法だ。しません、ゼニにや縁の遠い奴よ。（短かい間）

親分 ゼニと言やあ、此処がうまく行っての、後始末んとこあ、くどい様だが——。

小頭 大丈夫だって事よ、親分。お前さんちの身内の衆が、命がけで引受けてくれた事あ、会社もよく知ってら。ねえ頭。

納屋頭 言ふだけ野暮だ。庶務課の加々見の大将が引受けたんだ。御意のままさ。今、親分の方で手を引かれちや、どうにもこうにも始末がつかねえんだからね。

――。井ノシシ一枚づつあ、大丈夫かね？、
小頭　ケチを言うな。一人頭、三枚づつだ。

――。おっ、ありがてえ。

納屋頭　その上に、以来、山の縄張りあ大辰身内のものにして会社が後押しをしようてんだ。悪かああるめえ。親分。

親分　笑は廿っこ無しさ。金や縄張りが欲しくって、こんな出入りに手を出してるんぢや無え。国粋×ク久保山工部の、おいら副会長だぜ。おいら、これが主義だ。

――。へえ、シユギだって？、シユギたあ？、

――。さうぢや無えか、わからねえ野郎だ、赤え奴等は国賊だ。

――。だからさ、赤え奴等の方がシユギだらう？、

――。くそ！。そんな奴等を叩き殺してしまうのが国粋×の主義なんだよ。ぢれってえ！。

――。あ、さうか。俺あヌシユギと言あ、赤え奴等の事に限ると思ってた、さうかい。

親分　ハカタの大親分は、大臣から、お言葉を貰ったんだ。ええもんだ。その大親分から添書を持ってやって来たヤツラの先生よ。去年切られたらう？、坑夫の誰かゞ切ったにあ相違無えが、とう〱下手下があがらずじめえになっちやった。あれ以来おいら、いつかは、先生のカタキを取ってやる積りでゐたんだ。金の百や二百問題ぢや無え。坑夫めら、今度こさ、音をあげさせねえぢや、かんべん出来ねえんだ。てめえうも、その積りでしっかりやれ。

――。合点だ！。

――。合点だ！。

小頭　今夜此処で、米あ取られる、新規工夫は追帰されるしたんぢや、久保山の稼ぎニンのツラヨゴシだらうぜ。

納屋頭　さう言や、もうそろ〱来る時分ぢやねえか？、おゝ誰かその辺まで行って見てくれ。

守衛　よし！。(バタバタと東口へ走り去る)

――。ウウウーッ、腕が鳴らあ、来やがれ、畜生！

(えものを振る、間、――シーンとなる)

――。トンネルの奥少し遠い所で)誰だ！、おゝ良か？、

――。(それよりは少し近い所で)戻って来たのか！、どうだった良。(走り寄る足音)

小頭　良か！。どうだった？、

　良と言はれた見張りが焚火の側へ倒れるやうにして飛びこんで来る。顔の半面が血）

――。おっやられやがった！。

良吉　親分、奴等、こっちい押して来やすぜ。

親分　アワ喰ふな。初手からわかってゐら。チットばか、ドスの刃の冷てえとこ、なめさしてやるばかりよ。仕度はいいな、みんな。（皆がエモノを振りつつ、トンネル口をビッシリかためる）

小頭　良、で、何ん位だ？、

良吉　よく見えねえ、が、大よそが、三十人位だと思やあ間違ひ無え。

小頭　よし、ぢあいよ〱さうだ。まあ、此方の人数とトントンだ。よからう。

守衛　良さん、お前その疵、そいつらに？、

良吉　違ふ。暗渠があるだらう。あすこん所で二三人マゴマゴしてゐやがったんだ。前に行った龍太兄いが、何でもトンネルん中に六七人旅のもんが居るって話したから、テッキリそいつらだろうと思って、構はず通らうとするてえと違ふ。争議団の奴等だ。暗渠の橋ゲタか何かに細工をしてゐやがる。

小頭　なに、橋ゲタにか！、いけねえ！　軽便ひっくり返そうとしてゐやがるんだ。

良吉　ガチンガチン音をさせてゐた。二言三言、やり合ってゐる内に、アイクチ抜いて一人の奴の肩をカッとやったトタンに、ボルトか何か鉄の棒でここへガンと来たんだ。畜生！、行きぢやねえ、戻りの話だ。

親分　手当をしろ。俺あ取ってやらあ。何か、その六七人の旅のもんの姿は見ずか？、

良吉　いや親分、で、いけねえと思って暗渠を走り渡って、チッとばかりこっちへ来ると、そいつら居やがった。焚火をやってゐますよ。何しろ、よほどオビエてゐると見えて、かたくなっちまって口一つ利かねえで静まり返ってゐら。

親分　よし、御苦労だった。手当しろ。おい小頭、ちよいと。

小頭　（親分について傍によると）何です、親分。

親分　少しまづいよ。もうチット人数を繰り出して来りやよかった。三十と三十なら、なあに負けるなんて事あ無えけど、こうなりや争議団の奴等も

命がけなんだから、少し手間が取れらあ。

小頭　だって今からぢや間に合はねえ。

親分　それさ。どうだらう。その六七人の旅のもんに金握らせて此方に附けちや。俺あうまく行くと思ふんだ。どうせ今頃こんな線路を夜路をかける手合だ。失業者とか何とか言ふ食ひ詰めもんだ。現なま握らせりや、訳無えと思ふが。

小頭　それもさうだが、もう坑夫の奴等押して来かかってゐると言ふから、それも、もうおそいや。

親分　大丈夫だ。暗渠の手前ならグッと此方に近いとこだ。あそこまで来るにや、まだ間がある。行つてくれめえか、お前。

小頭　おいらが？

親分　お前ででなくちや、つとまらねえ、事に依れば、連中をやり過して向ふに出なくちやならねえ。まさか奴等だつて、飯屋で小頭やつてゐるお前に、さうさうムゲにかかつて来やしめえ。

小頭　よし、行こう。かうなりや命なんかなんでえ。

親分　有難え、頼むぜ。でと、まさかの時の用心だてえんで、庶務の方で渡された、これ——（渡す）いいわ。思いきり握らしてくんな。うまく行きや、炭坑で雇ってもいい位の事あ、そこんとこあ、うまくね。坑夫の奴等が暗渠越して此方へやって来たんだったら、後から、そいつらをけしかけるんだ、はさみ打ちだ。ワッと声をあげるだけでも、余程こっちぢや扱い易くなるからね。で、それでな……（小声に、忙しく小頭に耳打ち）

——（東、線路の方から）来た！　来た！　軽便が来た！

——貨物車が来た！

——連結は三台か、一台きりか？

——わからねえ。しかし音がするんだ！

焚火の側に立ってゐる二三人がレールに耳を附ける

——来た！

——ほんとだ、来たぜ！

親分　（小頭に耳打ちし終って）……いいか頼んだぜ。

小頭　合点だ！　（云ふなり、何かの束を抱えこみトンネルの方に走りこんで行く）

親分　てめえら、いいか！

——おゝいいとも！

親分　手順通りだぞ！新規坑夫の箱がついてたら、そいつらに手荒なことはするんぢゃねえぞ！。斗ギ団が前の箱の米に指一本でも触れたら、構ふことあねえ、黙ってやっつけちまへ。

――（声々）合点だ！。畜生！。

遠い列車の響。バラバラと配置につくゴロ達。エモノの影

親分　西口から、旦那方がやって来るかも知れねえが、そりゃ、俺達の味方をなすってくれるんだから、旦那方に手出しはするな！。

――（声々）合点だ！。

列車の響、近づく

トンネル内、遠くより響いてくるドヨメキの反響。

トンネルより走り出して来る、もう一人の見張り、

レポ　来た！。来た！。来たぞ！。

親分　おお、てめえ、小頭に逢ったか？、

レポ　会ひやした、直ぐそこで

親分　暗渠の辺でか？、

レポ　へえ。暗渠のチキ手前んとこでさ。来やしたぜ、斗ギ団めら！。

――おゝ、監視の足が！ロクなった！

――除行を初めた！。

親分　さうか。よし、用意をしろ！。手順通りだぞ！。抜かるな！。

――ウ、ウ、ウーッ！

それっきり、緊張しきって、配置についた人々が身構えたまま声を出さなくなってしまふ。！ロイ列車の響。トンネル奥、遠いドヨメキ

第七場　進み行く突撃隊

舞台左手半分の廻転台（これは絶えず西口の方に向って廻転してゐる。丁度線路に当る所だけが、ベルト、又は廻り舞台、又は移動板になればよい）の上で、東口の方を向いて歩み行く坑夫群二十余名の密集。従って、実際の芝居は、舞台左手半分ので演じられる。半裸又は縄帯。先頭の四五人の左手の松明。皆の持った棒や鶴嘴。極度の緊帳（ママ）のため、全員殺気立って無言。ザヽヽザと足音。

男一　戻れ！　戻れ！　戻れと言ったら戻らんか！

こら、おい！
男二、これ程云っても、野郎！
男三　僕等の云ふ事をスナヲに聞いて置かんと、どんな事になるか知ってゐる筈だ。戻れ！、
男一　貴様達、耳がないのか！。何とか云へ！。こら！。こら！。頼むから引返してくれ！。
男二、返事をしろ！。口が利けないのか！。戻れ！この虫めら！。
先頭の坑夫　お前さんら邪魔をしないでくれ。
男二、馬鹿！。このままお前達をやったら、どんな事になるんだ！。解らんにも程がある！。処置を取るぞ！。
坑夫　どんな処置でも取れ！。—、現にいま、台車で十人引っぱって行ったんぢやねえか。断はるにや及ぶめえ。
男一　本当にやるぞ！。戻れ！　暴動だ！。
坑夫　してみろ。用事があるから俺達このトンネルを通るのが何が悪いんだ！。
男三　（オロ〳〵声）おい君、どうだ頼むから戻ってくれんか。俺達を可哀想だと思って—
先頭の坑夫　（ニヤリとして）皆に聞いてくれ。どうだ？、
—、戻ってたまるか！。
—、斗争委員会の命令だ。
—特別警備突撃隊は、一番しめえの一人になっても、突撃隊だ！。
—、引っこんでろ、犬奴！。
男三　な、、、！。ブヂヨクするのか僕等を！。犬とは何だ！。
男二　よし！。おい君、これぢあ仕方がない。処分を取らう。おい君！。
男一　よし、貴様達いいな？、
先頭の坑夫　よかろう！。
男三　（男二に）だって君、もう間に合は—。
男一がバタ〳〵と西口へ走り去って行く。それに続いて男二も。坑夫群は先頭に一、二をブラ下げたまま前進。無言—間。
東口より走って来たレポーター、
レポ　みんな、奴等は約三十。用意してゐるぞ！。
先頭の坑夫　御苦労！。こっちあ出口んとこで十人引っこ抜かれた。三十に二十！。いいな、みんな？。
坑夫群、おゝ！。押せ！。

坑夫群　押せ！

　西口の方より走って来る台車の響

声　待て！　待て、みんな！　待ってくれ！

　台車に乗って現はれる鎌松と他の小頭、それに先刻去って行った男三も乗ってゐる

鎌松　おゝ、みんな、チヨイと待ってくれ！　中央執行委員会の指令だ！　引返せ！

　坑夫群、立上り、そちらを振返る、無言

鎌松　何をボンヤリしてゐるんだ！　引返すんだ。俺の言ふ事が聞えねえのか？、こ、こ、こ、こんな乱暴な事をして、事がうまく運ぶと思ふかっ！

先頭の坑夫　俺達あ斗争委員会の命令でやって来たんだ。

鎌松　非合法の手先きなんぞから指導されてゐる斗争委員会なんかの言うことが当てになるか！　暴動だ！　テロだ！　そんなことをやらかして交渉がうまく行くと思ふか！

坑夫　警備の事あ、斗争委員会が、みんなやってるんぢやねえか。

鎌松　そ、そ、それが、こんだ、執行委員会が全部に当ることになったんだ。そして、執行委員会は命令した、みんな引返せ！

坑夫　――だって、どこにそれの証人がゐるんだ？

小頭　証人は俺だ。会社から夕方、先方から会うて言って来たんだ。妥協案を出すって云ふんだ。自重しろ！　特別警備隊は解散だ！　引上げろい！

坑夫　――当てになるもんか、お前さんは小頭だ、お前さんも鎌松さんも今日の昼までダラだったんだ。

小頭　なにをっ！

坑夫　あべこべだ、そいつあ。だらう、みんな？、斗争委員会は、初めっから今度の事を全部やることになってる。――。中央執行委員からお前達が来たって、え事が本当であったって、筋がちがわ。俺達あ斗争委員会の命令で来たんだから、俺達を引上げさせるんだったら、斗争委員会から言って来る筈だ。――。信用ならねえ。

鎌松　くそ！　ぢや俺の言ふ事聞けねえと言ふんだな！　よし！　うまく事が手打ちになった時に、山あおっぽり出されて、なき面かくなよ。俺達の事を手前達何かと言やあ、ダラだなんてぬかしや

がって、そんな時になって――

先頭の抗夫　（押しかぶせて）おい、みんな！　俺あ言っときたい事があるんだ！　此の人達の言ふ事が本当だか嘘だか、俺あ知らねえ。又知りたくもねえ。しかし俺あ、ウチの組合に鼻持のならねえ日和見の奴等がゐて、そいつら、何かと言やあ、俺達をペテンにかけて食ひ物にしやうとかゝってゐる事だけは、知ってゐるんだ。今迄さうだった。だらうが？　そして、俺達は俺達の信用してる斗争委員会の命令で此処まで来た。貨物車を押へろ、スキヤップを追へ、米を手に入れろ、命令だ。命令は鉄だ。斗争委員会が誰の手先きで指導されてゐたったにしろ、それが何だ！　日和見の人達の様に、いつ会社から金を貰ってヘロヘロになった事がある！

小頭　なにを！　こん畜生！

先頭の抗夫　斗争委員会が、本当に俺達を引上げさせようと言ふんなら、人の飛んで来る時間はタップリあった筈だ。考へろ、みんな。俺あクドイ事あ言はねえ。一か八かだ。何かと言やあ俺達をこれまでペテンにかけたのは誰だ？　そいから、ウチの左翼の連中がいつ俺達を一度だってダマクラかした事がある？　どうだ！

鎌松　畜生！　やっつけちめえ、いくら言ったってわかりやしねえ。

その辺の抗夫をなぐる。小頭と男三が混乱の中に二三人をはがいじめにして台車の上に引づりのせる。

三人が襲はうとして入り乱れる抗夫達。

先頭の抗夫　放っとけ！　手出しはするな。

言ふ間、三四人の抗夫を台車にのせたまま、鎌松と、小頭と男三は台車を走らせて、もと来た西口の方へ走り去る。

――。逃がすな！

――。バラしちめえ。畜生！　（抗夫達後を追はうとする。

先頭の抗夫　（それを止めて）放っとけ！　いいんだ。命の惜しいやつにや、丁度いい水が向いたんだ。心無かったら引返して来るよ。三人四人のフラ〳〵野郎を引っこ抜かれたって構ふもんか！

――放っとけ！。

――。畜生！　ダラめ！

――。ダラ！

先頭の坑夫　よし！　廻れ右！　行くぞいいか！

用意はいいか！（ゆっくりと）みんな、今の中だぞ、命の惜しい奴は、遠慮はいらねえ。帰ってくれ。（誰も動かうとしない。無言の返事）……

よし、ぢや行くぜ！。

坑夫達　――。（唸る）おう！。

群はユックリと前進し始める、男一、男二を先頭にズラ下げたまま、二人種々のゝしるが群は無言。足音。前進――向

その足音に合はせて、前方、暗中、暗渠の所で鉄が鉄を打つ音が響き出し、次才に近くなる。

坑夫の一人　何だ、あの音？、

他の一人　暗渠だ！

そちらへ走り寄る男一と男二。スポット移動して中央近く、暗渠の橋梁のレールのボートを鶴嘴で破壊してゐる二人の坑夫の姿。

男一　な、な、な何をするんだ。貴様！。

男二　恐ろしい事をしやがる。止めろ！　止めんか畜生！。

坑夫A、手を出すな、ブチ殺すぞ！。（レールを叩く）

先頭の坑夫　おゝ、道に仙公か？、いつまでも帰つて来ないと思ったら、こんな所にゐたのか？、何をするんだ？、

坑夫B、知れた事よ。此処のレールぶちこわして、貨物車でんぐり返してやるんだ。東口のゴロは、俺達よりや、人数が多いや。押して行つても手当が取れるばかりだ。それよりも一思いに此処で脱線させちまやあ、勝負あ早え。米だけかつさらつて、台車で引上げるんだ。（レールを叩く）

坑夫群　――おゝ、やれ、やれ、やれい！

――。だって、台車あ無えぞ？、

坑夫A、有るんだ。それが、そこの休憩所ん中に三台ひつくり返してあるんだ！。

坑夫群　――いけねえ！。乱暴は止めろ！。

坑夫B　乱暴だと？、へん！、どつちにしたつて、命のやり取りだ。こんな！。軽便のガタガタ貨物の一つや二つ、ひつくり返したつて構ふけえ！。

男一　き、き、貴様！。気でも違つたか！。

先頭の坑夫　道！。仙公！。やめろ！。そんな気狂ぢみたテロが何になるんだ！。

――。さうだ、そいつあいけねえ、やめろ！。

——。物好きなテロはやめろ！。
坑夫B　なにを！　物好きだと！。ぬかせ！・てめえ達は、ヤマの仲間が五十人からの上、バラされたり半殺しになったのを、忘れちまったのか！。向ふがテロで来てるんだやねえか！。俺達のこれ位、何処がいけねえ！。
坑夫A　俺あ、俺あ、今日までに、兄キとチャンをぶつ切られてるんだぞ！。俺あ　自分の目から、よく血が流れて来ねえもんだと思ってる位だ！。チ、チ、畜生！、俺ァこの鶴嘴をつかんでとめるだけの元気のある奴あ、出て来てとめて見ろ！。
（レールを叩く）
先頭の坑夫　よし、仙！、俺がとめる！。やめろ！やめろと俺が言ってるんだ！、俺あ突撃隊長だ！そんな、個人的なテロは許されねえ、裏切りと同じだぞ！、やめろ！。俺が言ふんだ！
坑夫達　さうだ。やめろ！。
坑夫B、鶴嘴をグキリと宙で止める。次に坑夫A同じく。一と二は二人が自分達に打ってかかって来るものと思いワッと言って飛び去る。瞬間、シーンとなる）
坑夫B　（チット皆を睨んでゐた後、ガラリと）よし、だや、やめた！。（戦列に加わる）
坑夫A　（同じく睨んでゐたが、突然、鶴嘴を空にビューッと振って）ウーン！。俺あ！。俺あ！チ、畜生！、チャン、あにき！。俺あ、いつになったら、お前達の仇が打てるんだ！。おう、おう、おう！。（両手で顔を蔽って声をあげて泣く。歩み、戦列に加はり、ピタリと泣声を止める）
先頭の坑夫　ようし！、仇が打ちたかったら、仇が打ちたかったら、一緒にかたまれ！。前を向け！奴等に向へ！。敵に集中しろ！。ようし、行くぞ！
皆　——。（唸る）おう！（前進無言。足音。）（進み行く突撃隊の部分が少し暗くなり、そのままで舞台右手にスポット。そこに消えた焚火をかこんで失業者群。

第八場　失業者群

石の様に皆動かぬ。第六場の小頭が群の中に交り、その一人の様にしやがみ込んで、顔を伏せ皆を睨めまはしてゐる。一番手前に坐ってゐる

三郎の胸板に、小頭によって擬されたピストル。頭の上まで近づいた突撃隊。三郎、右手を上げ、突撃隊へ向って何か叫ぼうとする。グッとピストルを二ヂリ附ける小頭。三郎叫べなくなる。
小頭、皆を睨め廻して監視。強制された沈黙）

突撃隊の一人　誰だ！、そこにゐるの？、——おゝ、お前さん達か。（振返って）西口出るのを遠慮して貰ってゐたらう、あれだ。

先頭の坑夫　そいつあ気の毒だ。ま、運だと思って、黙って待っててくんな。すまねえ、危ねえから、なるだけ離れて、みてゝんな。（皆に）もう後一、いいか！

皆——。（唸る）おゝ——。（押黙った失業群の奥を東口の方へ——右手奥へ通り過ぎ行く坑夫群。三郎たまらなくなって立上りかける。小頭グッと胸を突く。三郎しやがむ——間。右手奥へ去る坑夫群の足音）

間

小頭　（立って）えゝい、冷汗をかかせやがった。幸ひ暗くて顔は見えねえ。

三吉　畜——

小頭　何か言って見ろ！、行くぞ！、言へるもんなら言ってみろ！。言へめえ。よし！。先刻からあれほど口をすっぱくして言ってもわからんのか。一人当り十両だ。その上にうまくゆきや、ヤマで新規募集の方に雇ってやるんだ。タナからボタ餅って言ふが、くそくらへ！。いち時に一人十両だぞ！。立て、みんな！。立たねえか！。俺が渡したそのアイクチを持って立て！。立たねえと——
（小頭の調子が唯の威嚇だけにしては、余り本気なので、おびやかされモズモズ立上る。小頭を見、互ひに顔を見合はせ、無言）

小頭　抜け！。抜くんだ。やい、そっちの奴、聞えねえのか！。抜け、こうなりや、イヤかオウか二つに一つだ。イヤだなんてぬかして見ろ。俺だってかうなりやバラすぞ。合点だな。立て、向ふを向け。今行った奴等の後からかかって行くんだ。何でもいいからワッと怒鳴れ！。元気ある奴あ一太刀でも二太刀でも奴等をズッタ切って見ろ！よし、若し切れる奴がゐたら一太刀五円だ。俺が覚えとく。十両に五両に、山で雇ってやる。さあ、向ふを向け！

三吉　（アヒクチを抜き持った手を上にあげて）でめんだ！。おい、みんな、俺達あ、仲間を裏切るつもりか！。
小頭　これだ！。一言でも余計な事を言ったり、したりする奴あ用捨しねえぞ。
女房　ヒーッ！。
夫　助けて下さい。助けて下さい！。
金　わたし死ぬ、家族が皆死ぬ！。
小頭、だから言ふやうにしろ！。アヒクチを握れ！向ふを向け！。（皆黙って言はれた通りにする）歩け！。（この頃より東口——奥遠くより断続して激しい人声と物音）
小頭、歩かねか！。行くぞ、野郎！。歩け！。（一同ノロノロ歩き出す）怒鳴れ！。ときを作るんだ！。言へ！。
三郎、畜生！。（振向いて小頭に躍りかかる。倒れる小頭。のしかかって格闘。突如銃声が二発。その一発が誰かに当ったらしく悲鳴と倒れる音。混乱）
息子　ワーッ、チヤンが打たれた！。チヤンが打たれた！。
松公　しっかりしろ、とっつあん、どこだ？、どこ打たれた？、（介抱する）
行路　て、て、て！。大した事あ無え、うっちやっとけ。
小頭　野郎、こしやくな！。（格闘）
三郎、（上になり下になりしながら）おい、皆、此処あ放っといて東口へ走れ！。連中に加勢してやれ！。仲間だ！。見殺しにするな！。えゝっ、早くしろ！。さっき言ってた事忘れたのか！。お前達あ仲間を見殺しにする気か！。お前達あ、労働者か！。（男A、B、金、夫、女房、工夫等、互に顔を見合せる）
三郎、（尚も組合ひながら）俺も後から行くから早く行け！。
三吉　よし！。奴等を助けろ！。行かねえ奴あ、労働者ぢやなくって犬だ！。行け！。（東口の方へ走る。続いて皆走る。倒れた行路病者と、それを介抱する息子と女房と、格闘しつつある小頭と三郎を残して）
小頭　ウヌ！。
三郎、くたばれ！。青鬼！。（小頭を撲りつけ、立って）おやぢさん済まねえ、待っててくれ！。（

同じく東口の方へ走り去る）
小頭（背に血）こうなりゃ、破れかぶれだ！ 待
て！。（追って走り去る）
息子 チヤンよう、しっかりしてくれろ！
女房 どこなの、あんた、キズ？、此処？、
行路 なあに、なあに、いいんでさ。
息子 苦しいか、チヤン！。
行路 お前も行け！。加勢に行け！。畜生！。アヒ
クチ持って、行け！。
息子 だって俺――。
行路 行かねえか！。チヤンがやられて、くやしか
ったら行け！。チヤンを喜ばせようと思ったら、
行け！。チヤンの腹にタマ叩き込んだなあ、金持
の奴の手先だぞ！。そいつをブッタ切って来てく
れ！。
息子 行くよ、おいら、待っててくんな、ヒーッ！
（言いざま、走り去って行く）
女房 しっかりなさいよ
行路 おゝ、おかみさん、済まねえな。
女房 わたしゃ恐ろしくって、恐ろしくって。（着
物を破りて手当てをする）

行路 何だか、頭が変だ。（切れ切れに）おかみさ
ん、お前さん、御親切に。なあに、もう死んでも
いい時でさ。モヒ中毒でね。ハハハ、仕方が無え
長い間に、鉛がデクデク身体に入り込んでね。そ
れが、こんだ、鉛のタマが、はいり込みやがった。
女 さう喋っちゃいけませんよ。あれま、血が、こ
んなに。喋っちゃや――。
行路 水がほしい。水！。
女 （壁側の溜水を手ですくって来て飲ませる）さ、
しっかりするんですよ。
行路 ありがてえ。あゝ、その背中の赤ん坊俺に見
せてくれねえかね。見てえ。
女 （赤ん坊をおろす）さあ、この子。まあ目を開
いてゐるよ。
行路 ハハハ。キレイな顔だ。男かね、女かね？、
（声が次才に弱い）
女 男ですよ、タケシと言ひます。
行路 男か。タケ公。キレイな顔だ。あゝ、お前
が立派な労働者になる時分にや、働らく者の世の
中が来ら。来さしてくれ。孫の様な気がするんだ。
あゝ、笑ってる。ニコ〳〵笑ってる。

女　あ、しっかりして下さいよ。
行路　どんな工合だらう。坑夫の連中勝ってくれりやいい。オソレ山と言ったっけ、オソレ山か―。
女　いけない。こりゃ！。しっかりして下さいよう―。（東口の断続する。もみ合ひ）

９、同じ場所で

声―。（東口の方より、近づきつつ）おーつ！。追ひ打ちやするな！。

―。引き上げろ！。引き上げろ！

―。米だけ手にはいりゃ、それでいいんだ！。スキャップに構ふな！。

―。後はしんがりにまかしとけ！

―。押せ！　引き上げだ！。

台車を押して来る音。声と音近づく。四台の台車に米俵の積んだものを押して、方々に手キズを負った坑夫達や失業群。重傷を負った者達は台車の米俵の上に乗せられてゐる。）

―。えい、えい、おろ！。

―。ヨイトコラ！

先頭の坑夫　俺達あ勝った！。ゴロ共は逃げた！特別警備隊万才！。
―。特別警備隊万才！
―。みんな万才！。万才！。
先頭の坑夫　俺達あ、この仲間達（失業群を指す）に礼を云ふのを忘れめえ！　いいか、みんな、俺達が勝ったのも、此の仲間達の加勢のお蔭だ！
三郎　礼を言ふてくそ、俺達あ兄弟だ。坑夫の中から、俺達を助けてくれた兄弟達の万才をやらかせ！。
先頭の坑夫　よし、ええと、何と言ふんだ、お前さん達？
三吉　俺達あ失業労仂者だ。
先頭の坑夫　おや、失業労仂者万才！。
―（みんな）失業労仂者万才！。
皆々　ハハハハハハハ。
坑夫の中から　お前さん達あ何処へ行くんだ？、
金　仕事の方へ行く。仕事ない、どこへでも行く、困る。
先頭の坑夫　そうか、よし、どうだろう、みんな、ウチの山へ一緒に来て貰はうぢゃ無えか。どうせ

爆発で死んだ連中の後釜あ、俺達の方から、シッカリした奴を突っ込む様に要求してあるんだから七人や八人どうにでもなろう。
——（異議なし！、山へ来な、兄弟！
——、一緒にやろうぜ。
金　ありがたい！、ストライキやる！　仕事ある！
三郎　どうする□？、
三吉　ありがてえ！。
夫　どうして貰はうや！、
三郎、よし、とにかく、仕事が有ろうと無かろうと行こう。なければないで失業同盟を拵え上げて、お前達のスキャップ犬をもみつぶしてやる。やるぞうっ！。
先頭の坑夫　よし、（異議無しの声々）ぢや、引上げろ！、押せ！。
監督をなくして途方にくれたスキャップ達がウロウロ七八人東口の方から出て来る
息子　（父親を見つけて）あ！、チャンだ。どうしたいチャン！、俺、言はれた通りにやっつけたぜ。
女　（泣く）可哀そうに。ホンのさっき、ね。
息子　あゝ、チャンの手が冷てえ。チャンよう！。
（失業群そちらへかけ寄る）
三郎、いけねえかい？、
女　腹んとこでせう。こんな血だもの。
先頭の坑夫　どうしたい？、
松公　先まわりしたゴロの野郎に打たれちまった。そいつが俺達をおどして、お前等にかからせやろうとしたんだ。それをやっつけたものだから—。
三郎、俺達がそいつに組付いたんで、タマが飛出したんだ。俺が殺したんだ。小僧、かんべんしてくんな。
息子　なあに、いいんだ！、いいんだ！。
先頭の坑夫　そうか。そいつあ、俺達が死なしたんだ。犠牲者だ。みんな、シャッポ取れ！。（皆、ハチマキや帽子を取る）皆、おぼえて置け！。兄弟のために死んだ兄弟だ！。　見ず知らずの、おやぢさんだ！、労仂者は、いつでも労仂者のために倒れる！。そいつのわかるのは労仂者だけだ！（スキャップの方を見て）お前達も、これを見てくれ！。そして、腹の底にナットクが行ったら、引返してくれ。俺達を此のオヤヂさん同様に、俺達の職場で思ふさま戦はして、そして、死なさし

てくれ！
　スキヤップ達、うなだれる。やがて一人去り、
　二人去り、全部ノロノロ元気に東口の方へ）
息子　チヤンは笑った様な顔をしてゐるぜ！。俺
あ、俺あ、俺あ――。
三郎、これから、俺がお前のチヤンになってやら。
泣くな、小僧。
先頭の坑夫　おやぢさんを台車に乗せろ！。（皆、
のせる）何か包んでやれ！。
息子　赤い旗で包んでくれろ！。チヤンはいつもそ
を云ってた。赤い旗で包まれて死にてえった。赤
い旗で包んでくれ。
坑夫Ａ　旗か、旗は無え。けど、よし、此のハンテ
ンで包んでやら。旗よりや赤かろうぜ。
三吉　（吠える様に）おう！。おう！　俺あ、畜生
！。（泣きに）おう！。お、お、俺達に歌を歌は
してくれろ！。
松公　やいよせ、三吉。
三吉　ウー、ウー、ウー、くろおきい、あらしは――
（黒き嵐を歌ふ。黙ってゐた皆が次第に、それに
和して歌ふ、又はハミングで和す）

　一節だけを歌い終る
先頭の坑夫　さあ、行くんだ！。押せ！
――引上げろ！。
金　ロートシヤ、みんな兄弟！。ロートシヤはロー
トシヤのために死ぬ！。みんなタンケツする！
金持　シホンカ、ブッタオす！。パンコクロー
トウシヤ、タンケツせう！。マングックラロト
ングヂヤヨ！。タンキヨルパラ！。パンコクロー
トーシヤ、タンケツせう！。（両手を振りまわす）
先頭の坑夫　よし、さあ行け！。えい！。
――えい、えい、えい！。
――えい、えい、おう！。
――ヨイトコラ！。
――トコラ！。
――えい、えい、おう！。
（注意）声は全部特に叫声、喊声、かけ声、歌声
等は反響板又は蔭のハミングで大きく反響させる
こと。

（一九三一、五月）

鉄のハンドル

人物

鉄雄
律子
妙子
雪子
小暮
木村
黄留
石川
三郎爺
A
B
敏武
三郎爺の妻
同長女
同孫
職長
小栄
釘田
春山

他に三人の委員
押田
勝置
東山
ゴロ一
ゴロ二
ゴロ三
ゴロ四
ゴロ五
ゴロ六
洋服の男
守衛
竹造
傳平
彦
沖
押田邸の女中
旋工一
仝　二

旋工三
仝　四
仝　五
仝　六
職工七
仝　八
乞食
失業者

開幕前に工場内の種々な雑音と響。それを圧して晝休みの終業のボーが長く尾を引いて鳴る。ボーが鳴り止むで、チヨット静かになってから変な節の歌の声と共に開幕。

第一場、架空式クレーン操縦室の中。

斜め上に工場の天井裏。クレーンの骨組みの一部。操縦室は右手寄りの小さな四角な鉄の箱の様な室だ。鉄のタラップがぶら下ってゐる。立ってハンドルを握ってゐる鉄雄。床にしやがんで銀貨でバクチをやってゐる竹造、彦、傳平。

竹造　（ドーマ声の歌）あらその瞬間ようっと、へ茶碗をガラ〳〵いはすゝ何が何だか解らなくなったのようっと！　オットドッコイ、何が何だか解らなくなっちやおしめえだぞ、南無弓矢八幡、いいか行くぞっ！

彦　文句は抜きにして、カツとやってくれ！

傳平　えゝい、度胸だ、それ、二貫、張ったっ！

竹造　てへっ、度胸で二貫か？、安い度胸だ、へっへっへっ！。
傳平、一日がーがー汗水たらして一両と二分が、チッとバカ切れる時世だ。二貫でオンの字でい！
彦　そうよ。それとも堂め、おまけが附いたか？、
竹造　べらぼうめ、東山鉄工場の火夫の竹さん見損うな。行くぞ。おい、鉄公、張りな！。おっと。
（ハンドルを離して来やうとする）
下からの声　おーい、クレーン、どうしたーい！。
鉄雄　けっ！　まだ居やがら職長め。おやおいら三貫だ。やってくれ。（言ひながらハンドルを廻す）
竹造　どっちだい？、
鉄雄　モテだ……（下へ向って）何だよおう！
彦　俺あラウだ。ラウ大明神コンコンチキだ！
傳平　俺あモチ！
下からの声　カギに車あブラ下げたままにしといちゃ駄目おやねえか！。下に居る者あ危くって仕様が無えぞお！。加工行きの線の傍へダンしろい！
鉄雄　だって、晝のボーが先刻鳴ったんですよう。
下の声　やるだけの事を済ましてからの事だ、晝休みは！。こらっ！、鉄！。
竹造　どうしたんだよ？、
鉄雄　鋳鉄の職長ッ野郎、ヒステリ起してゐやがるんだ。合理化って奴だろう。へっ！、がなれがなれ、俺が動かなきゃこのクレーン様ビクともするかってんだ。
彦　そんな事いはねえでチヨイとやってやれよ。又後でうるせえぞ。
下の声　鉄っ！。俺の言ふ事を貴様あ！。
鉄雄　畜生。（下へ）オーライ。やりますよう。おい、みんな下を見てろ、いいか（三人下を覗く）そら、俺のクレーンは生きてらあ（物凄いモーターの唸声）鳴くだろう、そら！
下の声　もっとユックリやれ！。オーライ、ゴーダン、ゴーダン、オーライ。危いぞお！。
鉄雄　どいたり！、行くよう！。（ハンドル）
下でドシーンがら〱と言ふ響
下の声　ワーッ！。
竹造　オッ！。職長！　やられたっ！。
鉄雄　アハハハハ、轉ばやがった！。大丈夫だよ、下敷きになんかなりやしねえ、はゞかんながら俺の腕に狂ひは無え。あんまりガー〱こきやがる

から嚇かしたまでよ。
傳平　いつもの事だが、酷えことをしやがる。あの車輪が頭の上からドシンと行って見ろ、職長の禿頭、シャリだぜ。いい加減にしろ！
鉄雄　アハハハ、何言ってんでえ！　さ、始めろ、張ったぜ。（室の隅の酒のビンを取り、ラッパ飲みをする）ウーッ、たまらねえ。肴無えかい？
竹造　ホラ、スルメがあら。
傳平　さ、ポーンと行かうぜ。威勢よく。（鉄のタラップを跳け上って来る職長。昂奮してフーフー言ってゐる）誰だい？　あ、来た！
職長　こ、こ、こ……お！　又手前達やってるな、バクチ打ちめ！　や、やい、鉄、出ろ！　出ろと言ったら出ろ！　今のざまあ何んだ！　何てえ乱暴な真似をしやがるんだ！　すんでの事に俺あ車輪の下敷きになっちまう所だったぞ！　俺を殺そうと思ったのかっ！　此の俺を、東山鉄工所がまだ職工十人位の時から此処の鉄屑ん中で働いて来たお蔭にや、監督だって所長だって社長だって、浜田君っちって、君《くん》と言ふ此のオヤヂを、手前は殺そうと思ったのか！　返事をしろ！　次第によっちや、畜生！　何とか返事をしねえか！
鉄雄　……へえ、（酒ビンを撫でてゐる）
職長　へえだって！　へえたあ何だ、へえたあ？、全体ふだんから此処にこんな奴等を集めちやロクでも無え三文バクチを打ったり酒を飲んだりしやがって、しかし、まあ、手前はチッとバカ腕が立つし、満更でも無え気性だと思って大目に見て来たが、此の俺の気持ちは解らねえことあるめえ！　その俺を手前、蟹の様に押し殺してえのか？よ、やい！
鉄雄　すんません。
職長　てっ、気を附けろい、ホントに。どうかしてゐるぜ。お前、押田の親分のとこの身内格だって言ふし、押田さんと内の社長とは市会議員仲間だし、色々懇意だから、だからお前チットバカ横車でも押せると思ってるらしいが、今時の工場なんて、そんなんじや無えぞ。今三百居る奴を半分は出来りやお拂箱にしたい位の気でゐるんだ。いくら腕がよくったって、切るとなりやあ用捨しねえ、
竹造　ホントですかい？
職長　と、まあ言ったもんだ。な、だからよ――。

傳平　ハーン、読めた、こないだっから仕上げの方で一人二人と来なくなる奴があるって言ふが、何だね、ぢや、会社の方で因果を含められて、そいで、なしくづしにやらかさうと言ふのかね？、

職長　（あわてて）仕上げの方の事あ知らねえ、俺あ。だがお前達も、そりやチット位打つたり飲んだりもいいがな、仕事に差つかへる様だと、な、そこんとこだ。オット、組長の方で云ったかい、課長の話のこと？、

竹造　何ですい？、

職長　知らねえのか、なんでい、ぢや直ぐ下へ降りて来い。直ぐ此の下で皆を集めて樫山さんが能率とかの事を話して聞かせるんだってよ。聞いとかねえと危えぞ。何でもこれから組長に受持たせて仕事の成績表を付けるんだそうだ。ウン、一人々々にだ。

鉄雄　成績が悪いと、おん出すかね？、

職長　どうかな、先づそんな事かな。ぢや、顔を出しなよ。（窓から覗いて）や、そろそろ集ったい。各部で人員点呼をやるんだから顔が見えねえと損だぞ。（室を出てタラップ石にかゝる）

竹造　ぢや行くか？、

傳平　うるせえなあ。（茶碗をしまひかける）こりや後まわしだ。

鉄雄　壺は置いとけ。

竹造　どうするんだい　行かねえのか、鉄？、

鉄雄　行かねえ、俺あ。俺あ。くそ面白くもねえ。此処からだって聞えらあ。置いとけ。

職長　（タラップ石に足をかけ、鉄雄の言葉を耳に入れて）鉄、火の粉ぢやあるめえし、そうパチパチするな。俺聞いたぞ。仕上げにゐる女工の妙ちやんだ、押田親分とこのいい顔の敏武の妹だってえが、あの子にお前惚れたとか、振られたとか、当時、鋳鉄の方でも専らの噂だぞ。八つ当りは男らしくもねえ。しつかりしろ、へへ。

鉄雄　（ヌイと室を出てタラップ石の上部へ行く）やい、禿、それを云ふか？、

職長　（仰いで）おー、禿？、へーん　さう目くぢら立てるな。噂だよ、仕方がねえ、何でも加工部のダライハン(ママ)にゐるカジマとかキジマとかに取られちやったってえが、同情するよ。おつしやる通り、今ぢや禿げちまったが、これでも二十年前に

や、仕上部の女工の前を通っちゃワンワと云はせた事もあるんだからな。アハハハハ。
鉄雄　妙ちゃんだろうと、貴公だろうと、俺の目の前でそんな事を吐すと、ウーム、(激怒。ズルリと見廻した末、やにわに、タラップに職長を乗せたまま、クレーンの支柱からタラップをはづし、両手で空に持上げる)くたばれ！
職長　(揺れるタラップにしがみついて)ワッ！ワッ！あッ！き、き、貴様、お、お、俺を！ど、どうするんだ！気が狂ったのかッ！
鉄雄　気が狂ったんだ！いいか、野郎　土間へ落してやるから、たらふく鉄屑でもなめろ！
竹造　鉄、何をするんだッ！(止めにかかる)
傳平　トトト、何をするんだ、鉄！こら！
職長　たたた助けてくれ！。
向。—— 職長も竹造も傳平も気を呑まれて、口が利けない。タラップの上部を摑んだ鉄雄、タラップをやけに左右にブラブラさせて、下をねらってゐる。)
下からの声　オーイ、みんな集まれえ、点呼だぞオ、課長さんのお話だ。浜田さあーん、鋳鉄の職長さん、どこへ行ったーい！
鉄雄　俺の前で女の事を云ふか！
職長　あやまった！も、もう云はねえ！
鉄雄　(タラップを再びガタンと支柱に掛ける。フラフラとして)行きやがれ、ズクニューめ！
職長　あーい、詰らねえ、いたづらよせ！こら、こんな冷汗でビッショリだ。今に見ろよ、鉄、貴様あクレーンにのさばってゐやがって——。(ママ)」鉄雄。まだかい？、もう一度ゴーダンと行きます(ママ)よ。
職長　おっとっと、畜生、気味の悪い奴だ。(あわててタラップを下へ)来いよ、彦も。
下からの声　浜田さあん、職長ーう！
職長　おーい、行くよう。(下へ消える)
彦　どうしたんだい、まあ、鉄公？、
竹造　俺あ、ホントにびっくりしたぜ！
傳平　酔ったんだよ。あんまりグイグイやるから。
鉄雄　(あんまり怒ってゐる自分に気がつき、ビックリして少しテレて、額を平手で撫でる)へッ、酔った、アッハハハハ。
彦　思い切った事をしやがる。首だぞ。
竹造　おや、もう課長始めたぜ。さ、行かう。

傳平　妙公の事云はれて、そんなに怒るとこを見るてえと、ホントに振られちやつたのかな、意久地ねえなあ、鉄。

鉄雄　傳平、ウヌも云ふか。それを！、（言ひざま傳平の身体をワシ掴みにして両腕で差上げる）ゴーダンだ、畜生！。

傳平　ワーイ、た、た助けてくれ！（窓の外へ突出されまいと支柱にかぢりつく）彦！。竹造！。

彦　止しな、鉄！。（竹造はドン〳〵タラップを降りて消える）

そのまま窓から見下す鉄雄。下の下(マヽ)で択山の職工の集つてるらしいザワめき。課長が何か喋り始めたらしい声。言葉はハッキリしないが所々の語尾や単語が聞えてくる。

鉄雄　（ポイと手を離して）早く行け、馬鹿、これからだつて、いいか、ウヌがいくら飲仲間の傳平だつても。俺に女の事をツベコベ吐すと、ひねりつぶすぞ。憶えて置け。

傳平　（目を白黒させて何か云はうとするが、気を呑まれて云へず、コン〳〵とタラップへ。タラップを下りてかゝり、途中で足をとめ）何てまあ。

——課長の話、お前行かねえか？、

鉄雄　成績表か何か知らねえが、あんな奴のゴタクを、おとなしく聞いて居れるか！。どうせ、もつと上手に搾りとつてやるから覚悟しろつてえ話だ。わかつてら。（傳平タラップを下へ消える。下から聞えてくる課長の声）へ！　やつてやがる。あんなにチヨッピリになつた髮にあんなにチックつけあがつて。オボロ月め！。（窓から下を覗き、操縦室の中をグル〳〵歩き廻る。怒りが鎮まつて次才に寂しくなつてくる。寂しさを追払ふ様に何度も歩き廻り、自分をも含めた何もかも嘲るやうに）ヘッ！　フン！　ヘッ！　チッ！　チッ！　チッ！　ヘッ！　みんな口を開いて聞いてやがる！。ヘッ！（酒ビンを取つて飲む。一口のむと空になつて了ふ。舌打をしてビンを投出し、スルメを噛る）

課長の声　……（何か喋つてるがハッキリとは聞きとれぬ。以下嗚呼の箇所は同様。聞に非ず）……で、安い賃金でウンと仕事をさせるといふ者へは、もはや現代に於ては時代おくれでありまして、……そこでどうかといふに、……。

鉄雄　安い賃金でウンと仕事は時代遅れだと？、

アハハさうけえ！よかろ、そいで、どうだってんだ？、
ヘイラ〱して又歩き廻り、床に投出してあるバクチの茶椀をヒョイと認め、しやがんで、銀貨をピョイと投上げて、ポンと伏せる）モテだ。ドッコッショ！（茶椀を開ける）どうでえ、モテだ！ぢや、もうちっとべえ、高い賃金を出して見ろい。よッ、こんだ、ラウだ！（以下、半ば無意識に銀貨と壷をひねくり廻したり、開けたり伏せたり一人バクチ）

課長の声　……つとに此の点に着目しましたる本工場に於ては、他会社工場に率先して……会社の純益金を平等に従業員諸君へと云ふモットーに基き着々として…諸君は本工場存立の基礎であり諸君が居てくれなければ此の工場も成行かない、諸君が困れば社でも困る、といふ平等無差別の立前からして…。

鉄雄　ぢやなぜ、加工の方から、ナシクヅシに首を切りあがるんでえ？、平等無差別の立前からチョン切るのか？、ヘッ、よ、モテ！。

課長の声　……でありまして、尚、受持の組長から説明がある筈でありますが、よくこの点を理解して、わかって呉れてだね、ですから、今度実行される成績表のことも充分にわかられた事と信じます……

鉄雄　わからねえね。わかりませんよだ。よ、ラウだ。何が何だか解らないのよう、と。

課長の声　……アメリカのフォード工場に於ては理想的にこれが実施されてゐるのでありまして、かくしてフォードが業界をリードしとる主なる原因も一に此処に……

鉄雄　フォードなら自動車でえ。自動車なんかに用事はねえ。ドッコイショと！。鉄で自動車で（ママ）出来るかってんだ。オベンチャラをぬかすな、オベンチャラを！。オチャヤチャヤのチャツと来りやチャヤリコのチョイと来ら！（タラップを急ぎ足で昇ってくる敏武と沖）

沖　変な所に連れて行くねえ。

敏武　ボヤキッコなし。此の上から見りや一目でわかるんだ。ドッコイショと。それごらんなせえ。

沖　なるほど。課長さん、まだ何か云ってるぜ。

敏武　楽ぢやねえね　課長なんてものも。変な事しねえで、人員整理ぐれえ頭っかぶせにガン〱や

つちまやいいのにね。
沖、そう簡単にゃ行かんよ。
敏武　だってさ、ジタバタ騒ぐだろうからってんで、オッカナびっくりする事あ、ありやしねえ。俺んとこの親分がチャンとついてゐらあね。内の親分なんざ、市会議員なんかでオトナシ面あ作ってゐるが、あいで白竜会本部ぢゃ利けたもんですぜ。オッと云ゃ右から左に百や二百の人間は動くんだ。それに、沖さん、あんた方もゐて下さるんだしさ一体を云ゃ、少し手ぬる過ぎるよ。
沖、そう云ふなよ。僕達の方は法律で動いてゐるんだから、そう手軽には行かんよ。
敏武　シャチコ張りゃ、切りがねえ。弁当代て奴で少しポカ〳〵するのも、まんざら——（ヒヨイと鉄雄を認める）おや、鉄！　此処にゐたのか、なあんだい、話を聞きにどうして行かねえ？
鉄雄　つまらねえ。
敏武　つまらね？　だって昼休みだってえのに、こんな所で佛頂面してゐる奴も無からうぜ。
鉄雄　俺あクレエン手だ。
敏武　馬鹿なオカンムリだな。さては、バクチで取られ——（沖を見て）オット、アハハ、さては手前妹の奴とうまく行かねえな？（沖に）いやね、此奴あ、やっぱり押田親分とこの身内と云ふんぢやねえけど、まあそんなもんでね、私たあ仲の好い、サックリとした気性の職工でしてね——。
鉄雄　よしな、そんな事。あにき。
敏武　違うか？　ハハ、ホントは私の妹で此の工場の仕上げにゐるお妙と仲が好いと云ふかな。それが振られかかってゐるそうな。ハハハ。ブリブリするな鉄！　俺あ、お妙の実の兄貴だ。もっとも先方ぢゃ、ひどく嫌ふがな、たかが、十九や廿の妹一人、俺が手前にチャンといい様にしてやるから、安心してゐろい（ママ）アハハ。
（ママ）沖、おかしな物を持っとるねえ。
繁武　オット、そんなもの見ちゃいけませんぜ、沖さん。あんたの係りぢゃねえでせう。此方を見たり。
沖　ハハハ。まいいや。（下を見る）あゝ話がすんだな。
繁武（ママ）　話あ、わかってら。第一、私の案内で赤い奴等を見に来たんだからね。

鉄雄　クソッ！

沖　どうも最近不穏だからね、東山さんも心配してゐるんだよ。おや、どうした？、あ、小染がゐる。春山がゐる　あすこで何か怒鳴ってゐるのは釘田だ。

繁《ママ》武　課長さんが行っちまうと直ぐにあれだ。右っ側の端で今、手をあげたのが小染だせう？　あれさー。

　下で職工群ががや〳〵騒ぎ始めた響

下の小染の声　（群衆の声の中に一きわ高くハッキリする）……俺達は、そんなゴマカシの手段に手を束ねて見て居ることが出来るかどうか考へて見ろ諸君！　加工部からは一人二人と既に十人余が放り出されてゐるんだ……能率増進のための成績表なんて大嘘だ、実は俺達の首を切るための口実を作るために会社でやる事だ！（喊声）……インチキだ！（さうだ、さうだの声）会社ではあんな事を云ってるくせに、着々として大量カク首の計画を進めてゐるんだぞ。俺達はそれを忘れちゃいけねえぞ！（忘れねえよッ！　忘れてたまるか！の声）俺達は戦ふ用意をしなければいけない！（さうだ、さうだ）……しかし乍ら戦ふには団結しなければいけない。組織だ！　ハッキリとした組織だ！　俺達がえまで二人三人と首切られても、手も足も出なかったのは、俺達が組織を持たなかったからだ。俺あこの事を……

繁《ママ》武　畜生！　あんな事を喋らしといていいかね、沖さん？

沖　放っとけ。総同盟あたりへ出たり入ったりしてゐたんでな、スズブンの息のかかった男だよ、あの小染といふのは。突っぱしった事云っても、毒にはならん。事に依ると組合聯盟の右翼の方へでもチョイともぐずり込む腹かも知れんが、それでもいいさ。全体が之位の工場に組合がないなんて事、チョイとめづらしい事なんだから、組合の色の具合では拵えさして、そっちにハケロを付けといた方がいいんだ。安全弁だからね。東山さんなんぞ、社民系だらうと組合といふとビクビクしてゐるが、そんなもんぢゃないさ。

繁《ママ》武　あ！　なぐり合ってゐやがる。さうかも知れねえな。白竜会の兄弟分の正義団なぞも近頃ぢゃ皇国産業社会主義なんて事を云いだしたからね。

沖、 それよりも、貴島といふ旋盤工は何処にゐるんだい。彼奴あいけないんだ。赤い。関東金ア（ママ）なロクな事はしやがらねえからな。どうしたい繁武（ママ）公、初めつから此処に案内して貰ったのは、貴島を俺に見せてくれる為だったんぢやないか。

繁武（ママ） だから私も先刻から目を皿にしてゐますがね、どうも今日はゐないらしいや。

沖、 よく捜してくれ。放っときや何をするか知れたもんでねえからね。

繁武（ママ） ゼンキヨとかゲンキヨとか云ふんでせうく、おい鉄、お前も捜してくれ、加工部の貴島だ。お前にや切ってても切れねえ仲の貴島だぜ。

沖、 えツ、そんなに仲がいいのか、君あ？、

繁武（ママ） 違ふ、違ふ、アハハ。鉄とは恋仇ですよ。俺の妹のお妙を間にはさんでの、スッタモンダの仲だ。アハハ、鉄、捜しな。

鉄雄 あにき、妙ちやん、今日はどうして休んでんだ？、

敏武 さうれ、来た。大丈夫だよ。俺がついてゐう。赤い奴なんかに指一本着させるけえ！ だから貴島を見つけてくれ！

鉄雄 貴島なら、それ！（そのトタンに下でドッと喊声が起って、ビラか何か投じられたらしく、その中の四五枚がパッと下から飛び上って来て、二、三枚が操縦室にとび込む。下から「空地へ行けッ！」「空地へ出ろッ」「ダニ幹の云ふことを聞くな！」「空地で工場大会だッ！」「畜生！」等の声々が騒ぎ声の中からハッキリ起り、群衆が外へなだれ出て行くらしい）

敏武 どうしたんだい？、あ、ドン〳〵出て行きやがる

沖、（飛び込んだビラを見てゐたが、飛上って（ママ）いけない！ アカのビラだッ！ 畜生！ どっかりモグリ込んだか！ かうしちやゐれん！（タラップへ）

敏武 だって、小勢（ママ）なんかの連中が撒いたんでせうく、あわてるにや当らねえ。

沖、 おやないんだ。小染やなんかとは別にモグリ込んだ奴がゐる！ 貴島にしても、チト手廻しがよすぎるんだ、来てくれ、君も！ 見ろ、改良主義指導を蹴飛ばせとあって、ゼンキヨー金ア（ママ）の署名まであるんだ！ 畜生どうするか！ 早

く来て呉れ！　守衛と請願に全部出て来るやうに
云ってくれよ！（走り降りて行く）
敏武　ウエ、そんなに恐ろしいのかなあ、その金ア(ママ)
てえ奴が。ま、いいや、行きますよ。（タラップ
を下る）
鉄雄　あにき、妙ちゃんのこと！
敏武　てッ、まだ云ってら、そんな段ぢやねえ。下
手すると親分にも東山さんにも、申訳がなくなる
んだ。帰りに来い。親分んちにゐるから。かうな
ると、ストライキ臭くなって来たから、手前にも
一役買って貰ふことになりさうだ。お妙のことも
そん時によく話さあ。あばよ。（下へ消える）
鉄雄　チッ！（外へ去る下の騒ぎを見る。グルリ
と歩く。ビラを読む。下を見る。何か考へる。外
の空地あたりで起る歌声。聞いてゐる鉄雄。ビン
を掴む）……貴島。——妙ちゃん。——小染——。（
ビンをヂッと見詰めて考へてる。）チエッ！　俺に
わかるか！（云ひざま持ってゐたビンを床にバシ
ンと叩きつける。ビン破れて音。鉄雄、ハンドル(ママ)
をグッと掴んで押す。物凄いモーターの声と叫。
それに混って外の歌声。

第二場　鉄夫(ママ)の家の階下

馬鹿々々しい程ガランとした殺風景な六畳と三
畳。三畳の奥に玄関があるが見えぬ。右手が普
通の押入の様にフスマになってゐるがその端の
一枚のフスマの直ぐ向ふに二階への階段がある
が、之も見えぬ。家の中には暗くなって了った
夕方。電燈がともってゐない。初め誰も居らぬ。
外から聞えて来る物売の呼声と、少し離れた家
からひゞいて来る天理教の太鼓の音。
薄暗い中をフスマを開け、階段を下りて出る律
子。手に鍋や椀や皿や箸をのせた盆を持ってゐ
る。
律　（低く）オヤオヤ、まっくらだ。（盆を室の隅
において、電燈のスヰッチに手をかけるが、フト
思ひ止ってそのまま三畳の方へ行き、外をうかが
ってゐる。——安心して戻って来てスヰッチをひ
ねる。パッとそこらが明るくなる）まぶしいや。
（ヒョイと振廻ると襖が開いてゐるので、それを
ピッチリ閉めて階段を隠す）おそいなあ、兄さん、

……（再び盆をとり、奥の障子を開けて台所へ消える。食器を片附てゐる音。片附てゐる音。片附け乍ら何かの歌の節を切れぎれに口笛――間）

女声　（左奥の玄関の外から）こんばん……ごめんなさい。（奥の物音と口笛がピタリと止む。――短い間――前垂れで手を拭き乍ら出て来る律子。グルりと一度室内を見廻した後三畳へ行く）

律　はい。（外を覗いて）なあんだい、妙ちゃんぢあないか。（カケ金をはづす）失礼しちゃふわ、フントに。馬鹿に変な声を出すもんだから誰かと思った。さあ。

妙　（笑ひ乍らあがってくる）内の組長の声色使つてやった。

律　あんた今帰り？、おそいのねえ？、

妙　（弁当箱をガラガラ云はせて）これよ。おそくなったのには訳があるの。すばらしいのよ。とつても、あんた！　知らない、まだ？、兄さんまだなの？、

律　相変らずよ、真直にや帰りやしない。毎日の事だわ、すばらしい事って何なの？、早く聞かしてよ。

妙　律ちゃん、私達の東山鉄二所だって満更でもない。ストライキが起りそうよ！

律　知ってゐるわ。

妙　それは、律ちゃんの知ってゐるってのは、こないだっから内部に不平がムンムンしてゐて、今にストにでもなりそうな気勢があるって事だけでせう？、それが今日はとてもハッキリして来そうになったよ。二三日前から加工部を中心にして、こないだのから一人二人と居なくなる人が実は自分から止したんぢやなくって、会社から詰腹を切らされたって事がハッキリ分ってね、近い内にこんだ一度にドッサリ放り出される筈だって事を噂してゐたの。いいえ、確かな所で調べて来た者があるらしいのよ。今日なんか、婦人部の方だってその話で持切りでね、朝から仕事なんかまるでサボタージみたいだったの。そこんとこへ持って来て今日晝のボーの後で、経営課の課長、槙ね、彼奴皆を集めて講話を始めたたの。それが成績表とかを作って一々々々の仕事の成績を組長につけさせるからしっかり精をだしてくれって話よ。ズーッとムシヤクシヤしてゐる所へ持って来て、これで

せう？、みんな口でこそ云はないけど、ムカッ腹立ててゐたのよ。そこへ、講話がすんで課長や事務の連中が行って了ふと、ワッと来たの。成績表なんて、大量カク首の準備だ、そんな手に乗るなつて者が出て来たね、小染さんや釘田さんの連中とても物凄くアヂッたのよ。

律　へーん、そう、小染や釘田が？、

妙　そうなの、チョイと見直しちやつたわ。

律　アホー云ってら。あんな連中に何が出来るのよ。口先だけで凄んで見ること位、誰にだつて出来らあ。去年の暮のカク首反対の内の連中との共同斗争の時の事を思ひだしてごらんなさい。連中がどんなにサボッたか！

妙　そりや、あんたの方のケーブル工場にやチャンとした組織があるんだもの、私達の東山と来たら組合だってハッキリとはまだないんだもの、一緒にするのは無理よ、とにかくね、小染さんや釘田さんの連中がアヂったままでは大した事ではなかつたけど、その後でどっからかビラが飛んで来たのよ。私なんか、スッかり読まない向に守衛に取上げられてしまつたけど関東金属の名の入つた奴と、ゼンキヨ支部の名の入った奴と、とても凄いの、職工大会を開いて各職場からの代表者会議を作れって云ふのよ。みんなにまるで火が付いた様になつちやつてね、それっきり工場の空地へ飛出して行ってね――

律　（二階の方を気にしてヂロリとそっちを見た後）ウン、で？、

妙　皆が代る代るガンガン怒鳴るし、守衛や請願が解散させようとするのと取組合ひをやらかし、まるで蜂の巣を突っついたやう。

律　貴島さんや鮫地さんは？、どうして？、

妙　やっぱり気になる鮫地さんのこと？、

律　馬鹿！。妙ちやんの馬鹿。あたし達は今大事なことを話してゐるんぢやないか！。

妙　怒らなくつていいわよ。だって、やっぱりあんた好きでせう、鮫地さん？、

律　好きよ、それがどうしたってえの？、大好きよ。

妙　（おどけて　鉄砲で打たれた真似）タッ！、やられたッ！　もう動けないッ！

律　（笑って）トンチャンねえあんた、弱虫のくせに！　妙ちやんだって、やっぱり加工部の貴島さ

ん好きぢあないの！。

妙　そうでもないのよ。私――。

律　遠慮しなくたっていいさ。

妙　いやかさないで頂戴よ。――こないだも私、あんたに相談したわね、貴島さんと、あんたの兄さんの事考へると、私、直ぐに訳がわかんなくなるのよ。あんたの兄さん、私、嫌ひぢやない。――えゝ若しかすると貴島さんなんぞより《(ママ)》もグッと好きなのかも知れない。――しかし、あんたの兄さん、あたしの兄と仲が好くってさ、その私の兄と来たらあんなゴロツキの親分の押田義太郎なんかの子分でせう。

律　そうよ、内の兄も押田んとこで盃を貰ってはないとかで、バクチ、酒、――屑よ、内の兄なんぞ。兄の事なんぞ思ひ切っちやひなさい。貴島さんはえらい！。

妙　此処の鉄雄さんが私のことを、どんなに心から考へてゐてくれるか、私にはよく解るつもりなの。バクチを打ったり酒を飲んだん《(ママ)》するのにも、若しかすると私に罪があるんかも知れないと思ふの。――しかし、私にも、どう考へたらいいのか、わからないんだもの。――悲しくなるわ。

律　内の兄のことなんぞ、キッパリ肱を食はしてやればいい。そしたらスッカリ反動のゴロになるか、却ってマヂメになるか、どっちかになる。私達みたいに働いてゐる女は、これから先、どんな事があっても、反動や屑の男と一緒になっちやいけないのよ。そうしたらオシマヒだ。――だけど、兄も可哀想よ。あんなブッキラボーのカンシヤク持ちだから、自分でもどうしていいか解らないでゐるのよ。あんたの兄さんと急に仲が好くなってゐる押田んとこへ出入りする様になったのが、私があんたと貴島さんとの連絡をつけてやってから急にそうだものね。だけどそれは別問題だ。あんた所の婦人部を固めて行くのには、貴島さんからあんた方が指導して貰ふ事が絶対必要だったんだから。――兄は屑だ。

妙　律ちやん、あたし、苦しい――（畳の上に突伏す。少し泣声で）あたし知ってゐる、あたし伯父さんとこに一人で厄介になってゐるけど、内の兄が時々来ちや話すから。――鉄雄さん近頃、とてもひどい喧嘩をするやうになったんだって。――

それがみんな私のことを考へちや、ヤケクソになつてゐるからなんだつて——。

律　ウン——ウン——ウン。だつてさ——（突伏してゐる相手を見乍ら、自分も悲しくなつてくる——間——スッと気を変へて）なあんだ、脱線、脱線々々！メソメソしつこなし。脱線よ、妙ちやん。私のケーブル工場なんかで仕事中に脱線でもしようもんなら、腕一本位モギ取られてよ。ワーイ、脱線！弱虫ねえあんた、泣いたり！

妙　（身を起し、きまり悪そうに笑ふ）ウン、もう止さう。

律　そいから、どうしたの？、大会やつたの？、

妙　そいからね、皆が暫くゴタゴタしてゐたけど、しまひに議長をきめろつてんで、動力の方の三郎爺さんね、あの人を議長にしちやつて——。

律　ウン、歯が抜けちまつてモグモグしてる。

妙　そうよ。あの人なの——（天井に目をやり）おや、何かミシッつて云つたわ、二階に誰かゐるの？、

律　ウウン、誰もゐやしない。

妙　だつて——。

律　気のせゐよ、あんたの。恋愛論なんかやるもんだから、変になつてんだわ。そいで？、

妙　でね、とにかく会社の意向も、モットハッキリ知る必要があるし、皆の不平もよく話し合つて全体としての態度をハッキリさせることだてんで、職場から五人づゝの代表が出ることになつてね、そいで——。

表の硝子戸が乱暴に開けられる音。二人ビクリとして其方を見る。律子立上りかける。酔つて無音でズッと上つてくる鉄雄。）

律　あ、兄さんなの、お帰り。

鉄雄　お、なあんだ、妙ちやん来てるか。（テレて酔つた顔を平手でしきりとゴシゴシ撫でる）水か湯か呉れ、リツ。

律　はい。（立つて水を汲んで来て）ス、酒のんで来たのね。

鉄雄　（それには返事をせず、テレ乍ら妙子の横顔をチラチラ見る）えゝと、（どもつて）き、貴留君が来たのか？、

律　どうして？、居やしないぢやないの？、

鉄雄　二階に来てんだろ、ナニんとこに？、

律　あんまり酒を飲んぢや駄目よ、鉄雄さん。身体に悪いわ。――それに、内の兄さんみたいになつちやふわよ。

鉄雄　ありがとう。だけど飲みでもしなけや（と何か生真面目になつて云続けやうとするが、それをやめて）妙ちやんは、そんなに敏公のこと嫌ひかい？、どうしてだらう、俺にや解らねえなあ。

妙　人は好い人よ、そりや知つてゐるけど、押田さんとこでゴロゴロして、まるで侠客気どりでゐる人なんか！　オー、強きをくじき弱きを助けなんて云つてえらさうな事云つて見たつて、やつてる事はアベコベだもの。

律　さうよ。敏ちやんはどうだか知らないけど、あの親分の押田なんかゞ、いつかの私んとこの争議の時に会社から金を貰つてやつたことを思ひ出してごらんなさいな。反動も反動も札附きよ。白竜会なんて金持の飼犬だわ。

鉄雄　ハハハハ。ケーブルの女工さんは、えれえよ！

妙　どう、今日の騒ぎ、鉄雄さん？、

鉄雄　ウン、とうとう代表会議てえ奴が出来上つて何かやらかすらしいね。――しかし、何がどうしたんだか、俺なんぞにや、馬鹿臭くつて――。

妙　何が？

鉄雄　何がつて、見なよ、先に立つて皆を煽つてゐるのは小染だとか釘田、春山、そいから、今日は姿は見せなかつたけど、貴島君なんかの一派だろ、まあ自分達の勢力を拡げて、甘いことをやらうかさうてえのが落ちだらうが？、

律　違ふよ、兄さん、それは！

鉄雄　だつて去年の暮の要求一件を見て見ろ。小染なんかがーがー云つたけど、何一つ俺達の為になつた者があるんだい？、

律　小染なんか、どうせさうさ。しかし貴島さんや鮫地さんはちがふ。兄さんはゴッチャにしてゐるんだ。

鉄雄　どこが、どう違うんだ。同じじやねえか。違ふなら違ふ証拠を見せろ！　へん、お前は鮫地の大次公に惚れてるんだよ。そいだけだよ。

律　……だから、兄さんは屑だ！

鉄雄　なにをッ！

妙　（とめる）律ちやん。鉄雄さん！　私困るわ。

鉄雄　（テレてにやにやして）うゝうゝん。ハハハ。
（仰向けに寝ころがる）
妙　律ちゃん、おやあたし帰るわ。又、あした来る。
色々聞いときたい事があるの。
律　（兄を見ながら）うん、おや。しっかりやって
頂戴。来れなかったら、私が妙ちゃんとこ寄るわ。
妙　（立って玄関へ）鉄雄さん、さようなら。
下りて出て行く。鉄雄、仰向けに寝て黙ってゐる。妙子を送り出した律子黙って台所へ行き片附け物をする音。その辺を片附けるために二三度出入りする。鉄雄ムックリ起きてフラフラ玄関へ行き、奥　妙子の云った外を黙って見る—）
律子　兄さん飯は？（言はれても鉄雄返事をせず外を見てゐる。やがて又ブラブラ戻って来てドシンと坐りゴロリと寝る。フーッと酔った息を吹く—向）
鉄雄　（首だけをもたげて）なにで、何か言ったかい？
丁度その時、台所に消えて洗物をしてゐる律子が今度は返事をしない。鉄雄も別に向返そうとはせず天井を見て足をブラブラやってゐる—向）—
リツよ、木村さんどうだい、あんばいは？
律　少しはいい様よ。—誰かに言やしないわね、
木村さんが内の二階に寝てること？
鉄雄　話す、俺がかい？　何になるんだ人に話して？
律　飯は、兄さん？
鉄雄　オデン食って来たから、いいや。
永い間—鉄雄、足をブラブラさしてゐる、やがて、それをピタリと止める
鉄雄　リツ。
律　なあに？
鉄雄　お前屑だと言ったな俺のこと？
律　怒った、兄さん？
鉄雄　いんや、怒りやしねえが、本当にそう思って言ったのかい、それとも妙ちゃんの前だでワザと言ったのかい？
律　（出て来る）かんにしてよ。鮫地さんに惚れてるなんて兄さんが言ふもんだから、カッとして—。
鉄雄　だって惚れてるんなら惚れてるでいいぢゃねえか。下品か？　だって愛してるって言ったって

事あ同じ事だ。
律　（真赤になって）おや惚れてるわ。
鉄雄　それ見ろ。二人っきりの兄と妹だ。俺にや何でも解ら。おや怒る事あ無えや。
律　でも、兄さんが妙ちやんに惚れてるのとは違ろ
鉄雄　そ・それを、そ――（顔をやたらに撫でて）何が違うんだ？、同じだ。
律　男と女とが一緒に何かやってると直ぐに惚れてる、と、こうだもの、兄さんは。仕事と個人的な事のケジメが附かないんだわ、兄さんには。
鉄雄　おや聞くが、妙ちやんは貴島と一緒に仕事をやってゐるきりでまるで惚れてはゐないと言ふのか？・
律　そりや知らん。しかし嫌いではないでせう。
鉄雄　ところが、俺は嫌はれてゐるんだ、妙ちやんから。俺の顔を見るとキッと逃げ出して行くんだ。
律、さうぢやない。さうぢやないったら。妙ちやん先刻もその事で泣いてたのよ。――兄さん、お願かだから酒飯(ママ)んだりバクチやったり、オ一妙ちやんの兄さんなんかと附き合って押田さんとこなぞに出入りするの止してよ。そして工場の皆の中でモット働いてよ。
鉄雄　小染や貴島なんかの尻馬に乗るのかい？、同じ事ぢやないか！　俺あ一人前のクレーン手だ。俺あ工場ぢやクレーンのハンドルさえ握ってりやいいんだ。
律．おや今日みんなが大会をやって、代表会議なんか拵えたの反対なの？、
鉄雄　反対ぢやねえ。ウンとやるがいいんだ。誰でも自分のしたい事をすりや何が悪い？、俺だって俺のしたい事をやるんだよ。
律、だから兄さんは―。
鉄雄　屑かい？――結構だよ。しかし（二階をアゴでしやくって）俺あ木村さんの事は、自分の骨がシヤリになっても、かくまひ通して見せら。
律、その事でもよ、兄さんは、たゞ男気とか好きだとかで木村さんの面倒見てやってるきりでもっと広い気持はなしに――。
鉄雄　階級とかゝ？、此処は学校おや無えや。講義はやめとけ。アハハハ。とにかく、俺あこう見えても男一匹だ。安心してゐな。
奥、街路で多勢の足音。ガヤガヤ言ふ声も近づ

く。その中の五六人がメーデー歌を歌って来る。
騒ぎ。
律、オヤ、東山の人達ぢやなくって？、
声一　（騒ぎの中から呼びかける）和田君！　和田君！　ゐるかい？（十四五人が玄関からボンヤリ見える）
鉄雄　おゝ、誰だい、あゝ又さんか。
声一　三郎の爺さんとこで動力の方の相談があるから来てくれ。一緒に行こうよ。
鉄雄　あゝ知ってら。もう行ってるのか？、
声二　鉄公！　ストライキだ！　ストライキだ！
声三　嘘だよ、馬鹿！　こいから、その相談しやうと言ふんだ。来いよ。和田。君が来てくれないと困るんだよ。
鉄雄　後から行くから、先に行って丶呉れ。
声一　おや直ぐに頼むぜ。さ、行こう！
声二　元気よくやれ。
声三　騒ぐなよ。目立っちやいけねえ。お、誰だ！
声四　誰だっ！
声五　誰だ！
声一　おい、駆けろッ！
声二　畜生、スパイか!?
声三　駆けろッ！　頼んだよ、鉄公！（十四五人がドンドン走り去る足音。次第に去る）
律、どうして直ぐ行かないの、兄さん？、
鉄雄　ウン。――　えゝと、着物を出してくんないか。
律　はい（押入のコーリから着物を出す）
鉄雄　（仕事着を脱ぎながら）木村さんに卵を食はしてやったかい？、
律　えゝ――（台所口で物音）おや？、
声　今晩は。
律　あゝ貴島さんだ（障子を開ける。和服の貴島ニコニコして上って来る）先刻まで妙ちやん居たのに。
貴島　そう。ぢや聞いたね。俺達んところでも少しばかり面白くなって来たよ。ねえ和田。
鉄雄　（貴島をヂロヂロ見ながら）うむ。
貴島　加工の方ぢやタンガン條項まで決定してね今その相談の帰りなんだ。しっかりやらうぜ。動力でも夜あたり集まりがあるんだろ？、
律、先刻皆が来てね、兄さん今出かけるとこよ。
貴島　しっかりやらう。で、木村の具合、どう？、

律　え、相変らず。あんたの来るの待ってたわ。
貫島　さうかい。おや、階段のフスマの方へ行きかける）
鉄雄　（着物を着変へながら）――貫島、その辺で君、妙ちゃんに会ったんだろう？、
貫島　え？、いいや会はねえ。
鉄雄　ふーん……（帯の具合が悪いのを手荒くめて）畜生。
貫島　なにかー（と続けやうとして気を変へ）こんだ、ホントにガン張らうな、和田。
鉄雄　又、去年の暮の時と同じことになりやしないかな。
貫島　そんなことあ無えよ。あん時は孤立して斗かわれてゐたけど今度はケーブルやその他連絡があるし、それに内部にもしっかりした奴がゐるし―。
鉄雄　むづかしい理屈は俺にやわからねえ。俺あクレーン手だ。
貫島　クレーン手だらうと何だらうと皆が労働者だよ。搾取されて、あげく今度放り出されやうとしてゐるのは同じだ。
鉄雄　俺がゐなきやクレーンは動かねえ。
貫島　だって自分一人がよきや、他の人間はどうでもいいと言ふんぢやねえだらう？、
鉄雄　誰がそんな事を言ったい？、現に二階の木村さんだって、君達から頼まれて俺あチャンと引受けた。
貫島　ありがたいと思ってゐるんだよ。
鉄雄　俺ア男だ。人から頼まれて引受けた事あトコトンまでやるよ。それでいいんだらう？、（睨んでゐるその時玄関の戸をがらりと開けて「あ、此処だな、居るかい鉄」と言ってズカズカ上って来る敏武）
鉄雄　あっ、あにき。
敏武　あんまりおそいから来たんだ。さ行かうぜ。（ヂロヂロ見廻し）へっん、初めてだが、オカシな家に住んでゐやがる。サッパリしてやがら。やあ律ちやんかい。妙公が時々話すが永いこと見ねえ内に馬鹿にベッピンになっちやったなあ。
律　アハハ。ケーブルの方の景気どうだい？、（貫島ヂロりと見て）こっちの方あ？、
律　やっぱり東山の方の。
敏武　やっぱり動力ですかい？、

貴島　いや加工部ですよ。
敏武　加工部か。だア丁度いいがあんた貴島といふ男知りませんかねえ。やっぱり加工だてえが？、（貴島少し面喰って返事が出来ずにゐる）なにね、少し訳有りで目星を付けてんですよ。知りませんかねえ？、少し具いんでね、そいつ。
貴島　さあ——。
敏武　しかも、その大将、俺の実の妹でやっぱり東山に出てゐる妙と出来かゝってゐるらしいんだ。
貴島　だや妙ちゃんの、あんたが——？、
敏武　妙、知ってゐるかね？、だら——。
鉄雄　貴島なら——（貴島と律子がギクリとして鉄雄を見詰める。鉄雄苦しい顔をする。思はず片手をあげる律子。鉄雄目をつぶる。つばを飲込んで、目を開いて）貴島なら、もっと背の高い肥った男だ。（ホッとする貴島と律子）
敏武　さうかい。何しろ、世間がザワザワしやがるからな。さ、行こうぜ、鉄。
鉄雄　うん——。
敏武　どうしたて、ウヂウヂするねえ。妙を女房に出来りや何でもするなんて言ってても、危ねえもんだな。
鉄雄　（妙と言はれて貴島を見、ヂッと睨み詰めてゐる——ヒョイと）行くよあにき。
律、兄さん、三郎の爺さんとこは？、
鉄雄　引込んでゐろ。
敏武　あばよ律ちゃん。ごめんなせえ。（二人玄関へ。ガタガタ出かけて行く）さ、忙しいぞ（二人去る）
向。
貴島　押田んとこの、いい顔の子分だろ、今の？、
律、兄のこと考へると私情けなくなる！
貴島　僕と妙ちゃんとは何でもありやしねえんだ。
律、屑は、内の兄。
貴島　いいや僕にやわかる。和田は立派な労働者になれる男だ。たゞ僕達のやってゐる仕事がまだ呑み込めてゐねえんだよ。
律　屑だわ。
貴島　まあいいや。さ、仕事だ。二階の木村んとこへ行こうよ。
律、ウン。（二人立って階段の方へ。律子ヒョイと振り返り、玄関にかき金を掛け戻って電燈を消し

貴島の後を二階へ暗い中に足音――幕）
タイトル「それから二日の後」

第３場

玄関の次の室。男六人。見えはしないが右手奥の応接間の方を気にしながら坐ったり立膝になったり、立ったりして居る。全部、此処には相当の顔の男ばかりらしい。男三は膝の前に四五本の日本刀を置いて、それを次々に抜いて眺めては打粉を打って居る。片隅に酒の道具。

男一　（二に）まあ一口やりな。
男二　いや後にしよう。仕事が済むまでお預けとする。
男三　（スラリと刀を抜いて見ながら）松っあん、そう固くなりなさんな。仕事と言っても大した仕事では無え。
男四　（三の手先を覗き込んで）ホー、備前物はやっぱりいいな――焼きの具合がね。
男五　わかるのか、君にも？
男四　ふざけっこなし、わかるとは恐れ入るね。これで金がかゝって居るんだぜ。
男六　金がかかって居るんじゃなくって、金が入ってゐると云ふ奴だろう。富田の兄さんの背中のキズと来た日にゃ見るだからな。ハハハ、確かなもんだよ、身内に刀が入ってゐるんだからね。
男一　おそいなあ！
男二　見て来やうかな、どれ（立って右へ去る）
男四　（一に）で、そいからどうしたい？
男一　（話の続きらしい）――でな、ズラーッと全国の立派な親方さん達が並んでゐる前をな、それも十人や廿人おやねえ、三百人の上を越して居たかな、それがまるで水を打ったやうなんだ、その前を九州の大親分がよ、小さな身体に紋付ハカマでスーッと通って行って正座にピタッと坐って右手を前に出してヂロット皆を見渡して、低い声で今日はようこそ来て下さんした。とそれきりだ。恐ろしい位だったぜ。水を打った様になっちゃった。あれ程のどえれえ人になると違ふな、俺あ、内の親分のカイゾエで坐ってゐても、身体がピシリと引きしまるやうな――。
男三　内の先生のことを、親分だなんて言ふとヌ、

叱られるぞ。先生と言ひな。
男一　黙ってゐな。議員になったって親方あ親方だ。
男六　でも俺あ叱られたぜ。
男一　ぢや先生か。へへ、笑はしちやいけねえ。でな、俺あ、あん時さう思ったよ。これがホントのジンギだってな。ジンギなんて口おや無え。腹だ。腹さえ出来てりや、手前と挨（ママ）しまするわの、おひかえなさんせのとベチヤベチヤやらなくたってズッーと利くもんだってね、早え話が——。
男六　腹が出来てると言やあ、俺あ馬鹿に腹が空っちまった。
男四　ハハハ直ぐに食ふことを言やがる。ノベツ腹が減ってゐるぢや無えか。附き合ひにくいぜ。角力取りあがりとはな。ハハハ。
男六　だって、急な用だてんで今朝駆けつけてつから大方酒ばかりで、あと何も入れて無えもの。
女の声（左手の奥から）ごめんなさい。
男一　あゝ、へえりな、お道さんだろ。（女中が大きな台にスシを盛ったものを持って入って来る）
女中　あのう、これ、どうぞ。
男三　（打粉をしながら）へえ、御馳走だなあ。
男五　（六に）見ろ、噂をすりや影だ。空いた腹でスシを呼び出しやがった。（女中に）なあにね、此ノ関取り、先刻から腹がへった〳〵で大騒ぎをしてゐたんだ。食ひな。
男六　食ふとも、こうなると色気なんかねえ。ねえお道さん。
女中　へえ、どうぞ沢山に。ホヽヽヽ。
男一　でもわざ〳〵すまねえな。おかみさんかね？
女中　いいえ、奥に来てゐらっしやる東山さんで。
男三　そいつあ気の毒だな。
男四　ま、いいや、こいから俺達が彼処の鉄工所の為に働いてやらうてんだ。頂戴しやう。（つまむ）
男六　お先きに。（食ふ。皆笑う。他二三人つまむ）
女中　直ぐにお茶を持って来ます（左手へ去る）
男五　お茶はいらねえ。酒があらあ。だが東山さんの自動車まだ表に待ってんだらう？、少し持ってつてやれよ、運転手や助手に。
男五　そりや如才は無えよ、おかみさんの事で。それに東山さんの帰るのももう間もあるめえ、もう一時間にやなるもの。
男三　何があんなに話があるんだか。

男四　要するに此方で早いとこ争議団をぶっつぶせばいいんだらう。グズ／＼するだけ損だぜ。
男五　そう手軽にゃ行かねえ。これが十年前かたとは違って職工なんて者にも近頃骨の硬い奴が出来て来た・腕も立てば策も有るてえ奴だ。
男六　（スシを二チャ二チャ食ひながら）さうだよ俺あこないだ救ゴ団の便衣隊に頼まれて例の共産党の公判に行って見たがな、手も八丁口も八丁てえのはあれだらうなあ。しかもあれの半分位が子飼ひからの労働者だったてえから。何しろ、俺達もボンヤリとはして居れなくなった訳だ。
男四　まったくだ。ボンヤリはして居れねえ。近頃の労働者なんて十人居りやその中、二三人は多少とも赤いと言はあ。
男一　赤いと言ふと共産党か？、
男四　そんなとこだな。
男六　一体この共産党てえもんの、カンチンカナメの主義主張と言ふなあ、どんなもんかね？、
男三　（抜いた刀を横にギラリギラリと振りつつ）公判に行ってそれを知らねえのか？、皆の持ってる財産と言ふものを無くしてさ、皆が同じやうに働いて同じやうに食ってやって行こうてんだ。
男六　（スシを口の所へ持って来たまま食ふのを忘れてゐる）へーん、だや曲ってゐねえ、結構だや無えかそれが出来りゃ。悪く無え。一体、この憲正会が内閣を取っても政友会が内閣を取っても、こんなに世間に失業者が増して来るんだから、言って見りゃその共産──。
男一　間抜けめ！、白龍会の者だと言ふ事を忘れたか？、チエッ！　先刻俺の話した九州の大親方の精神をだ。こりゃ日本と言ふ国の三千年来の主義だぞ。
男三　こいつで　其奴等のソッ首を二つ三つダアッとやって見てえな。ヨッウム！、（刀を居合たのの型を真似て振ってゐる。
男五　永えなあ。（そこへ奥左手の襖を開けて入って来る敏武）
敏武　よ、ごめんなよ。（後を振返って）さ、へえりな。
男一　敏公、どけえ行って来たんだい？、
敏武　なに此奴を連れる（ママ）行って来たんだ。さ、へえりなよ、遠慮するな。

男三　（覗いて）誰だい？、　おゝ鉄公か。よく来た。さあへえれ。おとついは、どうして黙って逃げて帰ってしまった？、随分捜したぞ。さ、こっちい来い。

敏武　今日だって仲々来やうとしねえんだ。何がどうしたんだか、おかしな野郎さ。へえれよ、鉄。（青い顔をした鉄雄入って来て小さく坐る）いつもの度胸はどこにどうしたんだ？、

男四、そう言ふな。まだこれでシロウトだあな。それに自分の工場で騒ぎが起らうとしてゐるサナカだ。ちたあオッな気持にもならあ、なあ鉄。

鉄雄　……へえ。

男一　それだ。だから今度はお前がどうしても要るんだ働いて貰はなくちやならねえ。それに何だてんぢや無えか。敏公の妹に、お前首ったけだってて？、

敏武　それを俺あ言ふんだ。これでシヤンと一骨折りや此の辺でもまあいい顔にもして貰へるしよ。妹のことは俺が責任を持つしさ、どこを叩いたって悪くありやうの無え話だらう？、職工仲間の附合ひの義理があるたって、義理は義理だ、赤えんだか青いんだか知らねえが先づ国賊みたいな奴等に肩を入れてやることあ無え、話が別だ。全体が赤い奴が――。

男二　（右奥から急ぎ足で出て来る）――赤い奴だって？、おゝ敏公か、何が赤えだ？、

敏武　なに此方の話だ。どうしたい親分？、

男二　親分は止めろ。今、東山さんと話が済んだとこだ。おつつけ。

敏武　ハハ、おや先生か。で、これから俺達あ――？、

男二　それも、後でハマの勝置さんからチヤンと渡りが附く筈だから。

男五　勝置のあんさんも、なまじっか、辧護士なんかやってるもんでマダルッコイっちや無え。あんなエンビ服なんか脱いぢまってザックバランに、勝置の若親分と言ふ奴でやっつけてくれりや、話あ早えのにな。

男二　黙ってろ。そこで、これ、（帰中《ママ》から水引のかかった紙包みを十個ばかり出して皆の前に一つ一つ置く）えゝと（一に）こりや兄貴だ町会の方な、その分と消防の方への挙もチヤンとなってるそうだ（三に）在郷軍人分会、君んとこは、たし

か百人ばかりだってな、さあ。
男三　ほう！　おや分会を々、
男二　その積りでゐてくれと言ふんだ。で（四、五団の方は幹事だけに渡りを附けやいいだろうって（渡す）で後は一列で同じだ（残った者に渡す）後これは裏にゐる連中へ来《たな》だ
敏武　済まねえなあ。（鉄雄、黙って始終を見てゐる）
男二　何でも職工の奴等、まだ工場にや出るそうだがな、散々にサボってるそうだが東山さんの方で突っぱねたもんだから昨日あたりから要求書をヂカに東山さんに手渡すんだって、東山さんの尻を追廻してゐるそうだ。隠れて居れるだけ隠れてゐるから、よろしく頼むって言ふんで――。
男一　よし！　面白え！、おい、おやみんな手を貸してくれ。一つしめやう！
敏武　よかろう。
男一、よっう！。（鉄雄以外の一同、三度手を呼らす。終って皆紙包みを懐中にしまう。見てゐた鉄雄スッと立って入って来た所から出て行こうとする。
敏武　おゝ、どこへ行くんだ、鉄て、
鉄雄　帰るよ、あにき。
敏武　又かい、変な野郎だ。ま坐れ！
男六　ホーて、渡りがないんで鉄公、オカンムリか？、
鉄雄　そ、そ、そんな、そうおや無えんですよ。こいでもあしあ男だ。そそ、そんな。
男一　おや坐れ。（鉄雄、腰くだけてモヂモヂ坐る）
同時に右手から出て来る東山と押田と勝置。東山は背広でカバンを持ち昂奮してゐる。押田は紋付ハカマで見たところ、おとなしい紳士で陰気なほど落着ち（ママ）いている。勝置はエンビ服を着た普通の弁護士らしい人柄だが眼だけがグッとドギツく、これも落ちついてニカく　笑ってゐる。）
勝置　男だって？、男がどうしたい？、ン。（ヂロりと鉄雄を見て）東山さん、頭立った者は、これだけですかね、一人で十人づつでも、ザッと七十。
東山　あ、そう。これは、皆さん、この度はまあ、どうか一つ。
男一　へい、さき程はどうも――（博徒流の辞儀・

皆それにならう）

押田（坐って、気のない声、一と二に）東山さんを送って行ってあげなさい。車に一緒に乗って、

男一　へい。ぢや（立つ）あのを、お邸へ？、

勝置　ハハハ、お邸へ行ってたまるか、奴等が取巻いてゐるんだよ。いづれ、白粉臭い方角だよ。ねっ、東山さん。

押田　そ、そんな、あんた！　ハヽ勝置さんは人が悪い。

勝置　ぢや私は工場の方へ行って段取りを付けて来ますからね、先生。

押田　ウム、よからう。

東山　ぢや押田さん、万事——。今日はこれで。（奥へ去る。続いて男一と男二と勝置去る。後を追って男六と男五も出て行く。一間。奥少し離れた辺で自動車のスタート前の爆音が響く。無表情な顔で坐ってゐる押田）

押田（鉄雄を見て）あんたは？、

敏武　お挨拶をしろ、鉄。へえ、こりや東山でやっぱり働いてる男で、私の弟みたいにしている奴で何かの足しになると思いましてね——。

押田　フム。——東山では三百二十人ばかり居ると言ふが、どんなかねえ、そので、

鉄雄（モヂモヂと落着かぬ）へえ、私あクレーン手で。

押田　いや、その——（言ひ続けやうとするトタンに、表（＝奥）で出しぬけに起きる十数人の叫喚、取組合う物音、自動車警笛、ワット上る二人ばかり叫び走り去る自動車の音）

男　おッッ！　どうした（走り出て行く続いて鉄雄と押田だけを残して皆ドヤドヤ走り出て行く。間——表の騒ぎ——。男一が、ダダダと走り出して来る）

男一　親分、いけません、浜の兄貴が大変！・いえ——東山の職工の奴らしいんで十人の余も表の傍にかくれて、東山さんが出て行くのを待ってゐたらしいんでさ。東山さんが出て行くとダッと取巻きやがって、いきなり一人の奴、組付いて来たんで、ハマの兄さん、呑んでたドスに手をかけたらしいんでさ。そこへ又二三人の奴等がドンと体当りを呉れたんで先きの奴を切る暇あねえ。自分のドスで自分が傷して肩からわきばられ、こう——。

押田（別に昂奮もしない）そいで、東山さんは？、

男一　勝置さんがスッと車に入れてうまく飛ばして行つちやいましたがね。なあに、対(ママ)の職工の野郎もクマのに切られて脳天割りつけられたつきり、みんな、そいつを連れてドンドン逃げて行つてまさ。

押田　フン。

言つてゐる所へ、ドヤドヤと足音と人声。廊下を、傷を負つた男二を背で抱へて別室へ行くらしい声々。「もつと、そつとやれ」「畜生、丸で血迷つてるんだから。」「おつと誰か届けてこい」等々。男一がスッがタッタとよろめいたらしく、左の襖がドンと突あけられて、男二の肩から石手がヌッと襖の外に出る。血が染んで居る。）

男一　あれでさ、親分職工の奴丸で死にもの狂ひらしいや。此方も少し、しまつてかからぬーと……

押田　フンーま、いい離れで手当をしてやれ。

男一　へえ、でもー（と何か言葉を返そうとするが落着いてゐる押田が、少し恐くなり云はずに左手で倒れた襖を立ててそこから去る。後には陰気に坐つてゐる押田と、先刻から落着かず中腰になつて、ワクワクばかりしてゐる鉄雄。押田、鉄雄を見るが、そのまま何も云はぬ。一間一耐へ切れなくて立上つてウロウロして去らうとする鉄雄一間）

押田　……鉄つつあんとか云つたな？、

鉄雄　（ギクッとして立すくむ）へ？、

押田　そうドカ／＼する事あない。……まあお坐んなさい。

鉄雄　へい、あのうー。

押田　まア、お坐んなさい。えーと少しお聞きしたいがね。ー（そして初めてニッコリする。押田の様子は初めから終ひまで、丸で柔和だ。しかし鉄雄には却つて、それが凄くひゞいて尻がすわらぬが、此のニッコリでとう／＼ゾーッとして圧倒されてしまつて、無意識に押田の顔を見詰めたままペタンと坐つてしまふ。）

鉄雄　…………？、

押田　少しあんたにお頼みがあるが、東山の人だと云ふんで、少し見込んでね、どうですか、ま、きいて下さいよ。外ぢやありませんがー、（読(ママ)みかける、しびれる様になりきいてゐる鉄雄）

ー幕ー

第四場　老鉄工、三郎の家

夜。汚なくて暗くて地下室みたいな感じの家。堀割の側を通るコンクリートの街道の直ぐ手前の、街道の路面よりも余程低い地盤に立ってゐるんで、外を歩いて行く通行人の下半身が硝子窓の上部からすけて見える。二室。出入口は右奥。左手の狭苦しい室には、病気で寝てゐる長女。他にまだ小さい男の子（これは長女の息子で三郎爺には孫にあたる）が小さくかたまって寝てゐる。長女の枕元で眼をショボつかせ乍ら襯衣のボタン穴かゞりの内職をセッセとしてゐる老妻。右手の室では六人の鉄工が薄暗い中に坐ってゐる。既に開かれてから多少の時間を過した会議。貴島、石川、三郎、他にACB、婦人部からの小暮。貴島とAは隅で謄写版にかかってゐる。立ってゐるローソク。電灯をひねくってゐるB。今迄熱心に討論して来たのが、何か困難な問題にぶつかって、皆んなが考へあぐねてチヨット黙ってゐると言った格好。

窓の外の街路は月光と街灯で明るい。そのために室の中も逆光で相当明るい。時々通り過ぎる通行人の他に規則的に窓硝子の上部に下半身をすかして街路上を右へ行き左へ行く男の姿。――ピケ。

石川　……（続き）俺あ、その点に関してはそう思ふんだがな――。

A　ぢや釘田や小染がダラ幹ぢや無えと言ふのか君は？　個人的にどんな立派な人間だったって、あらゆる改良主義者が俺達の活動の中では――。

石川　それを言ってゐるんぢやないんだよ。俺達の今持ってゐる力を、ひいき目なしに計算してから、それは決めなきやならんと思ふんだ。――まだ弱い。俺達の力はな。――工場全体を見渡して、たった此処のこれだけだ。後、鮫地が来てさ、で、それで七人か八人だ。

A　七人ありや沢山だ。ケーブルの方なんか初め五人ばかりでやったんだ。と言ふと又君は、あん時とは情勢が違ふと言ふだらうが、大事な者はそんな情勢が先様からやって来るのを待ってゐる者ぢや無えんだ。その情勢を拵える一つの要素が俺達

の積極的な――。

貫岳　ま、待て放公。そう言ふと又同じ事を初めからムシ返すことだ。石川の言ふ事も君の言ふ事も解るが石川は、だから小栄やなんかに追随しろとは言ってゐないんだよ。正確に情勢を計算した上で方針を立てゝやらうと言ってるんだよ。問題が別なんだ。俺達はもっと冷静に、モット、科学的に計算して見やうぢやないか。

短い間

三郎（電灯をひねくってゐるBに）おい、村沢君、いくらひねって見たって熱（ママ）きはせんぜ、その電気。

B　そうか、ヒューズが切れてるんかい。なあーんだ。

三郎　ちがわ。ヒューズなら訳は無えが、アハハ、切れたのはフトコロだ。電気屋め、安全器かっぱらって行きやがって、もう一週間になるかな。こねえだの勘定まだ会社で出すめえ。いい電灯どころかオマンマが少し切れかゝって来た位だからな。暗い位我慢しろ。丁度良いよ、外から見えなくって。

B、そうかい。――俺んとこもオフクロがこぼしてたっけ。ケッ！どうするか畜生、社長め！

貫岳　どうだい、十分許り休憩しやう。

A　よかろう。おゝ眠いや。あれ、外はいい月だ。

小暮　爺さんとこはしかし病人があるし、人数が多いから、大変だわねえ。

三郎　なあにこいで結構、朝が来りや眼がさめるからな。先づ不思議だの。こうなると、俺んとこだけぢや無え。カカア持ちや子持ちで困ってゐねえ者あ無え。油差しの勝太郎の奴なんか、サボで仕事はやってなくても、ロクに食へねえもんだから腹あ空って手の見当が違って来ると言ってゐやがった。アゝ気の強えオヤヂさ。こうなると具合のいいのは一人もんだよ。

B　ヂヨ、ヂヨ、冗談言ってなし！　十日過ぎになりや帳面ぼっかりだぜ。ふだんはいいけど、会計が開かねえとなると、家持ちよりやサバサバしちまうぜ。シヤリ一粒食へと言ってくれる奴がゐるぢや無しさ、感情害しちやうぜ、爺さん。

石川　どうだい、新店のマサちやんとこ転げ込んだや？

B　ヂヨ、ヂヨ、冗談言ふねえ。（皆低い声で笑ふ）

小暮　（三郎に）だけど、艶ちゃん、全体どこが悪いの？、
三郎　ウン、まあ、肺病かの。肺病にもなるらあ、甲州の方の製紙工場に行ってたがな。話に聞くと蒸気で年がら年中　先づ水びたしみたいなものだとよ。先生は肋膜だって言ったそうだが、（左の室に）なあ、セン、艶のこと肋膜だって、さう言ったな、先生？、
老妻　え？、何で、ま、大きな声をしなさんなね。
三郎　ずっと！．先づ其の辺さ、ま、どうでも良いや。
小暮　ノンキだねえ、爺さんは相変らず。
三郎　だって、キャツキャしたってどうなるい？、そんな新派悲劇みたいな面をすると、折角の別嬪がシワクチャになるぜ。アハハ。
貫島　まったくだ。さ、又始めようか。
A　その前に、ピケ大丈夫かい、此処の？、何だか巡視の連中よほど警戒してゐたやうだったぜ。
B　大丈夫だよ。（外を指して）見ろ、信一公がゐるし、これから堀割に添ってズーッと橋の所までケーブルの女工さんが二人應援に来て立ってくれるんだ。
石川　あゝ俺、来る時に内のクレーンの鉄の妹に橋の所で会ったが、あれがさうだったのか。
B　どうしてシッカリしたもんだぜ。兄貴は酒とバクチで意気地あ無え奴だけど。彼奴近頃、押田んとこによく行くさうだ。畜生！、
貫島　鉄だっていい気性の男らしい奴だあ。
B　だって彼奴は事によるとスパイ位やりかねねえよ。
貫島　大丈夫だ。俺がそりや保証していい。
A　貫島あ、恋仇だから却って悪く言へねえんだらう。仕上の婦人部の妙ちゃん、シャンだのう！。
貫島　（ムキになり）おい、本気で言ふのか？、
A　あやまった。さう怒るな、冗談だよ。
貫島　任意してくれ。妙ちゃんと俺とは何でもありやしないんだ。仕事の上の交際だ。今夜だって此処へ連れて来る筈だったけど、都合で鉄公の所で留守番を頼んで来た位だ。ねえ小暮さん。
三郎　みんな、若え、若え！、アハハ。
B　だけどなあ、鮫地はどうしてやって来ねえんだろうなあ。鉄の妹がピケに立ってゐるんでテレち

まって来ねえ訳でもあるめえが。こりや冗談だがね。

石川　どうも最近変だぜ、鮫地は。俺あ噂によるとー。（何かの考へを払いのけて）いやさあ、又相談始めやう！

A　でどうするんだ？、これは大至急に決定しなけりやいけねえよ。これが決定されねえと、直ぐ明日っからの俺達の自分の職場でのやり方も間誤つくんだ。おや当分俺達は小柴一派と附かず離れずで結局に於て連中を支持して行くと言ふ事になるのか？、

　黄島再び謄写板、小暮が手助けをする

石川　さうだよ。しかしその事が即ち小柴や釘田一派を支持する事にゃならんと俺は思ふのだ。たゞ今俺達が、タッタこれだけの力でハッキリ表面に現はれて小柴なんかの方針にタテを突いて行けばチヨイと面白いかも知れんが、だが、下手をしてゐると俺達自身が小柴なんかゝらばかりで無しに工場の全部の連中からボイコットを食ふ恐れが充分にあると思ふ。——君あ先刻から斗争を通しての組織と云ふ事を主張してゐるらしいが、しかし僕は斗争を通しての組織と云ふ事を、そんな風には考えてゐねえんだよ。斗争にもいろんな斗争がある。小柴なんかを向ふにまわして、実行委員会叩きつぶしをやるのも斗争だらうが、又、俺達が各自分の職場でゲミチに大衆とピッタリ背中を合せながら、左翼の影響力を強めるやうな下地を拵える事も斗争だと思ふ。いや、この方が、もっと大事な斗争なんだ、特に現在の状態の下では、これ以外にないと思ふ。わからねえかなあ、俺の言ふことが？、

A　わかるよ。しかし、俺は、先刻から云ふやうにそれにや少し反対なんだ。俺達は、此の前の集りの時の経験を俺達は無駄にしちゃいけねえと思ふのだ。君は現在の俺達の力が弱いことばかり云ふが、事実弱いが、ウチの大衆の最近の気持には、打てばひゞくように、左翼の影響力を受入れるだけの下地が或る程度まで出来てゐると思ふ。それをだ、さあこれから下地を拵えて、拵えてしまつてから、反対派として俺達が姿を現はさうなんと、そう別々の事として区別して考へるのは機械論では無いかと思ふんだ。

A　石川　誰が区別したんだい？、そうぢやなくてし。
　区別してるぢやないか。全体が俺あ、おとどいの暫定実行委員選挙の時からして、俺達の側から積極的に委員会にもぐって行くように仕向けて行かなかった事からして間違ってゐたと思ふんだ。暫定と云ったって、ハッキリ・ストに入っちまへば先づあの委員会が斗争委員会になっちまうんだぜ？、だのに僅かに俺達に少しばかり近いといふ斉藤だけが選抜されて、此方との連絡は取ってくれるって言ふがさ、ハッキリした俺達のメンバーが一人も委員会にゐねえなんて、大しくじりだよ。それといふのが、初めっから俺達の間に、そんな風な日和見的な考へがあったから手おくれになって――。

石川　日和見だって？、

A　ぢやないか！　手をつかねてゐて、で、鳴くまで待たうてんだらう？、　立派な日和見主義さ。

石川　もう一度云って見ろ！（立ちかける）

三郎　おいおい、何をまあ！（とめる）

B　失言だよ、取消しな、おい。

三郎　畳がワヤだからの、静かにしねえホコリが飛んでならねえ。アハハハ。ま、カンをたかぶらせるな。

A　さうかい、貴島。

貴島　失言だと思ふ。

A　……（間）……さうか。……ウン、ぢや今のは俺の失言だ、取消す。石川、かんべんしてくんな。皆もこらえてくれ。

石川　いいよ、何とも思ってやしねえ。

小暮　私達が此処でかうしてこんな事を相談してゐる事が、私達が日和見で無い証拠だと思ふ。私達の間では、私達のやる事は一人の意見でなしに皆の意見で決めるんだと思ふのよ。

三郎　さうだ。

小暮　そいでね、だからと言って石川さんと同じ結論になるかどうか私にはハッキリ判らないけど、現在内の連中の気持なんてホントにいい加減なものだと思ふのよ。左翼がハッキリ姿を現しさへすれば、ホンの幾部分の人達でも直ぐに私達の方へ来るだらうと思ふのは間違ひぢやないか知らん。私は男の方の事は知らないけど、婦人部の方の事だけ取って見ても今度の要求書提出のことさへも

若しかするとストライキになると困るって云ふんで署名を取るのにトテも骨が折れた。ヤットの事で大体署名したけどね、それも全体として階級的な気持や団結するといふ決心からでは決してないの、たゞ小染(ママ)さんや針田一派を個人的に信用してあの人達がやれてくれてるんだから、まあ！といふ気持よ。

黄岡　それなんだ。云はば、まだとても封建的で成ってないんだ。しかし成ってないといって今俺達がカンシヤクを起して反撥したり見捨てたりしては絶対にいけないと思ふ。こんな様な工場内大衆の現在の状態から俺達は出発しなきゃならない。これ以外のどこからだって出発できないし、してはならないだろうと思ふ。実際、春山なんかどうか知らんが、小染や針田、特に小染は、人格者だし、皆から非常に人望があるし、信頼されている。俺達が見てもあの男なんか良心的で、普通よくあるダラ幹といふのとは違ふ。

B、　さうだよ。だから俺達の方がや却ってむづかしいんだ。

黄岡　しかし、それでゐて、小染が何かと云ふと、ダラ幹だ、個人的に人間としてどんな人格者だらうと良心的だらうと、いいや人格者で良心的であるから却って僕等にとっては悪いダラ幹だ。こないだっから奴のしてゐることも、結局に於て内の連中をソックリ組合联盟あたりへ売り込んで、のさばり返らうと云ふんぢやないか。自分ではそれでよいと思って良心的に動いてゐる積りらしいが、結局に於て改良主義の定石を踏んでゐるのだ。そして今に見てゐるがいい、奴等一派がキット俺達の前で馬脚を現はす時がくる。しかも最近に来る。

A　さうだと思ふんだ。俺の言ひたかったのもそれなんだ。しかし、そのためには俺達はその時まで手を束ねて見てゐるきりぢやいけねえと云ふんだ。

黄岡　しかしだね、その事は、俺達が委員会にもぐり込んだり、又は今現在急にブレーキをかけて口の先や文書の上だけで委員会の指導者連中に向って過度に反対的な態度を採ることぢやないと思ふ。その点、君は先刻、委員会に俺達のメンバーがもぐらなかったのは間違いだと言ったけど、僕はさうぢやないと思ふんだよ。現在の状勢の下ではだよ、いいかい？、

石川　異議なし。

小暮　私もそう思ふ。

A　そうかな――。

貴島　しかし同時にだな、だから俺達は当分手を束ねて傍観してゐなければならんといふ事には絶対にならんと思ふのだ。今大事なことは各工場の連中の中に俺達が根を下すことだよ。いつなんどきどんな問題が起きても、連中が俺達の線に添って立上って来れる位の用意をグングンしとく必要があるんだ。そして、現在サボタージに入って、既に半ばストライキ状態に入って来てゐるんだから、この必要は益々大きくなって来たと思ふのだ。一例をあぐれば、小染派の力で動いてゐる現在の委員会が極く最近に必ず何かの具体的な問題で、改良主義の馬脚を現はす詩が来る、その場合にそれを直接バクロするのは俺達であるにしても、その事を大衆が直ぐにハッキリ認めうるやうにだな、今から、今夜からの俺達は工場の連中の中にそれだけの用意を仕掛けておかなきやならんと思ふんだ。

三郎　ウン、それには若い連中を狙はなきやならんぞ。老人のヨボヨボは駄目だぢや。ウン。

B　爺さんはどうだい？

三郎　俺かい？　俺は老人ぢやねえ。ハハ。

貴島　いいね、ぢやで、よし！　でまあ云って見れば俺達は火花か火種なんだと思ふんだよ。俺達は自分達を大事にしなきやいけねえ。これは俺だけの意見ぢやない、モット上の方の意見でもあるんだ。俺達に今まかされてゐる仕事は、唯単に内の工場のストライキに勝つやうに俺達の力を伴ふことではなくて、いや、だから、ストライキを出来るだけ内の連中に有利な条件の下で押進めて行くことに依って、内の連中全体をハッキリと左翼の組織の中へ送り込んで行く仕事だ。

A　異議なし！　そうだと思ふんだ。それを土台にして、あらゆる戦術で決められるべきだ。

貴島　いいね、ぢや？　よしと！　ぢや早速今夜つからやらかすか？

石川　ぢや俺は、今夜、寄宿の方で集りがあってる筈だから、これから直ぐ行くよ。

小暮　私は二三人当ってくるわ。（刷物を取る）これ貰ってもいいわね。

貴島　ウン。残りは（Bに）君んとこに置いといて

くれ。で、あした出勤する前の打合せの時に、各転場別に分配してくれ。
B、オーライ。渡すのに一人々々手渡すのがいいね？、
A　さうだ。組長や監督なんか、皆がサボりながら凄い目で睨むから、朝の中暫くは姿を見せねえからな。十時迄にゃ渡しちまうんだ。班の責任者はどうなってゐるんだ？、
貴留　いけねえ、あんなグータラにデッチ上げられた班の責任者なんか信用しちやいけねえ。ストに入りやどうせ、もう一度ハッキリさせる必要のある代物だからな。責任者抜きで渡すんだ。
A、よしと。動力の方はどうだい、爺さん？、
三郎、爺さん爺さんといふな、胸つくその悪い！

俺あこれでも、これから一つ仕上の女工さんの中からいいのを目つけて色事の一つもやらかさうと思つてゐる矢先だぞ。のう、小暮さん！

小暮　ハハハハ、どうぞ御遠慮なく！

三郎、だがなあ、動力の方は一人々々に別々になつてゐるのが多いせゐか何か知らんが、ボヤ／＼した奴が多くてなあ。悲観するよ、俺あ。だがやるよ。今夜も少し心当りに当って来よう。ドッコイショと、おい、おせん、ハンテンそっちか？、
花妻　（内職の手を安めないで）ハンテンなら、坊主の裾にかぶせてあるよ。
B、どこへ行くんだい？、
三郎　なあに心当りがあるんだ。クレーンの鉄な、彼奴と又一丁口喧嘩をして来やうと思ふんだ。あん畜生。
A、あゝ奴か、止しな、彼奴あ駄目だ。
三郎、俺あさう思はねえの。鉄はいい気性の男だよ。俺あ大好きなんだ。それに奴さん、変にグレちまつて酒だバクチだとやってるが、あいで動力の内でもそのほかにも馬鹿に人気のある奴で、彼奴が一人此方へ来りや、少く見積っても、十人そこいら附いてくるぜ。何といつても鉄あ生一本の立派な職工だ。（云ひながら、花妻の居る室へ歩いて来て孫を見る）あゝ坊主、よく寝てやがら。夕飯は食はしたのか、此奴？、
花妻　あゝ、芋の煮たのが残ってゐたからね。
三郎　さうか。――チヨックラ、俺行って来るからな。アハハ。ロクに食はねえでもイビキを書いて

ゐやがる——（云いながら寝てゐる孫からハンテンを取りにかかるがフイと止めて）いいや、ま、着て寝てろ。（ズルンと鼻から流れ出た汁をこすり上げて流れ出さうな涙をこらえる）ドッコイショと。

A　（トーシヤ板を押入れにしまひ乍ら）そいで、ケーズルの方との連絡は、貴島、君やってくれるか？、

貴島　いや、俺あ地区の人と会はなきやならんから、君行ってくれ。

A、よし。だけど、ねえ、鮫地が来ないと、此の前の話の続きがわからねえし、一度奴んとこに寄って——。（云ってる所へ、叶のピケが、拳で外から硝子窓をドンドン叩く。叩いて右手へ走り去る）

B、お！来たッ！（皆立上って逃げだす仕度）

貴島　まだ相談したい事があるが、あすの朝だ。にげられるだけ逃げるんだ、いいかい？、あわてんな！

外の様子に身を固くして耳をすましてうかがってゐる皆。グイと帯をしめ直す小幕

ピケ（走り戻って来て、硝子の破れ目から、押しつけた声で）違う！安保のレポだ。安保だ。

B、なあんだ、ビックリさせやがった。（云ってる間に右奥から息をきらして入って来る女工の安保）

三郎　どうした、たきちやん？、

安保　ウン。あゝ苦しい——。あのね、大変だ、内の連中が十人ばかり押田んとこになぐり込んだって！

貴島　押田んとこに？、なぐり込んだ？、そんな君——。

安保　いえ、さうぢやない、なぐり込んだんぢやない、あのね、今日昼、社長の所に要求書持って行った委員達について行った人達の一部分がね、社長がどこまでも逃げまはってるのに憤慨してさ、その帰りに押田んとこの表を通りかかったらしい、すると、そこに見覚えのある自動車があったので待ってると、社長が出て来たって。例のゴロ辨ゴ士の何とかッてえのを連れてね。何でも私達ズッツズシを押田に積み込みに行ったらしいのね。でなくってさえ、押田の子分、もう二十人の上もエ場に入り込んでゐるんで、その十人ばかりスッカりいきり立っちまって、社長をとっつかまえろっ

てんで、車を取巻いた。それを蹴散らしにアイクチを持った押田の子分が出て来て、モミ合ってゐる内に、先方の奴が辰さんね、仕上げの、あの人に切りつけたもんだから、アイクチもぎ取らうとしてゐる内に、こんだ先方の子分の一人の肩を突いたって。皆、逃げて帰って来たけどね――。
貴島　まづい！　まづい事をやりやがった！
石川　此方をブッツぶす口実を奴等に拵えてやったやうなもんだ。
B　チエッ！　チエッ！　で、そいから？、
安保　直ぐガチャが遅って来て、五人連れてってしまったのよ。小染さんとこで今、善後策を相談してるのよ。委員連中、ところがね、変なの、その中に此方の鮫地さんがゐるのよ、その五人の中に。
A　なに！　鮫地が？、
三郎　鮫地君がかい！
安保　さうなの！　私、初め嘘かと思ったけど、本当よ。どんな気で、どんな積りで、そんな連中の中にあの人がゐたんだか――。

間

貴島　よし、とにかく、お前今夜はこれで別れて、予定通り皆やらう。今の鮫地のことは、俺、帰りに小染んとこに寄って調べる。行ってくれ、みんな。
A　畜生！　裏切り行為だ！
安保　チョイと貴島さん。（貴島だけを隅へ呼んで）あのね、これは私もさう思ふし、ケーブルの香山さんもさう言ったけど、鮫地さんね、あれは――（低声で聞き取れぬ）
貴島　（突かれて）――え！　そ、そ、そんな！　鮫地が、まさか！
安保　私もさう思った。しかし、ケーブルと上部のとの連絡があれ程具体的に向うに知れるなんて、鮫地以外の者を疑ふわけには絶体に行かないと言ってた。
貴島　フーム。よし、まあ、いい。その積りでみんな鮫地を監視することだ。で俺はね――。（再び外のピケが硝子窓を激しく叩く）
ピケ　逃げろ！　こんだ、本当だ！（走り去る）
三郎　（硝子から外を覗いて）お！　来たい！
石川　よし、裏だ！

安保　堀割の上《カミ》へ行つちや駄目！　下《シモ》の橋んとこにケーブルの律ちやんや二三人ピケに立つてゐるんで、そこはキツト安全だから、下《シモ》へツ！
　石川と安保とは左手奥――裏口へ。貫岳とAとBと小暮はトツサに硝子戸を開けて、飛越して、街路へ）
三郎　石垣に添つて行きな！　俺あシンガリだ。平気なあ顔をして、此処にゐてやらあ。
A　何を言ふんだ、爺さん、今お前を持つてかれて耐《こら》るけえ、来いよ！（引ぱり出す、月明りのコンクリート路を右手へ、石垣に添つて走り去る五人。――間。馬鹿に静かになる。あわてて立上つた老妻再び内職へ坐る。顫えてゐる指先。――間）
　右奥から入つて来た心持で、ヌイと右手の室へ無言で靴のまま入つて来る背広の男
背広　（グルグル見廻し、面喰つて）お！　居ない！（外へどなる）おい瀬口君、君達、下《シモ》へ廻つて見てくれつ！　フーン、おい、誰か居らんか？、
老妻　どなた？、（立上る）

第五場　堀割の岸、

同じ夜。月光と街燈で明るい。右手奥へかけて堀割に架つてゐる白い橋。その橋の袖にコンクリートの上に観客の方を向いてジカに坐りこんで、通行人に向つてノベツ幕無しにお辞儀をしてゐる乞食男。これは、最後まで休まずにペコペコばかりしてゐて、殆んど口を利かぬ。左手、街燈の真下の薄暗い所にヂツと立つて、右奥と橋の向側を見詰めてゐる律子。橋の向側にも立つてゐる女工の影がボンヤリ見える。――間。向側の女工の吹く口笛の音。――短い間。橋を渡つてノロノロ歩いて来る包みを持つた男。男、橋を渡り切つて曲らうとして、出しぬけに乞食の顔にブツカリさうになつて、ビツクリして立停つてチヨイと乞食を見詰めてゐる。
包男　なあんだ。（ブルブルと身顫ひをして又ノロノロ左へ歩き出す。離れた所を通つて行つてゐる通行の男の、やけくそな歌の声。）
歌声　月は無情と言ふけれど、可愛い、あなたは、と、ハ、ハクシヨン、畜生！　月は――（聞け万国のロードー（消える）
街頭の辺まで近づいた包みの男、ヒヨイと律子

一を認めて立停ってボンヤリ見てゐる）
包男　あんたあ—（暫く黙ってから）えゝ、チヨットお尋ねしますが—（又暫く黙るが、律子が自分を見詰めるだけで返事をしないので、ロノロ立去りそうにするが、又立停って）えゝ、此の近所に植木譲《ママ》造会社って言ふのはありませんかねえ、尋ねてゐるんですがね、主に醤油の仕込みなんかやる工場なんだがね、御存じぢゃ無えかね—。
律　植木醸造？、
包男　そ、そうですよ、植木とか、上田とか言ふんだがね！、なに、そこに四五年前の仕事ホーバイが一人働いてゐるって言ふ噂を聞いたもんだから、訪ねて行って何か世話して貰はうと思ってね、なんしろ、あんた、こう世間に失業の、この失業者が多くなっちゃ—
律　知りませんけど。—今田って言ふセルロイド工場なら此処から上《カミ》へ行きゃ一つあるんですけど、不景気で今仕事やってゐませんよ。
包男　へえ、そうかね。—おっきに。（がっかりして又行きそうにして）あのなあ、附かん事言ふやうですが、此の近くに無料宿泊所はありませんかね？、
律　さあ—。（包みの男は今度は何とも言はずに少しフラフラしながら去る。橋を渡って走って来る女工の雪）
雪　何だか変よ、律ちゃん、爺さんちの辺！
律　どうして？、
雪　ハッキリ見えないけど、上《カミ》の辺で二三人の人がウロウロしてる！　先刻の女の人、通してよかったの？、
律　うゝん、あれは安保と言ってレポやってる人よ—
雪　もう一人位動員して上《カミ》の方にも立たせときゃあよかったな。妙ちゃんは？、
律　妙ちゃんも来ると言ったけどね、少しまずいから、私んちで留守番を頼んで来た。
雪　爺さんちの近くへ行って見ない、一度？、
律　ぢゃ行って見やう。離れて！。（二人左手へ去る）
律　ぢゃ行って見やう。離れて！（二人左手へ去る）
間
右の橋を渡ってノコノコ出て来る鉄雄。顔をし

かめてゐる。少し酒を飲んでゐる。橋の上で一度立停り、後ろを振返って堀割に添って、自分の来た方をすかして見る。誰も来てゐないと見て安心して、フーッと息を吐き、グルグル四辺を見る。頸の辺をしきりと手の平で撫でる

鉄雄　（歩き出す。又立停って、チッと前を見たまま）……飲みてえな、モット。畜生……ウーッと。……ウン。気味の悪い人だ、押田の親分。……フン、たまるけえ……貴島、石川、小暮……モット言ってたな。……（頸をグルグル振る）ウーン、たまるけえ、俺あ押田さんの盃を貰った訳ぢゃ無し……。社長さんから金包み貰ってたっけ、あの連中。……えっと、どうでもいいや、面倒臭え、チッ。（言ひながら歩き出そうとして、お辞儀をしてゐる乞食にヒョイと気付き、びっくり黙って見下すー間。）なあんだ、乞食か、俺なんかにペコペコしたって始まらねえ。俺あ平職工のクレーンの、ロクでも無え男だ、あゝ。ケッ、まだやってるよ。（行こうとする。又見下す。急にまじめな顔になり）……木村さん……リツ……貴島……小暮……フン……お妙ちゃん……敵武のあにき……押田の親分……ストライキか……え？、……ウン。（自分で自分の耳を押へて、頭をしきりに振る。何かを頭の中から拂ひ捨てようとする様に。そうしてゐる間に急にカーッと酔ひが出て来てフラフラフラとヨロける）お、酔ったのか、あれっぱっちで鉄公？、フン勝手にしやがれ！（乞食の傍にしやがんでしまう。しばらく頭をダラリと下げてゐたが、やがて顔上げる）へん、まだやってゐるぜ、此奴！なるほど、そうか？、悪く無えね。ペコンと。勝手にしろい。倒臭えっちゃ無えからな、何もかも！よからう、アハハハ。ペコン！ペコンと。（乞食の真似。何度も何度も辞儀をする。ー左手から人の走って来る足音がして、前場の石川とAとが息せき切って走り出る。）

石川　（いきなり橋を渡って行きそうにするAの肩をグイと掴んで）そっち行っちゃ危い此方だ！（石川と先に二人、橋を渡らないで右手へ走り去る）

鉄雄　（その声でヒョイとお辞儀をやめて、トロンとした眼でそっちを見る）なに？、どっち行っちゃ危いって？、誰だい、言ったのは？、ヘン、ど

つち行ったって危いや。ヘン俺やあ、へ橋の向う
から何か話し合ひながら、ゾロゾロ橋を渡って
来る職工達八人）

職一 ……今度、首にでもなると、困るからな、俺んとこなんざ！

職二 首になって困らねえ者なんか居るもんか。

職三 昨日も俺んとこなんざ、内の職長さんやって来てな、いつまでも俺達が、サボやって工場を占領してゐる積りなら、会社ぢや全部を首にする積りだとよ。

職一 おどかしだよ、そりや。

職二 本気かも知れねえぞ。この不景気で失業者ならいくらでも居るんだもん、二百や三百の鉄工集める位訳無えさ。

職三 だから会社の腰が強いんだよ。戦争でもオッぱじまらねえかな、ドエレエ奴が！

職四 馬鹿を言へよ、イザと言や殺されるのは俺達だぞ。

職三 俺達だってもよ、こんなビクビクして生きてゐるよりやマシだぞ。家族にやキンシクンショウだからな。

職一 馬鹿言ってら。だがよ、小染さんなんかが、あの調子で言ふから、まあさうかと思ふがな、いよいよストライキになるんかなあ。

職四 なるね、この調子で行きや。ほかに手は無えもの、小染さん達の言ふ様にしてくりや間違ひ無えさ。

職五 組合が無えから俺達の言ふ事が通らねえと言ふんだ。だから組合を作らなきやいかんと、今夜も釘田なんぞシキりに言ったがな、それはさうかも知れねえけど、だからいいんだが、何でも噂さでは、仕上の貴島とか石川なんて連中、小染さんなぞとは又別な組合を拵えにかかってるって言ふぜ。

職六 左翼だってよ、俺あマツピラだ。

職七 こないだのビラ一件もあの連中だろ？、

職八 だって間違った事は書いて無かったぢや無えか？、小染さんも小染さんだが、左翼だったつて、どうしていけねえんだい？、俺あ、こないだの大会の時に石川の言ったこと、本当だと思ふな。

職一 だって、あの連中はケーブルの方の組合と渡りを附けようとしてるって釘田さん言ってたぜ。

そんな事をすりゃ、引づられるなあ俺達で、要求はおろか下手（ママ）マゴつくと全体首になりかねゝえとよ。ごめんだい！

職八　だってお前、職工同志が手をつなぐのが、どこが――。

職三　君あ加工にゐて、黄番なんかの説教をフダン聞いてるから、さう思ふんだよ！。（話しながら八人は橋を渡って、右手へ歩き去らうとする）

職一　（何の気もなくヒヨイと振返って、乞食と鉄雄を認めて）誰だい？、お、鉄公ぢゃないか。

職二、ホントだ、鉄つあん。どうしたい？、酔ってら。

鉄雄　やあ、みんなか。

職三　ハハハ。どうしたのよ？、

鉄雄　どうしたって？、ヘン、俺だってお前達とスッカリ同じ職工ぢゃ無えか！　毎日クレーンの上にチャアンとサボってら。

職四、わかってるよ、誰も違ふなんかとは言ってやしねえ。（壺を振る手つき）レコが好きでさ、飲む、買う、目が無えと、ケツの穴まで同じだ。

鉄雄　サボしつかりやらうぜ。いいか！、（面倒臭えから早いところストライキやっつけろ、なあっ！

職四　いつの間にか、やに先端的になっちめえやがった。

鉄雄　押田（ママ）の親分んちに内の連中なぐり込んだの知ってゐか？、

職五　ホー、そんな事があったのかい。誰なんかい？、そして、どうなったい？、

鉄雄、俺もよくは知らねえんだよ。

職六　なあんだ。（皆笑う）さ、帰らう、一緒に。

鉄雄　どけえ行くんだ、みんな？、

職二　釘田さんとこで相談会があっての帰りだよ。

鉄雄　帰り？、もう一度行こうぢゃ無えか。

職三　アハ。こいから一杯やって寝るんだよ。帰らう。

鉄雄　俺あ帰らねえ。先に行きな。アバよ。

職一、アハハハ。酔ってかへると律ちゃんが恐いか？、

鉄雄　何を、今畜生（ママ）！（皆笑ふ）

職四、月は無情と言ふけれど、可愛い妙ちゃん尚無情うと――（鉄雄飛上る。八人キャッキャッと言ひながら右手へ去って行く）

鉄雄　畜生……妙公がなんだ……胸糞が悪いッたら。俺あそんな二本棒ぢやねえんだ。唯の二本棒と二本棒が違わあ。ウーン……、

その辺りをグルグル歩き廻る
橋を渡ってキョトキョト出て来る敏武

敏武　どけえ行きやがったんだろう……。あ、此んな所にゐやがる！。おい鉄！

鉄雄　又来た！、何だい？、

敏武　何だいぢやねえぜ。何度俺に手を焼かせりや済むんだ。何かてえと直ぐに逃げ出しやがる。親分も呆れてゐたぜ。

鉄雄　だって俺あいやだ。気味が悪いっちやねえ。俺あ変な気持がして口も利けやしねえ。

敏武　そりやあいだけの顔役になりや、三下《カンシリ》とは何うしても違って来らあ。ま、いいからさあこれ取っとけ。

鉄雄　何だい？（受取って）イノシシだ。呉れるんかい？、

敏武　親分から手前何か頼まれたんだろ？、それだ。

鉄雄　貴島や石川やその他にも少しでも赤臭い、と思ふ奴を兄貴に知らしてくれって言ふが俺あ――。

敏武　明か明後日か俺が工場へ行くからな。そんな時にクレーンの上から名指してくれりやいいや。

鉄雄　ごめんだよ、俺あ。

敏武　なにい!?、手前親分の頼みを！。

鉄雄　いやさ、この金貰ふの御免だってんだ。俺も男だ。金貰ってこうだとなっちや、俺の顔がすたら。頼みは頼み、金は金、話は別だ。

敏武　偉え！、よし、ぢやこりや俺が預っといてやる。ぢや明日あたり行くからな。

鉄雄　でもよ、そんな連中を兄貴なんかゞ知って全体どうするんだ？、

敏武　わかってらあ。そんな奴あ毒虫だ。つまみ出すんだ、渡しちやうんだ。此方の仕事がしにくいんだ。

鉄雄　てえと、つまりが、どうなるんだい？、会社の連中全体まで蹴散らそうってえんぢや無からうね。

敏武　そりや俺知らねえ。

鉄雄　だら、俺あごめんだ。これで俺だって東山の職工の一人だ。現にみんなと一緒に毎日工場退かねえでサボってるんだ。オー、あれ位の要求書受

付けねえ事からして社の方、悪いんだ。
敏武　変な事言ふな。……手前、妙の事忘れちまったんか？、
鉄雄　……
敏武　俺あ彼奴の兄だ。忘れやしめえ……よし、わかったな！　行くからな、いいな！
鉄雄　……
突然、左手から三人の男に追はれて走り出て来る・三郎
男一　やい、待て、コラッ！
敏武　お！　どうしたんだっ！
男三　あ、敏武だや無いか！　そいつ捕へてくれ！
敏武　お、あんたかい！　よしい！
鉄雄　誰だい？、
敏武　ヤワラの先生だ！　鉄、手を貸せ！
三郎　どけっ！
鉄雄　おれ！　三郎の爺さん、どうした？、
男一と二　畜生！（三郎に組付く。忽ち六人が一かたまりになって取組合ふ）
鉄雄　爺さんをどうするんだっ！
男一　ワカだ・此奴！・野郎！
三郎　鉄っ！加勢してくれっ！
鉄雄　爺さんはマットウな鉄工だっ！　死んだオヤヂの友達だ！　何をするんだ！（男一、二に突つかかって三郎をかばう。もみ合ひ。もみ合ひ。四人が鉄雄に邪魔されてゐる隙を見て、サッと身を引いた三郎。右手へ走り去る。尚も組打ちをして居る四人と鉄雄）
男一　（三郎の居ない事に気が付いて）あ、逃げた！　畜生邪魔をしやがって、コラッ！　離せ！
敏武　ヤイ、離せ、鉄ッ！
鉄雄　なにを、畜ッ！（はづみで、たっと突飛ばされて、アッと云って堀割の中へドブンと落ちる。それをそのままにして置いて、三郎の走り去った方へかけさる四人。）
鉄雄の声　オーツ。冷てえや。畜生！（水の音―這ひ上って居るらしい。）―間。
左手から並んでワザとゆっくり歩いて来る貴島と律子。二人とも顔だけは恐ろしく緊張して居る）
貴島　（ワザと落ついた声で）もう大分寒いね。え、（パッパッと前後を見てスッと律子に寄り街頭の

下の薄暗い所に立っゝうまく云った。隠れてやりすごしたのが良かったんだ。畜生！

律子　石川さんも爺さんもにげたし。皆大丈夫らしい。

鉄雄が堀割からモソモソ這い上って来て何かボヤこうとするがヒヨイと二人の姿を見て、黙って半身を路面に上げたまま、二人を見つめて居る

貴島　有難う。ぢや俺すぐケーブルの神崎んとこに寄って、木村んとこに行くからね。先に戻って、くんないか。大体報告しといてくれ。もう一人の人どうしたい！

律子　えゝいいわ。あの人は上《カミ》の方から先へ帰ったの。

貴島　内の留守番は妙ちゃんが？、

律子　えゝ大丈夫よ。

貴島　いいよ、奴等も攻勢に出て来たから、注意してくれよ。木村は今どこでも大事な人間だから。

律子　大丈夫。

貴島　ぢや失敬。（右手へ別れて行かうとして。つと立停り）あゝ、そいから鮫地君は、君んとこに木村がねこるのを、知ってるかい？、

律子　知らしてないわ。どうして？、とにかく私は話してないわ。

貴島　そうか。ぢやいいがね。君の兄貴は？、

律子　大丈夫だと思ふわ。兄さんは、あんな屑だけど、例の男が一旦引うけたって奴よ、ハゝ、口をわりっこないと思ふ。

貴島　まア、そうだな、ぢや。

律子　チヨイと貴島さん、鮫地が、知ってやしないかと、あんた言ったけど鮫地が知っちやいけない？、

貴島　ウムー、そうだな、えゝと、今君に話しといた方がいいかな。怒ったりしちやだめだよ、まだハッキリした事ぢやないんだから。実は鮫地君の最近の行動が少し——。

律子　え？、

貴島　もっと突とめて見なきや解らんが——（低声のため聞きとれぬ）……。

律子　（真青になる）え、——ホントそれ？、

貴島　……（低声）……。だから、今引張られてゐるが、出て来ても相当警戒してくれ。ハッキリそ

うだとすれば又その時の事だ。

律子　……（黙って、貴島を見つめて居る。）
間。――急に律子がヨロヨロとする。

貴島　お、どうした？、ウン、そりや今、君にこんな事云ふのは少しムゴイと思ったけど、どいから君と鮫地との関係もよく知ってるけど、仕事はは事だ。悪く思はねえで――。

律子　――判ってる、けど――貴島さん私先々月から身体の具合が悪いのよ、

貴島　―― さうか。――よく云ってくれた。後でよく相談しやう。若いだらうが、ヘタっちゃ駄目だよ。恋愛は恋愛だ。裏切りは裏切りだ、ヘタッちゃ駄目だよ。

律子　ウン（ヨロヨロくする）

貴島　いいかい、大丈夫かい！。律ちゃんは、俺達の律ちゃんだな？、鮫地の律ちゃんであるより先に、俺達の律ちゃんだな？、大丈夫だね？、

律子　――大丈夫。おや。

貴島　後でよく相談するからね。だが（左手へ急いで去る。残されて、ションボリ立ってゐる律子。――それをヂッと後から見てゐる鉄雄。――鉄雄スッカリ這い上ってくる。――律子ノロノロ歩き出す――左手へ。――考へつめて青い顔。――六七歩行って立止まり突然両手で顔をおほう。――波うって居る肩。その姿を後から見てゐる鉄雄。たまらなくなって近よって行き、手を妹の肩にかけ様として躊躇する。――ナリッよしと云ひかけるが妹を慰める資格のない自分に気付いて黙る。顔をおほったまま歩き出す律子。）

――幕――

第六場　鉄雄の家の二階

タイトル「その次の次の日」
晝だが窓の方が、殆んど閉切ってあるので、あまり明るくはない。頭と胸に氷嚢をのせて仰臥してゐる木村。木村の枕元で紙束を広げて、短い鋭い声で説明をしてゐる石川。スソの所で、ひどい速力でトーシャ板にかかってゐる小暮と律子。二人の女達は殆んど口を利かぬ位に緊張してゐる。特に律子は、急にゲッソリやつれた頬をして、少し歯を喰ひしばりながらローラー

握ってゐる。
石川（続き）……で、奴等も殆んど死物狂ひだ。昨日の夕方班会で場所から貴島がやられた。
木村 ゆんべ、救援会の人が来たんで聞いた。
石川 他にも二三やられてる奴もゐるし、鮫地や三郎爺さんもその前から入ってたし、誰が吐いたかわからんが、俺あ鮫地ぢゃ無いかと睨んでゐるがね、どっちにせ――。
小暮 オヤ、どうして律ちゃん？、気分が悪い？、
（律子それには返事せず再びローラーを握りしめる）
木村 ウン。
石川 どっちにせ、貴島はズーッと睨まれてたんだから。
木村 で、貴島の後は？、
石川 心配したかね、加工の方は割に調子がいいんだ。貴島の穴は、君、知ってゐるかどうか、鍛冶に居た隅田と言ふ、相当しっかりしてゐる、此奴は。こいつで埋めた。
木村 知ってる。……よかろう。
石川 サボは大体に好成績で継続中。巡視監督その他の役付き全員総出で見張ってる。押田んとこの奴等が、そう、あれで二十人もあるかな、臨時の守衛で木刀を手に持って工場内を睨んで歩いてる。雑役夫の中から多少スキャップが出そうな形勢がある。外部の自由労働のグループと連絡があるらしい。
木村 此方の責任者は、雑役の？、
石川 一人しっかりしたのが据えてある。だが、全体に会社に対する反感は高まって来てる。おとついの会社からの解雇通知と昨日の掲示だな、あれなんかが――。
木村 知ってる。（枕元の紙の中から一枚を取り）これだ。
石川 あ、君あ身体を動かしちゃいかん！吐くよ又。そいから、現在の暫定実行委員会から皆の気持が段々離れて行きかけてる。それは色んな事に関連してだが、大体に委員会がウヂウヂして手も足も出なくなって争議が、停滞状態にあるのに、しかも会計の方の支払停止で皆が段々苦しくなって来ることがある。先づ、小染なぞの人望やなんので今の所持ちこたえてゐるけど、その小染一派

に対してもだな、こないだの批判会へ出てくれる筈になってゐたケーブルの方からの応援弁士を委員会の意見を笠に着て謝絶したことなぞに就て、一部に公然反感を起させてゐる矣。次に、春山だね、委員の一人の。あいつが、押田の子分の例の三百代言に渡りをつけられて会見した上で、多少どうも掴まされたらしいと言ふ噂さが専らでね、そいでー。

木村　その噂、まさか此方側から拡げたんだやろ、

石川　冗談！。そんな馬鹿なデマ此方でやるもんか。むしろ、小染なんかの影響下の連中から起った話だ。そいで昨日、鋳鉄の方で此方の撒いたビラを中心に皆が討論してゐる所が春山が十赤の奴等がなんてチヨイと口をすべらした。んで十赤が悪くつたつく、金握らされたりはしねえしてんで怒鳴る奴がゐてね、とぶ春山、散々ノサレちやった。そんなこんなで委員会を拵へ直せと言ふ様な意見もあるし、で見通しは明日かかおそくとも明後日あたり、いよいよハッキリとしたストの形をとつても充分やれる。

木村　それは君等グループ全体の見通しだな？、

石川　さうだよ。

木村　よし！（半身を起しかける）やらう。

石川　動いちやいけないと言ったら！。君が今身体を粗末にしてくれちや困るよ。

小暮　そうよ。ホントは話をして声を出しても障るのよ。だのに、先刻なんか自分で謄写やるからって、聞かないんだもの。石川さん。少し叱って頂戴。馬鹿にしてる、木村さん、自分の身体を自分のものだと思ってる！。

木村　ウア、やられるなあ。アハ。だや、僕の身体俺のものぢや無えのかい？、

小暮　無論よ。

木村　だってまだ、帝国に於ては、私有財産制は厳存してるぜ？、

小暮　だからさ、あんたは私達全体の私有財産ぢやありませんか。自由にするのは、私達で、あんたぢや無いのよ。お気の毒様！。（三人笑ふ）

石川　実際、大事にしてくれ！。

木村　俺はおかしくってならねえんだ。あんなに追廻され乍ら吐き散□も、まだ血がある□ね。どこから血が出て来るんだろうと思ふんだ。

これでもまだ二度や三度、吐くだけば、有りさうだぜ。

石川　馬鹿言ってら。時に此処はまだ大丈夫かい？、

木村　大丈夫だよ。イザとなりゃ屋根傳ひが利くからな。ね、律ちゃん？、

律　えゝ。

木村　ホラ、又小暮君が口をトンガラしたよ。大丈夫だよ。そん時にゃ律ちゃんに抱えてって貰う。六貫位あるかな、手軽なもんだ。

小暮　紐かなんかで木村さん背にしばり付けとこうか。律ちゃん。

木村　アハ、馬鹿言ふな。（スッと石川を振向いて）だあね、差し当り、大至急に今夜にでも此方のグループの集りを持ってくれ。そしてストに入る場合の具体的な計畫、つまり此の方から持ち出す組織の案や部署のことなんぞをスッカリ決定するんだ。おとといの晩俺達の決めた根本方針は大体正しかったと僕も思ってゐるが、だからストに入るまでの後二日か三日現在通りでいいだらうが、そんな風な状態なら、ストに入るや否や、いや、ストに入る直前に、俺達は連中の前にハッキリ姿を見せてもいい。いや、見せなきゃいかん。それも委員会に対してだけでは駄目だ。工場の皆の連中の前にだ。つまりストに入るにゃ何らかの形で大会又は職場代表会議が、持たれる筈だから、その席上で大衆の一人又は代表の一人として俺達が姿を現はす。それも極く卑近な問題、たとへば社の大量馘首陰謀、反動勢力との握手、そいから同時に小栄一派の策動なぞを具体的にしかも正確にズチまけるんだ。それらの事で以て、その大会又は会議のフン囲気のイニシヤチウを先づ握ってしまう。それで一度突っぱねゝ、後は、それで皆がどんな風に動くか、その動きやうに依って、その後の大会のいろんな決定を大会の意見にまかして置くか、場合に依って、此方の組織や斗争の具体方針を発表するか、それは君達の見通しだ。

石川　わかった！　こうなれば俺もそうだと思ってた。おとといは、この事で松沢とひどく議論しちやったが、彼奴られしがるだろうな。やるよ、大大夫！

木村　でだ、集りを持ってシッカリ段取りが決定したら今の春山の買収云々だな、それを人をきめて

正確に調査してハッキリとした材料を突きとめること、及び押田と社長との関係交渉の点を明瞭に突きとめる事、そいから暫定委員会がこれまで要求貫徹のためにやって来た事をハッキリ洗ひ上げること、先刻君の報告した、昨日、小柴が貴島に会見を申込んで言った事、会社が個人として小柴に提出した敗北妥協案を小柴が猫ババをきめ込んで、皆に見せる前に貴島やなんかの賛成を求めてハネ附けられた事なんぞもその中に含まれる訳だ。

石川　オーライ、わかった。

木村　そいで、その他の者は大体先刻話したやうでいいと思ふし、今度の会議の皆の意見で決定してくれていいと思ふが、それ以外の事で俺の考えだけを二三言っとけばだな、オ一、レポを今の倍位に増してくれること、オ二　ストの直前に反射派として姿を現はすと言ふことは、一昨晩決定された大衆化方針をひっくり返すことでは絶体にないこと、従って、あの根本方針は以後ストに入るまでも入ってからも厳重に採用されること、つまり各職場メンバーは、あらゆる機会を掴んで此方の力の拡大を実行することだ。第三に、出来たら明日からでも此方のメンバー及び此方の影響下にある連中を主とした警備隊を組織して、実践で俺達が最前線に立つことのそんなものだ。で、先刻、君、各職場で此方に獲得出来た人数を読んでくれたが、もう一度。

石川　（紙片を見て）鋳鉄四人、加工三人、仕上五人、動力一人、雑役二人、婦人部は別に四人、これは、もうたしかにハッキリしたものばかりだ。もっと広い意味では約此の倍数位。

木村　すると、動力は馬鹿に少いが？、

石川　仕事の関係でむづかしいんだよ。尤も総数も三十人足らずで少いけど、しかし、又、仕事が各職場の中心的な種類の仕事ばかりだから、此方へ連れて来る事は非常に大事だが、三郎爺さんが、あれだらう？、　弱るんだよ。

木村　此処の鉄っあん、たしか動力だな、ねえ律ちやん？、

律　え〉。……だけど兄は駄目。

木村　どうして？、

律　反動よ。押田さんとこに出入りしたりしてる。

木村　でも工場占領にや参加してるんだろう？、

いいぢやないか!。で、誰が鉄つあんと、ようく話をしたかい?、

石川　三郎の爺さんが話すことになつてゐたが—。

木村　そうか。そいつは、いけねえ。俺達の誤謬だよ。律ちやん。君、またどうして、兄きだのに—?、

小暮　律ちやんとは、直ぐに口喧嘩になつちまう。

木村　さうかい。それもあるな。ま、いいや。今下にゐるかい?、

石川　いや、工場のクレーンで、何と思つてんのか、とにかくガン張つてる。

木村　戻つて来たら此処へよこしてくんないか、律ちやん?、

律　ウン……。（同時に階下で物音。皆ギクツとして立つ。フスマへ行つて足音を忍んで三四段、階段を降りる小暮。下からの足音）

小暮　あゝ、専ちやんだ!（現はれる前出の鉄工B）

石川　どうした?、

B　下の雪ちやん、とつても要心深くつて、うるせえのう。仲々してくれねえんだ。おゝ事だよ、皆が工場からおん出されちやつたぞ!。押田んとこの奴等ワンサと来やがつてね、仕事しねえのなら今日は閉めるからつてんで　ダンビラ振り廻すのさ。俺達がン張つたけんど、カンヂンの小森の連中、まあまあ明日もある事だからつてんで、今日は引取れと言ひ出しやがつてね、それつきりゾロゾロさ。門のとこで、一騒ぎやつたけど、結局物にならず、今、ノロノロ散らうとしてら。早く来てくれ、石川!。あ、そいから斎藤持つてかれちやつた。

律　あ!兄さん—。

B　違ふ、鉄公は、どうしたんだか、まるでもう何がどうしたんだか、まるで今日は気違いだ。此方の松沢に食つてかかつてるかと思ふと、押田の子分のゴロに突つかかつて行くし、メチヤメチヤで、そんな段ぢや無え。俺あ、もしかすると敷地の口から—。

木村　止せよその話。直ぐいつてくれ、石川。

石川　よし、それなら会合、夜まで待たずに直ちに持てる。今言つた通りだね、よし。（去る）

B　俺も。後又直ぐ来つから。さ、忙しいぞ、畜生、

！　連絡は大丈夫かい？、
木村　大丈夫だ。早くいってくれ。あゝ、そこの刷り上った奴持ってって、責任者に。
B　オット。（ビラ束を取る）
小暮　用心してよ、あんたソソッカシイから。
B　だよ、だよ、冗談でせう。オットショ―
去る
小暮　さァもう後一こんだけだ。スピード、アップだよ律ちゃん！
律　はい。（二人猛烈な速度を出す）（間）
律　……（木村）あたし、少し相談したい事あるんだけど。―個人的なことだけど、いい？、
木村　言って見たまえ、さう、個人的な事だって仕事と別々にしちゃいけないさ。何だい？、
律　―貫哥さんにも私、言ったことだけど、私、もう覚悟は附いてゐることなの。だけど出来るだけ早くハッキリさせたいもんだから。
木村　ウン、　で？、
律　―鮫地の事なんです。私と―。鮫地がいよいよそんな裏切り的な事をやった事がハッキリしたら―（言い続けやうとするが、苦しくなって言へなくなる、目まいがして、ローラーを取りはづしてインク版の上へ片手を突いて小さく呻く。）
小暮　どうして、律ちゃん、気分が悪い？、
律　―あ、後で聞いて貰います。後で―（と言ってフラフラ立上って、フスマにつかまって階段を降りて行く。小暮と木村、フスマに残った律子の手のインクの黒い手形をヂッと見てゐる。―間）
木村　誰に言ふでもなく、ポッポッと）俺達の仲間は一度は誰でも、あんな苦しい目に会うな。―ヘコタレて呉れるなよ。――二倍も三倍も鮫地を憎む時が早く来てくれよ。―（小暮に）ねえ、律ちゃん、少し身体も悪くしてゐる様だね？、
小暮　まだわからないの？、男だからね。律ちゃん今朝っから二度も三度も、もどしてた。今降りてったのも、さうよ。―気の毒だ。―私、早く何とか始末をするやうに考へてあげやうと思ってたけど、律ちゃんが黙ってるのに、此方から切出すのも変だし―。
木村　さうかい。さうか。―ま、しかし一つの病気だと思ふんだね。俺の此処だって、あすこで貰、の

て来たもんだ。そいつが、こうして動けなくてゐるんだからな。時々俺だって自分の責任の事を考へてると、舌を噛み切りたい様な気がすることが、これまであった。ハハ、冗談だよ。さ、俺、ローラやろうかね。

小暮　又、あんな！　私一人でやれる。

木村　ひでえもんだな。おやそのガリと原紙を取ってくれ。いや、大会の時のだ。これ位やらしてくれ。

小暮　おやまあ休み休み切って頂戴。（律子再びあがって来る。真青だが割合落着いてゐる。）

小暮　気分直って？　大事にしなきゃいけないよ。

律　ウン。何でもない（再びローラーを掴む）

小暮　あんた休んでゐらっしゃい。

律　なに、いいの。

小暮　おや、紙取る方やってくんない。（言はれるままに律子、紙の方に廻る。）

　間。

木村　（身体をねぢて、原紙を切り下ろし）……律ちゃん、俺達がいろんな目に会う時に、自分一人に起った事だと思っちゃいけないよ。たとへ、それが指の先にチョイと疵をしたと言った事位の事でもだな――。

律　え？（うつ向いたまま仕事をしてゐる）

木村　たとえば狂犬に噛みつかれたとしてもだな、噛みつかれたのは、大袈裟なことを言ふ様だが、自分では無しに俺達みんなが噛み付かれたと思ふ――。

律　え？――。

木村　その責任も俺達みんなの責任だよ。いいね？

律、え？――。

　間

　階下で人声

小暮　おや！（言ってる間に、ひどい勢であがって来る鉄雄。メチャメチャに昂奮し混乱してゐる）

小暮　あ、鉄っあん、どうして？、

鉄雄　ど、どうしたもこうしたもあるか！　おお俺あクレーン手だ。チャンとした職工だ！　ただの労働者だ、それがどうしたってんだ！　悪いか、それが？　えおっ？、俺は癪に障って何でもかんでも叩きこわして吹き飛ばしてやりたいんだ。ただの職工のやる事でやらなきゃならん事で、俺のしなかった事が何一つあるんでえ……一つで

もあるかってんだ！　あるなら云ってみろ．小暮さん！。
小暮　だから、どうしたのよう？、
鉄雄　俺あ、俺あ、クレーンを退くなって委員から言はれたんで・ダニの様にクレーンにしがみ付いて来たんだ！．押田さんとこも綺麗にことわったんだ！．俺あ、女も思ひ切る決心をしたんだ！．敵公にもつかまらねえやうに逃げて来た！．だのに、だのに、斎藤が捕まったのは俺のせいだ．俺が奴等に知らしたからだって言ふんだ！．そゝそんなベラボーな、アホダラ経があるかってんだ！
木村さん！．聞いてるかい？、
木村　聞いてる。ま、坐れよ、鉄つあん。
鉄雄　おゝ坐るとも！．（妹を認めて）あ、りつ、お前はまあ！．まだやってるよ。な、な、此のリツの事でも俺あ言ひたい事があるんだ。あ、あるとも！．
木村　（微笑してガリを続けながら）鮫地のことかい？、
鉄雄　そ．そうよ．もともと仕事だ仕事だてんで、そいで鮫地と仲が好くなってさ、ケツ．そいで．リツはどうしてくれるんだ！　りつの身体はどうしてくれるんだよ！．俺がりつの兄として——。
律　兄さん！．
鉄雄　お前は黙ってゐろ！．な．そりや君達のやってゐる事．俺だってカンドコロはわかってゐる積りだ。だけどさ．いくらそいつが大事か知らねえが、その他のことって言ふもんを一切合切滅茶くにしといてもいいって言ふのかい？、え、おい！
俺あ聞きてえんだ。あ、聞きてえとも——。
木村　（ガリを切り続ける）鉄つあん、まあ坐れ。さうだよ、君には俺達のカンドコロは解らずにゐるんだよ。
鉄雄　なに！。わからねえ？、そうか、おや解らなきや解らねえでもいいや、リツの身体はどうしてくれるんだい！，俺のことを斎藤を先方に売り飛ばした張本人だなんてしちまった事は、どうしてくれるんだ！．よ！それを——。
木村　小暮君、洗面器取ってくんないか。
小暮　え！，どうして？、具合が——？、
木村　なに、少しムズムズして来た——（言ってる間に洗面器に吐く。驚いて立上る小暮と律子）

小暮　それ御覧なさい！言はない事だや無い、ま、此の鉄筆離しなさいったら！（介抱する）
木村　……なに、いいよ。……却ってサッパリした
（しかしまだ苦しそうだ。背を撫でる律子。勢い込んで尚も言ひつのらうとしてゐた鉄雄、木村の喀血でビックリして毒気を抜かれ呆然として突立って見詰めてゐるかぎり、やがてボンヤリしてゐる自分に気附き、木村のスソに蒲団を着せかけたりする）
鉄雄　……と、ウン、こりや……俺、氷買って来やうかな？、
木村　……心配しなくっていい、馴れてるから。……鉄つあん、それよりも、言ひたい事もっと言ってくれ。聞きたいんだ。
鉄雄　何を？、俺が、いつ、
小暮　木村さん、あんた自分がどんな大事な身体かって事忘れちやいけない！
木村　知ってゐる。……（暫く息を入れてから）鉄つあん、君にや俺達のカンドコロわかってゐないんだよ。
鉄雄　まあ、そりや、後で話せるから――。
木村　後おやいけねえんだよ。聞いてるかい？、……君にそれが解ってゐねえから、何でも無い事に無闇とムカ腹を立てるんだ。……しかし本当は君は俺達の立派な一人だ。
鉄雄　たゞだからわかってるよ。だから、俺、君達の味方だからこそ君を此処に置いとくのを引受けたりしたんだ。
木村　違ふ。君は實家や妹から頼まれたんで、たゞ男気とか何とかで引受けたんだ。押田の方からも男と見込んで頼むと言はれりや又、同じ様なことをする。その場その場の好き嫌いや、義理や、そんなものしきや無えんだ、君にはいいかい？、
鉄雄　ウン。
木村　君の悪口を言ってるんだや無えぜ。いいな？、……俺あ、こんなだから間もなく、クタバるかも知れん。クタバランかも知れん。どっちにせ、俺は問題で無いや。俺達の仕事はいつまでだって、ズーッと続いて行くんだ。そして仕事をして行かなきやならんのは誰だい？、……鉄つあん、そりや君なんだ。君もその中の一人になる労働者なんだ、君なんだよ。……だから、こんな憎まれ口

を叩くんだよ。いいな？、
鉄雄　ウン。
木村　そりゃ君にして見れば律ちゃんと鮫地との事だって、その鮫地が俺達を裏切って様な事になつて、律ちゃんの身の振方が変てこになりゃカッとして妙な気になるのは、わかる。しかし、見ろよ。律ちゃんは、それでも歯を食いしばって、俺達の仕事をやってる。……なぜなんだい……俺達の仕事に律ちゃんが入用だからなんだ。大袈裟に言やあ俺達労働者階級が必要としてゐるからだ……（片隅で突伏して泣いてゐる律子）わかるかい？、
鉄雄　ウン……
木村　（微笑して）だらう？、まだこんなあ事位でなくて、若しだ、律ちゃんの身体を叩きつぶす事が必要になって来りゃ、律ちゃん自身も喜んで叩きつぶされるだらうし、俺達にしたって、そりゃ苦しいけど、黙って見てゐるよ、それを、なぜなんだ。……
鉄雄　……（唸ってゐる）
木村　実は律ちゃんにして見りゃ、あれ程の仲になってゐた鮫地とこんな事になって、それで仕事をしてゐるよりも、一思いに叩きつぶされた方が、まだましな気持だらうと俺ぁ思ってゐる。それでも、さうは出来ない。何故なんだ？、
鉄雄　（石の様に坐って、ボロボロ涙）
木村　ケーブルの労働者と東山の労働者と、つまり俺達全体がそれを許さねえからだ。広く言やあ、此の辺全体の労働階級に律ちゃんが入用だからだ。もっと広く言やあ日本中の、話が、大まかな様だが世界中の労働者だ。……いいかい、俺、説教ぢや無えぜ。……（息を入れる）……律ちゃんの事はホンの一例だよ。……君は立派な生一本のクレーン手だ。そして、労働者にや、この事はキットわかるんだ。いつかは、一度はキットわかる。一人の労働者は、その他のどんな労働者とも、切っても切れない紐でつながってゐるんだ。……君が、これまでいろんな風にグレて、宙ブラリンで居たのは、それにはいろんな訳があっただらうが、オ一君がグータラだった。……？、そいから、僕達がグータラだった。君にわからさうとせなんだ。……しかし実は君は俺達に入用な人間だ。初めっからさうだった。これから益々さうだ。鉄雄。ウ

ン……（唸る）

木村　どうだい、君が入用な仕事が出来たらやるかい？、

鉄雄（唸る）……俺みたいな男にもやれる事があるか？、

木村　ま、いい。俺の今言ったこと、少し口はゞつたい事もあったらうが、どうか怒らねえで、とにかくよく考へて見てくれ。

鉄雄　ウン……。（立つ。何と思ってか又坐りかけるが、再び立って、ビックリした様に四辺を見廻してから、自分の鼻の先きを見詰めながら、ノソノソ階段へ。ユックリ下へ降りて行く足音。）

小暮　律ちゃん――。（間）

律　（思はず小暮の襟の辺にすがり附きそうになってゐる手を突き離すやうにして）さあ、又やらうか。（小暮と律子がガサガサ紙を切る）

木村　律ちゃん、原紙を。

律子黙って渡す。――間。――木村、仰向けになったまま仕事にかからうとして、それをヒヨイと止めて、右手を目の上に持って来て、指を開いたり、閉じたりして、それをヂーッと見てゐる。

……永い間）

――幕――

第七場　鉄雄の家の階下

第二場と同じ。

前出の雪が、玄関と居間の境に坐って居る。舞台一番手前に着のみ着のままで丸太棒の様に、両腕で頭を抱いて、足を曲げてゴロりと横にねて居る鉄雄。――間。――

雪　……欽っつぁん。風邪を引いてよ。ねちまふと……。

鉄雄返事をせぬ。――二階からおりて来る小暮

雪　どうして、小暮さん？、

小暮　雪ちゃん。御苦労さん。あ、丁度いいや。あんたにお頼みしようかな。

雪　なに？、

小暮　あんた。あんたの会社の伸銅にゐる矢田さん、知ってるわねえ、あの人の宿も知ってる？

雪　知ってるわ。

小暮　そこへ行って矢田さんに、これ（懐中から出

したビラの束の半分ばかりを渡す）渡しさ頂戴。いえちゃんと打合せは済んでゐるから黙って渡せばいいの。それから、この紙切れを一緒に。上の人の手紙だから大事にして。済ましたら、直ぐ又引き返して来てくんない？、

雪　え、大丈夫。あんたは？、

小暮　私もこっちの連中にとどけて行くのよ。さ。

雪　でも、此所、これで平気かしら？、

小暮　律ちゃんが居る。それに鉄ちゃんも居るんだから。

雪　鉄雄さん、後、頼んでよ。

鉄雄　……ウン。

小暮　さ二人共大急ぎよ。（二人出やうとする。—そこへ一與で街路を叫び声を上げ、スクラムを組んで走りすぎる職工等の群と声々と足音。）あ！内の連中だ！。どうしたんだらう？、　おや／＼小染さんが皆を止めにかかって居る！。なあんだ。又、いつもデンだな。駄目だよ小染さん、ハハ、そんな悲壮なツラをして押止めようとしたって！（雪に）さ、もういい、マラソンよ！

雪　オーライ、あたし、こっちだ。（二人とび出して行く）

ムックリ首だけをもたげる鉄雄。去り行く外のデモの騒音。遠く起る歌声。鉄雄。去り行く外のデモの騒音。遠く起る歌声。鉄雄再び元の姿勢になる—間）（階段を下りて来る律子）

律、（立ったまま足を見てゐる）……兄さん。

鉄雄　？、

律、氷少し置（ママ）って来てくんない？、

鉄雄　よし。（ポケットを捜す）……だけど、俺、金が一文もないよ。

律、（ガマ口を渡す）これ。……木村さん苦しさうだ。

鉄雄　直ぐだ。（立ち上って表の方へ）

律、金槌、あったわね？、

鉄雄　たしか、鼠入らずの下の引出しだ。（律子台所へチヨッと消え、金槌と小釘を持って出る）

鉄雄　（下駄を穿きながら）あったか？、

律　あった。（階段へ行きかける）

鉄雄　（出ようとした処へ入って来た男を見て）おお、大次公、鮫地！

鮫地　律ちゃん、ゐるかい？、

鉄雄　ウーン。……君、いつ出されて来たの？、

鮫地　たった今だ。真直ぐ来たんだ。（立ちすくんでいる律子）……中で聞いたが、俺のことで変なことを言ふ奴があるんで、此処へ真直ぐに来たんだよ。ゐるんだらう、律ちやん？、（覗いて、立つてゐる律子を認めてズカ／＼上つて来る。呆然として二人を見てゐる鉄雄）……どうした、まるで顔が真青ぢやないか？、

律　帰つて頂戴。

鮫地　何だつて？、俺あお前に会ひに来たんだよ。

律子　帰つて頂戴。

鮫地　な、な何を――だから俺、変なことを云ふ奴が――

律、私、裏切りに用はない……（云つて、スッと階段を昇つて消える）

鮫地　だから、その事を、そんな、ま　聞いて呉れといふんだ――。

鉄雄　あ！、木村さん！、鮫地、二階へ行つちや駄目だ！。（走り寄らうとする間に鮫地の姿も階段へ消える。鮫地を二階へ上らせまいと、押戻してゐる律子の声）

律子の声　――あ、此処へ来ちやいけない！。帰れと云つたら――。

鮫地の声　……だから、俺のいふことを――お、危い、律子！、だから、まあ！。

律子の声　帰れつ！。か！。（と同時に、鮫地の叫び声。同時にガラ／＼と殆んど転げ落ちて来る鮫地。両手で顔を押へてゐる。）

鉄雄　おっ！。

鮫地　痛ッ！。そ、そそんな！、俺あ裏切者なや無い！、俺あ！、律子！、あッ！。（云いながら、ヒヨロ／＼室の中を、一二度泳ぎ廻る。玄関と居間との仕切りの敷居につまづき転ぶ。暫く起上れない。アッケに取られ出つてゐる鉄雄。――起つて眼の上を押へたままフラフラ出て行く鮫地。ボンヤリそれを見送つて考へてゐる鉄雄。――間）

出し抜けに階段に大きな音がして、是も殆んど転げ落ちて来る律子。フスマを倒して畳の上に倒れたなり、しばらく起ち上れない。右手に握りしめている先刻の金槌。

鉄雄　リッ！。（走り寄つて抱き起さうとするが、チヨッと躊躇して律子の手から金槌をもぎ離す。）

りツ！どうしたんだよ？、
律．鮫地は？、
鉄雄　帰った。だけど、あれ程迄にしなくても―。
律．ウン。あいつに木村さんを見せちゃいけない。
鉄雄　……そうか。……しっかりしろよ、りつ。
律．雪ちゃんは？、
鉄雄　小暮君と一緒に出かけた。
律．そう……。

永い間
自分の身体をまるで、こわれ物を運ぶ様にして
運び乍ら二階から降りて来る木村

鉄雄　木村さん、いけねえ！、あんたあ―。
木村　律ちゃん、どうしたい？、鮫地は？、
鉄雄　帰った。けど、あんたが。
木村　律ちゃん、どうしたい？、鮫地は？、
鉄雄　帰った。けどあんた！。
律．……
木村　大丈夫だよ。なに、少しどうも此処にゐると危い臭いから、こいから引越しだ。世話になったな、鉄っあん。
鉄雄　そ、そんな事あ、いけや。いいけど君その身体で―。
木村　矢田んとこ迄だから、一人ででも行ける。しかし俺あ一人ぢや行かんよ。律ちゃん連れて行くよ。俺達あなるたけ一かたまりになってゐやう。な、律ちゃん。
鉄雄　ありがたう。りつは今一人で置いといちゃいけねえ。頼んだよ、木村さん。しかし、あんたの身体は俺がしよって行こう。たまるもんか、それで歩いた日にや！。
木村　いいんだよ。見た目ほどひどかあ無いんだよ。
鉄雄　だって、どうせ俺―。
木村　だから、それよりも鉄っあん、一つ頼まれてくんないか。
鉄雄　何だ？、
木村　俺がケーズルの矢田んとこへ行ったってことを、石川と出てゐたら三郎の爺さんと、松沢に知らしてくれよ。そして石川にね、他との連絡頼んだって。そいから、これ（紙を渡す）
鉄雄　だって、俺でいいかい？、俺が行っても？、
木村　どうして？、君は俺達の一人だ。
鉄雄　信用出来るかい、俺を？、

木村　信用するよ。アハハ。
鉄雄　ウーム……。
律　兄さん、大事よ、此の使ひ。
鉄雄　ウン……。
律、して、私とあんた、兄と妹ぢやなくってよ。－
　仕事。
鉄雄　ウム……。
木村　さ、行こう律ちやん。
鉄雄　……よし、やらかすぜ、見てろ！（外へ走り
　出して行く――向）
律　木村さん、大丈夫？、兄にやらせて？、
木村　大丈夫だと思ふ。ウン……俺達は人を絶対に
　信じていい時があるんだ。……と、行くか。
律、肩につかまって！
木村　二人の病人か、ハハ。（玄関へ出て行く。同
　時に外から帰って来た小暮）
小暮　あ！、どうしたのさ？、
木村　引越しだよ。
小暮　そう。いつ？、
木村　大丈夫。君あ、走ってゝって、石川んところ、
　三郎さんと松沢んとこに知らしてくんな、この事。
鉄っあん行ってくれたが下手すると鉄っあん途中
でやられる。
小暮　そうぢや私。しかしあんた－？、
木村　いいんだよ。ボツ〱行くさねえ律ちやんへ
　言ひながら下へ降りる）
小暮、ぢや。あのね、いよ〱ハッキリかたまるら
しいわよ。ストに入れ、大会をやれってんで逆
も大変！、小柴さんとこでワンワとやってるって
！、実行委員会の言ふ事あ皆が聞かない、手を焼
いてる！、松沢さんや辰ちやんいよ！〱立上った
らしい。
木村　さうかい、ウン（外に出る律子と木村）ぢや－
！。（走り去る）

幕

第八場のプロロオグ

第七場が終るとすぐ、カレンダーに大きく
――そして次の日には！――
始業の時とも違ふ終業の時とも違ふただならぬ
吹き鳴らし方のボーが三度四度となりひゞく、

ボーに混って大勢の人間のザワメキ。出しぬけに起る一人の人間の声。

声　読むぞ！いいか。めい〳〵に持って居る刷物を見てくれ！要求書、一、本人の希望以外の理由にて絶対に解雇されざる事、二、本年上半期以後における仕上部及び加工部の解雇者合計二十一人の中、本人の希望以外の者の即時復職。手当金その他の細目は各自で読んでくれ！（ここでカレンダーに大きく「首切り絶対反対！」と出る）三、仕事成積表の廃止、並に精勤賞の興表組長記入を廃して、職場単位にする事。及び残業居残り割増率を昨年通りに戻し時間単位にする事、組長による製品検査制度反対。細目略す。（カレンダーに大きく「産業合理化反対だ！」と出る）四、見習工、臨時工、幼年工、女工の賃金二割増、特に女工の生理前理由による欠勤を精勤賞与不授与の理由とせざる事。細目読んでくれ。五、組合加入の自由、及び団体交渉権を認められたし。！（カレンダーに「組合加入の自由！」「団体交渉権を認めろ！」と出る）六、公傷害の賠償、慰謝の金額を公表されたし。傷害保険への強制加入及び掛金の賃金よりの天引き反対。細目略す、八、監督の増員と工場巡視制度及び反動団体の工場出入絶対反対。（カレンダーに「巡視制度反対だ！」「反動ゴロを工場に入れるな！」と出る。）……細目は刷物にあるから皆略すけれど、大体以上九ヶ條に諸君が賛成してくれゝば、―（「サン成！」「異議なし！」等の声々拍手。その間に幕が上るか、明りが入るかして、↓第八場

第八場

第一場と同じだが、少し角度が違い、又、クレーンにとどきそうになってゐる材料の積み具合が第一場とは、かなり違ってゐる。右手少し奥に斜めに此方を向き積み上げられたＩ型などの材料の上に立ってゐる委員達四人。小染が、前に出て職工達に向って喋りつゞけてゐる。職工達は左手のブ台一番手前に数十人立ったり腰かけたりで、手を振ったり、ザつついたりしてきいて居るが、積上げられた材料類の丁度凹みの辺に主として郡衆してゐるために、全部は見へぬ。見へて居る者も首だけ或は肩から上、手だけ腰から上だけと言っ

た風位にしか見へぬ、ただ横手下からの光が、彼等の密集した影をクレーン斜め上の壁から天井へ巨大に映して居る）

小染（ズッと喋りつゞけてゐる）……尚、此以外にも若し皆の内からの要求すべき事があれば大会成立後に、この草案に追加する事として、僕は事情が、こうなる上は一刻も早く、全従業員一致のストライキに入らなきゃ、いかんと思ふんだ！

―異議なし！、異議なし！、ストライキだ！

釘田（委員中より進み出して）俺に少し喋らしてくれ。皆、俺達は今日まで隠忍自重して会社当局の反省をうながして来た。俺達は耐ゆ可からざる事を耐へしのんで自分の誠実のある所を、了解してもらうべくあらゆる手段を採って来たんだ。

―、実行委員、御苦労さんッ！

―凡ゆる手段だって！、へん社長の自動車を追っかけて鬼ごっこをやったってね！、それっきりぢやねえか！

―誰だそんな事言うのは、前にでろ、でろっ！

釘田 誰だ？、此所へでて云ってくれ！

小染 成程、我々委員会が今日迄事態を有利に展開できなかった事については、充分の責任を感じてゐる事を僕は正直に云はう、然しながら、これはわれ〳〵の怠慢に依るよりも主として、社長側における不誠意と事情の困難によるものだと思ってゐる。しかし、それだから、と云って、われ〳〵は諸君に対する責任をのがれやうとは思って居ない、必要とあらば、これまでの委員全部、大会に依ってジ職し――。

釘田 俺あそれには反対だ。！ おい先刻何とか云った者、此処へ出て来てハッキリ意見をのべてくれ！、おらあきゝたいんだ。（職工部に声なし）――（間）言ふ事はないのか、ぢや卑劣な真似は止めてくれ！、ぢや、よし！、俺達は大至急にこれからの斗争の根本方針及び具体的な、組織を決定しなきゃいけない大会だ！、そして、この際われわれは、之を大会として成立させてもよいと思ふ。どうだ！

職工の中のP（のり出して来て）まってくれ！、ぢやでて来てハッキリ意見をのべるぜ！。（四五の拍手）之をすぐ大会にするのは反対だ俺達！、訳か？、訳あ簡単だ、此処にゃこの職場だけの者

しきや居ない。かりにしたって、内の半分だ、オ二の方は加工や鋳鉄の連中の所へ行って一緒になって大会をひらけ（異議なしの声々拍手、オ二へ行けの声々）
釘田　ケッ！押田の奴等や守衛があんなにピッチリ出口を固めてゐるのに、オ二へ行けるかてんだ！待て！（それには耳をかさずガタ／＼云はして材料の間をありて、ドヤ／＼奥へ行きかける職工郡）（釘田小染に、）まづいなあ、どうする？
小染　どうするって、それが本当だよ。
レポ（息を切らして奥から材料の山をかけ上って来て）どうしたんだよ？みんなオ二へ行くのか？、まづいぜ、今オ二じや石川やなんかが変な事を喋りちらかしてゐる所だ。
釘田　青山君なんか何をしてゐるんだ！
レポ　居るけど、それがさ青山君の目の前で、例の買収一件なんかをガンガンやるんで辨解したくたって、みんなきかねえんだよ、外にもっと材料があるらしいんだ。オ一、向ふから此方へ来るのは、これそうだが、こっちからオ二へは行けやしない。！
釘田　そうか、行けないんだなで、ぢや丁度いいや行かせない様にしやう！第二の連中を此方に入れない様にするんだ！よし！さ、小染君、行こう。
小染　俺は少し考へて見る事があるんだ。
釘田　又かいて、こうなったら戦争だよ。ウルトラの連中を俺達が叩きつぶさなきや、俺達が叩きつぶされるんだ。さ！（レポを先頭にして五人おりて奥へ去る、奥遠く、もみ合ってゐる郡衆の声時々あがるハッキリしない叫声——断ぞくする）
別の入口からでも入って来たらしい鉄雄と小暮の頭がヒヨックリ材料の上にみえる。鉄雄は、身体中方々ひどく痛むらしい。）
小暮　大丈夫、鉄っあん？、
鉄雄　いいよ、ここまで来りや自分の家と同じだ、見なクレーンの野郎、チヤンとおとなしくして、俺を待ってゐやがる。
小暮　ひどい目に会ったわねえ。かんべんしてよ。
鉄雄　かんべんして？、俺に云ってるのかい、それ

？、アハハ、あべこべだ。俺、三郎の爺さんとこ出しなに、あんな事になつちやつて、ゆんべ一晩叩きなぐられて、あと！シイカみたいになつたま、考へた。——俺にや、こんな目に会ふのが、よかつたんだつてね。身体に物を云はせるて云ふが、ホントだ。誰が俺達の味方で、どいつが俺達の敵かてえ事が一度にハッキリしちやつたからな——俺みたいな男に木村さん、仕事をくれた。そして俺、先づやつてのけたね？、

小暮　そうよ、あんた！、

鉄雄　木村さんとリッにそう言つてくんな。俺、かうなりや絶対、後もどりはしねえからつて！俺あ、お前さん達の仲間の一人だ！

小暮　そうだ！

鉄雄　アハハ、馬鹿な芝居がゝりになつちやつたな。もう止そう（みまはし）お、どこへ行つちまやがつたな、ここの連中？、

小暮　ごらん第二へ行かうとして、柵んとこで、もみあつてる！　しか（ママ）しあの様子ぢやだめだな。

鉄雄　あ、そうだ、今畜生！。押田んとこの奴等、変な守衛服なんかきこみやがつて、あつ！

小暮　あれつ！、

鉄雄　こつちから向ふへは、駄目だな、第二から此方へ来るのなら来れるが。なあんだい、あれ、あつちで皆んなをおしかへして居るは釘田や小染さんの連中ぢやねえのか。

小暮　そうだ。……第二では今朝つから此方の石川さんやなんかが行つてるし、加工や鋳鉄と一緒になられると小染の連中困るんだ。フン、見てるがいい——。

鉄雄　あゝ、第二の方から石川君、松沢、それから春だ、みんなで出て来た、ワー、押して来たぜ！、さ、俺も行つてやれ！、

小暮　あんた！。そんな身体で！、

鉄雄　なあに！　俺のクレーンが見てゐら！（奥へ降りかける）

小暮　それよりも鉄つあん、頼みたいことがあるんだけど。これ！（紙束）

鉄雄　お、よし合点だ、やらしてくれ。たゞ持つてりやいいのか？、

小暮　いいえ、あすこにゴタ〳〵してゐても、皆が今直ぐ此の下あたりに来るのは、わかり切つてゐ

るから。そいで大会になるかどうか。とにかく、それまでしっかり待ってゝよ。
鉄雄　そうかい、えゝと……よし、だや俺クレーンに乗ってちや悪いか。見てゝやら。
小暮　そうだ！　乗ってゝ。そしてね私が下から合図をするから、そん時に皆の頭の上からバラ撒いて頂戴。大事にしてよ！
鉄雄　おゝいいとも！。クレーンと来たら俺の株だ！。
タタッと下へ、一旦姿を消し、クレーンのタラップを駆け昇り操縦室へ。小暮も駆け降りて消える。奥のひしめきの響は、潮の押寄せるやうに、近づく一部に歌声。
叫び交しながら奥から材料の山へ昇って来る押田の身内達――変な守衛服を着てゐる。向に会はないのは和服で向い鉢巻。十人余。中に第三場に出た男一と男二及び敏武が混ってゐる――。及びそれに続いて会社の守衛と巡視等五人、
男一　畜生！　いま〱しいたら！　とうとう此方へ這入らせてしめえやがった！。
男二　消防の方は何をしてゐるんだあな！
男一　こうなったら、こいつだけだや防ぎが附かねえ。一先づ引くかい？。
男二　だって、お前、先生に顔向けが――（言ってる間に職工群はスクラムを組んで奥の材料の山の直ぐ向側まで来たらしい。一番奥に立ってゐた子分の一人が足をさらわれたらしく、ワッと言って向側へ転げ落ちる。材料のくづれる物音。悲鳴）いけねえ、みんな、はづせ！。
敏武　おっと！（クレーン上の鉄雄を認める）お、鉄！。鉄よ来い！。来てくれ！。そんな所で今頃何をしてゐるんだ！。（鉄雄答へずに、ハンドルの上に紙束をのせて、ハンドルを掴んで下を見てゐる）おーい！。（敏武一旦消えてタラップの上に姿を表す）
鉄雄　誰だ！。
敏武　俺だよ！。俺どんなにお前を捜してたか知れんぞ！。降りて来て手を貸せー。だれってえ！。
鉄雄　なにをぬかしやがるんだ！　昇って来るな！
敏武　なにをポン〱言ってるんだ。鉄……
鉄雄　来るかっ。よし！。（タラップを支柱からはづして宙にブラ下げる）

敏武　トットットッ危え！。何をするんだ！
男一　構はず昇れ敏！。にげろ！。（ゴロ達と守衛巡視バタバタとにげ去る）
敏武　危ねえったら！。貴様よもや妙の事忘れやし。
鉄雄　妙公が何だ？。ゴーダンと行くぜ。ソレ！
（ビックリした敏武あわてて、自分から手を離したために、ガラガラと下へ落ちる。アハハ、気の早え奴よ！。タラップを引上げて人の昇って来れぬやうにし、室へ戻り、再びハンドル。もう既に此の時には、真下に迫った職工群の叫声。押上げられるままにして、材料山を此方へ昇って来る委員達小染、釘田、その他四人、春山、暫くして、石川、前出のA及びB、続いて別の左手の昇口からヒシヒシと首、肩、手と姿を現はす多勢の職工達。見えない所、材料山の向側にもウント沢山職工は詰掛けてゐて喊声を上げる。中には、ひどく怒って春山を取囲んだ三四人がゐる）―。やれやれっ！。のしちまへ！。
―前へ出ろ、ダラ幹め！。前へ出ろ！。（どよめき）
―そんな事よりも大会を始めろ！。（異議なしの声々）
―。ストライキだ！。ストライキ！。
―斗争委員会を改選してストに入れっ！。
―。いつまでもなめられてゐてたまるか！。
小染　（石川に近づき）石川君、俺君にチョイと話があるが。
石川　何だい？。
小染　俺あ君達の事を知ってゐる積りだ。そして君達と僕等とは同志だ。だのに、春山の事、その他先刻君が皆に喋った事みんな、皆に喋る前にどうして、俺達に知らしてくれなかったんだ。俺あ残念でならないんだ。
石川　その話は後でしやう。
釘田　此奴等にそんなオトナしい事を言ったって駄目だ、分裂主義者め！。大衆行動をメチャメチャにしようてんだ。野郎！。（石川の頬へピシリと行く）
A　何をするんだ！。
釘田　てめえもだ！。関東金属だなんだ！。ガキめ！。
石川　俺の喋った事は事実だ！。

釘田　だやもう一度此処で喋って見ろ！　口をタテに引裂いてやる！。

石川　よし！　何度でも言ふ！（転工群へ）みんな、釘田君がもう一度喋れと言ふから喋るぜ！。

――もう解ったようっ！。春山は犬畜生だ！。

石川　犬だか犬でないか、俺は知らん。しかし押田の子分のデモ代言の勝置といふ男と前後三回にわたって会見したことは事実だ。金を貰ったか貰はんか、それは春山君に聞いて見るがいい。俺は言ひがかりを言ってんじゃない。必要とあればモット具体的な材料はあるんだ。（春山がコソ〳〵右手へ去る）その春山君から渡りをつけられた雑級の方の人間の名前だって、此処で読み上げてもいいが、その必要はないと思ふ。次に小染君が切角ケーブルの兄弟が応援に申込んで来たのを独断で謝絶した事実。釘田君が煽動して社長の自動車を襲撃してテロをやった事実。及び――その他、先刻くわしく話した通りだが、その中のどの一つを取って見ても、これは明瞭（ママ）に俺達三百五十人の東山の（ママ）労仂者に対する背任若しくは裏切り――。

（わきさる職工群）

釘田　畜生！。（石川に飛び付く）

A、やい何をしやがる！。（その辺に立ってゐる四五人がとめる）

――もう沢山だ！。もう沢山だ！。早く大会をやっちまってくれ！。

――今迄の実行委員をやめさせろっ！。

――大会！。ストライキ第一回大会！。

小染（進み出る）ま、待ってくれ。こんなことを引起した責任は僕が負ふ。しかしながら、人間誰だって過失をおかさない者はないのだ。俺は委員会の責任者として此処に断言する。僕達に諸君をうろうとする意志は全然なかった！。

――売る意志があられてたまるけえ！。（ヒューッと口笛）

――黙ってろ！。小染さんの言ふ事をきけ！。

小染　僕に関するケーブルよりの応援謝絶の件も、僕としては誠心誠意考へて見て、切角あれまでに進みつつあった社との交渉を悪化さし、引いては諸君の日常利益に対して不利な結果を――。

――交渉が進みつつあったって！。へん、オベンチャラ言ふな！。

―黙ってろ、見ろ、小栗さん涙出してら。
皆シーンとする。
A、みんな！、俺達は小栗君が人格者なことは認めてゐる。しかしだ、考へなければならん事は、個人的な人格者が、いつでも必ずしも階級的な人格者ではない事だ！。事実は事実だ！。人格とは別もんだ！、俺達は修養会をやってゐるんぢやなくて、斗争してゐるんだ。そして、俺達の斗争の妨げる様なことをする人間は、ハッキリ言へば、裏切者だ！ 俺がこう言ふのは小栗君を個人として批難してゐるんではなくて、俺は階級的立場から言ってゐるんだ！
―さうだ！、さうだ！、やれ、やれ、大会！
B、よし、ぢや大会をやるようっ！。いいかい！
（無数の）異議なし！。異議なし！
石川　議長を決めてくれ！。
―おめえ、やれっ！。おめえ、やれっ！、石川君！。
石川　俺あ不適当だ。やはり小栗君ぢやどうだろう？、
―それよりも、動力の三郎爺さんが、えゝぞ！
―三郎爺さん異議なし！。異議なし！。
B　だって、爺さん、まだ―？、
―三郎の爺さん、よーう、出ろい！
三郎の声　おーい（群の中から上って来る）
石川　おーいつ戻って来た、爺さん？、
三郎　（ニコニコして）先刻だよ。ウン
―よう、爺さん議長、しっかりやっちょくれ！。
三郎、よろしい！。ま、年功だの。遠慮なしにやるぜ。でと（見廻す、石川が書いたものを渡す）
鉄雄　（たまらなくなり、窓から）　爺さん、しっかりやってくれーっ！　鉄公あんな所にゐやがら！。クレーンの虫め！
鉄雄　大会はじめろっ！。（下に何かを認めて）オットト、それ！、（言いざま、紙束を下へ向って投げる。散るビラ）それ見ろい！。
―ワーッ、俺達の組合のだっ！。
―俺達の組合金属支部が俺達を見てくれてるぞっ！。
喊声。どよめき
三郎、んぢや、今から東山鉄工所争議団第一回大会！（猛烈な拍手）どんな順序でやるかい？、

んで、俺の方へを言ってもいいか？、（異議なしの声）よし、ぢや変だけんど、先づ大会宣言だ。次に新組織方針、次に斗争委員会選挙、次に各部署決定。そいから――。

鉄雄　異議なし！　しっかりやれ！

――鉄公、一つ景気よくモートル鳴かしてくんろーう――。

――負けめえぞっ！　ストライキの第一声をあげろ鉄公！　一パツやりなっ！

鉄雄　オーライ。やるぞ。（ハンドル。物凄く唸る、モートルの唸り）どうだ！　生きてら！（ワッと喊声）

三郎　アハ。んで、次に警備隊及び救援部の編成、次に――

喊声。モートルの唸声の中に。

幕。

あとがき

「恐山トンネル」

昭和6年。　著者 二十九才。　5月脱稿

初演（6年7月18日〜8月2日）

於・築地小劇場

演出　西郷謙三

出演者　佐々木孝丸

藤田満雄

柏原徹

松本克平

小沢栄

原泉子

「鉄のハンドル」

これは左翼劇場の上演台本として書かれたもので、劇作家故久保栄氏の手許にあった謄写刷り台本を底本とした。二作とも文中判読しがたい箇所は□《かこみ》を以てした。

✡

この双巻に収録した二作は、久保マサさんの御好意によって供覧することが出来た。

一言、附記して久保さんに謝意を表したい。

昭和三十八年一月二十九日 印刷
昭和三十八年一月三十一日 発行

限定版
230部
その内の
第 [illegible] 番

三好十郎著作集 第二十七巻
（非売品）

著作者 三好十郎
監修者 三好きく江
発行者 三好十郎著作刊行会
代表者 大武正人
東京都大田区北千束町七七四番地
電話 東京（七一七）二二三八五番
振替 東京五一七五二

印刷者 株式会社 タイト印刷
東京都中央区八重洲四ノ五梅田ビル内

第二十七回配本

三好十郎著作集

第二十八巻

三好十郎著作集　第二十八巻

監修　三好きく江
編集　大武正人
秋元松代
高橋昇之助
石崎一正

ぼたもち

人間、

おりき　喜十

新一　森山

次郎　おせん

サダ

新一　そうじゃねえよ！

次郎　そうだよ！

新一　そうじゃねえよ！

次郎　そうだよっ！

新一　そうじゃねえったら！

次郎　そうだい！

新一　そうじゃねえったら、馬鹿！

次郎　馬鹿でも阿呆でも、そうだからそうだねえかよ！

新一　ちっ、次郎なんぞになにがわかるもんだ！

次郎　へっ、そんじゃ、新ちゃんはなんでもかんでもわかるのけえ？

新一　なんでもかんでもと誰が言った？　ただそうじゃねえからそうじゃねえと言ってるまでじゃねえか。

次郎　んだからよ。おらあ、そうだからそうだと言ってるまでだ。てめえ一人が真理みてえなツラしてエバるこたあねえずら。

新一　真理みてえなツラ、いつした？　そうじゃねえって、ただ俺あ——

次郎　わからねえなあ新ちゃんも！

新一　わからねえのは次郎の方じゃねえか！

次郎　んだから、この簡単明瞭な事実をだなあ、へえ——

新一　だから、事実そうじゃ無えじゃねえか！

次郎　そんな事あ無えよっ！　そうなんだ！　そうだから、そうだよ！

いきなりほとんど喧嘩のような怒鳴り声ではじまった二人の青年の口論は、もう相当の時間つづいて来たものである。山奥の小みちを歩きながらの口論。二人のズボンが両側の草をこすったり、足が道を埋めた枯枝を踏みしだく音に、時どき鋭どい小鳥の鳴声が、遠近に冴えてひびく）

新一　そうじゃねえったら！　次郎はあんまり狭く、

自分の境遇にとじこめられてばっかり考えるから、そうなるんだ！　もっと、へえ、広く今の世の中のこと見てみたらどうなんだ？

次郎、広く見てりゃこそ、そうだって俺あ言ってんだ！　人間だれだって、ふだん考えてる時あ他人と喧嘩してえと思ってる者あ一人もねえさ。だのに喧嘩あ、やっぱしやらかすだ。だろが？　だら、そこから出発してだなあ――。

新一、ちがう！　そりゃ喧嘩はするよ誰だって。んだけど、そいつあ、カーッとなった時の、つまりまちがいで、人間のふだんの状態じゃねえさ。そのまちがいを元にしてだな、年中喧嘩の仕度をしてなきゃならんと、お前言ってんだ。

次郎、喧嘩あ、まちがいにしろだ、そんなまちがいが多過ぎることを俺あ言ってんだ！　そんだらそいつはまちがいでは無くって、人間はもともとそうだって事なんだ。これまでもそうだったし、これからもそうだ！　でなかったら、原子爆弾を早く多くこさえようと競争なんぞ、どうしてしるだ？　え？

新一　だって、そりゃ、それとこれとは話が――。

次郎、ちがやあしねえ、同じ事だねえか！　そんでどうせそうならば、つまりそれが今の実際の事ならばだ、そこんとこから自分の考えを決めるのが本当だと俺あ言ってるまでだ。第一、お前がそんな理想みてえな事を言って屁りくつこねたり出来るのは、新ちゃんが工業学校なんぞ出してもらって、本なんぞも、いっぺえ読んだりよ、今じゃ甲府の工場につとめて立派な月給とったりしているからだ。

新一、そんじゃ、次郎だって家へそう言って学校行くようにしたらいいじゃねえか！

次郎　それが出来ればこんなこと誰が言うもんだ！　タンボと畑で合せて三段ちょっとに、雑木の山が二段しか無くて一家七人、食って行くのがヤットだねえかよ。へえ、そこの次男坊主の冷めしぞうりだ俺あ。

新一　学校に行けなくとも自分で本読んで勉強できるよ。

次郎、本読む時間がどこにあるだ？　三百六十五日夜なべまでやってんだぞ。そうでなくとも兄ちゃんなど今に相続の時が来ると俺にもチットは田地

を分けてやらざならねえ、家じや立ち行かなくなる、それを考えて今から青くなってるのがチャンとわからあ。俺が東京さ出ようと思うのが、どこがいけねえ？

新一 いけねえとは言わねえけどさ、お前が警察予備隊に入るだなんと言うからさ――

次郎、へん、新ちゃんなんぞ、今では特権階級だかんなあ。それに町の工場に行ったりして共産党かなんかにカブレたアンベエだら。だからそんなー

新一 なんだと！ 俺がなんで特権階級だ？ へんな事ぬかすと、きかんぞ！ 第一、警察予備隊に反対するだけで、なんで共産党にカブレたことになるんだ？

次郎 そうだねえか、よー、思い出して見ろ、新ちやんは戦争中、まだ年も足りねえのに少年航空兵に志願するんだと言って、じようぶあばれたというじゃねえか。だら？

新一、あれは、あん時は、あんな事は俺がまちがっていたんだ。

次郎 まちがっちやいねえよ！ 戦争はまちがっていたかも知れねえが、国のために働こうとした新ちゃんの気持はまちがっていやあしねかったと俺あ思う。

新一、まちがっていたと言ったら！ まちがっていたんだ！

次郎 仮にまちがっていたとしても、そいつは、あとから、今こうなったから言えることだよ！ ウヌがその場に立って見ればその時の考えでやって行くよりしようが無え。警察予備隊にしたってー

新一、ウソこけ！ 次郎は家にいても先きの見こみが無えから予備隊に入ろうと思っているだねえか！

次郎、そうさ、それもある。それもあるけど、お前が戦争中少年航空兵になろうと思ったと同じ気持もあんだ！ 同じ働らくなら国のために、このー

新一 国のために、なんでなるんだ？ そったら考え自体が反動だ！

次郎 それ見ろ、自分が以前した事は棚の上にのせといて人のことをやっつける！ おおよ、俺が反動なら、お前は猿だ！

新一 さ、猿だと！

次郎、そうよ、うぬが尻の赤いのを忘れて人の尻を

笑う様だ！
新一　野郎、言ったな！
次郎　言ったがどうした？、
　二人が睨み合って立ちはだかっている崖道へ、
　下方の谷の方から若い女の声が、呼びかける
サダ　よおーい！　そこに来たのは新ちゃんに次郎ちゃんじゃねえかよう！（二人そちらを見るが、又睨み合って、返事をしない）……そんな所に突っ立って、なによしてるだあ？　早う、おりてこう！
新一　ちきしようめ、なまいきな――（と口の中で言ってから、下へ向って呼ぶ）おおい、サダちゃんよう！
　ザザザと足音をさせて坂道を走りおりて行く
次郎　へっ！（下へ向って）サダちゃあん！
　これもダダダと走りおりて行く
サダ　あらあら！　そんな走ると、ころげ落ちるよう！
　言葉のうちにマイク急速にサダに近づいている
新一　今日あ、サダちゃん！
サダ　あい、おいでなんし。どうしたの、あんな所で二人で突っ立って？（笑い声で）タキギ取りに出て来たら、上の方でなんやら喧嘩のような声するんでヒヨイと見たら――どうしたん？、
新一　次郎があんまりわからねえ事言うもんだ。
次郎　わからねえのは新ちゃんだねえかよ！
サダ　ふふ、甲州の栃沢と中込の栃沢が久しぶり逢って、たちまち喧嘩おっぱじめても、しようねえずら。さあ、家さ入ろうよ。やれ、どっこいしよと。（とタキギの束を抱えて庭場を斜めに歩き出す。二人の青年もそれに従う）ズーッと二人でともなって来やしたの？、
新一　ううん、俺あ野辺山でおりて、オサキの追分の地蔵さんとこまで来て休んでたら、次郎がヒヨックリ。
サダ　そうかや。
次郎　ばさま、いるの？、
サダ　うん、いる。今、お客だ。海の口の喜十さんつう人と、農事指導員の森山さんと、それを案内して川上のおせん伯母さん来てる。
新一　じさまは？、
サダ　半月ばっか川上の家だ。ここんとこ、だから

おらとばさま二人っきりだ。こんな山奥の一軒屋だかんなあ、人が来ると、うれしくてなあ。（家の土間に入る）

せん（あがりはなから）え、あんだえ？　あれま、甲州の新一ちゃんと中込の次郎ちゃんでねえかよ！

新一　伯母さん、今日は。

次郎　いいあんばいです。

せん　さあさ、あがりなんし。（おりきに）ばさま、今日は大入満員だ。孫が三人そろいやした。

りき　よう来た。甲州でも中込でも、みんな変りねえかえ。

新一　うん。おっかあが、ばさまに分けてもらって開こんに植えたダンシャクよく出来たから礼言っといてくれと。

りき　そうか、そう、よかった。

新一　これ、お茶だ、ばさまと約束してあった。月給もらったから直ぐ買って持って来た。

りき　そら、ありがてえ。ちょうど四五日前から切れちやってなあ。茶あ飲めねえと、なさけなくてなあ。ほう、月給で買って来たかや？

森山　新一さんとも久しぶりだ。はは、おぼえていやすかい、おかいこの指導で一二度甲州へ行った森山ですよ。

新一　おぼえていやす。今日は。

りき　次郎も突っ立てねえで、ここさ坐れ。

次郎　うん。……これ、おっかあが。

りき　あんだ？

次郎　餅だ。この秋出来の餅米を、ばさまにお初穂にって、ちっとべ調製して、おっかと俺で今朝ついた。

りき　そうかや。そいつは、かたじけねえ。お茶と餅がいっぺんに湧いて来やがった。あつらえたみてえだ、はは。サダよ、さっそくだあ、茶を入れろ。

サダ　（少し離れた土間の隅でガチャガチャ茶わんの音をさせながら）あい。

森山　すると、これが中込の松造さんとこの、へえい、こんな立派な総領がいたかなあ？

せん　総領だあねえ、二番目でやすよ。

森山　へ？　そいつは二度びっくりだ。そうかね。いやどうも、うぬが年い拾ってることは気がつか

ねえで、若いしの大きくなるにや、たまげてばかりだ。はは！

せん　ははは。

りき　どうした、次郎は？、

次郎　うん？、

りき　なんで、浮かねえツラあしてる？、

次郎　ううん。

サダ　（土間を歩いて来ながら笑いを含んで）つれ立って来ながら次郎ちゃんと新一ちゃん、そこの坂の上で掴み合いの喧嘩やらかしそうにしてたよ。

せん　へん、そりや又、なんでな？、

次郎　俺、ばさまに相談に来たんだ。その事を新ちやんに話したら、俺のこと、馬鹿だってんで――

新一　そうじやねえよ、俺の言うのは。

りき　よしよし、んで、どんな事だ、言って見ろ。

次郎　……あとで言わ。

森山　おらだちに遠慮はいらねえよ。

次郎　ううん、あとでええです。

りき　まあ、よからず、ユックリあすんで行け。……

（森山と、だまりこくっている喜十に）するつうとなにかね、芹沢の金五郎は、どうしても折れようとはしねえつうんだね？、

森山　へい、だめでやすね、まあ。さっきから申した通り、これが昨日や今日の事で無え。さしあたりはおととしの総選挙の時に海の口の須山さんが買収問題であぶなくなった。あん時の、そいつを警察に言いつけたのが村で三四人いたらしい、その一人がこの喜十さんだと須山の方で睨んだらしいだね。そんでまあ、芹沢じや、昔っから、須山さんの子分みてえにしてるから、須山からそう言われて喜十さんちをイビリにかかったと言うわけだ。もっと前にさかのぼれば、戦争中、喜十さんちで須山さんから、借りて作っていたタンボを須山で取り返しにかかって、喜十さんちでは、そうなれば立ち行かねえから甲州へ国越えをするだの娘売りこかして稼がせるのと騒いだ事がありやんしよう。たしか、ばさまが、わざわざ口きいてくだすって、須山ではタンボ取上げるの思いとどまって、丸くおさまった。やしたね？、

りき　そんな事が、あったかなあ。

森山　ありやした。そん時、その喜十さんとこから取返したタンボを、実は芹沢で直ぐ借りて小作す

る話になっていたんだなあ。だども、ばさまに乗り出されては須山さんも不承しねえわけに行かなかった。さあ、芹沢じゃ当てがはずれて、喜十さんとこ、目の敵にしだした。それ以来、事ごとにイザコザで、積り積って来たやつだ。根が深いんでやす。そこへ、こんだ分譲地の水口の問題で、とうどう爆発しちゃった。わしらとしても見すごしちゃおれなくなりやしてね。いえさ、これが金五郎と、喜十さんち、つまり隣り同志の争いだけなら、村にやよくあることで、どんなに両方でシノギを削ろうと、はたで何か言うべきこっちゃ無えかもしれません。だけど芹沢の方じゃ近所の家を抱きこんで、喜十さんとこを村八分にしろだなんて、寄合いを開いたりして、事実上、村では喜十さんとことは誰一人附き合わなくなりやした。こうなると…村全体の問題でやすからね。わしらもいろいろ口きいて見たが、芹沢じゃ、なんとしてもウンと言わねえ、ホトホト手を焼きやした。村会でも問題になったが、芹沢の方は金もあるし、勢力もある。第一須山さんが附いてるんで、みんな遠慮して引っこんでいやす。そんでまあ、ひとつ、ばさまに相談して見ずと思いやして、わしもへえ、出しゃばるわけでは無えが指導員なんぞしてれば、こんな事心配でやすからね、こうしてまあ喜十さんといっしょに……おせんさんのおかみさんが、ちょうど味噌うとどけに行くと言うんで、つれなって来ていただきやしたようなわけで――。

せん　その話は、おらも聞きやした。海の口の事が川上まで伝わってくる程じゃから、よっぽどのなんでやすねえ、喜十さんも大変だなし。

喜十　……へい。

森山　このシが又、この調子で言うべき事も言ってくれねえので、なおのこと事が行きづまるんでやす。どうして、こう口をきかねえんだか、ことに腹あ立てたとなると、まるでへえ、石っころになっちまうだから。なあ、喜十さんよ?

喜十　へい。

森山　へい、か。どうも、へえ――。

りき　はは、なあに、おらが口きかせて見べえ、やい喜十!

喜十　へい。

りき　お前、そんで、金五郎が憎いか?

喜十　憎くは無え。憎くは無えが―へと、老農夫に間々ある黙在と言ったふうの、タドタドしい、すこし辻つまの合わぬような調子で）死ぬよりつらいんでやす、ばさま。そんで、このままで行きや、じょうぶ、死ぬのは、わかりきっているんじゃから。

りき　死ぬと？　おのしがか？、

喜十、俺なら、まだええよ。ダンボだ。

りき　ハッキリ言え。タンボが死ぬと？、

喜十、そんだ。水口、一寸二寸とへずられてよ、水が切れりゃタンボは死ぬだねえかよ。

りき　水口をへずるのか？……そんで、それを、金五郎がへずるのか？、

喜十　現場あ見たこと無え。けんど、俺が禁いときや、夜のうちに、又あ、鍬でもって、へずりやがら。又築くと、又へずる。この夏中で十五六度もだ。ふんづらまえてやろうと思って、アゼのかげに寝て待っていた事もあるが、そういう晩は来やがらねえ。餓鬼い使って探偵しているだから、俺が待ってるの、わからあ。そんなに俺んちが憎ければ、なんで、へえ、おおっぴらに俺とこさやって来て、この頭あ、ゲンノウでもって叩き割らねえ？、その方が、よっぽどマシだあ。

せん、ほんになあ！　タンボの虫と言われた喜十さんだからなあ、そう思うのも無理あねえよ！

りき　阿呆ぬかせ、頭あ叩き割れば、それこそ、おっ死ぬべし！

喜十　阿呆だ俺あ。タンボの事知ってるだけで、ほかの事あカイモク知りやせん。金五郎が、んだから、俺のこと馬鹿にしても異論は無え。……なんで、俺のタンボから水う取り上げようとさらすんだ？　よ？、それ聞こうでねえかい！（ドンドンと、畳を叩く）

森山　まあさ、そうイキり立っても、金五郎は、此所にやいねえ。

喜十　だってそうでねえか！　戦争すんで農地改革つうので、爪に火いとぼすようにして、金え稼えてよ、もとの入会分譲してもらって、やっとこまあ、これで小さいながら田地持ちの百姓だと、お前さま、勇んで稼いでるもんに、こんな事する奴、鬼だねえか！

森山　また、よりによって隣り同士であんだけ仲の

悪い芹沢と喜十さん、分譲地まで隣り合っちまったもんだ。

せん　ほんによ、因果だなあ！

喜十　鬼だねえか！　どうしてこれが我慢していられるもんだ、ばさま！（ドンドンと畳を叩く）

りき　わかったわかった。そう畳ぶっな、ホコリが立っていけねえ。見ろま！

喜十　それもなあ、金五郎からアダを受けるだけなら、まだええ。かやつの家と俺ちとは永え間のモツレでのし、あいだにゃ、俺の方が悪い事だってあったすら。人間、お互いだから、それもいいと眼えつぶる法もあらあ。村の衆のことよ、俺の言うなあ。金五郎に種え分けてもらったり、中にゃ金え握らされたり、それでなくてもあやつは須山の旦那あ笠に着て顔が良いから、それにオベッカする、みーんな俺んちのことアダをしやがら！

森山　かげじゃ、しかし、喜十さんの方に同情しているもんも相当あるよ。

喜十　かげで同情してくれたって、なんになりやす？　この秋あ、お祭りにも俺だけノケモンだ。よそのうち同様に寄附しようとしても、ことわって来る。配給もんのフレも俺とこだけ抜かして廻すがしょっちゅうだ。田植えの加勢も、申し合せて俺んちだけは一人も出てくれねえ。な！　道で行き合っても、こっちが挨拶しようとすると、みーんなソッポ向かれて見ろ。一家五人、村中さ住んでいながら、離れ小島に流されるのと同じだからよう！

りき　ふむ……んだが、石ころが急にまた、じようぶ、しゃべりやがる。

喜十　ばさまだから、しゃべれるんだ。のし！　俺一の身にもなってくろい。

りき　だども、おらにどうしろと言うんだ？　俺の身にもなってくれと言ったとて、おらあ、ばさまで、お前は喜十すら。

森山　いえさ、そこんとこをですよ、一度ばさまに話して、全体どうしたらいいか、よく相談してーまずそう思って喜十さんも私も、こうしてやって来たようなわけでー

りき　さあて、そりゃ、無理だあ。おらに何がわかりやす？　相談にゃならねえなあ。（ションボリした一人語り）うまく行かねえもんだなあ世の中

つうもんも。……喜十なんどの、正直いっぺんのシが、うまく行かねえとなると、これ、なんとすればええだかなあ――。

一座シンミリとしてしまって、誰も語り出す者なし。

サダ ……あい、お茶がへえりやした。

りき おい。……森山さんもどうぞ。喜十も飲め。

サダが茶わんをくばる音

せん あい、中込の餅でやす。（箸にはさんで出す）

りき なんだ、へえ、こりやアンがついてら。

サダ 喜十のおじさん、手を出してくんないし。

喜十 へい。

りき （食いながら）こら、うまい、よくつけた。さあさ、森山さんも。新一も次郎も食いな。

新一 うん。

森山 すまんなあ、お初穂の御しょうばんになるなんぞ。

一同、茶をすゝり餅を食う気配）

りき ……そんで、なにかや、次郎の相談つうのは何だっけよ？、

次郎 あとで言わ。

りき もうかまわねえ、言って見ろ。

次郎 ……おれ、家にいてもしようが無えから、東京に出ようと思ってよ、そんで――

新一 俺が反対したんだそいつに。いや、ただ東京へ出るならいいけど――

そこへ、いきなり、犬がほえるような声で、はじめはどうしても泣いているなどとは聞えない声で、喜十が手離しで泣き出す

喜十 おう、おう、おう！ うわあ！

サダ あれ、どうしやした、喜十のおじさん？

せん 喜十さんよ！ どうしただ？、

喜十 おう、おう、おう！

りき どうしたよう、出しぬけに、こうれ！

森山 喜十さん、どうしやした？

喜十 うう、俺あ、へえ、どんな悪いことばしやした？ うう、だのに、俺のこと、俺んちのこと、村中でお前、どこさ行っても、喜十さ、お茶がへったから、一杯のんで行けと声をかけてくれる家あ、たった一軒も無えだあ。うう、つれえぞ、ばさま！ こうして、それが、ばさまんちへ久しぶりに来やした。茶あ飲め、餅食えだ。俺あ人間あ

つかいにしてくれるの、ここんちだけだあ、んだから、おらあ……

一同シーンと黙りこんでしまう。

りき　……そうかや。

森山　まったく、無理ねえんでやんすよ、うむ。

次郎　喜十のおじさんがホントじゃと思う！　だらず？　まちがっているのは、村のそやつらだ。芹沢の金五郎なんつ奴、捨てて置くこと無えだよ。がまんにがまんしてるのに、いじめにかかる奴とは、戦わねばなんねえ、と俺あ言うんだ。そうだねえか！　しかけて来られる戦さなら立たざなるねえ！　それで立たなかつたら、そいつは腰抜けだ。卑劣野郎だ。そいじゃ、そうよ、国もこびるぞ！　俺あ、へえ、喜十のおじさんの身方にならあ。おじさん、やりなよ！　かまうこたあ無えから、芹沢だろうと村の奴らだろうと、ゲンノウで叩き割ってやれ。なあに、そんで死んだら死んでもいいでねえすか！　そんな、そんなつれえ目をそんな恥をしのんで生きてるよか、死んだ方がええよ！

新一　又言わあ！　直ぐそれだ次郎は。コーフンしてムチヤ言うが、そう簡単に行くもんか。

次郎　だって、新ちゃん、お前は喜十のおじさんに同情しねえのか？、黙って放っといっていいって言うのか？、へへ、そうかもしれんな。なんせ、再軍備にゃ反対だと言うかんなあ、そいでどっかの軍隊が、日本へ攻めこんで来たら、手をあげてさあ、さあ取って下さいちって待ってると言うからな。

新一　なにを言う！　それとこれとは別だねえか！

次郎　別だねえよ！　大きい小さいの違いこそあれ、家のこともタンボの事も国の事も同んなじだ。だらず？　芹沢の金五郎つうのは喜十のおじさんの方へ侵入して来た奴だ。

新一　おじさんの問題は問題で、村会へ持ち出すなり、裁判所に訴え出るなり、そのほか、なんとかすれば、やりようはあるんだ。だのにそれと国の軍備の問題とを、いっしょこたに混同して、んだから軍備は必要だ、んだから戦争はやむを得ないなんどと言うのは、愚劣だよ。そんな考えを持ってるもんが、まだ居るから、見ろ、元の軍人だとか右翼の連中が又ゾロゾロ這い出して来てるんだ。

次郎、それとこれこそ、話あ別だい！　元の軍人や右翼なんぞ引っこんどりや、ええ。俺あ、これからの俺たち自身のことを言ってんだ。第一新ちゃんはおじさんの問題にやりようはあると言うが、村会や裁判所に、なんと言って、持ち出すだ？　そのほか、やりようは有ると言ったって、もうこれまでにやれる事はみんなやりつくして、どうにもこうにもしようがなくなったんだぞ。それでも先方じゃイジめるのよさねえ。そんでこうして、ここさ来てよ、おじさん泣いてんだぞ。おじさん泣いてんだぞ！

新一　だからよ、だから、俺が言うのは、この事と国の軍備の事をいっしょこたにして考えるが間ちがいだと言ってるまでだねえか。

次郎、同じじゃねえかよ。今後日本がほかの国に侵略されたら、軍備無かったら、どこへ訴えりゃいいんだ？　訴えてもどうにもならなかったら、どうすりゃいいだ？

新一　まあ、聞け。今あちこちで、一軒の家なら戸じまりが無えと泥棒がへえる、その戸じまりが軍備だなんて言う者が相当いるが、次郎の考えは結局はそれだ。そいつは、よその国はみんな泥棒だと決めてかかったムチヤクチヤ議論だぞ。今の世界はそんな一つの国が理不じんにほかの国を侵略するのを、みんなが黙って見送ってなどいない世界だ。

次郎、それこそ夢みてえな理想論だ。だら、現に朝鮮はどうだや？　いやさ、しょっぱなに攻めこんだのが北鮮だか南鮮だか俺あ知らねえ。けんど、とにかくどっちかが攻めこんでよ、それを押し返そうと言うんで戦さになってることを俺あ言ってんだ。それをさ国際連合つうもんが有っても、どうにも片づけることが出来ねえでいるんだ。ちょうど、喜十のおじさんの事件を、村会でも、部落会でも片づけられねえでいるのと、まるで同じだねえか。もうあとは実力でもってぶっくらわすかぶっくらわされるかだけしきゃ残っていねえじゃねえか。

新一　わからねえなあ、こやつも！　そりゃあな、日本が今本当の独立国なら、自分を守るための軍備持ってもよからず。しかし、今日本には、アメリカの軍事基地がいっぱい有るんだぞ。そこい日

本が軍隊持ってだな、もしアメリカとほかの国が戦争になれば、日本軍はアメリカ軍に一人手に組み入られるんだ。すれば、ヘタをすると日本の軍隊はアメリカのために戦わねばならんくならんとも限らんのだ。そんな事も考えねえで、自分一人が国を愛しているように思ってるのは、まるで豚の頭だ。

次郎　豚の頭だろうと犬の頭だろうと、大きなお世話だ。へっお前がそんなえらそうな事言っておれるのは、お前んちじゃ足りるだけの田地が有ってよ、そんでお前はそこの総領で、しかも会社で月給取ってる、つまりが大じんだからだ！　へっ、俺みてえに貧乏な百姓の、ひやめし次男だとか、喜十のおじさんみてえな人間は、そんな悠長なゴタク並べてはおれねえだ！

新一　ゴタクとは、野郎っ！（ピシッと一つなぐる）言わして置くと――

次郎　やったなっ！

サダ（ガタガタと、止めに割って入る）これさっ！　なによするの、あんた方！　よしなもう！

せん（これもとめながら）なんてこった、ま！　イトコ同士でいて、そんなお前がた！　新ちゃんなぐるというなよくねえ！

新一　ちしょうめ！

りき（大きな声）やらして置け！　取っ組み合いでも、やって見ろ！（それで、騒ぎがピタリと止んで静かになる）……見ろ新一、兵隊はよくねえ、戦争はよくねえと言ってるおのしが、そう言ってる口の下から手え出して次郎をなぐったぞ。

新一　だってあんまり人をナメタ事ぬかすから――

りき　同じこんだ。りこうぶった事言っても、お前も次郎も同じこんだ。どっちもおらの孫だけあってバカスケだ。

森山　んだけど、なんですよ、こんな若いしたちにして見りゃ、こんだ又戦争にでもなりゃ直接自分たちが引っぱり出されるんじゃから、軍備問題ではムキにもなる道理ですねえ。

りき　さようさ。困ったもんだ。……（寂しそうなシャガレた声で）次郎、そんでお前がおらに相談に来たっうのは、そいったような気持で東京さ行きたいというのかえ？

次郎　……うん、家に居ても、この先、しようねえ

かぁ―

りき　そうか。……

永い間。……シーンとした中に火じろの火のはぜる音と、柱時計のカツ、カツ、カツと刻む音

りき　……喜十よ、お前がなあ、村八分になりかかっとるについては、お前の方からは金五郎にも村の衆にも悪い事はなんにもしなかっただな？

喜十　こんりんざい、俺の方で悪い事はしたおぼえ無えです。

りき　お前は馬鹿正直の善え人間だ。そりゃ俺が知っとる。だどもどんな善え人間でも自分じゃ気が附かねえで、人の気い悪くするような事するもんだ。

森山　だけんど、わしなんども方々向合わしたが、喜十さんの方にそんな事あ無えでさあ。そのおとどしの選挙の時の須山さんの買収をサシたの喜十さんだったと言うのも濡れぎぬだ。第一、こんな人がそんな出過ぎた真似をするかしないか、誰か考えてもわかる筈だに、ツイ芹沢の口車にのってなんとなくそういう事になっちゃってるのでやす。

りき　……たしかに、喜十よ、悪い事しねかったというの嘘じゃねえな？

喜十　俺あへえ、たとえ神さまの前で嘘つく事あっても、ばさまの前で嘘あ、つきあせん。

りき　よし、よからず、んじゃ。ならば、お前は喜こんでれ、そんで、ええ。自分は幸せもんじゃと思って喜こんどりゃ、それでええのよ。

喜十　へい？

りき　村八分になろうと七分になろうと、そったらこと捨てて置いて百姓しろ。そうだらず？　今どき人さまに対して悪い事を一つもしねえで過して行けるというのは、大した事だぞ。自分がそれ知ってれば、それでいいじゃねえかよ。こんな満足な事あ無えんじゃから、満足してればよからず。第一、村のもんが今いくらお前をイジメにかかっても、人間わけも無えことを、そういつまでもやれるもんで無え。今に飽きて、忘れっちまわあ。

喜十　ちがいやす。あんまりシツコク、忘れねえで俺のことイジメるから―

りき　ちがう！　アベコベだ。忘れねえのはお前の方だ。お前が、うらめしいうらめしいと思って忘れねえから、先方も忘れねえだ。

次郎　だども、そんじゃ、おじさんの方は、どんなひどい目に逢ってても、イジメられっぱなしになっていなきゃならねえのかい？
りき　まあ〳〵、俺に委せておけ。
新一　村八分なんていう、そんな封建的な事、間ちがってるよ！
りき　はは、そったら理屈言っても、俺にわかるもんかよ。ただなあ、人間早まっちゃならねえ。喜十はイジメられてるイジメられてると言うが、その喜十や森山さんの言う事嘘たあ思わねえが、話ばようく聞いていると、その中でホントにあった現なまの事というと、水口がへずられるという事一つきりだ。だらず？　配給を抜かされることも祭りの寄附のことも、附き合いはずれの事も、そのほか、みんな、その時々の話の行きちがいかも知れねえし、こっちの思い過しかも知れねえ。すべてアヤフヤなこんだ。事がグレハマになる時は、そうた事が次ぎ〳〵と起きるもんだ。それをこっちが、年中いじめられるいじめられると思う気があるもんで、一つ〳〵曲って取る。人間は自分が嘘つくつもりは無くとも嘘をつく事だってあらあ。はは、家のじさまが一度キツネにだまされた事あってな、小諸の親戚の祝儀へ行っての帰りに、この上まで戻って来てんのに、どうしても家へ入れねえつうんで、大声はりあげたんで、出て見ると坂の上でグル〳〵ひとつ所は廻っていてなあ、俺が行ってやっと連れもどしたが、俺の顔見てもまだキツネにばかされていると言ってたっけ。なあに、段々聞くと、悪い地酒をサンザ飲んで、そこへサバずしの少し腐ったやつを食って、油に酔っちゃって頭が少しどうかしていたのよ。当人はそれをキツネにばかされたと言って、今でもそう思ってら。はは、人間は、おかしなもんで、自分で自分をばかすもんよ。キツネからはバカされないでも、自分からばかされる。はは、俺なんざ、うぬが馬鹿じゃし、馬鹿のくせにズルイからのし、自分の眼で見るまでは、人の話なぞメッタ信用しねえや。その水口へずられる話にしたって、金五郎がやった事かどうか、わかったもんで無え。
喜十　だども、ばさま——
りき　サダよ、わらじ一足出せ。
サダ　わらじと？　なんにしやす？

りき　わらじをなんにするものだ。――おらがはいて行かあ。
サダ　へえ、どこさ行くの？
りき　海の口まで、ちよつくら行ってくら。
森山　へい、するつうと――？
りき　お前さまがたといっしよに行って、喜十の言うのが本当かどうか見てみやんしよう。都合で須山のおだんなや芹沢の金五郎と逢って見べえ。
森山　そうでやすか！　そうお願いできれば、もうへえ、ばさまに乗り出していただければ、イサもクサも無え。事は片すきやす。こいつは、ありがてえ！
喜十　ばさま、俺あ、へえ、なんにも言わねえ。この通りだ！
りき　へん、礼を言うなあ、まだ早えや。まだ誰もおのしの味方すると言っちやいねえ。行って見てもしおのしがまちがっていたら、おのしをやっつけてやるから、そう思え！
喜十　けっこうでやす。ひやあ、ありがてえ！
りき　もし先方がまちがっていたら、先方をやっつけてやらず。ははは、そいつは冗談だ。つまりはこの白髪頭へコくさげて頼んで廻るだけの事だあ。
次郎　俺もいっしよに附いて行かあ！
新一　俺も行く。
りき　よせく、お前だちは川上からまつ直ぐに家さ帰れ。
せん　んだけど、ばさま、そったら足元から鳥が立つようた急がずとも――
りき　なに、こんな事あ早い方がええ。
サダ　あい、わらじ。たびは、え？
りき　たびは、いらん。（わらじの紐をしごきながら）そうだ、次郎の相談だったなあ。東京さ出るんだと？
次郎　うん。
新一　出るだけならいいさ。けど次郎は予備隊へ入るんだなんて言うから、俺あ反対してんだ。予備隊というのは今後軍隊みてえになるらしいんだ。
りき　ほうか、軍隊か？（わらじをはきながら）
次郎　それでも俺あいいんだ。新ちやんは軍備に反対だからそう言うが、俺あ反対じや無えからな、国を守るために必要なら、俺あ喜こんで兵隊になりたいんだからな。

りき　そうか。……なんやら、そんな理屈は俺にゃわからねえが、次郎は、すると、どうしても東京さ出てえのか？
次郎　うん、出てえ。
りき　そうか。そんなら、出ろ。若い時あ二度無え。人間、自分がホントにしたいと思う事するのが一番だ。はたの人間が何を言おうと、うぬがようく、うぬの胸に手を当てて考えて、何でもええから一番してえと思うことを、いっしょけんめいやって見ることだ。すれば、たとえしくじったって悔むこたあ無え。東京さ行け。そいで、うまく行かなかったら又もどって来い。
次郎　……うん。……いや、そうだねえよ。ホントは俺、東京なんどへ出たくは無え。俺あ、へえ百姓が一番向いてるし、百姓やっていてえんだ。けど、家さ居ても、家の田地はそうでなくても足りねえのに次男の俺がいると分家なんつ事になると家は立ち行かねえし。兄《にい》ちゃんも可愛そうで、ちかごろ俺、兄ちゃんの顔見てるの、たまらねえんだ。
りき　……なんだ、そうかよ。……そんなら、東京なんどへ出るの、やめろ。なあんだ、そうか——そんなら、やめろ〳〵。田地の足りねえのは困りもんだが、なに、俺がチャンとええようにしてやらす。親戚中から少しずつ譲ってもらっても二段やそこらは集まるべし。じさまとおらが死んだら、この下のタンボの一枚ぐれえ、てめえにくれてやらあ。
次郎　……ありがとう、ばさま。
りき　なあによ泣きさらす？　娘っこじゃあるめえし、メソメソするの俺あ大きれえだ。
森山　（これも足ごしらえをしながら）だけんど、なんでやすねえ、現在この、農家の次男三男の問題は、こいで大きい問題でやすよ。結局は土地が足りねえからね。いくら農地改革やってもホントの解決にはならねえ。人口問題をなんとかするとしても急の間に合わねえとなると、こいつ、国内だけではどうしても片《かた》づかねえ問題で。喜十さんの問題なんかも一番の大根《おおね》の原因は田地が足りねえ所から来てるんだから。
りき　さようさ。どうすればいいだか。
森山　外国でも、この点は早く考えてくれて、どっか移民さしてくれるとか——してくれねえと——、

りき　うん。いずれはそうお願えするほかに無えようだなし。

森山　この前の戦争にしたって、そら、日本のした戦争は両輩っていたけんど、その原因の一つには、たしかにこの土地が足りねえ、満洲へんに出抜けねえば、どうにもこうにも、やってけねえっつう事もあったんだからなし。これを又うっちやっとくといろいろにこぐらかって来やすよ。新一つあんや次郎さんみてえな若いしたちが、やれ再軍備だ、再軍備反対だなんぞとカッカとなって考えるようになって来てるのも、そこらと関係のあることで、気持だけは、ようくわかるなあ。

りき　さようさ。だども、軍備はいけねえよ、もう兵隊こさえちや、ならねえ。

次郎　えゝ、軍備は、いけねえの、ばさまゝ、

りき　いけねえ。（極くあっさりした言い方）

次郎　……すると、外国から攻めて来たら、どうすんだゝ、

りき　攻めてくると誰が言ったゝ、

次郎　誰も言やあしねえけどさ、もし来たら、手をあげて取らすんかゝ、

りき　そったら事、俺あ知らねえ。それにこいつは日本国全体のことだ。俺なんずのクソ婆あが、アレコレ言ったとてなんになるゝ　もっと賢い衆が、うまくやってほしいや。だども兵隊は、もう、こさえちやならねえ。……こねえだの戦争で、俺あ息子を四人兵隊に出して二人とられた。……悔んじやいねえ俺あ、それを。あたりめえずら、それぐれえ。……んだが、息子二人とられて見ろ、楽じや無え。……その俺が言うんだ。言ってもよからずゝ　……兵隊はもう、どんな兵隊も、こさえちや、ならねえ。

次郎　……だども——

りき　だともへチマも無え。理屈をつけりや、どんな事にも理屈はつかあ。軍備した方がええという考えにも、しねえ方がええという考にも、それぞれ理屈はあるべし。両方に良い事もありや悪い事もあらあ。それをハカリにかけて較べていたんではきりが無え。大事なこたあ、これが一番ホントだと見きわめ附いたら、ほかのズジャ〳〵した事、一切合切、スペッとかなぐり捨てて、そいつをやる事だ。そんために出来てくる困った事あ、

又なんとかすればなんとかしようがあらあ。去年なあ、板橋のお兼婆あが、腸が悪くて悪くて、どんな養生しても、町のお医者に三人も四人もかかって薬浴びるほど飲んでも治らねえ。しまいに拝み屋さまに凝っても、まだいけねえ、ガンだガンだっつうので泣いてたっけ。俺あ見舞いに行ってよ、よく〱気いつけて見ていたらば、お兼婆あ、アヅキがじょうぶ好きでな、なんかと言っちゃ、アンコにしたりオヤキにつけたり、カユにたきこんで朝晩に食ってら。アヅキというもんは通じのつくもんでな、婆あそれ知ってくせに、好きだもんで、いろんな理屈つけちゃ、かかさず食ってら。そんで俺が、いきなりアヅキを取り上げた。そやって半月たったら、腸の悪いの、なめて取ったように治っちゃった。はは。……かんじんのてめえの命がおしかったら、いけねえもなあ、きれいサッパリやめる事だ。

次郎　……するつうと、ばさまは、よその軍隊が攻めこんで来ても抵抗しねえのか？

りき　抵抗たあ、なんだ？、

次郎　刃むかわねえかというんだ？、

りき　さあなあ。そら、人間だから、わからねえ、そん時になって見ねば、うぬが眼の前で同じ日本人がドンドン殺されたりすれば、おおきに、こんで、出刃ぼうちょう持ってでも刃むかわずにゃいられめえ。

次郎　そんだら、もうそうなったら、手おくれだねえか！　殺されるだけだ。

りき　手おくれでも、しよう無えよ。まだしも人を殺すよか、人から殺される方がええぞ。殺される方が手おくれならば、殺す方は、もっと手おくれだらず？、地獄に落ちっぱなしになるだけだ。そんな奴あ。かんじんの事は、人を殺すのは悪いという事だ。だらず？、悪い事あ、しちゃならねえ！　悪い事あしちゃならねえっ！

サダ　なあんとまあ、大きな声よ。耳が、ガン〱いわあ！

りき　はは！　俺にわかることは、そんだけだ。バカだから、その余の事あ、知らねえ。賢い衆が余の事が、うまくやってほしい。悪い事あ、しちゃならねえ！　へわらじをはき終った両足でドンド

ン土間をふみこころみる）喜十よ、さあ行くべし！

喜十　へい！

サダ　はは、はは！

せん　ふふ！

一同が軽く笑いながら、出て行く人たちが立って歩き出す気配。どこかで、けたたましいモズの声。

初旅

人間

輝夫　　娘一
春子　　〃二
中年の男　〃三
連れの男　〃四
女学生　中年男
青年　　中年女
三十女　その夫（中老）
男の子　老人
検札　　茶店女
傷病者　叔父の声

大きな駅の構内の騒音

輝夫　さ、これでよしと。背中がゴリゴリするんじゃない、そこじゃ？、こっちがいいかな？、代ろうか？、

春子　いいんですの。

輝夫　この列車で四時間、それから支線に乗りかえて二時間、都合六時間坐ってなきゃならないんだから――いっそ二等にかわろうか？、

春子　いいえ、これでいいの。割に空いているし、それに、――三倍近くのお金払うの、もったいないわ。

輝夫　だって君と僕とは、これが初めて一緒に旅行するんだよ。そして、つまり、一生忘れることの出来ない旅行になる。そうだろ？、

春子　ええ。

輝夫　だからさ、せめて二等に乗るぐらい――

春子　だから、だから私は三等で行きたいんですの。お金のことだけじゃ無いの。

輝夫　だからさ、だから、僕は一等にでも春さんを乗せて行きたいんだ。

春子　でも、フフ、一等に乗って小さくなってオニギリかなんかかじってるの、ヘンじゃない？、

輝夫　フフ、そりゃまあ、そうだけど、僕の言うのはさ――あ、しまった！、うっかりしていた！

春子　なあに？、

輝夫　オニギリで思い出した。ええと――そうだ駅の売店にあるかな？、よし、ちょっと僕買って来るからね。（立つ）

春子　なんですの？、だって、もう直ぐ発車するん

じゃない？、
駅の雑音の中から遠くベルが鳴っている。それと、この車室に乗りこんでくる乗客たちの足音や荷物を棚にのせる音や切れ切れの言葉など。

輝夫　まだ二三分はある。サンドイッチ。いや、買うには買ったけど　春さんの好きな野菜サラダを胴忘れしていた。

春子　いいのよ、いいのよ。私なら。乗りおくれたら、どうしますの？、

輝夫　大丈夫、大丈夫！（ガタ〳〵と道路を出口の方へ小走りに去る）

春子　輝夫さん　よして！　あの——

近くの席が次第に一杯になってくる気配

中年の男（すこし離れたところで）やれやれ、やっと間に合った。

連れの男（重いカバンを棚の上にのせながら）なにしろ、これに乗りおくれて次ぎの一時のになると、向うに着くと日が暮れるんですからねえ。まよかった。

女学生（かなり遠い所で叫んでいる）ヤてちゃあん！　こっちよ！　こっち、こっち！　ハバ、ハバッ！

青年（別の離れたところで）へっ、なにようクソ！（ガタンと箱のようなものを床に投げ出した音）虫のせいやカンのせいでカツギ屋やってんじゃ無えんだ。みんなこの、食えさえすりゃ、お前……（あとは雑音に消される）

ゴトゴト下駄の音が近づいて

三十女　さあさ、ここが空いてら。早く坐れ、鉄！やれ、どっこいしょ。

男の子　ここじゃ、外が見えねえよ。

三十女　そいじゃ、そっちの窓のそばへ行け。（抱かれた乳呑み子がむづかる声）おおよしよし。よーしよし。

春子　あのう——

男の子（窓をガタガタやりながら）お母ちゃん、このガラスあけて！

三十女　なんだよ？、

春子　あの、そこはいるんですけど、ちょっと、あの——

三十女　はあ？、

春子　いいえ、私の連れが、あの、すぐに来るんです

けど——

三十女　（申しわけだけの、気の無い調子で）鉄、そこは誰か来るんだとよ。おおよし〱、そらよ！（乳呑み子の世話にかかって、春子を相手にしない）

遠くで発車の号笛

男の子　ほら、もう出るぞ！（列車動き出す。その音。靴音がして輝夫が通路を急いで戻って来る）

輝夫　（ハアハア言いながら）有った有った、ほら！

春子　ああ、輝夫さん、乗り遅れたのかと思った。わざ〱サンドイッチのために——よかったのに。

輝夫　サンドイッチのためじゃない、君のためさ、ハハ。えゝと、どうしたの、ここ？、君、ちょっと——

春子　私、そう言ったんですけど——、

三十女　なんしろ子供だもんで、外ら見たがって。

輝夫　最初から僕がいたんです。どいて下さい。

春子　いいじゃありませんの。じゃ私がこっちへ来るから輝夫さんここへ坐って。

輝夫　だって春さん窓のそばが好きなんだろ？、そんな——どけよ君。

春子　いいのよ、いいのよ、私はここでいいの。

輝夫　チッ。（不快そうに）いや、僕はいいんだ、春さんさえよけりゃ。（坐る）

三十女　鉄、靴う、ぬぐだあ！

列車の走る音

輝夫　（なるべく他に聞かれぬよう、春子だけに話しかける話し方で。以下、春子の方も同様）……寒くは無い？、

春子　ううん。

輝夫　なんだか顔色が少し青い。

春子　そうかしら。この黒い服のせいで、そう見えるんでしょ。

輝夫　そう言えばそうかな。どうして、しかし、黒い服なぞ着て来たの？、

春子　あたし今日はこれが着て来たかったの。輝夫さん、きらい？、

輝夫　きらいじゃ無い。しかし何だか礼服みたいで堅くなってるような——

春子　堅くなっているかも知れない。服のせいじゃ無くって、私が——

輝夫　へえ、どうして？、
春子　すこし怖いの。
輝夫　怖い？ なにが？ 僕と一緒に旅行するのが？、
春子　ううん、そんな――
輝夫　じゃ叔父に逢うのが？ だって僕の叔父なんて、ただ人の良い、山ん中の百姓に過ぎない。それに君との事は手紙で言ってやって叔父もよろこんで来ているんだもの。ただ僕には父も母も無し肉親と言ってはあの叔父一人きりしか無いんで、君との事をハッキリ決める前に叔父にだけは逢っといてほしいと思って、こうして行くだけなんだから。逢って一目見れば　そんな――
春子　いえ、それよりもね、旅行そのものが怖いの。だって、私、学校時分、修学旅行で日光に行ったのと、姉さんと御殿場に一度行ったきりで、あとどこへも行ったことないんですもの。なんかしら
――
輝夫　いや、そういえば女学校時代、方々旅行でもしようという時分は戦争中だったんだな。
春子　それだけじゃないの。そのほかのことでも私、まだなんにも知らないのよ。ホントになんにも知らない。輝夫さん今にびっくりなさるわ。このさきチャンとやって行けるか私、心細くなる。
輝夫　そんなことはない。人生は手習い草紙に字を書くのとは違う。次ぎ〳〵と言わば冒険だもの。ウブに新鮮にびっくりしたり、考えたり――それを二人連れでやって行きゃいいと僕は思うんだ。だろう？、
春子　ええ。……姉さんから、あんまり大事に、大事に、荒い風にも当てないように私育てられ過ぎたのね。それ思うと姉さんがうらめしくなる事があるの。
輝夫　ハハ、僕はその点、君のお姉さんにお礼を言うなあ。風にも当てなかった玉みたいなものをソックリ僕に渡してくださろうというんだから。
春子　まあ！
輝夫　ほう、やっと赤くなった！ ハハ、ほら！
春子　知らない！ そんな――
輝夫　だって、そうじゃないの。そう思うと僕はね
三十女　あのう、藤岡までは、なん時間ぐらいかかるでしょうかね？、

輝夫　え、藤岡？、
三十女　へえ。
輝夫　さあ。そういう駅があったかなあ、この線に。よくわかりませんねえ。
三十女　そこから又、三里も歩いて行かなきゃならんとこでしてね。途中で日が暮れたりしたら、フントに困っちまう。（相手に責任でもあるようにヅケヅケ言う）
男の子　母ちゃん、なんか、おくれ。
三十女　千住出る時、めし食ったでねえか。
輝夫　……うっかりしてた、そろそろ一時だ。春さん、おなか空いたろう？、これ食べよう。
サンドイッチの包みをあける紙の音
春子　おべんとうも出しましょうか？、
輝夫　それは夕飯にした方が、よかあない？、もっとも君がそうしたきゃ――
春子　いえ、私はサンドイッチの方がいいの。
輝夫　じゃ、はい、こっちが野菜サラダの。魔法びんに紅茶がはいってる。（食べはじめる）ついだげようか？、
春子　（これも食べはじめながら）……ええ、あとで。
男の子　母ちゃん、なんか。……（返事なし）よう！
三十女　なんにも無えよ、馬鹿。
輝夫　（物をかみつつ窓外を向き）そろそろ山が近くなる。
春子　綺麗ね、色が。どの辺かしら、あれ？、
輝夫　そうさな――
男の子　（泣き声で）腹あへったよ、母ちゃん。なんかよう――
三十女　（いきなりピシャリと、男の子の顔をなぐって）阿呆！
春子　（見かねて、サンドイッチを取って差し出す）あの、これどうぞ。
三十女　へ？、
春子　お食べなさい、どうぞ。
三十女　すみませんですねえ！ほら、鉄、いただくだよ。ちゃんとお辞儀して。……へへ。いえ、ホンのさっき腹一杯食って来ているのに、子供なんてほんとに――
春子　もう一つ、はい。
三十女　（急にきげんよく、ベラベラと、しかし、

鈍重な取りとめのなさで）どうもこんな子供づれで、へへ、置いてこようと思っても、この三人きりで、ほかに誰も居ない暮しでね、へへ、ボタン工場に通っていたんですけどね、子供がいちゃ、やっぱしダメで、靴みがきなんどもやりましたけんどね、今度、戦没家族にお金がさがるそうなんで、それを元手にして、田舎の兄の家で小店でもやらしてもらおうと思って、まあ相談に行くんですよ、へへ。

春子　すると、御主人は、あの、戦死なすって――？

三十女　へえ、この子の父親《てて》ですよ。へえもう、ひどい目に逢いました。どうにもこうにもあなた、パンスケ稼ぐにしたって洋服に口紅ぐらい要るでしよ？　なあんにも無くちゃ、ホントにあなた、手も足も出ない――

検札　もしもし、切符を拝見します。

三十女　ああ？　ああ切符か。えゝと、どこさ入れたか――

輝夫　どうぞ。

検札　……ありがとうございました。

三十女　はい、有った。

検札　……これは群馬藤岡までの切符ですが、八高線だから八王子で乗りかえですけどねえ。

三十女　へえ、藤岡へ行くんですけど。

検札　ですから、もう八王子は通過しちまったんですから、今度の駅で降りて、私がそう言ってやるから、上りで引返して下さい。もう直ぐ次の駅だから、急いで。

三十女　へっ？　だってあんた――（言っているうちに急にあわてだして）そりゃ！　ええと、これ鉄降りるんだ、降りるんだ！　なんて、まあ！　こうれ、早くしろ！

ガタガタと立ちあがり、包みなどをさらいこむ。
さわぎに抱かれた幼児が泣き出す

春子　（見かねて手伝いながら）これ、たべかけで失礼ですけど、持ってって下さい。

三十女　へえ、ありが――こうれ鉄、その袋持っだ！　ほら、ほら早くしろ！　なんて、まあ！

ガタガタと通路を小走りに、幼児の泣き声と共に遠ざかる
そのあわてように近くの二三の乗客が大笑――）

四十男　なんてまあ、は自分のことだろう。へへ！

輝夫　フフ、あの調子じゃ、また八王子で乗り越しちゃいそうだな。

春子　ほんとに、でも、なんだか気の毒みたいな――

輝夫　なにが？

春子　だって、子供かかえて、生きて行くだけでヤット、そんだけで頭の中が一ぱいで、ほかのことは見えないというか――

輝夫　なに、無神経なんだ。当人はそれほどにも感じてやしない。第一、戦争未亡人というのからして怪しいもんだ。だって、上の子はいいけど、抱いていた子は、まだ一年にもならないだろ？、亭主が戦死したんだったら、どうしてあんな小さな子が――

春子　それは、しかし、その後、なにか、生活のためかなんかで。

輝夫　とにかく、あんな愚鈍さには僕は同情出来ないな。戦争やその後の社会のために不幸になったということは、それとは別のことだもの。いけずうずうしいというか、あんな人間に食べものなんかやったって、結局なんにもならない。

春子　そうかしら。……でも、あの男の子があなた、あんな眼つきでマジマジ見るんですもの、私、たまらなくなって――

輝夫　せっかく春さんに食べさせようと、十秒フラットかなんかで駆け出したサンドイッチが台無しだもん。ハハ、ちょっと腹が立ったな。

春子　すみません。

輝夫　ううん、そういう意味じゃ無いんだ。

中年男、よいしょ、と。（ドサドサと近づいて来て、ガタン、ドシンと荷を置いて）ここ、あいてんだね？、

輝夫　あいてます。……（中年男が席に坐る気配。春子に）春さん、こっちの、これだけ残ってる。食べない？、

春子　いいの。

輝夫　……どうかしたの？、

春子　ううん。……

　列車の進行のひびき、しばらくつづく）

輝夫　……間もなく、こっち側に南アルプスが見えはじめる。じきに甲府だ。……

　列車のひびき。

傷病者　（すこし離れた所で一種の調子をつけたし

やべり方で）終戦から既に六年、すべての事が復興いたしました中におきまして、私ども、かくの如き不具の身を白衣に包んで、皆さまの前に立つ事は、実に相すまないと存じますが、いかにせん現在恩給月額四百円では、治療費や薬代はおろか、どうしても生活して行けないのであります。どうかその点を——

青年（これもかなり離れた、その傷病者の近くで最初にブツクサ言っていた男）おい〳〵！ いいかげんにしねえかよ！ 四百円ずつでももらってりゃ、オンの字じゃねえかよ！ 相すまないと存じたんなら、もうよせよ。第一、法律で禁じてあるんだよ。

傷病 ……（それを聞かないふりで）……皆さまがたにおきましても御生活のお苦しい中を誠に申しわけがありませんが、どうぞよろしくお願いいたします。

青年 そうよ、お苦しいんだよ、なあ！。こちとらあ、四十円が四円だって貰えはしねえんだ。職は無し家は無し、しかたが無えから、こうしてカツギ屋かせいで犬のような暮しをしているんだ。そいつから寄付をたかる手は無えだろう。

傷病 かえりみますれば、誤れる軍国主義の指導者にあやつられ、国家のため民族のためと、ただ一筋の愛国の至情に燃え、砲煙弾雨のただ中に——、

青年 よせよ、もう——（立ちあがったらしい）おいらだって召集されて三年間ムダ働きをして来てるんだ。愛国心の一手販売みてえなこと言うなあ、よせッ！

傷病 私は、なにも無理して寄付して下さいと——

青年 言ってるじゃねえかよ！ そうやって、当てつけがましく義足なんかを、わざとむき出してよ！ チシヨメ、いつまでもよさねえと この——

（手を出しかけたらしい）

中年男（その近くで）まあまあ、君！

その他二、三人も立ってとめるらしい気配

輝夫（こちらで）しようが無いなあ。

春子 なんとか、あの、なんとかならないかしら。

輝夫 どうしたの？

春子 私、からだがふるえるの。

輝夫 馬鹿だなあ。

春子 いえ、あんなこと なんとかもう少し、政府

だとか、そのほかで——

輝夫　どうにもならないんだ。差しあたり、結局金が無いんだな。

春子　だってあなた、殺人でお金を使いこむ人がこんなにいるのに——

輝夫　そうそうだ、たしかに。それを思うと腹が立ってくる。でも、どうにもなりゃしない。弱い者はギセイになって踏み殺されて行く。みんな一人々々ギリギリ一杯の所で生きているんだものね。とても人のことなど構っちゃおれない。下手に構ったりしていると自分まで踏みころされる。それが今の現実なんだ。だったらイヤだろうと醜くかろうとにかく先ず自分だけは踏み殺されないように、場合によって人を押しのけてでも、とにかく自分の足で立って見ることなんだよ。すべてはそれからさ。

春子　そうかしら？　あたしにはそうは思えないの。そんなことしなければ生きて行けないようなら、私は生きていたくない。

輝夫　だって君、——今のね、喰ってかかっていた力ツギ屋ね、あれだって相手のことがわからないわけじゃ無いんだ。わかりすぎてムカッ腹が立っんだ。現に僕だって同じことだもの。出征して、ちゃんと弾きずもある。それがああして連中がわざとキズをむき出しにしてああしてるのを見ると、人ごとならず同情しながら、一方でムカ〳〵してくる。歩きまわれるくらいなら、なんかして働いたらどうだと思うんだな。

春子　輝夫さんは、じゃ、あの人がこっちへ来ても寄付なんかなさらない？

輝夫　しないね。だって僕の金は僕の汗の代価だもの。もともと僕は作家になりたくて、でもそれでは食えんから、しかたなく今の会社につとめてるんで、そうしてウン〳〵言って取った金を、そんな甘っちょろい気持で人にやったりなんか——どうしたの？

春子　……いえ、私、実は今の人に寄付しようと思ってお金を出しかけていたの。そいで、あなたの話聞いてたら、妙な気持になって——

輝夫　それにしても、そんな泣きそうな顔したり——

春子　甘いのねえ私って。

ゴーッと列車が、トンネルに入ったひびき。し

ばらくつづき、トンネルを出る）

輝夫　ほら、あれが南アルプス。富士もチョット見えるはずだがな。……間もなく、こっち側に八ガ嶽のスロープが見え出す。

春子　そう？

輝夫　直ぐにもう小淵沢、連絡の時間がうまく行くといいんだがな。

春子　そうね。

輝夫　どうかしたの？

春子　いいえ、なんでもない。

列車のひびき、それがスーッと消えて行く
駅構内の操車の音＝箱の連絡のガッシャン、ガチン、ガチンという音がして、操車係が「おーい！」と呼ぶ声。それにダブって、コンクリートの上を靴が拍子を取ってパタパタと叩きズーズーと引きずる音。

娘一　クイック、クイック、スロウ、スロウ！　クイック、クイック、スロー　だあめだなあ！　そこんとこでさ、こうやってスッとターンすんだよ！

娘二　こうやんの？　こう？

娘一　そうじゃねえよ、こうして、ほら！　クイック、クイック！

中年男　ハハ、テルミちゃん、小淵沢のプラットフォームがびっくりこいてるべえ。そのぶんだとエメちゃんも、松本のお店に着くまでにゃ、立派に踊れるようになるかも知れんなあ、へへ。

娘一　だってさ、まだ汽車が出るの三十分もあるんだもん、間が持てやしないじゃないか。こんなことなら、信越まわりで行った方がよかったんじゃない？

中年男　なにさ、こっちから行くと高原列車というやつで景色がいいからよ。

娘二　嘘う！　向う廻るとヤバイからだろ？

中年男　そうハッキリいうなよ。これというのも、君たちのためを思やあこそだ。

娘一　だってゴロさん、あたいたち一人頭、大三個ぐらい先方から貰えるんだろ、ボロイ商売じゃないかよ。

中年男　そう君、そうあんまりこの、リアリステイキ言うなよ。こいで相当シンの疲れる商売だぜ・えゝと、ハル公とトシ坊、馬鹿に便所が長えなあ

娘二　へへへ、心配なら覗きに行って見たら？　ハ

ル公が今朝っからしきりにメソメソしてたから、トシ坊同情して、そいで二人がもしかすると、もしかするよ。

中年男　冗談もんだろ、今さらギャラ踏み倒すなんてえ、ハル坊もトシ坊もニューフエイスじゃ無えだろう。

娘二　ハハハ、テルミ、さあまたおせえて。

娘一　オッケイ。そうだ。このステップ炭坑節によく合うんだよ。月が出た出た、クイック、クイックスロウ、月が出たあヨイヨイとね！

　娘二も踊りながら声を合せて歌う

中年男　ああ、ハル坊とトシ坊、やっと戻って来やがった。どうしたんだよう？、

娘三　〈跫音近づき〉なにさあて、あら、すっかり踊れるようになったじゃないのう！

娘四　ハル公、あすこにいるアベックね、あれ何だと思う？　新婚旅行だよ。あれ。

娘三　え、しんこん？、どれよ？、

娘四　ほら、あっこの待合の隅にいんだろ？、黒い服の、とってもキレイな女の、ほら、こっち向いた――

　マイクがスッとその待合室の隅に行く。炭坑節は離れたところで続いている

輝夫　疲れた、春さん？、

春子　いいえ

輝夫　外に出て、あったかい牛乳でも買ってこようか？、

春子　いいの……なんだか、でも、寂しい駅ねえ。こっちの汽車に乗る人は、たったこんだけかしら？、

輝夫　時間がおそいんで、土地の人だけなんだな。

春子　あすこで踊ってるの、でも、どういうんでしよう？、あらみんなでこっち見てる。

輝夫　ありゃ勿論東京からだろう。まあ、田舎の町へくらがえという所かな。あの男が、一種のゼゲンなんだな。

春子　くらがえ？、くらがえというと？、

輝夫　そりゃね、そうさ、この、そういった商売のまあ場所を変えて――

春子　あら、こっちへ来るわ。

　娘達の中の二人が、向うの三人の炭坑節に合せて低く鼻歌で歌いながら、三四間の所まで近づく

中年男　（もとの場所からこっちへ向って）おいおい、もう時間がいくらも無えぜえ！　え、おい、トシ坊、ハル公！
娘三　（振返って）なにさあ？、うるさいわねえ！
春子　あら、あの人、私と同じ春子。
輝夫　フフ、年も同じくらいだね。
春子　……でも、なにね、みんな暗いとこなんかないわね。とても愉快そう。どういうんでしよ？、
輝夫　そりゃ、あんな商売のために暗くなるようじゃ、生きてはおれんだろう。逆だね、実は暗い生活をしていながら当人はポカンと明るい、つまり暗くもなり得ない所がホントの暗さだな。
春子　わからないわ、あたしには。
輝夫　わかったら大変だ、春さんに。わからなくって、しあわせだ。
春子　しあわせ？、でも、なぜ私だけがこうしてしあわせで、あの人たちが、あんなふうに、ふしあわせかしら？、人のことだで、知らん顔ではいられない気がするの。
輝夫　ハハ、またはじまった。センチメンタル。
春子　センチかしら、これが？、輝夫さん、お笑いになるけど、私はまじめなの。
輝夫　だって、いくらまじめに考えても、どうにもなりはしないんだもの。あんな連中の存在には社会に責任があるにはあるが、当人たちも悪いんだ。だって同じような境遇でもAはああならないでBはああなるんだから——
マイクがスッと娘たちの所へ行く
娘一　へっ、身売りに行った者もあるし、シンコンレンコンに行く者もありますよ。
中年男　やくな、やくな！
娘三　ネバ、だあれがあ！
娘二　だって、さあ！（でたらめの歌）清い昔が、なつかしやア。
あとはワヤワヤとさわぎ、それにかぶせて、列車が急な傾斜を登って行く、汽缶の喘ぐ音
春子　ずいぶん急な坂になっているのね？、
輝夫　うん、登りつめると、たしか海抜三千尺の上なんだ。ほら富士さんが見える。
春子　あら、こっちになるのね。まあ、綺麗。
輝夫　夏になると、この辺一帯の高原、まるで眠がさめるようになるんだ。

春子　ああ、白樺が、あんなに！

輝夫　景色をながめながら、今のうちに夕飯を食べとこう。春さん、サンドイッチろくに食べなかったんだし、おなか空いたろ？　それに向うに着くと相当歩くからね。

春子　はい。あの、そっちのバッグ、ちょうだい。（バッグを開けてベントウの包み紙をあける）お茶は、あのう――

輝夫　はい、これ。（水筒のセンをポンと抜いてついでやる）……やあ、向うでは酒が始まった。さっきの連中。（その前から車室の向うの隅で娘たちと中年男がはしゃぐ声）

春子　はい、どうぞ。

輝夫　……（食べはじめる）こいつは、うまい。春さんこさえたの？

春子　（これも食べつつ）ううん、姉さん。のり巻き姉さんのお得意なの。以前、名人のすし屋さんにおそわったんですって。

輝夫　道理で。うまい、ホントに。……だけど、良い姉さんだなあ。姉さんというよりはお母さんだね君の。つくづくそう思う。未婚の学校の先生などしている人のようじゃない。

春子　（たべながら）未婚じゃないのよ。若い時分、一度結婚したことがある。父や母がまだ生きてた頃。私はまだ小さくって何もわからなかったけど、うまく行かないで、直ぐに戻って来たの。

輝夫　そうかなあ。しかしそりゃ、その相手の男の人が、なんか悪かったんだよ。そう思うな、姉さん見てると……（食べつつ）だけど、今日はとうとう見送りには来て下さらなかったね。

春子　わざと来ないの。ドキドキして駄目なんですって。今ごろはきっと学校の窓の所で私たちのことばかり考えて、祈ってる。

輝夫　祈るというと？

春子　そういう癖があるの、フフ。今朝早く起きてこのノリ巻こさえながらね、お姉さん、私になんといったとおもいます？

輝夫　なんていったの？

春子　フフ。

輝夫　なに？　え、どんなこと？

春子　あのねえ……結婚ということは、――はずかしいから、いわない。

輝夫　いいじゃないか、いってくれたって。
春子　あとで、あの、姉さ——（言いかけて、不意にククッとせぐりあげて泣き出す）
輝夫　どうしたの？　え、どうした？　春さん、どうして、そう急に君？
春子　いえ、なんでも無いの（泣く）
向うの隅の娘たちが酔って歌い出した炭坑節が大きくなる
中年男（その歌声の中で、酔っていたけだかに怒鳴っている）やいハル公、お前なんかがな、どんなテエ量見でついて来ているのか、おらが知らねえと思ってるのか、やい！
娘一　酔っぱらって、又、からむよゴロスケは！　そんなことより歌えよっ！
あとはワイ〳〵と歌になり、遠くなる
輝夫　……ほんとに、どうしたの、春さん？
春子　……のり巻見ていたら急に姉さんのこと思い出して——なんか不意にたまらなくなって——
輝夫　いいよ、いいよ、そりゃ。しかし出しぬけだからビックリした。
春子　すみません。……それにね、最初一緒に乗っていたおかみさんね、それから傷痍軍人の人——あれこれいっしょに思い出して——そいから、あそこの、ああしてお酒のんでさわいでる、あの人たち、みんな、いっぺんに悲しくなって。
輝夫　いや、春さん敏感になってるしね、いろいろ刺戟が強すぎるから。
春子　こんなことでは、しようが無い。そう思うんだけど。
輝夫　いいんだよ。ただねえ……
中年女　へい、ごめんなして、ちょっくら通してくだせえ。ごめんなして。
老人　やあ、おとめさんのおかみさん。どこさ行くかね？
中年女　こりゃ坂本さんのお旦那でやすかね？　へい、今日は内のをナカゴミの病院さ見せに、こうして。（連れの夫に）あんた、そら、坂本さんのおやじさまだ。
中老　今日は、へへ、へへ、ありがとうござりやす。へへ。
老人　やあやあ。どうだや、お旦那？（中年女に）おとめさんも大変だのう、どういう加減だ近頃？

中老　ありがとうござりやす。へへ、へへ。

中年女　ありがとうござりますよう。なに別に悪くもならねえけんどね、毎年今ごろになると気がたってよくねむれねくなるんで、一度お医者に見てもらっとこうと思いやしてよ。

老人　そりゃ、まあ。ああ向ふに、並んで坐れる所が、あら、あっちが　ええずら。

中年女　へい、ありがとう――さ、お前さま、こっちだ。（言いながら通路を向うへ行く）

中老　ありがとうござりやす。へへ　へへ。（これもそちらへ遠ざかる）

春子　（ひどくびっくりした、しかし小さな声で）あら！

輝夫　なに？

春子　あれ！　あれごらんなさい。あの縄！

輝夫　ああ。……ふうん。

春子　どうしたんでしょう？

老人　ハハ。（淡々とした向わず語りの調子で）あの夫婦は外を歩く時にゃ、いつでもああして、からだとからだを縄でしばりつけて歩きやすよ。旦那の方が四五年前から頭がおかしくなってね。いや、畑仕事はチャンと出来るし、別に乱暴なぞ何もしねえ、ただ外に出るといきなり駆け出したりして、あぶねえからねえ、あのおかみさんの知恵だ。よく出来たおかみさんでなあ。

輝夫　そうですか、そいつは。

中年男　（わきから話を引き取って）感心なもんだねえそいつは。だけど、御亭主はまた、どうして気がふれたのかね、見たとこ、ニコニコして、おかしな所は無えようだけんどね。

老人　人の顔を見れば、ああして、ありがとうをいうだけでね、ハハ、しんから　あれで、ありがたく思ってるんだから、しかたねえずら。

中年男　おかみさんのことをかね？　つまり感謝してる？――

老人　いやいや、はじめから話さねえとわからねえが、あの仁はズーッと、そうさ二十年の上になるべし、この下の小作をやって来て、うん、良え百姓だ。ただいろいろ仕合せが悪くって貧乏でな、それがお前さん、戦争すんで農地改革つうで、田地もらって、つまり自作農になったと思いな。うれしくて、うれしくて、こいつは百姓永らくやっ

たもんでなきゃ、わからねえずら。とにかくありがたくてうれしくて、その頃から、少しずつおかしくなってきいただなあ。

中年男　へえ、そうかねえ！　ふうむ！

老人　間もなく、こんだ自作農になっただだから税金がドカッとかかってきた。これでお前さん、たまげて、カーッとしちゃって、いよいよ、いけなくなりやした。もともと、おそろしく気の弱えにでね、それが今言った、煮湯をあびせた後で水の中に突っこまれるような目に逢ったわけ。

中年男　へえ。かええそうになあ。これで、農地法は良えことだっていろ向きが多いが、中にゃそんな目に逢った人もいるんだな。もっとも税金の事あこりやまあ、誰にしたって頭あ痛めてらあ。

老人　さようさ。こんでわしらなぞも税金月になると、いっそ頭あ狂っちまいてえと思うことがありやすよ、ハハ。

中年男　するてえと、しかし、あの夫婦は一生縄でつながって墓場まで行くというわけか。

老人　それも、考えようだ。どこの夫婦でも、こいで、目には見えねえが、互いに縄でしばられてるようなもんだなし。

中年男　まったくだあ、そいつは。おいらなんぞ、古女房のシワクチャ面あながめていて、こいつしまった、六十年の不作だわいとクソいまいましくなる事があるども、自業自得で、これ、どうにもしやう無えさ。へへ、へへ！

老人　ハハ、ハハ。

輝夫　どうしたの、春さん？

春子　ええ……いいえ。

輝夫　ほら見たまえ、あれが赤嶽だ。向うのスロープは、たしかズーッと牧場になっている。

春子　そう？（へうわの空）

輝夫　よしたまい、あの人たちばかり見るのは。

春子　でも、どんな気持でいるんだろうと思うの、あのおかみさん。

輝夫　だからさ、だから……とにかく、もう間も無く着くから、仕度しなくちゃ。

春子　ええ。

二人の会話を圧して再び娘たちの炭坑節がおこり、その尻にかぶせて汽車が停車場に入って停車するエフエクト。

輝夫　さあ、着いた、ここだよ！　ボストンバッグは僕が持つから、春さんそつちの袋だけ持つてくれりやあいい。さ！

　通路を歩き出す

春子（これも通路を歩きつつ）ええ。

娘一　あら、シンコンレンコン、ここで降りんのう？（酔つている）はばかりさまあ！　焼けるよつ！

娘二（でたらめの歌）二人で歩いた白樺の、森の小道のスミレ花。バイバイソーロン、心中なんかすんなよ。仲良くやれよ。

娘四　へつだ！　シンコンレンコンがなんだい！　ろくな事あ無えぞ、よせよせ！　結婚は恋愛の墓場なあり。

中年男（ひどく酔つている）なあ、チシヨウメ！　ゴロスケ、ゴロスケなんどと、人の事お安くなめやあがつて、へつ。

　この辺からマイクは、この人たちを離れて輝夫と春子を追う。

やい、ハル公、便所からでもどつからでもにげられるもんなら逃げて見ろい、クサレあま！

娘三、おうよ！　おらたちは、どうせしまいにや病気で腐つてしまうんだ、それがどうしたよつ！

中年男　なあにようつ！（ピシツと頬をなぐつた音）

娘三、よくもなぐつたな！（もう一つピシツとなぐる音）

春子　あつ！（既にプラットフォームを歩いている）

輝夫　馬鹿な奴等だ。救えない……

　ボーツと汽笛が鳴つて汽車が動き出す。そのエフエクト。……それが遠ざかつて行く

輝夫　さ、出よう。歩いて改札口を出る）

春子（それに従いながら）ええ……

輝夫　ええと……叔父さんまだ来ていない。いつとき待つか。疲れたろ？

春子　ううん。

輝夫　今ごろになると急に空気が冷えて来るんだ。そこの茶店に行こうか？

春子　いいの、ここで。

輝夫　それとも、上の林に行つてみようか、ちよつと良い気持だよ。行こう。

春子　ええ。

輝夫　どうしたので、また—
春子　いえ……行きます。
輝夫　（ザクザクと砂利の上を、あるいて）ちよっとお願いします。二のカバン二つ、いつときあずかってくれませんか。
茶店女　はあい、ようござんす。
輝夫　もし六十ぐらいの白いヒゲの老人が、ここへ来て僕をさがしているようだったら、上の林に行ってるからといってくれませんか。輝夫というんです僕は。
茶店女　輝夫さんというんだね？、承知しやした。
輝夫　たのみます。……（歩き出す）春さん、こっちだ……。
　春子が黙って従いて行く足音
ほら、直ぐ林だ。遠くからだと、枯木みたいだけど、近よって見ると、もう芽をふいてる。
　林の小道に入り足の下で枯れ小枝が踏まれてピシピシ鳴る
輝夫　やっぱり疲れたね？、
春子　いいえ。
輝夫　じやどうしたの、黙ってしまって？、
春子　ううん、いいの。
輝夫　いやだぜ、又泣き出されたりするの。
春子　フフ。
輝夫　……ごらん、あのほう、あっちが横嶽なんだが、もう真っ黒になっちまった。あっちの空は、あんな綺麗な薄桃色だのに。
春子　ええ。
輝夫　坐ろう、このへんに。ここが良い。（コートをぬぐ）僕のコート敷いて— そうだな、寒そうだから、いつそきた方がいい。そら。
　二人、落葉の上に坐る
春子　でも輝夫さん、寒かない？、
輝夫　いや僕は平気。……静かだねえ。……
　どこかで澄んだ小鳥の鳴声……向
春子　……あのね輝夫さん。……私のいう事、きいて下さる。
輝夫　え、なんだよ？、又—
春子　いえ、もう泣いたりはしない。私、本気なの。
輝夫　……なんだろう？、
春子　私……ここから東京へ帰る。そうさせて。
輝夫　え？、……すると叔父に逢わないで、直ぐこ

のまま――どういう、それは、そんな――
春子　あたし、なんか、自信なくしちゃったの。いえ自信というとなんだけど、どういうんでしょう？、こんな気持で叔父さんにはお目にかかれない。
輝夫　だから、叔父を怖がる必要なんかないと、あれほど――
春子　いえ叔父さんが怖いというより、叔父さんにお目にかかれば、スッカリまあきまってしまうんでしょ？、それが――、
輝夫　だって、僕たち、それをきめるために、此処へ来たんだろ？、春さんだって、それ、きめたいと思って――
春子　ダメなような気がするの、それが。……あのねうまくいえないけど、私、あなたと一緒になって、この先ズーッとうまくやって行けそうに無い。そんな気がしたの。怖いの。
輝夫　……すると、なんだろうか、それは、僕との事は、もうこれっきりにしたいという意味なの？、
春子　いえ、東京へ帰って、もう一度よく考えて見たいんですの、叔父さんにお目にかかれば、もう取返しがつかなくなるから――。
輝夫（怒って）取返しがつかなくなるんだって？、そ、そんなふうに春さんは――？　まるで僕が無理じいに婚約させようとでもしてるように――
春子　いえ、そうじゃ無い、そうじゃないんですの、そうじゃなくて、私という人間が、まだ駄目なの ホントに、ホントに駄目なの。だから――
輝夫　そんなことは絶対に無い。なんか君は病的に敏感になってるもんだから、自分だけでむやみと自信をなくしているんだ。仮りにそれが当っていたとしても僕は、僕が、そういう君を好きで、こうしてなにしたんだから、それでいいんだと思う。ね、そんなこと言わないでくれ。
春子　ありがとう。ホントにありがたいと思うんだけど、……このまま帰らして。おねがい。
輝夫　……（弱りきっている）どうして、しかし、今日になってそんなこと言うんだろうなあ？、
春子　今日わかったの、自分が駄目だってことが。まだ一人前の人間として、とても結婚生活なんか出来るような私は――
輝夫　すると、ここまで来る途中いろんな人を見たりした。それがそんなふうに君に思わせたの？、

すると、どれが、どんなふうに——？

春子　どれが　どんなふうにとは言えないの。一つ一つの意味は私にはわからない。だから怖いの。おそろしい（非常に弱っている）

輝夫　しかしそれは世間馴れない君が、不意に旅に出て変ったことを見ききして、自分でもしらないで誇張して感じているんだと思う。

春子　そうかも知れません。でも、そうなんだから、しかた無いの……実はさっき、汽車の中で、お酒のんでる女の人たちと、縄でしばりつけた夫婦の人、見ているうちに……急に私、死にたくなったの

輝夫　（相手の幼児のような弱りこみかたに自分も全く弱って、既に相手を説得する調子よりも一人ごとのように）……そりゃ、今の世の中が荒れ果てているということなんだな。戦争からのキズが、あっちにもこっちにも口を開けて残っている……たった五六時間の汽車の旅の中にだって、そいで、君と僕との間にさえ、そいつが割り込んで来る。……そういう時代なんだ。……春さんの気持も、ちっとはわかるような気がする。……（間。白樺の林をあまり強くない風がサーッと渡る音。どこかで鋭い小鳥の声）そう、このまま帰ってもいいよ。

春子　……（低く泣いている）

輝夫　しかしね、僕が君をシンから、なにしているということは忘れないでくれ。僕はいつまでも待っている。

そこへ不意に、下の方の遠くから、枯れて良く透る老人の声が呼ぶ

声　おーい、輝夫おーお！　輝夫よおーい！

輝夫　ああ、叔父さんが来た。……どうする？、逢わないで帰る？、それだと、なんとかしないと、こっちへ来る

声　おーい！　輝夫よおーい！（ユックリと少しずつ近づく）

輝夫　春さん、これだけ聞かしてくれ。君は、なにかしら、僕のこと、ホントにこの、なんだろうか、愛してくれてる？

春子　ええ。（涙声）

輝夫　ほんと？、

春子　だから、こうして来たの。

輝夫　（押しかぶせて）そんなら、そんなら君、い

つさいがつさい、僕にまかせてくれ。ね！　それさえお互いにハッキリ、その点さえ二人がしっかりしていれば、どんなものが割り込んで来ても、なんとかなる！　僕がやってみせる。ね春さん！愛さえあれば、ホントの愛さえあれば、あとはなんとかなる。怖いだろうけど、その怖いものぐるみ僕におっつけて、根こそぎ僕にまかせてくれ！僕はもう、こうなったら、君がいなければやって行けそうにないんだよ！

春子、……私も、そうなの。私も——

輝夫　そ、それなら問題ない！　叔父に逢ってくれくれるね？、こっちへ来たまい！　馬鹿だなあ、何をそんなにふるえるんだ？、

声　（近づく）輝夫おおう！　どこだあよう？、おーい！

輝夫　さ、行こう。怖いことなんかない、とてもノンビリした爺いだよ。

春子　（声がふるえている）すみません。（肩を抱かれて歩きながら）お姉さんがね、今朝言ったの……結婚というものは、とても、とても良いもの。そう言うの。良いもの。……だから、姉さんがそう言うんだから、まちがい無いから目をつぶってとびこみなさい。全部、輝夫さんにまかせて——（まだ声がふるえている）

輝夫　そうなんだ！　姉さんの言う通りだ！　ハハ、とびこむんだ！、そうなんだよ。

声、　輝夫よおおう！、どけえ、いるだあ？、

輝夫　（叫ぶ）叔父さあん！　こっちだ、こっちだいま降りて行きます！、

その二つの叫び声が近くの山々にカーンカーンとこだまして消える。

鈴が通る

人間

そめ　吏員一
かつ　助役
かぢや　吏員二
さぶ　農夫
農夫　吏員三
しげ　吏員四
馬方　娘二
仲買　青年
おかみ　女教師
娘一　旅の女
男の子

どこかで鶏がトキを作っている。

かつ　（なにかしながら）まったく、因果な事だよう。毎月毎月、二十六日になりさえすりゃ、夜の明けるのも待ちきれないように起き出してよ、こうして、よそ行きの着物着て、――ちよっくら、そっち向きな、――まるで、へえ、娘っこが物見に行くみてえによ。よいしよと。さあ帯しめたぞ。（しめた帯のうしろをトンと叩く）はいキンチヤク。六十円入れてあっからな、くたびれたらバス乗ってな、甘い物ほしくなったら、アメ玉でも買って食わっせえ。パアパアと人に呉れてやったりしたら、ダメだよ。わかったかよ？、

そめ　あい。

かつ　鼻紙は持ったなあ？、と、これが下駄。（カタリと両方を合せてから、土間におろす）ホントにまあ世話が焼けると云うたら！。行かせねえと五日も六日もボーッとしてなんにも手が附かねえんだから、しかたが無え、行くのも良いけどよ、おらも源次郎も、なんぼ世間に恥かしいか知れないぞ伯母さん。

そめ　あい。

かつ　ちっ、なんにも聞いちやいねえ。まあま、しよう無え。あい、ベントウだ。おひるになったらチヤンと食べるだよ。

そめ　おかっや、あの、鈴取っておくれ。佛壇だ。

かつ　又、鈴か、あれだけは忘れねえだなあ。しよう無え……（小走りに畳をふんで佛壇から小鈴の束を取って来る。コロコロという音）……そっ

あい向くだ・帯の横にこうして、ゆわえ附けて、
と……早く帰って来るだよ。又、おそくなっても
今日は一日アゼ豆の植え込みで忙いから迎えにや
行かねえからな、あい、むすべた。

そめ　そいぢや、行って来やす。（歩き出す下駄の音と鈴の音）

かつ（その後ろ姿へ）人に何か聞かれたら、鷲山の荒木源次郎の嫁のおかつの伯母ですと、そんだけ云うだ。グヂャグヂャからかわれても相手になるでねえよ。いいかあ？、

とめ（少し離れた所で歩きながら）あいよ。（部屋の内でそれまで眠っていた幼児が眠をさましてグズグズ泣きだす）

かつ　小僧、眠えさましたかよ？、（部屋に入り、子供を抱き起す、子供泣きやむ）今日はバサマにお守りはしてもらえねえだから、おっ母あが、タンボに連れて行ってやるからな。おとなしくしろそら見ろ、バサマ、トットと行かあ。

コロ、コロ、コロ、コロと鈴の音が遠ざかり消える。
ゴーゴーゴーとフイゴの音。
金床の上でチンカン、チンカンと鉄を叩く音。

かぢや（フイゴを押しながら）さぶ、鷲山の米八のマングワ、急ぐからって、

さぶ　うん、是非今日中に頼むって云ってた。去年の秋でハンパになっていた山の開墾を、この春はどうでもおえるんだからと。

かぢや　そこにある、それがそうだべ、持って来う！。そいから新助んとこのレーキを、おっくべろ。

さぶ　……（持って来たクワとレーキをガタンと置く）おいしよ。

かぢや　ついでにコークス、すこしくべろ、近頃のコークスあどうしてこう火力が弱いんだか、まるで、へえ、オガクズみてえなもんだぞ、だようぶー、これで一俵二百両からすんだからな。こんなエンフレエだや、俺ちみてえな野かぢなんざ、たまったもんだや無えぞ。まったく！（火の中に鉄の穂をザっと突っこみ、あと勢いよくフイゴを押す。そのゴーゴーと云う音の中に、遠くから鈴の音が入って来る……）

さぶ　あゝ、鷲山のキチゲ婆さんが来た。

かぢや　あゝん？、

さぶ　源次郎さんとこのよ、ほら。（鈴の音が近づく）

かぢや　へえ、するつうと、今日は二十六日かよ？　俺あ二十五日だと思っていたが――（鈴の音近づく）そうか、そんぢや、山田の馬力の輪は、今日中にやつとかにやならんな。堆肥は山へ運ばんならんのか、たしか二十六日とか云ってた。
さぶ　んぢや、輪をはづしとくかな。
かぢや　うむ。（表を通りかかる鈴の音に向って）おそめさん、早いねえ、おそめさんよ？　よくまあ、なんだ、根気の良いこんだなし。
そめ　あい。……（足はとめないで通り過ぎて行く）
さぶ　（それを見送りながら）だども、いい加減にあきらめたら、どうづらなあ、あの婆さまも。
かぢや　そこが親つうもんだ、なえ！　キチゲなどと云うと罰が当るぞ。俺なざ、毎月の今日、あの婆さまが通るたびに、おふくろに孝行する気にならあ。（金テコで火の中から引き出した鉄を金床の上にコツンと置き）ありがてえもんぢやねえかよ！（それを金づちでチン、チンと叩く）ほら、来い！
さぶ　だども、無駄な事だと思うがなあ。ヨイショと！（大金づちでドッチンと叩く）
かぢや　（チンと叩き）あにが無駄だ？　そういう量見ぢや（ドッチン）ぶつ、さぶなんぞ、いつまで経っても（ドッチン）ロクなかぢやにやなれねえて。（トンカン、トンカン、トンカンと次才に遠ざかり消える）
鈴の音は続いて行く
サクサクサクと畑の土を鍬がうなって行く音
農夫　（うなって行きながら）そんぢや、しは、ソロ〱苗運んで来るべし。
しは　あーい。やれ、どっこいしよ。（と、使っていた鍬をドンとわきに置く）
農夫　南がわの苗木から先きに持って来るだぞ。札に、一リンと書いてあるやつだ。
しは　あい。あれま、荒木の婆さま、又行ってら。
農夫　ほう（鍬の手を休めて、見る）なんとまあイソイソして、まるで、へえ、娘っこが祭りにでも行くようなアンベエしきだ。
しは　左様さ、あの婆さまにしてみりや、祭りに行くのと同じかも知れねえさ。なんぼか、なあ、そこい行くと、おらちなんぞ、つまらねえ、大事な

息子は、もうちゃんと墓の下だかんなあ。（涙声）化けてでも出て来うと思うのに、久作の阿呆が、からっきし、夢枕にも立ちゃがらねえ。

農夫　久作の事は言うな。物は考えようだ。荒木おや米の供出では、藩山で一、二の成績で、それもあの婆さまがしっかりしているからだっつうが、そのしっかりさんがよ、毎月々々その日が来ると、あゝして取っゝかれたようになって通って行かあ。つらかんべえ。まだこっちは、ハッキリ諦らめが附くだけ、ましかもわかんねえ。

しげ　お前は男親だから、そう言うだ。おらなんぞ、あの婆さまがうらやましくなる事があらあ。阿呆な、ホントに、ホントに阿呆な戦争やらかしたもんだなあ！　大事な息子戦死させて、そいで、その後のこゝらの暮しがちっとは良くでもなる事かまるでアベコベもアベコベも、一升の米で地下足袋一足も買えねえなんて、おっそろしい世の中になっちまってよ。腹が煮えら。息子の死んだな無駄死にだもん、東京の大臣さんたちゃ、どうた量見か聞いて見てえよう、まったく。

農夫　ほえるな、バカ。早く苗取って来う、百姓はタンボだ理屈こねている暇あ無え。

しげ　そうよ、涙あこぼしている暇も無えづらよ！お前はそうた情無しだあ。

農夫　なにをこくだ、このアマあ！　行かねえと、ぶっくらわすぞっ！

鈴の音と下駄の音がコト〳〵行く

向うから馬力が近づいて来る音。

馬方　（馬と共に歩きながら、軽い鼻歌）ハイ、イツサイコレワノ、パラットセと。鮎は瀬に住む、鳥や木に止る、人は情のう――よう、婆さん、又行ってるなあ？、どうだえ、ちったあ利きめがあるかよ？　へっへっへ（馬力の音が停る）ホントにお前、気が変なんか、よ？（鈴の音がとまる）そうぢゃあるめえ、キチゲのふりして、そうやってツラ当てに歩いてるだけづら？、

そめ　……はい。（ビク〳〵しておぢぎをしたと見えて鈴がちょっと鳴る）

馬方　ふだんの日は、ちっとも向ちがわねえでタンボ稼いだり子守してるっうぢゃねえか？　え、なんとか云えよ、どうだ、おらが誰だか、わかるかよ？、

そめ　あの、いつも村を通る馬方のしだ。
馬方　そうれ見ろ、わかるだやねえか。ニセキチゲめ。いいかげんにするがえゝぞ。もうへえ、戦争から五年たってら、民主々義だぞ。誰にしたって出来た事は出来た事で、もうへえ、戦争の事は忘れちまってら、それをへえ、お前みてえにいつまでもだな、いえさ、息子を取られたり亭主と取られたり親父をとられたりした者は一杯いらあ、それがみんな諦らめて、忘れよう忘れようとしていら、なあ――、お前みてえに、そやってチラクラとだな、ツラ当てしられちや、たまったもんだや無えだやねえか！
そめ　へい、すみませんです、（鈴がコロ〳〵）
馬方　ホントは、なんだやねえのか、そやって歩きまわって闇米かつぎの仲人でも稼いでんだやねえかよ？、それとも税務署のドズさがしの手先でもつとめてるか？、
そめ　いえ、そんな――
馬方　ハハハハ、とんかく、いいかげんにしろってこと云ふ事よ。ポ一そうやってポーッとして眼え釣り上げて歩いていると、今にバスに引かれるか、馬に蹴られるぞ。こら、野郎あゆべ。（これは馬に言ったもの、馬が歩き出し、車がきしむ。歩き出しながら）気を附けろう！
そめ　あい、
馬方　（馬方と共に遠ざかりながら）ハハ、ハッハハ、ハ。こうら！。（鼻歌のつゞき）人は、情のう淵に、住うむう。（歌いつつ消える）
再び歩き出している下駄の鈴
仲買　ねえ、おかみさん、俺だって何もこうして朝つぱらから、駆けまわるの嫌だけんどよ、今度ばかりは金儲けの事はさておいて、どうしても二斗ばつかり集めてやらねえだや、取引先きに義理の立たねえわけが有ってなあ、ひとつ頼むから、たとい一升でも二升でもえゝから分けてくれろや頼んますよう。
おかみ　有るにや有るよ、五升でも六升でも。だども三百円ぱっちじや、まづ、話になんねなあ。内でも、今月二十六日の、あと四日か……ミンカまでにや税金拂わねばなんねえし、金の当ては無えだから　いづれなんか売らねばならねえだから―、
仲買　んだからよ、頼んますよ、な！　えゝい、思

い切ったもう五十両ふんぱつしようでねえか。こうなったら意地だ。

おかみ　お前さま、そんな往来はたに突っ立ってちや困るよ、こっちい、へえって来なせえ。近頃ぢや、この辺、組内でいながら駐在に云いつけたりする者がいるだ。人に見られると、うるせえ。

仲買　ほい来た。（自転車を引いて、木戸口へ行き、バタンと開けて庭場に入って行きながら）いやあ、全くなあ、そんなふうになったずかねえ。百姓は人が良いなんて云うのは、戦争からこっち夢のような話になっちゃったずなあ。

おかみ　もっと、ちやっけえ声で頼むよ、なあに、一つは、ヤキモチだ。よその内で、ちっとでもうまい事してるの見ると、たちまち眼を光らして、尾ひれをつけて云いふらすだ。（庭場を横切って行く。仲買も自転車を押してそれにつづく）闇売りの者ばかしぢや無え。おらなぞ、こうして戦争後家ば立て通して三人の子育てるためにお前さんまっ黒になってタンボ稼いでいるのに、人の気も知らねえで、やれ、町の男と話していたのなんのかんのと、とんでも無え事云いふらすだ。

仲買　そうりや、まあ、――だども、そいつは、一つはおかみさんがそうやって綺麗でよ、それにまだそんな年ぢや無しなあ、へへ、男が見りや、チヨックラそんな事も云いたくなるづら。カンを立てるにも当らねえとも、この――。

おかみ　なによ、アホな事を言うだいフフ、男なんざ、死んだ亭主でこりてら。

仲買　そうでやすかねえ？、

おかみ　そうでねえか？、無事でいる時あ、酒えくらって、なんとか云やあ町に出ちや変な女とヂヤラぐしてよ、そいで戦争になると、自分一人で日本国はひっちよったような血まなこになって、か、ならされたがよ、万才あいなんて云って行っちまって、忽ちコロリだ。自分だけは、さぞ良い気持だったろうさ。おらや、子供たちあ、ポンと後にうっちやられて、このザマだ。勘定合やあしねえ。

仲買　だども、へへ、その御亭主が恋しい時も、たまにやあるづら？、そうは薄情に云わねえもんだ。ハハ。（バスのクラクシヨンの音近づく）

おかみ　ハハハ、ハハ、さ、こっちい、へえってく

んな。あの厩のカマスの下が、そうだがな。

仲買　ありがてえ、おらが出しやしよう。（ズカズカ、納屋に入って行き、その辺の農具などを、取りのける音）

（垣の外の街道を激しい音をたててバスが通り過ぎて行く）

おかみ　一番のバスが行かあ。

仲買　この下だね？（云いながら、取りのけている）

おかみ　……あゝ、蕎山の鈴の姿さまが通る。……（しかし鈴の音は聞えない）

仲買　え、なにかね？——（おかみ返事せず。離れた所を通り過ぎて行く鈴の音が微かに聞える）よいしよと、このカマスの下の、これだなあ？（返事なし）……これだべ？

おかみ　……いぢらしい。

仲買　あんだよ？

おかみ　鈴鳴らして行かあ、蕎山の姿さまよ。

仲買　あゝ、一日キチゲの？　そうさ、よくまあ、飽きねえなあ、へへ。これだな、おかみさん？

おかみ　ちよ、ちよっと待ってくれろ。……せがれに一度相談してからにしやす。考えて見ると、こんな事、良くねえかも知れねえ。

仲買、ど、どうしたぢよ急に？　そんな、今更になって、そんな——税金は、ぢやどうしてるだね？

おかみ　税金はどうしればいいかわからんが——鈴の音聞いたらば、なにやら知らん、死んだ亭主がおらをのぞいているような気がした。よすべ。すまんが、とんかく、せがれに相談した上で——

仲買　そうかね？　だども、今更そんな——わからんなあ。

おかみ　おらにも、よくわからんが、とにかく今日の所は、なんだけんど、引き取っておくんなし。

仲買、そうかね。そりやまあ。……（口の中でブツブツ）

鈴の音と下駄の音が行く

自転車の音が後ろから近づき、ベルの音。

娘　お婆さん　今日も行くのう？（笑ひ声）

そめ　あい、これは——、

娘　今に帰って見えるから、気い落さねえで、シッカリね、あたしは、これから町の洋裁学校。バイ

バイ！・（チリンチリン二とベルを鳴らして追い抜いて去る）

鈴の音と下駄の音
男の子　やいこら、キチゲば――どけえ行くよ？、
そめ　わたしは、ちよつくら、あの――

男の子　どけえ行くよ？　云わねば、こゝの橋通つちやならんぞ。

そめ、ちよつくら、あの、役場さ――

男の子　役場さ行つて、なによしるだ？　それ云え。云わねば、通さんぞ。

そめ、そんな事云わんと、通しておくれんさい。

男の子　そんだや、ゼニよこせ。ゼニよこさねば通さんぞ。

そめ、ゼニかな？　そんなら……（帯の間からキンチヤクを出し、サツを取り出して）はい、これあげやす。

男の子（受け取つて）……ふん。

おそめが急いで去つて行く下駄と鈴の音、
男の子　ぞい、なによ笑う――

そめ、あい、良いお子だなし。（遠ざかる）

男の子（その後ろ姿に向つて）バカアー　キチゲエばあ！

電話器のベルがチリ〳〵、チリ〳〵と鳴り、それから、ゴトンと椅子から立つて、床の上をペタ〳〵とスリツパで急いで行く人の足音。ガチヤと受話器を外す。

吏員一　はいはい……はい、こちらは駒形村役場。……はあ、あゝ県庁の学務課で――……はい、……はあ……はあ、はあ……そうでやすか……はあ……まだ配給になつてないぶんの教科書……全部ついたんですね？、そりや、どうもお手数で。学校でも喜こぶでしよう。……はあ……直ぐ伝えときます。ぢかに、おや、その大坪書店の方へ伝票持つて行けば、わかりますね？、……はい……はい……どうもそりや、ありがとうがした。おや……（ガチヤリと受話器をかけて）助役さん、足りなかつた教科書が全部着いたそうです。

助役　そうか、そりやよかつた。こないだつから、校長さんにコボされて弱つていた。

吏一、久我さん――

吏二、（若い女）はい。

吏一、あんた、御苦労だが、ひとつ走り学校さ行つ

て、そう云って来てくれないか。
助役　電話かけりゃ、よかろう。
吏二　学校の電話、故障で通じないんです。直ぐ私、行って参ります。（ゴトリと立ってパタ〱歩き、靴を突っかけて、土間をコト〱）
農夫（のら声）配給のカリンサンの量目が、あんなに足りねえとあっちゃ、わしら、なんとしても困りやすからねえ、どうすりゃえゝか――。
吏三（三十位の男）だから、昨日も言ったように、そんな事を此処へ持ち込んで来られても、どうにも処置無えだから、その、あんたとの実行組合にでも行ってだなあ――。
農夫　行きやしたよ、サンザ・いくら行っても、受取る時に一々カンカンにかけて受取るわけおや無えからっうので、へえ、スのコンニャクのと云うばかりでさ――。
吏三、スのコンニャクか。弱ったなあ。（ガシガシと頭を掻く）
農夫　弱ったちったって、あんた方あ、頭あ掻いてりゃ済むが、わしら百姓に肥料が足りねえと、これ、命取りだからね。さればと云って、これ、どこへ訴えりゃえゝか、わからねえですからよ。
吏三、そいでも、川本さんよ、此処は村役場の世話係だかんねえ。カリンサンの事を訴えるちったって……お前……弱ったなあ。（コト〱と足音）あゝ久我君、どこへ行くのさ、
吏二　学校、教科書が来たんですって。……（カタ〱と歩いて、入口の押戸をギイと開ける。同時にコロ〱と鈴の音）あら、又来た婆さま。そんな所に立ってねえで、おはいんなさい、さあ、よ。（相手を内に入れ、自分は出て行く。押戸がギイ〱とゆれてしまる）
そめ　はい、はい。（おぢぎをしながら、受付台の方へ）
吏三　やあ、そうだっけ、今日は二十六日だった。どうもごりゃ――。
そめ、今日は、えゝあんべえでございます。
ていねいに頭を下げる
吏三　はい。（と、受けて）えゝあんべえは、結構だけど、又来やしたかい？
そめ、はい。あのう……私は、駒形村、字、鷲山の荒木源次郎の嫁のおかつの伯母で、ズーッと源次

郎にかゝりうどになっていやす。荒木そめと申します。ちよっくらお願いしたい事がありやして｜

吏員　わかった。わかった。わかっていやす。

農夫　はあん、すると、これがシベリヤぼけの婆さまかなし？、へえ、話にゃ聞いていたが｜。

そめ　はい。シベリヤから、これが、あの……へと懐中から紙包みを出してガサ〳〵開く）このハガキがチャンとこうしてシベリヤから参りました。へえ、ごらんなして。チャンと末吉と、荒木末吉と、こゝに書いてありやす。無事でチャンと働らいていますから、なんでやす、いろ〳〵、そちらさまでも御都合がお有りでやしようけんど、どうそこり、お願いでやす、早く帰してやってつかあされるように……いえ、たゞ身体一つで帰してさえくだされば、それだけで結構でやすから、お願い申します。

吏員　そうら始まった。……婆さま、お前の云う事は、よくわかりやすけどねえ、毎月々々ここへ来て、そんな事云われてもだなあ、こゝは村役場だかんねえ、どうしようも無えから、｜そうあ、二人っきりの息子が戦争に取られて二人とも戦死、したと思っていたら末の息子が捕虜になって生きていると知ったんだから、親の身としてお前みてえになる心持は、わかるけんどよ、こゝに催促に来られてもだな、どうにも、へえ｜。

農夫　へゝい、息子二人をなあ、ほかに子供は無えのか？、

そめ　はい、二人きりでやす。でも、なんでやす、お国のためでやすから、兄の久男だけは、しかたありやせん、差し上げやす、末吉だけは、どうぞお返しなすって。はい亭主はとうに死にやして、後家で永らく苦労して育てて来た子でござります。末吉一人だけは。どうぞまあ、お返しくだされまし。

吏員　弱ったなあ。この調子で、夕方までズッ坐るんだから（へ農夫に）いやね、上の息子の時も、下の息子の戦死の公報が入った時も、チャンと諦らめを附けてビクともしなかったつうんだ。そこへ二年近く経っちやってから、つまり、去年の五月頃のつまり二十六日に、死んだ筈の末の子からハガキが舞い込んだ。うれしくって、カーッとしちったゞなあ。そん時から、二十六日が来ると、そ

の鈴さげて——鈴は、その二番目の息子が出征する時にオスワさんに武運長久のお詣りに行って受けて来た魔よけの鈴でね、婆さまにカタミに置いて行ったもんだっう。なんしろ、へえ、そん時以来、こうしてまあ、どっか、まちがっちゃったゞねえ。

そめ　まちがっちゃ、おりませんです。チヤンとこうしてハガキが二枚も参っておりやすから——

農夫　無理もねえ、無理もねえ、親一人子一人だやねえか、無理ねえとも！　全体だなあ、ロシヤと云ふ国は、どうた国だな？　そりや、こっちは戦争に負けて捕虜になったゞから、勝手を云えねえのはわかっているけどよ、いいかげん働かしたら、帰すだけは帰してくれたら、どんなもんだ——え？　三年も四年もつらまえて置いといて、どうする量見だ、いってえ？　それに、なんだっうだやないかね、ロシヤでは、百姓だとか職工なんぞが大事にされて、つまり百姓なんぞの味方と云うか、そうた国がらだっうぢやないか。それがお前、こっちの百姓の子をだな、こんなえれえ国に逢わして筋が立つかなし？、

吏三　おい川本さん、そんな大声出して、お前さんまでそんな——此処はソビエット大使館だや無えだから、

農夫　だってよ、腹が立つからよ！　なんてえ話のわからねえ連中だあ！

そめ　（ハラ／＼して）いえ、あの、いいえ、そんな腹が立つなんと——腹なんぞ、まるでへえ、そんな——今まで末吉が生きていたゞけでも、なんとお礼を申してよいかわかりませんですから、そんな、——どうぞまあ、ですから、この上のお願いに、どうか一日も早くお返し下さりまして——

農夫　見ろま、この人の姿を——ロシヤ人だってへ聞ぐら！

吏員　困るよう、お前まで、そんな怒鳴り出しちや——お前はカリンサンの事で来たんだやねえかい
そんな——

農夫　そうともよ！　カリンサンにしても、この婆さまにしても同じこんだ、どうしてこねえに話のわからねえ奴ばっかり居るだい世の中には！（ドシンと受付台を叩く）

吏三　と、と！　インキが飛びやすよう。そんなお

前、カリンサンと婆さま、いっしょくたにして昂奮したって、だな――
助役　どうしたな？、（奥から受付台の方へ歩いて来ながら）……やあ、おいで。
農夫　こりゃ、助役さんでやすかい。いえね、この婆さまの話に就てですね、あんまりキモが煮えるもんで――
助役　あゝ、又来てるな。（農夫に）いやあ、わしらもキモは煮えているんだ。問題はこの人だけぢゃ無いからね。この村だけでも、ほかに、まだ引上げて来ないのが六、七人あるんだから。だから、世話部や引上援護庁や、その他、司令部や大使館だのへ、それぞれ嘆願書や調査願など、出来るだけの手は尽してある。あっても、しかし、どうにもこれが相手のある仕事でなあ、相手がお前、ウンともスンとも返事をくれねえだから、当方としては、これ以上どうにも出来ないんだ。（おそめに）だからなあ、あんたも、そうヤキヤキしてだな、此処へそうやって来てくれても、どうにも出来ねえだから、つらかろうが、もうチットしんぼうして、内で待っていてくだせえ。な！。とにかく、息子さん生きているだけはチャンと生きているんだから、そこん所は安心してだ。なんしろ。へえ、シベリヤと此処ぢゃ、いくらヤキヤキしても喧嘩にならないんだから、もっと落ついてだなあ――
そめ　よっぽど、その、シベリヤつうのは、遠いんでしょうか？、
助役　そりゃ遠いなあ。何百、いや何千里かな――
そめ　歩いて何日ぐらい、かゝりやす？、
吏三　え？、お前、歩いて行く気でやすかい？、
そめ　いえ、こんな婆あでやすから、若いしのように早くは行かねえが、ボツボツ歩けば――
吏三　ちよ、ちよ、ちょっと待った！。ちょっと待ってくれ！。ちよ、ちよ、お前、じよだんぢや無え！。この上、シベリヤまで――ボツボツ歩かれて、たまるかえ――、じよ、じよ、じよ――
助役　ハハ、ハハ。……そりゃ駄目だよ婆さま。間に海が在ってな、よしんば海は渡っても、向うで入れてくれんた。ハハ、そんなムチヤを言うもんじやない。
農夫　俺あ、笑えねえです助役さん！。（涙を拭い

て〜俺あ笑えねえ！　そうだらオマ、　この年寄りがだな、とんかくだ、息子を連れに、二の年寄りがシベリヤまで歩いて行く気を起しているのですぞ！・笑える奴があったら笑って見ろい！。そんな奴あ、情無しの、我利々々野郎のオタンコナスの　だら野郎ッラだ。！・

吏三　ダラ野郎て、　助役さんに向って、お前、言う事に事を欠いてダラ野郎たあ、あんだいそ、

農夫　だって、、そうだやねえかい、お前さんたちは一事が万事そうた調子の、グズだ。わわしん所のカリンサンにしたってだな、こんだけ俺が頼んで、も——

吏三　又カリンサンたあ！

助役　まあま、小父さ、そんな泣いたりせずともだな——。わしら、あんた方村民のために良かれと思って、出来るだけの事はすっから——（おそめに）だから婆さま、今日はもうお帰り。な！。そうやってお前が坐りこんでいると役場のじゃまになるし、第一、内でも心配してるづら。悪い事は言わねえから内へ帰って、落ちついて待っていなせえ。

そめ　はい。でも、お願えでございますから、末吉の野郎、返して下されまし。お願えで。

助役　だからさ、又こちらでも此の上にも係り係りへ早く返してくれるように頼んだり、手配はチヤンとしとくからね、今日はもうお帰り。

そめ　そんな事おっしゃらねえで、どうぞ、へえ。待つぶんは、いくらでも待ちやす。末吉はわしが連れて戻りやすから。

助役　まるで、へえ、息子が此処に居るようだなあ。弱ったね、こりゃ。

吏三　でしょうがそ、相手になっているときりが無えんですよ。いつも。又あ言い出し、又あ言い出しって、夕方までは、どうせ帰りはしねえですから。——（おそめに）婆さま、いいからね、そっちの隅の腰かけさ、かけていなさい。

そめ　はい、ありがとうございます。

農夫　そうだ、こっちに来なせよ・（助けて土間の隅の腰かけにかけさせる。鈴がコロコロ鳴る）

吏四　助役さん、農地委員の方から人が見えておりますが。

助役　おい、行くよ。（パタパタと奥へ去る）

表の押戸がキイキイと開閉して）

娘　あのう、戸籍トウホン、お願えしたいのですが？、

吏三　トウホンかね？、　だら、ズーッと奥へ行って、戸籍係があるから、そう言いなさい。

電話のベルがヂリヂリと鳴る。それにかぶせて大時計がユックリ十一時を打つ。それにかぶせて「はいはい、こちらは駒形村役場ですよ。……はい……はあ……はあはあ」と言ふ声、それらの音が次才に遠くなり、消える

青年（歩きながら、ハモニカを吹いて来る。節は又古めかしい「砂漠に日が落ちて」と言うやつ）

女教師　柿沼さん、今、お帰り？、

青年　あゝ、村山先生、お晩でやす。

女教師　お疲れさま、近頃あなた甬猩ですってね？、えらいわね、大変でしょ？、

青年　いえ、今日は山の畑の方です。

女教師　そう。あの今晩ね、いつか言ってた文化会の相談を光村先生のおうちでやるから、あなたも出てくれない？、女子青年会の方からも、新田《しんでん》のお藤さんや米子さんなぞも出るの、

青年　そうでやすか。出たいけんど、なんせ、晩めし食うと、くたびれてんで、ぢき眠くなっちゃって——

女教師　あらあ、あんたみたいな若い人が、そんなー。それにね、光村先生がこないだ東京へ行って来て、農村演劇の話聞いて来たり、本も一杯買って来てござるから、面白い話が出るだろうと思うの。文化会で劇をしようと言ってた。あの話に就いて、よ。

青年　そうでやすか、そいぢゃ出席します。

女教師　是非ね、ぢや、後で又。（コトコトと靴の音が去りかける。その音に鈴の音が混って来る）

青年　あゝ、鷲山の婆さま、今日も行ったな。

女教師　（横道の離れた所から）え、なあに？、

青年　いいえ、なんでも無えです。

女教師　そう？、ぢや、バイバイ。（靴音消える）

鈴の音と下駄の音近づく

青年　お晩でやす、婆さま。……（返事なし）役場の帰りだかい？、（返事無し）……くたびれたゞなあ。もう、よしゃ、いいに。……どうしたゞよ、婆さま？、

そめ　（消え入るように弱り果てた声）お晩でやす、

青年 ……（それを見返り、見返り、歩き出し、瘠になっているハモニカが口へ行って、「砂漠」のメロディ。ある所まで吹いてピタリとやめる。あとは、スタスタと地下足袋の足音だけが遠ざかる）

コトコト、コロコロと歩いて行く下駄と鈴の音

男の子 （前出）やいやい、キチゲばゞ！。

そめ ……（チヨット立停るが、又、歩き出す）

男の子 とまれ！ へえ、ぢようぶ待っていたんだぞ・俺あ、（鈴の音がとまる）ホリヨ、もどしてくれたかよ？、 うん？、

そめ ……（やっぱり弱々しく、おびえた声）もどしてくれなんだわ。

男の子 なぜ、もどさねえだ？、

そめ ズーッと、遠いんですと。

男の子 いくら遠くとも、おめえの息子づら？、そんだら、なぜもどさねえだ？、

そめ あい。……

男の子 悪いぞ、そんな奴あ！ へえ、俺あ、きかんから。

そめ ありがとうさん。……通しておくれんさいな。

男の子 これ、返さあ。

そめ なにな？、あゝ、昼間あげた十円だな？、どうしてな？、 おっ母あに、しかられたかな？

男の子 しかられやせん。もう要らんけん、返さあ。

そめ ……そうかえ、そうかえ、良いお子だ、いいから、婆はいいから、明日になったら、坊やがキヤラメル買うて食べなんし、（歩き出している）

男の子 要らんつうたら！

そめ ……（遠ざかりつつ）いいから、よ！

男の子 やいやい、やいやい！ 息子のホリヨの奴あ、今に帰って、来るぞう！

そめ （うれしそうに）あい。

男の子 （遠くから）バカア！ キチゲばゞあ！

コロコロと行く鈴の音

旅の女 あの、もしもし。……ちよっと伺いますけれど。……（おそめは立停って、薄闇をすかして見ている）この辺に、何か食べるものを売ってくれる内はないでしょうか？、（返事なし）……なんでもいいんですけど？、

そめ ……なんな、お前さま？、

旅の女 いえ、東京を立つ時にもう少し何か用意して来ればよかったけど、……夕方までには ── こ

の前、戦争中来た時には、バスが白浜まで行っていたから、その気で、夕方までには着けると思っていたら、いつの間にか、バスがほかへ廻るようになっていて……おなかが空いて、あなた、もう歩けないんですの。……白浜まで、まだ、二三里有るんでしよ？、

そめ　白浜かいな？、白浜までだと、えゝと、何千里っら――

旅の女　え？、

そめ　うゝん。いや、そうさ――白浜と……

旅の女　この奥なんでしよ？　一度主人といっしよに来た事があるんですけど、よく憶えてなくて――

そめ　そうさ　二千……いやいや、二里半かな。えゝと……そうかや？、　おらあ、へえ、どうしたづらな？、　コーツ、と？、

旅の女　どうかなさったんですか？、

そめ　いやいや、コーツと。……食う物だと、そいで？、

旅の女　はあ、何でもいいから売ってくれる所は無いでしようかね？、

そめ、さあ、この辺には、店屋なんぞ一軒もなし、……オー、もうへえ、暗くなんのに、お前さま一人で、なんでまた――？、

旅の女　連れ合いの姉が、その白浜村にいるんです。いえ、先日急に病気で連れ合いが亡くなりまして……この子が有るもんですからね。

そめ　（相手の背中をのぞいて）あゝ、赤さんだなし。よくねぶってござら。

旅の女　連れ合いの――ナンの時も、そう言って来てもくれない姉ですから、さて行って見てもなんにもならないかも知れませんけどね……とにかく今後の身のふりかたを相談しに――ほかに身寄りもないもんですから――

そめ　そりや、えれえことだ。そうかや。つれえこんだなし。

旅の女　いいえ、つらい事は覚悟して来たんですから、なんでもないんですの。たゞおなかが空いて歩いて行く力がなくなっちまって――

そめ　うんそった、おらに握り飯が有るよ。ホイホイ。（帯のうしろにむすび附けた包をほどきながら）これ食って行きなせ、あい。

旅の女　え？、まあ！、これ、いいんですか？、

そめ　え〻とも、ええとも。竹の皮ごと持って行きなんし。
旅の女　それは、どうも。ありがとうございます。助かりました。なんでしようか。いかほど、お金さしあげたら？、
そめ、なに、ぜになど要らんよ。それは、おかつがこせえてくれたおらのベントウだ。
旅の女　ぢや、お婆さんがお困りでしよ？、
そめ　あにさ、俺あ、へえ、食はずにすましたゞから。遠慮せずと、お持ちなせ、さあさ。
旅の女　そうですか。そいぢや、どうも——おかげで、助ります。こんな所で、どこの方か知りませんけど——（涙声）忘れません。……ありがとうござ……
そめ　あい、あい、（少しテレるような調子。しばらく前から、彼女の調子に、夢から醒めた人のような所が出て来ている）そんぢやま、早く行きなせ、おそくなると、へえ、物騒だ。（自分は歩き出している）
旅の女　（離れた所で）忘れませんよ、お婆さん！
そめ、お前さまも、つれえ事が有っても、短気起さねえでなあ！。（そしてスタスタ歩）
　鈴の音と下駄の音
　自転車のベルの音
娘　（前出）お晩でやす！。
そめ　お晩でやす。
娘　あら、婆さま、今帰り？、（そめ返事せず娘はベルを鳴らして追い抜いて行ってしまう）
　鈴の音と下駄の音。……それが、かなり長いこと続いて、やがてユックリとなり、フッと停る
そめ　（ひとりごとの様に）つれえ事が有っても、なあ……（その言葉尻が涙声になり、やがて、すすりあげて泣き出す）
馬方（遠くからガラガラと空車の車輪の音と馬のひづめの音と共に近づく。酔っているらしく、恐ろしく向伸びのした歌）イッサイコレワノ、パラットセと。はあ〻あ、伊達と相馬の、境の桜、ハハコレワノサ、……こらやい、早く歩べ……ハイッサイコレワノ、パラットセと。はあ〻あ——誰だあ？、（返事なし）……え、おい？、　あれえ、シベリヤ婆さまでねえかよ。どうしたな、こんな所に？、

そめ　お晩で―。
馬方　又、泣いてるだな、こねえな所で―。チエッ、しようのねえ婆さまだのう―だから、朝逢った時、あんだけ俺が言ってやったおやねえかよ。シベリヤに居る息子は、役場へ連れに行ったとて、どうならず?、無駄な事あ、はなっから、わかってんじやねえかよ。それをさ、目え釣り上げて役場さ行っちゃ、日が一日サンザからかわれてよ、ガッカリして戻って来て、ここの橋の所まで来ると泣いてござら。しっかりせんと、今に、お前、川ん中にでもドンブリこいたら、どうしてるだあ?、
そめ　俺あ、まちがって、いやした。もう、へえ、こんな事しねえから―
馬方　へへ、まあ、そいつがお前の業つうもうづら。くたびれつろ?、えらかったら、俺の車さ乗って行くか?、なによ、どうせ空車だあ。乗りなよ、さあ―
そめ　ありがとうござりやす。
かつ　へ小走りに近づいて来ながら　じあゝい、婆さまかよう?、
そめ　おかつや―
馬方　あゝ内の人かよ。てえげえにするがえゝぞ。こんな年寄りは、一人でおっぽなしてやってよ、たった今も、此処にぶっ坐って泣いてらあ、ケガでもしあったら、どうしる気だな、ホントに―
かつ　すまんしねえ。いくら止めても、どうしても行くっつうて―行かせねえと三日も四日も変テコが治らねえもんだから―
そめ　おらが悪い。おらが悪いんだからよ。
馬方　子供の可愛いいのは知れたこんだ。よして老い先きの短けえ婆さまが倅にこがれるのは、誰だって察しが附いてら。だのによ、そうた聞き分けのねえのはおめえ、ツラ当てが過ぎるだぞ。そうでなくても、近ごろの世の中なんて、おめえ、カンにさわる事ばっか多くて、誰彼なしにムシャクシャ腹だあ。何事が起きるか知れたもんでねえぞ。
かつ　すみません、よ―これから、よく気い附けてナニすっから。
馬方　なによ、怒って言ってんぢゃねえ。どうだ、車さ乗って行くかお前さんら?、
かつ　いえ、もう直ぐそこだけん。

馬方　ほうか。どやま、やい歩べー（馬がポカポカ
　歩き出す。空車の音）
かつ　ありがとうございましたよ。
　ガラガラと遠ざかって行く荷馬車
かつ　……さ、婆さま、早く帰るべ。あんまり遅け
で……じょうぶ心配したよ。めしの仕度途中で、
がまん出来ねえでかけ出して来た。
そめ　すまなかった。こらえてくんな。……
かつ　小僧はお前が居ねえで一日グズグズ言うしな。
先にマンマ食わしたら、今日はもう、こうだ。
そめ　おうおう、可哀そうに。眠りこけてら。どれ
　どれ、おらにおぶせろ。
かつ　いいよ、婆さま、くたびれてら。
そめ　なあに、おらがおぶいてえからよ。
かつ　そうか、んだや、……こら小僧。（言いなが
ら、おそめに、おぶわせる。ムニャムニャと寝言。
鈴がコロコロ）大丈夫かえ？
そめ　なあに、よ。……（二人歩き出す）
かつ　まん中歩かねえと、暗えから、危ねえぞ。……
　ほら、村の灯が見えら。
そめ　源次郎、タンボから、あがったかや？

かつ　たった今、あがった。（二人歩く）
　遠くで馬方の歌〽はあゝあ　伊達と相馬の——
　が風に流れて来る
そめ　……ホントニ、お前にゃ、すまねえよ。……
でも、知っちゃいるんだやが——どうしてもチッ
トしておれなくってなあ。お前にも、源次郎にも、
みなさまにも、迷惑かけて——もうもう行かねえ
から、こらえてくんな。
かつ　……なあによ、来月も又、行くがえゝよ。別
に人さまに悪い事するんだやなし——へえ、末ち
やんが戻ってくるまで、通うさ。なんなら、こん
だ、おらが附いて行かあ。フフ、フフ、
そめ　……すまねえ。どうしておら、こんなアホず
ら。よ。
　二人歩いて行く。コロコロコロと鈴の音
馬方　〽はるかに、切れ切れに）——はあ、コレワ
ノセ、と。花は相馬に、実は、伊達に、はあ、イ
ッサイコレワノ。パラットセ——

ともしび

人　間

時　男　エ　ミ
京　子　老　人
信　一

ザーアと、はるかな潮ざい。

時男　あかね空から、サコサコ暮れるよ。（ユックり歩きながら、低声に言う）

京子　……そうね。あかね色、まるでコハクのようにすきとおって……きれいだわ。あゝ！　海にも映ってる！

時男　駒よ帰るぞ（そのままの声で歌の節になっている）まぐさ負へ。

京子　……なんの歌、それ？

時男　（それには答えないで今度は初めから歌う）
あかね空から
サコサコ暮れるよう

京子　どこの歌なの、時男？

時男　草刈歌。……戦争中、僕が行ってた熊本へんでね、百姓が歌う。

京子　でも、今まで一度も歌って聞かせたことなかったわ。

時男　自分でもスッカリ忘れちまっていたんだもの。全く、あの空の色を見ていたらヒヨッと思い出した。

京子　も一度歌って

時男　いいよ、節も怪しいんだ

京子　いいから、歌っても。

時男　（歌）あかね空から
サコサコ暮れるよう

京子　……（ク、クと低い変な声を出す）

時男　駒よ帰るぞ

京子　……（ククと、今度はハッキリ泣き声とわかる。すると時男はプッンと歌をやめる。間——風のかげんか潮ざいが耳立つ）

時男　…… 京子…… 君、後悔しているんぢやないだろうね？

京子　……（涙声）どうして？

時男　この、東京へ帰りたいとか……だな。駒よ帰るぞ・か。（後半分はひとりごとの様になる）

京子　何を、あなた言ってるの？　今さら、そん

な気持で、あたしー

時男　いやいや、チョッと、この……。寒くなって来た。寒いだろ、君？

京子　うゝん。

時男　すこし下へ降りてって見よう。（坂の小道の落葉を踏んで行く二人の足音）この音がするんで、いっそう寒いような気がする。いえさ、この、ゾーウと言ってる……風は無いようだが、これでズーッと崖の上の方は相当吹いているかな？それともやっぱり潮の音かなあ？

京子　海鳴りと言うんじゃないかしら？

時男　……さっきね、向うのカーヴの辺歩いている時、こいつをヒョイとね、地球が廻っている音じゃないかしらんとね。空中を、いや、この大陽系の中をだな、ザーアとさ。……人間も、そう考えて来ると、チッポケなもんだな。……もっと、こっちい寄れよ。……うゝん、もう間もなく日が暮れる、サコサコ、サコサコ。フフ、だあれも居やしないんだ、かまう事は無いよ。ね！

京子　あら！そんなキッくなすっちゃ、歩けない。

時男　いいじゃないか。もっとギユウッと……（相手を強く抱いて、何かするらしい）

遠くから近づいて来る自動車の響とクラクション。頭の上のカーヴを二つばかり曲り、遠ざかり行く。

京子　（抱擁の中から）バスだわね。駅からの？

時男　たしか、伊東行のバスは、あれが最終だ。ズーッと崖の中腹の道を走るんだから、暗くなるとあぶない。以前はチョイチョイおっこちたそうだ。

京子　さ、よ、な、ら。

時男　なんだよ？

京子　だから、世間の物音の、あれが、おしまいでしょ？

時男　ふん。……もうすこし、降りて行くか。（歩き出す）

京子　ここ、どう言うんでしょう、公園？

時男　公園と言うわけでも無いだろうが。

京子　でも、方々に小道が附いてるし、ホラ、向うにベンチも有ってよ。

時男　そうさな、町から温泉客が散歩に来る場所だろ。

京子　ズーッと降りて行けば波打ぎわに出るのかし

ら？、
時男　いや、やっぱり、小さい崖みたいになってたんぢゃないかな。
京子　行って見ない、そこえ？、
時男　うん。……（落葉を踏む足音が遠ざかる）

潮ざいの音。

信一、（読む）ちょっと待て。御相談にのりますから、おいでください。……ホントかあ？、へへ。
エミ（すこし離れた所から）信ちゃん！　待ってよ。あたし、もう足が痛くて歩けない。
信一　エミイ、来てごらん。へへ、例の立札だよ。
エミ　待ってよ、ちょっと。
信一　だからさ（読む）ちょっと待て。御相談にし行って見るか、のってもらいにさ、
エミ（寄って来ながら）だって、豆がすっかりやぶけたらしいのよ。ピリピリして、とっても、え、なあに？、
信一　ほら。
エミ　……（読む）ちょっと待て。御相談にのりますから……
信一、まるで神さまみたいに書きやがる（メリッと引っこ抜く）
エミ　あら、なにすんの？、
信一、なんだら、薄氷の上を歩むが如く生きよ。ゴーマンだぞ！。
エミ　なにすんのよ！。しかられるわよ。
信一、しかるのは、神さま？、なら、出て来て、しかって見ろよ、出て来い！。やい、出てこい神！出てこい出てこい、池の鯉、テツ、ネバ、ハッテン、出てこれまい、それとも、人間か、これ書いたの？、
エミ　そりゃ人間よ、わかってるぢゃないの！、
信一、だからゴーマンだってんだよ。誰かに相談して片附く位なら、誰がこんな所に来るのさ！。チエだ！。（札の板を、べリッと柱からひっぺがして）ワン、ツウの！（はづみを附けてビューッと投げる）
エミ　あら！。
信一、ワア、よく飛ぶ！。
エミ　まるでカワラケ投げみたい。あら、あら、あら、あんな方へ！。
信一　お！　誰か居るよ、あすこに。

パタンと、飛んで来た板が立木の幹にぶっつかってから、カサッと枯草の上に落ちる。

京子　あら！。なんか飛んで来た！

時男　なんだ？。（板を拾う）……あぶないなあ、ぶっつかりでもしたらどうするんだ。……（読む）ちょっと待て。なあんだ、さっき見た立札だよ。

京子　へえー、誰が投げたんでしょ？、（上の方を見る）

時男　（これも上を見て）あ、あれだ。ほら、二人で立っている。

京子　男の人と女の人じゃないの。どう言うんでしょう？、

時男　僕たちの様子を見て、わざわざ、ほうってよこしたのか。

京子　まさか、私たちのこと追いかけて来たんじゃないでしょうね？、

時男　いや、知ってる者じゃ無いようだ。学生かなんか、まだ若い。

京子　たゞのイタズラかしら。

時男　……たゞイタズラにしちゃ、度が過ぎるよ。皮肉のつもりかね、……さっき、熱海の旅館を立つ時、京子さん、女中やなんか変な事など言わなかったろうね？、

京子　うゝん、なんにも言わない。

時男　……とにかく、向うへ行こう。うるさい。まだこっちを見ているようだ。

エミ　ほら、こっちを見ているわよ。信ちゃんがあんな事するから。

信一　だって、ぶっつかったわけじゃない。僕あ、よく見てたんだ。

エミ　ヂカにぶっつからなくたってさ。アヴエックに向って、あの札を投げてやれば、気を悪くするわよ、誰だって。現に、信一さんなぞ、立っているのを見たばかりで怒った。

信一　じゃ、あの連中も投げとばせばいいんだ。

エミ　あら、ドンドン向うへ行くわ。スルッと廻って、こっちへ来るんじゃないかしら？、

信一　いいじゃないか、来るなら来たで

エミ　でも、とにかく、どっかへ行きましょうよ。

信一、　ヘッチャラじゃないのよ。こわがりん坊だなエミイも。そうじゃないか。今さらそんな事をこわがるなんて、意味ないよ。

エミ　ですからさ、あんな人たちとかかり合ったりしていると、せっかく大事な時間を、あたしたち、落ちついて話もできないじゃないの？、
信一　だって、どこへ行くの？、　此処が、そうなんだぜ？、　そっちい昇って行くと熱海へ出るきりだし、こっちい行くと今来た網代へ戻るんだよ。
エミ　ですから、こっちの道を、降りて行きましょうよ。こんだけたくさんの道がアチコチしているんだから、こっちい行けば逢いはしないわよ。さあ！
信一　しよう無えなあ。（歩き出す）オット、すべるよ。
エミ　あ、ッ！（歩き出す）おゝ痛い！
信一　どうしたの？、
エミ　豆、スッカリ破けちやった。変なとこで自動車おりちやって、信一さん、無理に歩かすんだもの。網代の向うからだから三里の上よう！。
信一　だって、歩いて景色を見たかったんだよ……僕の肩につかまれよ。
エミ　うん。……（落葉を踏む音）あゝ、らくちん。
時男　（歩きながら）お、あの二人、こっちい降りて来る。
京子　時男さん、早く、あっちへ行きましょうよ！イヤだわ私。
時男　すると、どう言う連中かなあ。今ごろ温泉客が散歩に来る筈も、……あれ、歩きながらキッスしてる！
京子　え？、……あらまあ！。へえ？、
時男　フフ、なんだ、恋人同志だよ、ありや。
京子　おゝびっくりした。だから、やっぱり、たゞのイタズラだったのよ立札——あら、もう捨てなさいよ。それ。
時男　そうさな。（ガサッと札を捨てる音）……でも、とにかく逢いたくは無いね。
京子　あすこへ行かない？、ほら、高くなって、その向うに凹んだ所がある。
二人、急ぎ足に歩く
時男　ヨイショと！　なるほど、ここなら、どっからも見えない。
京子　手を引っぱってよ、時男さん
時男　おい来た。オット！　ホッ！（京子の手を掴んで引っぱりあげた拍子に、向う側の小さい凹

地に二人いっしょに転げこんで同体に倒れた気配）

京子　まあ！　フフ、いやよ、あなた！（抱かれたまゝで言っている）

時男　……（相手のどこかに接吻しながら）いいおやないか。今の二人だって、あゝして。ね！　京子！　京ちゃん！　僕は一ヤット……ヤットの者で君を、自分一人のものにした。こうしてヤット……それ思うと、僕、あうれしくって、泣きたくなるんだよ。おい！（抱いたまま相手をゆすぶる）

京子　（ゆすぶられながら）あたしも！　あたしも、とうとう、あなたゞけのものに！　あゝ！　もういいの。これで、もう、何がどんなになっても、いいの！　サヨナラだわ！（すこし泣き声）もっと、もっとキツくよ！　愛してる！　愛してる！

時男、京子！

私、愛してる！。

　潮ざいの音

信一、その手に乗るかい。愛しているなんて、そんな甘ったよろい事、言ったってダメさ。人間がほかの人間を愛するなんてこと、ありはしない。できはしない。（ユックリと歩いては立停り、又歩き出しながら）

エミ　だってさ、そんな事言ったって

信一、そうなんだよ！　みんなシバイなのさ。一人々々自分の中に幻想をデッチあげてだな、それに向って、いい気になってオナニズムやってんのさ。僕のオヤヂだってオフクロなんか愛してなんぞ居ない。おフクロにしたって、ホントはオヤヂを猛烈に憎んでいるんだよ。そいでいて、自分ではオヤヂを愛していると思っていて、こっちら先きも疑っちゃないんだからな。オナニズム。豚が隣りの豚の尻をなめてる。サッカリン的シュ一悪。みんな、そうだよ。エミイだって僕を愛してなんぞいないもの。

エミ　愛してる！。

信一　いないよ！。

エミ　いるわよ！。

信一　と思ってるだけ！　又は、思おうとしてるだけだ。少女歌劇、アラマ、信一お兄さあん！、と言うとこ。ザッツ・オール。

エミ　そ、そんな事で、あなたに附いて、こんな所まで来れると思うの？、

信一　うゝん、逆だよ。そいだから、来れたのさ。愛しくないと言う事実を真正面から見るのが、怖かったのよ。人間は、年中自分をだまそうと努力してる動物だからな。

エミ　そいぢゃ、信ちゃんは、どうして、私といつしよに来たの？

信一　僕は強者だよ。豚の尻はなめない。どこに居るのも同じだから来たの。誰といつしよに来ても同じだからエミイといつしよに来たまでよ。それに、エミイの皮膚を僕の皮膚が好いてるからね。

エミ　ヒフ？

信一　ヒフ。皮。くちびるだとか。腰だとか、その皮膚。

エミ　おぼえていらつしやい！

信一　オツケイ、あと三十分、おぼえてる。

エミ　その、その、ですから、だのに、（泣き声）いぢめるのね！。信ちゃんの、意地わる！。

信一　サッカリン的シエー悪。泣くなよ。……おや、さっきの二人、まるきり見えなくなった。どこい行きあがったぞ、

エミ　ねえ！。ねえ信ちゃん！。こんな、今になつてまで、いぢめないでよう！。お願い！。いぢめないで！。

信一　ハハ、へへ、だからさ……あ！。（低く言つて立ち停る）

エミ　あら！。（これも立ち停る）

時男　お！。（低く）　｝同時
京子　まあ！。（ほとんど聞えない位に）

そして、時男と京子が急いで起き直って身づくろいをするのが、落葉のカサカサ言う音でわかる。……間……立った二人と坐った二人が互いに見合っている。

潮騒の音

エミ　……（小さい声で）さっきは、どうも、すみません。

時男　……な、なんですか？

エミ　いえ、あの、立札を投げたりして、

時男　やっぱり、君たちだったんですか？

エミ　当ったんでしょうか？

時男　いや、当りはしませんが——。

信一　（プリプリと）投げてから、あんたがたの居るのに気が附いたんだ。（エミに）エミイ、何も

があやまる事は無いぢやないか。
エミ　ですけどさ……
信一　板っぺら掲げたって、こっちの自由だもの。
時男　だけど……なんだな……板っぺらと言ったって、
人がせっかく立てた立札を引っこ抜くと言うのは、
—あいでも、この、まあ親切気で、つまり、自殺
でもしようと言う人を、なんとかして思いとゞま
らせようとしてゞすねえ——
信一　思いとゞまらせる事が、できるんですか、そ
いで？、　第一、思いとゞまらせ得ると思うのが、
ゴーマンですよ。虫のセイやなんかで死のうと思
ったんぢや無いんだ。人間、へへ！
時男　そりやまあ、そうだけど……しかしだなあ——
信一　ぜんたい、あんたがたあ、何ですか？、
時男　え？、ハハ、そりやまあ　こうして散歩に来
て——
信一　散歩？、こんな寒いのに、それに、もう日が
暮れるのにだな、こんな所で二人で寝たりですね
え——
時男　それこそ、君、僕らの自由ぢやないかなあ、
君たちだって、さっき、抱き合っていたんぢやない
信一　見たのか？、
時男　いや、見ようと言う気はないけど……でも、
あんな高い所でキッスしてるんだから——
信一　へへ！
時男　……フフ！
エミ　フフ！
京子　（エミに）おかけになりません？、ここに坐
るとちっとは暖かいわ。
エミ　はあ、ありがとう。
京子　やっぱり、あの、熱海からいらしたの？、
エミ　いえ、あたしたち、伊東から……途中から歩
いたりして。
京子　そりや……お疲れんなったでしょ？、（エミ
が落葉の上に腰をおろす音）
信一　そいで、いつまで、あんたがた　ここに居る
んです？、
時男　いつまで——？　……そうだなあ？、
信一　どっかへ行くんだったら、早く行ってくれま
せんかねえ？、
時男　……どうしてゞす？、
信一　ぢやまになるんです。

時男　ぢゃま？、なんの？、
信一　もちろん僕らのですよ。
時男　へえ？、……だけど、君はずいぶん、この非常識――いや、勇敢な人だなあ、僕らの居ることが君たちのぢゃまになるんだったら、君らの居ることも僕らのぢゃまになると言えるんだから――
信一　そんなの、どうでもいい人だ、ぢゃ、行かないんですね。あんた方？、……ぢゃ僕らがほかへ行くまでだ。行こう。エミイ！
エミ　でも、どこへ行くの？、　足が痛くって、歩くの私もうイヤよ。
京子　熱海へいらっしゃるんでしよ？、
エミ　え……いえ……
時男　まあ、いいぢゃないですか、せっかくこうしてナニしたんだから、いつとき休んでいったら、
信一　チエッ、しよう無えなあ……（舌打ちしながら、腰をおろす
京子　もうすこし、こっちの方がよろしいわ。そのちはシケてます。
信一　やあ。
時男　すこし、たき火をするか。一方は山で一方は海だし、急に冷える。京ちゃん、ウヰスキーを包んで来た紙が有ったろ？、
京子　はい（紙がパリパリ鳴る）でも、あぶなか、ない？、
時男　なあに（カチリ、カチリとライターの音）ほかえ燃えひろがらないやうに、こうやって、グルりを掻きよけて置けば――（落葉を掻きのせ、枯枝をパシパシと折ってくべる音）
エミ　まあ、よく燃えること、はい、これ。
時男　や、ありがとう
京子　いいわねえ、火の色って。あなた、もうちっと、こっちいお寄りんなって
信一　はあ。
時男　ウイスキーをすこし飲もう。京ちゃん、それ取って。ひどく寒くなって来た。
京子　はい。（ふたのコップを渡して、酌をする。カチリ、コプコプと音）
時男　……（一息にのんで）ウ。……見たまい、海があんなに黒くなってしまった。……と、君ひとつ。どうですか？、
信一　僕あ、いいですよ。

時男　嫌いですか？、
信一　いや、嫌いぢやないけど——
時男　ぢや、いいでしよう。遠慮しても、はじまらんですよ。
エミ　信一さんは、お酒はいけませんの。身体にさわるんであの——
時男　さわる？、
信一　フフ。へ！（ヒヨツト笑い出したのが、だん／＼ひどく笑う）ハツハツ、ハハハ、ヒヒヒ！
時男　どうしたんです？、
信一　ヒヒ！　滑稽、ヒヒ、滑稽なこと、エミイ、言うなよ、へへ！
エミ　だつてさ、信ちやん、病気が又——
信一　豚！　ブブ、女は、だから豚だよ。ヒヒ！病気？、病気かい？、なあんだい、エミイは、だから、東京でべつとに寝ている僕の影ぼうしを看病していや、いいんだ。愚劣！　ナーンセンス！
エミ　又、信ちやん、あたしをいぢめるのね？、
信一（時男に）チヨツト聞きますがね君、ウイスキーと青酸カリとどつちが肺病にさわるでしよう。
時男　え？、……よくわからんけど……すると君、肺が悪いんですか？、
信一、持つていますよ、その方ならね、こうして（ポケツトから出した小さいビンを、ウイスキイのビンにカチリと当てる）すべてナーンセンス。飲みますよ。ついで下さい。オツトツト！。フウ！　もう一つ。
エミ　又喀血するから……知らないから。
信一、泣け泣け！　芝居！　おゝ、センチメンタルの涙！　さあ、いらはい、いらはい！　オー・ウエルカムのカムカム！（ウイスキーにむせて咳き入る）
エミ　ね、んだから……（泣き乍ら、信一の背を撫でる）
　落葉と枯枝をふんで足音が近づく。
老人　おい／＼、あんたがた！　困るなあ、こんな所で火を燃しては……火事にでもなったら、どうするんだあ？、……（誰も返事をしない）店を閉めて帰ろうと思って裏へヒヨイと出て見たら、この松の中から白い煙が立っているだろう。びつくりしてよう。
時男　どうも、すみません。

老人　いや、とがめているわけではないけどね。わしは、この上の茶店の店番やってるもんで、別にこの遊園地の見廻りぢやないからね。けんど、不用心だからさ。すぐ上は、国道を越して杉山だからねえ。火事にでもなると手が附けられねえだ。

京子　すぐ、あの、消しますから（パタパタとたき火を叩き消しにかゝる）

老人　今消しちまわなくとも、立ち去る時にようく消しといて下さりや、えゝさ。ハハ、なにね、この、松や杉なんぞの立木と言うもんは、大切なもんでねえ、種が地に落ちて、お前さん、やっとまあ千に一つ苗になって、それから雨風に叩かれて四五十年しなきや一人前の木にはならねえ。

信一　へへ、一人前の木か？　木なら一本前だろ？

老人　左様さ、そんなもんさ、ハハ、そうぢやないかね？　これが人間だと、たとえ出会いがしらの男と女の仲だろうと、時の拍子で子供なんぞヒヨコピヨコ生れてくるしさ、アタヂケなもんだ。ハハ。立木はそんなわけにや行かねえ。チヤーンと、お前さん、まっとうなもんだ。わし位の年になると人間よりや立木の方が大事になるよ。それに、こうして、こんな所で永年茶店なんぞ出しているとだね。へへ……まるで、へえ、ここの浦は身投げの名所みてえになっちまってよ。今年になってからも、二十人の上を越すからね、まるでもう、ポンポンとぞうさなく飛び込むだからねえ。どういうわけが有るか知らんが、命を安くしやがってよ。腹が立って来てなあ……そこい行くと、松や杉は、時にや辛くって身を投げたい事もあろうに投げられはせず、山火事が起きて焼き立てられて熱くっても逃げもならぬわさ、声も立てねえで立ってるきりだ。まっとうな、お前さん、いぢらしいもんだ。

エミ　でも、小父さん、木がそんな事感じるでしようか？

老人　感じなくって、生きてるもん。

信一　異議なし。フ！　大した哲学者だぞ。こりや、まったくだ！

老人　あゝん、なにかね？……あんたがたあ、遠足かね？

時男　えゝまあ……

老人　もう帰んなすったらどうかね。もう直ぐまっ

……くらになるよ。ちようど月はなしよ。……ロクな事はねえぞ・こんな所にいつまでも居ると。……さあてと、だや、火をようく消しといてくださいよ……（言いながら歩き出す）うゝ寒いぞ。……（足がチヨッとやんで）それとも、なにかね……もしかすると、あんたがたも、身投げに来たんだやねえかなあ。？、……（誰も返事しない）……もしそうなら、やめといた方がえゝぞ。人間あわなくても、みいんな、そのうちにゃ死ぬからなあ、ハハ……悪い事は言わねえ、やめにしなさい。それこもどうしても死にたけりや、直ぐそこの崖から飛び込むのはよしな。上から見ると海の波がすぐ下に見えるが飛んで下りると岩の上だ。ケがあして、助けを呼んでも来てやらねえぞ。あっちの突っぱなへ行って飛べば、直ぐ海へドンブリだ。太平洋でなあ。アメリカへでもどこへでも行けるよ。ハハ、ハハ、ハ……（笑い声と足音が遠ざかって行く）

ザーアと潮ざいのひゞき、風も加わるらしい。

時男、……やられた。あの手で、身投げに来た人間を何十人も思いとまらしたと云ったような事だやないか。えらいもんだ。逆効果というのか。……

信一、いやに感心してますね？、　逆の逆の逆。すると元通りじやねえか。へつ！　悟ったような哲学が、なんになるもんか。

京子（エミに）もう少しこっちへ来ませんか？、寒いでしよ？、

エミ　ありがと。……だけど、あたし、今の──（フッと黙る）

何か妙な沈黙……間

時男、……だけど……もしかすると、あんたがたも、死─死ぬつもりじや、ありませんか？、

信一　それが、どうしたんです？、……なぜそんなことを云うんです？、

時男　なぜって、……いや、この……君たちみたいなまだ若い人が……そんな気持は捨てて、今のお爺さんじやないけど、そんな事はよしてだな──、

信一、ハハ！。若い？、　じや、君たちは僕らより、どれだけ年寄り？、

時男　そう云われりや、そうかも知れんけど、だな、しかし僕らは、なにも──

信一、あんたがたも、そのつもりで来たんじやない

？、……そうでしよ？、……（答無し）……フフフ。いいですよ。返事をしてくれなくとも。死に神にとっつかれた人間には、同じく死に神にとっつかれた人間は、すぐにわかるさ。死骸の腐った匂いがして来るんだ。……お互いにあんまり、だから、センエツな事は云わないようにしようじゃありませんか。

時男　……（苦しそうに）だけどね。え、その……とにかく、そいじゃ、頼むから、君たちはどっかほかへ行ってくれませんか。

信一、あんたがたこそ、ほかへ行って下さいよ。僕らは——

エミ　信ちゃん、いいぢゃないのよ。そんな自分勝手な——

信一、だってさあ、チエッ！　自分のすぐわきで、愚劣な奴等が自分の真似をすると思うと、不愉快じゃないか。

時男　愚劣かも知れんけど、しかし真似をしているんじゃないんだ。どうしても、どう考えてももう生きて行けないから、そいで、この……不愉快はお互いだろう。

京子　時男さん、もういいじゃないの！　ね！　こうしてあなた。偶然にここでこの方たちに逢ったのも何かの縁と云うかしら、運命みたいなものなんだから、いっしよに居たっていいじゃありませんか？、　ねえ、あなたがたもそうじゃありません？、

エミ　そうだわ、そう、間もなく何もかもキレイにおしまいですもの、それまで、だから、こうしているのも、良いわ。なんだったら、四人で一緒にナニしてもいいんじゃない？、

信一、又、愚劣、少女歌劇。ごめんだあ僕。（云いながらも、語気は少し柔かになっている）

時男　そうさなあ。……とにかく、じゃ、……もう少し燃そう。京子。そっちの枝をとって。なに、だから、後でよく消しときゃいい。

京子　はい。

枯枝のペシ〳〵いう音。

エミ　こっちに、どっさり有るわ。はい！

京子　ありがとう。エミ子さんと、おっしゃるんですの？、

エミ　はあ、コじゃなくて、ただのエミですの、

京子　あたしは京子と申します。よろしく、どうぞ—

信一、へへ、よろしくか。まるで、これから一生交際するみたいですね！

時男　フフ！いや、これで一生交際することとなんだなあ。あと四十年あっても四十分あっても、同じような事かも知れん。……一杯どうです、君。

信一　もらいます。

　ウィスキーをつぐ音

時男　そう思うと、人間なんて妙なもんだなあ。一瞬間前まで見も知らなかった同志が、最后のドタン場の所でピッタリ一緒になってる。友だちや親兄弟以上の、このそうは思いませんか？

信一　そうだな。けど僕はセンチメンタリズムは嫌いなんですよ。

エミ　信ちゃんは直ぐそれだ。しかし信ちゃんは、口でだけセンチメンタル嫌いだと言うけど、ホントは、とてもセンチよ、

信一、なにイ——

時男　まあま、いいですよ。いいですよ。僕の云つているのは、そんな事じゃないんだ。つまり僕らがこうして、こんな所でだな、まあ偶然に焚火を囲んでだな、こう云った時間を過していることは、これ事実なんだなあ、妙じゃないですか、もうあんた、これで、お互いに何をしてもいいし、何を云ってもいいし、そうさ、云わなくってもいい。エテカッテと云うか、まるで自由だ。そうじゃないか？　ハハ、

京子　時男さん、あなた、酔って来たんじゃない？

時男　それもいいじゃないか、ねえ京子！。僕あ、なんだかとても嬉しいような気持がしていけないんだ、いや、嬉しいと云えないかも知れんが、とにかくだな、この、もし死んでから、生きてる時の記憶が残っているものとしたら、親や兄弟や友だちのことは忘れても、この、この——

信一　信一ですよ、

時男　信一君ですか？。僕は時男。——信一君と、エミさん、ですか？、エミさんの二人のことは憶えているような気がするんだ。すると、お互いに一番近い所にいる。とまあ、云ったもんだな。だから失敬かも知れんけど、信一君、エミさん！あんたがた、どうしてこの、そういう事になった、んですか？、……いやく、あなたがたのそいつ

だけを聞こうとするんじゃないんだ。僕らのナニも話します。ね、お互いに打開け合ってもいいじゃないの。そいつをさ、

信一　簡単だな僕らのは。

時男　そうさ。どう云う――さ、

信一　世界はまちがって造られているんだだな。人生ははじめっから絶対矛盾の、出来そくないなんですよ。ローズもんなんだ。神様のミスティクなんだから、戦争だとか恋愛なんかで、あってもなくってもでもないいで。愚劣な自己矛盾を繰返すことになるんだ。しかも、いくらくり返しても何にもならん。なぜなら、初めからローズもんなんだから、破けた袋に米を入れるようなもんで、シッポは破けてんだから、キリがない。答えは、いつまで経ってても出て来んですよ。それが出て来るように思って、次ぎから次ぎとまちがいを重ねて行ってるのが人間。つまり神様やろうのペテンに引っかかっているんだ。人間は、そもそも生れて来たりが、まちがいでね、自分が生れたいと思って生れて来たんじゃないんだもん。みんな、生れて来ないい方がいいんだ。しかし、生れて来てしまったものは仕方がないから、一日一刻も早く死ぬ方が良いんだな。

時男　ちょくちょっと待って下さい。その――するとだな、いやくそんな風にパーッと云われても僕にはよくわからないけど――そんな君、そんなふうに、この哲学的にだな、割り切ってしまって、いいもんかなあさ、

信一　だって、そうなんだから、哲学的になんかじゃないんですよ。事実そうなんだ。たとえば、野菜だとか木の実だとかは、動物に食われるために生えている。動物はもっと大きい動物に食われるために生きている。その動物は人間に食われるために生きてるし、その人間は互いに殺し合うために生きてる。全部がまるきり意味のない落書なんだ。落書きを書きちらしたのは神さまで神さまだけが、ゲラく笑っているんですよ。

時男　ニヒルとかニヒリズムと云うもんだろうが、そりゃま、今の時代のなんだから、わからん事もないような気もするけど、しかしそんな風に簡単にだな――タカをくくると云うが、いや、思ってしまえればそれでいいのかも知れんが、そう云い

切ってしまえるもんかなあ、どんなに偉くっても、世の中にはまだわからん事もあるかも知れないんだし……えゝと、失敬だけど、君はいくつです？、
信一　そう来るだろうと思っていた。子供はおとなよりは常に馬鹿だと、あなたも思っている一人ですね？　ハハ、いいですよ、僕は二十三、このエミイは十九、子供ですよ。しかしだなあ、実際の年は僕が八十三で、エミイの年は七十九なんだ、と云っても、君にはわからんでしょ。
時男　いや、ま、ま……すると、まだ君は学校かなんか――？、
信一　大学に籍はあるけど、ズーッと病院に入っていたから。いやたとえ行けても行きはしませんね。大学なんかおよそつまらんものなあ。大学教授なんて一人残らずただもう自分だけが食って行けるか行けないかで、青くなってフウ／＼云ってるきりで、ぜん／＼ナンセンスなんだ。安心して学問やってけるだけの月給取ってるのは、一人もいないんだ。矛盾も矛盾、落書きの中でも一番コッケイな落書で、みんな早く首でもくくった方がいいなあ。
時男　そりゃしかし今こうして敗戦のあとで、つまり、まちがいなんだから、早くなおせばよい事でそれをそんな風に皮肉に取るのは――
信一　皮肉以外のなんですか？、　根こそぎ皮肉なんだ。人生全体がそも／＼から皮肉なんですよ。絶対矛盾、ネバアのネバアの悪労ニスト、最大級
時男　……すると、たゞそれだけの理由で、この、つまり、人生は意味ないからと云う――絶望というか悲観というか――それだけで君たちはこうして何する――？、
信一　それだけのだってて？、ヘッ、その外に何がいるんです。？、おや君たちの方にゃ、だな、どんな理由があるんです？、
時男　いや、怒ってもらっちゃ困るんだ。そんなつもりで云ったんぢゃないんだから。そりゃね、その、絶望、今の時代に絶望すると云うのも、わからん事もないんだ。僕もこれで戦争を通り抜けてきてる。わからん事はないんですよ。しかしだなあ、たゞそれだけで、人間だなあ――
信一　人間もいろいろいますよう！。チッ！。僕アね、そんな愚劣な――

エミ　いいじゃないのよ、信ちゃん、コーフンしてナニしなくたって、ねえ……同じことじゃないの？、信一さん、いつもそう云ってるじゃない？、

信一、フン！

エミ　（時男と京子に）いえね、そんなワケのためぢゃないんですの、いえ、そりゃ、そんなような、信一さんの考えから来たナニも有るには有るんだけど、けど実は、一番の元々は元気なんですの、ズーッと、あの、二年ばかりサナトリアムに入院なさってりて、私は付添って看護してたんです。私戦災のために家をやかれる、それに母が継母なんで、内におられないもんですから、看護婦になろうと思って、そいで、信ちゃんの家、お金持ちなんで、附き添いに雇ってりただいたんです。

京子　そうなんですの？、

信一、へゝ、金持ちか

エミ　直ぐ、それ……いいえ、胸も胸なんですけど信一さんのは気持ちの方が強過ぎるんです。そりゃ先生方はお内に対する責任があるんで、大事に大事を取って、病気が重いような事ばかり始終おっしゃいます。しかし実際は、信ちゃんが思っているように、もう治らないなんて、そんな、ひどい状態ではないんです。私には、それがちゃんとわかります。わかるから、そう云っても、信ちゃんはどうしても、もう第三期で長い事はない、心臓も弱っている、そう云っては、

信一、そりゃエミイの我田引水の、態目だよ、だって、小さい時肋膜やったからと云うんで気胸もダメ、胸カク整形も手おくれ、パスもマイシンも、あれだけやっても黒点もラッセルもとれやしないじゃないか。直ぐに血を吐く、ザマあ見やがれ。……もう気休めはごめんだよ。現に、オヤジにしてもオフクロにしても、俺のことは心配しているようなことばかり云ってるくせに、君一人におっつけといて、自分達は月に一度か二度しか見舞にも来やしない。伝染すると思っているんだ、そしちゃ妹に早くむこを取るんだなんてぬかしてるんだぞ。

エミ　それは信一さんのヒガミよ、とても、心配はなすっているのよ、けど、お仕事が忙しいから、ツイ――

信一　へゝゝ、忙しいか、へへ……

時男　でも、なんだなあ、そんな病人にはみえませんがねえ、元気だし。

信一　、消えかけたローソクの最后の光りでしょうね、へっ！

エミ　（そうなんです、だのにヂレ／＼ヂレ／＼してね。そいで、とう／＼お内の金を何万と持ち出して、どっかへ行って死んじまうと云うの、どうして私が黙って見ていられるんですの？いえ、私も、私だって家に帰るったって、母がそうだからかえれはしないし、生きていたって、望みもなんにもない、男と女のイヤラシイ関係なんか、父と母を見ていたら、もうイヤなんです。だから信一がナンだったら、私も一緒に、その方がいいんです。そいで、一緒について半月ばかり前に東京を出て、伊豆をあちこちしたんですの、

信一　滑稽だよ、なあ！。そいで、金も使い果たしてしまったしこっちでザ、エンドにしようと云うんですよ、そういうあわれな物語、ヘン！

京子　（エミに）まあねえ！。あなた、ホントに同情なさったんですねえ、わかるわ

エミ　私は信一さんが好きなんです、だけが、好きなんです、信ちゃんが死んじまった後、私生きていたいとは思いません。

信一　、へっ！　センチ、センチ！。尼寺へ行きやれオフエリヤどの！、きらいだ、そんなの……お前なんか、帰れ帰れエミイ、帰っちまへよ！。お前なんかに同情されてだな、一緒に死んでなんかもらいたくないんだ僕ア……

エミ　また、イジめる！。（泣き出す）

時男　まあ／＼いいぢゃないですか、わかるような気がしますよ、そうですか（信一に）君もねえ、大変だとは思いますけどねえ、その、センチメンタルや同情はきらいだというけどねえ、いや、それはわかる。自分にとって重大な事を、わきの人が深くとって涙なぞ流してくれたって腹が立つばかりだ。わかるそれは、しかしね、それにしても同情にもよりけりで、一緒に死のうとまで思うのは既に単なる同情とは云えない。それを、そんな風に嘲け笑ったりするのは酷じゃないかな。それじゃ、この方、エミサンが可哀そうだ。ちがうんだ。第一ね、僕が生きていたくないと思ってるのを、この人は理解しない。それが腹が立つんで

すよ。直ぐ肺病のせいにする、そのために嫌世的になったとしきゃ思わないんだ。へ、僕は肺病なんかどうでもいいんだ病気であろうとなかろうと、この世の中は、初めっから生きている価値なんかないんだ。人間なんかお互ひに誰一人ホントに信用なんか出来やしないんだ。みんな孤独で、たよりにならない、インチキな奴ばっかりなんだ・そうですよ、エミイにはそれが理解できない。僕が死ぬのは肺病なんかのセイじゃないんだ、クソッ！

京子　だって、それはそうでも、やっぱり、なんじゃありませんか、病気のことがオ一のナンじゃありませんの、

信一　失敬ですけどね、あなたにもわからないんですよだ。女には、まるっきりこんなことは、わからないんだ。女なんて、みんな・豚と同じアリストですよ。女には金と食物とピン／＼したオスを当てがっときゃいいんだ。そうすれば満足してブウ／＼よろこんでいますよ。それ以上の事は、どうでもいいんだ。女が死のうなんて思うのは、見てごらんなさい・そんなようなものがうまく得られない時に限ってるから、

エミ　違ってよ、いいえ、それは違うわ！

京子　そうよ！　それは違いますよ・そんな・女だってそんなもんぢゃ無いわ、中にはそんな人もいるかも知れない、けど、みんながみんな、そんなぢゃ、ありません。女も同じ人間ですわ。現に私にとって、こうして──いいえ、違います！

時男　僕もそう思うなア、そんな考えは、君の、つまりニヒリズムから来た、人間軽蔑だと思うなあ、それこそゴウマンぢゃないから、自分以外の人間をすべて自分より低いと見て、人も自分も同じ価値をもっていることを忘れている所から来ていると思うなあ、現にこうして僕らが──僕と京子とが、こんな決心をせざるを得なくなった事にしてもだな、実は、自分たち以外の人間をだな、つまりオ三者をだな、君のように軽蔑したり無視したりしてもよい。する事が出来るんだったら、僕と京子はここまで来なくても、よかったんだ。

信一　へえ、そうかね？、聞かせて下さいよ、ぢゃどういうんですの、

時男　──極く簡単に話すとだな、まあ三角関係──その、いや、恥も外聞も抜きにして、パタ／＼

と云っちまう、いいね、京子？、……（信一に）つまり、この人には、京子には、戸籍上の夫があるんですよ、森本一郎、学生時代からの僕の親友……。森本は京子と結婚して、それから半年もしないうちに出征して、僕も間もなく行った。終戦の時は森本は満州に居て、僕は熊本の部隊にいたんだ。僕はすぐ復員して来たけど、森本の方へシベリヤに連れて行かれていたんだ。それもシベリヤへ連れて行かれて生きているという事がわかっていれば、こんな事にはなっていなかったかも知れない……それがまるきり、便りは来ないし、満州の同じ方面に居た人が、戻って来て、森本たちの隊は全滅したらしいなんて云う人が二人も三人も有ったんで、十が十、もう死んだものだと思った。……そんなわけで、僕は京子の所へチヨイ〳〵行って、生活のことやなんか相談に乗っていた。僕は小さい製紙会社の事務関係をやっているんですよ。……そんな事から、最初は同情というか、ツイなにして――という事になったんだが、後になってみて思うと、僕は始めから、つまり、森本とこの人が結婚する前から、この人が好きだったんだ。

それが、わかった、僕は性質が臆病なもんだから（実はそうでありながら）その事実を自分でも認めまい〳〵としていたんだな、……とにかく、ハッキリそうなって、もうしばらくしたら、この人の森本の方の籍を抜いて正式に結婚しようとしていた……そこへ、シベリヤからヒヨッコリ森本が帰って来た、……初め、そのことをかくしていたがやがて森本にも、僕らの事がわかってしまった。あの男がそこで怒ってでもくれればよかったんですよ、ところがおとなしい、むしろ僕よりも気の弱い友情に厚い男なもんで、とても苦るしんで――僕らも苦るしんだ。三人で半年以上、考えに考えても、どうにもならない――君たちのいいようにしてくれ、――あの男はそういうだけなんですよ。そう云われて、僕らに、どう出来るんです？、

信一　ふーん

エミ　……そうなんですの、まあ、ねえ！（京子に）おつらかったでしょうねえ、すこし私にも、わかるような気がするわ、

京子　……私一人がいなくなって片附くことなら私自分の命なんかチットも惜しくないんです。なん

ど死のうと思ったか知れません。だけど、私だけだ、ナニしたかって、どうにもなるものじゃないし……（泣いている）

時男、そりゃ僕から云っても、森本から云っても同じことさ。自分一人が身を引いて、それですむなら簡単なんだ。それが出来ない、そいでね、日が経てばたつほど三人の気持が細かにコングラかって来て、どうにもこうにも、もう行かなくなったんですよ、それでとうとう こうしてつまり——

信一、そいであなたは——京子さんですか、京子さんは、その森本と云ふ人が好きなんですか、この方、時男君が好きなんですか？、

京子　え？、

信一、つまり、ホントに、愛しているのは、だな——

京子　そ、そりゃあなた——

信一、どっちも、この愛して、いるんですか？、へへ、そりゃそうかも知れんなあへへへ——

時男、そりゃ君、その点は——その点の二の人の気持はハッキリしているんだ。

信一、だからさ、今後いっしょになってズーッとやって行きたいと思っているのは、どっちなんです？

そう云ふ意味で、ですよ。

京子　もちろん、それは、この時男です、そんな私—

信一、そうですか？、ハハン！

時男、何を笑うの君は？、その点がはっきりしているからこそこうして僕ら二人、一緒に決心して出て来たんで——

信一、ハッハハ、アッハハ、へへ——、

時男、何が、おかしいんだよ？、そんな——

信一、おかしいですよ、ハハ、だって、そうじゃないの？、それがはっきりしているんなら、問題はなんにもないんじゃないですか、簡単だあ、ひとりでに、ハナッから解決してたんだもの

時男、そりゃね、理屈だけを云えば　そうかも知れんさ、しかし人間の気持は理屈どうりにはいかん。

信一　行きますよ、理屈どうりにいかんなんて、そんな馬鹿な。もしそのとおりにやれない理屈なら、ホントの理論ではないんだ、だって理論はすべて現実関係を集約したものじゃないですか、京子さんと云う女が一人いてだな、その前にあなたとその森本と云ふ二人の男がいる。そして三人とも、

ピクミイ族やなんかでない、つまり一妻多夫の信者ではないときた。一夫一婦でなきゃ嫌だと思っている。そんなら京子さんが選む以外にないわけでしよ？。から選んでいいわけでしようそしてすぐに選んだんだ。あなたと云ふ人をさ。ならもう問題は解決している。答は出てるんだ。

京子　そんな、しかし――森本の苦しんでいるのを無視して私たちそんな――

信一、苦しんだって苦しまなくたって、同じですよ。どうせ。どう転んでも、そういう答しか出ないじゃありませんか。無視したって、有視したってだなあ、その森本と云ふ人だって、同じ事じゃありませんか。一升マスには一升しか入らん、それに一升五合の水を入れようとしたって、五合だけは、こぼれますよ。こぼれた水が泣こうがわめこうが、やっぱりこぼれるんだ、わかり切ってる。

時男、そう云えば、そうかも知れんが、僕らには、そんな非人間的な者は出来ん

信一、非人間的？、フフ、そいじゃ、そんな愚劣なナンセンスな理由で、あんたがたが、こうして心中して死んでしまふ人間的ですか？、オーノー尚の事非人間的だ、非人間の二乗だよ、オーあんたがたが死ねば、森本と云ふ人は幸福になるんですか？、逆だ、かえって今より不幸になる、そんならよく話し合って、籍をぬいてもらってあんた方結婚した方がいいんだ、又出来るんだ、チエ、愚劣、愚劣――最大級、へへへ、まるでナーンセンスの最大級！。

時男、そ、そ、それ位の事は君から云はれなくたってわかってる。そんなそんな風に、人の事だと思ってナンセンスだなんて君は云うが、そんな君――じゃ君の方はどうなんだ？、君たちだって、心中して死のうとしている。その理由と云ふのが、まるで理由にもなんにもならない。吹けばとぶ様なニヒルだか何だか――いやそんなもんホントはニヒリズムでも何んでもありやしないんだ。ただの一人よがりの、アプレゲールのセンチメンタリズムだよ、そうですよ、君はこの方のエミコさんの事をセンチだなんて罵倒したりしているけど、君の方がよっぽどセンチメンタルだよ。

信一　何を言うか――ハッ――愚劣、愚劣――

時男、ナンセンスと言えば君の方こそナンセンスだ

よ・そうぢやないか― 君はまるで自分が哲学者でゞもあるかのように、世界や人生のことを絶望だなんて言ってるけど、結局そいつは、肺病を悲観しているからなんだ・そしてだな、その肺病にしたって、実はそれほどひどくなんかありやしない。もう望みがないように思ってるのは、たゞ君が小学生みたいにセンチに誇張して、いい気持になっているだけだ。だって、そうじやないか・現に、君たちは、この寒い中を網代の向うから四里も歩いて来たと言うし、その上さっきから見ているとウイスキイを飲んだりして君、喀血ひとつする様子もないじやないか。

信一、飲めと言うから飲んだんだ。ウイスキイは、そんなに惜しきやすゝめなきやいいんだ。

時男 惜しいから言うんぢやないよ― 君が自分で思っているようなひどい病人がだな、そんな事が出来る筈はないと言ってるんだ。君なんぞ、それほどの肺病でもないのに、まるで死刑の宣告でも受けたように自分だけで悲壮がっているだけだ・そして・一刻も早く死んだ方がいいなんて、それ以上のセンチメンタリズムがどこに在るんだ―

まるきりナンセンスぢやないか。君の言い方で言うとナンセンスの最大級の、もう一つ上の段だよ、しかもだな、エミコさんみたいな、こんな純情な人の同情を、妙な・変てこなやり方でもぎ取ってだな、いっしよに心中しようなんて、まるで卑劣な―

信一、なんだって、卑劣だって

時男、卑劣だよ、死にたければ、自分一人でサッサと死んでしまえば、いいぢやないか。

エミ 違います― 違います― あたしは信ゝさんを愛しているからなんです・そんな、同情したからとか、そんな―、

信一 へん、だから、初めっから一人で帰ってしまえと言っているんだ。僕は一人で平気で死ぬるんだぞ。なによ、この、―（時男に）だけどねえ、人の事をそんな風に言って、君こそ卑劣じやないか― そうじやないか、人の妻君を君は横取りしたんぢやないか、その上に、自分と一緒にその人を殺そうとしているんだ、まるきりナニワ節だよ―

時男、なにっ、ナニ…だと― 横取りした？ 言わしておけば、この―（相手のシヤツの襟を

掴む）

京子　（時男をとめる）もういいじゃありませんか、そんなあなた、もうよしてちょうだい—ね—、

信一　なによ、するんだ—　離せよう—　暴力で来たって僕は暴力は嫌いだからね、好きなようにして見ろよ、へっ—

エミ　信ちゃん、もうよして—そんな—

時男　そうじゃないか—　今どきのブルヂョアのアブクゼニで甘やかされほうだいに甘やかされたガキだ。こうでもしなきゃ、眼がさめないんだ—こ—（信一の首をしめる）

京子　よして、そんな乱暴—　もう、よして、お願い、時男さん—

信一　野蛮人は、女の前で暴力をふるって見せたがるもんでね（首をしめられているので苦しそうな声）ヒヒ、—自分たちの心中の動機が、ナンセンスだと言う、痛い所を突っかかれたもんだから、カーッとなってさ、ヒヒ—

時男　な、なによっ—　この—　（ビシッとなぐった音）そっちこそナンセンス　—この—（再びなぐる）

信一　やったなっ—　野郎—、き—（時男につかみかかって行く）

時男　来るかっ—　ちきしょう—

信一　き—、き—　野郎—

ドタッ、ピシッと、なぐり合う音が三つ四つ続いて、たちまち取っ組合いがはじまり、ドシン、バタリ、それに枯小枝がふみしだかれてピシリ〳〵と折れる音

京子　（懸命に時男を引き離そうとしながら）もうよして時男さん—　そんな—　もうよして、あなた—

エミ　（これも信一を引き離そうとする）信ちゃん——よしてようっ—　ね—、ね—　どうしたのよ—　そんな、そんな、信一さん、よしてようっ—

信一　野郎っ—き—　くっ—

時男　ガキ—　小僧っ—　ち—　この—

上になり下になりして取っ組合いは続くその音

京子　ホントに、ホントウに、もうよして—（エミに）あなた、どうしましょう？

エミ　困ったなあ—信一さん、こんな事してるのに又喀血するんです—　よしてようっ—　信ちゃんっ

京子　ね、あたし、時男の足を　こっちへ、引っぱるから、あなた、その足の方を、そっちへ引いてちょうだいーー
エミ　はい、ーーウーッー信ちゃん　信ちゃんーー
京子　時男さんーーよしてっーー
時男　クーキーナーー
信一　フーヒー（二人とも既に息切れがして、声は出ず荒い息使いの中から唸り声だけ）
エミ　よしてよっ、信一さんっーー
信一　おや、おやま、だー（ヒユーヒユー言う息使い）
エミ　あっー（信一の足に蹴とばされてドシンと倒れる）
京子　あら、どうなすって？、エミさんー
エミ　いいえ、なんでもーーあら、これ、ウイスキーのー（起きあがる拍子に、置いてあったウイスキイのビンに手がふれ、それを掴む、びんがコップに当ってカッンという音）
京子　いけないっーー、どうなさるの？、（びんを持って立ちあがったエミが、男たちの方へ行くらしい）それでなぐっちゃ、いけません。
エミ　うゝん、いいのー（言うなり、びんを逆さまにして、中味を男たちの顔の上から浴せかける音が、チャプウー　チャッププー　コプコプ、チャプッとする）よしてっ、よしてよっ
時男　ヒャー
信一　プープーフウー（いっぺんに取っ組合いは止んでしまったらしい、もっとも既に双方疲れ切って、息も絶え絶えにただ組合っていただけだったのが、冷たいウイスキーをぶっかけられて、びっくりして、左右にとび退き、しかし疲れ果てているため立てはしないで、息使いだけフウフウやっている）
エミ　信一さん　もうよしてーーなんともない？、どっこもなくって？、
信一　フウーフウーいや……フウー
京子　時男さん、どうしてそんな、あなたーーもうよしてよう
時男　フウ、いいよ、いいよーーフウーーなんだ？、どうしたんだ、これは？、　フウーー
信一　フウー血、血が、出たな、エミ？、　見てくれ、フウ暗くって見えない、フウー　血が出た

あー
時男　えっ、血が？、　フウ、京子？、
京子　いいえ、そりゃウイスキイだから……この方が、あの……ウイスキイの残っていたのを上から
エミ　いいのよ、血ぢゃなくってよ信ちゃん、だいじょぶ……フフだいぢょぶ、フフフ、ハハ、だいじょぶだから
時男　フフ、なあんだ──暗くて見えないもんだから、
京子　ホホ、ホホ──起きれます？、
エミ　ハ、ハ、フフ──
信一　……ヒッ、へへ──なあんだよう──ハハ──チエッ
四人が次々にゲラ〳〵と声をそろえて笑い出している…笑い声はしばらく続いている。
時男　フフ、ハハ、まったく、冗談ぢゃない──
エミ　ホホ──あの、どこもなんともありません？、ハハハ
時男　フ、いや僕はなんともないけど（信一に）──君はどっか痛くしなかったか？、
信一　いやあ、ハハ、ハハ、チエッ
時男　すまなかった、つい、カッとなっちまって──
信一　こっちこそ、どうも、醜態ですよ──愚劣──
京子　ホホホ、……フフ……あら──なあに、あれ？、
時男　なんだよ？、
京子　ごらんなさい、あの灯
エミ　あらあ、キレイ──まるでザーアと、べた一面に花が咲いたみたい──キラキラ、キラ　キラなんだろ？、どこ、あれ？、
信一　熱海の町だよ、ありゃ
エミ　うわあ、──なんてキレイなの──うわあ、素適！
時男　なるほど──だが、あんなにたくさんの灯が有ったかなあ、あの町に？、
京子　こっちがこんなに暗くなったから、目に立つんだわ、キレイねえ
四人が並び立って、息を呑むようにして、その灯の群に見入っている……永い間……深い潮騒のひゞき。
時男　……（低く、ポッンと）そうだなあ……町へ帰ろう京子
京子　えゝ。

時男　もう一度よく考えて見よう……（信一とエミに）いや君の云ったのは、ホントかも知れないんだ、森本とともよく話して解決のつかぬ事だやないかも知れん。
信一　いや、僕も実は、あなたからなぐられながらヒヨッと考えたんですよ、ハハ、こんな、喧嘩したの、おトナになってから、僕、初めてなんですからねえ……自分でビックリしちゃった、おどろき——。
エミ　そうよ——そんだけのファイトが信一さん有るんだもの、病気なんか大した事ない！
信一　だけど、世の中や女を僕が軽蔑してるのは、軽蔑してるんだからなあ
エミ　いいのよ、いいのよ、それでいいのよ——
時男　とにかく、どうです？、君たちも一緒に帰りませんか？、
京子　そうなさいよ、ね——
信一　へっ、——センチメンタル事は事実だかあ——まるで、ナーンセンスだやないか、エミイ？、ウイスキイはひっかけられるし——
エミ　ホホ、ハハ、ごめんなさい——
京子　ホホ、ホホホ、ハハ——
エミ　（京子と一緒に）ハハハ、ハハ、フフフ、ハハ……（京子が笑い止んでからも笑いつづけていたのが、ヒヨイと笑い声が妙になったと思うと、ウーウーと唸り声のようになり、やがて）ウ、ウ、ウアーク、ククウアアー（子供のような泣声）
泣き声にダブって潮騒のひびきが大きくなる。

（一九五一年一月）

女体

○この演出にあたって自分が局に要求して承認してしてもらったこと。

○外部からの出演者に余分のケイコ日数の手当を出すこと。

○局内部からのスタフ諸君に、この仕事中他の仕事をあまり当てがわず、できるだけこれ専門にやれるようにしてくれること。

○われわれはラヂオの仕事をもっと楽しみつつやることが必要。

○それが今までのラヂオになかったからラヂオドラマが本物になっていない。
方式、集中的に一日づくは短時間で・ラクな姿勢で。

○テーマ

○ケイコの手順

○なにげなく淡々と、

○問題性を目立たせないで。

○効果全部及びこれのミキシングの具体的プランを持ってスタヂオに入ってほしい。
演出者の要求にいつでも応じ得るだけのハバ。

Varia-
tion

○ケイコ入って行くのに、はじめなるべく表情をつけないで。少しづつ少しづつ表情のメリハリをつけて行く。

○役に入りこんで行くのをあわてないで。特に、各自が泣くところは、はじめの間は抜かしてやってもよい。泣ける所までケイコが進んで、そこの個所に来た時に自然に泣ければよい。ついに泣けなかったら、泣かなくともよい。

○Duet の創造

○目をつぶってきく。

人間
　めい子
　マキ
場所
　山の温泉宿の夜中の浴室
細い水口からたえずチョロ〱と流れ入る湯の音が、あたりの静けさをさらに深めて、かすかに、しみこむようにきこえる。
（音の全部が、しめきって水気の多い浴室特有の反響のしかた）
湯につかっている人がてぬぐいを肩のへんにまわした水の音が二つ三つして、また、静かになる。
遠くからろうかをスタ〱と歩いて来る足音が近づいて来て、やがて、外の板戸をカラリと開け、脱衣室に入って来る。板戸をドタンとしめる音
マキ　（ガラス戸の向うから）……めいちゃん、ここだわね？（ガラス戸をガタ〱とつゝく）ぬい？
ぬい　……（すぐ近くで）マキちゃん？（ボチャリと湯の音）
マキ　しーんとしてさ（低く笑って）眠ってんの？（着物をぬいでいるけはい）こら！
ぬい　眠ってなんかいないわ。
マキ　……めいそうにふけっとるのか。（ガラス戸をガラリと開けて入って来る）ほ！　えらい湯気！……あんた、どこにいるの、
ぬい　こゝよ。
マキ　なあんだ……（ピチャ〱とぬれたタイルの上を素足で歩いて）おっとっと――（すべりかけて）いやにヌラ〱と、この――
ぬい　いきなり、すべって、ころんだ。
マキ　そう？
ぬい　いえさ、ほら、はじめて、いっしょに此処に来た――あんとき
マキ　そう〱　二人で信三さんにねだって、アルプスへはじめて来た――うん、何年になるかな、あれから？　こうっと、おらたちが、女学校の
ぬい　あんたが五年、あたしが四年生、だから八年になるわ――
マキ　八年か、そうか、たったね、あたしはあれから十八年ぐらいたったような気がする。

ぬい　ー着物ぬくなり・二人で手を組んでとびこんで来たら、いきなりー

マキ　スペーンと・モロに、おおのけにひっくりかえって、フフ、かゝやく如き処女が二人、足を空ざまに向けて地ひびきをたてたっけ。ヤロウどもにおがませてやりたかった。

ぬい　バカね。

マキ　当年の処女が、こんなふう。すっかりよごれちやった。ごらんなさいよ、人に見せたら、目をまわす。

ぬい　そんなことない、マキちやんのからだ、きれいだ。

マキ　テッ！

ぬい　いえ、以前よりズッとー

マキ　うそ、つきなあ！（言うや　ザブーンとひどい音をさせて湯の中に飛びこむ）ブッ！　プッ！（グパ〳〵と水音）

ぬい　あら！

マキ（ブルン〳〵と顔をなでゝ）プーウ！　のんぢやった。すっぱいわね。すこし。

ぬい　タンサンとかで、はいっていると云うから。

マキ　……（ピチャ〳〵と湯の音をさせながら、しばらくだまっていてから）ふうむ。そうかなあ、

ぬい　なあにさ、

マキ　誰か思わん、さよふけて、か。ぬばたまの夜の山あいに、かなしからずやたづね来て、だ。白きからだのうまづめの、女が二人ふろにいる。……八年か。なつかしいじやないのう。まるでねえー今日の夕方も、さー、いえ、此処へ来る途中ー汽車からおりてバスに乗って、山ん中にホンのちよっと入りこんだと思ったら、なんてこたあない燃えあがるような若葉でしよ。夕日がそれをカーっと照らして、サンランと云うかケンランというか、こつちのオデコまで、あなた、あつくなるようなーねえ、見ていて、あたし、泣けそうだつた。あたしがよ、このあたし、ー満州おマキがよ。この八九年、そりや、いろんなめにあった私たち。今こうして生きのびて、若葉を見ている、ハラショ！。ワナフル！。そういう気もち。わからない？、

ぬい、そりやー

マキ、わかるの、ぬい？、

ぬい　わかるわ。
マキ　よか！　そいで、もう一つ聞きないんしよ。おらあ、これでダンサーだわね？、　ダンサーにもいろ〱ござんす。ピンからキリまで。あたしはキリのほう。つまり、パンサア。そ云ったサーなのよ。そいで、やって行っているんだ。でないと食えないからね。……どっちせ、ハタから見たら、ヤケックソのように見えるでしよ？、ところが大ちがい！　どんなふうにちがうか？、　すなはち、新緑を見てコーフンしたり、月を見て涙ぐんだり、そいから、病院に連れて行かれた帰りにシクラメンの花を買ってウットリしたり、チークダンスをした後で、三百円もするシャボンで手なんぞをむやみと洗ったり、そしてだ、良きボーイを見つけて清純なる恋愛をして美しい家庭を持ち、一ダースぐらいの子供を生んで、―なんて、正直、そんなことを思っている。現在のてめえのことは百も知っていながらよ、どう？、　キチガイじみて見える？、　そうね、キチガイじみないこともない。しかし、それでもいいんじゃないかしら。あたしはそれでいいと思うの。それが此の世だと思う。ワナフルだと思う。
ぬい　……そうね。
マキ　わかる？、
ぬい　そりやー
マキ　わかるの？、
ぬい　……うん。
マキ　そう。そいじやー　なら　ぬいちやん、あした、いっしよに、東京へ帰ろう。

間。……笑いかけていたぬいが、笑い声をひっこめる。……水口のさゝやき。やがて、ぬいがズッと湯船から立ちあがって、洗い場にあがる水音

マキ　……ねえ、ぬいちやん。
ぬい　……
マキ　おぬいさん、こっち向きな。
ぬい　……
マキ　フフ、あんたの背なかは、そりや、キレイだけどさ、こっちも向きなよ。
ぬい　……マキちやん、その話は、もう、よそう。そりや、あなたのしんせつな気待は、あたし、
マキ　しんせつ？、　しんせつね？、

ぬい　いえ、誰が、たゞのしんせつ気だけで、こんな山の中まであたしのこと、捜し捜しして来てくれるもんですか。それを思うと、マキちゃんの気持、身にしみるほど私、……けど。……どうにもならないの。……どうにもならない。

マキ　……それで、どうすんの？　これからさ？

ぬい　……うん。

マキ　いえさ……いつまで、こゝに居るわけにはいかんだろうし――

ぬい　そりゃあ……

マキ　もっと山奥に入って行くか？……崖が有ってね、そこまで行ったら、飛びこむか、谷底へ？

ぬい　まさか……

マキ　いや、悪くないけどさ、それも、考えようでしかし同じとびこむなら、なんじゃないの、信三さんと国友さんの――間の、――そう谷底だ――そこへとびこんだら、どんなもん？

ぬい　……マキ、……あんた、どっちから頼まれて。――国友か信三さんから、そう云われて、此処へやって来たの？

マキ　うゝん、誰があ！　やっこさんたちあ、今ごろ目の色を変えて、あんたをさがしまわっているさ、ざまあ見ろい。

間――湯の音――水口のささやき

ぬい　……それで、あんた、どうして此処がわかった？

マキ　そりゃ、千里眼。

ぬい　あたしでさえも、上野でキップを買う時まで、こんな所に来ようなどとは思ってもいなかったんだから、まして――

マキ　あんたのお母さんと弟さん　まっさおになってしまって、何か聞いても、ボンヤリ、だまっているきり。しかたがないから私も、いっしよに坐ってた、ほら、三畳の茶の間――あんたの置き手紙をまんなかに、三人で半日近くも、だまあってね――てるうちに、女学校時代の事なぞ思い出していたのね。フッとここの事が来た。――どうしてだか、そしたら、もうここ以外にはないような気がしたの。その足でサッサとやって来たんだわ。したら、案のじよう――えらいでしよ？……あんたんち出がけに、入れちがいに国友さんが、むづかしい顔をしてやって来たけど、話もしなかっ

た。途中、信三さんのアパートに寄ったけど、留守で、もう三四日もどらないって……あんたを捜しまわっているか、それとも飲んだくれている、――そこいらでしょ、いずれ。だから、あたしたちが此処にいるの、だあれもしらないわけよ。

ぬい　――ありがとう、マキちゃん。

マキ　なにさあ？、

ぬい　ありがとう

マキ　なによ云ってんのさ。……それより、あした帰ろうよ、ね？、

ぬい　あたしは、もう東京へは、帰らないの。

マキ　……どこへ帰る、それで？、

ぬい　……（てぬぐいで、からだに湯をかける音、

マキ　おたがいに、十七か八のネンネじゃ、あるまいし、そんな。――

ぬい　……（低い声で）そう、十七か八のネンネじゃ、ないわね。

マキ　だからさあ――（云いかけて、不意にギョッとして言葉を切って）だから――（急にカラリと気を変えて）なあんだい！、ヘッヘッヘ、ハハ！、よそう！、シンコクつらあ、はやらない、ヘッヘッヘ！

（ガバガバッ、サーッと湯の音がして、いきおいよく湯船を出て洗い場にあがる）流しっこしよう！、どれ（足音と洗い場にピチャリと坐る音）

ぬい　マキちゃん、先い、やったげる。

マキ　おらあ、あとがいい。……そっち向いた。（湯おけを引きよせる音）シャボンは？、

ぬい　はい。

マキ　良い肌だな、相変らず。

ぬい　（低く笑って）ばか。

手ぬぐいで背中をこする低い音。水口のささやき。……窓の外、遠くで、カッポン！、カッポン！、カッポン！。と何の音ともわからない音

マキ　……なあに、あれ？、

ぬい　さあ。……毎晩きこえるんだけど。

マキ　へえ。……（立って四五歩ピチャピチャ歩き、ガラス窓をカラリと開ける。外をのぞきながら）もう、きこえない。ウワ、なんてえ暗さだろ。

ぬい　（こちらに坐ったまゝ）でしょう？、来た晩は、外を見てると、息苦しいようだったわ。しかし次ぎの晩から、これが自分を押しつつんでく

れるようで、とてもよくなった。
マキ　うむ、こうなると暗闇も、なんか物質みたいね、ベットリした。……星も見えない。（言いながら窓をしめかける。そこへ、前よりもハッキリしかしやはり遠くで、カッポン！、カッポン！）……やっぱり、わからん。
ぬい　こんなにおそく鳥が鳴きはしまいし。——
マキ　夜鳴く鳥だってあるさ、そりゃ・だけど、声のタチがよ。鳥じゃないわね。（ガラリと窓をしめてピチャピチャもどって来て、坐り、再びぬいの背をこすりはじめる）だれか、山ん中でカラッポのヒョウタンを岩にたゝきつけている。
ぬい　（軽く笑いながら）そう言えば、そんな音ね
マキ　寂しいのさ。……寂しいと、人間、なにをはじめるかわかったもんじゃない。
……間。ピタピタと肌をこする音。ザクリと先いおけに湯をくむ音。……
ぬい　……（低い、おちついた声で）私一人のために、あゝして二人が苦しんでいるから、と言う。そんなためじゃないのよ、……いえ、それも多少は有るかもしれないけれど、——いえ、そりゃ、だって、信三さんにも国友にも、どっちにも罪はないんですものね。それがあゝして、二人とも蛇のなまごろしみたいに——見ていて、たまらない。……しかし、それだけのためじゃない。
マキ　ふむ。ふむ。
ぬい　……マキがこんな所まで来てくれてる。だから、マキだけには　ホントの事を言うの。——なにもかもぶちまける。あんたから　けいべつされたっていいの。
マキ　ふむ。
ぬい　……ホントは、自分の気もちがわからなくなっちゃったからなの、……二ケ月あまり、いろいろにもまれているうちに、わからなくなっちゃった。こないだヒョッと気がついたの、それに。……こわくなっちゃった。底なしの穴をのぞいたよう。ゾーッとしたの。もう、おしまいと言う気がしたの。
マキ　……（水口のさゝやき）
ぬい　言えば、話はカンタンな事だわ。……信三さんとは、ズーッといい友だちで、間もなくいっしょになる事になっていた。そこへ召集が来て、信

三さん出て行った。戦死した。戦死したって公報が来た。泣いた。そいから一年半たった。信三さんの友だちの国友が申し込みをした。承知して、いっしょになった。なったばかりの所へ、戦死したはずの信三さんが、公報がデタラメで、生きていて、もどって来た。……それだけの話。今どき、そう、ザラにころがっているというほどではないにしても、あちこちにない話じゃない。弟は、戦争ってザンコクなもんだ、って言うの。……ザンコクにちがいない。しかし、今さらそれを言ってみたって、なんのさゝえにもならないわ。いえ、戦争のあるなしに関せず、もともと私なぞ、しかたのない女だった。それが、たまたま戦争につゝかれて、いやおうなしに、ボロを出したの。……そうなのよ。でなければ、いくらなんでも、どっちがどうだかわからなくなるなんて事が起るはずがない。……国友はこう言うの。君と信三君は以前から永い間の仲良しだったし婚約の間にわたって永い間知り合っておたがいの愛情を育てて来た仲だ。おれと君との間は信三君が死んだとなって君が寂しい気持でいる時に急にはじまった事で、そりゃこんだけハッキリした関係に入ってしまったんだから、君としては、迷うのはもっともだけど、やっぱし、永い間かかって育てて来た信三君との愛情の方がホンモノじゃないだろうか。おれは君を手離したくはない。ないけど、君はおれに対する一時的な、肉体的な――そう言ったわ――気持のために、ホントの事を見あやまってはいけない。……そう言うの国友は。……信三さんは信三さんで、そりゃ僕は君のことを思っている。昔に変らない。現地でいろんな目に逢っている間に、僕に生き抜いて行く力をあたえてくれたのは、君のことだった。しかし僕はいったんは死んだ男だ。そして君と国友とは、短い間とは言え、いっしょに家を持った。これは大きな事だ。特に女にとっては、そんなふうなハッキリした関係と言うものは、ケイソツに動かすことのできない事だ。それに、君と僕とは遠縁ながら親戚で、小さい時から知り合っていた仲で、もしかすると、男が女に対して抱く愛情とはすこし違ったもっと深いと言うか淡いというか、言えば兄弟同志の抱く愛情のようなもの――そんなものかも知れない。それを二

人とも、若かったもんだから、――それにあんなふうに、明日の事も知れない戦争中の空気にかりたてられて、婚約なんてしたのかもしれない。だから、やっぱり僕は今も君をなにしているけれど――しかし君が一人の女として幸福になるためには、国友君の方へ行くのがホントじゃないか。……そう言うんだわ信三さん。……そして、二人とも、あの調子。信三さんは研究所の方はもう二ケ月も休んで、あちこち飲み歩いてばかりだし、国友はつとめは一日も休まないそうだけれど、時々、会社で卒倒するそうよ。あの人らしいわ。……それも、みんな、この私のせい。……いえ、どっちかにはっきりすると、もう一方の方にすまないから――いつか、あんた言ったわね、女ごころの弱さ――だとか、そんなんじゃない。どっちがどうだか、自分で自分の気持がわからなくなったのよ。……二人の男の間にはさまって、どっちがホントに好きだかわからなくなっている自分。――と云うことは、どこの誰でもいいっていうこと。つまり――すると私ってものは、ぜんたい、なんだろう？……これこそホントのダラク。ダラクという事が世の中にあるならば、これが、そう。これにくらべれば、金のために、生活のために、男を相手にしようばいをしている人たちなど、まだ、りっぱよ、そんな女の人以下、私は。いいえ、以下も以下も、そんな人たちにツバを吐きかけられても、まだたりない女。――愛どだい、それに気がついたら、生きて行くハリがなくなった。私は私にアイソがつきたんだわ。……もう、しかたがない。だまあって、どっかへ行っちまおうと思ったの。……わかるマキちゃん？……あなたの思っているように、ヘンにクヨクヨと、センチに思いつめた結果じゃないのよ。そのしょうこに、私、此処へ来てからの四五日間、泣いたことだって一度もない。……今だって泣いてない。（振返り）ね、見てちょうだい。

マキ　ふん。……

ぬい　ね？

マキ　ふん。……

ぬい　どうしたの？

マキ　ムム……

ぬい　へんな顔して――？

マキ　クク。……
ぬい　……泣いているのは、あんただわ。
マキ　……（泣く）――（間）
めい　……よそうマキちゃん。
マキ　……うん、よそう。（と云うが、その語尾がウーワと涙声になる）
ぬい　また、はいらないの？、　冷えちゃったわ。……
（湯船につかる音）
マキ　……（これはバシャンと音をさせて湯に入る。バカ〳〵と湯の音をさせながら涙声で）ぬいちゃん、あのね、あー（プツンと切れて、ブク〳〵という音）
ぬい　あら、どうすんの？、――髪がダイナシになるわよ。……まあ！、……いつまで、もぐってる？、……マキちゃん！
マキ　……（ガバッ〳〵と音をさせて、湯の中から顔を出し、口からプーと湯をふき、両手でブルン〳〵と顔の水を切る）ベア！
ぬい　カッパね、まるで。
マキ　誇張すんなよ。
ぬい　なによ？、
マキ　泣くかはりに笑っておくといふことだってあるんだ。
ぬい　なんのこと？、
マキ　あんたのことよ。……いえ、あたしは、とめはしない。又、とめられるもんぢやない。そうぢやなくて？、　しようと思へば銀座を歩きながら、舌をかみ切ることだって出来る。こうと決心してゐる人を、はたからどうしたって、とめられるもんぢやない。ぬいちゃんも好きなやうにおしなさいな。……けどものごとを、誇張するのは、あたしきらひだから。
ぬい　誇張してゐる私が？、
マキ　してる……サバクの中を歩いてゐる人が、自分はあくまで冷静に計算して歩いているつもりでも、実はひとつところをグルグルまはってゐることがあるそうね？、
それから、これは私が満州で知ってゐたモルヒネ患者でね、大変すぐれた医学者で、学問のことでも世間のことでも、一つ一つの事では実にハッキリした判断を持ってゐるけれど、その人全体としては、どっかしらゆがんで、まちがってゐた人が

あったわ。トコトンの所で信用出来ないの。根本のところでつまりドタイの所が、病的に傾いちゃってゐるんだわ。……自分ではセンチメンタルでないと思いながら、そして事実石の様に落ついていながら、たゞの単純なセンチよりも、なん倍もセンチメンタルである人だってあるわ。顔や　涙で泣いてないことが、あんたが泣いてゐないしようこにはなりやしない。あんたの背中は泣いてゐるもの。あんたの体全体が、泣いて泣いて、ぜんぜんダロッキイになってゐるもの。意味ない。そんなの！……どうして、ぬい、あんた、そんなに、こんぐらがらしてしまふの？、　どうして、もっとカンタンになれないのかしらね？、

ぬい　あんただって泣いたわ。だって、

マキ　そりゃ、あんたから傳染したのさ。カンタンよ、それに、こんなにフックりした体をしているくせに、女と云ふものは、なんとまあウケミでばかりいるんだろうと思って悲しくなった。

ぬい　同じだは結局

マキ　同じでない。……こんな話、あんた、知ってる？、南方の何とかって島だ。野ばん人の住んでゐるそこでは、今だに女が中心でね、母系種族とかなんとか――つまり、男はイクサをしたりなんかするもんで、種族のシンは女だって。してふだんは女達は男など寄せつけない。入用になって来ると、森の中から男達を連れて来る。女達は丸く輪になってね。輪の中に男達を追っぱなして、その中から、好きなのを送り出す女がよ、南方だから、大低スッパダカだわね、そこで、その送り出す標準は、体。からだの良い好み好みの男を、一人づつ取るの、……つまり恋愛。そいで結婚してね。そいで、こんだ、いらなくなると又男達を、森の中へ追っぱなすんだって。フフ。別にイサコザは、起きないんだって。

ぬい　まあ。

マキ　そりゃ野ばんさ。動物的。……しかしねえ。私は思ふ。私達にしたって、野ばんでなくなったかしら？、　動物的でなくなったかしら？、いいえ、それよりも、動物的でなくなる必要があるかしら？、……結局同じぢゃないかしら、そりゃ私達は、スッパダカでいるわけには行かんから、

着物を着たりいろ〳〵飾る。飾る方がお互ひにつがうが良いから、しかしどう飾つたつて、なかみは同じぢやない？、同じであつても恥じる必要はないんじやない？、　猿が木の実をかじりながら、相手の尻を追いかけまはすのに、人間は、セビロを着て花を持つて求婚する。そりやそれでいいさ、なかみは、しかし、似た様なもんぢやない？、

ぬい　あなたは、なんのことを云つているの？、

マキ　モルヒネ患者を正気にかへすにはね、別の薬をいくら飲ましてもだめ。ますますこんぐらかる。モルヒネを取り上げる以外にないの。サバクの中をどうどうめぐりしている人に、東の西のと云つてやつてもしかたがない。ひと目でドウ〳〵めぐりの足あとを見せてあげることだわ。……あなたに、国友さんと、信三さんと　ホントにどつちが好きだかわからなくなるなんて、そりや、ウソだ。

ぬい　……だつて、

マキ　うそだ！

ぬい　だつて、そうなんだから――

マキ　うそ！

ぬい　あんたにはわからない。

マキ　うそだつたら！　聞きなさいよ。うそだそりや、うそだと、ぬいちやんが思わなきやならないそりやね、女として、一人の女として、あんたがホントに生きていないからよ。生きさつていないからよ、生きていれば、今云つた土人の話と同じだ。自分の欲しい相手が、どつちだかわからないなんてこと、あり得ない。送り出せないわけがない。一方を取りあげて、食えるわけ。食慾さへチヤンとしていたらさ。それが衰弱してゐるから、そんな変なことが起きる。ダラクぢやなくて、衰弱よ。

ぬい　フフ……そう、衰弱はしてゐる様だわね、

マキ　そうさ。……あんただけぢやない。今世間に一杯そんな女の人がいる。復員や引揚げの男をめぐつての三角関係だとか、戦争未亡人の結婚のことなそにみんなとてもゴタゴタとこんぐらかつて、なかく片付かない。それと云ふのが、たいがいの場合に、男のがはからばかりそれが考へられて、女の側からは、まるつきり考へられていない。男だけが、女を中にはさんで、お前はこつちへ来いの、あつちへ行けのと云ふだけで、女は両方から

押しまくられて、シヨンボリして、すべてあなた方の御処置におまかせしますと云った調子で、泣きべそをかいている。みんなそうよ、見ていて私は、腹が立つ。ホントに、しんから腹が立つわ。――女が自分の意志でハッキリと選んではいけないの？、　人間だわよ、女も！。そうぢやなくつて？、　女の前で、男達は正々堂々と競争をすればよい、やり合ってみればいいの、フエヤにやりさえすれば愛情の戦いは、大いにやった方がいいんだわ、そして女が選ぶの。これ！、と云ってね、ハッキリ、そりや選まれなかった男には、ザンコクだ。しかし選択ということは、もともとザンコクなものだわ。それに、いつまでたっても選まないで、どっちつかずにしとくのは、なほザンコクだよ、そんなことしてゐると、その両方の男たちをヘロヘロにだいなしにしてしまう。自分もグロッキーになる。つまり衰弱だ、一番おっかないてほうが。……そりや、ぬいちやんの、そんな、女らしい、やはらかな、性質は、私好きさ、信三さんも、国友さんも、ぬいちやんのそういう性格に引かれてゐるのかもしれない、……　好きさ、……しかし、それが又、物事をダイナシにしてゐる

ぬい　うん……

マキ　捨てられた方は、そりや一度は参るかも知れない、そいでも、その人にそれだけの力があればきっと、そのうちには、起きかへる。……やらして見たらいいんだ。めいちやんの前で、国友さんと信三さんとの男同志としてのつかみ合ひを。やらしておいて、スッと取るの。これ！と云って。ザンコクな事をしないために、実はあんたは、もっとザンコクな、百倍もザンコクなことをしているんだわ、……

ぬい　……（返事するかはりに、湯の音をさせて、洗い場に上る）

マキ　うゝ、のぼせちやった。……（これも湯の音をさせてあがる）……こんだ、あたしの背中洗って

ぬい　うん、……（洗い初める）（暫くで再びカッポン、カッポンと音がする）

マキ　（気を入れてしやべりつゞけた疲れが一度に出て急にガタッと人がちがった様に弱々しいかすれた声で）ホントに、なんだろうあの音あ？、

ぬい　……（マキの背をこする）

マキ（背をこすられるので、少しゆれながら、ほとんど病人のように、弱い声でボツリボツリと）演説はもうおしまひ。フ。フ。フ。フ。（寂しい寂しい一人笑ひ）……ホントは、こんなこと、どうでもいいのさ・フ。……気の向くようになさいな。ぬいちゃんは。……性格で、仕方がない。それもいいさ。……二十六の一生だったと思へば、それもいい。……ホントは、あたしが寂しいんだ。そうなると。……だって、ぬいは、女学校の時から、あたしのエス……フフ、エスはうそだけど、好き。……昔っから、ぬいのことを思ふと、胸ん中に　灯がともる。……イトコ同志だからというだけぢゃないのよ・どういうんだろ？……ぬいが居なくなると、自分の身体を半分どっかへ、なくした様な気がするだろうと思ふんだ。悲しいなんて気持よりもね……信三さんと、だから、あんたが信三さんと恋愛をはじめた時なども、変ぢゃないの。私まで、つまり、あんたと二人がかりで信三さんを好きになったような気持だった。……あれから、私、一人で、ハルピンへ行って、……いろんな目に逢った……して、あたしに好意を持って来れる男の人の前に出ると、きまって、知らない間に、あんたの真似してゐる・マネと云ふよりは、ぬいちゃんになった気でいるの。変だったわ。心も身体もよ……ドッペル・ゲンゲンて有るそうね、あれ……いえ、あれの逆・つまり一人でいても、ぬいちゃんと一処にゐる様な、──ようなぢゃなくて、私の中にぬいちゃんが生きてゐる。ヘンだったわ。しかし、本当の友達と云ふのは・みんな多少ともそうぢゃないかしら……とにかく、よかった。それが。幸せだった。……どうしたの？……だからこんなだも私、一人になったらすぐ結婚するんだ・うん、そんな人が一人いるの・ぬいちゃんになった気で・ぬいちゃんみたいな眼つきをして、その人に甘ったれてやるんだ・どう？……あら、どうしたの？　え？

ぬい　う、う、……（マキの背を流すのを止めて、その背中に自分の顔を押し当てて泣いた。その泣き声をもらす）（遠くでカッポンと一声）（間……）

マキ　どうしたのよ？

ぬい　……

マキ　もうすんだ？、
ぬい　うん……
マキ　あんたと一処にゐると、こうして私、まるで、男みたいなのが、一人になると、恐ら、ぬいちゃんが、私にのりうつつて、グラグラに女らしくなるらしいの、そのせいだつたかも知れない……いえ、ハルピンでね、―初めて話すはねこのこと……フフ、心中しそこなつたことがあるんだ。……三角関係。……そうなの。……一人の人は通信社につとめている人で、もう一人は工科の学生……二人共気の弱い良い人で、よくしてくれたわ。私に。そして二人がお互ひに悪く思えないの。そりや、ゴタゴタしたわ。三すくみ。しまひに、こんぐらかつてしまつて、三人共何が何だか、わけがわからなくなつて……そのうちに学生の方がメチャ〳〵になつて、別のおかしな女と一処になつちまつたの、その女を好きでもなんでもない。私達の三角関係が、三角形のまゝで行詰つてしまつて、どうにもならなくなつたあげくの、何か病的なヤケクソで変な所に落こちた。それが私にも通信社の人にも、わかるの、すると又、その人と私まで差すも引くも出来なくなる。……して、フラフラーッと……スンガリイ―いつか話したわね。そこへその人と散歩に行つて、ミニアチユールで夕日を見て、……一言に夕日と云つたつて、こつちでは想像も出来ない。まるで血管の隅々までユラユラと染めぬいて来る、盛大なものよ。……それを二人でだまつて見てから、その人の室に行つてしばらく話しているうちに、そんなことになつてしまつたの。……薬をのんでね。……その人は、すぐ倒れてしまつたけど、私は苦しいばかりで、いつまでも、おしまひにならないもんだからナイフで、フフ……えゝと〈こちらを向いて〉そんときのアトだ。これが三針か四針ぬつた……
ぬい　……
マキ　手元がくるつてしまつたのね。……病院にかつぎこまれて、すつかりなほるまで三週間かかつた。そいでね、なほつて退院した時には……その人もなんのこともなく助かつたの……その人とこんだ逢つても、もう別になんともなかつた……まるつきり、ツキモノが落ちたみたいに―相手に対して、まるつきり感じがなくなつてゐて、そ

う只の昔の友達と云った感じ。サバ〳〵しちゃってゐるんだ……ホントは、愛してもなんにもいなかったのね。三角関係でゴテゴテしこいる間に、いつの間にか頭がボンヤリしてしまって――まあお互にサイミン術をかけ合ってゐたんだわね……そんなことがあるものよ……その学生の人とも、それっきり、チロリと、なんのあとくされもなくなったわ。その人も、その、いっしょにいた女の人と、間もなく別れたそうだわ。……なにもかもまるで潮が引いてしまったみたい。あとに残ったのは、私の胸の、このキズだけ。フフ。……ムダな、おかしなことをしたものね。だけど、そう……おかげで、ものごとが、すこしはわかる様になった。――と云ふよりも、人間て、これで、いろんなことがあるもんだ。……おもしろいと云ってよいか、恐ろしいと云ってよいか、……いちがいに、一方からばかり見て、ノボセ上っても仕方がない、また、タカをくくっているわけにもいかない。……生きて行くと云ふこと、これ、おかしな、シンコク見ないな。前へ踏み出して行けば行く程変な味のあるもんだ……そ言ったことが、おげで、すこしわかって来たの……だからね、時々、このキズにさわって見るのよ、捨てたもんぢゃない――そう思ふんだ。

ぬい、――

マキ　フ、フ、フ、ス、よしなさい、くすぐったいよ、フフ、どうしてだか、人にさわられると、バカにくすぐったいんだ――さあ、もう一度あたたまって、ソロソロあがらないや？……(湯に入る音)なんだかくたびれた。

ぬい、(低く)え？……(これも湯に入る音)

マキ　……(ポチャ、ポチャと湯の音をさせて)こら、指の先にしわが出来ちゃった。……何時頃かなア

ぬい、そうね……十時――

マキ、まだそんなかしら？　ばかに夜が更けたみたい。(遠くでカッポンと音)

ぬい　あたし、東京へあしたかへる。(少しも感情のこもらない静かな調子の言葉)

マキ、……(一寸だまっていてから、疲れた無関心な調子で)……そうね、その方がいいなあ、

ぬい、すぐ国友さんにも信三さんにも会う。やってみるわ、もう一度、どうなるか、……。

マキ　そうさな…
ぬい　…どうでもいいって調子ね？
マキ　フフ……
ぬい　……ごめんなさいね、マキちゃん
マキ　なにさ？
ぬい　心配ばっかりかけて――
マキ　おやおや。（…遠くでカッポン！カッポン！）
ぬい　こんな馬鹿だから私が……
マキ　ふん……さあ、もう上らない？
ぬい　うん。……（でも二人共動こうとしないと見えて、湯の音せず。水口のささやき。窓の外でカッポン！。カッポン！）
マキ　フッフ、フ――
ぬい　フフ――
　低い二人の笑声が、しかし、すぐにやんで、窓の外遠くでカッポン！カッポン！カッポン！カッポン！と、次第にかすかになって行く。
（終り）

あとがき

「ぼたもち」

昭和27年、着者五十才。

十一月、梅本重信の演出でNHKより放送。　「婦人公論」28年1月号に発表。ラジオドラマ集「破れわらじ」に
収録。宝文館から刊行された。

「初旅」

昭和27年。4月、山口惇の演出でNHKより放送された。

「鈴が通る」

昭和26年。着者四十九才。

「人間」六月に発表。5月、山口惇の演出でNHKより放送された。

「ともしび」

昭和26年。2月、山口惇の演出でNHKより放送された。

「女体」

昭和23年。着者四十六才。

「自由とパン」八月号に発表。7月、近江浩一と共同演出でNHKより放送された。

昭和三十八年二月二十二日 印刷
昭和三十八年二月二十六日 発行

限定版
２３０部
その内の
第 194 番

三好十郎著作集 第二十八巻
（非売品）

著作者 三好十郎
監修者 三好きく江
発行者 三好十郎著作刊行会
代表者 大武正人
東京都大田区北千束町七七四番地
電話 東京（七一七）二三八五番
振替 東京 五一七五二
印刷者 株式会社 タイト印刷
東京都中央区八重洲四ノ五梅田ビル内

第二十八回配本

三好十郎著作集

第二十九巻

三好十郎著作集　第二十九巻

監修　三好きく江

編集　大武正人
秋元松代
高橋昇之助
石崎一正

「路地の奥」の作者として

僕は前進座にはいつも中幕物を書かせて貰らってゐる。自分の作家としての生き方も中幕物にあると思ってゐる。

しかし元来書きたいと思ってゐるのは二番目物である。これは前進座に限らず何処の劇団に対してでも本当に書きこなさなければならないと思ってゐる。云ふべきことを云ひ、表現すべきことを充分表現したいと思ってゐるが、良いもの、上演できるものが作れるかどうかは疑問である。

で中幕物であるが、どんなものを書いたらいいか、いつも念頭をはなれないのであるが、前進座の上演してきた中幕物を気のついたまま挙げてみると、自分のものでは「噛みついた娘」他人の作では「蜂の巣長屋」「号外」「罫線に躍る」「街の風景」「ガード下」等一聯の作品がある。

これらをかへりみて分析してみると、その一つ一つがそれ〴〵の意味で仲々良い作品だと思ふ。自分のものは別として、大低感心してゐる。この意見には変りはないが、もう一歩ふみこんで考へてみると、それ〴〵みんな非常に暗い面をもってゐる。絶望的な、救はれないやうな問題をもってゐる。成程そこにはユーモラスな、又明るい部分も採り入れられてはある。無責任に見てゐる分にはさういふ感じは与へられない。しかし一たん、呈出してゐる問題についてフト疑問がわくと全く絶望的な、救はれない問題にぶつかる。

勿論世の中の現実には、さうした面が実に沢山ある。従ってさういふ暗い面を採り上げた作品はあってもいいし、又あるのは当然だと思ふ。しかし同時に、明るい力強い肯定的な面も沢山ある。かういふ面も芸術作品の中に採り上げられなければならないのも当然だし、又とり上げられた方が良いと思ふ。

殊に日本の今の事態、国民全体が全ての力を一つの方向に集中してゐるとき、文化的方面に於ては、その方向に向って元気づける鼓舞するもの、インスパイアするもの、悲しませるものが特に必要になってゐる。

その点に関して、自分としては、未だ優れた作家ではないが、思ひ上った考へからではなく、現在、自分の兄弟、親戚、友達、又近所の知り合ひ等から

出征してゐる人が沢山あるし、国民の各層から出征して戦ってくれてゐるのであるから、自分達には同じやうな貢献はできないが、どんな小さなことでも何かしなければならないと考へてゐる。

それについて、色々なことを考へてゐるが、一言で表現すると自分が書いて、上演されたものを兵士がみて、恥(元)かしい思ひをするやうなものは書きたくない。そんな希望をもってゐる。

明るい、元気づける面を書かなければならないといふ一般的な慾望と、兵士に見せて恥(元)かしくないといふ第二の希望とが一つになって、現在の自分の作者としての方向となってゐる。

この作品は、本当にその答へにはなってゐないが、少くとも自分のこの課題に対する一歩前進……前進とはいへないが、顔を向けた位の試みの一つであると云へる。

明るい、健康的なものを書きたいといふ自分の作家としての慾望から、暗い面の絶望的な問題のものをとりあげておいて、その中の明るいところだけを拾ひ上げて、手品使いみたいにデッチ上げることは間違ってゐると思ふ。自分はさういふ方法はとるまいと思ってゐる。又、明るい健康的なものに対する熱烈な希望をもってゐてもその中の暗い面に眼をふさいで、作者の主観、小さい慾望でいくら明るくしても、第二の希望である兵士に見せても恥しくない作品に添はない。

この作品がその目的に対して非常に成功してゐるとは思はない。若し失敗してゐるとすれば自分の力の至らない考への纏まらない結果である。今後もこの方向に向って努力したいと思ってゐる。

上演に当っての希望を云へば、この作品はドラマテックの構成を非常にルーズにしてみた。いはゞ裏街の或る雰囲気のスケッチ劇である。

だから、演出演技に当って、ひどくお芝居にやられると、作品とそぐはないものが出来、成功しないと思ふ。

一言で云へば、何時始まって、何時終ってしまつたかと思ふやうなものにしてほしい、見終ったら、確かにあんな生活がある。しかも自分のすぐ近所にある。あんなおかみさんや、おつかさんが、うちの近所にもある。といふ感じを受取つて、その間に少しの嘘もなく、全体として非常に気持の良い、健康

な笑ひ、人間を力づける明るい感じ……雰囲気……そんなものを受とって貰へるやうに演出され、演技さるれば幸ひである。

只気をつけなければならないことは見る人に教訓を与へたり、イデオロギーの公式めいたことを与へたりしようと思ふと、嘘になったり、誇張になると思ふ。

この作品は一種の流れの芝居である。しかもいい気持で流れる芝居である。

新劇にはセリフを一つまちがへると五、六分間、舞台がガタ〱して了ふものが多いが、セリフを一つ位まちがへても、それを救ふ間があって、やる方も自由な気持で見てゐる客も楽しめる、そんな芝居があってもいいんぢやないかと思ってゐる。

まあ作者の芝居といふより、演出者、演技者の芝居である。かういふ点に留意して貰ふと成功の率が多いと思ふ。

誇張や、リアルでないものが全くないとは思はないが、その欠点が表はれゝば作者の罪で、なくさうと努力してゐる次才である。


（文責在記者）

前進座パンフレット・東京劇場発行（昭和14年6月）

芸術至上主義と能率至上主義

今更言ふまでもなく、映画は芸術であると同時に商品である。それも、或る映画が芸術作品であって他の或る映画は商品であると言ふのではなく、あくまで一個の映画が芸術であり同時に商品である。

これは理屈ではない。事実だ。

ところがこの事実は往々にして見すごされている。見すごしてゐる者の中の代表的な者は各映画会社の経営者及び製作首脳部級の人々と、それから、或る種のインテリ観客及びその代弁者である映画批評家達である。前者は映画の商品面だけを見る。少くとも商品性に矛盾しない場合でなければ芸術面を見ようとしない。勿論この態度は全く意識的である。後者は主として映画の芸術面だけを見る。彼等にとって芸術とは此の世の現実関係とは係りのない、唯単に「美しい」の法則だけに支配されて産れて来る物

であるかのやうである。勿論この態度は、大概の場合に無意識的なものである。

商品は儲からなければいけない。儲かるためには、生産価額よりも販売価額が高くなければならない。更に、商品は唯単に儲かるだけでなしに、出来るだけ沢山儲からなければならない。従って生産費をなるべく少くすると同時に、それから上って来る利潤を出来るだけ多くしなければならない。……かくて商品性だけを主として見てゐる映画業者達が採用してゐる方法は、映画の生産と販売との全過程にわたっての能率至上主義である、映画を出来るだけ早く安上りに作り上げて、それから出来るだけ多くの利益をあげることだ。その要求に応じて生れたのが能率監督であり、その目標になる観客は彼等の所謂「ミーチャン・ハーチャン」である。

芸術は純粋でなければならない。高級でなければならない。純粋で高級であるためには、金銭関係の事なんか無視するか又は第二の問題にならなければならない。少くともその様な事は商人が考へればよい事で自分達の知つた事ではない。……かくて、インテリ観客の中の或る者達とその代弁者である映画批評家達が映画を見る時に採用する態度は「芸術至上主義である。彼等にとって映画は、その製作過程と受容過程の双方とも、芸術の法則以外のどんな法則にも支配されてはいけないのである。彼等がありがたがるのは、芸術至上主義的な、又は芸術至上主義的であると言はれてゐる映画人であり、自身を「選ばれたる」観客と見なすことである。そしてその芸術至上主義的な映画人がやっぱり飯を食はなければならず、従って報酬を貰って居り、その点では能率監督と全く同じ條件の支配を受けてゐることを忘れてゐるし、且、その「選ばれたる」自分がやっぱり他の観客と同じやうに二十銭から一円位の入場料しか拂って居ないこと並びに映画製作業者は結局その一人あたり二十銭から一円まで拂って呉れるお客を全国で何百万人位と予想してその予想の上に立って映画を作ってゐる者であること等々を忘れてゐるのである。

つまるところ、能率至上主義者は映画の芸術的な

んぞ見過してゐる方が得が行くから見過してゐるだけの話であるし、芸術至上主義者は映画の商品面なんぞ見過してゐる方が良い気持だから見ないだけの話である。

問題はこの二つの態度が、映画人に対してそれぞれ非常に強い作用を与へてゐる点にある。

映画技術者（監督、シナリオライタア、カメラマン、俳優、美術家）は、どこかの映画製作会社の使用人か、又は契約者として常に仕事をして居るものであり、同時にその為した仕事の成果は常に多かれ少かれ観客から批評される位置に立つてゐる。つまり此の強力な二つの支配力の鋏の真中に坐らされてゐる者だ。鋏の真中に坐つてノッピキならず、何らかの答へを出さなければならない。或る者は主として能率主義に対してだけ答へる。或る者は芸術至上主義に対してだけ答へる。或る者は或る場合に能率主義に答へ、他の或る場合に芸術至上主義に答へると言ふ時計の振子のやうな事を繰返してゐる。第一の者は普通「職人」と呼ばれ、主として映画業者及びミーチャンハーチャンに気に入られる。第二の者は普通「芸術家」と呼ばれ主として或るインテリと殆んど全部の映画批評家から気に入られる。第三の者は或る時は「職人」と呼ばれ或る時は「芸術家」と呼ばれて、その時々で映画業者やミーチャンハーチャンを喜ばせたりインテリや映画批評家を喜ばせたりしてゐる。

三者に共通な事は、唯一つの答へで以て、映画業者にもミーチャンハーチャンにもインテリにも映画批評家にも同時に一元的に答えようとする熱意が欠除してゐる点だ。熱意は常に必ずしも成功を産みはしないであらう。又、この種の熱意は大概の場合それを抱いた映画人を非常な困難と苦脳の中に叩き込むであらう。しかし、この種の熱意だけが、日本映画の全体としての水準を高めてくれる最大の原動力だと私は思ふ。

そして唯一つの答へを持つと言ふことは、あくまで自らが持つと云ふことであつて、他から持たされる事ではない。そのための可能な方法は、自分の裡に、芸術性と商品とを打つて一丸とした基礎を不断にきづいて置き、その基礎の上に自分自身の芸術上の課題を創り出して行く事以外にないであらう。

「映画人」（昭14年10月15日号所載）

本職のこと

○

近来、新聞雑誌に現はれる作家達の苦心談や人世論議、批評家の評論、官吏や政治家や金持の経世論――そんなものが、是非善悪を別にしてキザに見えて仕方がない。大概なにをぬかしやがると思ふ。何故だかよくわからない。身持ちがならないのだ。いつの間にか自分はこれ程に不遜な人間になったのか？……弱るのは、それだ。これではいけない。でもこれは当分、どうにも仕方がない。もしかすると、自分自身が誰よりもキザな人間なために、自分の匂ひが自分の鼻に来るのか。

そんな自分にもキザには見えない者もある。田を耕してゐる百姓、軍務にいそしんでゐる兵士、旋盤にかかりながら流行歌を歌ふ職工、セッセと板を削ってゐる大工、米が高くなって苦しい話をし合ってゐるおかみさん連、小説家の小説、劇作家の戯曲、等等々――。ただ不思議な事に批評家の評論だけは、本職だらうに、大概キザだ。近頃では批評と言ふものが批評家にとって本職ではなくなって、大概、啓蒙や宣伝や追従やゼスチュアになってゐるせゐではなからうかと思った。批評を本職として、良くも悪くも自分の命を批評の中に叩きつけてゐる批評家で僕の知ってゐるのは僅かに小林秀雄、杉山平助その他四五人に過ぎない。小林や杉山などは、時々非常に詰らん事を言ふ。ひどい時には結局何を言ってゐるか、まるで解らないやうな物を書く。しかし此の連中こそ批評家だと思ふ。恥も外聞もかまって居れない程に全身で物を言はうとしてゐるからだ。だからキザでない。つまり本職を本職にしてゐるからだ。

官吏や政治家や金持の経世論のキザさも経世の事を身を以て実行しない所から生れるものらしい。

本職を本職として精励する所にギザさはないようである。それで、自分もせめて雑文の類を書いたり、座談会などに出席して喋ったりする事をなるべく控へて、戯曲執筆に専念しようと思ってゐる。その方が幾分でも見よからうと言ふ気がするのだ。

○

さて、その本職の劇作がである。なかなか、うまく行かない。書いても書いても、これでよいと思へるやうな物は書けない。だんだんむづかしくなって行く様な気がする。四五年前までは、作品を書き上げると、チヨットの間は、なんとなく良い気持でそれを眺めて居れた。自惚れだったのであらう。近頃はさう言ふ事もあまりない。直ぐにギロギロと冷たい眼でアラばかり捜してゐる。あげく失望したり絶望したりペチヤペチヤになってゐるのが始終だ。おやもう書くのはよすかと言ふと、よさない。破れかぶれの様な気持で又次の戯曲を書き出してゐる。

舞台と言ふものを全然考へないで書いて行けたら、いくらか楽だらうと思ふ。又、ただもう舞台の事だけを考へて書いて行けたら、これまた、いくらか楽だらうと思ふ。そのいづれもが自分には出来ない。もっとも、これは自分のせゐではなくて、戯曲を本気になって書かうとする者は大概同じだらうと思ふ。言はば戯曲と言ふものの運命だ。はたも良くないと思ふ。第一に、批評がない。戯曲の批評をして、それが演劇の所まで徹する、批評。演劇の批評で、それが戯曲の所まで貫いて来る批評。そんなものがない。有るものは、戯曲を文学と全く同じやうにしか眺められない眼か、演劇を見世物と全く同じやうにしか眺められない眼である。第二にヂヤーナリズムも戯曲に対して少しヘンパな様な気がする。小説などよりもどうしてもスペースを喰ふ点や、小説よりも読物的興味が少いと言ふ点はあらう。が、すくなくともたとへば岸田国士や山本有三の劇作の筆を断たせて小説の方に追いやったり、幸田露伴の小説は載せても真山青果の戯曲は載せなかったり、阪中正夫や岡田禎子や亀屋原徳やその他いつでも立派な物の書ける多数の劇作家を放って置くのは、ヂヤーナリズムの自慢にも利益にもなるまい。

第三に現在の劇団の恵んでくれる上演料などを当てにしてゐたのでは、みんな食へなくなる。愚痴を言ふのではない。どうせ、どんなに苦しくても好きでやってゐる仕事だ。自分を生かしたいと思ってゐる仕事だ。贅沢は言へない。僕などは、懸命に勉強してその内にチットは何かの役に立つ戯曲を書きますから、どうぞどうぞ何処かの片隅に生かしてだけは置いて下さいと、世間に向って頼む気持だ。

どうも彼方を向いても此方を向いても悪い事だらけだ。でも自分には戯曲を書く以外に能がないから、よすわけには行かないのである。以上。

新潮（昭和15年2月号所載）

素裸になれ

千田是也アマチュア論

◇……千田是也が新築地を脱退してフリーランサアになったに就て何か書けとの命令である。自分はそれが事実であるかどうかを知らないが、事実としても千田是也が新築地を脱退しようがしまいが、どうでもいいぢやないかと言ふ気がする。いやになったから、よしたんだらうと簡単に思ふまでだ。

◇……千田是也は人間として好もしい男である。俳優としても演出家としても或偉さを持ってゐる。演劇政治家としても、かなりの押しの太さを身につけてゐる。やっぱり劇団に於ける一個の人格であらう。たゞ徹頭徹尾アマチュアだ。アマチュアとしての強さと偉さを持ってゐると同時に――ではない、そのアマチュアとしての強さと偉さが即ち、別の角度から見ると彼の弱さと詰らなさである。する事なす事がゾロッペイで龍頭蛇尾な所も如何にもアマチュアらしい。

私はどんな世界でゞもアマチュアの手ではすこの道しは本当の発展はしないものだと思ってゐるので他の人が思ふほどには千田を買ってはゐないが、同時に、この男に金の五十万も握らして思ふまゝに劇団をやらして見たら面白からうと考へる事がある位には買ってゐる。それだけの魅力は持ってゐる男だ。

◇……千田が新築地を脱退して新協に出演する事から新築地新協の間の摩擦が激しくなりはしないかと言ふ人もあるが、激しくなったっていいだらう。大した問題ぢや無い。全体今の新劇団に客観的な大した問題など何一つ無いんだと言った風に私は見てゐる。

いっそお互ひに素裸になって掴み合ひの喧嘩でもする所まで行って見てさてその上でその素裸の自分達の正体を見きわめてみたらそこから大した問題が生れて来るんではないかと思ふ。違ふかな。違ったらごかんべん。

都新聞（昭和12年2月12日）

講演ぎらひ

何が嫌ひだと言って、講演ほど嫌ひなものはない。他人の講演を聴きたいと思って聴いた事は生れてから今迄一度もない。どんなに偉い人のやつでも、ひとたび講演となると、急に何だか馬鹿らしくなつたり、滑稽になつたり、悲しくなつたり、そして必らず退屈になる。全体どんな量見で壇上に立つて喋つてゐるんだらうと思ふ。

一人で芝居をやつて見せてゐる気だらうか？、

然し芝居にしてはあらゆる講演者の芸は下手過ぎるのである。芝居でなければでは聴衆に何かを説教してゐる気だらうか？、

然し説教と言ふものは、其説話者が前もつて聴衆から信頼されてゐるのでなければ成り立たないものであるが、するとあらゆる講演者達は、どんな理由で自分が聴衆から信頼されてゐると妄信するのであらうか？、……考へるといづれにしてもよほど珍なものだ。

演説気違いと言ふものが居る。勿論精神病だ。しかし精神病患者でない講演者の行為よりも本人自身の動機の点ではこの方がよほど筋道が通つてゐる。なぜかと言ふと此の気違ひは先づ第一に聴衆がたしかに自分の前に居ると信じてゐる。第二にその聴衆は自分を信頼してゐるといふ事を全幅的に信じ込んでゐるか、又は丁度反対に聴衆は自分を全く信頼してゐないと思い込んでゐるからだ。いづれにしても当人自身にとつては、非精神病患者的講演者に較べると、講演をする動機がよつぽどハッキリしてゐる。

講演の内容に至つては、両者に甲乙はない。支離滅裂な点でも、それから、聴衆の耳に或る事に就ての一方的見解をシキリと吹込まうとする偏執的傾向の点でも似たり寄つたりである。

とにかく世にありとあらゆる講演と言ふものを、おだやかな気持でしかも眠くならずに聴いた事は僕は一度もない。

大体講演なんて変な事を敢てするのは動物の中で人間だけである。

しかし他人の講演ならまだよろしい。何かの運命の悪戯で、自身が講演をしなければならぬハメに陥つたが最後、事態は惨状を呈して来る。全く穏やかではなくなつてしまふ。身顫ひが出るほど不幸な気

分になるのである。一時的にだけれど自分が人間に生れた事を後悔したくなるのだ。

それで自分としてもそんな徹底的な後悔はあまりしたくないので、出来る限り講演又はそれに類する行為を避けてゐる。ところがそんな自分でさへも講演をした事が二回ばかり有るから驚くのである。勿論自分の意志に反してやらされてしまったのである。第一回目は、中学卒業の際に、それまで二年ばかり厄介になってゐた寄宿会の送別会の席上で卒業生を代表してやらされた。第二回目は、早稲田大学の文学部の講堂でやらされた。

第一回目の時は、演壇に昇った瞬間にボーッとして、腹が立って来た。実は「僕等も卒業して大いにやるから、君等も大いに勉強したまへ」と言った風に喋れば役目は済む事は、いかな僕でも知ってゐたのであるが、ボーッとして腹立たしくなったトタンに、どう言う加減かいきなりトルストイの話を始めた。トルストイ自身に関する話ではない。トルストイの書いた民話「人はどれ程の土地を要するか」の話だ。思ふにその前日にでもトルストイ民話集を読んでゐたのであらう。勿論話の順序もメチャメチャだったらしい。聴衆である中学生はアッケに取られて僕を見守ってゐる。僕は完全に絶望的になりいい加減のところで「これで僕の話はおしまいであります」と叫んで引きさがったがどう言ふわけでそんな事になったか、暫くの間は自分でもアッケに取られてゐた。

第二回目は「ウイリアム・ブレイクに就て」と言ふ演題まで有るから、いくらか本式だった。しかも聴衆は大学生である。先生連まで聴いてゐて下さる。自分は殆んど自暴自棄の気持で「ブレイクの性格の特徴は強烈なドグマであります」と言った風に喋りはじめたが、もうその辺から聴衆の顔が見えなくなってしまった。自分が何を喋ってゐるのか判らないのである。むやみと咽喉がかわくので水ばかり飲む。そのせいか吐気がして来て我慢ならなくなったので「此の猫が確かに猫であると言ふ事を論断するためには彼にとっては宇宙論から始める必要があるやうに感じられたのであります」と言い切るや否や、お辞儀を一つして演壇から飛び降りてしまった。後で聴衆の一人である学生をつかまへて「僕はどんな事を喋ったのかしら」と訊ねて見たらその学生はニヤニヤ

しながら、「さあチットも判りませんでした」と答へた。「おや、詰らなかったら」と言ったら、「いや仲々面白かったです」との返事である。講演の内容は判らなくても、壇上で七転八倒してゐる僕の姿は、相当の興味を惹いたらしいのである。従って僕としては、或る程度まで成功を納めた講演であつたと今でも思ってゐる。

博浪　昭和15年4月号所載

俳優いろいろ

先日、私の知ってゐるある俳優が「われわれ舞台役者は、後世を待ってゐることが出来ない。自分の芸に独創的なものが多少あるとしても、それを人に味って貰へるのは、自分が生きて芝居をしてゐる間だけのことであって、どんなに足掻いても、後世の人に何一つ残すわけには行かない」と嘆いたことがある。

これは古往今来、洋の東西を問はずあらゆる俳優達の嘆息であらう。彼等の芸術は限られた時間の中で、限られた場所で、観客の前にサッと通り過ぎてそして永遠に消える。丁度、ある楽器から奏で出された音が、一瞬にして虚空に消え去るのに似てゐる。この点俳優の芸術だけは独得である。他の芸術ではその芸術を創造する人と、創造される芸術品が、物理的には別々の存在なのである。俳優は、芸術を創造するのも自分なら創造される芸術品も自分なのである。絵画や彫刻や文学などなら、それを創った当人が死んでも作品は残る。俳優は死んでしまへば、元も子も一切がなくなるのである。はかないといへば、こんなはかないものもない。しかし同時に、それだからこそ、俳優や俳優の芸に、他の芸術にはないところの独特の魅力も生れて来るわけで、よくよく考へて見ると、結局において、このことは決して俳優芸術の弱味ではなくて、強味であるやうにも思はれる。

ところで、舞台芸術が、その一切を一瞬の裡に露呈して消え去るといふ性質を持ってゐるのは、俳優に取ってだけではなくて、観客に取っても同様だ。観客は舞台を見てゐる。

舞台は一つの流れとなって、いささかも停滞しない。観客は次第にその流れに巻き込まれ一緒になつ

てしまふ。時あって、俳優達と観客との間に激しい交感や感情移入の火花が飛ぶ。ハッと思った瞬間には、すでに舞台と観客席とは、フットライトに区切られた別々の存在ではなくなって、一つの単位、一つの有機体となってゐる。自分と他人とが一緒になってしまふ瞬間である。これが「演劇の悦び」であ る。悦びは流れ去り、一瞬にして消える。一瞬にして消える性質を持ってゐるために、その悦びはさらに強烈さを附加する。

それは、少し誇張していふならば、「逢ひがたき世に、逢ひ得たるし悦び」である。

たとへば六代目菊五郎といふ俳優がゐる。この人が気を入れてつとめる当り役、一例を挙げると「新皿屋敷」の魚屋宗五郎が、主家の旗本の手で無残に殺された妹のことを考へながら腕を組んで一人で帰って来る――揚幕を出てスタスタと花道の七三、フト立停って沈んだ顔をあげて本舞台の自家の方を見る瞬間など、写実の極致でありながら真実よりもさらに真実な印象の前に、見てゐるこちらの気も心もアッといふ間に奪はれて、やがて我れに返ると、このやうな俳優と同時代に生れ合せて観客の一人となり得る幸福をシミジミと私は感じたことであった。

菊五郎だけに限らない。芸の世界で何物かを掴み得た俳優の舞台には、多かれ少かれ、この一瞬に生滅する電気のやうなものがある。芝居の観客は、結局この電気に逢ひに行くのだ。観客だけではない、作者＝戯曲家も、或る意味ではこの電気に逢ひに行ってゐるのである。

井上正夫といふ偉い俳優がゐる。この人とは、私は戯曲作家として何度か附き合はせていただいてゐるのであるが、その或る芝居の稽古の際のことであった。或る役を演じてゐた井上が、何か考へ苦しんでゐるやうであったが、フト坐り込んでしまひ、やがてのことに私の顔をヂロリと見て

「三好さん、私の口からここでこのセリフは出て来ませんがなし」

と例の土佐訛でいはれた。此方はドキリとした。白刃を突き附けられたやうに感じた。私は電気にかけられた蛙の如く何もいへず、彼の顔を睨み附けたまま、歯を食ひしばって脂汗を出した。ありがたいとも、憎らしいとも、やがて自分の戯曲書きとしての鍛への鈍さをヒシヒシと感じれば感じるほど、こ

のやうにこはい俳優に相逢ふことの出来た自らの好運に酔うたやうになり、こんな俳優がゐる限り、俺は戯曲を書くのはやめないぞと我れと我が心に決したのであった。井上正夫の舞台にあのやうに強烈な電磁気的な魅力が漂ふのは偶然ではないのである。

　河原崎長十郎　の辰巳柳太郎の、中村翫右衛門の、島田正吾の、水谷八重子の、柳永二郎の、花柳章太郎の、五郎の、大磯の――その他ありとあらゆる優れた俳優の発散する魅力は、みんなこの電気だ。新劇の俳優には魅力が不足してゐるといはれてゐるが、それも、この電気の不足のせゐである。

　そして電気とは何かといへば、一応はやっぱり生れつきのものだとも思はれるが、単にそれだけではなくて、生れつきをも含めて、その当人が永年にわたって、貪慾に蓄積し養ひ育てて来た芸術的エネルギイのことだと私は思ふ。なんでも永い間、一つのことに専念しなければ駄目だ。それからたゞ単に主智的に考へたり分析したり解剖したりするやり方だけでは駄目だ。自分の身体ごと其處へ持って行き、頭も心臓も知性も肉体も紙一枚になってぶつつかり努力しなくては、この種のエネルギイは蓄積されて来ないもののやうに思はれる。つまり「それを生きて」見なければ駄目なやうな気がする。新劇の俳優には比較的それが少いために魅力が不足するのではあるまいか。どちらかといへば、狭く限られた所に立てこもり、狭い意味での「知性」といったやうなものにたより過ぎて、肉体と精神の紙一枚の上に答へを出さうとはなかなかしないせゐではあるまいか。頭の中だけで物事を割り切らうとする。また、頭の中だけで物事を割り切らうとしたがる癖を持ったある種のインテリだけを観客として芝居をやりたがる。そのためのやうに思はれるのである。

　その證據には――證據といふのも変ないひ方だが――新劇俳優の中で最も豊富な魅力を持った俳優達たとへば丸山定夫、薄田研二、千田是也、それから一ころの伊達信　それから本庄克二、宇野重吉、などといふ俳優は、勿論「頭」の勉強も人一倍するにはするが、どちらかといへば「考へる」タイプであるといふよりは、とにかくぶつつかって「生きて見る」タイプである。

　なかんづく丸山定夫の如きに至っては、芝居を生き、日常生活を生きて見ることに、殆どあわてふた

めかんばかりの熱心さで、一日が三十五時間あつてもなほ足りないもののやうに生きる。それは時によつて滑稽にも惨めにも見えるくらゐである。私にはそこに彼の舞台の魅力の源泉があるやうに思はれる。意識するとしないとにかかはらず、彼はそこから芸術的エネルギイを生み出し、「ヅダ袋の中に芸を貯へ込む」のであらう。時に彼がヒーといつたやうな嘆息の奇声を発して、「やあ、くたびれた。ひどい目に遭ふよ！」といふことがある。その怒つてゐるとも泣いてゐるとも、悦んでゐるとも悲しんでゐるともつかない表情を見ながら、私は彼の芸運の長久を確信し、そして、同時に、極端ないひ方をすればすぐれた芸術家に課される運命の甘美さとやりきれなさを感じ、そして結局において、よい俳優は大事にしないといけないなあと思ふのである。

ホームライフ（昭和15年7月号　所載）

映画に関する疑問

映画に関係のある諸種の事がらの中で、私に良くわからない事の二、三を開陳して、えらい人達から教へてもらひたいと思ひます。

なぜこんな事をするかと言へば、第一に私自身がそれを知りたいからです。第二に私の抱いてゐる疑問の全部又は一部が私だけの疑問ではなく、他にも同じ疑問を抱いてゐる人が、居るかも知れぬからです。いや、事実、そんな人が、かなり居ると思つてもよい根拠があるからです。第三に、この様な疑問を開陳し、それに就てえらい人達に考へて貰ひ、望み得べくんば、それに答へて貰ふ経過そのものが、自然に、映画文化に対して何か小さな寄与――とまでは行かなくても、せめて小さな参考位にはなり得るかも知れぬと思ふからです。

疑問と言ふからには文字通り疑問です。勿論、疑問の内容を説明するために、知らず知らず自分の意見の部分に属する所まで出てしまふかもわかりませんが、その点で言ひ過ぎたら許して下さい。願はくば、これが唯単なる懐疑的な効果にとゞまらないでわが映画を少しでも向上させるために役立つやうな積極的な人や精神に依つて利用されてほしい。

先づ各映画会社主脳者達（重役、課長、部長、プロデューサア等）に対する疑問を提出します。今後

都合がつけば、映画監督に対して、シナリオライタアに対して、俳優に対して、映画批評家に対して、映画取締当局に対して一般観客に対してと言った風に、次々と疑問を述べて見たいと思ってゐます。なるべく一項目につき一番大きな疑問を数すくなく挙げるやうにします。しかし場合に依り一項目を何回でも繰返すこともあるかも知れません。それで先づ

一、映画会社首脳者達に対する疑問

いろいろ有りますが、その中で一番大きな疑問は次のことです。

これらの人達が、映画事業を行ってゐる中で営利の目的以外に、何か文化的な目的を持ってゐるかどうか？　もし持ってゐるならばそれは、どの様な種類の、どの様な拡がりを持った目的であるか？

それが、わかりません。

先づ、これらの人達が何よりも先きに営利の目的を持ってゐると言ふ事は、現在までのところ甚だ当然な事であります。もともと映画事業といふものが主として営利事業として発達して来たと言ふ歴史を持って居り、現在もその様なものとして存在を認められてゐるのですから。勿論、これに就ても色々の見解や批判は有り得るでせう。たとへば、映画事業は営利事業であってはならぬとする主張だって有り得るわけです。しかし此処では、その様な議論の是非を言はうとするのではありません。もっと常識的な、誰の眼にも実際に於て間違ひなく見える眼前の事実を語らうとするのです。

各映画会社の首脳者の或る人々は、機会あるごとに、自己のたづさわってゐる映画事業は営利事業ではないと言ひ、又さう言ふ意味をホノメかす事を習慣にしてゐますが、これも、そんな風に言ひたい当人の意慾や良心に関してならば問題となり得ますが事実上では、全くの嘘であります。

嘘であると私が言ふのは、私の臆断ではありません。例證はいくらでもあります。挙げよとならば殆んど無数に挙げ得ますが、それには差しさわりが起きやすいし、且つ、「だから怪しからんぢやないか」と言った風に、とがめ立てをしようと言ふ意味は毛頭ないので一々は書きませんが、たとへば、暫く前に起った日活多摩川撮影所の問題を思い出して下さい。そして、その次に、これは唯単に日活多摩川撮影所にだけ起った問題ではなく、且その後全く起ら

ないでゐる問題でもない事を考へて下さい。質的には同じ問題が、どこの映画会社にでも始終起って居り、そして大概の場合に、技術家達の抱いてゐる良き意志――と言ふのは即ち、国家又は民族又は文化又は芸術又は隣人等々、少くとも私慾よりも高いものに奉仕しようとする意志――が、結局に於て当該会社の営利の立場よりする諸方針に依って圧服されると言ふことで結末を告げてゐます。

更に、たとへば、国家的、文化的、芸術的見地から見れば、水準以上の努力と成果を示した映画監督シナリオライタア、俳優、カメラマンその他の技術者が、その作品の営業上の成績が面白く無かったと言ふだけの理由で、左遷されたり仕事を当てがわれなかったり、又は恐ろしく粗悪な條件に依る仕事を当てがわれたり、ひどい場合には極く緩慢な形で馘首されたりしてゐる事実が無いでせうか。又、たとへば、かくかくの作品は愚劣なものであると言ふ事を自ら百も知ってゐながら、「これで客が来て儲かるんだから仕方が無い」の「自分の意見は自分の意見、先づ何よりも先きに自分は会社の一使用人だから」と言った風の口実の下で、猿の様な苦笑を浮べながら内心自ら否定しなければならぬやうな事を実行してゐるところのソフィスト風製作当事者があちこちに、かなり居りはしないでせうか。まだありますが、煩に耐えないので言ひません。

勿論、これらの事に就て、ホントにとがめ立てをなし得る資格を持った者は居ないかも知れません。誰にしてもいざ自分がその立場に立たされゝば、多かれ少かれ似たやうな弱点を露呈しさうに思はれます。しかし、だからと言って、この様な現象は全体として決して明るい現象では無く、どの様な観点からら見ても助長してよい現象ではあるまいと思はれます。そして、これらの暗い現象に属する一切のことが、その第一の原因を、映画会社の営利主義に発してゐます。しかも、営利主義と言ふものは、常に極端に走る性質を持つものであります。従って、そこから生起して来る暗い現象も質量ともに極端に走りがちになります。この事は事新らしく私が述べ立てるまでも無く多くの人が知ってゐることです。

映画企業の中で指導的支配的な位置に立ってゐる者の中にさえも、その事を知り、且、そのために苦しんでゐる人が居ないとは言へません。それでゐな

がら、尚、営利主義のひき起す害悪が跡を絶たないのは、営利主義と言ふものが、常に極端に走り易い性質を持ちながら、その極端の中で非常に大きな強制力を発揮し得るものだからであります。

　われわれが、映画法と言ふ法律を、場合に依ってそこから起きて来る多少の不自由を知りつつも、全体として各立法とするのは、主としてこの法律が、映画事業の営利主義から起きて来る各種の害悪を或る程度まで抑制する作用を持ってゐることを認めるからであります。しかし、これは法律です。すべての法律がさうであるやうに、それ自体としては最大公約数的、つまり或る意味では消極的な規準の範囲にとどまってゐます。従って、既に或る種の映画業者がさうしてゐるやうに、唯単にこれにさえ頼ってゐれば、その余の事はどうであってもよいとしたり、又は、これを、自分達を取締るための桎梏としてだけ受取ってゐると言ふのでは、結局は映画法立法の根本精神に添ふことにならぬばかりで無しに、映画と言ふものが全体として営利主義からかうむってゐる苦しみから救われるための積極的な手段にはならぬと思ひます。

　そのためには、映画業者達が、営利の目的の他に国家的文化的な目的を持ち、それを映画法の規準を基礎として積極的に押し出して行く以外に途はありません。その様な国家的文化的目的は、時に依って営利主義と相剋することがあり得る。時に依って営利主義を否定することもあり得る。又時に依って営利主義と調和を保つこともあり得る。その一々の場合が、どんな結果をひき起すかと言ふ事は問題ではありません。問題はそこに起きる各種の摩擦は、すべて営利主義を矯正して行くキッカケになると言ふ点です。そして営利主義をホントに、矯正し得るものは、これのみであると思ひます。

　そこで、各映画会社の主脳者達は、営利の目的以外に、どんな目的を持ってゐるでせうか？

　私にはよくわかりません。と言って、彼等が、そんな目的なんぞ全く持ってゐないのだと断定することの出来る證據は何一つ無いし且、私はさう思ひたくありません。なぜかと言ふと、現在の各映画会社の主脳者達は大概「好きで」映画界に入った人達です。稀れには「ボロイから」と言ふので映画事業をはじめた人もあるでせうが、その様な人達でさえも

今となっては或る程度まで「好き」が無ければ、やりつづけて居れる道理が無いのです。そして、「好き」と言ふのは、仮りにそれが甚だ漠然とした「ただなんとなく好きだ」と言ふ程度であっても、営利目的以外の目的を持つための出発点とも言へるし、芽だとも言へると私は思ふのです。

ただ、あくまでそれは出発点であり芽であるだけであります。そして世の中には、遂に出発されない出発点も有るし、遂に葉にも実にもならない芽も有ります。そしてそれらはやがて出発点とも芽とも言へないものになってしまひます。現在の映画業者の状態が正にさうではないでせうか？

「金さえ儲かれば、映画なんかどうでもいい」と言ふ業者は論外ですから言はぬとして大概の業者の正直な腹は「好きな映画を作りながら、金を儲けたい」か、「金儲けは、事業を遂行して行くのに足りればそれでいいから、好きな映画をやって行きたい」と言ふやうな事だらうと想像されます。つまり、彼等にとって映画事業は金儲けと同じ位に、又場合に依って金儲けよりも好きな仕事であるのではないでせうか。この私の想像が当ってゐるものとすれば、それほどまでに自分達の好きな映画及び映画事業ならば、それに就てなんらかの理想を描き、営利目的以上の目的を抱くであらう事は、事の自然の順序だらうと思はれます。ところが、その様な理想や目的の発現はあまり見かけられません。すると、その様な理想や目的の発現をさまたげるものが有るのでせうか？ それはなんでせうか？ それは唯単に、この人達の退化してしまった精神状態のためであるとでも言ひ捨ててしまへる事なのでせうか？ 私には判りません。すると、やっぱり、この人達が映画及び映画事業を愛してゐると言ふのは、私だけの想像にとゞまってゐて、実はやっぱり彼等は、何よりも映画に依る金儲けだけを、少くとも、何より先きに金儲けを好いてゐるのだと思ふのが一番当ってゐるのでせうか？

私には、かいもく、どう考へていいか判らないのです。

なるほど三、四の映画会社主脳者又はそのスポークスマンが、一応は営利目的以外の目的らしく思はれる事を、いろいろの形で声明したことはありますし、現に声明しつつある向きもあります。たとへば

或る会社のそれは映画企業の合理化並びに明朗化を繰返し繰返し叫んだり、或る会社のそれは今後女性中心の恋愛物は撮らぬことを断乎として言明したりそして、すべての会社のそれらが、声をそろへて、国家目的に添ふべき事を絶叫してゐる等々です。

なるほど、それらは結構です・無いよりはズットましでせう。しかし、そんな声明や絶叫それ自体が営利目的以上の目的を持ってゐるとは思へない。少くとも、営利目的以上の目的の存在の證明にはならない。なぜなら、たとへば経営の合理化、事業の明朗化と言ふことにしても、その方向の如何に依っては営利目的に奉仕し、且、営利目的以外の目的には全く奉仕しない事だって有り得ます。女性中心に恋愛物は作らないと言ふ態度にしても或る程度まで同様です。国家目的に添ふと言ふ声明に至っては、誰からもどんな非を打たれる恐れも無い絶対無上のものでありますが又それだけに、これは、目が見えなければ物は見えないと言ふのと同じ位に自明のことであり、従って今更、ある特定の文化部門のある特定の時期に於ける具体的な目的綱領となるまでも無い事です。ばかりで無く、時に依って、意識的無意識的に、この中にさへ逃げ込んでしまへば危険のない隠れ蓑として利用されることもあり得る文句ででもあるのです。いまどき、意識的に国家目的に添うまいとしてゐる人間なぞ一人として居るものではないと私は思ってゐます。しかしながら、世の中には、国家目的に反しようとする明瞭な意志は全く無くても商取引を行う商人の存在は絶えないと言ふ現象も有る如きです。問題は、映画会社の首脳者達が国家目的に添うために、具体的にはどんな事をしようとしてゐるかと言ふ事であり、私の知りたいのも、その事です。しかし、それは依然として、よくわかりません。

それで、われわれの前には、現に彼等がしてゐる事を見て、それを推しはかる方法以外にありません。つまり彼等が、いかなる映画を作り、いかなる経営のやり方をやってゐるかです。すると、甚だ遺憾ながら、概して、国家目的はおろか、その他の如何なる目的よりも営利目的が優位を占めてゐる事に気付かざるを得ないのです。謂ふ所の国策的映画や新体制的映画でさえも、多くは際物作品たるにとゞまり四月の末頃に人形屋の店頭に並べ立てられる五月人

形の如き観があります。国民としての深い自省や、文化擔当者としての強い意慾が認められることは少い。なるほど個々の作品の中には、まれに、国家的な又は文化的な又は芸術的な目的が優位を占めてゐる場合が有りますが、それは主として映画製作の技術者達の発意と努力に依るものであり、映画会社主脳達は唯単に一つのヴァラエティとしてそれを取上げ、且、営利の目的と相反しない場合にのみ、それを許容すると言ふに過ぎないやうである。

十映画会社の主脳者と言ふものは、現在の経営組織の下では、主として映画事業の経営方面のみを擔当させられてゐる、言はゞ経営専門家であるのだから、それは仕方が無いしと言ふ言ひのがれも有るでせう。なるほど、これは或る程度まで真実です。しかし、それがいかほど真実であつても、だから経営専門家は、営利目的以上の目的を持つてはならぬ又は持ち得ないと言ふ理窟には導かない。ばかりで無く、むしろ反対に経営専門家こそ、単なる映画技術家以上に透徹した全体的な国民的文化的目的を持たなければならぬし、又は持ち得るのだと言ふ理窟に導くものだと思ふのです。それが、どこにも無い。何が、それを邪魔してゐるのでせうか？、

十映画と言ふものはピンからキリまで観客大衆のものであつて、客が来て呉れなければ成立たないのだから、結局映画の方向を本当に指導してゐるのは観客であつて、自分達はそれに引きずられてゐるに過ぎないし、且、自分の意見を無にして唯々諾々として引きずられて行くのが自分達の文化的任務だしと言ふ口実も有り得ます。

まるで、邪魔をしてゐるのは観客だと言ふのと同じことです。或程度までは、これも当つてゐます。しかし結局に於ては、これも嘘です。なぜかと言ふと映画製作や配給の事業は現在かなり高度に独占事業化されたものであり、そして此の様に独占事業化された下では、需要者である観客には選択の自由の範囲は甚だしく限られて居り、従つて下からの選択に依つて事業そのものを支配する力は殆んど言ふに足りない位に微弱だからです。映画業者達のイニシヤチヴを邪魔したりする力は勿論有りません。

すると、結局、なにが、映画業者達をさまたげてゐるのでせうか？、

以上、どんな風な考へ方をしても、どんな風な捜

し方をしても、私にはわかりません。

では、彼等には営利目的以外には別になんの目的もないのだと思ってよいかと言ふと、前述した通り私はさうは思ひ切れないのです。又は、それは現在はないけれども、これから出来て来るものなのでせうか？、もしさうだとしたら、それは、現在の状態のどんな部分や要素が取上げられ又捨てられ、どんな方針が中軸となって出来あがらなければならないものなのでせうか？、

まだ他にも疑問は有りますが、紙数を馬鹿に喰ってしまったので、この度はこれだけにします。

（以　上）

日本映画（昭15年11月号所載）

言はざるの弁

集会に出ぬ。時事、演劇等に就て論評をせぬ。——等々を決心し、能ふかぎり実行しはじめてから既に三年程になります。これは今後も実行するつもりです。

……×……

第一の理由は、そんな事がみんな詰らなく思はれるためでありますが、それよりも、私ほどの者が口や筆でその様なことをいくら論議して見たところで、何程の役に立つわけも無く、せいぜい事柄をゴタゴタさせるだけだと思ふからです。

さうで無くても、近来、名論や卓説は掃いて捨てるほど氾濫してゐて、誰一人それに不自由してゐるやうには見えません。

……×……

不足してゐるのは、一事に専念し、その事のために自己の一切を賭してかゝる決意ではありますまいか。それが不足してゐながら、その事に就てどのやうな名論や卓説で以てあげつらって見たところで全体なにを動かす事が出来るでせうか。

つまり、言って見れば仕事それ自体が人に課する「みそぎ」です。「行」です。それの無い所に何事の成生も無いし、何事の進展も在り得ません。

……×……

たゞ一つ私が辛うじて為し得ることは劇作の仕事だけです。そして、これだけは、もう誰が何と言っても、よせません。

夜に、書いた作品が上演出来なくても、発表出来なくても、多分、私はよすわけには行かぬでせう。そんな事は二の次です。

何も言はず黙って、世間や人間や自分を見て〳〵見抜いて、たゞ書きに書くだけです。他の事をあげつらってゐる暇はありません。

……×……

とは言っても、戯曲をかく仕事が私にとって既にそのまゝ「行」になり、「みそぎ」になってゐると言へば、言ひ過ぎです。しかし、その内には、さうなりたいと願って居ります。出来るならば、もう二十年三十年と戯曲を書きつゞけ、世間の事にも人間の事にも、もっと眼が開いて来たならば、その時に、戯曲と演劇界に就て多少の事を言はせて貰はうと思ってゐます。

（以上）

都新聞（昭和15・12・25・所載）

時感二つ

映画批評家のこと、

映画や映画界のことに就き何か批評めいた事を書いたり言ったりするたびに、まぢめに考へてまぢめに言はうと思へば思ふほど、直ぐにその下から、「だが、いくらこんな事を言っても、これが実際になんの役に立つであらうか？」といふ疑ひが頭をあげます。疑ひが軽い場合は、それでも、押切って何か言ったり書いたりしますが、疑ひが強い場合は、つい何も言はなかったり、せっかく書いたものを破って捨ててしまふことになります。大概あとの場合の方が多い。どうせ何にもならぬ事なら言はぬ方がましだと思ふのです。

これは一つには、自分などの考へる事は、特にすぐれた事でも無く特に新らしい事でも無いということを自ら知ってゐるためでもありますが、仮りに私がすぐれた意見や新らしい考察を持ち得た場合にでも、やっぱり同じことだらうと思はれるのです。すぐれた意見でも平凡な意見でも、新らしい考察でも旧い考察でも、映画評論といふものの現在までのやうな在りかたでは、ひっくるめて、映画及び映画界に対して実際的な影響を与へると言ふ点では無力か又は無力に近い。なるほど言葉の上だけでは、時によって、映画に関して、或る人間を説得し得ること

があります。こちらの意見が当ってゐたり、又、事事は事実ですし、更に、もと〱、映画や映画界に対する実効を期待して批評を書いてゐるのでは無く、新聞雑誌の穴ふさぎや、身過ぎ世過ぎの銭儲けや、映画会社の提灯持ちやで書いてゐるのだから、それで以て世の中がなんとなく賑かで市が栄えればそれでいいぢやないかと言ってしまへば、これでいいのかも知れません。

しかし、私には、さうは言ってしまへません。且つ、もしさう言ってしまへるやうなもので映画批評があるならば、その様なものは全部根絶やしにしてしまって、これまで新聞雑誌の映画批評の載ってゐたペースには、たとへば一坪の空地にヂヤガ芋を植える法と言ったやうな記事を載せ、そして仕事の無くなった映画批評家達は自他ともにもっと有益に仕事をするやうにした方がよいし、又、さうしなければならぬ時期にわれ〱は居るのではないかと考へます。

ことわって置きますが、この様な言い方で以て、私は必ずしも映画批評家を、とがめてゐるのではありません。

なぜかと言ふと、映画批評といふものが、映画や

がらの中心を突いてゐる場合には、或る人々は「然り然り」と言ひます。では、その人々が映画に関してその次に実際的の行動をとる時に、私の意見に賛成し、私の意見から説得された所から出発するかと言ふと、決してさうではない。

これは私の場合だけに限られた事ではありません。あらゆる映画批評、映画に関する論策に就て言へることだと思ひます。たとへ、どんなに偉い人が、どんなに卓抜な意見を吐いても、それはただ林の上を風が吹き過ぎて行くやうなものだし、蛙のツラに小便をひっかけたやうなもので、なんらの実効を生まない。

なるほど、映画批評に限らず、世にありとあらゆる「批評」が、すべてそんなものだ、それが批評といふものの運命だといふ見解もあり得るし、それに「あらゆるものになりそこなった奴が映画批評家になる」と誰かが言ったやうに――（ことわって置きますが私自身はそんな言葉を必らずしも全部的には信じてゐませんが）――他の文化部門の批評家に較べると、たしかに映画批評家の質は一般的に粗悪な

映画界に対して殆んど実効を生み出し得ないと言ふ理由が、映画批評家側にあるのか、映画人や映画営利業者側にあるのか、又はこれ以外の所にあるのか、私にはよくわからないからです。私はただ事実を言ってゐるだけです。

第一、映画批評家達が自分達の批評が実際的に殆んど無力であると言ふ事実を認めようとしない現象が、私には驚きであります。もし又、実は認めてゐながら、それでも飽きずに批評活動をしてゐると言ふのならば、そのわけのわからない辛抱強さは、私にとって更に大きな驚きであります。

こんな事を私が言ふと、人々の中には「そんな事は無い、映画批評にも多少の効果は有るぞ。特に新聞雑誌のそれは、かなりの実効を生んでゐる」と言ふ人もあるかも知れません。しかしそんなものはたかだか「評判記」風の効果に過ぎません。最も良い場合にでも「頭脳の教練」程度の効果を出ない。私の言ってゐるのは、物事を実際的に動かし得る力としての批評の効果のことです。

たとへば、映画評論家として殆んど博大とさへも言へる位の条件を備えてゐる長谷川如是閑氏その他学識と見識に満ちた先達連の、それ自体としては尊敬すべき論策のあれやこれやに誰か一人でも聴従して行動した者があるでせうか？ 有りません。すべては大概「名論」としてとゞまり、実際的効果の面から言へば殆んど三文の価値も無いと言っても過言ではないのです。少くとも映画や映画界のどんな小さな部分をも実際に動かし得たと言ふ証拠を、私は知りません。又、たとへば、殆んど峻烈とさへ言へる位のヴオキヤブラリイと専門的知識をそなへてゐるかに見えるQ氏以下の各新聞映画批評家連の批評も、たとへば、「この映画はQ氏が愚作と言ってゐるから、今度は面白からう」し又は「これは新聞で褒められたから損だ」と言った風の、一種変てこな効果を生むことはあっても――そして、注意して置きますが、そんな変てこな効果も、それから時に依ってそれらが生み出すことのある変てこで無い効果も、全部ひっくるめて、それはQ氏その他の批評の効果では無くて、主としてその新聞紙の持ってゐる社会的勢力の効果であります。つまりQが書こうがPが書かうがXとZが書かうが、そしてどんな事を書かうが、いっかうに差しつかへ無いことであります。

ーその批評自身が映画や映画界に作用して良い効果を生んだと言ふ実例を、私は知らないのであります。

　そして、もし、いつまでもそれでよいならば、それでよいのでありませう。私などがどうのかうのと言ふべき事ではありません。しかしご存じの様に現在各方面にわたつて無駄なことは出来るだけ省かなければならぬ時なので、この様に無駄な映画批評、乃至は映画批評の大半を占めてゐる無駄を排除すべしとする声へも在つて然るべきだとも思います。もしさうならば、それの実行は、事がらの順序として先づ何よりも先きに、映画批評家自身の自己検討から始めらるべきであります。

　それには先づ映画批評家達は、自分達の批評が現在まで無力であつたと言ふ事実を事実として確認することが必要です。これは私の逆説でも無ければ、循環論法でもありません。

　一人の病人がゐるとして、その人がホントに病気を治す気ならば、自分がこれこれの病気であると言ふ事実を確認することが治療の第一歩であります。

　又、一人の力士が居てホントに強くならうとするには、自分の弱さや弱い個所を自ら確認することがその第一歩であります。又、一人の坊主が居て、何かの悟道や安心に到達するための修業をするのには、その師又は大いなるものの前に自己の無智と迷妄の一切をさらけ出して頭を下げる事がその第一歩だからであります。自分自らの無力さを先づ知らない者は、決して決して有力にはなり得ないでせう。批評といふものの無力さを先づ骨身にしみて感じ知らぬ批評家の批評ほど愚劣で無駄なものは無いのです。

　そして、自分の批評の無力さを知り、そんな無駄な事をやつて行く空虚さに耐へ切れぬ人は、批評をすることを、一切やめる方がよいと思います。そして、いくら批評の無力さを痛感しても尚且つ、映画に対する愛情や自己の信念や思想に対する執着が強くて、どうしてもどんな目にあつても映画批評の上に自我を表現するための、やむにやまれない慾求を持つた者だけが残つて、死にものぐるひに批評すればよい。映画批評に自己の一生を賭して悔いないだけの価値を認め、一切を賭して退転しないだけの決意を抱いた者だけが批評する。映画批評の裡に自身の頭のテッペンから足のつま先きまでを投げ込み、

「お前は明日死ぬぞ」と言はれても、「ではその死ぬ時まで俺は映画批評をするんだ」と答へられ実行出来る者だけが批評をする。

さうであってこそ映画批評家は、映画を動かすことが出来るのです。同時に、さうであってこそ、たとへば忠良なる一人の兵士が何よりも深い満足を以て「自分は大日本帝国の兵士である」と自らに向って言へるのと同じやうに、「自分は大日本帝国の映画批評家である」と言へるでせう。そして、その事につながって生きる事も出来れば死ぬ事も出来るでせう。今、必要なのは、その様な映画批評家なのです。一つ一つの言説の当不当などは問題ではありません。私の言ふやうなホントの映画批評家ならば、一時的にどんなに間違った説を吐いても、どんな無茶な批評をしてもよろしい。長い眼で見れば、その方がズッと映画の役に立ちます。文化の役に立ちます。

それ以外の映画批評家は、批評から手を引け。そんな連中の言ふ事は、言説としてはたとへどんなに正しい、うがった事であっても実に三文の役にも立たないからであります。第一、考へてもごらんなさい、映画監督、シナリオ作家、映画俳優、カメラマン、モニタア、装置家等々の映画創作に従事してゐる者達は勿論のこと、或る場合にはプロデューサアも、又時に依っては映画企業者でさへも、映画の事に関しては自己の一切を賭して悔いない腹で仕事をしてゐます。さうして出来た映画作品を良いの悪いのとあげつらふ映画批評家だけが、全く無責任な安全地帯で勝手な熱を吹いて来たのではありませんか。そんな手合ひがペラペラと書きまくる批評、もっともらしい言葉だけに満ちた映画批評は、もうたくさんであります。責任を以て単純卒直に批評し、そして自分の言った事に就ては直ちに実行し得るだけの覚悟のある者だけが映画批評をすれば十分であります。それ以外の者はやめること。

さうすれば、たとへば、各映画会社の機密費を掴まされたり、又はもっともらしい口実のもとに映画会社の手先きから御馳走になったりした結果、その会社の作品のために心にも無い曲筆を揮ふと言った風の浅ましい事をしなくともよくなります。又、自分が批評を書いてゐる新聞や雑誌の背景の力を楯に取って、まるで虎の威を借りた狐が威張るやうに、

映画人が懸命になつてやつた仕事に就て、「白痴的演技」だの「愚劣きはまる醜作」だのと言つた式の無礼きはまる言葉で以て、実は批評でもなんでもない放言をほしいまゝにして独り自ら高しとしてゐるやうな滑稽な事もなくなります。又、おもてむきは映画批評をしてゐるやうでも実は映画批評が目的では無く、その批評をで以て「こはもて」か「やはらかもて」で売込んで置いて、つまり批評を道具にして、映画関係のより有利な位置にすべり込むと言つた風の珍風景も無くなります。等々、その他、映画批評にからまつて起きる有害無益な事の大半が消えうせると思ひます。

さうなつてこそ、映画批評は国民大衆の意見を真に代表することが出来、従つて映画を真に指導することが出来るのです。「映画批評家も、もつと勉強せねば」と世間では言ひますが、そんな勉強などは、腹さへ決れば、それからだつて、いくらでも出来ます。いや腹を決めるといふ事こそ、映画批評家がしなければならぬ最も重要な当面の勉強だと思ふのであります。

政治の波長と芸術の波長

二三ヶ月前の本誌に、代表的な映画監督の数人から成る座談会の速記録が載つて居り、たしか、各自がこれから作つて行きたい映画に就て語つてゐる中で、熊谷久虎さんが、自分が作らうと思つてゐたか又はこれから作らうと思つてゐる所の作品の行き方に関して、「そんなやうな行き方は、日独伊三国同盟が出来あがる前の考へ方であつて、三国同盟が出来た時から、自分の考へは変つた」といつた意味の事を言はれてゐました。

私はかねて熊谷久虎さんをすぐれた映画監督の一人として蔭ながら尊敬してゐる者であり、それにあれだけに有能な監督が、その他数人の一流監督達と同様に、此の一二年と言ふもの自分の監督作品を発表しないでゐる現象にどんな理由が有るのか、かね〴〵疑問に思ひつゞけてゐた所だつたので、この言葉が特に私の気持にひつかかつて来て、いろ〳〵な事を考へさせてくれました。

最初に私の感じたのは、時代の動きや政治の流れに対する熊谷さんの敏感さと言ふ事でありました。良い意味でも悪い意味でも——（これは後に述べるつもりですが）——なるほど、これ程までに敏感な

ものかと思ったことです。次に、この種の敏感さはその程度と拡がりこそ多少づつちがへ、熊谷さん一人だけのものではなく、すぐれた監督はすぐれたなりに、つまらない監督はつまらないなりに、同じやうに持ってゐる敏感さであるやうな気がしたことです。

次に、三国同盟といふものと自分の作家意識や作品意図とを、そんな形で結びつけて考へる事が正しいとか正しくないとか云ふ事は別にして、一人の映画作家がその様に考へざるを得ない今の時代の一刻々々の重大さ、全世界の政治と唯一人の人間との間の相関々係の抜き差しのならぬ緊密さなどを今更ながら痛感したことであります。そして、偉大なる時代に生れ合せたことのたのもしさと、同時に、激しく動揺する時代に生れ合せたことの痛々しさを感じました。

しかし、この言葉をキッカケにして私が考へた事がらの中で一番大きなことは、政治といふものが芸術又は芸術家の裡でどの様に消化されなければならぬかと言ふことでした。

云ふまでも無く、芸術家も生活者であり、生活者であれば政治人であります。ですから、あらゆる芸術家はその芸術で以て意識するしないに関せず、自己がそれに属してゐる政治圏のために、広い意味での政治行動をしてゐるものであります。それはどの様な芸術家も避け得られない事だし、ばかりで無く、ホントの意味ではたいへん望ましい事であります。この事は既に承認ずみの事とします。それから、われ／＼の属してゐる政治圏と言ふのは即ち日本帝国のことであること、並びに、日独伊三国同盟は、日本にとって慶祝すべき事であることに論議の余地は無いものとして、私の話を進めます。

そこで、結論から先きに述べると、先づ熊谷さんの持ってゐられるやうな政治に対する敏感さ、即ち時代の動きの具体的中心に向って自分の全身で以て合致して行かうとする意慾を持つといふ事は、そんなものを持たぬことよりも百倍も良い事だと私は思ひます。なぜならば、それは政治を強めると同時に芸術（映画）をも強めるキッカケになるからであります。

これまで映画作家達は、政治に対して怠慢であり過ぎたのです。怠慢ではなくても、一方に於て、芸

術至上主義的にお高くとまってゐて政治に無関心でゐる事が即ち映画芸術家としての本道であると思ってゐるらしい傾向があり、一方に於て政治といふものを自分達の仕事の上に蔽ひかぶさってゐるものであり、それの支配を避け得られないものとしてこれに追随して行くと言った消極的態度があったと思ひます。従って、前者から生れるものは一般国民の興味と関心から遊離してしまって、一部のインテリだけを目安にした映画であったし、後者からは一切の真剣な問題をさけたナンセンス映画が唯徒らに文字ヅラだけで政治に迎合した映画かヾ生れる事が多かった。そのいづれもが結局に於て政治をも芸術をも強めなかった事に映画作家達が気が附いて立ち直って来ることは大変望ましい事だと思ひます。

ところで、次に言はなければならぬ事は、この様な敏感さは、あくまで、政治と芸術を強めるためのキッカケとなるだけであって、これがこのままの形で放任されたり、又は誤った處理のしかたをされると、政治をも芸術をも強めないばかりで無しに、それらを甚だしく弱めるものにもなり得る種類の敏感さでもあると思ひます。

なぜかと言へば、政治の波長と芸術の波長は、かなり違ふからであります。その違ひかたはどんなものかと言へば、たとえば、此處に現在われわれが「米」を節約しなければならぬと言ふ政治的必要があります。勿論芸術や芸術家はこの政治的必要に答へなければならぬでせう。そして答へ方にはいろ〳〵有るでせう。しかしその中で芸術として一番ホントの答へ方は、唯単にそれが米であると言ふ理由だけからでは無しに、もっと深い意味で、米と言ふものは百姓が汗水を垂らして作り出したものであり人間の身を養ふのに必要欠くべからざる、ありがたい物だから、これを大事にすると言ふ意味のものでなければなりますまい。ですから仮りに――仮りにです、将来東洋に於て米がおびたゞしく増産されて、それほどまでに節約する必要が無くなるか、場合に依って狭い意味での節約といふものはしてならない政治的必要が起きたとしても、芸術は前記の様な理由から、米を大事にせよと言ふ課題を捨てきれぬでせう。それが芸術の本来的な性格であります。これは芸術が芸術である限りどうにも出来ない運命のやうなものであります。良いの悪いのと言って見ても

仕方の無い事であります。つまりが政治よりも波長が長いのです。ですから期間を短く区切って考へると、時に依って芸術と政治的必要とは一致しない事があり得ます。しかし、これを少し長い期間にわたつて見ると一致しない事は無いばかりでなく、実はさうであってこそ芸術は最もよく政治に参与し貢献し得る事実が見られます。仮りに短い期間に限った政治のその時その時の要求に応じようとするだけの理由で芸術が芸術本来の特性を打捨てゝ、たゞウハツラだけを政治の波長に合はさうとするならば、芸術の機能は十分に発揮されません。悪くすると芸術はこはれてしまひます。機能不十分であったり、こはれた芸術の持ち得る政治的効用は勿論不十分であるかゼロであるか、マイナスであります。

たとへば「民族の発展」といふ映画が、非常にすぐれた政治性を発揮し得たのは、今日明日と目まぐるしく変転する政治の動向に、表面的にだけ「敏感」に「即応」しようとする態度から生れたのでは無く、政治の動きの根本的な流れを自れのものとして体得した上に立って、あくまで芸術の波長、美の條件に忠実であらうとした所から生れたものだと私は思ひます。

勿論、特に、その時その場の政治的必要に動員される映画芸術も存在してよいと言ふ事を私は否定しようとする者ではありません。

たゞ望ましい事は、その様な場合にでも、政治的必要は、唯単なる附加物であったり、その時その場だけの先導者として理解されては、よくないと思います。いづれにしても、理智も本能も一緒にして腹のドン底から動き出して来るのでなければ、芸術はすぐれた芸術にはなり得ぬし、芸術特有の政治性をも発揮し得ないと思ひます。

これを要するに、自己がその一員をなしてゐる政治の必要としてゐるものを映画芸術家達が敏感に十分に知り、それを自分のものとして同化し、それと自分とを常に一致させて置くために日常不断の自己訓練が必要であることと、しかしながら、映画作家が映画創作に乗りかかって行く際は、その様にして用意され鍛へられた自分自身の意慾から端的に出発するのでなければ、決してホントの意味で政治的なすぐれた作品は出来る筈はない事を私は思ひます。

自分自身のやむにやまれない全的欲求を抜きにし

ては、芸術もヘツタクレもあつたものでは無いのです。そして又、政治もヘツタクレも無いことを言ひたいのです。

勿論、熊谷さんの言葉が、やむにやまれぬ全的な欲求を抜きにして政治の要求に「早いとこ」迎合しようとする態度から出たものだとは、私は思ひません。しかし、映画一般には、まだ政治の消化のしかたに於ける前述の如き浅薄さは横行して居り、それと熊谷さんの言葉との間には強いつながりが有るやうに思はれたので、蛇足かも知れませんが、自戒をも含めて述べて見ました。

（昭和十六年三月上旬）

日本映画（昭和16年4月号、所載）

年期

もともと弱虫のやつが、近頃益々涙もろくなつた、見過せばなんでも無い事にも、ツイすると泣くことがある。

先日も或る新聞の囲ひ記事に、提灯作りの苦心談と写真が載つて居り、その粗末な着物の老い衰へた老人が語つた言葉として「提灯も、この柄を作る竹の曲げ方がむづかしい。言つて見りやチヨツとしたコツだが、曲げたやつが狂わない様になる迄にや、私なぞ二十年と言ふ年期がかかつてまさあ」と言ふのを読んでゐる内に涙が出さうになつて困つた。

悧巧も馬鹿も無い、たつた一つの事に余念も無く打込んで行つた者の姿を、ありがたいと思つたのである。しかもこの提灯屋のしてゐる事を他から見れば、たゞ何の変哲も無く竹を曲げは曲げはしてゐる一個の老人に過ぎないであらう。

私の、もう死んだ伯父に一人の精農が居たが、それが村での有数な良い百姓の一人になるのに二十年乃至四十年かかつた事は、私自身が見て知つてゐる、勿論馬鹿では無く、穏篤な立派な人柄を持つて生れた上での話だ。しかも彼が耕作してゐる姿にも方法にも、特別に目に立つやうな所は何一つ無かつた。何の奇も無く凡々としてただ田畑と作物を愛撫してゐたゞけだつた。

「餅は餅屋」と言ふ言葉がある。入れた年期のことを言ふのである。本職の尊さを言ふのである、玄人のおそろしさを言ふのである。

近来、酒に就て論をなす餅屋が多過ぎるやうに思ふ。餅に就て上下する酒屋も多過ぎるやうだ、政治文化、経済、生活等の各方面に於いて然り。論ずるなど言ふのでは無い。何かの足しになれば結構かも知れぬ。たゞ大概は何の足しにもなって居ない。自分のよく知らぬ事を語らうとするからだ。つまり年期を入れてない事に就て出しやばらうとするからだ。もっとも、年期を入れてないからこそ出しやばれると言ふ見方も成り立つ。それなら尚のこと、天を怖れざる行為と言へる。

職域奉公など、やかましい事を私など言ふ柄では無いであらう。たゞ、餅屋が酒の事を語り、酒屋が餅に就て論じたりするのを聞いてゐると、なんとなく不安になったり、ふき出したり結局信用する気が段々に無くなる事が多いので、なるべくならば餅の事は餅屋から聞きたく、酒の事は酒屋から聞きたいと思ふのは無理だらうか。

都新聞（昭和16年6月6日）

シナリオ作家への手紙

—本誌シナリオ企画に就て—

(一)

—兄

今度、本誌の事業の一つとして実行される事になつたシナリオ企画中の一篇を執筆されることになった由を聞きました。兄のため、それからシナリオと言ふもの一般のため、そしてわが映画界のため、慶祝に耐へません。それだけに、期待や希望も大きいわけです。それは唯単に兄の書き上げられるシナリオがそれ自体として優秀であって貰ひたいと言ふだけに止まりません。此の事業全体の成果の如何は、もっと深い、もっと広い意味で、われわれの期待や希望を刺戟するのです。

映画作品の内容を決定する第一番目の、そして最も大きな要素はシナリオであります。

これについての反対意見に就ての反パク、良いシナリオからは場合により良い作品が生れることもあれば悪い作品が生れることもあるが、悪いシナリオからは絶対に良い作品は生れない。こんな事を、永年シナリオの事に専念されて来た兄などと言ふと、甚だ今更めきます。又、多少でも良識をそなへた人達ならば、少くとも言葉の上では一も二も無く承認

する事がらであります。ところが、実際に於ては、この事を無視してゐる人は案外に多いのであります。しかも、更に案外な事には、それが映画製作の仕事に従事してゐる各会社当局や現業員の間に一番多いのです。甚だしきに至っては、シナリオの重要性を支持昂揚すべき必要と必然とを自分自身の裡に百パーセント持ってゐる筈の当のシナリオ作家達の間にさへも、実際的には、この事を忘れてしまってゐる人がゐる事です。

　それらの例證はいくらでも有り過ぎて一々を書いてゐる暇がありません。たとへば、或る映画会社の社長が、古本の講談雑誌から五六頁の講談をむしり取って、それを監督の手に渡して「君、これを明日から撮影にかゝれ」と命じた話など、もう昔の事だから触れないとしても、――そして最早そんな乱暴なことは、どこの映画会社でも行はれてゐない事は事実ですが、それにしても、各映画会社のえらい人達が、これから製作すべき作品を考へるのに、たとへば、何よりも先きに自社の大スタア達の事を重要視する習慣、乃至は必要を持ってゐる事実があり、そして、シナリオの事は大概の場合に一番最後か、又は第十三番目位に考へるか又はまるきり考へないと言った怠慢乃至は寛大さを持ってゐる事実があります。従って、各会社に於けるシナリオ作家の精神並びに物質的待遇の如きも、大スタア達の十分の一から五十分の一位の範圍を彷徨してゐるのが現状であります。そして、えらい人達のこの様なやり口は、その昔の、講談雑誌をやぶき取って監督に渡したと言ふえらい人のやり口と、本質的には大した違ひは無いやうに思はれます。そしてシナリオ作家としても、その様なえらい人達に支配されてゐる会社で飯を食はして貰ってゐる以上、その様なやり口に何かの形で順応して行く以外に手は無いわけで、シナリオと言ふものがスタアよりも百倍も重要なことは承知してゐながらも、永い間にはツイ、映画製作に於ける自己の地位の重要さの自覚を失ってしまったり軽視したり、そして往々にして「どうせ俺達は、職人で本屋さ」と言った風の自卑に陥ちたり、「どうせ俺達の考へや書いた事が、通りはしない。なら、気楽に早く仕事をして会社おえら方のお気に召しミーちゃんハーちゃんの御機嫌を取りむすぶのも又いいぢゃないか」と言った風のタイコモチ式の自棄に

陥ちたりしやすいのであります。事実、いつでも各映画会社の中で、やけを起して荒れてゐる者の一番多いのは、文芸部や脚本部ではありますまいか。

これは、会社のえらい人達が悪いのか、シナリオ作家自身が間違ってゐるためか、僕にはよくわかりません。多分、双方に責任が有るのでありませう。又、これらの事は、映画といふものの持ってゐる非常に高く且つ広い商品性や機械性や文化性、その発達の歴史の若さと急速さ等々に関連して必然的に起きてゐる面もあるので、唯単に映画製作支配者はシナリオ作家の性質を改善しただけで、一切の事が一挙に徹底的に合理的な状態になし得るとは限りません。

しかし、言ふまでも無く、物事の中で一番重要な、一番最初に考えられなければならない事、そしてそうした方がその物事全体の成果を高める種類の事は、どんなにノロノロとでも不断に改善して行った方がよいのです。

そして映画界に於けるシナリオ又はシナリオ作家の重要性は理論的にも実際上でも、少しづつ認められて来はじめたのは事実であります。

今度の本誌のシナリオ企劃事業は、日本映画の将

― 兄

来のために、シナリオの重要性を具体的な形で確認し、そのための新鮮な刺戟と明瞭な実證とを挙げようとする努力の一つであります。しかも見のがしてならぬ事は、これが、映画製作界の外に立ってゐる文化擔当者達の純粋な善意と努力に依って実行されようとしてゐる点です。兄等第一回に執筆するシナリオ作家達をはじめ、すべてのシナリオ作家達、各映画会社当局者達、映画文化に対して関心と愛情を抱く者達、つまり我々は、この事業を企画し実行して呉れる人達に対して心から感謝するのと同時に、この事業を百パーセント成功させる為に、それぞれの置かれた位置から陽に陰に虚心に協力して行く義務が有ります。万一、協力を怠って、どんな意味ででも又どんな形ででも、これを阻害したり停滞させたり挫折させたりしたならば、それは我々の恥だであるばかりで無く、自分自らに対する冒瀆であります。

(二)

兄等はこれまでもシナリオの世界で、代表的な作家達の中に入る人達でありました。そして今度、この企画(ママ)の第一回の執筆作家として決定されたのも―（その選任の全部が、妥当であったかどうかに就ては異論の有る向きもあるでせうが、仮りに多少の異論が有っても、この様なことに就て一挙にむやみと手きびしい考へ方をするのは不必要であり、動機の純粋なことがわかり、選任の大体が肯けるものであれば、多少の弱点が有っても、それにこだわってケチを附ける等の如き狭い量見は絶対に捨てなければならない）―或る意味で全日本シナリオ作家の代表的選手として選び出されたものだと言った風に僕は考へたいのです。

兄等の背後には、兄等が立派な成果を挙げてくれることを自分達全体の問題として祈ってゐるシナリオ作家全体が立ってゐます。又、シナリオ作家とは限らず、良き映画を望む者に熱心なすべての映画人が立ってゐます。そして兄等の前には、映画に関心を抱くすべての文化人達が注目してゐます。その上聞けば此の事業はこれを第一回として、更に長いシナリオを生むために第二回第三回と次々に実行されて行く予定だそうで、今度兄等の作り出す成果の一切は、今後のための前例や教訓とならざるを得ません。それだけ兄等には大きな責任が有るわけですが、僕は今、そんな責任とかなんとか言はうとしてゐるのではなく、もっと単純で直接的な気持で以てすどうかしっかりやってくれ。頼むぞ！と言ひたいのであります。

―兄。

これまで、シナリオ作家は、独立した創作家としては殆んど認められてゐませんでした。あくまで映画会社の中だけで、その会社の命令に依って文筆にたづさわってゐる特種技術家として見られて来ました。たかだか、例へば演劇の世界に於ける座附作者と同じやうな見方をされて来たに過ぎないと思ひます。

これは、世間やヂャーナリズムも悪いと思ひます。しかし同時にシナリオ作家側にも更に大きな責任があったと思ひます。

何と言っても、他の文芸部門の作家のそれに較べて、シナリオ作家の技術や内容は全体として言へば、現在、かなり劣弱である事は否めません。かつ、も

ともとシナリオは何かの形でか映画を予想せずしては存在し得ないものであるために・シナリオ作家達は、ややともすれば自分自身の仕事を映画に従属したものとして安易に考へやすいばかりでなく、映画企業にまで屈従すべきものとして、自己の創意性を粗策に取扱かう結果、永い間にはこれを麻痺させてしまったり磨滅させてしまったりし易いのです。でも、この種の危険は他の文芸諸部門にも多かれ少かれ常に在る事で・五十歩百歩と言ふ所でせう。他に較べて映画に於て特に多いと言ふだけの事です・どこに置かれても、どんな条件にさらされても、強い創意性は遂に最後まで沈黙して終ると言ふ事は、絶対に無いのです。

そして自分の創意性は自分自ら養ひ育て鍛へる以外に、これを強くする手はありません・作家の勉強と言ふのは、この事を指すのであらうと僕は思ひます。又、その様にして育て上げられた創意性は、その創意性の内部に絶えず自己と自己の接触する周囲を超克、生成して行かうとする意志とエネルギイを本来的に含んでゐます。それは、常に自分自身と自分を取りかこむ諸条件に対して、良い意味での根強い戦ひを挑んで行きます。芸術家の戦ひと言ふのは此の事を指すのだらうと思ひます。

その様な勉強と、その様な戦ひとを、わがシナリオ作家達はこれまでどれだけ経過、蓄積して来たでせうか？、 僕の見る所では、それはまるでなされなかったとは言へないにしても、甚だしく不充分なものであったと思ひます。シナリオ作家達（勿論・この言葉の中に僕は常に僕自身をも含めて言ってゐます）のこれまでの不勉強は、誰もが知ってゐます。又、自己批判の手ぬるさや、映画会社内で自己の意見を生かすための努力のネバリの弱さ、諦らめの早さ、賣り方の軽薄さかげん等々も既に周知の事であります。シナリオ作家が、創作家としての独立性を身につけるためにも、映画に於ける指導性を手に入れるためにも、この辺の事に就て大至急反省する必要があると僕は考へるのです。兄等の今度の仕事のやり方、それに対して払はれる努力、その成果などは、その様な反省のしかたと反省の内容の輝かしい実例乃至は模範となるであらうし、又、なって欲しいと思ひます。

そのためには、今更めく言ひ方ではありますが、

第一に、兄等が今度の仕事で、兄等の持つてゐられる力を出し切つて下さることです。前後を忘却して最善を盡して下さることです。現在の兄等としての最後的な答へを出して下さることです。「良くも悪くも、俺と言ふ作家は、これだけのものだ」とハッキり言へる仕事をして下さる事です。絶えず自分の作家的全力の中の一部をリザーヴして（又はリザーヴしてゐると思つて）撮影所の諸條件に順応して行かなければならない習慣のために、いつの間にか兄等の裡に巣喰つてしまつてゐるかも知れないところの座附作者的、職人的な余裕をスッカリかなぐり捨てて、作家としての全身的、第一義的な活動、――栄光の道に通ずるのと同時に絶望の道にも通じてゐる立場、――ぶたれても蹴られても現在あげてゐる音以外の音は出ないと言つた正念場――を心がけて欲しいのです。

第二に、兄等の今度書かれるシナリオの構想から内容、形式等の全体から端々に至るまで、出来る限り徹底的に兄等自身のオリヂナルなものであつて欲しい。

あらゆる独立した芸術家の存在理由の中心は、そのオリヂナリテイに在ると思はれます。作家と言ふ名前は、オリヂナリテイに冠せられたものだとも言へます。シナリオ作家が、作家としての独立性を確立し、映画芸術の中で先導的役割を受持ち得るためには、先づオリヂナリテイに立脚する事が絶対に必要であります。かつ又、シナリオ作家自身の欲望としても、これまであらゆるシナリオ作家が機会あるごとに、「映画会社の命令でなしに、自分自身の書きたい物を書かせてくれないかな。そうすれば、必らず現在よりも良い物を一所懸命に書くがなあ」と嗟嘆しつづけてゐるのは事実だからです。兄等の大部分もその例に洩れないと思はれます。仮りにも作家ならば、これは当然な欲望であります。又仮りにも作家ならば、その様なオリヂナルな物を書けるような條件を与へられゝば喜こんで是非にも書きたい物の一つや二つは、必らず平常から大切にして胸中に抱いてゐる筈であります。そして、今や、此處にその條件が兄等に与へられました。兄等のホントに書きたい物を、いくらかでも自由に、心ゆくまで書かせてやらうと言ふのが、此のシナリオ企画事業だからです。兄等は今や、多年抱いてゐたオリヂナル

な構想の中の最善の珠玉を世の中に示すことが出来るわけです。

　兄等は、現にそれぞれ各映画会社に雇はれたり契約してゐたりする人達ばかりですから、それぞれ会社から命じられたり依頼されたりしたシナリオの仕事のために次々に多忙であらうと思はれます。勿論日本映画のために、それらの仕事も大事にして貰はなくてはなりません。しかし、本誌のシナリオ企画は、その事をも考慮して兄等に半歳乃至一年の期間を与へようとしてゐます。会社の仕事がどんなに忙しくても、オリヂナルな物を書いてゐる暇が作り出せないと言ふ理由には絶対にならぬと思ひます。

　話をハッキリするために失敬を顧みずズケズケと言ひます。T会社からの命令で既に書き上ったシナリオ、又はこれから書く予定のシナリオを、同時に本誌のシナリオ企画に提出すれば、一挙両得で、こちらの執筆料だけは只儲けだしなどと考へる人は兄談にも兄等の間には居られない事を僕は信じますから、この事に就ては言ふ必要がありますまい。たゞあらためて本誌のシナリオ企画の作品を書かうとしてゞよくよく自分の胸中を掻き捜して見たら、特に新らしい自分独自のオリヂナルな物は持ってゐない事に気附いたゝめに、そんな物は書けないから、会社で書く物に更に一層の馬力をかけて書き上げて、それを本誌の企画にも提出したいと言ふ人は、或は居るかも知れないとも思ひます。これはやむを得まいと思はれます。そして、それでもその当人がその仕事に真剣に対する限り、次善の成果は挙げ得る事なので、本誌の企画全体としては、必らずしも排斥すべきでは無いだらうと思はれます。

　しかし、シナリオに関心を抱く第三者として、これを見れば、そんな事では残念過ぎる気がします。シナリオ作家全体の事を考へて見ても、それでは余りに腑甲斐無い話です。

「オリヂナル物を書かせろ書かせろと口癖の様に言ってゐながら、いざ書かせて見たら、オリヂナルな物など書けやしないぢやないか」と言ふ事になるわけです。

　もし万一その様なことになったら、シナリオ作家は、かねての言葉が、唯単なる高言か又は逃げ口上であった事を恥ぢ、自分達の現在到達してゐる作家的水準の低さをシミジミと自覚すべきであります。

本誌のシナリオ企劃事業の委員達は、或ひは「なあに、必らずしもオリヂナル物でなくても、脚色物であらうと、借り物であらうと、会社企画に依った物であらうと、何でもかまはぬ。要はすぐれたシナリオさえ出来てくれゝば、此の事業としては満足だから」と言ってくれるかも知れません。それが本当かも知れやせん。又、兄等を徒らに刺戟して兄等をカタくさせないためには、それだけの寛大な態度が必要であらうとも思はれます。

しかし、この言葉を、もし当の兄等が、初めから弁解またはハンディキャップとして受取って、易きに就く態度に出て、作家的第一義の活動即ち良かれ悪しかれ自己のオリヂナリティを掘り出して見せると言ふ努力を多少でも怠るやうの事があったならば、シナリオ作家といふものは、又当分の間は、独立的作家としては毛の三本足りない存在として甘んじなければならぬばかりで無しに、人間的礼節としても欠くる所のあるトッチャン小僧として過さなければならぬと僕は思ふのであります。

(三)

―兄

本誌の企画実行案中に在る「高度に芸術的な、根本的に国策的な、純粋に日本的シナリオ」と言ふ事に関しては、執筆されるのが兄等であり、それを審議されるのが僕の洩れ聞いたやうな人々である限り、僕はなんの不安も感じません。

なるほど、映画に於て何が高度に芸術的であるか、又、何が根本的に国策的であるか、又、何が純粋に日本的であるかと言ふことは、まだ定義づけられてゐません。しかし客観的に定義づけられてゐないと言ふ事は、それに就て何の規準も無いと言ふ事を意味しません。大事なことは、それが確かに存在してゐる事、しかも、それは我々の裡で絶えず生成発展してゐることを、我々が知ってゐることです。

しかし、それだけに、事が具体的な問題になって来ると、これらの事に就いては、いくつもの表現と意見に分れる場合があります。そして、それは前以て予測は出来ないし、予測することは必要ありません。具体的問題が起きた時に、自分の裡に生きて動いてゐる芸術と国策と日本の上にシッカリと立って誠心誠意、これにぶつつかって行くだけでありませ

う。その意味でゞも僕は兄等にどうぞよろしくお願みしたく、大きな期待を持ちます。

同時に、僕の期待は、兄等の書かれる作品の構想を採決し、それに示唆を与へ、書き上った作品を審議する委員達に対してもかかっています。この企画の中に登場する委員は、唯単に提出された作品の採否に就て「イエス、ノー」だけを言ふだけの普通の審査員と言ふやうなものでは無く、又、あってはなりません。むしろ兄等の書くのであらう、又書き上げたシナリオを中にはさんで、兄等と共に、映画の芸術性、映画の国策性、映画の日本性に就て具体的討論を展開し、結論づけて、優秀なるシナリオを生み出すための協同者であるし、なければならぬ。従って、この事業の成果如何は兄等の真価の高下をせ向の前に向ふ事であると同時に、委員達の鼎の軽重を問はれる事でもあります。委員達も真剣にやってほしいと思ひます。そして、委員達が真剣にやってくれるか否かも、大半は、兄等が兄等の仕事に真剣に乗りかかって行き、それで以てどれだけ強く委員達にぶつつかって行くか否かに懸ってゐると思ふのです。

最後に、蛇足かも知れませんが、兄等の書かれるシナリオが、上の如き芸術的国策的日本的性格を百パーセント発揮してくれる外に――と言ふよりも上に――「と言うよりも、上に――」と言ふよりも、中に――「強健さ」と「面白さ」の二つを多分に持ってくれるやうに、特に僕は望みたいのです。その理由は、ぐたくだしくなりますから今此處には述べません。文字通り単純に受取って下されば結構であります。現在のわれわれには、特に「強健な」映画が必要なのです。そして、わが映画は久しく「美しからう」とする努力のために、強健な要素を非常に失ってゐます。また、映画は、どう間違っても、言葉のあらゆる意味で「面白い」物でなくてはなりません。そして、わが映画界を久しく毒して来た芸術至上主義偏向ないしは自然主義的贋リアリズムのために、映画芸術の最大の特長である生き生きとした直接的肉体的即物的興味と同時に広汎で闊達自在なロマンティックな面白さ等々を非常に失ってゐます。その様な失はれたものを幾分でも兄等の手で取り返して欲しいと思ひます。

以上、僕の希望は余りに大き過ぎるかも知れませ

ん。又、僕の言ひ方は、余りに、大袈裟で、いくらか丁キメツケたし様な印象になつたかも知れません。しかし全部が、たゞ兄等の実質的な成功を祈る以外に他意無い気持からの言葉です。

どうぞ、しつかりやつて下さい。

（昭和十六年七月末）

日本映画（昭和16年9月号所載）

芸術の恐ろしさ

一、

或る大衆指導の仕事にたづさはつてゐる優秀な実際家が次の様な話をしてくれた事があります。

「この一二年、農山漁村、工場鉱山その他で素人演劇熱が非常に高まつて来て、私達としてもこれを良い方向へ持つて行くやうに力を盡してゐるわけだが、最初の頃は当事者達も我々も、ただ熱意と興味だけで無我夢中でやつてゐたが、その後、各地のその様な運動を見てゐると、根本に大した間違ひは無いやうだが、よくよく慎重に考へなければならぬ問題が次々と起きて来てゐる。

娯楽を万人の手に與へると言ふ点から言つても、国民的民族的文化を各地方各層に行きわたらせると言ふ点から言つても、演劇映画の事は重大な事であるし、特に各地方各層から自発的に湧いて来る演劇熱を最善の形で生かして行く事が必要なことは、もはや論議の余地は無いだけに、そこから起つて来る各種の問題の解決は早急に、かつ又、徹底的に果して行かなければならぬが、それが、なかなか思ふやうに行かない。それは単に当事者達の技術的處理のしかたの拙劣さのためだけでは無く、実は一つ一つの問題自身が、表面なんでもない問題のやうであつても、それを追ひ詰めて討究して行つて見ると、実は文化と言ふもの芸術と言ふものの根本的な問題にまで突き当る事が多いためである。

従つて、「たかが素人芝居と言つたやうな浅い気持を幾分でも持つてゐるやうでは、到底駄目である。又、一時の流行物に調子に乗つて騒ぐと言つたやうな事でも駄目である。非常に深い理解と、非常に忍耐強い熱意が是非とも必要だ。最近、文化や芸術の事むづかしさ、恐ろしさをシミジミと感じるわ

けである。参考のために、そんな問題の中の一二を例にあげる。

　先づ、農山漁村工場鉱山などの経営者や経済的指導者の側からの反対意見が、かなり出てゐる。もっとも反対意見と言ふよりも参考意見と言ふ方が当ってゐるかも知れぬ。なぜならば、現在では、働らく人間が自立的な娯楽文化機関を持つと言ふ立てまへに反対する経営者や指導者は先づ居ない。素人芝居それ自体は結構だとする人の方が多い。たゞ、芝居の稽古や実施が、往々にしてかんじんの本業の能率を低下させることがあると言ふ(元)のである。勿論、直接の経営者でなくとも、そんな事があっては困る。この様な時期に各職場の能率がホンの少しでも低下しては一大事である。まして、たかが言はゞ娯楽のためとあっては問題だ。第一、娯楽と言ふものはもともと、本業に益々励み得るための休養や慰安を与へるものであってこそ大切なものであるが、それが反対に本業を阻害するやうでは、娯楽の本旨にも反する。どんな風に本業の能率を低下させるかと言ふと、先づ、芝居をするためには稽古をしなければならぬ。稽古には多大の時間と労力を要する。これは当然である。ところが、たかが素人芝居と言っても、いざ人に見せるために稽古をするとなれば、非常に大きな精神力と肉体力を消費しなければならない。しかも、大概の職場人にとって芝居の仕事は珍らしいし面白い。興に駆られて、ツイ行き過ぎるといふ事が起きやすい。また行き過ぎる位の熱心さを持たなければ、観る人を面白がらせ、感動させるやうな芝居は出来ない。仮りに、行き過ぎない場合でも、或る一定期間、或る程度までのエネルギイの消費がある。ところが、一方に於て、各職場の本業が各個人に要求してゐるエネルギイの量は、その個人の持ってゐるエネルギイの総量の極限か又はそれに近いのが現状である。そこへ芝居の稽古に要するエネルギイの消費が割り込んで来る。どうしても無理が起きる。前晩おそくまで稽古をしてゐた翌日は、職場で睡い。ひどくなれば、そのために事故を起す。稽古が長くなれば、その疲れのために、一週に一度は職場に出るのを休むと言ふ事になる。そんな事が無いとしても、職場に来てからも、頭の中ではセリフやシグサを覚え込まうとしてゐるために、本業の方はそっちのけになる。現に、知力や感性の集中を高度に必要と

する精密機械工場などでは、そのために大きな能率低下を示した所があった位だ。農村でも、芝居の稽古から公演の期間中、農事が閑却されてゐた事例がいくつか有る。仮りに、その期間中はそんな事がなくとも芝居がスッカリ済んだ後になって、参加者達がガッカリ疲れたり、気抜けがしたやうになって、やはり能率の低下が起る。又、各職場、特に地方の農山漁村はかねてから娯楽文化に飢え切ってゐるために、素人芝居でも少し面白いとなると、あっちからもこっちからも引っぱりだこになり易く、さうなれば益々本業の方はその間打捨てられる事になる。これには困ってゐる。……この様な考へ方見方が正しいか正しく無いかは別問題として、これには差し当り打ち勝〇〇根據があるので、自分としても具体的にどうすればいいと断定し得る力を持ち得ないでゐる。

反対意見のもう一つのものは、もっと文化や芸術の内的なことに関係のあることだ。それは何かと言ふと、素人芝居に参加する者達にとっては、右に挙げたやうな予備は予備として、一面たしかに娯楽、教養、訓練の効果はある。ところが、これを見物する観客の側から言ふと、その芝居から正常な娯楽的文化的滋養分を採り得ない場合があるのである。

それはそれらの観客自身の置かれた政治的、経済的、文化的条件の低さのためである場合もあるが、それよりも、主として、行はれる芝居の技術的、芸術的低さのために起きる事だ。しかし、これは、ふだんから芝居の事を専門に研究したり技芸を磨いたりしては居ない人達に依って行はれる催しだから、或る程度までやむを得ないであらう。ところが、場合に依って、その様な芝居が観客に対して文化的、政治的な逆効果を與へてしまふことがある。つまり、その芝居が観客に与へようと意図した物を與へ得ないばかりでなしに、丁度その反対の効果を與へてしまふ事があるのだ。しかも、この現象は世間の人達が思ってゐるよりもズッと多い。たとへば、「ほととぎす」を悲劇として上演した劇団が、それを真面目に演出演技すればするほど滑稽な笑劇になってしまって、観客はゲラゲラ笑ひ出したと言ふやうな事、又、「闇取引は国策に反するからしてはならん」と言ったやうな積極的な主題を盛った芝居を真剣に演ずれば演ずる程、観客の大部分が闇取引をしない者

こそ馬鹿野郎であると言ふ風の感銘を受けてしまつたと言ふやうな事等々の例である。勿論これらは創始期の一時的派生的現象だとも言へるし、又、脚本や演出法や演技等に於ける不備を矯正する事で以て或る程度まで是正し得られるとも考へられるが、しかし根本は、やはり、その芝居の参加者達の政治的、文化的、芸術的内容及び技術の低劣さから起きて来る現象であると思ふ。この事は自立的な素人演劇に限られた事ではなく、営利的な専門劇団で上演される時局演劇の或るものに就ても言へる事であるし、又、近頃方々で実践されてゐる専門的な移動演芸隊に就ても或る程度まで言へる事だ。

　以上の二つ以外にも苦情や反対意見は有る。だが、以上の二つだけでも、どう解決したらよいか、今の自分にはハッキリわからぬ。言葉の上だけで答へて置いて済む事ならば、前の苦情に対しては「本業の能率を低下させぬやうな程度と方法を、経営者当事者双方で考究して実行すればよい」と言ふ事が出来る。後の苦情に対しては「その様な逆効果を生まないやうにもつと熱心に恒常的な訓練を全員に施せばよい」と言ふ事が出来る。そして或る程度まで実行可能な具体案を作り上げる事も出来なくはない。しかし、そんな答へが、実際的に果してどれ程の力を持ち得るであらうか？、又、前の答へと後の答へがどんな形で、どんな基礎の上に調和され統一され得るであらうか？、

　自分がこんな疑ひを持つのは、素人演劇の良き発展、末長い生長を、わが国文化のために切望してゐるからである。右の様な問題を次々と根本的に解決しながら行くのでなければ、せつかく良き意図で始められた自立劇団運動も、国民各層の間に深い根を下すことなく、一時的流行的なものとして、その内にはこびてしまふ事を恐れるからである。それにつけても、今更ながら、文化芸術の事のむづかしさ、恐ろしさをツクヅクと感じる。うまく運べば国力に寄与し、民族の喜びとなり得るものが、一歩を誤れば、全体としての国力を弱めたり民族の歩みを阻害するものともなり得るのだ。恐ろしいと思ふ。そして、この恐ろしさを先づシミジミと感じて、自分達はその恐ろしい物を取扱つてゐるのだと言ふ自覚に立ち十分の慎重さと、しかも尚敢へて辞さないだけの覚悟をかためる事が、われわれ文化擔当者の当面の任

務であると思ふ。

二

おそろしく長い引用になつてしまひました。――実はもつと長かつたのを、これでもかなりはしよつて書いたのですが。――

私がなぜこの様に長たらしい引用を此処に敢へてしたかと言ふと、私自身が右の話から非常に考へさせられた点や同感にたへぬ点が多かつたためであるのは勿論ですが、右の話の根幹に於てわれわれ全体が現在当面してゐる文化の諸問題に関して、非常に大きな考究の資料を提起してゐるからです。なるほど、直接語られてゐるのは、演劇の一分野の事ですが、実は広く文化一般、文学、美術、音楽その他の各部門にわたつて適用することが出来ることであり、特に演劇とは数多の相似を持つた映画部門に対しては、かなり積極的な示唆や教訓を含んでゐると考へたからであります。

しかし私は、右の話を体系づけたり、解釈したり、まして結論づけたりしようとするのではありません。又、私の力でそんな事の出来る筈もありません。たゞ私は、右の話の中にある「文化芸術のことは恐ろしい」と言ふ言葉から引き出された私自身の感想を、なるべく映画に関係させながら語つて見たいのであります。

三、

ところで一つ、ことわつて置かなければならぬ事があります。それは、私が映画や演劇を何よりも先づ芸術であると思つてゐる者であり、又、思ひたがつてゐる者であるといふ事です。

こんな事を言ふと、或る人達には変に聞こえるかも知れません。或る人達からは、わかりきった事を今更言ふなと叱られるかも知れません。しかしながら私の見聞に依ると、映画や演劇を芸術だとは思つてゐない人や、又は、映画や演劇は芸術である以前に既に他の何物かであると思つてゐる人は、意外に多いのであります。それは、映画界や演劇界の外部に居るのと同時に、その内部にも随分居ります。映画や演劇関係の経営者や営利方面の擔当者は大体に

於て、勿論、芸術だとは思ってゐない。甚だしきに至っては、映画や演劇を創り出す部署を受け持ってゐる人達——たとへば演出者、脚本家、俳優その他の中にさへも、自分達の作ってゐるものが芸術品であるとは思って居ない人が、かなり多い。少くゐるものが芸術品であると思ってゐるとすれば、到底、なし能はぬやうな事を平然として実行してゐる人達は算へきれぬ程居るし、中には、それを公然と言明してゐる人もある位です。

これは明らかに、非常に病的な自己撞着の現象でありますが、しかし、その様な自己撞着の起きるのには、それぞれ止むに止まれぬ原因もある事でせうし、今更それをやかましく言って見た所で仕方が無いとも考へられる。だから私は今此処でその事の是非を言はうとするのではありません。たゞ地球は円いものだと思ってゐる人間が、地球は平べったいものだと思ひ込んでゐるホッテントットか何かに向って地球に就て語っても、話が通じないと同様に、映画や演劇を芸術であると考へてゐる者が、芸術では無いと思ってゐる人に対して語っても話が通じないだろうと思はれるので、それを前以てことわって置く次第です。

そこで映画は　芸術であります。

四

前掲の実際家の話が、私を強く打ち、一般に対しても貴重な教訓を含んでゐると考へられるのも、結局は最初たゞ文化的な熱意だけで始められた「娯楽」事業が、次第に押し進められて行く中に、それが唯単に娯楽であるだけで無しに、芸術であった事、いや、質の良い娯楽であるためには芸術でなければならなかった事、そして芸術であるからにはその成敗はあくまで芸術の本質や芸術の法則が確保されるか否かにかかってゐると言ふ事等々がわかって来た経路が卒直に示されてゐるために他ならないのです。つまり、「娯楽」として比較的軽く扱はれてゐたものが、その軽く扱はれてゐる間はなんでも無かったのに、次第に念入りに扱はれはじめて来たトタンに、その奥に包蔵してゐた芸術の本質で以て強い抵抗を示して来た姿であります。

南北戦争のズット以前のアメリカ白人にとって「

ネグロは人間の中には入らしなかつたのは、ネグロの存在が白人社会にとつて、どうでもよかつたからです。念入りな取扱ひを必要としなかつたからです。それが次第に、白人社会の存立のためにネグロの労働力がどうしても必要になつて来るに従つて、「死なせては困る」程度の念入りさでネグロを扱はなければならなくなつて、初めて「ネグロも亦人間である」ことになり、そのトタンに、その人間の本質は取扱者に対して強い抵抗を示しはじめました。

そのものを「人間として」叩き起して置きながら、「動物として」こき使ふ事が、いつまでも続け得るものではありません。

映画は芸術で無いとする考へ方は可能であります。然しそれには、「芸術として」叩き起すことを絶対に避けて、あくまで「玩具」或ひは「商品」として眠らせて置くことが必要であつたのです。ところが、既にいろいろの必要と理由から、映画は「芸術として」叩き起され、眼をさましてしまつてゐます。従つて、どう少く見積つて見ても、芸術としての取扱ひを要求してゐるのは、事実であります。芸術として取扱つてくれない取扱者に対しては、いろいろの形で抵抗して来るのは当然でありませう。しかもその抵抗は、芸術として正常に取扱はれるに至るまで、絶対に止まないものであります。

言ふまでも無く、映画は場合に依つて芸術になつてゐなくても、映画本来の効果を優秀に果し得る事があります。それは主として科学的な観測、記録、報道の素材又は手段としてです。しかし、それはあくまで素材や手段としてであります。それは映画ではあるが映画作品では無い。そして私が此処で映画と言ふのは映画作品のことなので、これは除外します。

そこで、現に映画は芸術であります。事実、現在まで作られたあらゆる映画作品の中で、すぐれた作品だとされた映画は、すべて必らず他に較べて高度の芸術性を持つてゐる。芸術としての本質的條件から出発し、芸術としての本来的な法則に準據し、実現し得た作品は、すべて、その度合ひに正比例してすぐれた映画になつて居ます。將来とてもこの原則は絶対に変らないだけの根據を持つてゐます。

即ち、映画に、芸術として正当な取扱ひを与へるのは至当であると同時に、有利であります。

五

そこで、われわれは、その正当な取扱ひ方を知らなければならない。　正当な取扱ひ方を知るためには、取扱はれる当の物の本質や機能を、出来る限り徹底的に知らなくてはならぬ。映画を芸術として成立させてゐる諸要素の組成や法則、それから映画の社会的機能等々を全く新らしいスケイルで以て知らなくてはならぬ。しかも、唯単に知るだけでは足りない。われわれの置かれてゐる現世紀の光りに照し出し、われわれの具体的現実的地盤――即ち民族的国家的意志の上に立って知らなければなりません。

そして、前記の実際家が言ってゐるやうに、又、彼が感じたやうな意味で、「文化、芸術の事の恐ろしさをツクヅクと感じるんことこそが、そのやうな□□す。

そして、われわれの映画関係者達――映画業者、映画製作者、企画者、宣伝員、映画監督、映画脚本家、俳優、カメラマン、映画批評家、映画ヂャーナリスト、映画関係官吏、映画館経営者並びに従業員等々の中に往々にして、あだかもピクミイ族がダイナマイトを恐れない如く映画を恐れない人達――もっと適切に言ふならば年中ダイナマイト爆破作業に従事してゐるために馴れっこになって、いつの間にか恐れる事を忘れてしまってダイナマイトを口にくはへたりすると言ふ工事員の様に映画を恐れることを忘れてしまっていた人達が居て、いろいろの形で映画と言ふものを粗末に扱ってゐる。その様な人達には、危険なことを警告してやる必要があります。私が引用文をあれ程長々と敢へてしたのも、あの語全体が、そのままで警告になってゐるからであります。警告を無視してゐれば、場合に依って、大けがをしなければならない。そして、そのけがは、直接当事者が受ける□□□□＝国民が受けなければならぬ種類のものであるだけに、事は重大であります。

ダイナマイトなどと言えば、大げさな事を言ふなと言ふ人があるかも知れませんが、事実、芸術へ映画は、ダイナマイト以上のダイナマイトです。敵を爆破する事が出来ると同時に味方をも傷つけ得るものです。両刃の刀だと言ってよい。扱ひやう一つで人を斬ったり自分が疵を受けたりします。実例はいくらでも有るが、挙げる必要は無いでせう。

要するに↑自分達はその様に恐ろしい物を取扱ってゐると言ふ自覚に立ち、十分の慎重さと、しかも尚敢へて辞さないだけの覚悟をかためる任務しが有るのです。

六

前場実際家の話は、更に、芸術が専門家乃至は専門的エネルギイを不可欠に必要とすること、そしてその専門家や専門的エネルギイがそれ自体としてどんなものであり、又、その他のものとどんな関係に置かれなければならぬかに就て、大きな示唆を与へてくれてゐます。

なにごとに限らず、それをなぐさみ半分にやってゐる間は、巧拙はとにかくとして、片手間の力で割に何の苦もなくやれるもので、しかも時に依って非常にうまくやれる事もあるものですが、次第に段階が進み打込み方が激しくなるに従って片手間仕事では済まなくなり全身全力を打込んでも尚足りないと言ふ事になって来る。更に進むと、唯単に一時的に全身全力を打込むだけでなく、非常な長期間にわたって持続的に個人の全能力を集中しなければならなくなる。仕事そのものが、必然的にそれを要求するのです。普通の事を普通にやって、既にさうです。まして、世間を相手にして各種の効果を挙げなければならぬ仕事では尚更のことです。

一人前の大工や左官になるにも三年五年を要する。一本の刀を鍛へるにも十年二十年と日夜刻苦しなければ刀らしい刀は打てないと言ひます。一人前の官吏が出来あがるのにも、中学から高等学校、大学、高文試験や実地の訓練期などの年月を合計すれば二十年三十年は珍らしく無いのです。現に前記引用の話の中にある、素人芝居に熱中したために職場の能率を低下させた精密機械の工員をとって見ても、専門の方では一人前の工員となるのに五年十年を要してゐるのです。専門的訓練が個人を追ひ込んで行く世界は常に持続的な苦しみに満ちた恐ろしい所であります。ましていはんや、文化芸術の事をやであります。世上ややもすれば、文化芸術の事は仕事の成果がそれほどハッキリした形で目に見えないために誰にもやれさうに見たりしますが、実はそんな事は絶対にない。実はむしろ逆に、成果がそれほどハッ

キり見えないものであるからこそ、尚のこと困難であり、慎重な専門的取扱ひを要する。

しかも、あらゆる仕事に於て専門家であればあるほど、専門的エネルギイの使ひ方が合理的であるために、その操作を他から見れば、何の苦もない日常茶飯事に見えやすいため、われわれはややともすれば、専門家乃至は専門的努力を恐れ恭まふ事を忘れがちであります。大工が板を引いてゐるのを見てゐると、あまり簡単に切れるので、直ぐ誰にでも引けさうに見えます。しかし実は、それをやるのには三年五年の年期を要する。えらい役人が毎日書類にポンポン印を捺してゐるのを見ると、なんだそれ位子供にでも出来ると思はれるかも知れない。ところが、同じ印を捺すだけでも、実はその役人が捺すやうな内容を以ては他の人には出来ない。精密機械工が鼻唄を唄ひつつミーリングにかかつてゐる姿が、他から眺めてどんなに安易に見えても、素人には絶対に出来ないのであります。そして、芸術の事に於て、この事は更に甚だしいのであります。私の曽つて知つた映画監督の中で内容的にも技術的にも最も優秀な監督の数人は、監督の現場に於ても最もノンキそうにブラブラしてゐる人達でありました。

それでゐて、普通の監督が一人出来あがるのに、人並すぐれた素質を以てしても十年二十年の勉強を要し、その中でも右の様な優秀な監督となれば、百人千人中の一人出来るか出来ないかであります。脚本家然り、俳優然り、カメラマン等々皆然りであります。

と

恐ろしさを知れと言ふ事はそれを大事にせよと言ふ事です。大事にせよと言ふ事は、結局、文化芸術を生産したり取扱つたりする仕事にたづさはつてゐる専門家を大事にせよと言ふ事になると思ひます。それは丁かけがへしが無いからであります。

映画資本家のかけがへは、いくらでも有ります。映画会社重役達のかけがへも、いくらでもあると思ひます。金さへ持つてゐて、これで以てその会社の株を買ひさへすれば、一応誰でも成れるのです。勿論、金銭を取扱ふ事にしても、よしんばそれが拾つた金であつても親から譲られた金であつても、或る

種の技術を要するでせうが、それ位の技術は大概の人間が持ってゐるものです。

ところが、現在のところ、映画事業の中の一番大きな直接の支配権は、官庁や法律即ち国家の支配を除けば、主として金を持ってゐさへすれば誰にでもなれる「えらい人達」の手の中に在ります。そしてこれは許されてゐる事実です。従って、「えらい人達」の虫の居所が良かつたり悪かつたり、金銭上の利害の在り方次第で、その企業内の映画製作專門技術家達は或る程度まで自由にされてゐます。不相応に厚遇される（たとへば、大スタアなどが法外な高報酬を得てゐる等）事があると同時に、不相応に冷遇される事は更に多いのであります。一言にして言へば、法律の許す限りで、どんな粗末にでも扱へるのであります。

つまり、たとへて言ふならば、日本映画界にとつてかけがへのない内田吐夢、田坂具隆、小杉勇さん達が、割にかけがへの有る重役さん達の御都合に依り、永年の職場である日活に居られなくなると言つたやうな事は、非常に屢々起つてゐるし、又、起り得るのであります。そして、話に聞けば、重役達が安楽椅子にかけてゐる間に、右の三氏の中の一人は、日活に居られなくなると言ふ事がハッキリしたトタンに「今後をどうして食って行ったものか」を考へ、街頭に貼り出してある鉱山員募集のポスタアに書いてある四十何才と言ふ年令までには自分はまだ二三年あるから、いよいよとなればこれになるから先づ大丈夫だと思ってホッとした程にまで思ひ詰めたさうであります。事実か否か私は知りません。三氏の日活退社の真相も知悉してゐません。ですから、この事件に就て是非を論じようとする気は私にはない。又、重役側のやり方が全部まちがってゐて三氏側の態度が全部正しかったゞらうとか、又は丁度その逆であったらうなぞと推断する理由も興味も私にはない。たゞ私の言ってゐるのは、これが、現在の映画芸術家達の置かれた位置や、扱はれ方の見本図の一つであると見ても大した間違ひではなからうと思はせるやうな事が、従来映画界に随分あった事は事実だらうと思ふのです。

そして、本末、かけがへの無い程大事な専門家が、これほどまでに粗末に扱はれるのが、どんな点から考へても、望ましい事ではない事は、私などが言ふ

までもなく、すべての人にわかり切つてゐる事だらうと思ひます。そのわかり切つた事が、しかし、実際に於て放置されてゐるとすれば、それが改善されるまでは何百度でも繰返して言はなければならないのです。自分達が企業し経営してゐる映画事業の文化意義の重大さを自覚すればする程、映画資本家や経営支配者や重役達は映画芸術家達をもつと大切にしてくれるのが至当だと私は考へます。

六

文化芸術の恐ろしさを痛感することは、文化芸術専門家を、他がこれをもつと大事に扱うことを要求するのと同時に、文化芸術専門家自体が自らをもつと大切に扱ふ事をも要求して来る事は勿論であります。

つまり、ダイナマイトを取扱ふ工員は、ダイナマイトを最も的確に有効に使つて工事全体に役に立たせ得るやうな状態にその心身と技術を調整鍛錬して置けるやう雇傭者や他の工員達から大切に扱はれる事が必要であると同時に、自分自身が常に自らの心身と技術を調整鍛錬して置くやうに努力しなければならぬのです。仮りに他がこれをいくら大切に扱つてくれても、当人自身が自己の鍛錬を怠り、調整をみだすやうな不検束に流れては、これ又全体を阻害します。

引用の話にあるやうに、文化芸術の擔当者が自己の内容の向上、技術の錬成を忘れてゐれば、自分だけが良い気持になつて夢中になつてやつてゐる文化芸術の仕事が、その本来の効果を挙げ得ないばかりでなく、往々にして所期の目的とは全く逆の効果に堕したりします。「ほととぎす」が喜劇になつてしまつたり、国策物が反国策物になつたりするのです。文化芸術には元来そんな風に油断もすきもならぬ性質があるのです。それ程きびしい恐ろしいものなのです。

映画の中に愛国的場面や愛国的言辞をベタ一面にちりばめる事に依つて一本の愛国的映画作品を作り上げようとしても、製作参加者の人間的内容と技術いかんでは、意識するとしないにかかはりなく、愛国的効果をまるで挙げ得なかつたり、場合に依ると積極的に非愛国的映画が出来あがつてしまふ可能性

があるのです。たとへば、一人の俳優が「日本は良い国だ」と言ふセリフを言っても、意識無意識にかゝはらず、その言はれる前後の関係の作り上げ方、そのセリフの言ひ方、しぐさの演じ方等で、極端に言へば、「日本は悪い国である」と言ふ意味を表現する事だって可能であります。一俳優の一演技にして然りです。まして一本の映画が出来る各要素各過程にわたって、見たならば、殆んど無数の段階と無数の組合せに於て、かゝる現象は起り得るのです。事実、或る程度まで現に起きてゐます。

全映画人は、もう少し映画を恐れて自粛自戒することから始め、更に進んで、重要なる文化擔当者としての自分の価値と責任の大きさの自覚の上に立つて、自己の国民的意識を高め自己の人間的教養を豊富にし自己の芸術的内容並びに技術を進めるやう、懸命にしかも持久的に努力しなければ、映画芸術に対しても、当該映画会社に対しても、そして一言に言ふと国家に対して相済むまいと思ひます。

これは、現在の映画関係専門家達が、勿論私をも含めて、残念ながら概して、他の文化部門の専門家達に較べて経験が浅いばかりでなく、意識水準にしても教養にしても内容も技術も共に低い事は事実らしいので、特に言ふ必要があると思ひます。

わかりきったやうな事を、長々と述べて、すみませんでした。

（二六〇一年六月）

日本映画（昭和16年10月号所載）

自分のためのノートから

1、映画の面白さのこと。

面白い映画がひどく少くなって来た。

これは、殆んど出しぬけと言へる位に、極く近頃の著しい現象である。試みに、ホンの半年前、又は一年二年前の公開映画のプログラムを思ひ出して現在のそれと較べて見るとよい。

言ふまでも無く、全体から言っても、作品の一本々々を取り上げても、トータルに於て映画の質はたしかに向上してゐる。特に民族性や政治性や時局性の実現の点では、深くもなって来てゐるし、鋭どくもなって来てゐることは否定しがたい。少くとも、

たゞ売らんかなだけで作り上げた粗悪きわまる映画が跡を断ったゞけでもありがたい。だが、それはそれとして、なにしろ、面白さや楽しさは乏しくなった。

　作品によっては、開巻からラストに至るまで、なんの事はない、観客は始終叱り飛ばされてゐるようなのがある。又、その必要も絶望も無いような事柄に就て復習させられてゐるようなのがある。又、或る種の作品は、なにかしら不必要に渋面を作ってゐるような部分や要素、ギクシャクと強直した態度や姿勢に満ちてゐる。見てゐて、ややともすれば寸頭が痛くなるし

　これらの現象をどんな風に考へたら良いであらう。

　われわれが今、各自の能力と職分に基き、いやが上にも緊張し努力すべき世局の中に立ってゐる事には、既に論議の余地は無い。映画とて然りである。映画がその特色とする教化力、組織力、指導力を中軸として現実的機能を充分に発揮すべく緊張するのは至当である。そして緊張の或る段階では、面白さや楽しさと言った風なものは比較的無視され、――そして無視されるのは当然であるが――その代りにそんな事よりも更に重要な諸種の強健な今日的課題が前面に押し出されー―これも当然であるが――その結果、一時的にはその物が強直したような相貌を呈する事はあり得る。映画の現在の様な状態も多分そのためであらう。だから、或る程度まで、これも又やむを得ない事かも知れぬ。

　しかし、元来映画といふものは面白さや楽しさを犠牲にしなければ、緊張し得ないものであらうか？　また緊張した結果として面白さや楽しさを奪ってしまうと言ふのは至当であらうか？

　二つながら、自分には必ずしも、そうでは無いやうに思はれる。むしろ反対に、映画は映画本来の興味や魅力を通して、教化、宣伝・組織・指導等々の機能を発揮し得るものだと思うし、又、そうであるのが至当ではなからうか。映画は映画特有の興味や魅力を打捨てた瞬間に、そして又打捨てた度合に応じて、実は今日的必要性をも打捨ててしまう事になるのではなからうか？。映画が映画本来の興味や魅力を捨てて、何で以てわれわれを引き付けようとするのか？。教訓や指導や啓蒙や宣伝などを生まのまま鋭どい形で受ける目的で、ただそれだけのために、われわれは映画から引きつけられるのであるか？、

そして、われわれが引きつけられないものから、われわれが教化されたり組織されたり指導されたりする事が、果して可能であらうか？、
　われわれは、何度でも、そしていつでも、正直でありたい。そして正直のところ、われわれは、他に特別の理由がない限り、「面白いから」映画を見に行く。「いま時、たとへ映画を見るにしても、面白さに引かれて見るなどとは怪しからん」と叱られれば、それまでの話である。見ないまでだ。誰に限らずそれ位の覚悟は持ってゐよう。しかし、見るならば、金と時間を費して見るならば、面白さに引かれて見る。そしてその面白さを通して、人間として、国民の一人として、学ぶべき事を受取る。

　この様な態度は、いま時、もう古いのかも知れないとも思ふ。又、低いのかも知れないとも思う。他からそう言はれても反対する気はない。古くても新らしくても、低くても高くても、実際に於てそうなのだから仕方が無いのだ。映画から映画特有の面白さがなくなっても一向かまわないと思う。そして、この様に思ってゐる者は、私一人ではないと言ふ證據が無数にある。たゞし、映画業者中の或る種の人達は別だ。又、大概の映画批評家達も例外である。この人達は大体に於て全く他の観点から映画を見てゐるらしい。

　近頃よく使はれる言葉に「弾丸に等しい映画」といふ言葉がある。結構だと思う。映画は今や、それ程に明瞭な大きな使命に向って集中される事を要請されてゐるし、　要請されるのは当然だし、そして要請に応じ得るだけの能力を所有してゐる筈である。しかし、勿論、映画はどんなに逆立ちしても元来弾丸と等しくなり得るものではない。映画の効果は、弾丸の様に一瞬の中に決しられるものではなく、他の文化諸部と同様に、緩漫で底流的で波長の長い機能の器具だ。だから、「弾丸と等しい映画」と言ふのは、映画を文化財ないしは文化器具として、傾的に更に高く更に鋭どくし、一つ一つ無駄のないようにせよと言ふ程の意味であらう。別の言葉で言へば、国家的目的の上に立って、良心的に映画を作れと言ふ事であらう。どう間違っても、面白さを捨てよと言ふ結論に導かれる要請では無いやうである。

　かって、映画作家の大半が、映画企業家達の要請に応じて、「真実」を犠牲にして全くナンセンスな

「面白さ」をデッチ上げる事に熱中した事がある。又、それと丁度正反対に、或る種の映画作家達は、自他の芸術至上主義の要請に準じて、「面白さ」を犠牲にして個人主義的「真実」の追求に専念した事がある。それもこれも、同じ程度に映画作家達の本質的な弱さや低さの現はれであった。

そして現在、映画は営利主義の要請からも、芸術至上主義の要請からも一応離脱して、もっと高いもっと広い要請の地盤の上に立ってもよい時期、立たなければならぬ時期に来てゐる。今や、「真実」を犠牲にしなければ「面白さ」が出せないとしたり、「面白さ」を捨てなければ「真実」の姿は示せないとしたりする様な低い段階は卒業してもよい時だし、卒業しなければならぬ時ではなからうか？

そして、全体として真実であればあるほど面白く、面白ければ面白いほど真実である映画――その様な風に面白い映画、同時にその様な風に真実な映画が続々と現はれて来なければならぬ時ではあるまいか？、

そして、その様な映画を作り出すことは不可能であらうか？、　不可能ではない。困難ではあるが、不可能では無いと思う。

又、技術批評のこと

チャンとした映画批評の欠乏、昨今ほど甚だしきはない。

では、多数の映画批評家達は、沈黙してゐるか。必らずしも、そうではない。では何をしてゐるかと言ふと、新聞紙その他で評判記を書いてゐるか、雑誌その他で大言壮語してゐる。そして、評判記の中で、無責任な一行か二行かで良いの悪いの佳作の駄作のと言ひ放った言葉の理由を具体的に裏付けて行こうとする努力は何処にも認められないし、大言壮語の中で言ひ放った壮大な課題を日々の批評活動の中に具体化し実践して行こうとする努力も認められない。評判記は評判記、大言壮語は大言壮語で別々に言ひ放されたまゝである。映画そのものに喰ひさがって、丹念に慎重に討究し分析し闡明し方向づけようとする種類の誠実な専門的努力は実に少くなってしまった。従って、読まされる映画製作関係者達も一般大衆も、その様な文章の中から批評を受ける

のでは無しに、「評判」を受け取るに過ぎない。又は、とりとめの無い「煽動」を受取るに過ぎない。今後のために何かを攝取したり、據り所としたいと思つても、それに足るだけのものは、めつたに見当らないのである。これが、丹念に映画そのものに添つて討究しようと言ふ熱意の有るものならば、よしんばその批評がまるぎり見当ちがひな批評であつても、必らず何かの役には立つ。評判記と大言壮語は何の役にも立たない。たゞ徒らにそこら中をガタピシと騒々しくほこりつぽくさせるだけである。映画批評といふものが無力になる筈である。

　私の見聞の範囲では、専門的映画批評家として多少とも有効な仕事をしてゐるのは、北川冬彦や伊丹万作氏や上野耕三氏その他ホンの二三氏を辛うじて算へ得るに過ぎない。北川氏の批評には時々見当ちがひが有り、又時に批評としての具体的展開に欠けることがあるが、あくまで映画に即して映画を語らうとしてゐる執拗な態度のために、多かれ少かれ何事かを産み出し得てゐる。上野耕三氏の批評は、常に必らずしも映画に添つた発言の形は採られてはゐないが、大概の場合に、自己の身体ごと余念も無く映画といふものにぶち当つて行つた上での正直な「音」をあげてゐるために、良かれ悪しかれ、常に信頼するに足る。伊丹万作氏のものは、目下のところ本誌に連載されてゐるシナリオ評を指して言ふのであるが、極く稀れに自分の好みや生え抜きの映画人らしい視野の狭さに陥ちる事をのぞけば、立派な文章だ。批評といふものは、こういふものであらう。映画に、これ程までに打込み切り、自我をこれ程までに堅持しながら、しかも、かくの如く無私である。かねて私は、彼のシナリオ評を、わが国の映画批評界で誇り得る殆んど唯一に近いものと考へてゐる。その他にも二三、良い批評をする人が居るが、一々は言ふまい。それ以外は大概そこら中の試写室の間をウロツキ歩いたり、何かの権力か勢力かを背にふんぞり返つたりして、放言し壮語してゐる人達が多い。とに角く、批評が批評自体として価値が有り独立した権威をそなへてゐるような批評を書く人は、非常に少い。これではよくないように思う。

　それには、一方に於て一般の観客大衆の映画に対する諸種の感想を出来る限りの階層にわたり出来る限りの機会になるべく多く集める仕事がなされる必

要があり、他方に於て映画そのものに添った技術的専門的批評が数多く現はれるような機運が作られて来る必要があらう。前の事のためには各映画雑誌等で与論調査と言った様な事業を頻繁に、いろいろの種目にわたっていろいろの角度から実行して見るとよい。それも従来新聞雑誌が時折やってゐたような人気投票式のものや、又は誘導訊問式ハガキ回答などで無く、もっと科学的な方法と基礎を以て統計を採るのである。

後の事のためには、各雑誌が現在してゐるやうに少しばかりのスペースと少しばかりの報酬で雑多な人に少しづつ批評させる事を止めて、これわと思う人に思い切って長い期間と大きいスペースと沢山の報酬を与へて批評をさせて見ることだ。同時に一般から賞金をかけて、映画批評を募集するのもよからう。

同時に映画批評の再批評をもっと盛んにする事に依って、現在批評家達の大半が垂れ流しにしてゐる放言や壮語を、彼等自身が更に具体的に裏付けたり発展させたり体系づけたりせざるを得ないようなチャンスを与へてやる事が、やはり必要であらう。

3. 映画博物館のこと

映画は文化財の一つであるからには、蓄積されて行かなければならぬものであらう。

蓄積は勿論、精神的な一つの流れとして行はれるものであらうが、その流れの一段階一段階、一要素一要素は、目に見たり手に触れたりする事の出来る現物の形でも蓄積され得るものであるし、そしてその方が全体の流れを跡づけるに有利なのは言ふまでも無い。

そのために、文化各部門が大概専門の博物館又はそれに類する施設を持ってゐる。まるきりそれを持たないのは映画だけである。発生の歴史が若いためもあらうが、更に映画が従来、文化財的取扱ひよりも商品的取扱ひを中心にして発展して来たせいであらう。しかし従来はどうであっても、もう既に、これはどうしても必要になって来てゐる。

一本々々の映画は一週間ないし半月位の間に、わわれの眼前から過ぎ去って行く。何かの必要が有って、もう一度それを見たいと思っても、どこへ行けば見られるものか、かいもくわからない。記録は

勿論ない。たゞもう茫々として夢の如く、おぼろげな記憶（その記憶の何と誤り易いことであらう）をたどって、手さぐりをしながら、良いの悪いのといったり、かくかくの意義が有るの無いのと言ったりしてゐる。現物や、記録を前に置いての周到な文化史的ないし科学的な検討など到底やれるものでは無いのである。つまり、せっかくの文化財を財として充分に活用することが出来ない。なさけ無い話である。

官立でも私立でもよい。また、最初はそう大げさな物で無くとも、次々と出来あがって来る映画作品のプリント一本づゝ、映画関係の諸文書を一部づゝ収蔵して置いて、適宜一般希望者の観覧に応ずる文庫と言った程度のものでもよいから設立してほしい。

もっとも、これは甚だヂミな事業であり、わが国ではどんな団体もどんな個人もヂミな永続的な仕事にはなかなか手を出さないといふ悲しい習慣があるから、文化財の蓄積とか映画文化の向上のためとか言った風の「遠大な」目的は言はないとしても、映画に関係と関心を持つ者達がかゝる施設から受け得る直接的な便益の大きさだけを計算に入れても、設立の必要と可能性は充分あるわけだ。

特に現在、映画製作と配給の全機構が新らしい体制のもとに発足しようとしてゐる際だから、関係者の間に映画博物館の必要が認められさえすれば、新らしい体制の全プログラムの中に、これの実現の課題を生かす位の事は易々たる事であらう。ひとつ大日本映画協会あたりが卒先して、この事業の促進に当ってくれないものであらうか。

日本映画（昭和17年1月号　所載）

戯曲「三日間」に添へる私信

十四五年前にも身体をスッカリ痛めて三四年何なんにも出来なかった事がありますが、又々この二三年ばかり、健康が非常に面白くありません。胃が悪い。心臓が変である。痔がいけない。よく頭が痛む。その他あちこちと故障が起きます。出先きで倒れてしまった事が何度かあります。目まいなどは始終で、原稿書いてゐても畳の上につんのめってしまう事があります。人中に出る事など殆んど不可能な状態です。こんな時代に世間に対してもはづかしい。第一、

われながら、なさけない。

なんとかしてもう少し丈夫になれぬものかと思ひ医者も薬も、その他色々やって努力はしてゐますが、差し当りどうにもなりません。

よって来る所が既に久しいのです。色々と思ひ当る事が多過ぎます。急に健康にならうとしてイライラするのが無理か知れないのです。持久戦でやって行く以外に手は無いでせう。

たゞ、かんじんの劇作の仕事がホンの少しづつしか出来ないのに弱ります。元来が鈍い所へ持って来て、こんな状態なものですから、人の三分の一か四分の一にも当りません。

一年にやっと二篇か三篇。勿論、そのための貧乏は言はぬとして、その二三篇もロクなのが出来ません。私は一篇を書くのに大概三四ケ月を要しますが、そうしてウンウン書いた物を、しばらくして嫌気がさして破って捨てたりしてゐます。あわれな話です。

しかし、それでも、こんな弱虫の自分にやれる事と言へば、戯曲を書く事しかありません。

だから、せめて、何ぞ少しでもプラスになる戯曲を書きたい。そう思っていろいろやって来ました。

そしてそれには結局、たゞもう自分を正直にさらけ出して行く以外に方法は無いと言ふ結論に行き着きました。

「顧みて、他を言ふ」ことを、よさなければいけないと思ったのであります。是非善悪は神さまや人さまが見て下さらう。自分はただ自分の眼の見たものの中の最もいちゞるしい物事のドまんなかの所をなるべく嘘をつかぬように描くことだと考へるに至りました。

そこから一切がはじまります。少しでもお役に立つ仕事が、もし自分にも出来るものならば、此處から出発することのみがそれを可能にすると思ったのであります。それは、自分は自分なりに「国策劇」も書こうと思へば書けます。しかし自分などが自身の至らなさを棚の上において、手早く「国策劇」を書くなどの潜越なことをすると、必らずお仕事が粗末になってしまひます。粗末な仕事には、どうしても、思はぬ隙が出来たり、飛んでもない逆効果が生れたりします。すると、「国策劇」の美名のもとで、害悪を流してしまうことになる。恐ろしい話です。

で、結局、やっぱり、日本人としての自己の正体の在り所を念々に突きとめながら、その基礎の上でただ正直に、正直にならうとする仕事に執念（元）く取り附いて行くことになります。そして、自分だけで、ひそかにこれこそ実は戯曲＝演劇が国の歩みにつながる姿に近づくゆえんだと思ひ込まうとするのであります。これは私の小さな一つの悲願であります。悲願は遂にとげられぬかも知れぬが、しかし私はいつまでも、これを捨て切れないでせう。

戯曲「三日間」は、かゝる状態の中でかゝる気持から書かれたものの一つであります。

わが兵士達の戦う姿は、強く美しい。この様な強さや美しさは、どこから生れて来たものかと思ひます。すると、やっぱり、国民の一人一人としての彼等の日常生活、又、それを取巻き培ってゐる国民生活を根として行く以外に無いのです。なぜかと言へばわが兵士達の強さや美しさは、唯単に、「戦闘にすぐれてゐる」だけのものではありませんし、またあってはならないからです。この事を、われわれは自ら確認しなければならぬような気がします。

そう思って、国民生活の日常の姿を見詰めます。すると、ひとたび戦場に立てば、たぐい無く強く美しい兵士達も、それを取巻く環境も、必らずしも強さ一点張りのものでは無い事に気附くのです。つまり、絶えず張り詰めた鋼鉄の線の持ってゐる強さと言った風なものでは無（元）い事に気附くのです。もっと柔かいのです。時によくって弱々しくさえも見えるのです。必らずしも苦悩や煩悶の影が無いわけでは無い。そこには人間らしい哀楽や矛盾の起伏や相剋もあります。

チヨット見には、この様な人達がなぜにかくも強くなり得るのか、わからなくなる事さえあります。しかし実は、それだからこそ、この様な人達は、いざとなれば強くなり得るし、又この様な人達こそ強く美しい人達をはぐくみ育てる母胎となり得ることを見出すのであります。日本及び日本人の強さは、その様な種類の強さであります。また、それでこそ、それは真に強いと言へるし、「詩」と「美」に合致した強さにもなり得るのでありませう。

「三日間」は、かゝる現代日本人の中の十七八人の人達の日常の姿をさぐり、出来得べくんば、それらの人々の真の強健さをさぐり当て、つかみ出して

来ることに依って、国の歩みを、その根深い所で確認し強調しようとする私の念願から発した貧しい努力の一つであります。

これと言って捧ぐべきものを他に持たぬ私は、この作品を、謹しんで、わが将兵諸氏に捧げたいと思ひます。

劇団文化座報3（昭和17年10月16日）より、

千葉の上田さん

戦争小説を書きはじめてからの上田廣の名は、たいがいの人々が知ってゐるが、それ以前の上田廣やその作品のことは一般には、あまり知られてゐないような気がする。

私が彼を知り、彼の小説に親しみはじめたのはずっと以前の——考へて見ると、年月の経つのはビックりする程に早い。あれからもう十数年が過ぎてしまってゐる——「千葉の上田さん」としてゞあった。なつかしいとも、うらめしいとも、何か取返し附かない様な気持でなければ想ひ起せない頃の話である。

その時分から上田さんは良い作品を書いてゐた。その頃から立派な人柄であった。

良い作品にもいろいろ有るが、上田さんのはヂミであった。特に目立った「才能」と言った風の特徴は無かった。「おれの頼りにするのは、この正直な心と、このハッキリと見える眼だ」と言った式の——そして「この心と眼には絶対に嘘をつかないぞ」と言った式の——見方に依っては子供の様に素直な、又見方に依っては恐ろしく頑固な小説であった。従って、どちらかと言へば、自分の主観や思想はズッと奥に引っこめて、その描こうとする対照に向って着実に、ムラ無く喰ひさがって行き、そのものの持ってゐる真の姿を隅から隅まで追求すると言ふ行き方であった。人をびっくりさせたり、一時的に感嘆させたりするような、ケレンや技巧は微塵も無かった。その様なヂミな小説を実に丹念にコツコツと書いてゐた。毎日々々の激しい勤務を持って居りながら、実に勉強してゐた。その姿は、殆んど愚直と言うに近かった。

彼の戦場小説を読んで見ると、以前からの彼のその様な行き方が、勿論以前よりも発展した形でゝは

あるが、根本的にはソックリそのまま生かされて来てゐる。この事が私には嬉しい。そして、彼のその後の作品をして立派なものになしてゐる理由も、そこにあると思ふ。戦場は作家上田さんを、更に打ちたゝいて鍛へ上げたかも知れないが、実はそれ以前に彼は刻苦の永い年月の裡に作家としての鍛錬を充分に経て来ているのだ。それが戦争に行って、更に立派になったのだ。彼の事を、戦争に行って来て急に偉くなった作家の様に語る人が有ると、実は私は腹が立つのである。ホントの作家は二年や三年で出来るものでは無いのである。

　私は殆んど十年以上も、上田さんに会はない。しかし、その作品に於けると同様に、現在の上田さんの人柄も、私の知ってゐた頃の上田さんと、根本的には、違ってゐないであらうと思ふ。どこに居ても、あまり目立つ人では無かった。おとなしく健実で、あまり議論などしなかったためばかりでは無い。もつと本質的に、――つまり人々の中で人々と共にシッカリと生きてゐる一人としての目立たなさであった。別の言ひ方をすると、兵隊の中に一人の兵隊が立ってゐるやうに目立たないのである。どう言ふ見方から言っても「遣手」では無い。「これは偉い人だ」と言ふよりも、「この人なら何を任せても間違ひの無い、たよりになる人だ」と言ふ印象の方が強かった。実に上田廣は彼の書く小説とピッタリと一致した人間であったし、彼の小説は彼の人柄とソックリの肌合ひを持ってゐた。今でもそうであらうと思ふ。そして、この様な種類の性質が、現在、ホントはどの様に大きな意味を持ってゐる「偉らさ」であるかといふ事に気附いてゐる人はあまり無いやうである。

　書き落してならぬのは、作家、人間上田廣をこの様に立派に一貫樹立させて来た協力者としての奥さんの力であらう。彼女自身、美しい小説を書く作家であったが、私が知り合ひになった頃はたしか千葉の実業女学校の職員をして生活を助けつつ、同じ千葉の機関庫に勤務してゐる夫と共に、営々として互ひに激励し合って生き、書いてゐた。実に立派な夫婦であった。今もそうであらうと思ふ。私は奥さんの事を一緒に思ひ出すことなしには、その頃の上田さんの事を思ひ出すことが出来ない。当時彼女は身体が弱かったが、今はいかがであらうか。昔も今も

ただヘナヘナと病弱な私には、すぐれた人の身体の弱いのが、いつも気になるのである。お元気であつてほしい。

文学座パンフレット（昭和18年2月）所載

俳優への手紙

1

丸山定夫君――

本誌昨年十二月号に君の書いた「答へと問ひ」を読んだ。その中で君は、先頃から僕が君にあてて出した手紙に就て君の考へたことを述べてゐる。

その真率な調子に、先づ僕は頭を下げた。しかもそこに書かれてゐる事は、昨日や今日、ヒヨイと思ひ附かれた即興的な感想では無く、永い過去から現在に至るまでの良心的俳優としての君が経験して来た事実から生み出された考へ方――言って見れば君の身體に叩き込まれた所から出てゐる「音」である。それは殆んど運命的な径路と時日を要して君の裡に少しづつ少しづつ蓄積され形成されて来た思想の切断面である。

僕は君のために、よろこんだ。君が、君としては珍らしくムキになつて来てゐることが解り、あゝ丸山もいよいよボヤボヤして居れなくなつて来たと思ひ、わが友丸山定夫の素顔を近々と見る思ひがして、君に対して僕が抱いて来た永い敬愛の念を新たにしたことである。

僕の気持はうれしいと言ふよりも、むしろ、ありがたいと言ふに近かつた。君の意見自身の是非のことではない。君のムキな態度のことである。君にこの様なムキさが失はれて居ず、そしてこの様なムキさを君が持ちつゞけて行つてくれるならば、それは、やがては君自身をも、それから僕をも、それからその他の演劇人達をも、より高い、より確乎とした境地へ引き上げてくれる事が出来ると思つたのだ。

願はくば、このムキな態度を持ちつゞけてくれ。逃避したり、はづしたり、詭辯に陥ちたり、自嘲に墜したりしないでくれ。君は君の文章の中で「一つの劇団の活動は永続させることが何よりも大事だ」と言つてゐるが、そしてそれは確かに真理であるがしかし今の場合、それよりも尚一層大事なことは君

自身のこの様なムキな態度が永続してくれることだと僕は思ふ。

2.

さて、僕は近来益々丁言説しの無力さ無意味さを痛感する。よしんば、その言説がどの様に正しくても、それが言説だけとして存在してゐる限り、殆んど何の役にも立たない。場合に依って徒らに世間を騒々しくさせるだけだと言ふ意味で有害でさへあると思ふ。要は身を以て実行することにある。また、身を以て実行してゐれば、その餘のことを、あげつらってゐる暇は無いのだ。

僕は劇作家だ。戯曲を書くことに、自分の貧しい力を集中すれば足りる。言ひたい事があったら自分の作品で言ふ。自分の作品で語れなかった事、言ひ足りない事を、作品以外の所で言ひ散らして見ても、それが何になる？それは卑怯であり未練である。と同時に、どう足掻いて見ても、言ひ足りることにはならない。言へば、僕と雖も見る眼を持ち考へる頭を持ってゐるのだから、世上の現象の一つ一つに就て自分なりの見解は持ち合せてゐる。時に依ると、これはチヨットした達見であると自惚れてもよささうな意見を抱くことがある。しかし、それを言って見ても何になる？、その言説を即刻実践するだけの充分なる勇気と客観的な力を持たず、かつ、その言説から依って起る現実の事柄に向って身を以て處そうとするだけの充分な決意を持たぬ者が、よしんば、どの様に高邁な正論を吐いたとしても、それが何になる？、お国のために、何の役に立つか？、人々のために、何の役に立つか？、

全體、われわれには理屈が多すぎるのだ。今われわれに必要なことは、一知半解の事に就て無責任な批判しを吐き散らすことではなくて、信頼するに足る指導者を見出して、その者の号令を黙々として躬行することなのだ。もし萬一、批判を敢へてしようとならば、口舌を以てせず身を以てすればよし。それこそ、真の批判であり、主張である。

特に、曾て過去に於て重大な思想上の過誤に陥ったことの有る自分などは、既に久しくその様な過誤を清算し、卒業し現在に於ては根本的に全く健全な地盤の上に生れ変り得てゐると自ら確信しても、尚、

なるべく、よけいな言説を吐くべきで無い。やむを得ざるに発する以外は、沈黙すべきである。僕はさう思ってゐる。つまり、僕は謹慎中の人間だ。他に対してと同時に自分自らに対しても謹慎中だ。

この様な考へと、この様な考へに基いた僕の沈黙は昨日や今日はじまった事では無い。現に、君も知つてゐるやうに、この五六年、僕は人に向って「言説」の口を開いたことは殆んどない。稀れに戯曲作品を発表する以外に、人さまに向って言ふ事など僕には無いし、又、言ふ資格も無い。将来とても、これは同様であらう。

だから今此處にこの手紙を書くのも、その邊のことを僕が思ひ返したゝめでは無い。僕がこの手紙でどんな事を述べても、それは相変らず無益に近いであらう事も、又、なんら事新らしい言説にも成り得ない事も僕は知ってゐる。それを、しかし、敢へてしようとするのは、第一に、君のムキさに対して何も答へないで済まして置くのは失敬だと思ったのと、これを機会に、君の提出してゐる問題をめぐっての僕自身の「告白」をしたい慾望を僕が感じたゝめである。それに君から公けの場面で話しかけられたのだから、それに対し僕も公けに答へる責任が多少は有るわけで、従って幾分「やむを得ざるに発した」ものであるわけだ。

いづれにしろ、既に「言説」では無い。そのつもりで読んでくれ。失礼な言ひ方だけれど、たゞ言説の範囲内だけで「論理的」に君の意見を叩きつぶして見せる事だけならば、僕にとっては言はゞ一挙手一投足の労で足る。しかし、その様なことをしても、君にとっても僕にとっても、なんの役にも立たぬ。僕が此處で述べたいのは、僕の――そして多分は君をも含めての――「告白」である。

言辞が、たまたま論争的になることがあっても僕の本意に非ず、君よ許せ。

そこで、事の順序として――と言っても、めんどうくさいから結論から先きに言ふが――

君が「答へと問ひ」の中で述べてゐる意見は、根本的に全く、まちがってゐる。

3.

「今の日本にこそ高い演劇が必要だ」と君は言つ

てゐる。それは、よい。僕も全くさう信ずる。
今、われわれが真に高い演劇を生み出し得るか得ないか、又は高い演劇を生み出すための鞏固な準備をととのへ得るか得ないかは、少し大げさな言ひ方かも知れぬが、對英米の文化戦争で勝つか負けるかの境目を作る因子の一つになる。そして是が非でも勝たなくてはならないのだ。この様な事を僕などが今更らしく言ふと人々の耳には滑稽に聞こへるかも知れぬが、そのためには、われわれは自己の職能の中で、ひたむきに努力しなければならぬことは自明だ。

君達が劇団若楽座を結成したのも、結局は君達がそれを感じて立ちあがった姿であると僕は見た。大いに、よしと思った。さすがに丸山定夫であり、徳川夢聲であり、高山徳右衛門であり、藤原鶏太であり、八田尚之であると思った。つまり君達を立ちあがらせたものは、演劇文化「兵士」としての意識だと僕は思ったのだ。

ところが、この「兵士」達は立ちあがるや、いきなり、各自が幾分づつ大将にならうとしはじめた。つまり、スタア意識で動きはじめた。また、この「兵士」達は、立ちあがるや、いきなり、いくらかづつ各自の「稼業」の暇々に、そして大多数の稼業の暇々が好運にも一致した時だけ「戦さ」をしはじめた。つまり、各人が映畫その他で稼ぐ暇々に芝居をすると言う事をはじめた。また、この「兵士」達は立ちあがる時に「戦死」の覚悟の代りに、どう轉んでも、絶対に戦死の心配はないと言う「安心」をいくらかづつ抱いた。つまり、若楽座がもし失敗すれば、いつなんどきでも稼業の映畫その他に舞ひ戻ればよいのである。

それを見てゐて、僕の心には、次才に疑問が生れ出した。この様な兵士達にホントの戦さが出来るであらうか?、つまり、今日本が必要としてゐる高い演劇を末永くやって行けるだらうか?、この様な「兵士」達は、あまり立派な兵士で無いのではなからうか?、つまり、こんな演劇人達には良い演劇運動を背負って行く事は出来ないのではなからうか?……その様な疑問である。

君達にスタア意識があり、稼業があり、暇々があり、食ひはぐれがないといふ安心があると言ふ事が良い事か悪い事か僕にはわからない。

また、君達を支配してゐるものが、その様な個人主義（スタア意識）や道楽意識（稼業の暇々に「純粋しな仕事をすること」や利害の打算（どう転んでも食ひはぐれぬと言う安心）のみであるとは僕は思はぬ。やはり君達を動かしてゐる気持の中心は、演劇文化を豊かにする事に依って国を富ませ強くしようとする意志であると思ふ。また、君達の仕事は漸く始まったばかりであり、そして一つの現実的な仕事を始める際には、現在われわれの置かれてゐる地位や條件が理想的なものでなくても、そこから出発して事を起す以外に方法は無いのであるから、現在君達の持ってゐる地位や條件の中に含まれてゐる矛盾をとがめ立てすることよりも、今後、君達が君達の中心的意図と善意に基いて生成して行かうとする方向を是認し激励してやる事の方が大切であることも、僕は知ってゐる。（そして、僕がこの手紙で以てしようと志してゐる事は、結局に於て、それである。そう通読せよ）

しかし、さうであればあるほど、われわれは、われわれの兄弟がその中心的意図や善意を達成して行くのに、どう考へても邪魔になると思はれる矛盾、場合に依っては、その中心的意図や善意を遠からずして放棄せざるを得なくなるに至るべき素因となり得る矛盾を自らの裡に持ってゐる事に気附いたならば、それを指摘してやるだけの無慈悲さを持たなければならないのだ。ましていわんや、君の文章を以てこれを見れば、君達はその種の矛盾を克服しようとはしてゐないばかりで無しに、却ってそれらをより強く掻き抱かうとしてゐるらしい事が察知されるに於てをやである。

「今の日本にこそ高い演劇が必要だ……そのために私たちは役立ちたいし」と君は言ふ。これは大望だ。同時に至高の発願である。よし。たとへ、その大望その発願が達しられなくても、それは向うに足らぬ。ただそれに挺身躬行すること自體の中に、われわれ演劇人が総がかりになって精進するだけの光輝と価値が存する。だのに、君達は、それと同時に一人々々スタアであり続けようとする。稼業に暇が有る時だけ、それをやらうとする。いつなんどきでも逃げ込める場所を自分一個のために留保して置くことに依り、安心しながら、これを果そうとする。果してこれが大望と発願に値ひするか？　君の大望と発願

は、唯単なるキャッチフレーズか口頭禅の類ではあるまいかと僕が疑うのに無理があるだらうか？、
　われわれは神に祈る時に、すべての持物を置き、個の心の一切を放棄し、手をすゝぎ口をゆすいで、これをする。それは法式ではなくて、われわれが神に祈らうとする心のひたむきなものが、これを自ら命ずるのだ。事の自然なのだ。そして、それでこそ神はわれわれの祈りを嘉したまふ。また、僕は知つてゐる。戦場に於ける一人の工兵が、たゞ一本の橋梁を此方の岸から向うの岸に泳ぎ渡す時に、自己心身の既往の持物の一切を放棄断絶して、死ぬとも生きるとも思はぬまでの境にまで自己を自己の任務に集中する。これも、この兵士を強うるものがあつてするのでは無い。国に盡さうとする一片の心があつて、これを自ら命ずるのであらうと思う。事の自然なのである。そして、それでこそ兵士は自分の任務を果し得る。また、神への祈りや、兵士の事を言はずとも、われわれが日常生活の中でも、たとへば、何事かを真に強烈に得たいと望んだ時には、往々にして、その事のために前後の一切を忘れることがあるし、まして、その事に関連した利害得失を没却し盡し、又、盡してこそ真に大きな利得を得る――つまり望んだものを手に入れることが出来る。これも事の自然なのである。
　そして、今「高い演劇」は君達にとつての「神」では無いのか？、　高い演劇を生み出して行かうとする事は今君達にとつて国に盡さうとする志ではないのか？、　高い演劇を擔つて行きたいと思ふことが今君達の真に欲していることでは無いのか？、
　しかも現在君達は、スタア意識も道楽意識も生活の安全保證も捨てようとしない。そこにはどんな種類の断絶も自己放棄も無い。在るものはせいぜい「映画の仕事が暇になつたから、その暇をなるべく有益なことに使はう」または「映画の仕事の報酬の中から少しづつを割いて（良心的な仕事）をしよう」と言つた程度のシミッタレな「善意」だけだ。君達が拂はうとしてゐるものは君達にとつて、殆んど言ふに足りない程の代價である。それ程の代價で君達が購はうとしてゐるものは「今日本が必要としてゐる高い演劇」なのだ。慾が良過ぎると思ふ。あまりに慾が良過ぎる「あれも欲しい、これも欲しい」なのだ。結局どちらかゞ嘘なのだ。どちらかゞ遊びなの

だ。引いては、どちらをも嘘で遊びにしてしまはふと君達はしてゐることになるのだ。

金持の旦那が、自身の品位をきづつけない範囲で暇々に、自分の財産にも身體にも心にも危険で無い範囲内で、義太夫にお凝りになる。それは、よい。自由であらう。しかし、それは、どこまで行っても、――たとへその旦那の義太夫修業がそれ自體としてはホントに真剣であり、その成績が水準以上になったとしても、これを道楽と言ふ。たとへそれが「善意」に基いてゐてもだ。道楽はどこまで行っても道楽なのだ。そして、道楽は世の中に有って悪いものでは無い。しかし、その旦那が、その旦那である自分の地位を捨てないまゝで、文楽の紋下を望んだとしたら、どうなるか？ 本職の義太夫語りは怒る。怒っても、しかし、旦那が無理に紋下に坐って語ったとしたら、どうなるか？ その旦那は、遠からずして、血へどを吐いて引きさがらなければならぬであらう。

君達は、その旦那だ。いや、旦那よりも更に悪い。義太夫を道楽に語りはじめようとしてゐる本職の義太夫語りだ。即ち、芝居を道楽にやりはじめようとしてゐる本職俳優なのだ。これを見れば本職演劇人は二重に怒る。僕が君達に對して抱く怒りは、その様な怒りである。それから又、僕が君達の前途に對して抱く心配も亦、その様な心配である。つまり、僕は君達――わが兄弟達に遠からずして血へどを吐いて引きさがらせるような事をさせたく無いのだ。

君は「道楽だ」と言はれてもよいと言ってゐる。馬鹿を言ふな！ 君達が「今日本に必要な高い演劇のために役立ちたい」と決心して本気で立ちあがったのが真実であるならば、それが道楽だと言はれてよい事があるか！ 絶対によく無い！ ドロボウもしないのに人から「ドロボウ」と言はれてもよいのか？ 謙遜と卑屈とは違ふ。君達は、実は、その様に謙遜らしい卑屈な言辞を以て自分達のシミッタレな根性を蔽ひかくし辨解しようとしてゐるに過ぎないのではないか？

今の日本が必要としてゐる高い演劇を創り出し、それに役立たうと言ふ志は、現在の演劇人にとっては、最高にして至純なる目的である。それは、われわれが自己の持物の一切を放棄し、更に自己の心身の全部をあげて取りかゝるのに値ひする目的である。

しかも、さうしても尚、果して達成する事の出来るか出来ぬか判らぬ位に困難な目的である。その様に光輝ある困難な目的に向って発心し発願しながら、君達は、それに向ってなにほどの代價を拂はうとしてゐるか？、　全心身は勿論、拂はうとはしてゐない。持物の全部を賭けようともしてゐない。たゞ、君達の持物の一部分――その本業である映畫その他の仕事で得た金の中から、自分の生活費を差し引いた残りの金の、そのまた一部分と、それから君達の「暇々」と、それから、君達を動かす動力としての善意では無くて君達の装飾品としての「良心」それだけだ。たったそれだけで君達は、この最高至純の目的を手に入れようとしてゐるのだ。それは、先づ、愚かであり、そして、まちがってゐる。

4

「しかし、さうしなければ、食へない。食へなければ、良い仕事を永続的にはやれない。そして永続しない仕事は、結局、良い仕事にはならない。だから、先づ食ふ心配を無くしてから、とりかかるのだ」と君は言ってゐる。

一応もっともらしく聞こえる。それに、前にも書いたやうに、君には、君自身の體に叩き込んで来た、「新劇では食へなかった経験」がある。これは今、言葉の上だけで否定されたゞけでは、君にとっては思ひ直しやうの無い事であらう。かつ、僕自身も亦君の言ふ「新劇では食へなかった経験」をして来たし、現在でも或る意味では、それを経験しつつある者の一人だ。

しかし、敢へて僕は否定する。僕は言ふ。それは嘘だと。まあ聞きたまへ。

それは僕が、言葉の上で否定するのでは無い。事實が、目に見える在りのままの事として否定してゐるのだ。まあ聞け。「食へない」と言ふことを「食へなくなるであらうと想定する観念」や「食へなくなるかも知れぬ不安」や「カツカツに生きて行けるだけの貧乏」と解するのは、まちがひである。それはスコラだ。本當は「食へない」と言ふことは「餓死する」ことなのだ。

そして、昔から今に至るまで、新劇――と言って悪ければ、演劇を良心的にやってゐて、そのために

餓死した者が一人でも居るか？、僕は知らぬ。何かをしてゐて、また、よしんば何をやってゐても貧乏する者はゐるし、又、その貧乏の果てに病死する者はゐる。人間は誰に限らず一度は死ぬのだから。しかし、良心的な演劇をやってゐたために、その事だけのために餓死したと言へる人は一人も居ないのである。事実としてだ。君の眼を蔽うてゐる「不安」や「恐怖」や「傳説」の色眼鏡をはづして事実そのものを見たまへ。遠くを見る必要は無い。君自身を見たまへ。それから僕を見たまへ。過去から現在に至るまで、どんなにわれわれが演劇のために打込んでゐた時でも、餓死はおろか、君も僕も、二日位飯の食へない時は有ったが、七日間飯の食へない事は無かったではないか！。また、家族や友人を餓えの果てにのたれ死にさせた事は一度も無かったではないか！。また、病気になっても金が無くて醫者にも見て貰へないし、薬も飲めなかった事はあっても、その病気のために君も僕も倒れてしまひはしなかつたではないか！。　事実を見るがよい。「ひどい貧乏」のことを、そのまま食へないと言ふのは言ひ過ぎであるし、たゞの感傷である。結局は、それは嘘なんだ。そんな感傷や嘘から出発して或る事を発明しようとしたり結論を下そうとするのは、まちがひである。「でも　芝居の仕事をやって居れぬ程まで貧乏すると言ふ事は、結局、演劇人にとっては死である。僕の言ってゐるのは、その事だ」

と、君は言ふかも知れぬ。正にさうである。そして、君が君の新劇餘力論の殆んど唯一の據り所としてゐる理由も、これである。これまで、君の言ふ「善意」に出発して演劇の世界に入り、努力しても、経済的な窮乏のためにそれが続けられなくなって演劇を捨てざるを得なくなって行った人達が随分ある。その事実を僕は認める。

「だから、自分達は生活の道を他で立て……云々」と君は言ふ。「だから」以後を僕は認めない。ばかりでなく、その様な話の運び方は、サギを烏と言ひくるめて、自分自身の蟲の良い量見を辨護しようとする態度だと思ふ。なぜか？、

この場合も、事実がこれを證據立てる。君が挙げてゐる、これまでの新劇団なり新劇人達が「自分達の良き仕事を守るためにはこれで以て食って行かなくてはならぬ」と思ひ、腹をきめ、真剣に挺身した

ことがあるか？　僕は無いと思ふ。いや、思ふでなしに、事実無かった。

　たとへば、君が実例としてあげてゐる曽ての築地小劇場にしろ、それから新築地劇団にしろ、新協劇団にしろ、その最盛期に於てさへ、劇団全體としても成員の個々人にしても、たとへば歌舞伎の人達や新派の人達や前進座の人達や新国劇の人達、更にムーランルージユ一座やエノケンやロッパに較べてさへも、挺身の度合ひは低くかった。その事実を細かに具體的に述べよとあらば述べるだけの資料に僕は事欠かぬ。一言に言って、僕をも含めて、これらの新劇団の成員は殆んど全部、金持の呉太息子でなければ芸術的ルンペンであった。その観念に於ても行動に於ても、さうであった。演劇のために「真剣に」そして「持続的に」努力してゐるとは、どうしても言へない者達が大部分であった。口に「芸術」や「美」や「良心」や「階級」や「正義」をとなへても、それに依って自己の全生活を統一することも出来ぬはおろか、たとへば、そのためにたった一日の飯が食へなくなっても忽ち悲鳴をあげてうろたへ廻るやうな弱虫であり、また、たとへば、そのために守らなければならぬ稽古の時間一つ守れない者達であった。なるほど一回々々の公演の演目や稽古の點では歌舞伎や新派その他よりも「良心的」らしく見えた時もあった。しかし、その良心を持ち続けて永続して生かすことにかけては殆んど無力で怠慢であった。その他、等々、挙げれば限りが無い。しかも、この者達の挙げる「口舌」の壮大さはどうであったらう。口先きだけでは殆んど宇宙大の目的を云々しながら、実際に於ては、エノケン一座やインチキレヴユーの半分の挺身もしなかったのだ。それは丁度君が現在「わが日本のために必要な高き演劇」を擔うために、実は君の持ってゐる全力量の七分の一か八分の一を出して若楽座をやらうとしてゐるのに似てゐる。

　それでゐて「食へない」と言ふ。食へないのが当然なのである。君が「食へなかった新劇団」として挙げてゐる新築地のしてゐたやうなやり方――エセ知識階級の持ってゐるあらゆる高慢さとルンペンの持ってゐるあらゆる怠慢さを以て、せいぜい一年に三回か四回の公演、しかもとぎれとぎれの手段と気分を以て行はれる演劇活動を以てしては一時不完全にでも食へた方が不思議なのである。「これこれで

は食へない」と言ひたいのならば、一事を専念に持続的にやって見た上からにしてくれるがよい。懸命にもならないで、「食へない」などとは、片腹痛い言い草である。それはまるで不良少年がボンの時々二三日づつ、しかも道楽的な方法で正業に従事して見て、その結果「これでは食へない」と言ってその正業そのものをくさすのに等しい。勿論、僕は、他のみを批難してゐるのでは無い。僕自身も一時その様な不良少年であった。君も亦さうであった。君と僕との違ひは、現在、僕はその様な不良少年（青年？、又は中年？）にはなりたく無いと思ってゐるに反して、君が尚も性こりも無く不良青年でありたいと志してゐる點だ。即ち僕が苦楽座ならびにすべての苦楽座的出発點に決定的に反対してゐるのに反して君は苦楽座の出発點を極力是認し、かつ、すべての苦楽座的道楽演劇を辨護することにヤッキとなってゐるのだ。

全體、現在のわが日本は、非常に良い国だよ。神がかりを言ってゐるのでは無い。又、急に「国士」にでもなった気で言ってゐるのでは無い。又、抽象的観念的に「高級」なことを言ってゐるのではない。誰の目にも見える即物的なありのままの事実として僕は言ってゐるのだ。わが日本は良い国だ。見たまへ、わが国民にして極く普通の意味で忠良な人間でさへあれば、上は「演説使ひ」から、下はシャツのボタン穴をかゞるだけの事しか出来ぬ半職人に至るまで、餓えては居ないのである。自分の仕事を、普通の意味でまじめに行ってゐる者ならば、一人として道に餓えて倒れ死んだと言ふ人は居ないのだ。

ましていわんや、「今日本が必要としてゐる高い演劇」――言葉を代へて言へば「国家的」「良心的」―演劇をやらうとする者をやである。どうして日本がこれを餓えさせることがあるものか。又事実、餓え―た者はゐないのだ。

「いや、それでも餓える恐れがある」と言ふならば、それは強ひて事実を曲げやうと意図する者か、又は殆んど故意にわが国を誣ひようとする徒に近い。でなければ、「今日本が必要としてゐる演劇」と言ふのが真赤な嘘であって、実はその様なもっともらしく神聖な言葉の隠れ蓑の中で、私利と私慾を計らうとする徒輩か、一般的・自由主義的・国際主義的「良心」――即ちいつなんどきでも「敵性」となり

得るしろものを国民の間にはら撒かうとする徒輩であらう。
僕は一時の昂奮にかられ、のぼせ上って、この様な事を放言してゐるのでは無い。ごらん、僕を。曽て、自分だけでは真面目なつもりでも客観的には全く量見ちがいをして一時左翼的思想に頭を突っ込みそして、その誤りに気附くやサッサと其處から抜け出して来たばかりでなく、その後と雖も物を書く筆を折りもしない無節操漢であり、しかも一年にせいぜい二三篇の戯曲を書き得るに過ぎない程に遅鈍にして病弱なる怠け者である此の僕でさへも、普通の意味でコツコツと戯曲を書いてさへ居れば、わが日本は飢えさせないで生かして置いてくれてゐるのだ。勿論、それは先輩知友のすべてに厄介をかけながらだ。現に君からも物質的にも精神的にも助けて貰ってゐる。しかし、その先輩知友も君も、一人残らず「日本」なのだ。いや、それこそ僕にとっての「日本」それ自體なのだ。将来とても、日本は決して僕を飢えさせはしない。その點で僕は全く楽観的だ。
かくの如き僕にして然り。まして、君も徳川夢聲も高山德右衛門も藤原鶏太も八田尚之も、それからそれに類する殆んどすべてのわが兄弟達も、僕よりも有能であり有徳であり健康であり勤勉であることは間違ひが無い。しかも、それらの人々が力を合せて「国のために」なる仕事（演劇）をしようと言ふのに、飢える恐れが有る？、
僕には信じられない。事実として信じられない。僕がそれを信じるといふ事は、僕が日本を信じられなくなった時だ。そして僕は日本を信じてゐるのだ。だから丸山定夫よ、馬鹿も休み休み言へと言ふことになるのである。馬鹿と言はれて腹が立つならば、丸山定夫よ、君の全心身をあげて苦楽座をやった末に、飢死して見せてくれ。

5

言ふまでも無く僕が「どんな仕事であれ、それに全心身を打ち込んでコツコツやって居さへすれば、事実として食へるし」と言ってゐるのは——その「食へるし」と言ふのは、文字通りの意味で言ってゐる。生活がやって行けるといふ意味である。富豪のやうに、重役のやうに、金利生活者のやうに、スタアの

やうに、贅澤に暮せると言ふ意味ではない。まして芸術家（ここでは俳優や劇作家のこととする）は、もともと自分の好きな事をしてゐる専門家である。農業者や工員、その他に比して、より高い收入や、より贅澤な暮し方を自分の方から要求しやうと言うのは間違ってゐる。

君の「先づ食はなければならぬ」と言ふ言葉が、もし贅澤に（即ち日本国民の平均生活費の三倍も四倍もの生活費を使って）暮さなければならぬと言ふ意味であるならば、先づ君は言葉の使ひ方を知らないと言はなければならぬし、更にその様な君の考へ方は間違ってゐると言はなければならぬ。

君達は「かつて新劇運動に参加し、それを続けて行くために窮乏の暮しに堪へてゐた」それが遂に「堪へ切れなくなって第一線を離れ糊口の業をするやうに」なった。そして現在、君達の大部分――と言ふよりも殆んど全部が、僕の概算に依れば平均約二百圓から三百圓の月收を映畫その他から得てゐる。芸楽座の同人諸氏に至っては大體三百圓から千圓に至る月收を得てゐる。それはそれでよい。君達にはそれだけの商品価値が有るのだから、多過ぎるとは言へない。むしろ、それでも足りない位だと思ふ。

たゞ、君達は、いつの間にか、その様な收入に馴れた。それを手一杯に使って暮す暖かさに馴れた。その暖かい席から自分の尻を持ち上げるのが、おっくうになってしまった。しかも、その様な席から「窮乏してゐた新劇時代」を振返って見ると恐ろしくなる。その時代に別に餓死に近い目に会ったわけでもないのに、恐怖は君達に「食へなかった」などと言ふうはごとを言はせるのだ。

しかも、君達の芸術慾や演劇愛は、まだ死滅したわけでは無いので、君達を驅って何かやらせたがる。現在の暖かい席に落着いて居れない。さうかと言って、暖かい席を離れ切りにもなれない。いきおい、その席に坐ったまゝで、又は半分ばかり坐ったままで、君達の言ふ「良心的」な「純粋」な芝居を「いぢくり」はじめた。それが芸楽座だ。そして、その様な虫の良い自己の態度を自ら辯護するために、この席を離れてしまって全心身を賭して芝居をやれば「食へないから」と放言してゐるのである。

君達をその様にさせてゐる不安や恐怖や危懼の心理は、僕にもわからぬことはない。

しかし君達のその様な態度は、丁度ヌクヌクと安楽椅子にふんぞり返って居られる金持が、道楽に魚釣りに出かけて、「魚が一匹も釣れないでは、俺は食へなくなる」と心配してゐるやうなものだ。また、ダンケルクから敗退したイギリス軍が、英本土まで逃げればよいものを、恐怖のあまりカナダの方まで逃げ去ってしまったあげく、カナダの安全さに馴れてしまって、「英本土に戻りたいが、戻るとドイツ軍に殺される」と心配するのに似てゐる。しかし、まだそれだけならよい。許すべからざるは、その様な心配を言葉に出して呼號する事に依って、現に魚を釣って生計を立ててゐる本職の漁夫、又はこれから本職にならうとしてゐる漁夫の子達を全く有害な不安に陥れたり、全軍の将兵に全くいわれの無い恐怖を與へて戦意を失はせやうとしてゐる點だ。つまり、真剣に「高き」演劇に挺身し、又挺身しやうとしてゐる良き演劇人達を嘘偽の――少くとも真偽不明の言説を以て萎縮させやうとしてゐる事だ。しかも、それを「良心」や「純粋」や「国」の名に於てしてゐる事だ。

君達、虚妄にとりつかれた「新劇くづれ」どもは、何かと言へば過去を振返って「生活の苦難」を言ふ。

苦難？、

どこに、苦難と言ふに値ひするものが有った？ 酒が飲めない、御馳走が食へない、一ケ月三十圓しか収入がない、三日食へなかったことがある……等々々。それが苦難か？ 苦難と言ふ言葉が泣くであらう。われわれの志は、たかゞそれ程の事を「苦難」と稱して自ら誇り、しかもその事から尻込みし、今後とも尻込みする程に浅薄なものであるのか？

「芸」のため「道」のために、文字通り一生を粉骨し碎身して尚足らずとした先人達に、われわれは恥ずべきである。先人の事を言はずとも、現に、われらの目前に於てわれらの兄弟達である将兵諸氏が、どの様な状態の中で戦ってくれてゐるかを想ひ見ればよい。食も無く水も無く、炎熱又は酷寒の道を一日に十里十五里と歩み行き、しかもその末に敵の十字砲火の中に身をさらす。苦難とはその事だ。それが苦難と言ふに値ひする事である。われわれ芸術にたづさわる者達が、芸術の事に専念するために味はなければならぬ少しばかりの不自由を苦難などと言ふのは僭越の限りであらう。

又、偉大なる先人や將兵諸氏の事を言ふ事が憚れ多いとならば、言はずともよろしい。現在の国民大衆がそれぞれの業務にセッセとたづさわりながら、どれ程の労苦をしのいでゐるか、そして、どの程度の生活をしてゐるかを見てみるがよい。

そして、演劇人と雖も国民大衆の一人々々である。一般の国民大衆の平均生活以上の生活をしてもよい資格は無いのだ。同時に、一般の国民大衆と同程度の生活（大體六十圓から百圓近位の生活）をしやうとさへ思へば、どの様な演劇人でも、コツコツと演劇の仕事にはげんでさへ居れば、それがどの様に「高い」演劇であらうと、どの様に「低い」演劇であらうと、チヤンと暮して行けるのだ。現に暮して行けてゐるのだ。

三百圓も千圓もの収入を得て贅澤に馴れスタア意識に毒されてしまった阿呆共が、自分で自分の「傳説」に縛られてしまひ、「良い仕事のためにならば千圓の月收が百圓になってもよい」とは思はないで口先きだけでは「良い仕事」をやると稱しながら、千圓の月收にかぢり附いてゐる――これを、これこそ怯懦と言ふ。千圓の月收のある者が百圓の月收のある者を見て「とてもそれでは食へない」とデマる――これを、これこそインチキと言ふ。

君は、その様な意味で怯懦であり、その様な意味でインチキであるのだ。そして君以外の苦楽座同人諸氏、それから新劇くづれ俳優の中の或る者達、それから今の世に時めいてゐるスタア格の俳優達の殆んどすべてが、さうである。今、われわれが一丸となって戦ひ抜かなければならぬ未曾有の国運の中にあって、自分の坐り込んでしまった「特等席」を離れることは「良心」の名でも「高いもの」の名でも「純粋」の名でも「国」の名でも、いやでござると言ひ放ってゐる者を意味してゐる。殆んどそれは獅子身中の毒虫の行為だ。

なるほど、新劇――芸術的に良心的な、その手段に於て高い演劇――の観客は、現在のところ、他の演劇の観客に較べて、非常にすくない事を僕も認める。しかし、その劇団の経営・製作・持続などがよろしきを得るならば――と言ふ意味は、理想的にうまく行けばと言ふのでは無くて「専門劇団として普通の平均水準まで行けば」である――今わが国に専門的新劇団の三つや四つを常置存続させて行くに足

る程の数の観客は存在してゐることを、僕は断言する。せよとあらば、その計数の概略をも示すことが出来る。

勿論、その様な劇団には、現在映畫会社その他がスタア級の俳優に拂ってゐるやうな高額の報酬は拂へないであらう。又、それらの劇団は、その成員の一人々々に、たゞ時々痙攣的に片手間的に劇団活動に参加することを許しはしないであらう。全幅的に恒常的に永続的に劇団活動をすることを命ずるであらう。

さうすれば、それらの劇団はその成員全部に、少くとも毎月四十圓から百圓までの月給なり分配金なりを支給することが出来る。つまり、全員は、食へる。勿論、その創立初期に於ては、又時に依って或る時期に於ては、種々の原因から赤字を出すかも知れぬ。しかし、すべての仕事には、時に依って赤字や借金は附隨するものだ。赤字や借金の存在が即ち「食へない」と言ふことにはならないのである。借金して食って行きながら仕事をして行くことも「食へる」内なのだ。理屈ではない。事実として、さうではないか。

いつでも、そして、いつまでも黒字ばかりでやつて行ける事業や運動が世の中に在ると思ふか。君の頭の中から、すべての妄想と恐迫観念のクモの巣を拂ひ去って、事実をありのままに見るがよい。

6

君は更に、かつての新築地劇団その他を回想して、「食へるときめて割出した人件費を毎月捻出しなければならぬ苦しさから、やがて知らず知らずの間に針路が曲るやうになった。仕事……演目の配列などに濁りが生じて来た」と言ってゐる。

これは僕には非常に奇怪な言葉に響く。それ自體としても奇怪であるし、特にそれを君が言ふのは尚更奇怪である。奇怪で、そして、まちがってゐる。なぜか？

先づ、新築地劇団その他の新劇団に、針路と名づけるのにふさはしいものが有ったか？ 無かった。有るものはたゞ、社会と国家の実際生活から遊離し得るだけ遊離し切ったエセ知識階級の一人よがりの「芸術的良心」と「進歩的気分」とが許し得る限り

の右往左往と、あれやこれやの選択と、それから、実際生活の責任と自信とから全く見離されたルンペンの頭が描くあれやこれやの物への無反省無計画の追随とが有るだけであった。これも言へとならば、実際の実例をあげて證據立てることが僕に出来る。それは、なるほど「芸術方針書」など、言ふ紙の上には在った。また、外部に對する言葉の上だけには在った。しかし、実際に於て――つまり、その劇団の個々人と全體を実際上統制し統一するものとしての針路は無かったのである。そして、無い針路が曲り得るか？、

次に、「演目の配列などに濁りが生じて来た」と君は言ってゐるが、僕は問ひたい、新築地その他の劇団の演目の配列その他が澄んでゐたことが有ったか？ 演目の配列が澄んでゐると言ふことは、それらの劇団の總意が命ずる所に第一義的に緊密に結び附いた演目の配列と言ふ事を指すのであるが、その様な時期がそれらの劇団に有ったか？、無かった。澄んでもゐなかったものが、濁る筈は無いのである。

だから、この様な言葉で以て君がホントに言ひたがってゐる事は、そんな事では無いのだ。実は、実際に於て君が「その劇団のやりかたに不満を抱いた」ために「サボらざるを得なかった程にダラシの無かったところの新築地劇団の、実際上は存在もしなかった「針路」や「清澄」を今更になってそれが厳然として存在してゐたかの様に言ひ作ることに依って、それらの「針路」や「清澄」さの神聖さをデッチあげ、それらの神聖さを歪め、けがすものとしての「食ふと言ふ建前」を有害なものとして、おとしめやうとしてゐるのだ。それが君の目的なのだ。これは二重三重の陥穽である。虚妄の上に虚妄を畳み上げその上に更に虚妄の言葉を置いて「さあ、これが真理だ。これを拝み、これに従へ」と君は言ってゐるのだ。

なるほど、どんなにダラシの無い全體性に欠けた劇団にも、その全員又は一二の個人が、漠然とした形で、「おれ達は本来、こんな風な演目でこんな風な芝居をしたいんだ」と思ふ事はあり得る。そして、この事は、普通考へられてゐるよりも、當の劇団にとっては大事な事がらである。新築地その他の新劇団にも、それは有った。そして、結局は、その様な気分が、非常にダラシの無い現はれ方と経過をとっ

て、それらの劇団のその時その時の「やり方」や演目を決定して行った。しかし、もともと、その様な気分は緊密な鍛錬を経て来たものでは無いので、それの生んだやり方や演目が、往々にしてその劇団の経営的な必要と矛盾したり相剋したりした。言葉を換へて言へば、劇団の芸術的意図と経営的必要とが衝突した。そして或る場合には前者が勝ちを占めて後者が無視された。或る場合には後者が支配して前者が第二義とされた。そして全體を通じて見ると、後の場合の方が多かった。

君の言葉が、この現象を指して言はれてゐるものとすれば、その言ひ方と、それから引き出されてゐる結論との全き誤りと悪意とを向題外にすれば、――つまり君の言葉そのものは、それだけとしては當ってゐることを僕は認める。そして、その限りに就ても僕は次のやうに言ふ。

その様な、芸術的意図と経営的必要との相剋は、あらゆる劇団の場合に避け得られないばかりで無く、それは起る方がよいし、起らなければならぬ事である。なぜならば、劇団の経営といふ事は、君が思ひ、かつ言ひたいと思ってゐるやうに、その劇団の芸術運動の外にあるのでは無くて、その劇団の芸術運動の一部分だからだ。経営無くして芸術運動は無いのである。営利劇団に於て経営が芸術的意図や方針の外に存在してゐるのは、その劇団が芸術運動では無くて、営利の對象であるからだ。つまり商品だからである。芸術運動としての劇団に於ては経営は外に存在してはならぬし、また概して外に存在し得ないものである。従ってこの二つは、劇団の内部に於て相剋するのが當然であり、相剋した方が、より良いのである。相剋して運動全體を駄目にしてしまうものとしてゞは無く、相剋した結果として運動全體をより高くより強力になすものとして、相剋は有った方がよいのである。それでこそ初めて、芸術的意図の中で現実から浮き上ってしまったマヤカシモノの「芸術至上主義」や、たゞの装飾に過ぎない「良心」などが、経営の必要の中に正當に含まれてゐる觀客大衆の健康な嗜好や意志に依って叩き出され、矯正される。同時に、経営的必要の中に含まれてゐる誤った事大主義や大衆追随主義などが、芸術的意図の中に正しく含まれてゐる真の文化・芸術への高き意志に依って叩き出され矯正されるのだ。双方の偏向

が互ひに矯正される可能性が、そこから生れるのである。勿論、この二つの相剋は一つ一つの実際上の結果としては、時に依って妥協の形で現はれる事もあるだらうし、又、征服被征服の形で現はれる事もあらう。その様な妥協はしなければならないのだ。その様な征服被征服はあった方がよいのだ。なぜならば、言葉のホントの意味ではその様な妥協は決して妥協と呼ばるべきもので無く、征服被征服と呼ばるべきものでも無いからだ。その事に依って當の劇団が一つの全體として、より健全に仕事がして行ける——即ち芸術面でも経営面でも無理なく一歩々々とより高い方へ近づいて行ける事だからだ。言ふまでも無く、その様な歩みは非常に遅々としか進まない。たとへば、舊築地小劇場が「土方伯爵家の財産を食ひつぶす」ことに依ってなし得たやうな「芸術的に高く純粋な」仕事を、それ程急速にやる事は出来ない。同時に、あらゆる金儲け主義劇団がすべての良心と誠実と善意を侮辱する事に依って成しとげてゐるやうな「食へて尚餘りある」仕事を、それ程急速にやる事は出来ない。そして、やれないのが本當なのだ。やってはならないのだ。なぜなら、右にあげた二つの行き方は、それぞれ全く不健全であり、そのまま「亡びの道」に通ずる事がらであるからだ。

遅々たる歩みではあっても、絶えず打ち叩いて来る経営的必要（つまり食ふ必要）の抵抗に向って芸術的意図の本質を守り抜いて行き、同時に、絶えず激発して来る芸術的意慾（つまり純粋な高い芝居をやりたいと言ふ慾望）の抵抗に向って経営的最低線を確保して行く——この二つを統一的に調和的に実践する努力を忍耐強くやって行くことのみが、真に健全なる「栄えの道」である。そして、さうであってこそ、その芸術的意図は正しく芸術的意図と言ふ言葉に値ひするし、その経営的必要は正しく経営的必要と言ふ言葉に値ひする。

そして、右の様に堅実な芸術的意図も、右の様に堅実な経営的必要も、従って勿論、この二つのものの調和統一に對する忍耐強さも、新築地その他の新劇団には薬にしたくも無かったのである。有るものはたゞ、或る時は芸術的意図だけを文學青年的、芸術至上主義的、感傷主義的に抱きしめて他を顧みず、又別の時は経営的必要だけを商人的、ユダヤ人的、サラリーマン根性的に抱きしめて他を顧みぬと言ふ

テンヤワンヤだけであった。そして、経営的必要のために芸術的意図のホンの少しばかりが差し引かれると、「俺達の芸術運動の針路は曲ってしまった。濁ってしまった」とわめき立てるか（丁度君がしてゐるやうに）又は芸術的意図のために経営的な困難が少し起きると「これでは食へんから、もう駄目だ」と泣きベソを掻く（丁度君がしてゐるやうに！）と言ふ、殆んどヒステリイ患者に類する狂躁状態だけが君達を支配したのである。この狂躁状態は君の裡に今尚続いてゐる。そしてそれが君に、此の章の冒頭に引用したやうな言葉を吐かせ、虚妄の上に虚妄を築かせてゐるのだ。僕が「この言葉はそれ自體としても奇怪に響く」と言ったのは、その事だ。

次に「特にそれを君が言ふと尚更奇怪である」と言ふのを説明しやう。

説明する必要から、百歩を譲る。で、假りに君の言ふ「新築地では食へなかった。食へないものを無理に食はうとしたゝめに新築地の針路は曲げられ、濁った。その食へないと言ふ事にも堪へられなかつたし、針路の曲りや濁りにも我慢出来なかったので自分はその様な仕事から身を引いてゐた。しかし尚、演劇への愛情のやみがたいものを持ってゐる自分達は、今の場合からするのが最善だと思ふので、食ふ道を別に持ちながら良い仕事をしやうと思って苦楽座を結成した」と言ふ言葉を、そのまま文字通りに眞実として肯定して見やう。……さあ丸山定夫よ、水に落ちて溺れやうとしてゐる君を救ふために僕は一本の藁シベを投げ与へる。すがり附きたまへ。やがて直ぐに僕はその藁シベをも君の手から取り上げて見せる。そう、次を読め。

そこで、苦楽座結成に至る君の論理のすべてを僕は肯定した。あとは、君自身の論理を使って行く。苦楽座は、食ふための手段を他に持つた君同志の劇団なのだから、差し当り苦楽座自體の仕事の收益で以て食はなくとも済む。從って、その方針や演目の配列は食う必要を顧慮しないで実施出来る。と言ふよりは、それが取り柄で苦楽座は始められたのだ。すれば、苦楽座の方針や演目は君等座員達の芸術家としての芸術的意慾を第一義的に具體化したものである。

そこで苦楽座の旗挙公演のやられ方（方針）と演目の配列を見やうではないか。

それはスタア・システムでやられた。演目は各スタア達の「これは俺の出し物、これは俺の出し物」と言ふので決められた。俳優が足りないのは、あれやこれやの雑色の不統一な俳優達が掻き集められた。又は、どう言ふ理由か僕には判らぬ理由で（なぜなら苦楽座はそれで以て食う必要は無いのだから従つて「當てる」必要は無いのだから）「大いにポスタア、ヴァリユーを考慮して」人気だけ有つて演技力を殆んど持たぬレヴユーガールなどまで掻き集められた。稽古日数は、ひいき目に見ても充分とは言へなかつた。三つの演目の間に一貫した方針も調和も統一も無かつた。その演目の一つ一つも意義や美しさに於て欠けてゐた。つまり良くなかつた。（この事に就ては、もし君から質問が有れば、良くなかつた理由を具體的に述べる事が僕は出来る。また、それだけの責任を自分の言葉に負ひたいと思ふ）

準備期間が足りなかつたとか、脚本が他に無かつたからとか言ふ辯解は、この場合有り得ないのだ。なぜかと言へば、君達にとつて食ふ必要こそ芸術的方針や演目を歪めたり濁らしたりする最大の理由なのだから、その食ふ必要こそ芸術的方針や演目を歪めたり濁らしたりする最大の理由なのだから、その食ふ必要を顧慮する必要の無い苦楽座が、誰が考えても芸術的方針を歪め演目を濁らせるところの準備期間の不足や脚本の不足を我慢しながら芝居をやる必要は初めから無かつたのだ。従つて、苦楽座旗挙公演の、このやられ方や演目が、君達の芸術的意慾の第一義的な現はれと見てよいのである。（記憶せよ、僕がこの結論にたどり附いたのは、君自身の論理に依つてである）

これから先きは、僕自身の見る眼だ。さてそれで、僕の眼には、この様な芝居のやられ方が、真直ぐな方針に基いたものとはどうしても見えないし、この様な演目の配列が澄んだものとは映らないのである。むしろそれは曲つた針路――と言ふよりも初めからクシヤクシヤに曲りくねつたボロクズの様な針路、早く言へば針路とは言へない針路に依るものの様に見えるし、また、それは濁つた演目――と言ふよりも初めからドブドロの様に濁つた演目、早く言へは澄むとか濁るとか問題にならぬところの演目の様に見える。その曲り方や濁り方は、君の「食う必要のために曲つた針路を取り、濁つた演目」に堕した新

築地劇団の方針や演目に較べても、若楽座旗挙公演のやられ方と演目は、より曲って居り、より濁ってゐるとしか僕には見えないのである。しかも、ショッパナからである。これも、もっと具體的に実證せよとあらば僕はするつもりだ。

　すると僕には、君の「食へないから……」と言ふ文句から始まって展開された言葉と論理の全過程が、ひっくり返り、こはれてしまったやうに思はれる。言ふまでも無く、君にも同様に思はれる筈だ。

　従って、あにはからんや！　芸術方針を曲げたり演目の配列を濁らしたりする原因は、君の言ふ「食へないのに、無理に食はうとする」からでは無かつたのだ。少くとも、食へないからだけではなかったのである。それごらん。君の手から最後の藁シベを僕は取り上げてあげた。君は、どうする？　どう答へる？

　そこで、前に別の言葉で言ったやうに、或る劇団の芸術方針の歪曲や演目の濁りは、他なし、その劇団の芸術的意慾の衰弱から起ると僕は思ふ。衰弱した芸術的意慾は、ホンの少し痛めつけられても悲鳴をあげるものである。チヨットばかり「食へなくなつて」さへも、それに堪へ切れないのである。

　かつての新築地その他の新劇団はいろいろのやむにやめない原因から、殆んど慢性的に衰弱した状態であった。そして君達の若楽座は、別に何の原因も無いのに──少くとも僕等には見當の附かない原因から、初めから衰弱してゐる。多分、もう暫くすれば、若楽座のあげる何かの種類の悲鳴を聞けるであらうと僕は思ってゐる。

7

　次に君は言ってゐる。

「一つの劇団、又は一つの演劇運動は永続する必要がある。永続とは忍耐と聰明である。忍耐と聰明は熱情と勇気より尊とい。花よりも実が尊といやうに」

　正にその通りである。僕の言ひたい事をソックリ君が言ってくれてゐる。

　だから──と僕は次に言ふ──君は、他ならぬ新築地劇団の指導的なメンバアの一人であったのだから、その新築地劇団を永続するやうに全心身の努力を拂ってくれればよかった。それを君はしなかった。

少しばかりの貧乏に耐へ切れずに君はそこから逃げ出してしまった。しかしこれはもう既に過ぎた事であるし、かつ新築地が永続する事が出来なかった理由は、後述するやうに、主として他の所に有ったのだから、此處では言はずともよろしい。

だから、と僕は次に言ふ――君は若楽座を永続させてくれるがよい。これは反語では無いぞ。僕が今、この様に君をたゝく言葉を吐き散らしてゐるのも、結局、せっかく始めた君達の若楽座を永続させて欲しいと僕が望むからである。そして、今のままの性格を持ちつゞけて行ったのでは若楽座は健全な姿では決して永続する筈が無いからである。

永続する筈の無い、又永続させてはならぬ性格を持ったものを唯単に形の上だけで永続させることは真の永続では無い。その様なものは叩きこはすことこそ真の永続である。永続性と言ふことは、劇団や演劇運動にとっては非常に重要なことではあるが、しかし、何が何でも――つまりその本質がどんな風になってしまっても、たゞ形の上だけで永続しさへすればよいと言ふのは、まちがってゐる。その本質に於て永続さすべきで無いと言ふ事がハッキリしたら、その瞬間にそれは打切られなければならぬ。

過去に於て、新協劇団や新築地劇団等が、恕すべからざる思想的過誤と、芸術至上主義的陥穽に陥ちたのを見て、僕は即時解散を主張した。それは聴き入れられず、反對に、僕は「裏切者」と呼ばれた（十数年以前）。僕はやむを得ず、両劇団の屬してゐた団體から脱退して、ひそかなる自信と光栄の裡に「裏切者」の名に甘んじた。なぜならば、既にその三四年前から、新協劇団や新築地劇団などの演劇運動の基礎をなしてゐた思想（つまり、それ以前までは僕もその中にゐたところの思想）を自身の裡に於て崩壊させてしまひ、その根本的な誤りに気附いたために、自ら進んで実際上その思想を裏切ってゐたからである。僕に冠せられた「裏切者」の名は、少しばかり時期遅れではあったが、至當なものであったのだ。とにかく僕の即時解散の主張は無視され、新協劇団や新築地劇団は続けられた。それまではまだよかった。次第に、そして自然に、新協劇団や新築地劇団の中でも左翼的思想は崩壊して行った。そして、その時に両劇団は解散して居れば、まだ、よかった。しかし、それをしなかった。事態は自然に、

更に悪くなって行った。

　そして、ただ漠然とした左翼的態度や左翼的気分だけが、一つの習慣乃至後味として残り、それを中心にしてダラダラと芝居は続けられた。一面から言へばさうしてゐる方が、極く卑近な對世間對ジャーナリズムの態度として有利であったからである。なぜと言ふに、その頃まで一般の社会に、時に新劇の常習的観客をなしてゐた「知識階級」の中に、未だ非常に多数の同様漠然とした左翼的態度や左翼的気分が残ってゐて、それに迎合したり、それらを引き附けたりする事は、これらの劇団の、たゞ単に経営的劇団としての存立にとって必要であったからである。そして両劇団とも「永続」しつゞけた。つまり曽て「政治的」「イデオロギイ的」劇団であった両劇団が、既に真の意味では政治的でもイデオロギイ的でも無くなってしまってからも、その政治やイデオロギイのシャッポをかぶってゐるやうな、かぶってゐないような、甚だ怪しげな姿で以て「永続」しつゞけた。ことわって置くが、僕がこれを言ふのは、僕が自らを清しとして、他の古キズをとがめてゐるのでは無い。又、自分の「先見の明」をひけらかすために言ってゐるのでは無い。言はねば話がわからぬから、事実を言ってゐるまでゞある。もし「先見の明」を誇って、とがめてゐるとするならば、僕は自身をも含めてとがめてゐるのだ。なぜならば、既にその様なものになり果てた両劇団からさへも、外部の一個の劇作家として乞はれゝば、そして、その時に表明された両劇団の思想的、社会的立場を、その時僕が承認した限り、僕は、上演戯曲を提出した事が両三回あるからである。

　で、とにかく、そんな風にして両劇団ともつゞいて来た。その「永続」は、形の上だけの永続であった。一言に言って、悪質の永続であった。まして、君の言ふ「忍耐」にも「聡明」にも当らぬ、むしろ反対に「未練」と「愚昧」に起因する永続であったのだ。僕は、その頃から今に至るまで、この自分の見解を公けの席で公言し、公けの場面に書いて来た。しかし、誰もそれに耳を傾けやうとはしなかった。勿論、両劇団はそんな意見に全く耳をかさなかった。僕も遂に言ふことに飽きた。両劇団はその後も、あたかも切れ切れなること牛の小便の様にではあるが、同時に、いつ打ち切られると言ふことも無い點でも、

牛の小便の様にタラタラと続いた。そしてそれは恰も半永久的に続くかに見えてゐた。そして三年前、両劇団とも当局のすすめに依って、辛うじて打ち切られたのである。

君は「新築地劇団は過去の或る時期に犯した思想上の誤りからその命脈を断ったが、でなくても上述の錯誤〈＝もともと食へる筈の無い劇団が、無理に食はうとして無理をしたこと〉から、早晩その永続性を失ふ運命……解散或はそれに近い大改造を要する運命にあった」と言ふが、真実は「命脈を断った」の所までゞあって、「でなくても」以下は全部嘘である。新築地は、幸ひにして当局の明断に依って解散せられたからこそ、やっと、つぶれる事が出来たのだ。もし当局の明断が無ければ、新築地は、生きてゐるか死んだのかハッキリしないやうな姿で、ダラダラと生き続けてゐたに違ひないのである。切っても切っても生きつゞける単細胞動物の様にダラダラと現在までも今後も形の上だけでは「永続」してゐたに違ひ無いのだ。こゝに於てか、これを解散させ打破らせた当局の明断は、世間のために幸ひなことであった事は言ふまでも無い。ばかりで無く新協新築地両劇団のためにも幸ひであった。勿論、僕は喜こんだ。

此處までの経過を一つのたとへ話にすると、或る一家が在って、その家は既に久しい前から、実質的には没落と言ってよい程の紊乱状態にあった。たゞ今までの習慣と惰性とで形の上だけで一家として存在しつゞけてはゐても、家族達の混乱と放埓はその後も益々紊乱状態をひどくして、それは殆んど収拾のつかぬ程の有様となってゐた。しかも此の一族の全體を支配してゐる気分は、それ自體として何等明確なものではなくても、社会にとっては一種有毒な空気を発散してゐた。

親戚に一人の伯父さんがゐて、これを心配した。許して置けなくなった。遂に見るに見かねて、乗り出して来て、この一家の財産整理にかかった。整理は、とにかく済んだ。一家は離散させられた。しかしそのために子供達の一人々々は、とにかく存立して行けるやうになったのである。……それを聞いてそのズット以前に此の一家から勘当されて出奔してゐた息子の一人〈即ち僕〉は、よろこんで、ヤレヤレと思った。

そこまでは、よかったのである。そこから先きがいけない。と言ふのは、その伯父さんは一家を離散する際に子供達の一人々々に、今後まじめにさえやって行けば、それぞれに身を立てて行くに足るだけの資本は添へてくれた（それは何かと言へば、芸術家としての良心と技術である）。ところが、離散して一人々々になった子供達の中で、その資本を妙なところに使ひはじめた者が出て来た。その或る者達はバクチや投機にこれを使ひ出した（即ち曽ての新劇人達の中で、あれ以来、映画でござれ芝居でござれ、金にさへなれば、そして少しでも多い金にさへなれば、その餘の事はどうでもよいと言ふ「お役者根性」になった者達がゐる。そして運良く、思ひがけない金＝月給にあり附いたもので、トタンにのぼせあがってしまって、小成金になった気の者が相當居ることは、誰もが知ってゐる）。或る者は、せっかくの資本で、女買ひをはじめた（即ち、演劇（＝女）に惚れた惚れたと言ひながら、実はホンの時たまのインギンを通じたいだけの気持で、自身の身體にも自身の財布にも決定的な危険を及ぼさぬ範囲内で芝居をしやうと言う者達――即ち君もその一人だ――が現はれて来た）。等々。

曽ての勘當息子が、これらを見聞きしてゐれば、心外に思ふのは當然であらう。第一、せっかく、チヤンとして今後やって行くやうに取計らってくれた伯父さんに對して済まないのではないかと思ふのだ。

即ち僕は、それらを心外に思ふ。當局（引いては国家社会）に對しても、それでは済まないのではないかと考へる。此の際こそわれわれは、腹のドン底から自戒し自粛して、国家と自己の関係、文化芸術と自己の関係を洗ひ突きつめ、鍛へ浄めて、国家の子としての誠実と、文化芸術の僕としての良心に徹することに努めた上、文化芸術の事を為すには全身全心の誠を以てこれに當るに非ずんば、過去における過誤を償ひ得ないばかりでなく、われわれ自身をも遂に真に救ひ得ないのではないかと僕は思ふのだ。

しかも、演劇に對して女買ひが女にするのと同じやうな事をしてゐるその君が、自身のその様な中途半端な放蕩心を蔽うために、ミソもクソも一緒にした「永続性」の必要と言ふ言葉を使ってゐる。僕は君のために惜しまざるを得ないのだ。

なるほど君達苦楽座の座員諸君は生活の道へしか

も、かなり裕福な生活の道）を映畫その他に持ってゐて、その餘力で苦楽座をやって行くのだから、その生活の道が断たれない限り、苦楽座は「永続」するであらう。丁度、女買ひが自分の生活費から女買ひの費用を楽に捻出し得る限り、女買ひを「永続」して行けるのと同じやうに。

しかし、僕は言ふ、すべて本質を伴はざる「永続」は、あらゆる物事に於て、悪しき「永続」である。有害である。それは一刻も早く、それが本質を失ひ本質を歪めてゐる事が明瞭に徹底的に判然とした瞬間に、打ち切られなければならぬものだ。

君の言ふ「永続性」といふ事の正しき意味は「傳統」のことである。そして、われわれの傳統は、ただ単に形の上で一つの事が永続することであってはならぬ。要はその本質だ。その精神だ。先人の本質と精神を受けつぎ生かすものが、傳統の正統の受継者である。たとへば、萬葉の正統の受継者は、訓古と模倣と形式だけを事とした中世の歌読みでは無くして、却ってたとへば源實朝であり、たとへば橘曙覧《あけみ》であり、たとへば平賀元義であった如く。たとへば蕉風の俳諧の正統の受継者が、芭蕉の直弟子達や孫弟子達では無くして、却って、たとへば正岡子規であり、たとへば大東鬼城であった如く。

そして、新劇に於て（更にさかのぼって言へば、その新劇こそ実は、歌舞伎を中心にして発達生成し来った日本演劇の正統の受継者であり、なければならぬのであるが、今はこれに觸れず）、明治以来の諸先人達の作り上げた傳統の、今後に於ける正統の受継者は誰であらうか？　僕には未だハッキリとは言へない。しかし少くともそれは、苦楽座又はそれに類する本質や精神のものでは無いことは、言へる。なぜかと言へば、それら先人達の本質と精神は、演劇を道楽として扱い、餘力を以てやらうと云ふのでは無かったから。彼等は彼等の全部をそれに賭けた。そして、彼等は彼等の仕事に賭けただけの　すぐれたる傳統を生み出し得た。そして、彼等の傳統を正しく受けつぎ生かすのも、われわれの中で自己の全部又は最良のものを賭けて演劇を擔はうとする者である。又われわれは、われわれがそれに賭けただけの傳統を生み出し得るに過ぎないのである。

僕がこの様に執拗に君を打ち叩き、苦楽座をやるならば全力をあげてこそやれと苦言を呈するのも、

全く、俳優として現代日本の第一流者の一人であり、そしてわが深く愛する友である君に、日本新劇の正統の受継者たれと心から僕が願ふからである。

8.

君は

「敎へてくれ三好君」と言ふ。

さあ敎へた。もし此の様な蕪雑な言葉が敎へると言ふことに當るならば。そして、君に僕が何事かを敎へることが出来るならば、僕と言ふ人間が未だ他に學ばなければならぬ事が多いためである。と言ふよりも、僕が僕自身に敎へなければならぬ事が多過ぎるためであると言ふのが、より適切であらう。と言ふよりも、君は僕の兄弟であり、君は既に僕の内に住んで居り、君は僕であり僕の一部である。その君に向って僕が「それは間違ってゐるぞ、本當のことは、かうだ」と言ったゞけだ、と言ふのが更に適切であらう。それが「敎へる」と言ふ事になるのであったら、僕は敎へた。君は學ぶがよい。

君は又「存分に誤りを指摘し鞭打ってほしい」と言ふ。

さあ、誤りを指摘し鞭打った。

君の誤りは、結局に於て僕の誤りだ。君の怯懦も、結局に於て僕の怯懦である。大所高所から見れば君と僕とは共犯者である。君を鞭打つのは、僕が僕を鞭打つのだ。鞭の痛さに君が音をあげるよりもズット前に、同じ鞭の痛さに僕は泣いてゐる。比喩では無く、文字通りに泣いてゐる。これが「鞭打つ」と言ふ事になるのであったら、僕は鞭打つ。君は、立ち上って、歯向つて来るか、鞭の方向に向って歩み出すかのいづれかをせよ。

更に又、君は「君（三好）が自分の一本槍な誠実さから、さう感じ、さう批判してくれるのは……」と言ふ。まるで「あなたは神様であるから、そんな風にお考へになれるし、そんな風におやれになるでせうが、私共は平凡な人間ですからこの様に思ひ、この様にしか出来ないのです」とでも言ふやうに。

違ふ！ 第一に、それは事実で無い。次に、それは卑劣きはまる逃げ口上である。

なにが僕が一本槍なものか。なにが僕が誠実なものか。もし僕が誠実だとするならば　君と同じ位に

誠実であるに過ぎない。

見ろ、僕はこれまで思想に於ても生活に於ても仕事に於ても、あれやこれやと、これ程に血迷ひ歩き恥をさらし、人を傷けると同時に自身をも傷け、昨日の事を今日裏切り、少しばかりの苦しみや悲しみにも忽ち自れを失ひ、未練と執着の泥で我れと我が心と顔をよごして来た。今後とても、いづれは、それの連続であらう。その一つ一つを具體的に言へとあらば言ってもよいが、殆んど僕はそれに堪へ得ぬ。又、今更それを言ふ必要も無いであらう。たゞ僅かに、その様な自分を少しづつでもマシな方へ持ち運んでくれる「行」としての――つまり、その様な自身を少しづつでも真に救ってくれる告白の場としての、従って又、もしかすると自分といふものが、他の人々のためにも幾分かは役立ち得るやうになるかも知れないところの鍛錬の道場としての芸術＝劇作の仕事が僕の前に在る。丁度君の前にも芸術＝演劇の仕事が在るやうに。

しかし、此処でも尚僕は迷った。恥を語らねば話が通じぬ。その様なものとして劇作の仕事を考へながらも、やっぱり金が欲しい。ひどい貧乏は、やっぱり怖かった。それで時々は「金のために」仕事をした。そして、その金が細々ながら続く間だけ、つまり食って居れる間だけ、本来的に自分のしたいと思ふ「ホント」の仕事をした。そして恐ろしいのは、前の場合にも、その仕事は他ならぬやっぱり自分がするのであるから、良かれ悪しかれ自身のホントの姿が出るし、後の場合にも、その仕事はやっぱり自分がするのであるから、「金のために動いた」時の自分の姿が現はれて来る。そして、この二つは殆んど両頭の蛇の様に互ひに互ひを喰ひ合ひもつれ合ひ、互ひが互ひを堕落させ合って、殆んど収拾のつかぬやうなメチャメチャな状態に自分を陥れた。それに僕は気が附いた。何とかしなければ堪へ切れぬやうになった。そして思ったことには、これは自分が「食う必要」と「芸術家としての本心」とを二つの物として別々に扱ってゐるからだ。この二つを完全に一つのものに統一する以外に逃れる途はない。即ち「食う必要」がソックリそのまま「芸術家としての本心」であるやうにしなければならぬ。別の言ひ方をすれば「食う必要」が命ずる事に堪へ切れない程にひ弱わな部分が「芸術家としての本心」の

中に有るならば、それは切り捨てなければならぬし、「芸術家としての本心」が命ずる事に堪へ切れぬやうな部分が「食う必要」の中に在るならば、それを切り捨てて、その残りだけで生きるか、又は死ぬかしなければならぬ。そして、それは果して出来る事なのか？、出来る！。出来るばかりでなく、さうであってこそ「食う事」と「本心」とは助け合って、より高いより堅固なものを生む事が出来る。そして気が附いて見たら、これが僕の「本職の道」であつたのだ。

　出来ると僕に言へるのは、それを現に僕が実行出来てゐるからだ。勿論、未だあまり完全な形で実行出来てゐるとは言ひがたい。現にこの三四年位は、そのために、黒字としての収入は一銭も無くなって、前借々々で辛うじて食ってゐる。しかしとにかく食ってゐる。だから、もう僕は、うろたへない。又、だから、現にこの三四年間は、その昔僕が芸術至上主義的であった頃の様に「純粋」な仕事はしないし、出来ない。しかし辛うじて、とにかく自分の芸術家としての本心に背くやうな仕事はしないで済んでゐる。だから、僕はもう、うろたへない。

　勿論、生活の方も創作の仕事も、スラスラと運んでゐるとは言へない。窮迫と不如意と、非才と鈍根に、獨り泣くこと、しばしばだ。特に近年、生活と仕事の無理がたゝって来て、数日ないしは十数日を病床に徒費しないで過す月は殆んど一ケ月もなく、人中に出て活動することに全く耐へ得ない程に衰へてゐる健康状態なので、「つらいなあ」と思ふ事が無いと言い切れば嘘になる。しかし、それだけに以前に較べると確に、少しばかりは腹が据った。そして、「おれと言ふ男は、銃を持たされても鍬を持たされても槌を持たされても、その他どんな仕事を當てがわれても、その事に就てなんにも知らず、その力を持たず、物の役には立ちそうも無い。たゞ僅かに文學芸術の中の演劇と戯曲に就てならば、ホンの少しだか知ってゐるし、ホンの少しばかりなら役に立つやうになれるかも知れぬ。だから、それをやる。それをやって行く事が許される時まで、それをやる」と考へるやうになって来てゐる。

　その事に関連して、国家や社会のことを言ふことは敢へてしまい。それは第一に自分の任で無い。第二に、国士的発言者の論と説は今天下に充満してゐ

て、自分などの蛇足を必要としないからである。たど、自分のみでひそかに信ずる所ならば、僅かながら持ってゐるし、しかも、こうして自分の状態は未だ「飢ゆる」と言うことからは遠い。これを思へば「つらい」などと言ふ感想は、どこかへ吹き飛んで行き、楽しくなる。誇張では無い。僕はボロをさげ少し食ひ、片隅で、自分の好む仕事をやらせて貰ひ、うまく行けばその仕事で以て少しばかりお役に立つことが出来るかも知れない自分の運命に満足し、よろこびを感ずる。このまゝの此の運命にである。

従って又同時に、ズット昔、僕が始終こぼしてゐた様な愚痴——「食へさえすれば、良い仕事が出来るがなあ」を言はなくなり、言ふ必要がなくなり、言ふまいと思ってゐる。そんな事を言ふのは、自分一人を清しとして世間を汚れたりとし、その自分がその世間をうらむ言葉だ。ところが、実は問題は世間ではなくて自分だ。自分が只今から決心して「本職」になればよいのだ。各自が一人々々さうすればその内には全體が「本職」の世界になる。「世間が世間が」と言ってゐて、自分からはじめる事を怠ってゐれば、いつまで経っても、どうにもならぬ。それに気附いた。だからヤットの事で僕は、さうした。今後もこれでやって行く気である。

つまり、僕は以前の様に「純粋」でもなくなったし、以前の様に「醜悪」でもなくなってしまった。そはれゝば、どこへでも、どんな劇団へでも戯曲を提出しようと思ふ。応分の金さへ呉れゝば。ただ「醜悪」な金儲け主義の劇団では僕のもののやうな戯曲は商売にならぬから上演出来ないまでゝあらうしへそんな事は僕は知らん！」また、「純粋」な芸術的劇団に於ては、僕が要求するやうな金は呉れないであらうと思ふ。へ金を呉れなければ、僕は書かないまでだ。いづれにしろ、僕が劇作生活をやって行くに足るだけの金さへ呉れる劇団ならば、上はどの様に芸術的な劇団のためにも、下はどの様に低級な穢芝居のためにも、僕は嬉々として戯曲を執筆しやうと思ふ。現に君達の苦楽座にも、金さへ呉れゝば書く。但し、僕はいつでも書きたい物を書くだけだ。

そんなわけで、此の三四年、滑稽なことには、そして當然なことには、僕は「恐ろしく金の事にかけては、きたない劇作家」になった。大概の演劇人が、さう言ってゐるよ。そして、それでよいのだ。事実

さうなのだから。

　僕の眼から見れば、「人生、意気に感じて」上演料無しで自作を上演させたりする劇作家は、それ自體として醜悪にして怯懦なる存在であると共に、わが国の劇作の道を毒する毒虫として映る。なぜならば、彼が或る一つの劇団に無料で自作を上演させるためには、他方に於て、金の取れる場合と金の取れる相手からは、どの様に不正當な手段でゞも、どの様な不正當な額でも金を取ることを不可欠とする。ならびに、彼が或る劇団にたまたま無料で自作を上演させたと言ふ事は一つの前例となり、その種の前例はその種の前例だけが寄り集って、劇作家全體の生活をおびやかし、引いては、これから劇作を以て身を立てようと志す者達の路を実際的にふさいでしまう事になるからである。そして、そのためにこそ僕は、その様な劇作家の「人生意気に感ず」式の、吹けば飛ぶやうな軽薄な感傷（それ自體としては概して善意に基くものである事を僕が知ってゐても）を心から憎む。この點に関しては笑はゞ笑へ、罵らば罵れ、僕は今後いよいよ益々「金にきたなく」ならうと決心してゐる者だ。それは僕の「本職の道」が自然に僕に命じることだからだ。

　君達俳優が「良心的な仕事なら、無料でも持ち出しでもやらう」とする態度を僕が、この様に執拗に憎むのも、同じ理由からである。

9、

もう、わかったか？、まだ、わからぬか？、丸山定夫よ。

　悪い事は言はぬ。一日も早く苦楽座をよしてしまひたまへ。なぜならば、苦楽座はその出発点に於て既に根本的に誤ってゐるのだから、将来健全な姿で永続して行くことは決して出来ないからだ。しかし、せっかく始めたものだから、なんとかして続けてやって行きたいとならば、それはそれでよいから、苦楽座の今後のやり方の根本を改造したまへ。つまり苦楽座の性格を作り変へたまへ。

　どんな風に変へればよいのか？、僕も批難のしっぱなしでは悪いと思ふから、それを次に簡単に言ふ。

　一言に言ふならば、僕が劇作家としてゐるのと同じ事を君は俳優としてやりたまへ。これを今少し詳

しく言へば、先づ第一に、君は「国家が必要としてゐる高い演劇」などと言ふ言葉の上だけでの大言壮語を一切やめたまへ。次に君は一ケ月百圓で暮せるやうに君の生活を整理したまへ。一時にそれが出来ないならば、なるべく早くそれに近い低い生活を採りたまへ。次に君は、映畫会社との契約を即刻打ち切りたまへ。それが不可能ならば、なるべく早く打ち切るやうにしたまへ。次に君は、専ら「金を目あて」の芝居をやりたまへ。金にならぬ芝居は一切よしたまへ。但し、その「金を目あて」の芝居は、君の国家に對する誠実や芸術に對する良心などと別々なもので無いやうにしたまへ。従って、これを別の言ひ方をすれば、君は専ら国家に對する誠実と芸術に對する良心に基いた芝居をやりたまへ。それ以外の芝居は一切よしたまへ。但し、それが君に普通の生活をするに足る程の金を與える場合にのみやりたまへ。

次に、苦楽座の他の座員達にもそれを実行させたまへ。その実行の出来ない者は追ひ出してしまひたまへ。次に、君は苦楽座の会員に次の様に宣言して賛成を求めたまへ。「苦楽座は一個の有機的な全體である。一人々々の成員は、全部、この全體に仕へる一個の兵士である。各人は嚴格な一個づつの資格を持つ。それ以上でもそれ以下でも無い資格を持つ。全體の意志は、徹底的に絶対である。スタアやスタア的意見の存在は許されない。そして、その全體の意志の執行者として一人又は数人を、われわれ全體で撰び据える。据えられた執行者の命令は徹底的に守られなければならぬ」

これに賛成しない者、これを実行しない者は、追ひ出してしまひたまへ。

さあ、これだけだ。君等に、これがやれるだらうか？　やれると思ふ。また、到底やれまいとも思ふ。やれると思ふと言ふのはこれだけの事は格別むづかしい事でも何でもなく、普通の良識を持った健全な人には誰にでもやれる事だからだ。また、到底やれまいと思ふと言ふのは、君達既成俳優の神経は既にいろいろな理由から少しづつ不必要な不安や餘分のスタア意識などに蝕まれてゐる場合が有って、そのため、普通の事が率直に受取れない者が居るからだ。そして、これがやれゝば苦楽座は「辛うじて健全」に永続して行けるだらうし、これがやれなければ苦楽座は「華々しく」

ポシャッてしまうか、又は「華々しく不健全」な姿で永続して行くだらう。
ところで、現在の芸楽座々員諸氏は大部分、その他の事はどうでもよいから、先づ華々しい事の好きな人達が多いやうに僕は睨んでゐる。だから多分、僕のすゝめるやうには、しないのだらうと思ってゐる。

それ以外の理由から言っても、差し當りの實際上では、君の主張は勝ち僕の主張は負けるであらう事を僕は知ってゐる。なぜならば、君の主張に聽従すれば、一方に於て映畫その他で多額の收入を得て贅澤に安楽に暮しながら、その餘力で以て「純粋な」芝居を好き勝手にやれるのだから、新劇くづれその他の俳優などがドシドシ集って来る。僕の主張に聽従すれば、普通の程度には暮せても今迄の様には贅澤に暮せないばかりで無しに、年がら年中「妥協した」芝居をしなくてはならぬから、新劇くづれその他の俳優などの大部分は鼻汁も引っかけないであらう。それほどに、新劇くづれその他の俳優などの大部分は自立的な自発的な芸術意慾を衰弱させてしまひ、「良心」と「胃袋」を分裂させてしまってゐると僕は見てゐる。その實例がいくつも有るが、此處には書かぬ。

よろしい、君がどうしてもさうしたければ、さうして、そして勝ちたまへ。そして華かにポシャルか又は、華かに不健全に永続したまへ。残念ながら最後に君は地獄に落ちるであらう。僕はどうぞして、ホントに、どうぞして、君にさうさせたく無いけれど、これほど言っても聞いて呉れないのならば、仕方が無いと思ふ。

10.

さて長々と書いた。僕も自ら呆れた。一週間ばかり、考へに考へてこればかり書いてゐたので、くたびれもした。君は尚更、僕の執拗さに呆れたらうと思ふ。とにかく、この問題につき、僕の言ひたい事のあらましだけは、不完全ながら言ひ了へた。

僕は、演劇と君の裡の良きもののために、これを書いた。これが君を少しも動かし得ず、無駄に終っても、僕は諦らめる。

しかし丸山定夫よ、本當に、僕がこれだけ嘘もかくしも無い自分をぶちまけて、これ程までにクドク

ク言っても、これらの言葉は本當にホンの少しも君を動かし得ないのであらうか？、

僕には信じられない。君にこの手紙が一度讀んで判らなければ、濟まないが二度讀んでくれ。三度讀んでくれ。それでも、判らない所が有ったら、やって來て質問してくれ。僕の思ってゐることを、少くとも、君に判らせることは、君が思ってゐるよりも非常に非常に大切なことだと僕は思ふのだ。

今迄も今後も君が僕の親友であると言ふ事は暫く言はずともよい。君は、今、日本の演劇文化の持ってゐる最大の良心と最高の技術者の一人だ。殆んど掛けがへの無い俳優だ。君の肩の上には、日本の新らしい演劇文化の何分の一かが載ってゐるのだ。そして、その日本は今、どんな位置に立ってゐるのだ？、その日本が今、なにごとを遂行しやうとしてゐるのだ？、

これ以上を言ふと冷汗が出るから言はぬ。君が今、力強く立ち上り、堅実に出發し、健全に歩んで行って呉れることは、ソックリそのまゝ日本の新らしい演劇文化の勝利の一要素であり、日本の新らしい演劇文化の勝利は、ソックリそのまま日本それ自體の勝利の一素因になるのだ。

僕の言ひ方が大げさ過ぎるならば、笑ふがよい。さうで無くても、まるで僕は自分が良心と誠実の卸し問屋のやうな言ひ方で、かうして喋り散らして來たことを、きまりの悪いことに思ってゐる。笑ふがよい。しかし僕の心にも無い事は言はなかった。きまりの悪さを押し切って言はなければ言へないものだから、言ったまでだ。

世の演劇人の大概は、口癖のやうに、演劇の仕事では「良心」と「食ふこと」は両立しないものの様に語る。それは嘘だ。自己の良心の浅薄を蔽ひ、非良心的な仕事をするための口実とするための嘘である。「食ふこと」の困難にも堪へ切れぬやうな良心は良心の名に値ひしない。良心を押し立てることに役立たぬ食ふことは、食ふに値ひしないのだ。

真の良心――即ち国家と演劇芸術の本質に對する忠誠――そのための良き事と悪しき事を辨別するばかりで無く、その良き事のために強く執拗に永続的に挺身しようと言ふ意志をも含めた忠誠――と「食ふこと」とは、絶対に両立する！　させなければならん！　両立と言ふよりは、これが一本になる事だ！一本にしなければならぬ！

今こそ、われわれは、それの可能を絶対に信じなければならない。それを確信することのみが、それを確信し得るやうに自己を錬成する事のみが、われわれの演劇――われわれの文化――わが国――の最後の勝利をわれわれに確信させる。なぜならば、国内に於ける良心の真の勝利は、国外に於ける、即ち英米の悪に對する我が国の真の良心の勝利のための第一の基礎だからである。

（以上）

演劇（昭和18年4月号）

昭和三十八年四月三日印刷
昭和三十八年四月五日発行

限定版
２３０部
その内の
第[illegible]番

◎三好家に無断で上演上映、放送、出版、複製をすることはかたく禁じます。

三好十郎著作集
第二十九巻
（非売品）

著作者　三好十郎
監修者　三好きく江
発行者　三好十郎著作刊行会
代表者　大武正人
東京都大田区北千束町七七四番地
電話　東京（七一七）二三八五番
振替　東京五一七五二
印刷者　株式会社タイト印刷
東京都中央区八重洲四ノ五梅田ビル内

第二十九回配本

三好十郎著作集

第三十巻

三好十郎著作集

第三十巻

監修　三好きく江

編集　大武正人
秋元松代
高橋昇之助
石崎一正

冒した者

――Sの靈に捧げる――

人物

私
須永
舟木（医師）
織子（その妻）
省三（学生、舟木の弟）
若宮（株屋）
房代（その娘）
柳子
淨山
モモちゃん

1

そうだ。もう芝居は、たくさんだ。いつまでやつて見ても果てしの無い話だ。私たちの後ろにかくれて、私たちを踊らせている者がある。私たちはそれに気が附かずに、自分は自分の意志で自分のイノチを生きていると思って居る。そして自分を取りかこんだ観客から見られ、見られることで得意になり、セッセと演技をつづける。後ろにいるやつは、そこまで知っている。そこまで計算している。

私たちの腹の底の底まで見抜いている。私たちがどう考えてどっちに転んでも、自分の演出の外へ抜けだすことは出来ないことを知っている。だからそいつはニヤニヤと声を立てないで笑っている。

しかしもう飽きた。もうたくさんだ。なるほど、そいつの演出の外へ抜け出すことは出来ないかも知れないが、こうして、フフ、後ろを振向いて――見ろ――チラッと、こうして、そいつの顔をチラッと見てやる事は出来るのだ。そいつは、きまりを悪がって、顔をふせて、サッと居なくなる。又すぐ戻って来るが、いっとき居なくなる。その時間だけは私のものだ。この時間だけが私の自由だ。誰も私を演出していない。誰も私を見物していない。だから私は演じなくともよい。人のために自分の表情をゆがめる事なく、自分自身のためだけに僅かばかり生きるのだ。

そうなのだ。私に入用なものは、生まのままの人生の荒荒しい現実のひとかけらだ。ありのままの事実だけが必要だ。誰もが、それをああ眺めたり、こ

うじくったり、明るい光を當てたり暗いカゲを持けたりして色々の意味を附けない前の、全く意味のわからない、しかしたしかに現実そのものにはある——土の中から堀り出したばかりの、ひとかたまりの岩のように、荒れよごれて何の岩だかわからない塊、岩であることだけはまちがいない、それだけが必要だ。犬は生の意味を悟らない。しかし生きている。犬のように私は生きねばならない。どうせその意味を悟って見たところで、ライフにはたくさんのひどい苦しみと、たくさんの中位の苦しみと、ごく僅かばかりの楽しみがあるきりだ。なぜそうなのだろうと考え迷った末に私はこれまで二度ばかり自殺しかけたことがある。

今でも私は迷っている。わかった事は一つも無い。だのに私は自殺はしないだろう。……お前は死んだ。妻よ。私の中から何か大きなものを根こそぎ持ち去ってどこかへ行ってしまった。私は自分がどう言うわけでここにこうして生きているのか、生きておれるのか、まるでわからない。なるほど、お前はそこに居る。そこに私と並んで坐って私を見つめ、こうして私が原稿紙に書いている文章を読み、私の頭の中の考えの流れを見ている。お前はどこへも行きはしない。だのにお前はもうどうしようも無い遠方に行ってしまった。私は悲しんではいない。私の目に涙の影は無い。喜びの明るい色のひとかけらもない。明るくはないが暗くも無い。そうなのだ。ほんとうに、生きて行きたいとは、まるで思わない。だのに私は自殺しようとは思わないし、自殺しないだろう。

私の瞳孔は散大してしまったのだ。既に何一つ見ない。しかしすべてを見ている。そして、ただ見ているだけだ。阿呆のように、ただ見ているだけだ。見えているものの意味をわかろうとはしない。この眼は既に寸意味しに疲れてしまったのだ。この眼には、生まの荒くれた現実のひとにぎりが映るだけなのだ。だから私は芝居は書きたくないと同時に実は書けもしないのだ。意味のハッキリしない現実のコマギレだけを並べても芝居にはならぬからだ。そして芝居を書かねば金も入らぬ。金が入らねば追々には食う物もなくなり身體は弱って倒れるだろう。それもよかろうと思っている。そう思ってもひとごとのように枯れくちて倒れた自分の死骸を冷たく眺めている私がいる。

ところで、なぜ私はこんな所に一日坐ったきりでこんな事を考えているのだろう？。　もう暗くなって来た。ペンの先がほとんど見えない。スタンドのスイッチを押せば明るくなるが、明るくしても、しかたが無い。妙に息苦しいのだ。昨日や今日の事では無い。ズーッと息苦しく　段々それがひどくなる。どこか身體が悪いのかと四五日前に舟木さんに診察してもらったら　気管が少し痛んでいるが息苦しくなるほどのものではないと言う。その他にも原因は見出せないそうだ。だのに、やっぱり息苦しい。空気の密度が次第に濃くなって来て、しばらく前まではネバネバとしていたのが段々にそれは石か木のような固體にでもなったように、はじから溜りでもしなければ呼吸できないようだ。やがて次第に呼吸は短かく浅くなり、頭はモウロウと目はかすんで手も足も動かなくなるのだろう。戦争からはこうして生き残ったけれど、あれだけの大戦争であれだけたくさんの人々が死んだのだ。いずれはわれわれもこのままではすむまい。爆弾では死ななかったが　いずれは何かで殺されるのだろう。覚悟だけはしていよう。そう言ってお前といっしょに笑ったね。今も私は笑っている。浅い短かい呼吸の中でも笑えるのだ。そうだ。もしかすると息苦しいのは、幾分はこの室のせいかも知れない。この家のせいかも知れない。

この家は、お前の最後の三月間を診てくれた舟木さんが、お前が死んで私一人あの海ぞいの家に取り残され家主から立退きを命じられ、行く先が無いのに困っているのを見るに見かねて、管理人に頼んでやるからと、連れて来てくれた家だ。今はもう亡くなった元満洲国の大官をつとめていた人の邸宅で、その未亡人はもう九十歳に近く、戦争中に廣島県の田舎に疎開したきり中風で倒れて口もきけず、寝たきりでいるそうで、三階建ての室数二十四五もある家が三カ所ばかり焼夷弾を食ったり自然の荒廃のためくずれこわれて、現在使える部屋は七つ八つになり、それでも外がまえだけは儼然とした姿で、東京郊外の高い台地の、後ろはかなりの崖になった広い庭園の、その一番奥に立っている。他に戦争中防空室に使っていた地下室と、それから、これは、元の主人の大官がなんの好みかわざわざ建てさせた塔が三階の上に又二階位の高さにそびえていて、そのこわれかけた塔の上に昇って真下に見える後ろの崖の

底でも見ると眼が手まわりそうで、そこまでだと六階ぐらいの高さがあろう。まわりの庭園は荒れ果てている。

この家に、家族にして四家族、と言うか五家族と言うか、九人の人が住んでいる。みんな良い人たちだ。三階で使えるのはこの部屋だけで、ここに私が一人だ。元の主人の書斎兼寝室で、英国製の、おかしいほどクッシヨンの良いダブルベッドが作りつけになっている。二階には医師舟木さん一家と株屋の若宮さんの一家とそれから柳子さんが住んでいる。

舟木さんは大きな公立の病院につとめている内科の医者で、奥さんの織子さんと弟の省三君との三人暮しで子供は無い。織子さんは女子大出の理智的な美しい人で、省三君は大學の學科に行っている。

株屋の若宮さんは娘の房代さんとの二人暮しで柳子さんが以前株が大きくやっていた時の相談役だった人だ。娘の房代さんは英語が出来るので進駐軍の施設につとめている。

柳子さんは、元のこの家の主人の大官が、赤坂の一流の芸者に生ました子で、少女時代は非常にぜいたくに育ち、女學校を終ってから音楽學校の邦楽科を途中まで行き、終戦後、一時芸者に出ていたこともある。長唄の名取りで、ことに三味線は家元にも重んじられる程の名手だと言う。現在は一人暮しで家中で一番立派な二階中央の広間とその次ぎの間の二室を占領している。サッパリとした、いつも機嫌の良い人柄だ。ただ時折、夢中になって三味線を弾くが、そういう時に声をかけてはならない。先程から微かに聞こえて来ているのがそれだ。……

一階には使える部屋が、食堂とそれに続く居間の二つしか無く、浮山さん一家が住んでいるきりだ。一家と言っても浮山さんは独身だし、引き取って養っている遠縁のモモちゃんと言う少女との二人暮しだ。もと絵を描いていたが、いつ頃からかそれをフッツリとやめてしまった。今はオモトやランの栽培にこっている。近頃では地下室でマッシュルームの養殖もしている。若い時はさんざん道楽をしたと言うが、今はもう枯れ切ったと言うか、物わかりの良い、ひようひようとした人だ。広島で寝ている未亡人の、またいとこに當る縁のため、早くから此処に住んで管理人になっているが、この家屋敷は何か複雑な関係で二重の抵當に入っていて、どこをどうに

にも動かせないため、仕事と言ってはほとんど無いらしい。モモちゃんと言うのは広島で原爆を受け、親兄弟全部を取られ、自分だけは助かったが、眼が見えなくなった。十六か七になったろうが、原子病の跡が残っているためか、まだ実がはいらない花のクキのように見える。いつもニコニコと快活な子だ。四階の塔に登るのが好きで、そこで笛を吹く。もと浮山さんが吹いたと言う、銀製の横笛で、昔たしかミン笛とか言った奴をもう少し複雑にしたもので、あれでやっぱりフルートか。

以上八人、私をこめて九人の人間が、この家に暮している。みんな良い人たちで、お互いの間にゴタゴタや不愉快なことは起きない。一同互いにむつみ合い、親しみ合いながら、お互いの中へ深くは踏み込んで行く人は無いので、平凡ながら、おだやか過ぎる程におだやかな暮しだ。ギラギラする幸福を持った人は一人も居ないが、落ちついた平和な空気がここには有る。今の世の中では幸福な人たちだと言えるかも知れない。そうだ、たしかに今となっては、これは幸福なのだ。毎日の夕食だけは、一階の食堂で、女の人たちの作ったものを、一同寄り集まって食べることになっている。今日も間も無く、それの知らせの鈴が鳴るだろう。

すっかりもう暗くなってしまった。窓の向うの空だけが明るい。三味線の音も、やんだ。

2　食　堂

房代　さあ出来た。
織子　ひい、ふ、み、よ、いつ、む、なな、や、ここのつ。
房代　みんな居るかな？
織子　内の省三がまだだけど、間もなく帰って来ます。
房代　アルバイト？
織子　そう。大學生があなた、講義に出るのが一週二日で、あと四日はアルバイトで稼いでんだから。変なもんね。はい、お箸。
房代　モモちゃん、どこかしら？　また塔に登ってるかな。
織子　連れに行って来ましょうか？
房代　でも、下手にあの子の世話を焼くと柳子さん

に睨まれちゃう。
織子　そう言えば、三味線やんだから、柳子さん、塔の方へ迎えに行ってらっしゃるかも知れない。房代さんのお父さん、お帰りんなった？、
房代　ええ。上で帳簿をしている。セロり、もう少し切るかな？、
織子　こいでたくさんじゃない？、　食べるのは内の舟木と三階の先生だけなんだから。
房代　……先生の所には、今日もお客さん見えたんですの？、
織子　さあ。一人二人、声はしていたようだったわ。
房代　どうしてあんなに若いそれも女の人たちまでチヨイチヨイ来るんでしよ？、
織子　いろんな事を聞きにくるんじゃないかしら。それとも、フフ、奥さん亡くなった後なんで、その後釜をねらって押しかけて来るのかな？、
房代　あら、あんな人、——あんな、怖いみたいな？、
織子　怖いは、よかったわね。
房代　でもさ、あの方が、黙っている時の眼をヒヨイと見て、この人すこし気が変じゃないかしらと思う事があるわ、私。
織子　そう言えばそうね。普通の人とは、どっかちがっている。……でも良い人よ。
房代　御飯よそっときましようか？、
織子　みなさんおいでんなってからの方がよくはない？、　ええと……これで、なにね、こうして仕度をして見ると、たった二品か三品の御馳走だけど、戦争の直ぐあとは勿論だけど、これで去年あたりと較べても、まるで夢のようね。
房代　それはそうですわね。材料だけから言っても、三四年前には手も出なかった物ばかり。
織子　それを思ふと、あたしなぜいろんな事思い出して泣きたくなる。なんだかだと言っていても、すべてが良くなって来ているのねえ。
浮山（ヘシヤツ姿で入って来る。手に三四枚の夕刊新聞）良くなって来た？、　なにがです？、……や、こりや御馳走が出来たな。
織子　いえ、その御馳走がですの。たかが手作りの惣菜料理なんですけどさ、二三年前の思いで見ると、まるで豪華と言ってよいか。
浮山　そら、そうだ。戦争中から終戦直後など、大豆しか無かったんだから。金も無いにゃ無かった

が、たとえ有っても肉も魚も手に入らなかったんですからね。思い出すとゾッとする。

織子　うなされていたような気がしますわね。あの時分のこと考へると。それがしかし：又その再軍備だとか徴兵だとか、あっちでもこっちでも又々おかしな調子になって来てるんですからね、人間なんてホントにまあ……。

浮山　死んで亡びるまで、又しても又しても、うなされるのが人間かも知れませんね。仕方が無い。

織子　仕方が無いで諦めていられれば、なんですけど――

房代　鈴を鳴らすわよ。せっかくの御馳走が冷めちまう。

浮山　よしよし私が――（棚の上の大きい鈴を振って振り鳴らす。古雅な音が家中に反響して、遠くへ消える。……その反響の先きから笛の音が起きる。笛は単調な二節ほどを長く引いて近づく）

房代　ああ、モモちゃん、来た。（その方角に附いているドアを開けてやる）

織子　さあてと。（電燈のスイッチを入れる。そこらが目がさめたように明るくなり、大テーブルにすっかりととのえられて並べられた食物や食器が華やいで光る）今ごろになると、もうスッカリ暗くなる。外はあんな明るいのに。

浮山　いや、外も、もう明るいのは空だけだ。

若宮　よう。……（言いながら、房代の開けたドアからセカセカと入って来る。手に小さいソロバンと手帳）いつもより遅いなあ今夜は。（言いながら正面の一番良い席の椅子にかける。浮山は夕刊を開く）

房代　お父さん、自分がいつもより早く帰って来たもんだから、あんなこと言って。

若宮　そうかな。……（卓上をジロジロ見まわして）よう、フライか。一杯いかざるを得ずと言うとこだな。

房代　揚げてあると、なんでもフライだって言うの。織子さんのフランス料理の腕が泣いてよ。

若宮　でもフライなんだろ。ハハ！（セトモノのカケラを打ち合せるような、短い断ち切るように笑う癖。織子に）フランス語では、じゃフライは何と言うんですかね？、

織子　ホホ、ようございますよ・フランス料理ってほ

どのものではございません。
若宮　ございませんか。（と既に上の空で相手の言葉は聞かないで、皿のわきに開いて置いた手帳に向ってソロバンをパチパチはじいている）うむ、と……。
その様子を房代は舌打ちするような軽蔑の顔で見るが、織子も浮山も馴れているため、格別の反応は示さぬ。……柳子と桃子が同じドアから入って来る。柳子はわざと黒っぽい絹の和服にくし巻の髪。ひどく若く三十三が二十五六にしか見えない。桃子は黒のスエータアにネーヴイブルーのダブダブのズボンで、ポカンと開いたままで見えない両眼だが、盲人らしいオドオドした所はない。ピンとした身體つきが少年のようだ。片手に銀の笛。
織子　どうぞこちらへ柳子さん。
柳子　はばかりさま、すみませんわね。[illegible]らモモちやん、こっち。（桃子の背を抱き、椅子を引いてやってかけさせ、自分もその隣りの席につく）
浮山　モモコ、また柳子小母さんとこにおじゃましてたのか？、
モモ　ううん、小母さん迎えに来て下さったの。
浮山　なんだ、すると又塔に登っていたのかい？、いかんなあ、こんなに言っているのに。
柳子　でもね、モモちゃんは平気よ。危いのは私たちの方ね。なまじ眼が見えるもんだから、足がズルズルしたり。
浮山　ですから、ですよ。人さまに、この——
柳子　それよ、あすこに登ると良い景色。遠くの空の色が、今時分になると、あれは何と言えばいいのかしら、廣重のなんとか——あら、ごめんなさい、モモちゃんには見えないわね。
モモ　ううん、見えるよ。
房代　あら、じゃ、だんだん見えるようになって来たの？、
モモ　ううん、そうじゃない、けど見える。
浮山　とにかく、黙って登るんだけはもうよしてくれないと。
舟木　皆さん、今晩は。（言いながら別の出入口から入って来る。キチンと背広を着て、医者と言うよりも學究と言った人柄）
織子　あなた、ここへ。

舟木　うん。やあ、御馳走だな。
私　……（ドア口から入って来て一同にえしやく）
舟木　（それに向って）こっちへ来ませんか。どうですエ合は？、
私　ありがとう。ええ、まあ。……（微笑しながら、舟木のそばに掛ける）モモちゃん、今晩は。
モモ　ああ
舟木　（浮山のまわした夕刊を開きながら）織子、省三はまだ帰らないのかね？、
織子　ええ、今日はアルバイトの日だから。でも、もう間も無く帰って来るんでしょ。
舟木　アルバイトならいいがねえ。こんなふうな事に又参加してるんじゃないか？、
織子　なんですの？、
舟木　大學生と警官の衝突さ。
織子　（夕刊をのぞき込みながら）でも近頃ではオマワりの方でも随分横暴なことをするようよ。
房代　近頃じゃ共産党の乱暴と人殺しの記事ばかりじゃないの。そう、ここにも、ここにも、妻殺し、それからここにも、三人殺し。イヤだ！　どういうんでしょう？、
浮山　そういう時代なんだな。
私　モモちゃん、フルートは上手になったの？、
モモ　ちっとも。息が私、つづかないから。
私　でも、ホントに好きなんだね。いつときも離さない。
柳子　そうなんですよ。だからこれでいいんですよ。芸ごとと言うのは、そのお道具を自分の身體に年中ひきつけていて離さないようにしてりゃ、いいの。あたしがその内、立派な先生をめっけてあげる。
モモ　うん。……（ニコニコしている）
若宮　（それまで他の一同に関係無くソロバンを入れては手帳に数字を書きこんでいたのが、計算がすむと、それをサッサとポケットにしまいこんで）さあて、いただくか。（と箸を取って、一同を見まわしてキヨトりとして）どうしました？、
織子　どうぞ、召上って。
若宮　そうだ、房代、ウイスキイがまだ有ったっけ。出しておくれ。
房代　でも、後になすったら。皆さんに悪いわ。
若宮　なにが？、だってホンの一杯飲むだけの――

なにもお前、ここは自由主義なんだから、（私に）ねえ先生。
房代　それに、織子さんに悪いわ。
若宮　どうしてさ？　お祈りは、なすったらいいじゃないか。（ノコノコ立って棚の上をキヨロキヨロさがして、ウイスキイのびんとコップを二つ三つ持って元の席へ）……ねえ奥さん。
織子　ええ、ええ、どうぞ御遠慮なく。
若宮　ハハ、そうれ見ろ。一つ、いかがです。（自分と私と浮山の前にコップを置いて注ぐ）カナダの何とかって、そんなに悪くはありませんよ。
私　ありがとう。
その間に、織子は食卓の隅で、眼をとじて短かい食前の黙祷をする。他の者は静かにして祷りの終るのを待ってやる。
織子　（祷り終って）あら、困るわ、どうぞ皆さん、おはじめんなって。
若宮　ハハハ、こりゃ、うまい、このフライは。（もう食べている）
柳子　いただきます。（桃子にも箸を持たしてやる）
モモ　……いただきます。
柳子　あら、おいしいわ。モモちゃん、こっちのこれ、食べてごらんなさい。
浮山　（ウイスキイを飲み、料理を食う）うん、こりゃうまい。
柳子　こんなうまい物いただいて、今週はありがたいけど、来週は私と房代さんの当番なんだから、怖いな、ねえ、房代さん。
織子　あら、そんな事ありませんわ。柳子さんのお吸物なんか、あんた、今じゃ一流の店へ行ってもいただけない。
若宮　そりゃそうだ。きたえ込んだ、あんた、これで舌だもん。ハハ、そちらさまはお困りだろうが、われわれの方は、これで、今週はフランス料理、来週は日本料理と言うわけで、ありがたいわけ。ねえ舟木さん。
舟木　だけど、若宮さん、ウイスキイそれ位にしとかないかな、さわるといけない。
若宮　だって、日本酒じゃいけないが、ウイスキイなら良いんでしょ？
舟木　いや、そりゃ、極く少量なら日本酒ほど障りにならんと言うだけで積極的に良いと言うわけじ

やない。

若宮　先生はけんのん性なんだなあ。そりゃお医者としては用心第一にこしたことは無いんだろうけんど、連盟の方に来ている香月博士なんぞあたしの腎臓なんぞ簡単な物理療法で治せる程度の、なあんでもないと言いますよ。

舟木　そりゃ、そうかも知れんけど、でも、たしかその香月さんと言う方は外科かなんかで、専門ちがいの……いや、とにかく、一度なんだな、チャンとした医者で本式に診てもらった方がいいと思いますがねえ。

房代　あたしも始終そう言うんですけど、昔っからお父さんはお医者には絶対かからないんですの。そのくせ拝み屋さんなどの言う事は聞くんです。連盟のその香月さんと言ふのも結局指圧療法の先生みたいな。

若宮　ハハ、お前などに何がわかるものか。医者にかかろうとかかるまいと人間は死ぬ時は死ぬし、死なない時はぶっ殺しても死ぬもんじゃ無いさ。第一、株屋と言った、つまり勝負師がですな、イザと言うセトに、たかが腎臓だのションベン袋だのを気にしていたら——

房代　まあ、お父さん

若宮　う?、あ、こりゃ失禮。ハッハ、ハハ。(他の三四人も笑う。一同食事をしながらの会話である)

浮山　すると若宮さんは、その後もズッと再生連盟の方へ行っているんですかね?、

若宮　やあ、いや私は再生連盟よりも後藤先生が追放解除になって、この、又会議所の元の連中と動き出そうと言うんで、そういう引っかかりで、いろいろと頼まれる事が多くて、そいでまあ連盟の方へも行ってます。ハハ、だんだん面白くなって来ていてね。

浮山　だが、どういうもんだろうなあ、そういう連中が又又頭をもたげて来て、あれこれと引っかき廻すようになるのが、どういうもんかなあ、ねえ?、(私に)

私　そう。……ありがたくはありませんね。(私に)大體まあ現在の四十代五十代以上の人たちは、ホントは何をする資格も無いわけだし、事實、もう駄目でしょう。だけど戦争後に頭をもたげて来た連中は、

みんないずれも粒が小さいのだから、やっぱり元の連中が又押し出して来るのも、或る程度まで、やむを得んかも知れんなあ。

若宮　それでさ！　粒が小さいだけなら、まだ良いんだ。たいこもちみたいなグナグナな、あんた、バックボンとか言ったな、あちらさんの前でもこちらさんの前でも、ただもうペコペコこいてるだけで、へえ、ひっこしのねえ段ではないんだから、ちいっとシャンとした奴あ、シャクにさわるが、みんな赤です。こいつが又、ほかの事ではシャンとしているが、こんだ向う側一辺倒と言う奴で、そっちい向いたとなるとペコペコもグナグナも無いナメクジが塩うかぶったと同じだからねえ。やっぱし結局はドシンとした元の人たちが出て来てくれないじゃ、政治にしたって経済にしたって立ち直りやしないと私は見るね。

柳子　そんな事言うけど、株屋が政党などにおちよっかいを出しはじめたら、もうおしまいじゃないかしらね。あんたの前だけど。

若宮　と、とんでも無い！　政党におちよっかいを出すなんと、そんな柳子さん、若宮猛なんて株屋と言ったって、あんた、買うたか買わんかのノミ屋に毛の生えたような小者だのに、政党に手を出すなんて、あんた、先さまが笑わあ。ただ私あ、会長の後藤先生とは古い縁で、だから、あちこち使い走りをしているまでで――

柳子　そんな事より先日お願いした炭坑株の山左の方への保證金、ちやんとナニして下すったい？

若宮　あ、ありや、ちやんとしときました。また報告しなかったかいな？　鐵の方の、そら、保證金で山左にあずけといたのが三百ばかり有りましたろう？　あれの利喰いをあきらめて、そっちい廻しときました。数字は後でお部屋に行って申しますよ。

柳子　そう、そりや、ありがたかった。……モモちやん、もっと食べなさい。

モモ　うん、もうたくさん。

省三　ただ今。（言いながらスタスタ入って来る。二十六七の、大學生にしては少しふけて見える。眼の鋭い青年。黒い制服）

織子　ああ、お帰んなさい。ほらね、デモに行ったんじやなかった。

省三　なんです？

舟木　夕刊に警官と大學生が又衝突してるからさ。

省三　冗談じゃない、年中そんな事やっていると思ってる。

食卓に坐る。その時、省三の入って来たドアロから須永がユックリ入って来る。省三と同年位で、柔和な青白い顔。青い背広の、入口の所に立ってユックリその邊を見まわした眼を桃子の上に停める。

私　……須永君じゃないか。

須永　はあ。今晩は。

私　いつ来たの？

須永　ええ、あのう――

省三　（飯を食いはじめながら）表まで戻って来たら、門の所でボンヤリ立っている人がいるんで、見たら須永君なんで。

私　そう。掛けたまい。しばらく見えなかったね。

須永　ええ。（言いながら、まだ眼が桃子の方にしばり附けられている）

房代　どうぞ、こちらへ。

モモ　須永さん、こっちへいらっしゃい。

須永　ありがとう。（空いている椅子にかける）

モモ　どうかしたの？（顔を突き出している）

私　夕飯はすました？

須永　いえ。

私　まだかね？

須永　いえ、いいんです。

私　どっち？　まだならなんか――

織子　有りましてよ。どうぞ、あの――

須永　いいんですよ。

私　遠慮したって、はじまらん。

須永　あの、ちっとも、おなか空いていませんから。

私　そうかね。……（織子に）いいですよ。

モモ　どうしたの須永さん？

須永　え？

モモ　声が変よ。穴の中から聞えてくるみたい。

柳子　失禮なこと言うもんじゃないわ、モモちゃん。

モモ　うん。……（片手を伸して、わきに掛けた須永の肩にさわって見ている）

須永　フルートはやっていますか？

モモ　聞かせたげましょうか？

須永　ええ、どうぞ、是非。

私　なんか用が有るんじゃない？、僕の部屋へ行こうか？、
須永　はあ、いえ、しばらくお目にかからないもんで、ちょっと。
私　つとめの方は行ってる？、
須永　ええ。
私　何とか言った、劇団、ズーッとやってるの？、
須永　あれは、こないだ、もうよしました。
私　そう？、しかし、たしか君などが中心になってやってたんじゃない、その君がよしたとなると―？、
須永　ですから解散と言う事になりました。
私　でも、あれだけ熱心にやっていたものを、どう言う―？、
須永　ええ。……
若宮　さあてと、ごっつおさん。（ガタガタと立つ。ウイスキイのびんだけは離さぬ）柳子さん、あたしんとこに来て、ちっと飲みませんかね？、
柳子　ありがとう。でもそれよりも、私の部屋で久しぶりに二、三年いかが？、
若宮　いやあ、差しではあなたにむかれるに決つとるんだから。勝目の無い勝負は勝負とは言えん。
柳子　御冗談。先生や浮山さんも　いかが？、
私　あとで伺いますかな。（立ってユックリと歩いてドアの方へ。須永も自然にそれに従うような形で歩き出している。
浮山　御馳走さん。（と箸を置いて）あたしは手入れが残っていて、地下室にもぐりです。（立つ）
房代　私も入れて。
若宮　（室を出て行きかけドアの所で聞きとがめて）へえ、お前も引けるのか？、
柳子　どうしてあなた、今どきのお嬢さん、早いのなんのって。
若宮　そうですかねえ。（房代に）お前はトランプやサイコロ―何とか言った、そう、ダイスか。あの方じゃなかったのか？、
房代　なあによ、そんな―？、
若宮　ハハ、いやなに、ハハ―（笑いながら去る）
省三　（それまで黙々として飯をかき込んでいたのが、ジロリと房代を見て）ヘッヘ、へ！。
房代　なんですの？、
省三　ふっ！。（モグモグと食っている。それを睨

んでいる房代）

舟木（立って出て行きかけながら）省三、あとでちよつと話したい事がある。（出て行く）

省三　うん。

3　私の室

私　……（暗い廊下を、須永を従えてユックリと歩き、それから三階への階段を休み休み昇って行きながら）なんの変ったことも無い、昨日も一昨日も一カ月前も同じ平凡な夕食の風景だ。この須永のような青年が訪ねて来るのも、ほとんど毎日のことで、若い人たちは好きな事をしゃべり、好きな事をして帰って行くので、私は相手になったりならなかったり、眠くなると捨てて置いて自分だけ眠ってしまう事もある。私はもう人を愛さない。憎まないと同じように愛さない。人は勝手に私の所に来るがよいし、又勝手に私から去って行くがよい。私はただおだやかな眼で、それを見送るだけだ。既に私は生から何も期待しない。以前はこうではなかった。若い人たちが詰めかけて来ると私はカッカと燃えて相手になった。あまり私が熱中するので、お前はそれを嫉妬したことがある。その火も消えた。だのに若い人たちは、まだやって来る。この須永もそのような青年の一人だ。

二三年前に頼まれて、或る演劇研究の講座に一度話しをしに行った。その研究生の一人でごくおとなしい男だが、私がその時「演劇なんかどうでもよい。いかに生き甲斐あるように生きるかが問題だ。そのプログラムの一つとして、われわれの生を充たすプログラムの一つとしての演劇が大事なだけだ」と言うような事をしゃべった、その事に強く共鳴したと言って、それ以来時々訪ねて来ては、いろんな事を聞く。口数の少い男で自分の事はあまり言わぬから身辺の事はよく知らぬがたしか近県に母と弟があり、自分は東京で下宿して、或る土建会社の事務につとめ、夜芝居の勉強をしている。戯曲も書くと言うが一度も読んだことは無い。頭も良いし、素直で重厚な人がら故、相当の物を書いていると思う。ただ、どこか女のようにはにかみ屋なので、読んでくれと言って持って来れないらしい。そうだ、人と言えば、その

最近解散したと言う研究劇団の女優で、三四度私の所へもいっしょに連れて来たことのある、夢を見るような眼つきをした園山というのと、たしか恋仲だ。この男の口から聞かされた事は無いが、多分私のカンは、はずれていない。……（二人とも三階の私の室に入っている。私、電燈のスイッチを入れ、明るくなる）おかけなさい。

須永　はあ。（椅子にかける）

私　ホントに何も食べないの？　ビスケットぐらいなら、ここにもある。

須永　いいんです。

私　……そいじゃ、ブランデイが少しある。（テーブルの袖からビンとコップを出して注ぐ）……はい。

須永　すみません。……（素直に飲む）

私　（これも一口飲んで）だけど、解散したと言うのは、どう言うので、　せっかく、あれだけ熱心にやっていたのに？　二年ぐらい続けて来たんじゃないかな？

須永　僕に責任があるんです。みんなに悪いと思ったんですが。

私　だからさ、君のどう言う気持から――？

須永　いえ、別に――

私　話したくなければ、聞かしてくれなくてもいいけどね――　仲間割れでもしたと言った――？

須永　いえ、それも多少あるにはあったんですが――なんだか芝居をするのがイヤになりまして。……どうやっても追いつけないんで。

私　……先輩の、もっと上手な役者に追いつけない？

須永　いえ、僕が、僕に追いつけないんです。いくら追いかけても、追いつく事はあり得ない。……ホントの、この、真実と言いますか、つかまらないんです。

私　よくわからない。……けど、そいだから、芝居の勉強してたんじゃないの？　それをつかまえるそいで、つかまへ得る手がかりとして演劇と言ふものを――

須永　そう思っていました。そいで今までの演劇、つまり日本の新劇やなんかの、先生がいつかおっしゃった人生ミミック、物真似芝居の間違いを、自分たちなりに改革して、つまり創造としての芝

居を生きて見よう！　そう思って、又、そう出来ると思って、やって来たんですが、そいで勉強して来て公演を五六回やって来て、ヒョッと気が附いたら、僕らのしている事は先輩たちの、その物真似芝居の、その又物真似だったんです。……じや、ほかに、どんなやりようが有ると考えたんですが、無いんです。僕らには、その他に方法が無いんです。そいで、もう、ガッカリしちゃって。……そうかって、僕らの今までの生活、と言いますか、――そん中には戦争というものが有ったきりで、あと何も無い。僕らの持っている現実というたようなものは、空っぽで、まるで影ぼうしです。……そいで、やめちまいました。

私　……わかるような気もするが、しかし――

須永　あなたには、わからないんです。だろうと思います。

私　……うむ。……そいで、ほかのみんなは――ここにも来た園山君だったか、あの人など、どうしてる？

須永　あれは、死にました。

私　え、死んだ？　……それは、どう――？

須永　はあ。

私　……そうかね、それは――

向。……どこかで笛の音がしている。

須永　モモコさんは、眼が見える望みは、もう無いんですか？

私　うむ？

須永　いえ、モモコさんですねえ――

私　……だが、あの園山君という人と君とは、この、たしか――？

須永　……（笛の音に耳をすましている）

私　どうして君は笑えるの？

須永　え？　……笑っちゃいません。

私　……そうかねえ。ハッキリとはおぼえていないが、綺麗な人だった。なくなられたのは、いつ？

須永　おとついの――

私　おとつい？

須永　いや、先月の、おとついに当る――いえ、十五日ばかり前かな。

私　……どうしたのだ此の男は？　恋人が死んだ事を語るのに微笑んでいる。その日もハッキリおぼえていないらしい。落ちついていて、錯乱した形

跡など少しも無い。……すると、この男とあの女は恋人同志ではなかったのか？、　そう思ったのは私の錯覚だったのか？、

須永　……（それに答えるようにスッと立って一二歩窓の方へ歩く）

私　なにかね？、

須永　フルートです、あの。

私　うん。モモちゃんが二階で吹いている。

須永　……（ジッと聞いている）

暗くなり、別の所が直ぐ明るくなり、そこは二階の洋室。以下、転換はすべてフラッシュ風に早く、なめらかに。

4　洋　室

こわれて使えないマントルピースの前のこれも古びているがそれでもまだ血をぶちまけたような鮮紅色のじゅうたんの上に、桃子が真白な素足でサギのように片足で立ち、もう一方の足は立ってる方の足の甲の上に

のせ、直立してフルートを吹いている。曲では無く、こんなような二小節を、ただ息の続く限り、くり返しくり返し吹くだけ。細くたえだえな、それでいてどこか野性のたけだけしい音色。……はてしの無い繰り返しをフッとやめる。そしてまたたきをしない眼を一方にやっている。その視線の先きの、暗い所に、いつの間に来たのか須永が音をさせないで立っている。桃子の見えない眼が須永を見ている。須永も桃子を見守っている。……

桃子が何か言いそうに口を少し動かす。しかし声は出ない。須永は、しかし、桃子から話しかけられたように、足音をさせないで、二三歩寄って行き、じゅうたんの上にのる。

5　地　下　室

真暗な中に、天井にわたされたケタから下っている円筒形の笠から落ちる電燈の光の中で、台の上にのせた平たい木箱を左右から覗きこんでいる浮山と柳子。

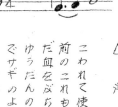

柳子　へえ、こんなものがお金になるんですかねえ？、
浮山　金になるかならんか、まだわかりませんよ。なんしろ、養殖法の手引書一冊きりで、やりかけたばかりなんだから。しかし、うまく行くと、まあ、将来性はある。
柳子　でも、こんな地下室の暗い、しけた所でなく、上の温室かなんかでは出来ないの？、
浮山　駄目らしいんだ。方々でやっているのも、戦争中、山ん中などに掘った横穴壕を利用している。爆弾をよけるために掘った横穴だとか、そうだ、此処も戦争時分は防空室に使っていたっけ、そういう所で人工キノコを作っている。考えて見ると皮肉なもんだ。
柳子　そう言えば、原子爆弾が爆発した時は、キノコそっくり。先日ニュース映画で見たわ。
浮山　こんなものは、暗いジメジメした所でなきゃ育たないんだな。それに、ちょうど酒を醸造する室の中に独特のバクテリヤが居て、そのために一定の味を持った良い酒が出来ると言ったね。
柳子　すると此処にもバクテリヤが、おおよそ居ると言うわけ？、（暗い周囲を見まわす）なんだか気味が悪いわねえ。
浮山　フフ、なあに、そんな、そう言うタチのもんじゃ無いんだ、バクテリヤなんて。お柳さんみたいな度胸の良い人が、変なことで気が小さい。
柳子　あら、光っている。ごらんなさい、よく見ると薄白くポーッと光ってるんじゃない？、　ほらここんとこ。（箱の中に手を入れる）
浮山　そこらが一番うまく行ってるとこらしいんだ。
柳子　ひっ！（不意に叫んで、四五歩飛びさがって、一度ころびそうになりながら、地下室への階段を三四段かけあがる）
浮山　（こちらもびっくりして）ど、どうしたの？、（懐中電燈を取ってそっちを照らすと、びっくりしてかけあがった柳子に柳子の着物のすそが乱れて踏みはだけた下半身）どうしたんだよ？、
柳子　（すそをつくろいながら、既におかしくなって笑っている）おおびっくりした！
浮山　こっちがびっくりしますよ。どうしたの全、體？、
柳子　ヌルヌルッとするじゃありませんか！　なん

の気なしにヒヨッと触ったらヌルッとして。おお
気味が悪い！
　指の先を嗅いでいる
浮山　なあんだ、大げさだなあ。
柳子　清彦さん、だまあってるんだもの、ちょっと
言ってくれれば、觸ったりしないのに。おお、イ
ヤだ！　何が嫌いだと言って、ヌラヌラするほど
嫌なものは無い！
浮山　ハハ、そう言えばお柳さん、小さい時からヌ
タだとかワカメのお汁など出されると、プイと立
ってしまったっけ。
柳子　知ってらっしゃる癖に、しどいわ。
浮山　ハハ、ごめんごめん。しかしね、なんだよお
柳さん、どうもなんだなあ、もしかすると、あん
たの男嫌いと言うやつも、そいつから来ているの
かな。
柳子　ホホ、男は嫌いじゃありませんさ。
浮山　すると、そこらにゴロチャラしている男だけ
が嫌い？　耳が痛いな。
柳子　清彦さんだって、さんざ遊んだ人でしょ？
わからない筈は無いと思ふわ。ちかごろ、男と女
の好いたの惚れたのと言う事、もう、あたしには
どうでも、いいの。不感症と言うのかな。でも自
分ではなんの不足も感じてないのよ。案外これで
平々凡々な一生を送るんでしょ。あたし、早く年
を取りたい。一日も早くお婆さんになりたいな。
浮山　もったいない事を言う。
柳子　どうもありがと、でもホントの気持なの。
浮山　冗談は冗談としてさ、どうだろう、ホントに
柳子さん、資金を少し廻してくれないだろうかな
？
柳子　ええ、でもさ、お婆さんと言えば、廣島の此
處のおばさん、近頃どんな工合なの？
浮山　うん、眼だけ開いているが、口は一切きけな
いし手足は利かず、耳も近頃ほとんど聞えないら
しい。食べる物だけは普通よりもよけいに食う。
まあ去年僕が行った時と同じらしい。いつまで生
きているか――そう言っちゃ悪いが、早く死んで
くれた方がいいがね。
柳子　ざんこくな事言うわね。
浮山　いや、ざんこくな気持からでなくさ。むしろ、
その逆だ。あれで生きていても、しようが無いだ

ろうと思うんだ。僕はまだこれで多少は血のつながりの有る、つまり伯母さんのイトコの子だから、まあ同情はするけどさ、その僕でさえ、そう思うんだもの。柳子さんにして見れば、何のつながりは無し、おっ母さんが生きていた頃は、あの伯母さんからイジメられこそすれ、良くしてもらった事など、これから先きも無いんだから、ああしてまるで死ぬのを忘れてしまったようにネバられてると、さぞ憎いだろう？

柳子　とんでもない！　そんな事ありません。あたしは、どうせメカケの子で、はじめっから馴れてるし、いっそあなた、格式だあ教育だあで、縛られないで、こうして自由気ままに過して来られたのも、そのおかげなんだから、うらんでなんか微塵もいないよ。ホント！。ただ、ここの家屋敷のこと、おばさんがそんな風だと、いつになったらカタが附くんだろうと思ってさ。

浮山　それさ。うっかりすると、その二番の方の債権――銀行の方はツブれているから、どうと言う事は無いかもしれんが、しかし銀行の方のも最近、整理委員が動き出して、権利を松山組に譲ったとか売るとか言う噂もあるしね。

柳子　そりゃ、しかしデマだわよ。あたしがチャント若宮の手で調べてあるの。いよいよとなって、債権をひとまとめにして、こっちを安く買いはたこうと言うコンタンらしいの。それよりも舟木さんの方ねえ、いよいよとなって、どんな風に出て来るんだろう？　それが私、気になる。

浮山　あれはしかし、せいぜい死んだ伯父さんとの関係を言い立てて土地の少しも分けてもらって、それで病院でも立てようと言うだけのなんだろう――から――

柳子　そうかしら？　だって、あんな妙な、先生なんて人まで引きずり込んで来たりして、何かと自分の味方をふやしといて――

浮山　そりゃ、違うだろ。あの先生は奥さんを取られた後ボンヤリして、そいで行く所が無いから、あれはあれだけの人だと思うなあ。

柳子　そうかしら。……どっちみち、廣岡のおばさんが今のようじゃ、あれもこれも、さしあたりどうにもならないわね。

浮山　そう、所有権は伯母が握ってんだからな、あ

いでも、変なもんだな、こんだけの家屋敷が、もう死んだも同然の、ただ息をしているだけの伯母に握られて、どうにも出来ないんだからなあ。……しかし、そんな事よりお柳さん、今言った、なんとか一つ、資金をさ、お願い出来ないかなあ。年二割位の利息は拂えると思う。それも一度に貸してくれなくても、最初は五萬ぐらいで結構だけどね。

柳子　出してあげてもいいけど、でも近頃少しひっぱくしてるのよ。こないだ、少し大口の糸へんで、ちょっとガッちゃったし、それに、あたしにゃ、年二割なんて気の永い話はダメ。いえ、金が寝るのが惜しいなんて言うよりも、スリルがないのでつまんない。

浮山　だって一つ位、気永に構えた仕事を持っていても悪くはないだろう。これでもうまく行って少し大きくなれば立派に一つの事業なんだから。

柳子　でも、その今の、私のだいっ嫌いなヌルヌルを拵える仕事に金を廻すなんて、フフ、いやだなあ。

浮山　ハハ、そりゃ、しかし、これだけじゃないもの。温室の方のランの方も、もう少し手廣くして、新種をもっと入れたいし、そのほか、いろいろあるし――

柳子　ランね？、ランは綺麗でいいけど、でもあたしなぞとは益々縁がない。

浮山　頼みますよ。ね！。その方が、若宮君などを、大きに手足のように使っているつもりでいて、時々ノマれたりしているよりゃ、いいんじゃないですか。

柳子　若宮がノム？、冗談でしょ。そりゃ、ほかのお客のはノンだりしているかも知れないけど、あたしの分を、へ、そんなアコギな事、させやしーない。誰だと思ってるの、ハハ。こいでも、あんた――

6　若宮の室

若宮　（大あぐらでウイスキイのコップ片手に、數種類もの夕刊に目をさらしながら）ハッハ、いやならいやで、それでいいんだ。腐っても、こいで若宮猛だよ。けちっくせえ、娘に金策を頼んだり

はしたくねえ。だから貸してくれと言ってんじゃないんだ。見かけた山があるから、それに投資しないかと言ってる。この際三萬ばかり投資してくれれば、三月すれば十萬にして返そうじゃないか。

房代　そんなうまい話なら柳子さんにしたらどう？、良いカモがつかまらなくなったもんだから、自分の娘までくわえこもうと言うの？、

若宮　ちがうよ！、この話は株の方の話じゃないんだ。後藤先生の方の手で、川崎の方の小さい工場で、爆弾くらってぶっこわれたままで手を附けずにあった鉄工所だよ、そいつをタダみたいに安い値段でソックリ買い取ってな、いや私も調査に行って来たが、ぶっこわれているようでも此の際三十萬ばかりかけて手を入れれば、チャンと使えるんだ。朝鮮があの有様だからね、仕事はじめさえすれば、註文はいくらでも有る。連盟の連中で以前そう言った仕事には年季を入れた者が二三人、いっしょにやろうと言ってくれている。

房代　あぶないもんだわ。お父さんなぞ、やっぱりカキガラ町へんで網を張っていた方が率は良くってよ。そんな、元の軍人だとか特高警察だとか追放された実業家などが寄り合って、又なんとかして、お釜を起そうとウの目タカの目でなにしているのなんか當てになるもんですか。よした方がいいと思うな。第一、その後藤先生にしたって、結局は追放解除になって、政治の方へカムバックしたいんで、それの足がかりに連盟なんかやっているんでしょう？、カムバックができたとなると、あとはどんな事するか知れたもんじゃないわ。

若宮　じょうだん言っちゃいけない。ほかは知らんが後藤先生は唯の政治家じゃないぜ。つまり思想家、と言うか、信念を持っとる、人格者―つまり國士だ。

房代　は、まだ居たの、國士なんて言うもん？、お茶をわかすわ、オヘソが！。國士が、それこそオヨオヨとあんまりたくさん居たからこそ日本はこんな事になっちゃったんじゃないの？、おお、ダミット！。

若宮　ダメじゃないよ。お前たちアプレにとっちゃ、そうしか思えねえかも知れんが、そいつは早のみこみの量見ちがえだ。こんだの戦争にしたってそうだ、今いろいろ言ってるが、あと五年十年たつ

ても見な、どっちが良くってどっちが悪かったか、今言われているようなもんじゃなくなる。喧嘩は両方でしたんじゃないか。誰か烏の雌雄を知らんやと言ってな。片っ方が、その、百パーセント正しくって片っ方が百パーセントまちがっていたなんて喧嘩があるかね？、歴史の審判は公平ですよ。東京裁判はまちがう事あ有ったとしても神の審判はまちがいません。

房代　ほら、よっぱらっちゃった。

若宮　酔やあしない、たかがこれっぱっちの酒でお前、だから、どうだ、投資しないか？、

房代　おことわり。

若宮　もうけさせてやるんだよ？、

房代　信用しないの。いえ、お父さんだけでない、私はもう世の中の誰も信用しないの。

若宮　すると、何をお前は信用する？、

房代　そうね、ドルは信用する。

若宮　え、ドル？、

房代　ドル。

若宮　ああドルか。……どうりで、ドルを持った恋人を次ぎ次ぎとこさえるんだね？、

房代　悪いの？、

若宮　悪いとは言わない。いっそ、お前のやり方もハッキリして良いと思ってる。ただねえ、こんな風になったお前を、お豊が生きていて見たら、ぶったまげるだろうと思ってな。

房代　お母さんの事は言わないでよ。

若宮　なんしろお前、毎朝房ようじに塩を附けて歯あ磨かないでは磨いたような気がしない、俺が場立ちに出かける時あ、かかさず、うしろから切火を打ってくれると言った女だ。自分の生んだ娘が、そう言った、ナイロンの脚を投げ出して、爪を真紅に染めながら、親父に向って、ドルと恋愛なんて言ってるのを見れば、こりゃ、気絶するね。

房代　ふん。……（向うのジャズソングを低く鼻歌で）

若宮　ハハハ、わしは違う。わしは、これも良いと思ってる。ここんとこ、十年二十年、日本はまあ何とか國日本縣と言うとこで、先づ植民地となった。わしはそう見る。今さら泣いても笑っても、できた事で致し方なしだ。して見れば、若い娘がこれまた、そんな風になるのも、これ、あたりま

え。とにかく、生きては行かなきゃならんからな。
房代　もういいかげんにウイスキイ、よしたらどう？、今に腎臓が破裂するわよ。そうよ、生きてだきゃ行かな、ならんだわ。お父さんの腎臓はお父さんが思っているより悪くなっているのよ。舟木さんが言ってたわ。
若宮　ふふ。……しかしなあ房代。恋愛は自由だがね、この、なんだよ、眼色や毛色の変った子を生むのだけは、まあ、よしにしといた方がよかろうぜ。そういう、わしから言へば孫だな、そいのお守りをこのおじいさんがするのは、ちっと、つらい。
房代　……そうよ、おっしゃいよハッキリ。あたしは恥かしいなんて思ってやしない。そんな事より、自分の娘からまで、つまり、そんな娘のそんな金まで、お父さんはかすめ取ろうとしているじゃないか？、
若宮　わからないなあ！。かすめ取る？、チヨッ！だからよ、だからさ、投資しないかとすすめているだけじゃないか！　つまり、この、ビジネスとして、この、合理的に儲けようと——
舟木の声　（となり声だけが、はいりこんで来る）合理的に、もっと考えて見たらどうだ！お前だって近代人だろう？、中世紀の狂信者やなんかじゃないだろう？、
省三の声　（これも、どなっている）兄さんこそ狂信者じゃないか！。科學と言うものを狂信しているる・いや、ちがう。科學だって兄さんの言っているような科學はホントは科學でも何でもないんだ！。合理的合理的と兄さんは言うが——
房代　（その二つの声は耳に入らないので、すこしも影響されないで）ですから、おことわりよ。投資するなら、ほかにする。
若宮　そうかね。みすみす、もうけさせてやろうと言うのに、お前と言う人も慾がない。金がほしいかと思うと、イザとなるとほしがらない。アプレの若いもんの量見なんて、わしらにゃわからん。そら、ここにのっている（夕刊を指して）人殺しにしたって、三人も殺したのに理由がよくわからんとある。何が全體どうなるか——
舟木の声　馬鹿！。わたしがこれだけ言っても、わからないのか！。

省三の声　わからないのは、兄さんの方じゃないか。僕だってこれでそんな軽卒な気持からやってんじゃないんだ。血を売ってまで、自分の血を売ってまで生活してだな――

織子の声　もうよして！　いいじゃありませんの、もう――

7　舟木の室

6がスッと暗くなると同時に、この室が明るくなってテーブルをはさんで舟木と省三が睨み合っており、その間に織子の言葉が割って入っている。織子の言葉は続く。

織子　もうよして下さい！　お願いだからもうよして！（舟木に）省三さんはもう子供ではありません。シッカリ考えてなすっている事なんですから。それでいいじゃありませんの。（省三に）兄さんはただあなたの身の上を心配して言ってるだけなんですから。

省三　わかってますそれは。でも兄さんの心配自體が僕には不愉快なんですよ。

舟木　お前が不愉快なら私は不愉快以上だよ。まるで小児病だ。俺はね、いつも言う通り、お前たちの考え方そのものを間違ってるとは必ずしも思っていない。しかしそれをただ宗教的に信じてだな、自分の力や條件を無視して、その過中に飛びこんで行くのは愚かだと言っているんだ。もしお前たちの考え方が科學ならばだな――始終お前たちが言っているようにだよ、だな、一定の時期が来れば必然的にすべてがそうなるんだろう？　なら、お前などが飛びこんで行って、いろいろする必要は無いじゃないか。

省三　必然的にすべてがと言ったって、その必然やすべての一部分ですよ自分は。ですから必然やすべてを動かしたり作り出して行くユニットは自分なんですよ。僕なんですよ。僕が今いかに在るかと言う事が、必然やすべてが如何に動くかを決定するんだ。右へ行くか左へ行くか、僕が決定した事が全體右へ行くか左へ行くかを――

舟木　決定はできんよ。そうじゃないか、君たちの考えによれば、君には自由意志は無いのだ。他から、つまり客観的な諸條件から決定されている。

従って君たちには決定は出来ない。

省三　ちがいます！　それこそ、まるっきり反動的な、科学と言うものを、ただ試験管の中でバクテリヤを培養することだと、それだけが科学だと思っているものの固定観念ですよ。主體は動き得るんですよ。生きてるんですよ。

舟木　試験管の中のバクテリヤも動くし、生きているよ。

省三　よした、もう！　兄さんと、いくら議論しても同じ事だ。ただねえ、なるほどバクテリヤと同じかも知れんけど、このバクテリヤはジッとして居られないんだ。そうじゃないですか、又戦争が起きるかも知れないんですよ。このままで進めば。すると又、バタバタ虐殺が始まる。真先に引っぱり出されるのは僕らだ。ジッとしてはおれない。なんとか、これを喰いとめるために、なんとかしないじゃ――

織子　それは、わかるわ私にも。

省三　それをしているまでもないんですよ。主義がどうの政治がどうのと、いや、それもありますけどね。結局は根本的には今言った気持のために、動かざるを得ないんですよ。そして動くとなると、今の世の中を見わたして足がかりになる思想は、これしか無いんです。そうなんですよ！

舟木　フ！　そうなんだよ。又戦争が起りそうだから、それを喰いとめなきゃならんと思って、お前たちが運動しているのは、いいとしよう。ところが、そういう運動そのものが、既に次ぎに起り得る戦争の原因を拵えあげているじゃないか、戦争を喰いとめようとする努力そのものが戦争の原因になりつつある。そういう矛盾をお前たちは犯しつつある。　もちろん、お前たちの反對の側の自由主義国の連中も、同じ矛盾を犯してるがね。

省三　違いますよ。自由主義諸国には積極的に戦争をしかけなければ自分たちの政治體系を維持して行けない内部的矛盾があるんです。一方の側は、それを受けて、つまり、やむを得ない防衛として戦争を考えているだけだ。

舟木　いや、假りにそうだとしてもよろしい。そうだとしても、そう言う考えをも含めて、それがもう既に、そのもう一方の側の戦力の一部分に組み込まれているんだ。

省三　じゃ僕らはどうすればいいんですか？、
舟木　ジッとしているんだね。
省三　ふ、なんにもしないんですか？、
舟木　僕は医者だ。或る種の病人には絶対安静を命ずる。
省三　すると僕は病人ですか？、
舟木　奔馬性結核と言うのがある。初感染の患者に多いよ。お前は精神的にそれだ。出征するまで、まるでそう言う事は考えないで、戦争して、帰って来るや、いきなり、やられた。
省三　ハハ、ハハ！
舟木　それに、或る程度の分裂がある。
省三　得意のフロイディズムですか。アッハハ！
舟木　笑おうと笑うまいと同じ事だ。分裂者は分裂に気が附かない。気が附けば、附いた瞬間から、それは治る。お前が政治的な又は思想的な運動の中で犯している矛盾も、お前が実生活の上で犯している矛盾も、同じさ。たとえば学資だ。僕は、お前がおとなしく勉強してくれて、とにかく大学を卒業して、左翼をやろうと思ったら、それからなら好きにやったらいい、それまではそんな事しないで勉強してくれれば、僕は病院での仕事をもう少しふやして金を余分に取って、それをお前の学資にまわしてよいと言ってる。だのにお前は運動をよさない。僕が余分に稼いでお前に廻せば、僕は間接にお前たちの政治活動を助けることになる。それは僕はイヤだ。だから金はやれない。するとお前はアルバイトしたり、血を売って、その金で食って、勉強そっちのけに、政治運動に駆けまわってる。その、輸血協会に血を売る、それがそうじゃないか。血を売った金で食って、食って出来た血を売る。食うために売るのか、売るために食うのか。メシを食っている時など、妙な気持になる事はないのか？、
省三　ハハ、アッハハ、へへ！
舟木　その矛盾に気が附いていればいいんだ、自分が、気が附いていれば、分裂じゃない。病気じゃない。
省三　へへ！
舟木　気ちがいは笑うよ。
省三　ハハ、ヒヒ、アッハハ……（その笑い声の尾の所でヒー、ウー、と泣き出している）

織子　省三さん、もうあなた――（省三の肩に手をかける）
舟木（その弟の姿をジーッと見ていてから）……お前の苦しいのは、多少わかる。……だから俺あ言ってるんだ。もっと落ちついてくれ。三階の先生も、こないだ言ってたろう、第三の道が無いわけではない。俺は医者で深いことはわからんが、第一の道でも第二の道でもない、だな、それを見つけるには先ず落ちつく事だ。お前はちっとあの先生とでも話して見ることだ。
省三（織子の手を不愉快そうに振り切って立ちあがる。涙の流れた顔をゆがめて再び笑う）へへ！　おかしいですよ！　予盾は知ってるんだ。血を売ったって、しかし、心臓を売ったって、しかし、おれたちは叩き倒さなければならん奴らを叩き倒して見せる！　見ていろ！　どうせ戦争で捨てた命だ。理窟じゃない、憎くて憎くて、俺あ憎くてたまらないんだ！。へッ、兄さんみたいなニヒリストに何がわかるか！
舟木　ニヒリストじゃないよ俺は。俺はこれでも医学という科学を信じている。……お前はもっと自分に素直にならなきゃ、いかんよ。無理が多過ぎる。たとえば――そうだ、お前は若宮の房代さんを、まるでダカツのように嫌ってるが、なぜそんなに嫌うんだ？、
省三　嫌いだから嫌いなんですよ！　腐れパンパン！　ペッ！　ゲエ！
舟木　ホントにそうかね？、
省三　ホントですよ。なぜそんな事言うんです？、あんな女は戦争が生んだ悪の中でも一番下劣なウジのようなもので、あれにくらべると食って行くだけのために有楽町なぞに立っている連中は、まだ清けつだ！
舟木　いや、それならそれでいいが、僕には必らずしもそう思えないからだ。青年は青年らしい恋愛の一つもする事だ。そうなったら、そうなった自分をアッサリ認める事だ。房代さんの事には限らない。一事が萬事で、自分に対して嘘ばかりついていると――
省三　ヘッ！　兄さんだって、じゃ自分に嘘をついていないと言えるんですかね？、なんじゃないですか、兄さんはどうしてこんな家にいつまでもト

クロ巻いている？ 病院にゃチャンと宿舎がある
のに、わざわざこんな郊外の不自由な家に？、廣島のお婆さんが死ぬのを待っているんじゃないんですか？

舟木　なにい？、（立ちかける）

織子　あなた！

省三　へへ！（笑いながらスタスタと室を出て行く）

8　私の室

私　いや、そう向いつめられても、正直、僕にはわからない。そりゃ、第三の道と言うのは在るような気がする。少くとも在り得るとは思う。しかし現在、僕が駄目になっているんだ。積極的に、この、生きると言う事が、どうにも考えられなくなっている。そんな人間がただ観念だけの問題として、つまり自分が生きると言う場から離れた思想として第三の道などを言って見たって、しようがない。つまり今の僕には実はそんな事興味が無いんだ。わからんとしか言えない。

省三　しかしですねえ、こないだ朝鮮問題を此處で話していた時ー たしか須永君なども一緒にいた時ですよ：ええと、須永君どうしました？、もう帰ったんですか？、

私　いや　二階で花引いてるようだった。

省三　……つまり二十五時の問題と言いますかね　あれを話した時に、あなた言ったじゃありませんか。朝鮮で起きている事は本質的には日本でも既に起きている。目には見えないが三十八度線は日本内地にも引かれている。それを境目にして、その向う側の第一の勢力と此方側の第二の勢力の對立の中間には実際的にはどんな立場も存在し得ない。そこまでは、あなた認めましたね？、

私　三十八度線は線だからね。線には幅が無い。その上に人は立てない。そこに立たうとした、立って南北朝鮮を妥協させ統一に導びこうとした金九などは、その瞬間に殺された。生きておれないんだな。……そう認めたよ。

省三　認めといて、そいで第三の道、つまり、線の上に立てと言うんですか？、すると、死ねという事を言ってるんですね？、

私　いや、死ねだなんて、そんなー　だから私には

答えられないと言ってるじゃないか。ただね、どういうわけだか、自分でもハッキリ言えんが、僕が一番注目し、大事に思い、尊敬するのは、金日成でもなければ李承晩でもない。殺された金九だ。日本の國内を眺めても同じ事が言える。徳田球一も吉田茂も、私には、もう何かの影ぼうしのように見える。両方とも私には退屈だよ。そいで、いつかほら、両方の側から痛めつけられて自殺した菅季治、あの人の事は忘れられない。時々、夢に見るよ。尊敬すると言っては當らないんだなあ、大切な人なんだ僕にとって。

省三　あんな、しかし病的な神経過敏と言うか――あんな人は唯単に両勢力の摩擦の間にとびこんだ虫みたいなもんで、摩擦に耐えきれなかったと言うだけだ。この現実の中で生きて行く資格は無いですよ。気の毒じゃあるけど、ハッキリ言うと軽蔑するな。

私　君たちにあの人を軽蔑する事はできんよ。あの人が一番美しいさ。……僕は今になっても菅季治の姿をズーッと見つづけている。その中に、大事なことが全部ふくまれているような気がする。

省三　だからですよ、だから、それは何ですと聞いているんですよ。その大事な事と言うのは、何なんです？、

私　わからない。……いや、説明すれば或る程度まで理論的には説明できない事はない。しかしそんな事をしても仕方がない。時に今の僕には、それは出来ない。

省三　やっぱり、すると、はじめから立てないとわかっている線の上に立って、トタンに死ねと先生は言ってるだけなんだ。

私　そういう事になるかな。……しかし、それで何が悪いかね？、……ただ、生きていると言う事がそれだけが、どうしてそれほど重大なんだろう？、

省三　それが重大だからこそ、自分に取っても全體にとっても、生きよう、より良く生き抜こうと思えばこそ、こうやって自分の血液まで売ったりして闘っているんじゃないですか！

私　そうなんだ。君のその言葉の中にだって、生きようと思えばこそ死にもの狂いに、――なんと、生きようと死にもの――死だ。……おかしなもんだなあ、人間なんて。

省三　……（ニヤリとして）奥さんに死なれた事が、そんなに、あなたにこたえたんですかね？、

私、え？、……（びっくりして相手をしげしげと見ていた末に、乾いた、ほとんど明るいと言える笑声を出す）ハハ、そうさ、そうかも知れんね、フフ。……とにかく、どうも僕など、もう、個々人の生死の問題、つまり自分がどう生きてどう死ぬかと言う、つまり言えば生命観と言うか──そんなものと切り離すことの出来るような形では、社会革命の事にしろ戦争の事にしろ、もう考える事が出来なくなって来た事は事実のようだね。

省三　それも、そうですよ。そうなんですもの。第一、あなたの奥さんが亡くなられたのは──その病気になられたのは身體の弱いのを無理して組合運動や方々のストライキの応援に歩かれたと言うのが直接の原因だそうじゃないですか。兄が言ってましたよ。

私　うん、そう。

省三　だからですよ。それもつまりあなたの言う、個人の生死が社会改造の仕事の中にチャンと組みこまれた形としてですね。奥さんの死は無意義ではなかったと言う事だから──

私　いや、私の言ってるのは、そんな事じゃないんだ。そんな、つまり、公式のようなものを、いくら持って来られてもだな──いや、これは君にはわからん。

短い間。

省三　……あなたには、それはわかっているんです。僕はそう見ます。それが良いか悪いかは別問題として、あなたにはわかっているんだ。それをしかし、言いもしなければ実践もしないで、そうやっているのは、何かズルイ、世間の動いて行く様子を見送れるだけ見送って、そのうち調子の良い方へナニしようと言ふふうな──いえ、オッポチュニストであなたがあるなどとは思っていませんけど、すべての事を一寸のばしにのばしといて、今現にこんなふうに又反動しかけてる、なんかエンショウ臭くなって来ている、情勢の中でですよ二つの勢力のどっちにも附くまいと言う、──一種のサボタージュと言うか──つまり第三の道などを言い立てて、なにもしないでいるのは、結局は、左右いずれの勢力に對しても裏切りではない

ですか？　せいぜい言っても、一種の保守的反動的な――
私　（微笑して）そう思うかね？、
省三　そう思いたくないからこんな事言うんです。うちの兄などは、もう駄目です。しかしあなたは――あなたを僕らの敵だと僕は思いたく無いんです。だから――
私　敵ねえ、
省三　だから言うんです。
私　……敵だと思ってくれて、いいのかも知れんよ。
そこへドカドカと階段に足音がして、夕刊を掴んだ若宮猛が入って来る。後から、真青な顔をした織子。……若宮は入って来るやキヨロキヨロと室内を見まわしてから私に向って夕刊を突き出す。
省三　（その若宮から織子へ眼を移して）どうしたんです姉さん？、
織子　あの……（ふるえている）
私　（夕刊を受取るが、眼は若宮を見て）なんです？、
若宮　こ、これ！……（と夕刊の紙面の一個所を指す）
私　ええと、……（それを見る。省三も寄って来て覗きこむ。はじめ二人とも……何だろうといぶかりながら読んでいたが、次第に妙な顔になって来て、或る所まで来ると、ギクリとなる……間）
若宮　……（しやがれた低い声で）夕方から、何度も読んだ夕刊だ。それが、あんた、今さっき気が附いたんだから、なんとも早や。……眼に入ったまったと言うか。舟木さんの奥さんも、そうだそうだ。ねえ？、（織子を見る。織子声が出ないでコックリをする）……どう言うもんか、この――（私に）そうなんでしょう。これ？、
私　……（新聞に吸いつけられている。省三はキヨトキヨトその辺を見まわしはじめる……間）
若宮　まったく、どうも、この――
私　……（ユックリ顔を上げて）そいで――？、
若宮　え？、……いや、柳子さんと二の広間で、もうズーッと夜で。うちの房代も行ってる。
省三　兄さんは――？、
織子　た、たばこ買いに。すこし歩いて来ると言って出かけて。……

四人が黙ってしまう。私だけが遠い所を見つめているだけで、他の三人は互いが互いに何か珍らしいものででもあるように見くらべ合っている。

9　柳子の室

緋のじゅうたんの中央に座ぶとんを一枚置き、それを取りかこんで浮山、柳子、房代、須永の順に坐り花札を戦わしている、浮山はおりて見ている。わきの椅子に桃子が掛け、フルートを時々撫でている。花札の勝負は既にかなり長時間つづけられたもので、その何年目かの最後の回が終りかけたところ。四人とも殺気立つ位に熱中している。中でも柳子は、ほとんど眼を釣り上げんばかりになっていて、紅いもののチラホラ見える立膝の、足の指などでマムシになるほど力をこめて札を打つ。須永一人が、花札にあまり馴れないのでモジモジと、自信の無い態度。見たところ勝っているのは柳子で一番負けているのが須永のようだが、もう少しよく見るとそれが反對で碁石などを使わずジカに紙幣でやりとりするらしく、その紙幣が須永の手元にうず高く積まれており、他の三人の手元には何も無い。

浮山　（須永のめくった札を見て）ほい、今ごろになって豚かよ！　そりゃ聞えません！

柳子　ううと！（唸り乍ら、手札と須永の眼の中を火のように覗きこむ）……ピケだわね、あんた須永さん？、　でしょ？、

須永　え？、（相手の視線をまぶしがって）……ええ。

柳子　いやに落ちついてるわね？、　青が、あんた飛び込みね？、

須永　ええと？（手札を覗いている）

柳子　よしと！（ピシリと打ち）そうさしてなるものか！

房代　どっこい！（打って取る）

柳子　あらま、この子は！

房代　だってえ、櫻あ、あたし待ってたのよ！

須永　……（これは黙って捨てて、めくって、ウロウロ見まわし、合ってる札に重ねて取る）

柳子　た！　この人、ほんとにどうしたの？、
須永　いや……（テレて微笑）
浮山　さて、追込みだ！
あとは全員無言で、恐ろしく早い速度で三巡りばかり廻って、須永が最後にソッと札をおろして勝負は終る。須永の大勝、他の三人はほとんど呆れて須永を見る。
房代　おどろいた！
浮山　やれやれ、テンからこれじゃ話にならん！　はじめからしまいまで、附きようがひど過ぎる。タッ！（計算して、ポケットから紙幣を出して三枚ばかりをほうり出して、あおむけにひっくり返る）
須永　いいですよ。いいんですよ。（頭をかきながら）……僕あどうも、あまりよく知らんもんだから。
モモ　勝ったの須永さん？、
房代　勝ったなんて言うんじゃないわ。
モモ　わあ！（手を叩いて喜こぶ）だから私が言ったでしょ？、　きっと勝つからって。
浮山　どうしてだよモモコ？、
モモ　ううん、そんな気がしたのよ。須永さん、塔へ行きましょう。
須永　ええ。（うれしそうに、立ちかける）
柳子　……じょ、じょ、冗談、あんた！、よく知らんは無いでしょう！　モモちゃん、もうちょっと待ってよ。ようし！（パッと立ってマントルピースの上にのせてあったダイスの壺を持って来て、須永の前にドンと坐り）こんだ、これでいっちょう！
浮山　よした方がいい。とても駄目だ。なんか附いている須永君には。
柳子　いいわよ。ね！（カラカラと壺の中でダイスを振る。昂奮し切っている）
浮山　だってお柳さん、すっかりはたいて、なんにも無いんだろ？、
柳子　なあに　ええと……（自分の身邊をさがす）
そこへ、若宮が足音を立てないでキヨトキヨトしながら入って来て、突っ立ったまま、須永の顔に眼を据えて見ている……。
柳子　ようし、これ！（左の薬指から指輪を抜いてトンと置く）これを張ります。こんでも、小さ

いけどダイヤが入ってる。その代り須永さん、あんたも、それそっくり賭けるのよ。
須永　弱ったなあ。
　そこへ、若宮の後から、私と省三と織子も入って来る。私の顔も省三の顔も織子の顔も青い。
柳子　（熱中して、そのような人たちには目もくれない）弱ったてえセリフは無いでしょ。さ、行くわよ。あたしが振るから、あなたが指すのよ。ダイスじゃメンドくさいから……（言って壷の中のダイスの一つを残し、他をビュッと投げる。それが室のどこかの壁に当ってカチッカチッと音）丁半で行くわね！　よくって！
須永　困りますよ。（助けを求めるように周囲の人たちを見まわす。しかし誰も何とも言わない）
柳子　ハハ！（ヒステリックに笑って、壷を振る。カラカラとサイコロの音）行きます。そら、はい！（壷をパッと伏せる）……丁か、半か？、あんたよ須永さん！
須永　こ、困るんです。
柳子　困るたあ、なんて言いぐさ？、ここまで来て卑怯だわよ。さ、言いなさい！
浮山　仕方がないじゃないか、言いたまえよ。
須永　どうも、……（柳子の眼をちょっと見ていてから）じゃ、丁です。
柳子　よし、勝負っ！。（パッと壷を取る。一同の視線がそのサイコロに集中する。柳子が、いっぺんにガクッと膝を倒す）
浮山　……だから、よしゃいいんだ。
柳子　……（無言で、指輪を須永の膝の所へ押しやる）
私　……（三四歩前に出て）須永君。
須永　え？、……（私が顔を見ているだけで何も言わないので、柳子の指輪を拾って返す）いいんですよ、これ。
柳子　なに？、
須永　いいんです。もらわなくても。
柳子　あんた、私を軽蔑するの？、賭けの勝負は親子の間だって待ったなしだわよ。（！。……（血走った眼で、その辺を見まわしている）
　そこへ、別の入口から、散歩から帰って来た舟木が、ステッキをさげ、外の廊下を自室の方へ通りかかったのが、この室の気配に気が附いて

のぞいて見たと言う様子で半身を見せる。

織子　（それを認めて寄って行く）あなた！

舟木　ああ。どうしたの？、（室内の一同を見まわし、それから妻に眼を返す）……どうしたんだよ、顔色が悪いなあ？、

柳子　……ええい、ちきしょ！　こんだ、じゃ、あたし全部を賭ける！　さ！

房代　柳子さん、もうよして！　お願いですから！

浮山　ホントだ。よした方がいい。全部を賭けると言ったって、まさか取って喰われるわけじゃない。

柳子　ですから、勝ったら、取って喰おうと　煮て喰おうと、叩き売ろうと――

舟木　なんだ……（またかと言った調子で室の中に入って来て、眺めていたが）織子、お前ふるえているんじゃないのか？、

織子　いいえ、あの……

舟木　馬鹿だな！　（妻のふるえているのを賭博のスリルのためだと思っているので、その織子に対してと、　賭博をしている柳子たちに対して両方に）

柳子　（そちらを振向きもしないで）馬鹿は、はなっから承知ですよ！　さ　行くわよ！　こんだ、あんた振る？、

須永　いや、僕あ――（弱りきって、モジモジ尻ごみしている）

柳子　そいつじゃ、あたしが振る。あんたが勝ったら、私を丸ごと。私が勝ったらその金と指輪もみんなもらいます。

房代　よして！　もう　よしてよ！　怖いわ！

須永　困るんです僕。

柳子　なにが困るの。あんたが取ったら、煮て喰おうと焼いて喰おうと、あたしのこと、自由にして踏んづけたっていいし、殺したっていいのよ。

須永　え、殺す！

柳子　そうよ！

須永　……（柳子を見ていた眼を周囲の一同にまわしてシラリシラリと見ている）

浮山　ハハ、ハハ……だから、いいじゃないか、冗談なんだよ。自由にしていいんだから、なんにもしないで置いといてもいいんですよ。そうだろ？、ハハ！

須永　はあ。……（その浮山を見て、弱々しく微笑

する）

柳子　そいつは、そちらさまの御自由ですよ。じゃいいわね？、行きますよ。（壺をカラカラと振って、パッと伏せる）……さ！

須永　どうも、しかし僕あ――

柳子　どうだ？、

須永　どっちでもいいんですけど――

柳子　……ば、馬鹿にするの、あんた？、

須永　……そいじゃ、丁です。

柳子　丁！。……（壺にかけた右手がブルブルふるえている。それをグッと睨んでいてから）……はい勝負！。……（ソッと言ってから、スッと壺をあける。チラッとサイコロを見るや、ガクンと提灯がしぼむように後ろに坐りこんでしまう）

房代　あーあ！。

須永　どうも、……すみません。

舟木　ふん。さ、部屋へ行こう。

織子　いえ、あの――

若宮　あのう……（先程この室に入って来てから、この男にしては例の無い一言も口をきかないで須永の顔ばかり穴のあくように見ていたのが、この時はじめて、それもこの男には珍しい意味の無い言葉を吐く）

室内は水を打ったように静かになってしまう。柳子は虚脱して、須永の方をボンヤリ見ている。間。……ゆるやかな笛の音がはじまる。桃子が吹いているのである……

浮山　……モモコ、寒くはないか？、

モモ　……（フルートを吹きながら、顔を横に振る。……そのフルートの音と浮山の声で室内の空気が溶けて、やわらかになる）

省三　須永君！

須永　え？、

省三　この……（後が言えないでいる）

モモ　須永さん、いっしょに塔に行かない？、あすこの方がよく鳴る（立って須永の方へ）

須永　でも、あぶないから、もうよしなさいよ。

モモ　だって須永さんと一緒だもの。

浮山　でも、こんな暗いからさ。

モモ　ホホ、暗いのは平気よ。（須永の手を取って、スタスタ出て行く）

浮山　気を附けるんだよ。……（一同をなんとなく

見渡して、立ちあがる）やれやれ。
房代　どう言うんでしょう、ホントに。（須永の残して行った紙幣の山と、その上にのっている指輪を見て）これ、どうするの？、
浮山　さあ、やっぱり、そりゃ須永君のもんだろう。
房代　そうね。……（柳子の方を流し目で見ると、柳子はまだボーッとして、立つのを忘れているので、その紙幣たばと指輪を持ちあげて、わきの丸テーブルの上にのせる）
舟木　（織子に）さ、帰ろう。もう遅い。
私　舟木さん、ちょっと。……（舟木の後に従って一緒に行きそうにするが、又立ち停って）あのう――
舟木　なに？、
私　そうさな、ここでいいか。……あのねえ、ちょっと変な、この――
若宮　ど、どうもなんだ、全體こんな、いえ――（へたたんで、ふところに入れてあった夕刊を出して舟木に渡す）これ、これです。
舟木　なんです？、……いや、こりゃ僕も先刻読みましたよ。
房代　（夕刊をのぞき込む）なんなの？、
若宮　さっき、ちょっとお前にも言ってたろう、アプレゲールのさ。（舟木に）もう一度よく読んで下さいよ。
舟木　だから、これはその三人殺しの――
省三　それが、須永君らしいと言うんですよ。
若宮　らしいじゃ無い、年も合ってるし（私に）名は孝と言うんでしょ？、
私　そう。……
舟木　えっ、すると、この、これが今の、あの須永――
――？、
房代　へっ？、……すると、なんなの、あの須永さ――んが、ひ、ひ、人を、あの――？、
若宮　今朝だと書いてある。恋人の――もう死んだそうだが、その死んだ恋人の義父、と言うから義理の父親だな。それを絞殺、しめ殺し、そこへ出て来た母親。これは実母。恋人のホントの母親をピストルで射殺、そいで、外へ出ようとした所へ来合わせた米屋の配達人を射殺して逃走し、目下捜査中とある。調べによると、死んだ娘の恋人だった須永孝が犯人に十が十、まちがいないと、チ

ヤンと書いてある。どうも――。

舟木　ふむ。……（私に）ほんとですかねえ？、

私　多分、どうも……。

一同シーンとなってしまい、顔見合せている。

……間。

柳子　……（フッと夢からさめた様になって）え？、なんですって？、（立ちあがる）

房代　あたし、怖い！。

浮山　すると、ピストルを持っている。

若宮　持っているわけだ。

柳子　（フラフラ歩いて来て）あの、その、須永さん、人を殺した――？、

若宮　そうらしい。

柳子　あの、すると　ここに居た須永さんて、……（舟木や私の顔を見まわしているうちに、眼つきが妙になり、歯を喰いしばってシユウと言うような声を出し、それがヒイと聞えるようになって身體をあお向けにそらしてストンと倒れる）

織子　どうなすって？、柳子さん！　柳子さん！

房代　柳子さん！　しっかりなすって！。

浮山　いけない！　あんまり昂奮するもんだから。

舟木　（これは医者で、落ちついて、そばに寄って行き）織子、洗面器に水を。（片膝を突いて、手首を握る。織子小走りに階下へ去る）

若宮　テンカンでしょう？、

浮山　注射かなんか、あの――？、

舟木　……（柳子の目ぶたを開けて覗いていたが）いや、それには及ばんでしょう。テンカンと言うより昂奮しすぎてる所へ、今の事で――（浮山に）それに、コカイン相当にやってるんでしょう？、

浮山　ええまあ。近頃では、その上に、睡眠剤をのんだり、いろいろで――

舟木　いかんなあ。……そこのソファの上に寝せとくか。（言われて房代、省三、浮山の三人が柳子を抱えあげて、ソファに寝せる……）こういうタチの人は、下手をすると、おかしくなる。

若宮　気が狂うんですか？、

舟木　いや、そういうわけでもありませんがね。

若宮　そう言えば、此處の亡くなった大旦那も、ひと頃、少し変だったとかってね。あの高い塔をおっ立てたりしたのなんかも、まあ、普通じゃない。

そこへ織子が急いで水の入った洗面器をかかえ

て入って来る。それをソファの下に置き、浮かしたタオルをしぼって、柳子の額にソッとのせる。……柳子、意識を失ったまま身體をピクッとさせるが、直ぐに靜まる。

舟木　……（それをジッと見おろしていたが）いいだろう、大した事はないようだ。……（私に）どうします？

私　ええ。……

舟木　見たところ、そんな兇暴な所など、まるで無いけどねえ？

私　うん。……極くおとなしい――私にも腑に落ちない。あの男がそんな――

若宮　でも、あの人に相違は無いんでしょう？

房代　あたしは、なんだか違うような気がする。同名異人の――。だって、あんな、まるで女のような人が、そんな。

織子　（柳子の額の手ぬぐいを取りかえながら）私もそんな気がするわ。とてもやさしい、あんなに

私　だったら、ありがたいですがね。……でも、須永は最近恋人を亡くしています。

若宮　すると、やっぱりそうなんだ。……どうすればいいんですかねえ、警察に電話かけますか？

浮山　いや、そりゃ、もう少し待った方がいい。まだハッキリそうと決ったわけじゃないんだから。

若宮　だって、浮山さん、そうだとすれば、何をしでかすかわかりませんよ。ピストル持っているし、あぶない。

舟木　だから尚のこと――いや、假りにそうだとしてもだな。

省三　でも、なんでしょう、假りにそうだとすれば

先生　あなたの所に須永君がチョイチョイ来ていたと言う事は、須永君のうちでも知っているんでしょう？　それなら直ぐ調べが附けて、もう今ごろは此處へ警察から人が来ている筈だ。

私　……だが、須永は自分の家じゃなく、たしか下宿しているから、そう早くは調べが附かんかも知れない。もっとも下宿にしたって、もしそうなら、調べれば私の出したハガキなども有る筈だから、それに依って問い合せぐらいは、もう来てるとも言える。

省三　やっぱり、じゃ、ちがいますよ。あんなおとなしい須永君が、そんな筈はない！

舟木　しかし、それはわからない。そういう事は、言って見れば突発的なアクシデントとして起る場合もあるから、その當人の性質如何には、割にかかわらない。

私　……どうすればいいだろう？、

若宮　一刻も早く此のうちを出て行ってもらうとかなんとか――

房代　ホントにそうだかどうだか、わからないままで？、それは、ひどいわ！

若宮　すると、當人に、あんたがそうなんですかと言って聞くのか？、

私　待って下さい。私にも、なんか、責任みたいなものが有るから、いつとき私にまかしてほしいんだ。私が逢って見る。すべて、それからにしてほしい。

舟木　どこへ行ったんだ？、

房代　モモちゃんと一緒に塔へ行くんだって、そう言ってたから――

省三　塔なら、ここから見える。（奥の窓の所へ行き、ガラリと開ける。暗い夜空）

房代　暗くって、よく見えないわ。

舟木　いや、見える。（すかして見る）

若宮　……なんだろう、ありゃ？、

浮山　てっぺんに立っているのはモモコですよ。おや、あれが須永君かな？、

私　ああ！。

舟木　どうしたんだ、あれは

房代　あらあら！。

省三　ああ、モモちゃんがフルート吹いてる！。

（そのフルートの音が、微かに流れて来る）

同時にソファの上の柳子が夢でうなされているような声で泣きはじめる）

織子　柳子さん！。柳子さん！。

他の五人は窓から塔の方をすかして見ている）

10　塔

一坪ばかりの廣さの、手すりだけ附いた、こわれかけた塔の上。桃子が立ってフルートを吹いている。その反對がわの手すりの棒に両膝の関節で、こちらを向いて、逆さにぶらさがっている須永。

モモ　……（吹きやめて）須永さん。

須永　うん。

モモ　どこに居るの？、

須永　ここだよ。

モモ　お星さま見える？、

須永　うん、見える。（しかし実際はベットリと暗い空で星は一つも見えぬ）

モモ　どっさり？、（寄って来る）

須永　うん、だんだん多くなる。眼の中がチカチカ、チカチカして、とてもきれいだ。

モモ　なぜそんな変な声だすの？、（須永の素足にさわって）あら、あなたの顔、これ？、

須永　ふ、ふ！。（言いながら、身體を曲げて持ち上げ、手すりの内側に降り立ち、眼がまわるので少しフラフラしながら）おお、くすぐったいや！

モモ　どうしたの？、

須永　とても綺麗に見える。ああしていると。それからモモコさんのフルートが、遠くの方で大波が打つように、パイプオルガンが鳴っているように聞える。

モモ　そう？、……（ニコニコして）あたしね、その時、公園に一人で遊んでいたの。もうおひるだから、ごはんに帰ろうかなと思っていたの。そしたらパッとなにか光って、なんにも見えなくなったの。それから、なにかわからなくなって、それで、こんだ何か見えるようになって、見たら、黒い木の枝に、人がやっぱし逆さまにブランと三人も四人もさがっていて、その中の一人の人は、着物を全部ダランとぬいで垂れてる。よく見たら、みんなそれがその人の皮なの。皮をスッカリ脱いじゃって、それを、やっぱし自分の手でつかんでぶらさがってるの。……おかしくなっちゃった。

須永　……（童話でも語るように言う）……そいでモモコさんの眼、見えなくなったの？、

モモ　ううん、それから病気になったの。白血球と言うのがドンドンふえるんだって。それから、おなかが、こんなにふくらんで、そして砂糖をウンとなめさされて、そして、しまいに眼が見えなくなっちゃった。

須永　……又見えるようになりたくない？、

モモ　そうね、大して。

須永　でも、いろんなもの見たいだろう？

モモ　いろんなものって、どんな？

須永　でも、いろんなもの見たいだろう？

モモ　いろんなものって、どんな？

須永　そりゃ、お星さんだとか人間だとか馬だとか
　木だとか、そんなような――

モモ　そうね、お星さんや木なんぞは見たいけど、
　人間は見たくない。

須永　なぜ？

モモ　なぜだか。

須永　僕も人間は見たくない。

モモ　なぜ？

須永　なぜだか。

モモ　人まね！

須永　ハハハ。

モモ　お月さん、まだ出ない。

須永　出てないよ。出るの？

モモ　ゆんべも出たから、今夜ももうちょっとする
　と出るわ。

須永　お月さんの出たのが、しかしどうしてわかる
　モモちゃんに？

モモ　わかるわ。（額のわきの方を指でおさえて）
　このへんがボーッと明るくなる。

須永　……モモコさん、裸になって僕に見せてくん
　ないかな？

モモ　裸？　あたしが？

須永　うん。着物をすっかりぬいで。

モモ　（笑って）それをペロンと手の先にぶらさげ
　て？

須永　そんな――ホントに見たいんだ。

モモ　どうして？

須永　どうしてだか、とっても見たい。

モモ　カマキリみたいよ、あたしの身體なんか。

須永　見せてくんないかなあ。

モモ　はずかしいわ。

須永　ねえ、お願い！

モモ　どうしてそんなこと言うの？　須永さん、
　今日は変よ。いつもと、まるでちがう。

須永　どんなふうにちがうの？

モモ　ユウレイみたい。

須永　……馬鹿言ってらあ。

モモ　須永さん、三階の先生んとこに、何を教わり

に来るの？、
須永　うん、芝居のことやなんか ― いや、もっと大事な、いろんな。
モモ　えらいの、あの先生？、
須永　えらい。それで、こわい。……いや、かった。今日来て見たら、えらくも、こわくもない。なんだか、かわいそうになった。
モモ　そうよ。かわいそうよ先生。……亡くなった先生の奥さん、キレイな人？、
須永　うん、キレイだった。
モモ　柳子おばさん、キレイ？、
須永　キレイだ。
モモ　どっちがよけいキレイ？、
須永　……どうしてそんな事言うの？、
モモ　どうしてって？、
須永　先生の奥さんは死んじゃって、柳子さんは生きてる。
モモ　ハハ、ほんとだ、ホホ！。
須永　……（桃子の顔を穴のあくほど見つめている。その末に自分も微笑して）モモちゃんは、死ぬことなど考えたことある？、
モモ　死ぬこと？、ううん、考えたこと無い。
須永　それじゃ、死にたくないと思う？、
モモ　ううん。たくないとは思わないわ。
須永　死にたいとは？、
モモ　ううん、思わない。
須永　じゃ、生きていたいのね？、
モモ　ううん、別に。そんなこと考えたこと無い。おんなしだもの。
須永　おんなし？、
モモ　わからないの、あたしには。……あら、誰か昇って来る。（耳をすます）
須永　……（これも耳をすましていてから）誰も来やあしないさ。
モモ　もう下へ降りましょうか？、
須永　もういっときいよう。
モモ　だって須永さん、先生とお話なさるんじゃないの？、
須永　うん。……でも今日は僕あモモコさんと遊びに来たんだから。
モモ　遊ぶって？、
須永　……だから、裸になって、見せてくんないか

なあ。
モモ　フフ
須永　なにもかも、僕には嘘のような気がするんだ
小さい時から、そうなんだ。そこらの物も、人も、まわりのものが、なんかしらん、ホントでない、ホントの事は、もっと別の所にチャンとして在るような気がする。僕がホントに居なきゃならんのは、その、別の所で、そいで、だから、此處に自分がこんなふうにして居るのは、まちがっているような。そう言ふ気が年中するの。
モモ　わからないわ。
須永　モモコさんと一緒にいると、そんな気がしなくなるんだ。
モモ　そう？　どうしてかしら？
須永　そいから又、いや、そうだからだと思うけど、今自分が見たり聞いたりしてる事は、同じ事を、それとソックリ同じことを、いつか何度も何度も見たり聞いたりした事なんだ。そういう気がしょっちゅうする。
モモ　うん、そう！　それは、あたしも、そう言う気がする事あるわ。ピカドンだって、廣島でじゃなくって、もっとズーッと以前に何度も何度も私見たことがある。いえ、あのピカッとした中で、ああそうだっけ、なんかこんな事が、これまでに何度も何度もあったっけ、そう私、思ったような気がするわ。
須永　だろう？　だからさ……だから、見せてくれないかなあ、裸になって。
モモ　見せたげようか、んじゃ？
須永　お願い！
モモ　じゃ、これ持ってって。（フルートを須永に渡し、ズボンのバンドに手をかける）
柳子の声（下から）モモちゃん！　モモちゃん！　降りていらっしゃい！　モモちゃん！
モモ（手をとめて）ほら、やっぱし、柳子おばさんが来た。
須永　いいからさ。
モモ　だって……しかられちゃう。また、こんだ。
柳子の声（すこしあがって来て）モモちゃん！　さあ、もう、降りていらっしゃい！　モモちゃん！
モモ　はあい！

II、私の室と次ぎの室、

私の室では：私と須永が椅子にかけて話している。その次ぎの室ーと言っても、以前は物置に使っていた室が焼夷弾を食って屋根も壁も飛んでしまって床板にも大穴のあいたままの場所の、私の室とのしきりの板戸の隙間からもれてくるひとはばの光の中に、桃子をしっかり抱いた柳子、それから房代、織子、舟木、浮山、若宮、省三が、群像のように動かず、私の室からの話声に聞き入っている）

私　（もうかなり話して来たあと）……いや、私の言っているのは、そんな事じゃ無いんだ。

須永　（静かで、昂奮のあとはない）……ですから、あい子は、もしかすると自分では気が附いていないと思うんです。

私　あい子？、

須永　ああ、まだ言ってませんでした。あい子と言うのが本名なんです。本名で芝居などしてはいけないと家で言われて、ミハルと言うのは、劇団はじめる時、僕が附けてやった芸名です。ホントは奥のアユの鮎子です。

私　いやいや、私の聞いているのは、そんなことじゃない。

須永　ですから……その、あい子はまだ自分が死んだんだという事を自分で気が附かないでいるんじゃないかと思うんですよ。僕にはそんな気がするんです。

私　君の言っている事は僕にはわからない？、

須永　そうですか。でもあなたは、奥さん亡くされて、そうは思はないんですか？、奥さんはご自分が死んだという事をまだ知らないでいられるんじゃないか？、そう言った、つまり……いや、そうですねえ、あい子や奥さんだけでなくです。死んだ人はみんな――いや、こうして生きている僕らも、実はもう死んじまっているのに、それに気が附かないで、平気でノコノコ歩いたり物を食ったりしている。そうなんです。そうじゃないかと思うんです。

私　……。

須永　人間は原子爆弾を発明しちゃったんです。人間が築きあげて来た科学が自然にそういう所まで

来てしまって、そいで原子力が人間の自由になってしまったんです。もう後がえりする事は出来ないんです。見てはいけないものを見てしまったんです。物質の一番奥の秘密のようなものを――神さまだけしか知ってはならないものを、人間は知ってしまったんです。そいで、ですから、廣島に最初に原子爆弾をおっことした人は――又は、おっことす事に決定した人は、その人は、人間がしてはならない事をしてしまったんですよ。神さまでなければしてはならない事を やっちゃった。つまり、踏み越えてはならない線を向ふへ一歩、犯してしまったんです。……いえ、僕はその人をとがめようとしているんじゃありません。僕にはとがめる資格はありません。それに、どうせ人間は原子力の秘密を握ってしまったんですから、おそかれ早かれ誰かが武器にそれを使ったでしょう。ですから、人間全體に、それに就いて責任があるわけで、――ですから善い悪いの事を言ってるんじゃありません。ただ人間は原子力で人を殺したと言う事で、犯してはならない所を犯してしまったと思うんです。以前、力で人を殺していた、その力が鉄砲になり、大砲になり、機関銃になり、というような事とは 実はまるで違う事が起きてしまった。……原子爆弾を作って、それを使ったという事で、人間は実は自分の今までの歴史を根こそぎスッカリ変えてしまったのです。神が生きものを創造したことが世の中のはじまりだとするならば、その時から今までの事をすべて台無しに叩きこわしたのが原子爆弾で、ですからすべてがまたゼロから、始まるものなら始まるわけで、つまり創世紀――そういう所に僕らは立たされている。立たされてしまったんです。そうじゃないでしょうかね。……僕が言うのは、そんなトテツもない自分たちに取って根本的に決定的なことが起きてしまってるのに、しかもそれを自分の手で引き起してしまったのに――つまり犯しちまっているのに、人間はその事に気が附いていないんじゃないかと言うことを、それを僕あ――。

私　ああそうか。それなら私にも少しわかる。蒸気機関が発明されて、それで産業革命が起きた。それと似たような、それの続きとしての進歩が起きたと言うような事ではないかも知れんね。早くな

なんとかしてコントロールしないと、こいつから
逆に人間は──下手をすると地球そのものまで、
吹きとばされてしまうかも知れん。なんか恐ろし
く妙な──

須永　妙なことは起きてしまったんです。人間はもう死んでいるのに、死んでいる事に気が附かないで、気が附かないままで生と死の境目の敷居を踏み越えてノコノコ歩いて行ってる。……

二人とも、いっとき黙りこむ。

私　……だが、須永君──君が私に話したい事は、そんな事じゃないんじゃないかね？、

須永　え？、どうしてなんです？、

私　どうしてと言ふ事はないが──

須永　なんでしょう──

私　いやさ……どうして君は私んとこに来たの？、いや、来たってかまわんけど、特に私んとこに来たと言うのは、どういう──？、

須永　そりゃ、尊敬してるもんで──あなただけを僕は、信用すると言ってはなんですけど……そうですねえ、尊敬してると言うんじゃないかも知れません。友だちに逢っても、先輩も親兄弟もそのほかの世間の人も僕には、つまらんのです。直ぐ嘘をつきますから。あなたは、嘘だけはつかれないから、そいで、なんとなくツイお目にかかりに来るんです。

私　そう、そりゃなんだけど──私の言ってるのは今日のことさ。特に今夜はどうして此處に来る気になったかって言う──？、

須永　いけなかったでしょうか？、

私　いや、いけなかないけど──

須永　それにモモコさんを見たくなって。

私　モモコ？、どうして？、

須永　好きなんです。

私　うむ。……君、ピストル、持ってるの？、

須永　え？、

私　持っているんだろう？、

須永　……（私の顔を見ていたが、普通の調子で）ええ持っています。（手紙でも出すような素直さで、右手を内ポケットに入れる）

私　（それをとめて）いや、いいよ出さないでも。……だからさ、その事を──？、

須永　え？、

私　……夕刊に出ている、君のことが。
須永　そうですか？、
私　知らないのか？、
須永　ええ。
私　……どうして特に此処に来たのかと言うのは、それさ。私は君を好きだから別に迷惑だとは思わない。しかし、君の方としては、それを考えるのが自然だったと思うんだがね。私や、そいからこの家に住んでいる人たちに迷惑がかかるとは思はなかったの？、
須永　（単純ないぶかしそうな顔で）……迷惑と言いますと？、
私　だって君は、三人も人を……なにしたんだぜ？、
須永　え？、
私　つまり……殺した。
須永　三人じゃありません。僕が殺したのは一人です。
私　……だって、その、あい子さんの父親と母と米屋の青年と。
須永　……すると米屋なんですか、あれは？、
私　……やっぱりそうだろ？、
須永　……（考えていたが）それなら四人です。いや……やっぱり一人です。
私　三人とハッキリ書いてある。
須永　いえ、一人です。でなければ四人です。
私　すると……ほかに……その一人と言うのは？、
須永　あい子です。
私　だって、あい子さんは病気でなくなったんだろう？、
須永　いや、僕が殺しました。……殺したのは僕です。
私　……よくわかるように話してくれるわけには行かないかな？、
須永　……あい子と僕は山中湖へ行って一緒に死ぬことになっていたんです。そう約束して、薬も手に入れ、金も作り、汽車の切符も買ってその次ぎの日の朝出かけることになっていたんです。その晩おそく別れて、朝になったら、あい子は一人で薬をのんで自殺してたんです。
私　そうか。……でも、しかし、どう言う。
須永　僕にもわかりませんでした。次ぎの日には山で一緒になにする事になっているのに、どうして

自分だけ、僕を残して……それ、いろいろ考えました。……やっぱり、僕が殺したんです。

私　ふうむ。……

須永　聞いてくれますか？、

私　聞かしてくれ。

須永　僕とあい子は去年から仲良くなっていました。あい子は僕以外の男性はもう全く考えられないと言います。僕もそうでした。しかし肉體関係は無かったんです。接吻だけは、六度ばかりしました。しかしそれ以上のなにはイヤだと、あい子は言うんです。僕はあい子の身體も欲しいので、要求すると、泣いて、そうしないでくれと頼むのです。そいで、そのままでズーッと来て、そして一緒に死のうと言うことにして、ですから、僕あ、二人で死ぬ前に一晩だけ過して、ホントの夫婦になって、そいで死のうと言ったんです。あい子もそれを承知して、行くことになって、そいでその前の晩に一人で死んじやったんです。……その、ホントの夫婦になると言う事、つまり肉體関係が、あい子にはイヤだったらしいんです。

私　しかし、そのために死ぬと言うほどの――？、

須永　僕もそう思ったんです。今でも、そんな事があるだろうかと、よくわかりません。……しかし、あい子にはどこか、そういう性質がありました。こいつは、気ちがいじやないだろうかと思った事が、一二度あります。そういう意味では僕には、どこか、わかるんです。じかにあい子を、よく知らないあなたには、わからんと思います。

私　……。しかし、あい子さんのお父さんやお母さんや米屋をなにしたのは、どう言う――？、

須永　それは僕にもよくわかりません。……あい子を殺してから、僕も生きてはおれないもんですから、薬をのんだんですけど、たくさん飲みすぎて吐いたりしてグズグズしてたんです。……そいでその間、毎日あい子の内へ行ってたんです。なんか、そこにまだ、あい子が居るような気がして。……それに、あい子のお母さんが、あい子にとても似てるもんで、なつかしいような気がして。そいで、そのお母さんも僕の顔を見るのが、うれしいようなもんで……もっとも、時々、あい子だけ一人で死なしといて、あんたが殺したくせに、いつまでもどうして生きている、どうして後を追つ

て死んで、つまり心中してくれないんだ、と言ったような――いえ、口に出して言やあしないんですけど、そんなような眼をして僕を見ました。……それが辛いんです僕には。辛いんですけど、その辛いのが、何か良い気持なんです。そいで毎日、社の帰りに寄って、あい子の仏前にボンヤリ坐っていました。……今日は社が公休なんで、朝行く気になって行きますと、あい子のお父さんが内に居て、応接室に通されました。実はあい子の実の父ではなくて、あい子が七つの時にお母さんの連れ子でかたづけて来たそうです。あい子のお父さんは以前、参謀本部詰めで、特務機関の関係で上海などによく出かけていた中佐です。終戦後、陸軍の用地だった方々の土地の払い下げ問題の世話焼きと言うか、そう言う事の委員やなんかやって相当金もうかるようで、その金を土台にして、もとの軍人などを集めて一種の国民運動組織のようなものを拵えているようでした。……その時もそんなような客が二人ばかり来て、十個師団ぐらいではどうしようも無いとか、飛行機はどうするんだとか、再軍備の話をしてました。僕は黙って聞いていたんですが、話の内容はよくわからないし、興味もありませんでした。……そのうち、その客が帰って僕と二人っきりになると、お父さんがいきなり、どう言う量見で君はいつまでも此の家に来るのかと言うんです。僕、答えられないで黙っていますと、実に女々しい不愉快きわまる、今後来るのはことわる、そう言ってニヤニヤしてテーブルの引出しからピストル取り出して、又来たら、これで射殺すると、僕にねらいを附けるような恰好をして、又笑いました。……それ見ていて僕は、とても悲しくなりました。寂しい……とても、悲しくて、泣きたくなったんです。そいで、もう帰りたまいと言って向うを向いてしまったんです。その後姿を見ていて僕は、この人と自分のは、いっしょに生きてはおれないと言う気がヒョッとしたんです。一瞬間もいっしょの空気を呼吸して……いや、気がしたんじゃなくて、その時、一刻もいっしょに生きてはおれなかったんです。そいで……僕は自分のバンドをはずし、後から行って、首をしめた、ようです。ハッキリおぼえていません。（自分の上衣のすそをめくって、ズボ

ンのバンドの所を覗く。バンドは無い）……非常に簡単に、あの、身體がやわらかになって――死んだんですか、じゃ？、
私　……（答え得ない。ただ微かにうなづく）
須永　……それから外へ出て来たんです。出る時にお母さんが変な顔をして出て来たので、なんか僕は言おうとしたら、ピストルが鳴りました。お父さんのピストルを――そんとき僕をおどかしたそのピストルを僕は掴んじゃっていたんです。自分で気が附かないでいました。バンと鳴って、お母さんが何か言って倒れたので、これはいかんと思って、あわを喰って、台所の方から出ようとすると、そこに兵隊が立って僕を睨んでいるんで、カッとなって、撃ちました。……ありゃ米屋なんですか？、
私　……（うなずいて）……スッカリ復員の時の兵隊服着てたって書いてある。
須永　そうですか。……
間……
私　それで、君はどうするの？、
須永　どうすると言いますと？、
私　その――これからさ？、
須永　これからと言いますと？、　別に僕あ――（虚脱したように弱々しい眼で、その邊を見まわす）
私　それで、あの、あい子さんの家を出てから、此處に来るまでどこに行ってた？、
須永　あちこち、別にどこと言って……そうです、上野の美術館に寄りました。興福寺の阿修羅が出ています――あなたがいつかいっていられた――あれを見たり。
私　……警察に行くことは考えなかったかね？、
須永　考えないわけではありませんけど――
私　君は人を殺した。……人を殺すのは、いけない事じゃないかね？、
須永　それは知っています。……でも、しかたがなかったんです。
私　しかたが無い？、そう、しかたが無いと言えばなかったかもしれん。でも、悪いことは、やっぱり悪い。
須永　ええ、悪いです。……でも、善いことと言うのは、なんですか？、
私　そりゃ君……（言葉につまる）

須永　戦争の時は、人を殺すのは善い事なんでしょう？、
私　……（答え得ない）
須永　いえ、僕は自分のした事が善い事だなんて言う気はまるでありませんから、屁理屈を言おうとしてるんじゃありません。いけないのは僕です。でもホント言うと、何が善くて何が悪いか、僕にはまるきり、わからないもんですから――
私　……（額に油汗が光っている）しかし、しかしだね……（あえぐ）その、逆にだな、君が人からいきなり殺されたら、君、イヤだろう？、
須永　そんな事はありません。いつ殺されてもいいです。……僕はもう、とうに死んでいるかも知れないんですから。
私　（歯をがりがりとならして）僕は冗談を言ってるんじゃない。
須永　僕も冗談言ってるんじゃありません。弱ったなあ。（私が怒っているらしいのに、ホントに弱っている）……いつ死んでもいいんです、これで。（とポケットに触ってみせる）あなたに撃ってもらってもいいんです。
私　須永君。……（ガタガタと手がふるえている）
須永　弱ったなあ。……あのう、御迷惑なら僕あ出て行きます。ですから……いえ、あなたとモモコさんに逢いたかったもんですから。……あなたの事を僕はズーッと尊敬していました。たった一人、あなただけを尊敬してたんです。それが、今夜来てあなたを見たら、なんですか、まるきり、尊敬しなくなっちゃってる自分に気が附きました。どう言うのか、僕にもわかりません。尊敬じゃない、もう。……軽蔑しちまってるんです。いえ、軽蔑と言っちゃ、なんですけど、その、あわれなような気がします。あなたが、なんか可哀そうなような――そうです。そいで、やっぱしあなたが好きです。（女のような微笑）……あなたには、わかっているんだ。あなたは、わからないと自分で思ってるけど、そう言っているけど、ホントは、あなたは、僕のことは、わかってるんですよ。……あなたも死にかけているんだ。だから、ホントにあなたは生きているんです。あなたは奥さんを亡くしてるんです。僕はあい子を亡くしたんです。殺した。……そうなんだ。あなたも奥さんを殺し

たんだ。……それで生きているんです。同じです。……（全く愁のこもらないウワゴトのような調子になって行く。私は冷たい汗を垂らし、手はほとんど虚空をつかまんばかりに握りしめられている）

そこへヒヨイとフルートの音が起る。次ぎの室の人々の中に立った桃子が、フルートの吹き口を唇に持って行っている姿。その細い腰をしっかりと抱いた柳子の白い手が、ハッキリ遠くから見えるほどブルブルふるえている。……須永がフルートの音を耳にとめ、椅子を立ってユックリそちらへ行き、板戸の前にチヨッと立ってから、板戸をスッと開けて、そこの八人を認め、それから私の方を振返って見てから、ユックリと次ぎの室へ入って行く。眼は桃子を見ている。私の室は暗くなる。

12 次ぎの室

そこに居る八人の人たちは、それまで板戸の隙間から洩れる光に沿って立っていたので、知らぬ間に、やや半圓を描いた一列に並んでいる。それが一種の恐怖のようなもので動けなくなって、墓場から起き出して来た者を迎えるように須永を見迎える。ふだんのままであるのは桃子だけ。須永は桃子に視線を向けて入って来るが一同がだまりこんで並んでいるので少し気押され、いぶかるような、はにかむような態度で、ソロソロ歩き、並んだ順にユックリと眼を移して行く。舟木、織子、省三、浮山、桃子、柳子若宮、房代のそれぞれが、須永から見られて次々と各人各様の表情と態度を示す）

舟木　……（眼をすえてジッと須山を見る。それはハッキリと医者の眼である）

須永　……（舟木の眼から引きとめられてしばらくそれを見ていてから、苦く微笑して）ええ。すこし頭が痛いんです。

舟木　……須永君。

須永　舟木さん、あなたはお医者です。あなたの考えていらっしゃる事はわかります。……たしかに僕は病気かも知れません。

そう言って、一歩進んで織子を見る

織子　……（ああと口の中で言い、同時に膝まずき、

須永に何って頭を垂れ、握りしめた両手をアゴの前に持って来て、唇をふるわせつつ何かささやきはじめる）

須永　……（ポカンと見ていたが、相手が祈っていることを理解した瞬間にギクンとして、二三歩とびさがり、恐ろしいものを見るように織子の姿を見ていたが、やがて顔をふせて深々とお辞儀をして、織子の前を遠まわりをするような足どりで、わきに寄る）

省三　……（さきほどからかみつくような眼を光らして須永を睨んでいたのが、だしぬけに）そうだよ！　何が善で何が悪なんだ？、須永君、君がその男といっしょに生きておれなかったの、わかるよ！　おれたちは、おれたちを押しつぶそうとしている奴等を、しめ殺さないでは、生きて行けないんだ！。

須永　いや、そんな……（省三の激しい視線を受けかね、助けをこうように次の浮山を見る）

浮山　……だけど、田舎にお母さんや弟さんも有ると言うんだから、この――

須永　……（恥じて頭を垂れる）

省三　だけど、それをこういう形で解決しようとするのは間違いだ！　それはホントの解決にはならん！　僕の部屋へ来てくれ須永君！　話し合って見よう！　（進み出して須永の腕を取りそうにする）

須永　……（その手をソッとよけて、桃子の前に行き、低い声で）モモコさん。

モモ　……（ユックリした視線で、須永の方を見て）須永さん、又、塔に登らない？　（そしてフルートを口へ持って行き、吹く真似をする。しかし声は出ない）

須永　ええ……。

柳子　須永さん！（かすれた、押し殺した声で言い、いきなり、ふるえる片手で須永のひじを掴み）……逃げて下さい！　早く、どっか、早く逃げて下さい！　逃げて下さい！　つかまる！。早く逃げないと！。

須永　え？、……（びっくりして柳子を見る）

柳子　な、なんでもいいから、早く、あの、逃げて下さい！

須永　……（困って、柳子の手をソッと振りほどい

て、となりの若宮に眼を移す）
若宮　わあっ！（それまでもワナワナとふるえていたのが、須永からチラリと見られると、我慢できなくなり、叫び声をあげるや飛びあがって、いきなりガタガタと床板を踏みならして駆けだし、板戸の間から今はまっ暗な私の室を通り抜け階段をかけおりる音がドドドドと下に消える）
舟木　どうしたんだて、
省三　警察に電話でもするんじゃないか？
浮山　そりゃ、まずい。……（小走りに若宮の後を追って私の室の方へ消える）
須永　……（その間に房代を見ている。と言うよりも、房代の方がルージユの濃い口を開け放って、顔色を蒼白にし、眼をすえた、ほとんど発狂せんばかりの恐怖の表情で、及び腰になって後ずざりしながら自分を見ているので、その姿に逆にびっくりして見ていると言うのが當っている）……　あの、どう……どうしたんです？
房代　……（両腕を突き出して須永が近寄って来るのを防ぐようにしながら、ジリジリと後しざる）
織子　あ、危ないっ！

叫び声と同時に、奥の床板に開いている焼夷弾の穴に、房代の身體がスポッと落ちこみ、ガラガラと音がして、二階の真下の部屋からアッ！という房代の悲鳴がひびいて来る。
須永　ああ！（その穴のそばへ行って下を覗く）
省三　おっ！（これも穴へ駆け寄る）房代さんっ！房代さんっ！（これは下を覗くひまも無く、いきなりその穴の下へパッと飛びおりて消える。ガタガタ、ベリッ、ドサンという音）
舟木　馬鹿！ここから飛ぶ奴があるか！ケガしやしないか？織子、二階だ！（身をひるがえして、私の室へ消える。織子も走ってその後を追う。二人が階段を駆け降りる音。やがてシーンとなる）
一瞬のうちに、穴のふちに須永と桃子と柳子の三人が取り残される。ボンヤリしている須永。遠い方へ耳をすますようにしている桃子。ほとんど恍惚として我を忘れて須永を仰ぎ見ている柳子。——静かだ

13　食堂

私が一人で立っている

私　……待てよ。ぜんたい何が起きたのだ？、何が此處で起きたのだろう？、起きつつあるのだろう？、　私たちの生活は、それほど愉快な明るいものではなかった。しかし、おだやかな、気持の良いものだった。そこへ須永がとびこんで来た。はじめ何がとび込んで来たのか、誰も気が附かなかった。そのうち、ヒヨイと気が附いた。これは殺人者だ。そしてもう既に死んでいる人間だ。そいつが私たちの間をウロウロしはじめた。すると私たち全部の調子が不意に変になってしまった。死んだ人間が歩きまわっているのを見ているうちに、おれたちの一人一人が急に、自分が生きていることに気が附いたのか？、……いや、そうではない、須永は死んだのではない。須永だけが、おれたちの中で須永だけが今生きているのではないのか？、　須永は、今こそホントに生きはじめているのではあるまいか？、　それを見ておれたちの一人々々までが、日常生活のものうい夢から叩き起され、眼をさましたのではないのか？、……そうだ、現に私だ。私は半分死んでいるのだと須永は言った。そうかもしれない。お前はここに私のそばに立っている。もう既に死んでしまったお前が私のそばに立っている。それを私は実感で知っている。それが私に少しも変だとは思われない。ならば、私も半分死んでいるのだろう。そうかもしれない。それが須永に叩き起されて、こうなってさて、私の眼が急にハッキリ見えはじめた。夜の空気が、ヒンヤリと、これまでとはまるで違った肌ざわりで私の顔を撫でる。おかしいぞ。夜の闇が不意にベットリと黒いものとして私を取り巻いて見えて来る。闇はズッと前から有ったのだ。見えていたのだ。それが今急にベットリと、まるで液体のように私を取り巻いて、ここに在る。どうしたのだ？、これは、なんだ？、やっぱり私は死につつあるのか？、　それとも、ホントに生きはじめたのか、ぜんたい何が起きたのだ？、何が起きようとしているのか？、須永は、どこへ行ったのだろう？、　須永！

舟木が腕まくりをおろしながら入って来る。

舟木　……須永君は柳子さんたちと三階じゃないかな。

私　房代さんのケガは？、
舟木　あの人は足くびをチョットくじいただけだが、省三が釘で額を切った。馬鹿な、いっしょに飛び降りることはない。
私　若宮さんと浮山君が喧嘩をした？、
舟木　若宮が電話をかけようとするのを、浮山君がいきなりなぐり倒した。あんな男じゃないと思っていた。取組み合いになって、若宮は鼻から血を出している。
私　……狂人だろうか？、　須永は？、
舟木　ノイローゼ。病識が有る。しかし、それがわれわれの方で言う病識か、ただ一般的に、つまり思想的な言い方での、自分は病気だと言うのか、そのいずれか、この程度ではハッキリしない。変質者であることは確かなようだ。しかしそれも遺傳関係のデータを調べなければハッキリしない。むしろ、その相手の、先に一人で自殺したと言う娘さんの方に一種のパラノイヤのような――つまりセックス・フオビヤがあったのではないかな。
私　聞いたのか？、
舟木　戦争からの影響――つまりアプレゲール現象だ。世間はこういう者を片附けたがる。しかし困って来る所はもっと深い。断絶だ。これは断絶。崖をふみ切った。足はもう地面をふんでいない。
私　断絶？、　うむ。
舟木　無数の断絶者が生れつつある。この世の、崖っぷちのこっち側の考えで、死んでるとか生きてるとか言って見ても無駄。どうするかだ、これを？、
私　どうするか？、
舟木　殺しても死なない、だから。だから処理するだけだ。警察に渡すか、精神病院に渡すかだ。
私　あぶない。ピストルを持っている。
舟木　ピストルには弾がいくつ入っている？、
私　六連発と見ても、まだ四つ入ってる可能性。
舟木　良い青年だがな。
私　良い奴だ。しかし犯罪者。
舟木　犯罪者？、　犯罪の意識は無い。
私　狂人か――
舟木　われわれにとって狂人と言うものは居ない。時代時代の平均ノルムが有るだけ。それを踏みはずしたのを假りに狂と名づける。セーンもインセ

ーンも無い。どの試験管もガラスで出来てる。

私　だが、須永は犯した。これからも犯し得る。これは、怖い。

舟木　怖いのは、しかしホントに怖いのは、実はモモコだ。あの子は笑いながら一萬人だって殺すことが出来る。

私　うむ。しかしモモコは殺してない。須永は殺した。

舟木　薬をあけようか？

私　自分でも持っているのではないか。それよりピストル持ってる。自殺など胴忘れしてあゝしてウロウロしている。どうすればよいか？

舟木　そう、どうすれば——？

二人、顔を見合せている。そこへ出しぬけに二階の一角で、ドシン、ガタガタと音がして、女の叫び声がして来る。舟木と私はその方を見あげて聞き耳を立てている。……

14　省三の室

天井裏の見える、まるで物置のように殺風景な、板のベッドと粗末なテーブルの他に何も無い部屋。ただ一つ壁に真赤な三角の旗がピンでとめてある。額から片眼へかけてホウタイ（それに血がにじみ出している）を巻き立てた省三が、ベッドに片足かけて仁王立ちになり、革のバンドを右手にふりかぶって、憎悪にとび出しそうな眼で離れて立った房代を睨んでいる。

房代は右手に濡れたタオルを持ち、左手で、たった今なぐられた頬から首すじをおさえて、ギラギラ光る目で省三を見つめている。これも左の足首をホウタイで巻いている。

房代　なによするの、キチガイ！

省三　バ、バ、バイタ！（房代に向ってビュウとバンドを振る）

房代　あっ！（辛うじて打撃をかわし、テーブルを小だてに取って、室の隅に飛びさかる）

省三　出て行け！　出て行かないと殺すぞ！

房代　殺せるものなら殺してごらん！（と、痛いだろうと思って、わざわざやって来てタオルで冷してやろうとすると、だしぬけに、なに乱暴するのよッ！

省三　なぜ觸るんだ俺に！　放っといてくれ、お前みたいなバイタが――出て行け！

房代　出て行くとも！　あたしのためにケガをさして悪かったと思うから、こうしてなにしてんのに―動物！

省三　あたしのためにケガをした？、ヘッ、あん時、お前のあとから飛び降りた自分が、腹が立つんだ！　ざまあ見ろ、だからこんなケガあしたんだ！　俺が俺に罰を喰わしてやったんだ。お前なんか死のうが生きようが腐ろうが、知った事か！　のぼせるなよ。お前なんかのために誰が飛びおりたりするもんか！

房代　ヘッ、のぼせているのは誰だ？、戦争が始まったのが、あたしのセイなのさ、あんたが出征したのが、あたしのセイなの？、復員して見たら、あんたの恋人が空襲にやられて死んでいたのが、あたしのセイなの？、

省三　ちきしよう、だまれ！　だまれ、ちきしよう！

房代　その恋人にどっかあたしが似ていたと言うのが、あたしのセイなの？、そのあたしが食べられないから、進駐軍につとめているのが、あたしのセイなの？、

省三　食いものをもらうと、犬はシッポを振る。しかしシッポの先きに心臓をぶらさげて振りはしないんだ！

房代　あんただって血を売ってるじゃないか！

省三　血は俺のものだから売るんだ！　俺の自由意志で売ってるんだ！

房代　あたしは、あたしのものだから、あたしの自由にするのよ！　恋人を持つのは、あたしの自由だ！

省三　三月に一人ずつの恋人を持って、オンリイ、オンリイで次ぎから次ぎと、三年もたつと一中隊ぐらい兄弟になっちやって、子供でも生れるとなったら、白いのかい黒いのかいわからなくなったらフアイシユ・スキンに聞いて見ろい！

房代　ヘッ、ゼラシ！

省三　なによう！　ちき――（バンドを振りかぶって迫って行く）

房代　ヘッ――（それに向って、犬に追いつめられた猫のように、シユーと響く唸り声を立て、歯をむき出して對する。――それがヒヨイと戸口の方を見るや、声も立てずにゴム風船から空気が抜ける

ように、不意にしぼんだように怒りの形相が完全に消えしまう。その代りに、恐怖から今にも泣き出しそうな顔になっている。目まいが起きるほどの急変である。）

省三　うッ？、（びっくりして、なぐりかかるのを忘れて、それを見ていたが、やがて振返って戸口を見る。（戸口の奥の闇を背に、須永がションボリ立っている。バツの悪そうなモジモジした態度。それを見ているうちに、省三からも兇暴な調子が消えている）

須永　やあ。

省三　君か？、……はいりたまい。

須永　話したいと君が言ってたもんで——（言いながら遠慮っぽく入って来る。その間に、猫が逃げ出すようにす早くに房代が、須永のわきを大きく圓を描いて足早やに戸口の方へ出て行き、消える）……あのう、キズはどう？、

省三　……なに、大した事は無い。（キョトリとして、まるでキツネでも落ちたようだ。そして見失った自分の思考のつながりの糸を相手の顔の中から捜し出すように須永の顔ばかり見ている）……それで？、

須永　モモコさんは、どこへ行ったのだろう？、

省三　……（不意に糸をつかんで）そうだ、君がその男をやらなかったのは、わかる。しかし君の、その恋人はなぜ自分だけ自殺したんだ？、全體、その人と君とは、なぜに一緒に死なう、心中しようと決めたんだ？、

須永　生きていられなかったから。

省三　なぜ生きていられなかった？、

須永　呼吸がつまりそうで窒息しそうだった。

省三　なぜだ？、どんなわけでだよ？、

須永　なぜだかわからない。

省三　……君は馬鹿だ！

須永　馬鹿だ。（ゲッソリとしょげている）

省三　（相手のまるで無抵抗な姿を見て同情する気になり、同時に自分をとりもどして来る）だけどその人が一人で自殺したのを、なぜ君は自分が殺したと言うんだ？、

須永　でも、殺したのは僕だから。

省三　ちがうよ、君が殺したのは、ほかの三人だ。

須永　ううん、ちがう。僕が殺したのはあい子だ。

省三　君じゃないよ、殺したのは。
須永　殺したのは俺だ。
省三　逃げないのか君は？、
須永　逃げる？、どこへ？、
省三　どこへ？、あぁっ！（反向しているうちに、出しぬけに、とび上って、キョロキョロあたりを見まわし、それから室内をキリキリ舞いをして、窓の所へ駆け寄ったり、テーブルの下にかくれようとしたりする）そうだ、殺したのは俺だ！
須永　……（びっくりし、あきれて見ている）
省三　殺したのは俺だ！
須永　何を殺したの？、
省三　岩田と言う兵長だ。部隊本部の参謀に可愛がられていやあがって、いつでも俺たちの事を言いつけやがる。スパイだ。岩田の口のひとつで昇級したり、あぶない所へ転属されたりするんだ。そいつが、俺の事を目のかたきにして、インテリなんぞに戦さあ出来るもんか。人が殺せるもんか。年中俺をなぶり者にするんだ。そこい、便衣隊が三人つかまった。共産軍の、まだ十七八の青年だ。おめえにくれてやるから、やって見ろ。やれめえインテリ。分隊全員の前で歯をむいて笑うんだ。カーッとなった。ホントはやりたくなかった。ホントはやりたくなかった。ホントは笑ってる岩田をやりたかった。しかしカーッとのぼせて、俺は銃剣を振りかぶっていた。ズブッと言って、小さな声でキイと言った。十七八の共産兵だ。俺は目の前が真暗になった。夢中で突きまくった。三人終って、銃剣を手から離そうとすると、ネバリ附いてて取れないんだ。ボヤッとした月が出ていた。……殺したのは俺だ！
須永　君が殺したんじゃないよ。
省三　殺したのは俺だ！
須永　殺したのは戦争だ。
省三　う？、……そうだ。だから俺はあの三人の仇を打ってやる！
須永　三人を殺した君がかね？、
省三　そうだよ、仇を取ってやる。
須永　すると又戦争がはじまる。
省三　今度の戦争は最後の戦争だ。戦争を無くしてしまうための戦争だ。
須永　そう言っては、何度でも戦争をする。

省三　俺たちのする戦争だけが正しいんだ。
須永　両方で、いつでもそう言うよ。
省三　君はニヒリストだ。反動の二人や三人殺して
なんになる？　センチメンタリズムだ！
須永　〈はにかんで〉じゃ、幾人殺せばいいの？、
省三　幾人？、
須永　誰と誰とを殺せばいいの？、
省三　誰と誰？、
須永　言って見たまい。僕が行って、みんな殺して
来てやるよ。
省三　う？、……〈びっくりして須永を改めてマジマ
ジ見る。その末に、キョロキョロあたりを見る。
自分の手を見る。それを開いたり握ったりして見
る。再びあたりを見まわし、暗いのをすかして客
席の方を覗くようにする。微笑を消さない須永の
視線も、省三の視線を追って客席の方を、すかし
て見ている〉
しばらく前から、バリリン、バリリンと聞えて
来ていた三味線〈大ざつま〉の音が急調になり、
狂ったように激しくなる

15　若宮の室

血まなこになった若宮がフーフあえぎながら、
畳を二枚はがして、その下に敷いてあった書類
や株券をカバンにさらいこんでいる。そばには
開け放した中型の金庫のわきに、テーブルをかけ
た紙幣束が、うず高く積んである。……
私　〈ふすまの外の廊下から〉若宮さん。若宮さん！
若宮　〈ビクンとして〉……だ、だれだ？、
私　いや、私だ。
若宮　開けてはいけない！　入って来ちゃ、いけな
い！
私　私ですよ。〈言いながら、ふすまを開ける〉ど
うしたんです？、
若宮　あ！。〈と紙幣束を身體でかくして〉困りま
すよ。どうして、あなた——
私　〈相手のけんまくにおどろいて〉……どうしま
した？、
若宮　な、なんです？、
私　いや、……須永、さっきの須永、どこに居るか
知りませんか？、

若宮　知らない。どうかしましたか？、
私　そうですか。いや別に。
若宮　早くなんとか警察に引き渡すとか、なんとか、してくれないかな。あんな物騒な、あなた、何をしでかすか、わかったもんじゃない。わしは、もう――
私（その辺を見まわして）逃げ出すんですか？、
若宮　いいや、わしが逃げ出す筋はない。しかしこの、とにかく人を殺して来た男だ、又、この――
私　大丈夫ですよ。おとなしい男です。
若宮　おとなしい男が、仮りにも自分の女の父親をしめて、次ぎ次ぎと、あんた――
私　いや、須永は大丈夫です。それよりも省三君に気をつけた方がよい。ひどく気を立てている。
若宮　省三？、省三君がどうしたんです？、
私、須永がなにしたのは、自分の好きな女の義理の父だった。あんたは房代さんの父親だ。
若宮　へ！　そ、そんな、木に竹をついだような。房代はわしの娘だけど、あれは自由に勝手にやっている奴だ。わしとは縁もゆかりも有りゃしない。わしの知ったこっちゃありませんよ。
私、須永の女の父は元軍人で今ブローカアで、国民運動やってた。あなたは株屋で、追放政治家と組んで何かしようとしている。いろいろと、なんか似てる。それに省三君は、ああいう一本気の激しい――
若宮　じょ、冗談！　へへ、それよりも、あの須永と言うのを一刻も早く、なんとかして。あんたの責任だ。
私　だから、捜しているんだが――？、
若宮　モモコの所か柳子の所だ。あいつはモモコの後をくっつき歩いているし、柳子は眼を釣り上げて、あいつの尻を追いまわしている。へっ！
私　柳子さんは全體どうしたって言うんだ？、
若宮　わしの知ってる間だってもう五六年も男っきれを寄せつけなかった女だ。バクチに血道をあげちまって、色気の方はフタをしちまった。フタをしたって、なくなったんじゃない。内にゃ、あんた、クックッ煮えて溜ってきさあ。そいつが時々ワザをするんだな。須永を見て、ただの須永てえ男だけなら、そんな事あ無いさ。現に夕刊のあれを知るまで何の事あ無かったもの。へへ！。柳子

は金をこさえて須永といっしょに逃げる気らしい。

私　嘘だ。

若宮　嘘じゃ無い。現に先程ここへ来て、手持の株から此の家の書類まで全部投げ出して、金を貸してくれと私に――あの権高な女が、この私に頭を下げましたよ。本気だ。狂ったね女あ。

私　しかし、ああして三味線ひいている。

若宮　あれは、それでも、自分で気を落ちつけようとして弾いてるんだ。気が立ってくると、あの女あ、いつでもああです。（その三味線の音に二人が耳をやったトタンに、それまでズッと聞こえていたその音が大きくなり、べりべり、バリンと叩きつけるように響いて、ピタリと止む）

私　……（そっちに気をとられている）

若宮　……（ニヤリとして）昔、聞いた事がある。人殺しの兇状持ちの男が洲崎の遊廓に逃げこんだ。

16　柳子の室

その深紅のじゅうたんの所が明るくなる。

そこに椅子の上にキチンと坐って、たった今まで弾いていた三味線の、三本の糸がバラリと撥き切れたのを左手に、右手に象牙のバチを振りかぶる様に持った柳子が、何かに魅入られたように一方の方を見守っている。その視線の先のじゅうたんの端の所に須永がボンヤリ立っている。……（この場の柳子と須永はパントマイム。そして前の場の若宮の室は暗くならず、若宮が私に語る話も、そのまま続けられるので、同時に二カ所で事が進行する）

若宮　その時もそいつは追いかけて来た人間を三四人も斬っていたそうで、返り血でもって全身血だらけだったそうだ。そのナリで何とかと言う大きな女部屋の構え内へ飛び込んだ。騒ぎになった。

須永　モモコさんは――モモコさんは、どこでしようね、……（柳子は無言で、眼は須永の顔の上に据えたまま、三味線とバチをわきのテーブルの上に置き、片脚を先きにソロソロとじゅうたんの上に降り立つ。それが、エモノを見附けたヒョウが、エモノへ向って音を立てないでしのび寄るようだ。困ってモジモジしはじめる須永）

若宮　（その間もつづけて）女たちはみんなおびえ

てしまった、ひとかたまりになってちぢみあがっていたが、その中で海千山千の、枕だこの出来たシタタカ者が二人ばかり、どういうわけか、眼の色を変えて、人殺しを追いかけまわしはじめた。（柳子の室では、須永に飛びかかりそうにしていた柳子が、その時、飛びかかるのとは反対に不意にグナリとなったかと思うと、ひっかけ結びにしていた博多の中はばの帯に指をかけて、キュウと音をさせて、バラリとほどく。次ぎに腰紐を。眼はまたたきもせず須永から離さない）血の匂いが良いのかねえ？、商売女の中にゃ、ほかの事じゃツンともカンとも感じねえ奴が、ロウソクのロウの焼ける匂いをかぐとトタンに、うわずっちまうのが居たりするからね。へへ。しまいに両方から引っぱりっこで、兇状持ちも、めんくらったろうて。自分々々の部屋につれ込んで、酒を飲ましたり、かじり附いたり。一方が、一緒に心中してくれとくどくかと思うと、一方は金を拵えるから、それ持って逃げてくれと泣きだしたり、いやはや！　狂ったのは男だか、女だか。（柳子の室ではその姿でソロソロとじゅうたんを踏んで須永に近づいて行く。須永はびっくりしていたのが、次第に恐怖の色を浮べ、後ろさがりにジリジリと入口の方へ）しまいに、男の方が、怖くなったのか浅ましくなったのか知らないが、二人の女を締め殺してしまったそうだがね。

柳子　（低いしゃがれた声で）あんた！　早く！　早く、あの！　（むき出しの白い手を、須永の方へあげる。須永は後しざりをしていたが、ビクッとして口を開けて声の無い叫び声をあげ、クルリと身をひるがえして、廊下の闇に消える。それを追いかけて行くような姿勢で廊下の奥を見こんでいる柳子。……そこでフッと真暗になって、場面は若宮の室だけになる。若宮の声は続いている）

17　若宮の室

若宮　ヘッへへ。ねえ、馬鹿な話ですよ。気ちがいじみた量見などサラリと捨てて、浮山君があぁして首を長くして木の実の落ちてくるのを待っているんだからさ、いい加減にウンといってさ。

私　柳子さんと浮山君は、はじめ夫婦になる筈だっ

だって？、

若宮　ここの先代にや正妻に子が無いからね、今広島で死にかけてる大奥様の遠縁の浮山君と、大旦那の妾の子の柳子さんをめあわして、後をつがせる話になっていましたさ。途中、嫌って逃げたのは柳子さんでね、浮山はさんざんジレて、ジタバタして、あげくが自棄になって遊び出した。絵かきの仕事も放り出してね。さんざん女狂いをしてそこで立派な一かどの道楽もんが出来あがったと思った時には、まるであんた、当人腑抜けになっちやった。へへ、相手が不感症で、片やが腑抜けだもの、商談なり申さず。

私　舟木さんは、すると、この家とどんな関係になっているの？、　たしか、元の此處の主人側のつながりが有ったし——？、

若宮　またいとこか何かの子供ですよ。あれでやっぱり柳子さんにや気があるんだ。もっとも、柳子さんにや、広島の婆さんが死ぬと、此處の家の相続权が舞いこむからね。この家と柳子と、ソックりまるごと取り込みたいか。

私　まさか、君、そんな——。

若宮　へへへ、此の家なんぞ、ただ見れば唯の家だが、こいでお化け屋敷ですよ。みんなお化けだ。あなたなんぞも、お化けの一人だやありませんかね？、　どうです、あなたも、柳子と言う女に野心があるのと、違いまっか？、……〈ジロリジロリと、立っている私の足の方から頭の方へ眼で撫でまわして〉ならば、けっちよう、手を振って見ますかね？、やって見ろ、やって見ろ、落ちると思ったら、どいつも此奴も振って見ろ。おさえる手筋はチャーンとおさえてあるんだ。へへへ、當ての無え先きものは買わねえんだ、はばかんながら、此の若宮は！　五年前に芸者時分にチャーンと柳子の身體にや、わしが手をかけてある。へッ！、こんだ落ちるとなったら、ひとり手に、狂って騒いで、あちこちといくらジタバタしたって、とどのつまりが私の手の中へ落ちないで、どこへ落ちるもんかね！。細工はりゆうりゆう！　ハッパあチャーンとしかけてある、アッハ、アッハ！。

私　……〈つかれたように喋りまくる相手を、自分に理解できない物を眺めるように眺めているうちに、次第に嫌悪と、次ぎに憎悪で睨みつけていた

が、やがてプイと何も言わずに廊下へ立ち去って行く）

若宮　……（チヨイとそれを見送ってから、再びキヨロキヨロとあたりを見まわし）なにが、くそ！（ガサガサと又、紙幣や書類をカバンに詰めはじめる）

そこへ、私の去ったのとは反對の廊下から、浮山がスッと入って来る。これまでの淡々として枯れ切ったような人柄が一変していて、ほとんど面変りしたように眼がギラギラと殺気立っている。入って来るなり、その邊の様子をチラチラッと目に入れ、四角にスッと坐る

若宮　あ、浮山君。

浮山　若宮さん、あんた、直ぐに――今夜にでも、此の家から出て行ってくれ。

若宮　出て？、……だしぬけに、君、何を言うんだ？、どう言うそれは？、

浮山　どう言うもヘチマも無い。速刻出て行ってほしい。私は此の家屋敷一切の管理を所有者から委任されている人間だ。それがあんたに命令する。

若宮　へえ、命令するかね？、命令は結構だが、理由は何だね？、どう言うわけで私がここを立ち退かなきゃならんのかね？、

浮山　あんた自身、胸に手を當てて考えて見りゃ、わかる筈だ！

若宮　さあて、わからんなあ。ここの家の相續権の事かね？、へ、そんならチヤンと婆ちやんが死ねば柳子さんに来る事になっているし、一部分が舟木さんの権利になることもハッキリしている。そうさ、その柳子さんの法定後見人はわしだ。しかしそいつは前から決っていた事だ。今夜急にどうこうと言う事じゃない。どう言うんだね？、

浮山　どうもこうもない。だまって出て行ってくれりゃいいんだ。あんたのような毒虫をいつまでも此處に置いとくとロクな事はない。

若宮　毒虫と？、ははん、さては君、舟木にたきつけられたね？、わかった！しかし気を附けた方がいいぜ。舟木って奴あ、腹の底の知れない奴だ。君なんぞにゃ、うまい事言ってるだろうさ。どうせ君は、廣岡の婆さんの遠縁と言う事で管理こそ委されてはいても、いざ婆さんがくたばれば、柳子はもちろんの事、死んだ大旦那の縁者の舟木よ

りも発言権は薄くなるんだからな。舟木にとって目ざす敵は柳子とその後見してる私だ。私さえ追い出せば柳子はたかが女だこんで、へへ、君あ舟木から抱き込まれたね？、

浮山　舟木君の事なんかどうでもいいんだ。柳子さんは、さっき、書類一切と実印まであんたに預けたそうだなア、　柳子が言ったから否やは言わせない。

若宮　ははん、そうかア、預かりましたよ。悪いかねア、金を三十萬ばかり今夜中に揃えてくれと言ふんだ。そいつは困ると言うと、そのカタに此處の家屋敷の公式の證書類、一切と実印をあずける。後はなりゆきで、どう處理してくれてもよいと言う。へへ、つまり妻と次第でわしに権利一切を譲るって事だなあ。

浮山　金は、それで、渡したのか？、

若宮　渡そうかと思って、掻き集めて見ているとこさ、こうして。三十萬にゃ、すこし足りない。

浮山　柳子はその金でどうする気だ？、

若宮　そいつは、わしの知ったことじゃない。なんでも、此處を飛び出して、どこかへ逃げる気らしいね。

浮山　え、逃げる？、

若宮　へへ、あんたもボヤボヤしていると、とんだトンビに油あげさらわれる。気をつけた方がいいね。へへ、ああ出て行きますとも。誰がお前さんこんな化物屋敷にいつまでも居たい事があるもんか。出て行くよ。しかしねえ、あたしが此處から出て行くと、あと、どんな者になるか御承知でしようねア、へへ……へへラへラ笑っているのが、なんの気もなく廊下の方を見て、ギヨッとして、口を開いたまま、言葉が出なくなる。あまりの変化に浮山もびっくりして、廊下の方を見ると、そこに須永が立っている。……間。凍りついたような一瞬。……須永は、遠慮っぽい態度で若宮と浮山を見ている）

若宮　わあっ！。へと、いきなり飛びあがるや、腰を抜かしたように、両手をうしろに突いて、床の間の方へ、ワクワクとにじりさがりながら）……た、助けてくれ！。助けてくれ！、こ、こ殺さないでくれッ！。

須永　いえ、僕は、あの……（言いながら、無意識

にあわてて、不當に自分を怖れる若宮の狼狽をとめにでも来るように入って来る）

浮山　須永君！

須永　どうか、あの、許して下さい。僕は、ただ――

若宮　助けてくれッ！　助けてくれッ！　殺さないで、殺さないで下さいッ！（さがって行った床の間の袋戸に手を突っこんで、もがいている）

須永　……（その若宮の奇怪な姿を見ているうちに、微笑する。その微笑の中に、はじめて、何か残忍な憎悪の影が差す）……殺す？、

若宮　殺さないで下さいッ！　殺さないで――（叫んでいるうちに、手にふれた袋戸の中の物を引き出して、スラリと抜いて突き出している。道中差しの日本刀。黒いサヤから引き出された刀身がテラリと光ってブルブルふるえている）

須永　……あぶないですよ、あの――

若宮　あぶ、あぶ、あぶ……（歯の根が合わない。刀を須永に向って突き出したまま、眼は張けんばかりに見開いている）

浮山　若宮さん！　須永君！

須永　……（ハッと我れに返って。浮山を見て）あの、モモヨさんどこでしょう？、

浮山　モモヨ？、　モモヨは、さあ、……塔の上じゃないかな？、

須永　そうですか。……（まだ何か言いたそうにするが、言わず、チラリと若宮に目をやってから、スタスタと部屋を出て行く）

間。……そのままジッとしている若宮と浮山。若宮は胸が苦しいと見え、左手で胸をおさえて刀は握ったまま石のようになっていたのが、力を出し切ったと見えて、ゴロンと横に倒れる

浮山　……若宮さん、どうした？、

若宮　なあに。……ちきしょう、気ちがいめ！。だから一刻も早く警察に引き渡しゃいいんだ。ふう！。ふう！。

浮山　……（それを見ているうちに、はじめてフテブテしくニヤリとして）あんたも、しかし、いいかげんにするがいいなあ。変な、あんた、慾をかいて、なにしていると、間もなくあんた死にますよ。

若宮　ふう！。へッ！。嫌がらせかね？、へへ、へと息も絶え絶えだが、口はへらない）死ぬのは広

島の婆さんで、わしじゃないよ。わしは、まだ百まで生きてるつもりだ。へ、婆さんが死んだとなると、この家屋敷あ、柳子とわしの手に転げ込んで、君なんざ、往来なかへ、おっぽり出されるからね。気がもめるわけさ！。

浮山　知らないんだなあ。あんたはね、自分では腎臓が悪いと思ってるが、その腎臓よりも、しかしホントは心臓だと言うじゃないですか。へへ、舟木さんが、この前診察した後で言っていた。心臓変性症とかのひどいので梅毒から来た心臓の筋肉がどうにかなっちゃってるから、今度、発作が来れば、明日にでもゴットリだそうじゃないかね。

若宮　へ、なあにを言う！。香月先生なんざ、そんな事あ絶対に無いと言ってるぞ。博士だよ香月先生は。博士が、腎臓がチヨット悪いだけで心臓のシンも言やあしない。その證據に薬一服くれやしないんだ。へ、何を！

浮山　薬をのんでも無駄だから、くれないんだよ。舟木さんがそう言ってますがね。

若宮　その手を食うかい！。とんだ道具はずれを叩いとけて、その隙に場をさらおうと言う量見だろうが。へッ、三十年から株できたえた若宮を見そこなってもらうめえ！

浮山　その證據に、たったあれだけ動いただけで、そうやって伸びちまっているじゃないかね。胸が苦しいんだろう？、　悪い事は言わない、柳子の書類や実印は柳子に返してだな、ここを出て、どっかアパートにでも行ってくれる事だなあ。なんなら、私がアパートぐらい捜してやってもよい。あんたにゃ、房代という立派な娘さんも居るしさ。フフ、立派……とまあ、パンパンだって、これで高級になれば今どきは立派なもんだからね。娘を稼がせて、あんたあ左うちわじゃないかね。

若宮　大きなお世話だ！。この―（と、やっと起きあがって）そいで、浮山君、君はどうしようと言うんだ？、

浮山　わたしは柳子を女房にして、ここで暮す。

若宮　へ！。お前さんが柳子を女房に、どうして出来るね？、笑わしちゃいけません。知らねえと思っているのかね？、

浮山　なにい！（立ちあがる。真青に怒っている）

若宮　ヘッへへ、ヘッへ！。なあんだ、来るのか？、

柳子から、わしあ、なんでもかんでも聞いているんだ！　へへ、君がコウガン炎の手術の手ちがいで、そん時以来、男じゃなくなっている事まで知っていますよ。

浮山　ちきしょうッ！　（若宮の方へ突進して行く）

若宮　（フラフラと立ちあがり、刀を振りまわす）来て見ろ、脊虚め！

浮山　野郎！　つと、ポケットから掴み出した。センテイ用のスプリングス・ナイフの、スプリングスをパンと押して、ギラリとした刃を出す）

（双方で刃物を構えて立ちはだかる。……）

モモ　叔父さん。……（いつの間にか、廊下の所に来て立って、細い首をさしのべるようにして、室内の様子をうかがっている）

浮山も若宮を睨み合ったまま、それに答え得ないでいる。

モモ　どうしたの、叔父さん？……

18　食　堂

椅子にかけた私に向って織子が懸命に、ほとんど祈らんばかりに訴えている

織子　お願いです！　あなたから、おっしゃって下さい。あなたから言われれば舟木は聞くかもしれません。いえ、聞かなくても、自分のしようとしている事を多少は控えるかもしれないのです。私は恐ろしくてもうジッとしていられないのです。

私　すると……しかし、あなたはこれまでズーッと舟木さんがそう言うつもりでいるらしいと思っていられたわけなのに、それでも今まで黙っていられたのに、今夜急に、そのジッとしてはいられない――で僕に言われると言うのは、どうして――？

織子　どうしてだか、私にもわかりませんの。不意に我慢が出来なくなったんです……あの須永さんて方を見たせいかも知れません。

私　須永をで、だって、あれは、ただ――

織子　あの方を見ていると、なにか、地獄へひきずりこまれるような気がします。……いえ、反対にあの　地獄の中へ降りて来た天使を見ているような気もします。

私　それは、だけど、あなたはクリスチャンだから、そんな風に思われるかも知れませんが、あれは、

つまりが犯罪者で――

織子　いえ、それだけではありません。舟木もそうなんです。舟木は、どういうんですか、さっきからしきりと薬品棚の劇毒剤の整理をはじめています。今まで夜中にあんな事したことは無いのです。……恐ろしいのです私。

私　……ふむ。

織子　ですから私、さっき、もうこんな家など、どうでもいいから打っちゃっといて、明日からでも、どっか引越してしまいましょうと言いますと、舟木は何も言わないで私を睨みつけたまま、手を休めようとはしません。このままで居ると、今夜何かはじまるか、わからないような気がします。

私　しかし私には、知り合ってからまだ日は浅いが、舟木君がそんな事を考えている人だとは思えません。

織子　私も永いこと疑いながら、そうは思いきれませんでした。しかし近頃では、そうとしか思えなくなったのです。それに舟木には舟木としての信念、と言いますか、医者としての、舟木の側から言わせると正しい考えから出発している事らしいのです。この家屋敷が自分の自由になったら、此處に大きな新式のサナトリアムを建てると言うのです。そして貧乏な人達を相手に実費診療の事業を始めると言うのです。大学の助教授をよした時から舟木の持っている理想なのです。つまりあの人の夢です。実は、その舟木の夢の美しさに引かれて、私は、あの人と結婚したようなものです。……そいで、舟木は、その話を此處の伯父さん――つまり、亡くなった此の家の御主人――その人の、またいとこだかの子供が舟木ですから、ホントの続きがらは、どう言えばいいんでしょうか、とにかくほんの少しばかり血のつながりがあります――伯父さんに話したらしいのです。その伯父さんの言うのが又、えらい役人でいながら、どこか神がかりみたいな、理想肌の方だったそうで、舟木のそう言う話にひどく共鳴して、むしろ焚きつけたらしいのです。いよいよサナトリアムを始める時には、此の邸宅全部を提供すると言ったらしいのです。その事を書いた伯父さんからの手紙も舟木持っています。舟木には、それだけの理由があるのです。舟木はそして恐ろしい程意志の強い人間

です。自分の夢、自分の理想を実現するためには、どんな事でもやりかねないのです。しかも自分のやろうとする事は、社会的に絶対に正しいと思いこんでいます。その正しい事を妨げる者は、みんな悪い。そうでなくても、広島で寝ている伯父さんや、柳子さんや若宮さんや浮山さんなど、世の中にとって、まるで有害無益の人たちだと言うのです。虫けら同然だと言うのです。犯罪にさえならなければ、みんな殺してしまっても差しつかえないんだと言ってた事があります。……自分の夢を実現するためには、そこまで思いこんでしまう人です。そういう點、ああして弟の省三さんとは始終議論して真反對のようですけど、それは現われ方が違うだけで、省三さんはああして政治的なことで、まるで気ちがいのように夢中になっている、舟木はそのサナトリアムの夢にとりつかれている――やっぱり兄弟なんです。

私　それは、しかし――夢は誰にも有ることで、そのために人を殺してでもしたいと思うことは有っても、実際に於て殺しはしないのですから――

織子　それがホントに殺すんじゃないかしらんと、今夜チラッと、そんな気がしたんです。舟木を見ていましたら。いえ、須永さんを見ていたら、と言った方がいいかしら。とにかく、そんな気が私したんです。

私　誰をです？、誰を殺す――？、

織子　誰かわかりません。今夜の舟木の眼を見て下さい。須永さんは、やさしい眼をなすっていますのに、舟木は恐ろしい眼をしています。

私　……それは、しかし、あなたの敏感な、クリスチャンらしい一種の――幻想というか、いや、今夜のここの空気がいけない。須永が、来たのが、いけない。なんとかしますよ直ぐ。――とにかく、そんな事におびやかされたあなたの神経、つまり一時的なヒステリイが描き出した幻想ですよ。舟木君のような冷静な科学者が、そんな――、

織子　いえ、まるで冷静に落ちついて、どんな事でも出来る人なんですの、舟木は。しなければならないとなったら、落ちつきはらって、私たち全部でも、夕飯の中にストリキニーネを入れて毒殺してしまえる人です。

私　僕は人格的に言っても舟木君がそんな人だとは

信じられません。仮りにもそんな人が、ロクにお禮もあげない、あげられない事のわかっている僕んとこの、死んだ家内の治療に、あんなにけんしん的に、あんな遠い所へ通って来てくれる筈がありません。

織子　逆です、それは。あなたが、お禮も出せないほど貧乏だったから、舟木は奥さんの手當てに夢中になったんです。少さい時分から青年時代へかけて非常に貧乏な家に育ったために、貧乏な人には病的な位に同情するんです。サナトリアムのこともそこから来ていますし、或る意味で省三さんより激しい貧乏人の味方かもしれません。現われ方がちがうだけです。そういう人なんです。もちろん、あなたやなくなった奥さんが好きで、好意を持っていたからではあるんですけど、もしお宅がお金持だったら舟木はあれほど熱心にはならなかったでしょう。そう言う人間です。私は十年近く舟木に連れ添っています。腹の底から私は舟木を知っています。

私　……しかし――（次第に恐怖が全身を占めて来て、手に持ったシガレットを吸うのを忘れて、遠くの窗を見つめている額に冷たい汗がにじみ出て来ている）

織子　どうにかして下さい！　舟木にあなたから、そうおっしゃって、此處から、どこかへ――今夜にでも、舟木を御一緒にどこかへ連れ出してもして下さるか――私、ズーッと自分の部屋で今まで祈っていましたけれど、今夜は、どうしても私、神さまが見えて来ないのです。見失ってしまいました。気も変になりそうですの。……ほかに仕方が無いので、こうしてお願いするんです。おすがり出来るのは、もう、あなたしか有りません。

私　そう言われても、私にも、どうしてよいか、まるでわからない……。

そこへ、ワンピースの胸の所をビリビリに裂かれて、ミゾオチの邊まで見える取り乱した姿の房代が、おびえ切ってソワソワと、背後の窗を振り返りながら入って来る。そこにある椅子にドシンと突き當る。

房代　あっ！（自分でおびえて叫ぶ）

私　どうしたんです？

房代　あたし、怖い！

織子　ど、どうなすったの?、どうなすって、その眼?、

房代　ああ、織子さん!（と抱き附くようにすり寄って）どうにかしてちょうだい。怖いの!（ふるえている）

私　……須永が、じゃ、あんたに、何か――?、

房代　もっと殺さなきゃならないと言うんです。私の父も殺してやるとそう言って――

私　……え?、　若宮さんを?、どうして?、

房代　どうしてだか、わからない。毒虫だと言うんです。この世の中の毒虫は全部殺してしまえ、俺が殺してやる。……かと思うと、たしかに殺したのは自分だと言うの。ズーッと殺そうと思っていたのだから、確かに自分が殺したのだ。おれたちを圧迫し、植民地化しようとする奴等を全部殺せ、殺さなければ奴等がおれたちを、しめ殺す。全體、どんなわけが有って、お前たちは原子爆弾を最初に日本に落したのだ?、　そんな事をしなくても、あの頃すでに日本は戦争を続ける力を失ってしまっていて、捨てて置いても間もなく降伏するばかりになっていた、のに、どうして、どんな理由であんな悪魔の爆弾を広島・長崎に落したのだ!・そう言ってわめいて、そして、その、そいつらと一緒に寝ているのが貴様だ!　その恥知らずがお前だ!　そう言って私の首をしめにかかるの!

私　……須永が、あなたを?、

房代　え、須永さん――?、

私　ですから――

房代　いえ、省三さんです。

私　……ああ。

織子　でも、省三さんがあなたに對して、そんな失禮な――どうしたんでしょう?、

房代　まるでもう、いつもと違うんです。気が変になったんじゃないかしら?、

私　須永を見ているうちに、自分の内に眠っていたものが、省三君の中で眼をさました。……省三君だけではない、みんながそうだ。

房代　どうしたんでしょうホントに?、なんか、とんでもない、恐ろしい事が起きるのじゃないかしら?、　怖いわ私!（織子に抱きつく）モモちゃん、どこかしら?、　あの子だけだわ、いつもと変らないのは。

織子（私に）どうすればいいんですの、私たち？、言って下さい。どうすれば――

そこへ舟木がノッソリ入って来る。手に注射器の入ったケースと幾種類もの注射器の入った小箱をわしづかみにして持っている。態度は落着いているが眼だけは異様に光っている

私　ああ、舟木さん。

舟木　……（ジロリと三人を見まわして）須永をどうします？、

私　……しかたがない、警察にそう言ってやらなくちゃなるまいと――

舟木　そう。今頃はもうあんたの事がわかって、この家に對して手配が附いているかも知れない。とにかく、早くなんとか處置しなければ、この家の中でロクな事は起きない。柳子さんの様子など、少しおかしい。

私　おかしいと言うと？、

舟木　あんたも気が附いているだろう、かねてあの人にはプシコパチヤ。セクシユアリアスが有る。大きなシヨックがあると、変な分裂が起きて、それが元へ戻らなくなる事があり得る。少し鎮静させてやろうと思って、これを――（と注射器を示す　その銀色のケースが、何かの凶器のように光る）

織子　あなた！でも、あの、あなたも、もっと落着いてから、あの――

舟木　私は落着いているよ。

織子　でも、あの柳子さんの事は――いいえ、もうあの、もう、あなた、お願いですから、およしになって下さい！私たち今夜にでも此處から出て行きましょう！

舟木　なんだ？、何を言っているんだ？、ハハ、お前こそ落着きなさい。真青な顔をして眼が充血している。（寄って行き、手のひらを妻の額に當てる。當てられて、織子、ふるえあがる）……熱も少しある。どうした、寒気がするのか？……昂奮しすぎる。お前にも一本さしてあげようか？、

織子　い、いいんですの、いいんです！お願いですから、あなた、もうサナトリウムなど、私たち、どうでもいいじゃありませんの？、私たちはこの今まで、今のままで幸福なんですから、あの、そんな事はお考えにならないで此の家を出て、あの――

舟木　サナトリアムがどうしたんだよ？、

私　舟木さん、あんたサナトリアムを立てるというのは、本當ですか？、

舟木　うん、そう、事情が許すようになれば是非やって見たいと思っていますよ。まあ、それだけのために、今の変な病院なんかにも、がまんしてのとめているわけでね。現在の日本のそう言った施設など、ちょっと来て見ればわかる。実にもう成っていないんだ。たとえばサナトリアムだけを取って見ても、大體、テーベに對する局所的な、しかも主として對症療法を、主として、結局一言に言うと、クランケを唯寝せとくと言うのが大部分ですよ。ホントは、ホントのサナトリアムと言うものは、人間の生命全體、と言うよりも人間が生きるという事全體の意味と方法を掴むための実際的指導をする所でなければならんのだ。病気が治っても、人間として癈人が出来あがっても無意味なんだから。それを今の大概の医者は忘れている。テーベーのホントの處理は、テーベーだけの範囲のことを、いくらいじって見ても、結局は何の答えにもならない。私はそう思う。私は自分のサナトリアムで、全く新らしい、つまり、人間が生きると言う事全體の中での一プログラムとしての病気と言うものを——だからテーベーとは限らないんだ——そいつを考え、解決して見たい。そこから、——〈いつの間にか熱中して話しつづける。調子がいつもの舟木と少しちがう〉

織子　もうよして！、お願いですから、もうよして下さい！、

舟木　なんだ？、

私　しかし、どんな冷静な科学者にもパラノイアは有り得る。

舟木　うん？……〈ジロジロ私を見て〉それは有り得る。

私　狂人を診察している医者が、その狂人よりも深く狂っていると言う事だって、あり得ない事ではない。

舟木　うん、そりゃ……あんた、何を言う気だ？、

私　此の家の相続権は、広岡の老人が死ねば柳子さんに来るそうですね？、

舟木　そうのようだな。

私　……そして、あなたにも、多少権利が有る。

舟木　いや私のは権利と言うよりも、非公式な、この元の主人の手紙だとか何とか、遺言書ではないから、表面上の効力は無いだろう。しかし実質的には、一番強い権利があるとも言えない事はない。私が主張する気になれば、全部譲渡すると言う伯父自身の自筆の文書なんだから。さて、しかし、どんなもんだか——とにかく、いずれにせよ、広母の伯母はまだ生きているし、柳子さんと言う人もいるし、まだ先のことで、現在問題にはならんだろう。ハハ、しかし、なぜあんた、そんな事を言うんだ？、

私　いや僕は別に。ただ、奥さんが、心配なすっているもんだから——

織子　お願いですから、あなた！　もう私たち、ここを出ましょう！　いいじゃありませんの、そんなサナトリアムだとか何とか、どうでも——私は怖いんです！

舟木　ああ、（私に）これはクリスチャンです。クリスチャンには、大概、一種の被害妄想——ではない、自分も他人も年中悪を犯しているような、罪を犯してるような気がしている。このコンプレックスのちく積を裏返しにしたものが神だ。だから逆に神の存在そのものが、そんなコンプレックスを生みだす第一の固定観念なんだな。ハハ！

織子　笑うのはよして下さい！　お願いですから——

そこへ、着くずれた着物のままで、若宮がヨロヨロしながら入って来る。

房代　あ、お父さん、ど、どうしたの？、

若宮　……（眼をキョトキョトさせて）うむ。舟木さん、どこだ？、

舟木　私はここに居る。どうしました？、

若宮　やあ。あんたに私あ——私あチョイと聞きたい事がある。チャンと返事をしてほしいと思う。本當の事を聞かしてほしいんだ。

舟木　……なんだろうか？、

若宮　あんた、私のからだの事で浮山に言ったそうだな？、ホントは心臓も悪い、心臓の方が悪い。もう永いことはない……。そう言ったそうだな？、ホントかね、それは？、聞かしてほしいんだ。

舟木　たしかに言った。しかし、それは、医者としての所見で——それにあんたは私の診断など信用しないんじゃなかったかな？、

若宮　わしも若宮だ。そうと決まればジタバタはしない。そうと決まれば、これでチャンと整理しとかなきゃならん事がある。

舟木　医者の診断も誤る事があるよ。假りに誤りが無かったとしても、医学と寿命とは別だ。しかし医者はやっぱり医学を信ずる以外にないもんだから、言えと言われれば医学の命ずる所に従って言う。あんたが――

若宮　チョイ待った。いいかね。舟木君よ、あんたと私とは敵同志だ。いやいや、ハッキリ言った方がいい。柳子というものを間に置いて、お互いスキがあったらぶっ倒して此處の家を乗り取ろうと腹ん中で爪をとぎ合っている同志だ。へへ、実際そうなんだから、そう言ったっていいじゃないですかい?、それが人間だもん。へへ。その君に、その敵の君に、敵の俺が、ホントの事を聞かしてくれと言っているんだ。わかるかね?、つまりだな、君は自分の診断の言い方ひとつで、この俺をいっぺんにぶっ倒すことだって出来るんだ。わかるかね?、ひとつ、ぶっ倒して見るかね?、へへへ、そいつを俺がチャンと知っているって事を言っといてから、聞こうじゃないか。九十五分はチャンと君に預けて置くってことさ。君も悪党だ。そうだろ?、わしもそうだ。相手にとって不足はねえと思っとる。悪党なら悪党らしい勝負をするね?、そう思ったから、わしあ、わざとこうして君の診断を聞こうてんだ。悪党同志と言うものは、これ、可愛いもんでね。お互い、卑怯な事は出来ねえんだ。道具はずれを叩いたり、小股をすくったりはしねえ。勝負は勝負、附き合いは附き合いで、ハッキリ別々にする。わかるかね、俺の言うことで、君の診断をわざわざ聞きたいと言うのは、そういう次第だ。今こそ俺あ、ほかの医者の言う事より、君の言う事を信用する!

舟木　なんの事だか、あんたの言う事は、よくわからんが、医者は医学に忠実である以外になんにも考えないものなんだから――

若宮　ホントの事をピタッと言ってくれ。へたに俺を憐れがったりして、嘘を言ったりしたら、お前さんをわしは軽蔑するぜ。

舟木　しかしどうしようと言うんだ?、結局同じ事なんだがなあ、知っても知らなくても。知らな

けでいる方が幸福なら知らない方がいいんだがな。どんな強い人間だって、むき出しの真実には耐えきれるもんじゃない。

若宮　へへ、四十年、勝負一本に身體を張り通して来た若宮だ。丁と出ても半と出てもビクともするこっちゃねえ！

舟木　よした方がいい。悪い事あ言わない。

若宮　さあさ、ズバッと言ってくれ！

舟木　むき出しの真実をどんな人間でも真正面から見てはいけない。

若宮　言えッ！　君も悪党じゃねえか！（つかれたように舟木の眼を睨みつけている）

舟木　いや私は医者だ。……（言いながら、若宮の眼を冷然と見返していたが、フッと薄く笑う）

若宮　ケイベツするぞっ！

舟木　聞かない方がいいんだがなあ。……（又ニヤリと笑う）

若宮　そ、そ、それじゃ、やっぱり、もう、いけないのか？、

織子　……（それまで二人を見守りながら、ふるえていたのが、不意に舟木にかじり附いて）な、なんにも言わないで下さい！　あなた、そんな、怖い！　言わないで！

若宮　ホントの事を言えいッ！

舟木　ふん。私の診察に依ると――

織子　言わないで下さいッ！

若宮　すると、すると、どう手當てをしたらいいんだ？、

舟木　病気は永い。それに、君は気ばかり強くて、これまでチャンとした医者の診察を受けないで来ている。今さら手當てをすると言っても。……大事にしていれば、まだ半年、いや三月ぐらいは――

若宮　み、……。

舟木　アッタッケが来れば、今すぐにでも、……転機を取る。………昂奮を避けることだ。……言えと、無理に言えと言うから言うまでだ。それ以上は私にはわからない。医学が私にわからせてくれただけを言うまでだ。あんたには、もう久しく手足にムクミが来ている。それをこれまで君が相手にした変な医者は腎臓のためで片づけて来た。いや、医者なら、いくら変な医者でもそれ位わからない筈はないから、心臓のことは言っても無駄と

知って言わなかったか。それから、手の爪を見たまい。ほとんど黒い位のチヤノーゼが来ている。強度のアリトミイ。

若宮 ……（呆然と、言われるままに両手の指先を眼の前に持って来て爪を見る）

舟木 来れば狭心症で来るから、その時にはベクレムング―― 胸が苦しくなって、油汗が出て来る。

若宮 ……（立ったまま胸をかきむしりはじめる）

舟木 いやいや、今そうなると言うんじゃない。ただ医者として―― いや、僕の診断も絶対に正しいかどうかはわからない。ただ、とにかく、言えと言うから、正直に自分の診た所を言っているだけで、直ぐに明日でも、出来たら今夜にでも、他の医者の診察を受けるように忠告するね。もし私の診断が誤っていたら、こんなめでたい事はないわけで、私もうれしい。ただ私は医学を曲げるわけに行かないだけだ。

若宮 ……（フラフラ身體がゆれはじめ、視線が全く空虚になり、額中に油汗を流し、それでも舟木を見守ったまま、しばらく立っていたが、やがてクタッとなり、床の上にくずれ落ちる）

房代 お父さんっ！ お父さんっ！ しっかりして下さい！ お父さん、しっかりして！

織子 （舟木のそばからジリジリと身を離して）あ、あなたは、恐ろしい人です！ あなたは恐ろしい人です！

舟木 だから私は何度も言った。それを、どうしてもホントの事を言えと言うから、言ったまでだ。

房代 お父さんっ！ お父さんっ！ 房代です！ わかりますか？ すみません、お父さん！ 私はあなたの娘です！ しっかりして下さい！ お父さん！ お父さん！

織子 （舟木に、遠くから）あなたは、気ちがいになったのです！ あなたは恐ろしい人！

舟木 （冷笑）恐ろしいのは科学だよ。真実だよ。ふふ。……（ヒヨイとわきを見ると、先程から一言も言わないで眼をランランと光らせてこちらを見守っている私に気づく。これに向って微笑して）ねえ、真実を冒してはならない。弱い人間が真実のヴェールをどけて、冒してはならないんだ。そうだろう？ ふふ。

私 ……（相手の笑いに乗って行こうとはせず、強

け眼の力で、いつまでも舟木を見つめている〉

恐怖と憎悪で、室の隅から夫を見守ったまま石になっている織子。房代は、この女から豫期することの出来なかった愛情のあるこまごまとした動作で、失神している父親の胸を開いてやったり、手をこすってやったりする

房代　あの、舟木先生、！　なんとか手當てをして下さって！　あの、注射でも、どうか！　お父さん！。お父さん！。

若宮　うーむ。うう。

そこへ、激しいピストル発射の音がバンと響いて来る。

私　うゝ……〈その方へ耳をやる。他の三人もハッとしてその方を見る。しばらくシーンとしていてから、もう一発。今度は明らかに下の方からの発射音。同時に暗くなる。

19　地下室

十文字にぶっちがいになっている支柱と横ゲタの所が、天井にとりつけられた圓筒のシエードを持った電燈の光で、圓錐形に照し出される。

その光の中に、須永と柳子とモモコ。

須永は白いシャツの胸や袖がズタズタに破れ、ズボンの片方も腿の所が大きく裂けた姿で、疲れ切って、それでもまだ逃げ出さうとするような姿勢で、中央の支柱にかじりついて立ち、ハアハア喘いでいる。それがチョット十字架にかけられた姿のように見える。柳子は、細帯一本のしどけない姿の、肩から背筋のあたりまでこちらに見せて、下半身は後ろに投げ出し、両腕をひろげて須永の両膝を支柱ぐるみ、ヒシと抱き、顔は須永の膝の間に埋めたまま動かない。一瞬前まで息せききって柳子が須永を追いかけまわしていた事が一目でわかる姿で、フットボールの試合でボールを追って横っ飛びしかけた選手を敵の選手がタックルした瞬間に、畫面がピタリと停ったのに似ている。圓錐形の光の輪の所に、モモコが両手で握ったピストルをこちらに向けて立っている。しばらくシーンとする

モモ　へピストルを発射したのが嬉しくてたまらぬように、軽い明るい笑声を立てる〉ハハ、ハハ、

ハハハ！

須永　（あえぎながら）もう、かんべんして下さい！　もう、かんべんして下さい！（明らかに柳子に向って言っているのだが、柳子はそのままの姿で動かず、死んだように返事もしない）

モモ　……（耳をその方にやって）どうしたの須永さん？　タマが當った？

須永　許して下さい。

モモ　許す？　どうして、須永さん？　なんで柳子おばさん、あなたを追っかけるの？……おばさん、どこに居るの？（左手をピストルから離し、それで手さぐりにソロソロと前に進みかける）

そこへ階段をガタガタと驅け降りて、浮山を先頭に、舟木、私、織子、それから省三が入って来る。一同この場の異様な様子を目に入れるや、アと声のない叫びを出し、光の輪のりんかくの所で一瞬立ちどまってしまう。……短い間）

浮山　モモコ、なにをする！（モモコを突きとばして置いて、倒れている柳子の方へ驅け寄る）どうした柳子っ？

モモ　なんなの、伯父さん？

私　モモちゃん、それ、およこし。（ユックリとピストルをモモコの手から取る）

浮山　柳子、どうしたっ？　おいっ！（須永の膝を抱きしめている柳子の腕をこじ開けようるようにしてはずして、ぐタッと前のめりに伏してしまいそうになる柳子の身體を、肩をつかんであおのけにする。気を失った柳子の青白い顔。口のはたに白いアワを附けている）

織子　（寄って行き）柳子さん！　柳子さん！

浮山　どこだ？　どこを——（と、胸と腹に弾きずを捜す。無い）

舟木　……（無言で寄って行き、これも胸や横腹に手をかける）

浮山　よせっ！（いきなり歯をむいて）舟木の手を拂いのける）手をふれるな！　こいつは、俺の女房だ！　さわるのは、よせっ！

舟木　うっ？（失神した柳子の、はだけた胸の上で二人の男の、全く動物的な眼が切りむすぶ。……舟木の顔に残忍な冷笑が浮んで）俺は医者だよ。

浮山　ち！

私、（その舟木につかみかかりそうな浮山の肩を掴

んでとめる）浮山君、よしたまい！

舟木 ……（ジロりと浮山を見て、かかって来ない者を見て取って、眼を柳子に移し、膝を突き、手の脈を取り、右手で柳子のつぶった眼ぶたを開いて、覗きこみ、それから、腕の関節を垂直に立てて置いてから、手を離して、腕がストンと床に倒れるのを見て）……ピストルではない。エピレプシイ型の発作だ。（身を立てて私を見る）遺傳的に、それが有るんだ、此の人には。しかし本式のテンカンじゃないだろう、今のこれは。一種のオルガスムが来ている。（ニヤリとして須永を振りかえる）何をしたの、君は？

須永 ……（柱にもたれてグッタリしていたのが、恥かしそうな弱々しい声で）僕は何もしやあしません。ただ柳子さんが、なんだか、僕に飛びかかって、むしり附いて来て、一緒に逃はようと——

舟木 逃げる？ じゃ逃げるんだね、君は？（言いながらポケットから注射器のケースと注射薬の小箱類を取り出して、手早く注射の用意をしている）

須永 いや僕あ別に——柳子さんがそう言って——

省三 逃げるなら、早くしなきゃ。

私 逃げてどこへ行くんだ？

須永 行くところはありません。

私 それで、何をするんだ？

須永 する事は、なにもありません。

浮山 君は人を殺した。犯罪者だ。

須永 殺しました。犯罪者です。

モモ 須永さんは人を殺さないわ。

織子 ああ、よして下さい！ あなた、それはよして！

これは柳子の腕に注射をしようとしている舟木に言ったのである。

舟木 どうしたんだ？

織子 よして下さい！ そんな、あなた、よして！

浮山 よしてくれ！ よしてくれ！ 君と言う人間は何をするかわからない！

舟木 一本注射を打って人間を永久に狂人にする薬はまだ発明されていないよ。又この場でこの人が死ねば、君たちが證人で、俺はしばられる。ハハ、強心剤と鎮静剤を打っとくだけだ。（ニヤリと一同を見まわしてから、注射する）

織子　あっ！（自分が注射されたように全身にビクンとさせる）
省三　上にかついで行こう。
舟木　いや、いっとき、このままにしとく方が良い。……（注射器をしまいながら）織子、お前はそれほど俺が信用できないのか？
織子　わかりません。ただ、私は怖いの。
舟木　俺がかね？……それなら離婚してもいいよ。お前は以前から、神さま以外は誰も信用しないし、誰も愛さない。人間は誰も彼もお前にとっては、いかがわしい、疑わしいものなんだ。俺もいかがわしい人間だ。しかし、ほかの人と、それほど変っちゃいないよ。大概こうだよ人間は、慾と野心のかたまりだ。それを許さないのは、お前の神さまだけだ。お前が俺を怖いならば、俺はお前の神さまが怖い、つまりお前が怖いとも言える。遠慮はいらないから、出て行ってくれ。
私　つまらない戯言うのはよそう。舟木君。気が狂ったのではなかろう？
舟木　存在しているのは時代々々のノルムだけだと言っただろう？　俺が狂人でないと言う證據は、どこにも無い。二十世紀は一人残らず、十六世紀の人々の前へ連れて行けば、狂人さ。
省三　兄さんの悪分な、猿のニヒリズムだ！
舟木　俺が猿なら、お前は豚のだろう。マルキシズムなどを、ギリシャへ持って行って見ろ、りっぺんに狂人の思想だと言われる。
省三　又言うか、猿！（兄に迫って行く）
須永　……（さき程から一同のまんなかに立たされて、皆の話をオロオロしながら聞いていたが、この時、しゃがんで、膝を突いてしまって）どうか―あの、許して下さい。僕が悪いんです。僕がここへやって来たもんだから、―僕がいけないんだ。許して下さい。僕はもう出て行きますから。
モモ　ちがってよ！　須永さんが来たからって、誰も―いいえ、みんなふだんより正直になっただけだわ。
浮山　モモコ、お前はだまっていなさい！　須永君は殺人を犯している。
モモ　ほかの人だって何十萬人と言う人を殺したのよ。
浮山　それは戦争だ。戦争は互いに武器を持ってす

る事だから――
モモ　だって廣島では、だあれも武器なんて持ってはいなかったわ。あたしは公園の砂場で泥でオダンゴこさえていたのよ。そこい、ピカドンおっことした人が悪くない？、
省三　モモちゃんの言う通りだ！審判を下し、悪をきゆうだんし得るのは誰かと言う事だ！千人殺した人間が、三人殺した人間を審判する事が出来るのか？、モモちゃんに答えて見ろ！チャンとモモちゃんに答えてから、その後で須永君を罰するがいいんだ！
須永　〈弱りきって、膝を突いたまま、何度も頭を下げる〉いいんだ省三君！、頼むから。モモコさんも、そんな風に言わないで下さい。お願いだ。僕はもう死んだ人間です。それが、ヒョッと此處へ来て、そして、僕は急に、自分が急に、なんだか、はじめて生きはじめたような気がして来たんです。そして、あなた方の方が、みんな死んでいる人たちのように見えて来たんです。モモコさんは別ですけど、それで僕は、はじめて世の中に生れて来たような、とても自由な気がして、うれしかったです。お禮を言います、皆さんに。ありがとうございました。でも僕はもう行きます。これ以上迷惑かけちゃ悪いですから。……だから言うんだけど、省三君、君は革命をやって下さい。それは良い事だと思う。そのために人が死んでも、それから君自身が死んだとしても、とにかく人間は今のままでは、やって行けないんだから、どっか何かを変えなければ、もうやって行けないのは事実だから、多少は痛い思いをしても革命でもなんでも、やって見ないよりはやって見た方がよいと思います。そのため人間が半分ぐらい死んでも後の半分が残ってれば、なんとか、やって行けるんじゃないかな。やって見るのがよいと思う。しかしね、それには、自分自身の事は全部棚の上にのせて置いたままでは、いけないんじゃないかしらん？、でないと、物事をひっくり返す前に自分がひっくり返るんじゃないかな？、たとえば、君怒っちゃ困るけど、君は房代さんに、あの、惚れてるんじゃないのかな？、
省三　なんだって？、
須永　怒っちゃ困るよ。ただ僕にはそう見えるんも

んだから。そうだろ?、

省三は黙って須永を見守っているだけ

モモ　そうよ! そうよ! 省三さんは房代さんが好きなのよ!

須永　そんならだなあ。それを自分で認めて、して、房代さんにもそう言って、一緒になるなり、なんなりして、そいで、そこから君のする事すべてをやって行ったら―そうしないと、僕みたいになっちゃうよ。―いや結婚して身を固めてからほかの事をすると言ったやうな、そんな意味でなくだよ、そうでなく、自分の事とそれからほかの事との持って行き方の事なんだけど―

舟木　たしかに、それはそうだ。たしかに、愛情の問題に限らず、自分自身のもっと自然なあり方と矛盾しない形で、つまり自身から自然に押し出された形で、省三が事をするならば、政治運動だろうと何であろうと、私にもわかる。それなら私も反對しない。

そうして、シャツもズボンもズタズタの姿で膝を突いている須永を中心に、まだ死んだように寝ている柳子の姿をわきに、一同が半圓形に立って語り合っている有様は、ちょうど殺人犯人が審問にかけられているように見える。しかし又それは、一同が犯人から審問されている光景とも見えないことはない。

そこへ、階段に音がして、フラフラの若宮が、ほとんど土気色の顔をして、房代に助けられながら降りて来る。一同ふり返ってそれを見る。省三は思はず一二歩進み出して、これは房代ばかりを見ている。

舟木　ああ、ジッとしている方がいいがなあ。

房代　(父のわきの下へ手を廻して、かかえるようにして光の輪の所へ来る)あたしもそう言うんですけど、どうしても来ると言って―

若宮　……(唇がほとんど黒紫色になり、まるで面変りしてしまっている。激しく喘ぎながら)す、須永君は、どこだ?、(見ているのにわからない)

須永　……(相手の様子が変ってしまったのにびっくりして)あの、どうしたんです?、

房代　(須永、舟木、私と次々と眼を移しつつ)脈のけったいが、ひどいんですの。今夜中に、あの、死ぬんだと、自分で言うんです。……(舟木は寄

つて行き若宮の脈をはかる）
若宮（キヨトリとした眼を私に移して）わかったんですよ。もう間もなく死ぬ。
私　いや、そんな。——しっかりしなさい。
若宮　……（須永の顔をやっと見つけ出して）須永君、聞かしてくれ。全體こりゃ何だ？、え？、全體こりゃ、どう言うわけなんだ？、え？、君にゃ、わかっているんだろ？、
須永　僕にはわかりません。
若宮　だって、君はもうとうに死んでるんだと、さっき言ったろう？、わしは、もう直ぐ死ぬんだ。恐ろしい。……わしはどうすればいいんだ？、全體この、株式の極意はだな——いや、いや、いや、金なら、いくらでもあげる。もう金はいらん。金なら全部あげる。その代りに、聞かせてくれ。どう言う事なんだ？、いえさ、そう出しぬけに君、殺生じゃないか！　なんだい全體、え？、
須永　……（言葉はよくわからないが、そう言いながら迫って来る若宮の、全身をワナワナとふるわせながら追求して来る鬼気のようなものに押されて、ジリジリとさがる）許して下さい。僕はなんにも知らないんです。
房代　お父さんっ！、
若宮　あ？、お豊か？、お前どうしたんだ？、
房代　私、房代よ、お父さん！。しっかりして！
若宮　……げんきゅう寺の坊主が言ったぞ。一に非ず二に非ず、一にして二なり。是に非ず彼に非ず是にして彼なり。無。……無たあ何だと言ったら売った！。と手を振った一瞬間だと言ったな。戦争まえ山桝の親父が、株屋は禅をやらなきゃいかんと、引っぱって行かれた。なに、なまぐさ坊主だ。説教の後は、いっしょに芸者買いに行きゃがる。……無だと？、冗談言っちゃいけねえ。死ぬんだぞ私あ！。どうしてくれる？、え？、ならなぜ生れて来たんだ？、
須永　……（困り果てて）そんな、そんな事言ったって僕あ——だけど、死ぬのは、そんなに怖くないですよ。あの、なんでもないんですよ。夢みたいに、あの、夢がヒヨッとさめる時みたいです。……大して、苦しくもないですよ。あい子のお父さんだって直ぐ、なんでもなくスット死んで——僕がこんなふうにして、バンドを廻してですね。

（言いながら、バンドでではなく、腕で若宮の襟の奥を掴む）こうして、チヨットあの――（腕に力を入れかける）
私　……（寄って行き、その腕を離させる）須永！
若宮（叫ぶ）しめてくれ！、頼むから、ひと思いに、しめてくれっ！　助けてくれ！　殺してくれ！　たまらない！　たたた、たまらないっ！。わーっ！　ヒーッ！
ノドも叫けんばかりに絶叫して、房代の肩の上にくずれ落ちて、倒れる。
房代　お父さんっ！
舟木　そっとして置くんだ。鎮まれば、いい。
織子　あなたが、こんなふうになすったんだわ？、
舟木　まだ言うかね？、仮りに、そうだとしても、それが何だ？、こんなふうに人間は出来ているんだ。お前の神さまは人間をこんなふうに作ってしまったんだよ！
私　もう、よい！　よしたまい！（はじめて叫ぶしかし昂奮したためと言うよりも頭がハッキリしたためである。乾いた、冷たい声）ソロソロもう夜が明ける。つまらない騒ぎはよそう。（須永を鋭い眼ざしで見て）須永君。君はもう出て行ってくれ。君を私は好きだ。しんから好きだ。しかし、どうしてだか、君がまじっていると、われわれはこわれてしまうようだ。君はもう、われわれの間にとどまっておれないような事を、してしまった。すまないが、出て行ってくれ。
須永　よくわかります。出て行きます。
私　その前に聞かせてくれないかね？、君は、なぜそんな事をしたの？、君はそれを聞かせてくれたが、私にはまだよくわからない。
須永　僕にもよくわからないんです。
私　しかし君は狂人ではない。
須永　そうでしょうか？、
舟木　その恋人のあい子と言う人は、実の母親と義理の父親との間の性生活を長く見させれて病的にセックスを嫌った。義理の父と言うのが動物的に荒淫の男であったかもしれない事が考えられる。更に、もしかすると、その父は義理の娘を犯したのだと言う所まで考え得る。が、しかし、そこまで考える必要も、證據もない。セックスに對する恐迫観念が固定してフオビヤになるには、それだ

だけでも充分だ。それが君、須永と言う恋人を得た。君は女の身體を要求する。少くとも近い将来に要求することがわかっている。それが怖い。それに近寄らずに、そして君を失うまいとすれば、心中する以外に無い。それでその約束をしたが、心中する前に肉體的にもつながると言う事を君から言われた。フォビヤが彼女をなぎ倒した。張り切った絃が切れた。それで明日君と一緒になるのを待たずに一人で死んだ。

須永　そうでしょうか?、

舟木　そうだよ。そいで君は、あと、一人で生きて行く拠り所を全くなくした。直ぐに、だから、死ねばよかったのだ。

須永　直ぐに死ねばよかったのです。

舟木　だのにウロウロ生きていた。死んだ恋人をフオビヤに追いこんだ実體、その父と母が前に立ちふさがっている。特に父親は転位された君自身だ。君には恋人を殺したという意識がある。同時に彼女を殺したのは父だと言う二重意識。それがダブッて決定的な焦点を結んだ。米屋は反射的にやっただけだろう。

省三　ちがうんだ!米屋が兵隊服を着ていたからだ。兄さんにゃわからない。俺たちの世代が兵隊服に對してどんな実感を持っているか。俺たちをおびやかし駆り立てる亡霊だ。その父親をやったのだって兄さんにはわからない。兄さんにわかるのは、せいぜい一人よがりのフロイディズムで切り込んで行ける所までだ。ホントは須永君は復讐したんだ。おれたち前に立ちふさがって、俺たちを押しふせようとするものを、わきにどけただけなんだ。そうだね。須永君?、

須永　君の言うことも、へ舟木に)あなたの言ふ事も、どっちもわかりますけど、自分がどうだったのか、僕にはハッキリしない。頭が痛い。もうかんべんして下さい。

私　私の知りたいのは、そんな事よりも、須永、君は、その最初にどうしてその、あい子さんと一緒に死ぬ気になったの?、互いに好きなら結婚するなり、又、あい子さんが結婚はいやがっているなら、それはしなくても、なぜ死ぬ気になったの?、そこの所が私には一番わからない。

須永　ああ、それなら僕にはハッキリ言えます。息

がつけなくなったからです。呼吸が苦しくて、窒息しそうになったんです。ピストンは段々、段々に押されて来る。空気は狭くなり圧力を増し、熱して来る。二度と鉄砲を持たされるのはイヤだ。右の足も左の足も、足の裏からジリジリと焼けて来る。どこにも立っておれる所が無い。宙にぶらさがる事は出来ない。逃げ出さなければならない！。脱出！。脱出しないと、歯車はギリギリともう既に廻っている。煙硝の匂いがまだ消えないのに、原子爆弾は二十個に達した。イエスと言っても、ノウと言っても、どちら側かに組み込まれている。第三の場所は無い。殺すまいとする事が、殺さざるを得ない原因になる。平和に近づこうとすると戦争に近づいてしまう。生きようとすると、死ななければならん。生きているものは、生きたままで死骸の臭いを立てはじめた。ハハ、矛盾の大きさは、悲劇ではなくて喜劇になってしまった！」こっけいになったのです。笑いながら、僕は崖を飛び降りただけです。窒息しそうになったので、壁を僕は押しただけだ。

省三　わかる！。そうなんだ！　窒息だ！　戦争が又はじまろうとしている！　このままで行けば俺たちは、みんな窒息する！。（言って、スーッと房代のわきへ進んで行き、いきなりしっかりと抱いてキッスをする。そのままで、いつまでも離れない）

私　それで、今は君は自由に呼吸が出来るのか？、

須永　僕はもう呼吸をしません。だから自由ですよ　あなた方も、殺して見ればいいんだ！。ハハ！。ハハ！。（さわやかに、少しも皮肉の味無しに笑う）

私　よろしい！　君は、もう出て行きたまい。

須永　出て行きます。ピストルをください。（私からピストルを受取る）モモコさん、行かない？、（モモコの手を取って階段の方へ）

モモ　うん。

須永　（階段の上に立ちどまって）生きると言う事は、殺すという事ですよ。あなた方は、みんな死んでいるんです。

モモコの手を取って上へ消える。残った一同は、須永の最後の言葉と共に、実際に死んでしまったように、全く動かなくなる。それは、ちよう

と一撃のもとに全員が蠟人形になってしまったかのようである。……そのままで時間がたつ。次第に暗くなって来て、しまいに私だけを光の中に残して、他は全部見えなくなってしまう。私へ冷たい、しっかりした、低い声、しかし、私は生きて行くだろう。いや、今こそ、生きて行く。これまでは生きでもよければ死んでもよかった。しかしこれからは生きて行く。私も窒息しかけている。私の身體は足の方から膝、腰、腹、それから手、肱、肩と、だんだんに冷えこみ、しびれて来ている。われわれは死にかけている。だから、生きるのだ。だから生きて行けるのだ。ホントは生とは、かくのごときものだ。足元を死にひたされている故に、生は生なのだ。散って落ちれば花びらは泥になる故に、花は花なのだ。その先っぽが死につながっていなければ生は生でない。……窒息は近づいている。それは必ず来る。望みはない。だから生き得るのだよ。だから生は在り得る。須永は窒息の不安に押し倒されたのだよ。私も不安だ。しかし押し倒されはしない。感情無しに、冷たく、それを眺め、迎える。窒息が最後に私のノドモトを掴みとるまで、私は私の歌を歌う。須永は恋愛をして　生の中の一番の生に觸って見てもう生きていられないことを悟った。私はお前の死と、そして今須永の死とに觸って見て、生きて行くことを知った。私は冷たい鋼鉄のように生きるであろう。お前は私から立ち去って行きなさい。安心して私のそばから離れて行きなさい。私には私の闘いがある。私が私の闘いを残りなく闘い抜いた道の果てに立って私を待っていなさい。そこで私はお前に逢おう。……もう間もなく夜が明けるだろう。今日の夜明けから私は昨日までの私ではないだろう。生きて行くことを知ったからにはそして生きて行かなければならぬものなら、進んで生きよう。私は身體をもっと大事にしよう。仕事を始めようと思う。ピストンのチューブの中にも自由はある。ピストンに加えられる圧力が極限に達しても、空気が他の通路へ放出されないならば、チューブは爆発するだろう。そんなピストンは初めからピストンではない。ピストンならば通路は有る。通路は圧力が極點に近くなった個所、窒息の間ぎわの瞬間に有る。……二十五時の所に

一人の人間が立ち得るならば、百人の人間が立ち得ない筈はない。百人の人間がそこに立ったのならば、それは二十五時ではなくて、午前一時だ。三十八度線は線だから幅は無い。幅の無い所に人は立てない。しかし人は三十八度線を頭で考えることが出来るならば、どうしてそこに立てない事があろうか。そこに立った次ぎの瞬間に死んだとしても、五秒そこに立ったと言う事は五十年でも立てるという事だ。……そうだ。イエスかノウかを決定することは、いつでも出来る。第一の道を歩もうと第二の道を歩もうと、たやすく出来る。われわれは既に力の前では奴れいだ。その力がいずれの側の力であろうと、大した変りはない。決定はやさしい。大事なことは、そして困難なのは決定を最後の時まで、圧力が極限に近くなる時まで、窒息の向ぎわの、そのトコトンの所まで引きのばし、持ちこたえることだ。

引きのばし持ちこたえ乍ら、その中で衰弱せす最後の時に、追いつめて来たものを振り返り、面と向ってそれを審判し、ノウと言うことだ。それだけの力を保って行くことだ。それが出来るか？、出来る！ いや、出来ないかな？、いや、いや、出来る。出来ようと出来まいと誰かが、誰でもが、しなければならぬ。……聞いているかね、お前、私はそれをしようと思う。そういう闘いを明日から闘おう。私の生き甲斐はもうそこにしか無い。どうだね？、私は人から笑われるね？、 刻々に、絶望だけが私を見舞うだろう。それを知りつつ、私は頬に微笑を絶やさないで、窒息に近づいて行く。しかし最後まで窒息はしないよ。お前は、わかってくれるか？、……右側の人たちと左側の人たちが、その時その時で代る代る私をあざ笑ったり、おだてたりするだろう。そしてどちらからもホントの味方だと思われることは絶えて無いだろう。嘲笑されない時には利用されるだろう。利用されない時には嘲笑されるだろう。それ以外には全く扱われないだろう。そして、しまいには捨てられるだろう。捨てられて腐った時分に、どこからか一人間しが近づいて来てくれるかも知れない。来てくれないかも知れない。ハハ！ ハハ！…… ハハハ！ だって、こっけいじゃないか！ 原子爆弾で人間はみん

な殺され、死んでしまうかもわからないのだよ。それを、ほかならぬ人間自身を作り出して、使った！ ハッハー。神だけがする資格のある事を、人間が冒したんだよ！ 冒した！ もう取りかえしは附かない。それを使う事を決定し、ボタンを押した人の手は、その人たちの手は、また腐らないで腕に附いているのだろうか？ お前は知っている！ その人は誰だえ？ ……（微笑を浮べた顔で、客席の方を、いつまでもいつまでも覗きこんでいる）

間

出しぬけに奥で、激しくガン、ガンガンとノックの音。死んだようになっていた浮山が飛び上って階段をあがり、外へ出る。……私はスックりそちらへ頭をめぐらす。

浮山 ……（階段口から半身を見せて、低い声で）警察の人たちだ。

私 うん、……（そちらへ行きかけ、再びニックりと上半身をめぐらして、いぶかしそうに客席の方を覗きこんでいる）

20 塔の上

暗い夜空の、どこかに月が昇りかけたと見え、下の方から濃紺色にほのめいている中に、塔はポカリと浮いている。その上に、夜空に向って半ばシルエットになって、相対して立っている須永とモモコ。須永は先程のままの姿で、右手にダラリとピストルをさげて、しげしげとモモコを見守っている。モモコはスベりと一糸もまとわぬ裸體で、左手にフルートを掴んだまま、エジプトあたりの彫刻でも見るように、なんの恥かしげもなくピンと直立している。足元に脱ぎ捨てた着物。

須永 ……寒くはない、モモコさん？

モモ うウん なんともない。

須永 きれいだ。

モモ お月さん？

須永 ううん、モモコさんが。

モモ フフ。その、あい子さんて言うの、きれいだった？

須永 うん、きれいだった。でも、身體は見たこと

なかった。
モモ　そう？、どうして？、
須永　どうしてだか。フルート聞かしてくんないかあ。
モモ　お月さんが、もっと、ここんとこまで昇ったら。
須永　お月さんは、もう昇ってるよ。ほら！（と、こっちを振り向いた顔が急に白く光る）ズンズン昇る。
モモ　今あたしの肩んとこまで来た。胸んとこまで来たら。
須永　モモコさんは、自分が生れて来て、よかったと思う？、
モモ　なあに？、
須永　こうして生れて来て、よかったと思うの？、
モモ　そんな事、あたし考えた事ないわ。
須永　今、じゃ、考えてくんないかな。
モモ　そうね。……うん、生れて来てよかったわ。
　須永さんは？、
須永　そうさな。……（昇って来る月を見ている）
　うん、僕も生れて来て、よかった。
モモ　フフ。……ほら、お月さん、こんなに昇って来た。
須永　だって、見えはしないんだろう？、
モモ　見えはしないけど、ほら、胸んとこが、こんなに明るくなるから。
須永　……（そのスーッと昇って来た月に向って、ピストルの残っている二発の弾をダンダンと無造作に射つ）
モモ　あら、どうして？、びっくりするじゃないの。
須永　……（微笑して、手の中のピストルを見てから、それを空へ向ってビュッと投げる。それがズッと下へ飛んで行き、気が遠くなるような間を置いて、カチンと地面に落ちて鳴った音がする）
モモ　何を投げたの？、ピストル？、
須永　生きているのが、なんかウソのような気がすると僕言ったろう？、ここに、こうしているのは、なんか嘘で、ホントの自分は別の所で生きているような気がして、しかたがない。これは夢で、夢でない世の中は、ほかにチャンと在る。そう言う気がすると言ったね？、それが、そんな気がしなくなった。ここから地面までは、たしかに何

百尺かの距離がある。チャンと僕はここに生きている。これは嘘でも夢でもない。僕は生きている。それがわかった。ありがとう。なんだか、うれしくって、しょうがない。……(スッと塔の手すりの上にあがって立つ)モモコさん、お月さんが昇った。吹いてくんないかな。

モモ　うん。……(フルートを構えながら)また須永さん、ぶらさがるの?

須永　そら、あんなに昇って来た。

モモ　あら、何か呼んでる。(耳をさます。ズーッと下方から、はるかな人の声がオーイとヨオーの間で、長く尾を引いて呼んでいる)……あれは三階の先生だわ。

須永　……(これも耳をすましていた後)きれいだな。

モモ　……(フルートを吹く。例のメロデイだけを、静かに尾を引いて三度ばかり吹きすます)

須永　……(その間に、ズボンのポケットから、ハンカチにくるんだ小さいビンを出し、一息にクッと飲み、ビンを塔の外に捨てる。それが月光にチカッと光って消える。……そのまま、手すりに立ってフルートを聞いている。メロデイの切れ目の所で、静かな声で)あい子、そんなに急がないで。待ってくれ。……(月の方を向いて、スッと身體が傾いたかと思うと、足が手すりを離れ、あまり重さのない棒が落ちて行くように横になったままスーッと下へ落ちて行き、今度は、いつまでたっても音はしない)

モモ　……(しばらく吹きつづけてから、フッと吹きやんで)え、なあに?(須永が居なくなった事に気づかぬ。返事を待つ気も別になく、軽い明るい声が須永に話しかける)ほらね、お月さんが胸んとこまで来たでしょう?グングン昇る。須永さん、そっちい向いてごらんなさいよ。ね!お月さんは冷たい、もう死んでると言うけど、でも、お月さんの光が、おちちの下のへんまで来ると、なんだか、あたし、くすぐったくなるのよ。……(フルートを再び唇へ持って行く)

昇る月のドンヨリした光に、白くかすんで立っている影像。

「冒した者」

演出メモ

ケイコの初めに参加者一同に話すこと。（これを誰かに筆記させておくこと）

○この戯曲の新らしさのこと。

（犬がなぜほえているかを他の犬が聞いて完全にわかる。ゴカイは在り得ない。人間の言葉はそれとは違う。

○根源的表現のこと（犬の表現と人間の表現のちがい）

その中の一つとしてシュール的なものが存在する。

○ザッハリッヒなもの。現代生活そのものゝ全体が原因。

社会主義的リアリズムの間違い。少くとも、それだけでは説明し得ないもの。人間の性格や心理のホントの才一動機は、かくのごとく在るわれわれの現代生活それ自体にある。

20世紀のphase

他の世紀にはなかった。

なぜこの人間が、こうなっているかをこの作品では説明していない。わかるようには書いていない。—それは、この人間が、現代に生きているからである。「シュールの画がホントにわかるのは生活の中でのシュール実感に逢った時。」それがこれに当る。小さく分析してわかったり表現したしようとしてはならぬ。

○ハードボイルドの事。（ハンフリイ ボガード）

冷たい乾いた表現。

内に熱いものを蔵した（それがなければ唯の気のなさになる）冷たい表現。

Drama

宝さがしの宝は全部この中にかくされている。それがイプセン以来の近代劇ごの作の宝はこれの外に在る。

原因と結果の分析方式

自身、話の中に、才一動機存在している

の内容の引きずりこ実世界

町はづれ

1

古い小さい町
通りはシンとして
五六丁歩いて三人ばかりの人に逢う。
その中の二人の顔には
どこかしら見おぼえがある
そんな古い小さい町だ

その町はづれ

道は白くかわいている
道はたに
木が二三本
家が四五軒
向うへ歩いて行く人は
背中が前に曲っている
こっちへ歩いてくる人はいない

風が吹いているようだ

そういう町はづれの
絵を見たり写真を見たり
時にはただ想い描いただけで
ぼくの心は、しめつけられ
夢みるようになつかしく
しかしいくら考えてもなんにも思い出せないで
頭がしびれて泣きたくなる。

なぜだろうね、君？、
どういうわけかわからない
思い当ることがなんにもないのだ
そういう町はづれで生れたのだろうか？、
そういう町はづれで人と別れたのだろうか？、
なぜにそうなるのかサッパリわからない
君にはそういう事はないだろうか？、
こんな人間はぼくだけだろうか？、

その時も、ただスタスタと歩いて
白い道にのどがかわいて

水がのみたいような気がして
フト立ちどまってあたりを見たら
それがその町はづれだったのだ

町のはづれの橋のたもとの
柳の下でだしぬけに気がついた
足もとで行々子の声がして
その声が一つ二つ八つ二十五、三百七十
とよもしとよもしく
はるかにはるかにひろがり行き
岸を埋めてしげった芦《あし》が
はげしい匂いを立てて
風になびいたなと見るうちに
そのまま立っておれなくなり
柳の幹のザラザラにつかまったが
ヨシヤリの声はわが魂をひきさらい
柳の根もとにしゃがんだまま
夕風がふきだすまで
気が遠くなっていた
ギョギョス、ギョギョギョ

ギョギョス、ギョギョス、ギョギョス
ギョ・ギョ・

（未　完）

○目下の状況ではとにもかくにも、出来るだけ軽い仕事をする必要あり。よくばって重すぎる作品にとりかかってはならぬ。そうすると、ラジオドラマ　魔の石か、「町はづれ」を軽い設定で。そのいづれか、だろう。

（二百字詰原稿紙一枚に書きつけられた病中の覚え書）

あとがき

「冒した者」昭和32年。著者五十才。
「群像」昭和32年8・9月号に連載発表。
後に河出版「三好十郎作品集」第四巻に収録された。

初演（32年7月）　三越劇場
演出者　岡倉士朗
　　　　三好十郎
出演者　滝沢修
　　　　宇野重吉
　　　　清水将夫
　　　　細川ちか子

初演（32年7月）「冒した者」演出メモ」
「○御用ずみの後は三好に返して下さい。」と表紙に書きつけてある。劇団民芸の上演台本の
裏表紙にあったものを写しとった。

「町はづれ」著者五十六才。晩年の未定稿。

昭和三十八年七月二十四日　印刷
昭和三十八年七月二十七日　発行

三好十郎著作集
第三十巻
（非売品）

著作者　三好十郎
監修者　三好きく江
発行者　三好十郎著作刊行会
代表者　大武正人
東京都大田区北千束町七七四番地
電話　東京（七一七）二三八五番
振替　東京五一七五二

印刷者　株式会社　タイト印刷
東京都中央区八重洲四ノ五梅田ビル内

限定版
２３０部
その内の
第　194　番

第三十二回配本

三好十郎著作集

第三十一巻

三好十郎著作集　第三十一巻

監修　三好きく江

編集　大武正人
秋元松代
高橋昇之助
石崎一正

崖

現代

人間
おりき
サダ
藤堂正男
仙助
玉川

場所
信州南佐久の山奥。

近くで囀る小鳥。

遠くで山鳩が鳴き交す。

やがて、樹を切る音が谷々にこだましてカーン、カーン、カーンとひびく。

その響の間を縫ってノンビリした鼻歌。

こちらに向って急傾斜をなした雑木山の、棚のやうになった狭い台地。

七八本のかなり大きな樹と雑木と切株と下生え。

秋の半ばながら、既にこのあたりを襲ひはじめた朝晩の寒気のために大半の木の葉は落ち、残ってゐる葉と下生えは紅葉を通り越して黄褐色に枯れちぢんでゐる。

向って右の奥は一段低くなって居り、そこから炭焼の薄い煙。台地の向って左手の手前は崖ぶちに終り、奥は稜線の方へ廻りこんで、尾根道に続いてゐる。

中央の大きな樹の根元へ向って、ユックリとまさかりを振ってゐるおりき。ハンテンにももひきにわらぢで、スッポリと頬かむりの、男か女か見分けのつかぬ野ら姿。

無心に口ずさんでゐた歌が消えて、まさかりの音だけが響く。

サダの声（遠くで）あーい！……あーい！……さまあーあ！……ばさまよおーい！……あーい、ばさまよおーい！（近くなる）
おりき ……（やっと声が耳に入って、まさかりの手を止めて遠くの尾根の方に眼をやる）……
サダの声（更に近くなる）ばさまーあ！

おりき　……（向の抜けた野ら声）おーい！　サダかよーう！
サダの声　あいよーう！
おりき　サダかあ！
サダの声　あいよう！
声がやみ、静かになる。……おりき再びまさかりを振ひはじめる
間──
尾根道の方から、下生えの熊笹を踏み分け、小枝を踏み折つたりして降りて来るサダ。花模様の着物に赤い帯の上から紺のモンペをキりりとしめて、手甲脚絆、あねさまかぶりの手拭の上に古い麦藁帽。背負子に食糧の入つたカマス。色白の頬がポツと紅い。その後ろから藤堂正男。カーキ色のシャツに黒ズボンにゲートルに山靴。レーンハットを脱いだ白い額の汗を拭きながら
サダ　（おりきの背後少し離れた所に立停る）……へえ、ばさま。
おりき　（樹を切る手を休めないで）よう来た。米あ、まだチットべ有つたが、おとついあたりから味噌う切れちまつてなあ。……へえ、今度の窯あ焼き上げたら、チヨックラ内い戻つて見ずと、俺あ思つてゐたとこだ。ヨンショと！……ぢやうが待たせるもんだ。
サダ　うん。……あの──（そこに立つて、働いてゐるおりきの後姿をシミジミと見守つてゐる藤堂を見る）
おりき　（それとは知らず、やつて来たのはサダだけだと思ひ込んでゐるので）ハハ、炭焼も気楽でえゝが、腹あへつて、おいねえぞ。……ま、下の小屋さ荷いおろして休め。……そこの崖つぷち、気い附けて歩べ……一足踏みはづそうもんなら……オンゴ川まで坂落しだあ。……ドッコイショと！
サダ　……
おりき　……内ぢや変り無えか？……あん？
サダ　うん……ばさま、あの──
おりき　変り無えかと、鴛鴦家が──（と歌の文句で）カーンと一つ切りつけて置いて、働く手を止める）……なんとした？（此方を振向く）……う？
サダ　……この方が、さつき見えてな……ばさまに逢ひてえとおつしやるもんぢやから、へえ丁度、一所に連れて来やした。

おりき　ふむ……。

藤堂とおりきが離れて立って見合ってゐる——

藤堂　……おばあさん。

おりき　……お前さまあ、夏時分麦畑でお目にかかった——

藤堂　藤堂正男です。……こうして、又、……お目にかゝります。

おりき　（永い間）うん……そんで——ふむ。……さうかい。

藤堂　……おわびをしに来ました。

おりき　なあによ。……うむ。俺あ—（言葉が続かぬ）……（つとめて明るく）そんな、お前さま……頭あ上げなせえ。そったら、お前さま……さうかや。（言ひながら、スッポリかぶってゐた手拭をとり、キチンと頭を下げて）御苦労さまでがした。

藤堂　は……

おりき　さぞ、なあ——

藤堂　……こうなって、実あ……おばあさんの事ばかり思ひ出してゐました。

おりき　うん……うん……。

間——山鳩の声

おりき　……こんだも富士見の方から山越へして来やしたかね？、

藤堂　いえ、富士見へは行きません、ちかに此方へ—。駅で聞いたら、丁度、板橋の人が来合せてゐまして——。

サダ　地蔵堂の四郎ちやんが、ともなって来てくれた。

おりき　さうかや。……せんの時は、お前さまに出しぬけに声かけられて、へえ赤嶽の天狗さんかと思うて、たまげたっけよ、ハハ。

藤堂　……（微笑しつつ山の方を見て）スッカリ雪ですね、八ヶ嶽も。

おりき　（これもそちらを眺めながら）うむ……んだけど、まだ、こいで、今年は少ねえ方だ。……山あ見てると、おふくろさんの事、恋しからず？、

藤堂　（言ひ当てられて）いやあ……炭焼きですか？、

おりき　うむ。……サダ、小屋へ行って、湯でもわかせ。

サダ　あい。

藤堂　かまわないで下さい。……なんと言ふ事なくただ僕あ、おばあさんを見たくなつてやつて来たんです。……どこへ行つて何を見ても、まるで僕には、なんの事やらサッパリわかりません。どう考へたらいいか──まるつきり、わからないのです。（落葉の上にしやがみこむ）

おりき　……方々、ひでえと言ふなあ。

藤堂　……先々月、戻されて来て以来、一所懸命、何か考へやうとしても、駄目です。たゞ人も物も、何もかも、ぶちこわれてしまつたと言ふ事だけは事実です。……なぜです？　僕には腑に落ちないのです。

おりき　……そりや、まあ、なんだ、いくさに負けたからでやせう。

藤堂　なぜ負けたんです？　どうして、どんな譯で負けたんです？

おりき　うん、そりや……（困つて口をモグモグさせてゐる）そりや、へえ、此方よか先方が強かつたからだ。そんで、負けた。

藤堂　え？　（殆んどギックリする位にびつくりして、マヂマヂとおりきを見る）……。

おりき　角力が、土俵にあがつて力一杯、こん限りやつて見て、投げつ飛ばされた。だらず？　したら、なにも悔む事あ無えづら。

藤堂　僕あ、しかし、兵隊でした。軍人でした。いくらさう思つても、國民の前に平気で立つてゐるわけには行かないんです。

おりき　違ろ。いくさあ、軍人さんや兵隊さんだけがしたんだや無え。俺達みんな一緒にしたんでやす。負けたのも俺達一人々々、みんなが負けた。

藤堂　……。世間では今、急に、手の平を返したやうに、いろんな事を言つてゐます。……しかし、僕等が戦争の中に居て考へてゐた事は、たつた一つでした。お國のために、國民のために──たゞそれだけのために自分一身が役に立つならば、笑つて死なう。──それだけです。正直、それだけでした。えらい軍人に出世をしようの、名誉をいたゞかうのと言ふ気は微塵もありませんでした。また、そんな気になれる筈も無い有様でしたからね。人生二十五年──僕等の仲間は、いつも笑つて、言つてゐました。國のためになるなら──それです。それが、今こうなつて、いろんな風に言

はれても、間違ってゐたとは、どうしても、僕には、どうしても思へないんです。
おりき　間違ってはゐねえとも。お立派だ。へえ、お立派だとも！（泣いてゐる）
藤堂　……勿論、この戦争がどうして起ったか、誰が起したか、正しかったか間違ってゐたか――その事のハッキリした所は、僕等にはわかりません。戦争をしかけたのは此方で、しかもそれを引きずって行った上の方の連中が間違ってゐて、われわれを悪いやうにごまかしてゐたんだと言ふ事は、近頃少しづつわかって来ました。……しかし、だからと言って、今急に、その連中だけをとがめ立てゝ見たところで、なんになります？　そんな連中を生み出し、國民の先頭に立たせたのは、われわれです。第一、國が間違った戦争を起さゞるを得ないやうに一歩々々と進んで来たのは、われわれが好まうと好むまいと、永い間のわが國の運命だったのです。つまり、此の戦争が間違ってゐたとすれば、明治以来のわが國の歩み全體が間違ってゐたんです。……その、シッポの所――つまり今度の戦争の所だけを取り上げて良いの悪いのと言って見ても、どうにもなるものではないと思ふんです。つまり、此處十年位でわが國は負けたんぢやなくて、これまでの百年間が負けちまったんです。……百年間、われわれは間違ひつゞけて来てるんです。わかりますか、おばあさん？　わかって貰へますか？
おりき　……（ガクリガクリとうなづく）
藤堂　泣いても、僕あ、泣きゝれません。……自分一人が死んで済む事なら、僕にや、なんでもありません。しかし、僕一人が死んだって、この敗北はどうにもなるものぢやありません。……國民全體が食物がない、家がない……すべてがぶちこわれた。……あたりまへです。今眼の前のこんな事位、実は大した事ぢや無いのです。本當は、この百年間の日本が根こそぎ、ぶっこわれてしまったのです。百年間の間違ひの尻ぬぐひを僕等がさされたのです。……それに僕あ気が附きました。こんな風に日本をしてしまったのは、実はアメリカやソビエットやイギリスぢや無かったんです。遅かれ早かれ、何かの形でこんな風にならなければならないやうに、日本は歩いて来てしまったんで

す。つまり、自分で自分を叩きこわしてしまったんです。……つかまる所も、たよる物も、洗ひざらひ無くなりました僕等には。

おりき　……うむ。……（せつなそうに、ウロウロとした眼でまさかりを見たり相手を見たり、落葉の上を見たり。立つてゐる姿までが、たより無い）

藤堂　……今、あつちでも此方でも、いろんな連中がいろんな事を説き立ててゐます。しかし、僕には、どれもこれも信用出来ません。理屈としてどんなに立派なものでも、僕にや信用出来ないんです。此方が駄目になつてるんです。……永い間あれだけ信じ切つて来た——そのためにはいつでも笑つて死なうと思つてゐたものが、全部間違ひで嘘だつた。そいつがわかつて見ると、もうこれから、どんなものが飛出して来ても信用する気にやなりません。此方が駄目になつて、何でもかでも疑ふやうになつてしまひました。……どこへ行つて、誰に会つても、どんな事を聞いても嘘のやうな気がするんです。そいで、……それで僕あ、おばあさんに会いに来ました。あなただけは、嘘はつかない。……おばあさん、お願ひですから、僕に教へて下さい。

おりき　……（歯のない唇を、せつなそうに顫はせて力無くつぶやくやうに）……教へると？　おらが？　え？

藤堂　どんな山奥へでも、僕あ、おばあさんに会いに行きます。

おりき　……（立つてゐる身體がフラフラしたと思ふと、こらえてゐた涙がタラタラと頬に流れる）そつたら、お前さま——へえ、おらにや、わからねえ。（口のはたに流れて来た涙を指で拭く）

藤堂　何を、よりどころに、どこを手がゝりに——どんなものを土台にです——その、そんな土台が全體、ちつとでも残つてゐるか？　そいつを——おばあさん。

おりき　無理でやす。……（指では間に合はなくなつて　手拭でゴリゴリ鼻のまわりを拭く）へえ、こんな山ん中の、モーロク婆だ俺なんど。何が、わかりすものか。こらえて下せえ。……へえ、もう、こらえて下せえ。（力の盡き果てた子供が、自分をいぢめる年上の子にあやまるやうな、投げ出し切つた詫言）

向—しみ入るやうな山鳩の声）

藤堂　……（フッと我れに返り、おりきにばかり注いでゐた眼が、あたりを見廻す。すると、先程から背後の樹に寄りかゝりつゝ、話に引入れられて、山の娘らしく澄んだ美しい眼をカッと見開いて喰入るやうに自分を見詰めてゐるサダの視線にぶつかる。瞬間、二人がチッと見合ふが、やがて藤堂がおりきに視線を移す。おりきは、まだボンヤり立ってゐる。更にサダを見る。そして、自分が場所柄も考へないで自分だけの気持に身をまかせて行き過ぎてしまった事に気が附き、急に弱々しい眼の色になり、額に手をやって油汗をこすり拭いたりしつゝ）……やあ、どうも、すみません。……どうも……ハハ。（まばたきもしないで、まだ自分を見詰めてゐるサダに向って寂しく頬笑みかける）……なに、ホントは、たゞ、何と言ふ事なくおばあさんを見たくなつて、やつて来たゞけなんですよ。それだけなんです。それが、つい、どうも……かんべんして下さい。

おりき　うん、なにさ……。

サダ　（怒ったやうな句調）だども、俺にや、この人の言はつせる事、ようく、わかりやす。

藤堂　え？……

サダ　俺にや、ようく、わからあ。フン！（ボロりと大粒の涙。眼がキラキラ光つてゐたのは涙を一杯溜めてゐたのである。それをしかし拭きもしない）

おりき　なんだ？

サダ　だつて、さうだや無えかい。さうだらず？

藤堂　いいんですよ、もう、いいんです。どうも……ハハ。（相手の気持がこたえて来るのを、寂しく笑つてかわす）……おばあさん、僕に百姓はやれないでせうか？

おりき　百姓にかえ、お前さまが？

藤堂　駄目でせうか？

おりき　ふむ。……（泣きくたびれた子供が、自ら機嫌を直して頬笑むやうに、弱々しい花が開くのに似てニッコリする）駄目といふ事あ、無え。へえ、やらうと思ひ立ちさえすりや、たつた今からでもやれやす。

藤堂　僕などに出来るかどうか、怪しいもんですけど——

おりき　手が有って足が有って、そいで地面が有りゃ、お前さま――怪しいもヘチマもお前さま、なあサダ。これなんでも、こんな娘っ子がゐて、チャンとこれで百姓仕事は一人前だ。なあ、サダ？、それとも半人前かや？、

サダ　ウフン。……（機嫌を直して、小枝を拾ひにかゝってゐる）

藤堂　おばあさん、僕にも教へてくれますか？、

おりき　（一緒に居た子供づれが、何かの事でみんな泣いてゐたのを、自分も泣いてゐた年上の子が先づヒヨイと泣きやんで、急に思い切ってひようげた事を言ってほかの子達の機嫌を直してやってゐるやうな調子）ハハ、教へるの習うのと、そんなしちむつかしい事であらずか。ベトとドン百姓共倒れと言ひやしてね、つまりが、土さえ有りゃ、……そんでまあ、この土と……なんだ、この、……へえ、つゞまる所がよ……末永くへえ、仲良く遊ぶ気になりゃ誰にでも出来やす。

藤堂　遊ぶんですか？、

おりき　遊ぶ。撫でたり、さすったり、つねったり引っ掻いたりしてな。（言ひ方がおかしいので藤堂もサダも笑ひ出す）地めんと言ふもんは、さうしたもんさ。さうだらず？、彼方を向いても此処を向いても、立ってもしゃがんでも、地めんの上だ。地めんから足い踏みはづして、おっこちた話あ聞かねえ。へえ、安心なもんだ。さうがら？ハハ八まづ、ゆっくりしなせ。サダ、内おや変った事無えか？、

サダ　うん。チット具合が良いと言って起き出して ひぢろんとこで慎太相手にわらぢ作ってる。四五日あと、甲州の叔母さんが小豆を三升ばかり持って見えた。みんな元気だと。

おりき　さうかや。……慎一あどうした？、

サダ　工業学校にあげることにしたと。しばらく、あばれてばかり居て、そりゃ、きかなかったさうなが、近頃ぢや、おとなしくなってね、秋にゃ作業所にもって行くし、よく働いてると。

おりき　ふん。

藤堂　せんの時、僕も逢ったお孫さんですね？、

おりき　うん。……あの後、小僧め、おようぶ怒ってな、おいなかったよ。ハハ、無理あ無え、スッカリその気でゐやがったからな。しかしまあ、小

僧も、まんざらの馬鹿でも無え。よからず、それで。
サダ　そいから、玉川のお旦那、今日此処いやって来たぐら？、
おりき　……玉川のお旦那と？、又来たか？、耕地の拂ひ下げの話ぐら？、
サダ　うん。そいから供出の事も言ってたやうだった。おい、困ってた。ばさまに相談してからと言つたら、此處の事聞いてな、なんでも急いでるやうだつた。
おりき　さうかや……うんにや、此處にや来ねえぞ。だども、供出は農会からさう言って来て寄合ひできまる事ぢやし、拂ひ下げの事あ、つまりが地代の事と地割の事ぢやから、世話役衆の量見一つだらず。
サダ　俺、よく聞いて無かつたから——。
おりき　なんにしても、ケズな話よ。玉川さまなんつあ大盡衆が一人々々俺達のとこ廻って歩いて相談しずともさ。
藤堂　耕地の拂ひ下げと言ふと——？、
おりき　うん、板橋のはづれからな、さうだ、お前さま、せんに見た麥畑よ、あの奥から牧場のこっち迄、おとゞし軍で買上げて、なんたら言ふ軍用地になる筈だったが、こんな事になって要らなくなったので、そん中の、以前板橋で共同耕作やってゐて、その後荒れ放題になった所だけを……左様さ、あんでも十町歩位はあるべし……こんだ、あちこちの農家で本式に拂ひ下げて貰ふといふ事になってな、それについて、今言った玉川さんなんどが、世話あ焼いて下すってゐやす。
藤堂　さうですか。それでお宅でも——？、
おりき　うむ、畑あ少し足りねえからな。
サダ　んだけど、ばさま、お金あ、有るかい？、
おりき　金かや？、　金あ無え。
サダ　おいもそれを心配してゐた。お金が無くて、なんとかして——
おりき　なんとかなるべし。
サダ　んだけどさ……
おりき　心配するな。どうで作地だ。百姓が作らねえで誰が作るものだ。
サダ　金を、だども、ほかの家で出して貰ってしまへば、作りたくも作れねえのに。

おりき　へえ、だから俺あソッと行って、あの地所の隅っこの二段畑に、こねえだ、麦い蒔いといた。
サダ　んだからさ。んだから、下手あすりゃ、種とこやしだけ無駄にならあ。
おりき　どうして無駄になる？、春になりゃ麦が出来らあ。
サダ　だからさ、阿呆だな、麦もさうなりゃ人のもんづらー？
おりき　人のもんになっても、吾がもんになっても、とんかく、麦あ麦だあ。麦あ食へるぞ、誰かの口を肥さあ。どこの内の地面になるかわからんつうのぞ、放って置いて麦蒔のシエンが過ぎちまやあ、何も出来ん。ふん、なんの無駄であろかい。
サダ　無駄では無えかも知れんが、そりゃ、なんだ―無茶だい。
おりき　ムチャクチャの阿呆か。
藤堂　ハハハ。
おりき　ハハハ。（サダも笑ひ出してゐる）……さて、そのムチャクチャと言ふとこぞ、もう一息やろかな。（きげん良く、ペッペッと両掌につばきをくれて、まさかりを握る）……だようぶ、又、しぶてえ樹だぞ。此の樹あ！（ふりかぶって、拍手になって）ヤーレ、山でと！

ガッ！　と樹を切る音。
二度目の音に続いて、傾斜の上の方からザザザザと下生えの枯れた熊笹を踏みしだいて仙助が降りて来る。降りて来ると言ふよりも、転がり落ちて来ると言ふに近い。落葉の中に膝を突いてフア！と気の抜けた声を出す。しるしばんてんに乗馬ズボンにゴム靴と、耳蔽ひ附の鳥打帽、左手に大型のハンゴウをさげてゐる）

サダ　あれま！
おりき　ほい、あぶねえ！
仙助　ふあ！　ふう！……へえ、フフフ、こん、今日あ！
おりき　おやおや、お前、海の口の蛸仙だやねえかや？、
仙助　ふう！　へつへ、えゝあんべえだのし。
おりき　出し抜けに、まさかりの先へ飛び出して来るもんだ。へえ、もう少しで刃に當てるとこだ。
仙助　ふあ！（切株につかまって立つが、フラフラしてゐる）この上まで来たら、いきなりガッツン

！　地びたあ叩き割られたと思ったい！　ふう！
蛸が、山へ登って、眼え廻してりゃ、世話あ無え
（息切れしながら、へらず口を叩く）

サダ　フ・フフフ。（藤堂もチヨット笑ふ）

おりき　ぢようぶ、青いツラして、どうした？、

仙助、ばさま、なんか食ふ物有ったら、けれ。なんでもえゝです。

おりき　食ふ物と？、

仙助　青くもなるべし。臍が背骨にくっついてら。ふう！　頼みやす。

おりき　ハハ、さうかや。さうだな、……おまんまが、まだ少し残ってゐた筈だ。サダ、持って来てやれ。

サダ　あい。（右手へ歩み去る）

おりき（その背へ向いて）焚口んとこ置いてらあ。小屋からお香こも取って来う。（右手の下の方から「あい」と答へるサダの声）……だども、海の口の町からこんな山ん中へ来るのに辨當も持たずかや？、

仙助、なにさ、米あ持って来たけど、とうに食っちやった。味噌もこれに入れて——（と手のハンゴウを振廻した拍子にカランと取落す）おっと！　おっとっと！（同時にハンゴウが崖ふちの切株に當って跳ねて、ふたと身が別々になり、崖下のガレの急傾斜を落ちて行く）しまった！　（カランカランと、ハンゴウの轉落して行く音はしばらく續き、次才に微かになり、消へる）畜生！

おりき　ハハ、蛸の泣面、峰がさゝあ。フフ、なあに、後で向うの尾根廻って拾って行きやいい。オンゴ川あ落ちずに居れば、チャンと有らあ。……するとなにか、お前どこから来た？、

仙助　う？、（惜しそうに、まだ崖の下をすかして見ながら）この奥から来たよ。

おりき　この奥あ山林區だ。山林區の先あ、山又山で——

仙助、山林區の番小屋に居たんだ。

おりき　……なによしてゐた？、

仙助　——木の子ぅ拾ったりよ……。

おりき　木の子のシユンは、とうに過ぎちやってるづら。

仙助　んだからよ、チットしか拾へんかったで、へえ、食っちやった。

おりき　ヌラリクラリと、相変らずだ。
仙助　へつへへ！、時にばさま、牧場跡の、軍の拂ひ下げ地所の事あ、どうなりやした？、農會あたりで、いろいろと、たくらんでる奴が居るやうだぞ、気を附けんと。
おりき（話に乗らず）……又、何かやつたな、お前？、
仙助　あんだえ？、へツへ。
サダ（下生えを踏み、釜を下げて、右手下方から戻つて来る）……あい。お香こはチットしきや無えぞ。
仙助　おつとつと、ありがてえ！　なに、お香こなんぞ、いらん。（ひつたくるやうに釜を受取つてシヤモヂで釜の中を掻廻し、むしやぶり附いて、シヤモヂから食いはじめる）……む！。
おりき　おまんま、そんなに、はね飛ばしたりするだら、食はせんぞ！
仙助　へ？、……（おりきの顔を仰いで見てゐたが、急にすなをに釜の下に置き、草の上に坐り直して、両膝に両手を置いてキチンとおじぎをする）……いたゞきや。
おりき　フフ……あい。たんと食ひな。
仙助　……うむ……（シヤモヂの音）へつへへ、おつかねえからな、此のばさまあ——（あとはモグモグと食ふのに忙しい）
サダ　ばさま、今の窯あ、もうぢき、窯出しだな？、
おりき　うむ、もうチヨットだ。
藤堂（右手下方を見やりながら）あれですか？、
おりき　紫色の薄い煙が出てゐるづら。
藤堂　一度にどれ位焼けるんです？、
おりき　十俵ばかりだ。……どれ、後の木を、もうちつと切つとくかな。
藤堂、僕に少しやらして下さい。
仙助　……（飯を噛みながらの不明瞭な声で）……誰か、来た。……誰だ、ありや——？、
サダ　なんだえ？、（藤堂がまさかりを取つて木の方へ）
仙助　ほら、あすこの尾根んとこだ。ほら！
おりき　なんにも見えやしねえ。
仙助　ばさまの眼ぢや——
おりき　あにを、だども、お前、釜あ抱えてウロウロする？、坐つて落着いて食ふたら、どだ？、

（藤堂木を切る）

仙助　うん……。（又、釜の中を掻き廻す）

藤堂（サダに）だが、実に良く切れますね？、

サダ　……（クスクス笑って）豚の首なぞ、一打ちで斬れやす。

藤堂　豚？、豚も切るんですか、これで？、

サダ　うん、ズットせん、内に泊った木こりさんが豚あつぶすのに使った。

おりき　ハハ、並みのまさかりよか、刃渡りが長く拵えてあるからな。もう死んだが、岩村田の、野鍛冶だが名人で、信行《のぶゆき》っう人の打ったもんだ。

サダ　ばさま、自慢だ。

おりき　おゝよ。こっちの奴も切れるにゃ切れるが、段違い――（言ひながら、他のまさかりで他の樹を切り試みる。こうして藤堂とおりきが交る交る――しかし話しながらなので、あまり力を入れないで樹を切る）

仙助　あゝやっと、人間らしくなったい。まったく俺あ、どうなるかと思ったぞ。一日か二日なら、なに、平気だが：なんしろお前、今日で四日だ、フン！

おりき　おかみさん、元気か？、

仙助　うん？、……ありゃ此の春、叩き出した。

おりき　出したあ？、なんでまた？、

仙助　う、うん（まだモゾモゾやりながら）家風に合はねえ。

おりき　……ハハ、ハハハ、家風か？、蛸仙んとこにも家風なんつもんが有るか？、

仙助　そりゃ、有る。

おりき　そうか。だども、とんだ、お前なんぞにゃ過ぎもんのおかみさんだったぢゃねえかや。

仙助　んだから、家風に合はねえ。へっ、くそ小生意気なアマだあ！

おりき　おや子供はえ？、たしか二人だったな？、

仙助　餓鬼共あ、内でなんとかやってるづら。

おりき　……お前もえゝかげんにしたら、どだ？、ヨタあぶって暮すのも潮時が有らあ。いつまでもそんな身《み》性ぢゃ、行末ろくな事は無えぞ。

仙助　ふん、そいぢゃ、まっとうにやりあ、ろくな事が有るかい。ばさまの前だが？、フフ、本職の運送をコツコツやっても、手取りが一日五圓位おやぜ。五圓ぢゃ、いまどき、親子三人忽ち乾物だ

らず。時勢が悪いや、時勢が―ウッ！・（まだ言ひ続けやうとしてゐたのが、何かを認めてギックリしたとたんに食物を咽喉に詰める）

おりき　……なんとした？、

仙助　ウワ！（立上ってゐる）

サダ　……ばさま・玉川さまのお旦那が―（尾根道の方から、此の崖に降りて来る玉川。狩猟服がゝつた上等の背広に長靴に毛皮の縁無帽をかむってステッキにカバン）

おりき　うん？……へえ、こりや……

玉川　……えゝあんべえだなあ、お天気が続いて。やあ仙助、こんな所に来てゐるか？、

仙助　へい……へっへへ。

玉川　ばさま、いつも丈夫で結構だな。

おりき　いえもう、いけやせんよ。（辞儀）これは、ようござらっしやい。

玉川　やあ……いやチヨット相談したい事が有ってね、内の方へ寄ったが、此方だと言ふんで。

おりき　わざわざ、こんな所まで―

玉川　思ひ立つと、例の通りのせっかちだ、ハハ。第一、此處いらの田地の事に就いちや、とにかく、ばさまの耳に先づ入れないぢや、しようが無いと思ってね。なにさ、いよいよ例の耕地拂ひ下げが実施される段取りになった。そいでまあ問題は希望者への分割の件だ。

おりき　そりやま、わざわざどうも―。へえ、俺んとこなんざ、どうでもようござんしたのに。……とんかく、まあ、旦那さんがたのお骨折で―かたじけ無えこってやした。

玉川　なに、禮にや及ばねえ。村の事で彼方此方驅け廻ってりや、これ位のことホンのついでに出来る仕事でね、先づ私なぞの、これがまあッ卜メさハハハ。そこでなあ、残るところは地価の事と分割の事だが、地價の事は先方の意向もあるし縣の考えも有るしね、その邊と私等の方でよく話し合って決めるとして―いや、どっちせ、もともと買収される前は村の入會《いりあい》で共同耕作をしてゐたんだから、拂ひ下げるとなっても、地価はタカが知れたもんづら―大した問題ぢや無い。たゞこの地割の件は、誰にしてもなるべく地味の良い、水を引くのに便利の良い所が欲しいわけでのも、いよいよとなると希望者の方で問題が起きやせん

かと思ふ。ゴタゴタしそうなんだ。それでまあ、われわれ最初から世話を焼いてゐる者達が、世話焼きついでに、地價の交渉をやると同時に地割りの點までスッカり案を作り上げて、希望者の各農家では最後にハンコを一つ押せばいいと言ふ所まで段取ってやるのがよくはないかと、まあ考へたわけだ。
おりき　……はい、そりやまあ――。
玉川　就いては、そんな事の一切に関してだな、私をはじめ、海の口の須山さん、馬流《まながし》の新田さん、その他農會の方にスッカり一任してほしい。でないと、今後の話し合ひの上で、皆さんには大して係りの無い小さな事まで希望者の家を一軒々々廻って歩かなくちゃならんのでね。それじゃ、日を喰ってたいへんだやし、第一、こんな山間部に入り込んでさ――今日にしても、鉄橋下の丸太橋は落ちてしまってゐてなあ、崖道を廻って来たが、すべったりころんだり、いやどうも冷汗をかきやした、ハハハ。
おりき　へえ、秋が濟んで山あ少し荒れやしてのし、オンゴ川あ、水が増してゐるから――ハハ、さうでやしたかい。
玉川　気だけはまだしっかりしてゐるつもりでも、もういかんて。年だなあ。……（コンコン山上の方へ行きかけた仙助に）仙助、どこへ行くんだ？
仙助　へ？、……へい、あのう、チヨックラ山へ――へ、へへ。
玉川　まあ、そんな、逃げなくてもいいだらう。お前にや、ちよっと頼みたい事もあるんだ。
仙助　へえ……。
玉川　ハハ……（下げてゐたカバンから書類を出しながら、おりきに）そいでなあ、ばさま、一々廻って歩いてゐたのでは、とてもおいねえから、そこで、まあ、私等に一任してほしいと思ってね――、これだ。
おりき　（受取り、それを眼から引離すやうにして見る）……へえ……だども、俺などにや、よくわからんし……どうでもいいから……内のおさまにでも、さう言ふて下すって――。
玉川　そりや私からよく話して来た。……俺あ病人で、内の事あ、ばさまに任せてある。ハンコもばさま持ってゐるから――おさま、さう言ふもんだ

からね。

おりき　ハンコでやすかい。持ってゐやす。（言ひながら、すなをに、頸から紐でつるして帯の中に入れてある財布を引きずり出しにかゝる）

玉川　しかし、とにかく、よく読んだ上で。

おりき　どうせ、俺にや読めねえ。（財布をほどくために、右手に持ってゐた書類を、先程からそばに立ってゐる藤堂に渡す）チヨックラ、お前さま

藤堂　はあ……（黙読）

玉川　えゝと、この方は――？

おりき　……はい、こりや内の、なんだ――親戚のもんだ。

玉川　いいあんばいですね。

藤堂　いや――（おりきを見てゐたが）……今日は。……（書類に目を通してゐる）……委任状ですか。

玉川　やあ、どうせ形式だけで、そんなものが有っても、どうと言ふ事も無いけどね、相手が相手なもんだから、手つゞきだけはうるさい事を言ふ。こゝだけ叩きつけられて、役人など実際の权力は根こそぎ取上げられてしまひながらも、永い間の癖はなかなか抜けませんよ。繁文縟禮といふやつ。

ハハハ。

藤堂　……しかし、此處に書いてある事は、結局、拂下げの地價や地割り一切を一任する……言って見れば白紙委任状と同じやうな――（言ひかけるが、自分が深くも知らぬことに就て立入りすぎるやうな反省が起き、言ひ澱んでしまふ）

玉川　さう。……それでいけないとすると、私共としても一々その煩に耐えないので、こゝらで委員の役を辞退したい。もともと私共は此處の農家の爲に少しでもなればよいと思って乗出しただけでしてな、全部がうまく行ってても、まあハッキリ言ふと、私などに三文の得も行くわけでは無いんだやから。

藤堂　いえ、僕には詳しい事はわからないのです――。（書類をおりきに返す）

玉川　全體この邊は、農業と言ってもこんな山間地でね、殆んどが零細農家。耕地が絶対的にたりないんでしてね。そこへまあ、荒地であっても、とにかく、殆んど無償に近い地代で田地が手に入る話なんだやから、結構だと思って、まあ――。

仙助　しかし、なんだそうでやすね、こんだ岩村田

に出来ると言ふ農民組合でも、拂下問題に就いちや動き出してるさうでやすね？、
玉川　農民組合がね？、……だが動き出すと言っても、話が此處まで来てゐるのに、今更、どうするんだ？、
仙助　懸廳にも押しかけた、農業會にも行ったさうだやねえですかい？、
玉川　さうさねえ、それで？、
仙助　それで――いやあ、お旦那がそれ知らねえわけあ無え、農會の役員だもん、だらず？、
玉川　ふん……だが、しかし、お前はよくそんな事知ってるなあ。どこで聞いた？、
仙助　どこでって、俺あ、へえ、なんとなく――
玉川　お前なんかも、騒ぎまわってる口おや無えのか、そこいらで？、
仙助　じよ、冗談おっしやります！　俺なんぞが、俺あ、へえ――、
玉川　わからんぞ。近頃の御時世と来たら、何が何に化けるか、けんとうも何も附かんからな。
おりき　……（しばらく前から、少し離れたところで、コツコツと鉈で木の小枝をこなしてゐたサダに呼びかける）サダよ、お旦那に、茶あわかして差し上げろ。
サダ　あい。
おりき　そうだな、此處で火熱すべ。やかんと茶碗と三叉持って来い。
サダ　あい。（落葉をふんで右手へ降りて行く。）
玉川　いや、かまわんでくれ。今日はチヨット急ぐ。それに、なんだ、マゴマゴしてゐると、帰りが暗くなってしまふ。こんな山奥で路にでも迷ったらおしまひだ。
仙助　全くでさ。へへ、何が出るかわかんねえ。
玉川　山犬や猪なんどのけだものなら、まだいいがな、怖えのは人間さ。さうで無くても蛸仙なんて言ふ化物がウロウロしてゐるんだからな、ハハ。
おりき　アッハハ。
笑ひながら、その邊の小枝をピシリピシリと折り集めてゐる。
仙助　化物はひでえや。
玉川　ひどくとも、さうだらず？　運送の人夫やってるかと思ふと、いつの間にかゼゲンで稼いでゐ、る、変な山あ當てこんで山師はやる、田地の千三

つ屋でござれ、選挙の運動屋でござれ……

仙助、へへ、そりやね、さうしなきや、俺だちみてえな者あ、食って行けやせんからね、吸ひ付きやすよ。へへへ、これで世間にや、小蛸も居りや大蛸も居るやうな訳合で、又、狸も居りや古狸も居まさ、お旦那の前だが、へへ、さうでやせう？、

（おりきがマッチをすって焚火をはじめてゐる）

玉川、ハハハ、遠慮するな、私のことを古狸とみんなが言ってる事あ、知ってるよ。それ位、知らなくて、懸會や農會で仕事はやれんさ。ハハハ、すると化物同志と言ふ譯か。しかしなんだぜ、お前もあんまり変な事あ、しない方がいいぜ。こんな山奥なとこにゴソゴソもぐり込んで逃げかくれするなんて、化物にしちや往生ぎわが悪る過ぎやせんかい？、

仙助　だって俺あ、へえ、たゞ、山歩きが好きなもんで、こうして――

玉川　四五日前から、下の駐在が、しきりにお前を捜してゐたぞ。

仙助　へえ……。

玉川　米の闇取引を、お前、やったそうぢやないか？、

仙助　へ？　米の闇――？、

玉川　よっぽど大きくやったのか？、

仙助　……へえ？、駐在がさう言ってやしたかね？、

玉川　白っぱくれちや、いかん。

仙助　白っぱくれやあ、しません。けど、変だなあ、

玉川　何が変だ？、駄目だよ、いくら山ん中へ逃げ込んで見たって、いつまでもかくれて居られるもんぢや無からう。どうせお前の事だ、米の闇と言っても、たかだか一俵か二俵づら？、大した事にやならんから、サッサと帰って名乗って出るんだな。

仙助　駐在は、ほかに何にも言ってゐやせんでしたかね？、

玉川　ほかに？、……すると、ほかにも何かやらかしたのか？、

仙助　へえ、いや、そんな事あ無えです。へへ、とんでも無え！

玉川　……いいかげんにしたがいいぞ、お前も。なあ、ばさま。

おりき　さうでやす、今にロクな事あ無え。子供等が泣かあ。

サダ（落葉を踏んで右手から戻って来る）あい。
……（焚火の上に三叉を拡げ、やかんをかける）もう、窯出しってもよからず、ばさま。煙が、だようぶ、薄くなって来たぞ。

おりき　おいよ、茶でも飲んだら、やるかな。……（藤堂に）お前さまも、此處へ来て一服さっし。

藤堂　はあ……（焚火の方へ寄って来る）聞いちゃ居たが、なるほど、チョット陽がかげると、冷えますねえ。

おりき　佐久の三月鼻曲りと言はあ。まだまだ、これが二月三月となると、働いてゐても鼻の先からキューンとしみて来やすよ。

仙助　……玉川のお旦那、しかし、なんでやすねえ、だんだん、この、面白え世の中になって来やしたねえ、へへ、さうぢやねえでやせんかい？、

玉川　なにが面白いんだ？、そりや、お前みてえな、コソコソと世間の裏を歩きまわって、ちっとでも儲けになりそうな事件と見りや鼻あ突込んで、へばり附こうと言ふ連中にや面白くなって来たかしれんが、わしらのやうに、なまじ、ちっとばかし財産が有ったり、公けの仕事なんぞにかかりあつてゐる人間は、から駄目だ。近頃の、この、地下のもんの鼻息なんてもなあ、荒くなったのなんのって！

仙助　へっへ！　さうでやすかねえ、俺あまた、お旦那あたりは、こんな事になって来ると、色々とうまい話が出来て来て、面白づくめでこたえられねえ筈だと思ってゐやしたがねえ？、現に供出米の事ぢや供出委員會の方で、だいぶうまい話になってゐると言ふ噂さなんども有りやすがねえ？、

玉川　うまい話？、うまい話とはなんだ？、おい蛸仙、お前さっきから変に奥歯に物のはさまったやうな事ばかり言ふが、何か言ひたい事が有ったら、もっとハッキリ言ったらどうだ？、聞こうぢやないか！。ほかの事ぢや無えぞ、米の供出に就て、供出委員会でしてゐる事を妙な風に見られちや、わしら、これで責任上黙っちや居れんぞ。、

仙助　そ、さうぢや無えですよ、そ、そんな、お旦那、難くせを附けるのなんのと、そんなわけぢや無えですよ。俺あ、なにも――言葉が過ぎたら、ごかんべん願ひやす。俺あ、へへ……たゞ人がなんだかんだと言ってるもんで、チヨットその――、

玉川　人の事ばかり気にして無えで、ちつとはウヌがみじんまくでも考へたらどうだ、お前も?、今度もだ、どれ位の商米扱つたか知らんが、わしが町へ帰つて、これこれで猪仙に逢つたと言やあ、どうなるんだ、え?、

仙助、そ、そんな、お旦那、そんな、ねえ、腹あ立てねえで下せえよ。俺あ、なにも悪気が有つて言つたんぢやねえですから。へえ、つい、口が軽いもんで、ペラペラつと、つい飛出しちまつて。へへへ一旦那か、お旦那、おわび申しやす。

玉川、わかりや、いいさ。いいけど、軽口たゝくのも事に依りけりだぞ。供出の事なんぞお前、今方々でゴタゴタして問題になつてゐる最中なんだから、それに就てへたな事を言ふと、えらい事になる。なあ、ばさま、さうだらう?、

おりき　（茶を入れながら）あい。……だども、なんでやすねえ、供出と言ひば、こないだも実行組合の世話役だちで話し合つたが——農會でお旦那家が割当て決めて下さるのはありがたいけど、とれ高が何俵で年貢がいくら、世帯が何人で、かゝりがこれこれ、そのほか、軒別の割当てを決めるに就いちや、なかなかめんどうな事が有るが、そんな事を、みんな俺達の目の前で——つまり、おゝっぴらに俺達に知らせて、どうしてやつて下さらねえづらね?、みんな、さう言つてやした。お旦那家と、わしらとでは暮しが、まるきり違ひやすからね、細けえとこにや眼が届かねえのはあたりまへぢやから、その何とか員、供出の委員會か、そいつに、村の、……左様さ、地下《ぢげ》の百姓を、なぜ入れねえかね?、

玉川、そりや、ばさま、そりつは、ばさまの前だが、そんな簡単には行かんよ。これまでのしきたりが有る。永い間のしきたりを急に変へたりすると、かんじんの供出の成績がパッタリになつてしまふ。

おりき　さうでやすかねえ?、永い間のしきたりと言つても、そいつが、まづいと判りや変へちまつたらどうでやす?、

玉川　だけどさ、地下のもんが供出の割当てをやるとなると、どうしても公平にならん。数から言やあ、小作や小さい田地持ちが多いからね、どうしても、そつちの味方をして、この、公平を欠くことになるでね。

おりき　だから、お旦那衆の方からも出たら、ようがせう。そいで、よく相談してやったら、えゝ。第一、小作や地下のもんが、そんだけ多数なら、多勢のもんがうまくやって行けるやうに事を運ぶなあ、あたりめえで、そいつが公平にならんと言ふのは、俺にや、のみこめやせん。

仙助　へへへ。

玉川　そりやお前、無茶だ。世間は、そんなもんぢやない。世間で、お前、十だけのものを持ってゐる者あ、それだけのわけが有って持ってるんだ。三だけしきや持たぬ者あ、やっぱしこれで、自分が怠けてゐたとか先祖がへであやったとか、ちやんと、それ相當の理由が有って三つだけしか持てねえでゐるんだ。そこんとこのケヂメはちやんと附けとかん事にや、国家社会の、この秩序と言ふもんはメチヤメチヤになる。秩序と言ふもんはだなー、わかるかね、ばさま？、

おりき　チツシヨウかい？、

仙助　ハハ、へへへ。……俺あなんにもわからねえ人間ぢやが、ばさまの言ふ事が本當だと思ひやすねえ、大體此處いらぢや、十人の中で九人迄あ貧乏百姓で、あとの一人か二人しきやお旦那衆は居ねえもん。地下の者やドン百姓の為めに計らってやる事が、その、秩序をさ、乱すなんて言ふ事あ無えなあ。へへ、お旦那衆に都合の良い秩序は、そりや乱れるか知らんが、この、此處いらの、つまり国民の秩序は乱れやしないよ。却って、うまく行かあ。へへ。

玉川　生意気な事を言ふな！ 現に乱れてゐるぢやないか、お前みてえなナラズもんが悪い事をして、こんな山ん中に逃げ込んで来てゐるのを、こうして大目に見のがして置いとくとだ！ まっとうに働いても、貧乏で困る人間が言ふなら、まだ知らぬこと、お前なんぞが、どのツラさげて、そんなアゴタあ叩ける？、 うん？、 お前達のしてゐる事位、何から何までチヤーンと知ってゐるぞ！

仙助　……。 へへへ、そりやあね、なんしろー

玉川　チヤーンと知ってるぞ！ 言ってやらうか？、

仙助　へへ、そんな、お旦那！ へへへ、そんな殺生な……俺あ、好んでしてゐる事ぢや無えんだからのし……へへへ、そんなー、

玉川　此處で言ふのが悪るきや、町へ戻って、出るとこへ出てって言はうか……うん？、

間……

おりき　……あい、お茶がへえった。おあがりなんし。

玉川　やあ……。

おりき　あい。

藤堂　ありがたう。

おりき　晝めしは、お前さま、すましたかえ？、

藤堂　食べました。

一同、熱い茶をすゝる

おりき　……さあて、窯の口、開けるかな、サダ？、

サダ　あい。

仙助　……へへへ、どうもなあ、さう言はれりや、一言もありやせん。へへ、しかしねえお旦那、自分で好きこのんでしてゐる事ぢや無え、みんな、この、暮して行けねえもんだやから、へえ、悪いと知りつつ、……いえさ、へへ、善い悪いなんて事あ、俺なんぞにや、なんの事やら、わからねえからね。まあ、なんとなく、この、命をつないで行けそうな事なら、行き當りばったりだあ、へへへ、やってゐやすよ。なさけねえもんでやす、全く。だから、お前さま、國民精神總動員とあれば、役所のお先棒かついで驅け廻ったしね、田地の賣買とあれば、歩きまわって鞘を稼がしていたゞく、そのほか、なんでやりやす・善いの悪いのと言つたとて、とにかく、そんな仕事が有るんだやもの。俺なんぞがしてゐる事あ、下っぱの下っぱの、たとへて言ひば、落穂う拾ってるやうなもんづら。それが悪いと言へば、ゴッソリ刈取って持って行く人達こそ調本人でやすからねえ、悪いと言ひ立てゝ見りや……いえさ、話がでやすよ、だらず？、へへへ、……ねえ、お旦那、去年の暮にお旦那から頼まれて、赤嶽の奥から甲州の方へ材木積み出した時だって、道あ悪えし、馬あヒヅメはがしっちまう、第一、お前さま、いくら用心しても、いつなんどき山林区の役人に出くわしやしねえかと思ってさ、ビクビクもんだ。へへへ、そいで、お前さま、あんな思ひをしても、たかだか一車で何二十両だやもん。へへ、善いの悪いのと言って見たって……俺が悪いもんなら、へへ、その、へへ。

玉川　そんな事を今言ひ出して——すると、なんだ

仙助　な――？、へへ、出るとこへ出て言ふなんつ、お旦那がおつしやるからよ。出ろと言ひば、俺だつて、仕方無え。どこへでも出やす。そいでまあ、はたかれりや、おいねえから、うぬのした事あ、した事だから。そりや、言はざならねえ。つまり、それを言つてゐるのでやす。こうして、目え開いて、耳あ聞へるからね。うぬが目で見たり聞いたりした事あ、喋らねえわけりや行きやせんからね。早い話が、海の口の崖下の栄次郎んとこの腐れ倉の地下室でやすねえ、へへへ、あすこいらあたりに積んである米なんてもなあ、へへ、誰のもんだか知らねえけど、へへ――

玉川　そいぢや、あれを、――どうして見た？、

仙助　へへ、へへへ、いえさ、誰のもんだか、俺あ知らねえですよ。しかし、あんだけの俵数の米がいまどき、ゴツソリあつしてしまひ込んであるなあ、いづれお前様、まつとうな筋のもんぢや無え事あ誰が見てもわかりやす。へへ、たゞ俺あ、なにも、だからつて、うぬの方からシヤシヤリ出て喋りちらす事あ無えからね、黙つてるまでだ。へへ、だらず？、

玉川　……私を、お前、脅かす気か？、

仙助　と、とんでも無え、そんな、お旦那！。あれが誰のもんだか、知らねえと言つてるぢやありやせんかい。へへ、そんな、へへ、へへへへ。ハハ……たとへ、知つてゐたとしてもだ、なにも、此の俺が、経済警察の役人ぢやあるめえし、へへ、自分から喋り立てても、なんのトクにもなる事ぢや無しさ……たゞ、出るところへ出るだなんて話になつたから、たとへ話に俺あ……へへへ。

玉川　……そうか！　お前が、そんな風な出方をするなら、――よからう、ようし！……ホエヅラをかくな、後で！。

おりき　（焚火をいぢりながら聞いてゐたのが、ユツクリと立上つて）なんか知らんが、口喧嘩あ、よさつし。ハハ、どれ、やるかな。サダ、来う！

サダ　あい。

藤堂　僕にも見せて下さい。（木株に腰をかけ、まさかりの刃に指を持つて行つたりして、玉川と仙助の口論を聞いてゐたのが、これも立つ）

おりき　だども、炭のホコリで真黒になりやすよ。

藤堂、いいんです。（先に立って歩き出してゐる）

おりき（右手へ行きながら）玉川のお旦那、窯開けだけ済まして来やすで。

玉川、えゝとも、ばさまにや、ほかにも少し頼みがあってな。

おりき　ぢきだあ。チヨックラ、ごめんなんし。（右手へ降りて行く）こらこら、サダ、そんなに駆けるな、ぶっ転ぶぞ。野郎！ハハ！　こら！（右手下方からサダの明るい笑聲）

間……

玉川、……おい蛸仙、……お前、ホントに見たんだな？、

仙助、……なんでやす？、

玉川　栄次郎んとこの倉をよ。

仙助　……いえ、俺あ別に——、

玉川、どうして、……なんで、あすこに入ったぞ、どうして入れた？、

仙助、へへー、そんな、何も、ハッキリ見たって俺あ言ってや……へへ、まあ、いいぢやねえですかい。俺あ、なにも……その、そいだから、どうのこうのすると言ふわけぢや無えんぢやし……いいですよ、まあ——、

玉川、よく無えよ！男らしく無えぢやないか、見たなら見たとハッキリ言ったらどうだ？、

仙助、そ、そんな事言ったって、お旦那の前だがハッキリ言へと言やあ・そら、言ふがね、そんな事したって、なんになりやす？、へへへ俺の見た事を一々ふれ歩いてゐた日にや、キリが無え。戦争中ここいらの良い衆のしてゐた事を一つ一つ言ひ立てたら、お旦那の前だが、へへ、キズの附かねえ人は大方、一人も無えづら。へへ、此處の村長さんから村の議員さんだち、町の町長、助役、配給係り、そいから警察のえれえ人達、そいから、次々と上の方まで洗ひ立てゝ行ったら、へへへ、まるでへえ、あらかた、腹の痛え衆ばっかりだらず。……自分の権利々々で、それぞれ勝手にうまい事やってら。へへへ、俺あ蛸だあ、あっちこっちに手え伸してゐやすからね、大概の事あ知ってゐやすよ。だからまあ見たとも言へるけど——とにかく、なんでもかでもさうなんぢやから、これが、あたりめえと言へばあたりめえでやすからねえ、見なかったと言へば、へえ、何一つ見なかっ

かったとも言へるしね……へへへ、今更、かくべつの事あ無え。
玉川、……よし、お前、いくら欲しい？、
仙助　なんでやす？、
玉川　だからよ、見なかった――と言ふ事にしてだ、さうだ、――つまり、なんだ、それを見なかったと言ふ事にしてだ、いくら欲しい？、
仙助　へえ、おや、やっぱし、あの米、お旦那のだね？、
玉川、さあさあ、なんでもいいから、話あ早いとこにしようぢゃないか。
仙助　いいですよ。言ひ立てゝ見たって、なんのトクにもなるぢゃ無し……へへ、見なかった。俺あ見なかったですよ、へへへへ。
玉川　サッパリしねえなあお前も。だからよ、だから、こりゃ私のホンの心持だから――
仙助、金あ要らんですよ。それよりもねえお旦那…へへ、その、駐在の松本さんなり、町の、もっと上の方の人にさう言って、お旦那の方で、なんとか俺の事、なんとかこの、目こぼしにしてくれるやうに、へへへ。
玉川　なあんだ、早くさう言やあいいに。いいとも、たかゞチットばかりの米の闇位、私が簡単にもみ消してやるよ。ハハハ、それ位お前、ふだんから何のためにあの連中、餌さあおろして飼ってあるんだ。ハハ、案外お前も気が小さいなあ、いいともよ。
仙助　違ふんだ、違ふんだお旦那！　米の闇だけんど、いいえ、その方も一つお頼みしてえけどね、それよりも、へへ、これでやす、これだあ。
玉川　え、鼻がどうかしたのか？、
仙助、やってる所へ踏ん込まれやしてね。
玉川、あゝ、花ばくちか。
仙助、へへへへ、顔見られちゃったからね。現行犯だもん。町の仲三なぞと、へへ、なにしてゐやしたけどね、俺だけあ、三度目でやすからね、こんだあ、下手あすっと本式にくらひ込みやす。
玉川、なんだ、さうか！　そいでお前、こんな所に逃げ込んで来てゐたんだな？、
仙助　へへ、もしそんな事にでもなると、俺あまあいいが、餓鬼共が路頭に迷ひやすからねえ、なんとか、そこんとこ、よろしく頼みやす。

玉川　全體、どこでやらかしてゐたんだ？、

仙助　粂次郎の倉の地下室で、へえ。そこいもつて来て、どうして知りやがつたか、出しぬけに、この――

玉川　はゝあ、そいでか！　そいで、お前、あれを、見たんだな。さうか！

仙助　あんな、くされ壊れた倉の、誰一人近寄りもしねえやうな所だもん、まさかお前さま……いや、お旦那もうまい所を見附けやしたねえ！

玉川　そいで、あれに気が附きはしまいな、その連中？、

仙助　そりや大丈夫だ。あんだけの丸太を積んだ下になつてんだからねえ。俺にしたつて、踏ん込まれて、びつくらして粂次郎と二人でムチヤクチヤに丸太の間くぐつて、丸一日しやがんでゐてさ、俵あギツシリ並んでゐるもんで、なんだと思つて根掘り葉掘り粂次の奴に聞いて、知つた位でやすからねえ、大丈夫でやすよ。……次の日の、暗くなつてからソーッと抜け出して、それからこつち、こうして山林小屋にかくれてゐやした。へへへ、てつ、冗談もんだあ！

玉川　……さうか。さうするちうと……

仙助　一つお頼みしやすよ、その、お旦那の方で……頼みやす。

玉川　ふむ、……（考へてゐる）

仙助　お願えだ。なんしろ三度目でやすからね。へへ、ハッキリされるつうと、事だ。ねえ、お旦那！

玉川　……よし、引受けた。私がうまいこと運動して、お前にや手を掛けさせねえ事にしてやらう。しかしだな――しかし、その代りだな仙助……代りと言つちやなんだが、あの米をだな、甲州の長坂まで運び出すのを、お前、引受けてくれんかて、

仙助　……へえ。……直ぐにかね？、

玉川　うむ、そりや早い方がいい。しかし、さうだな、いや、お前の事件のホトボリが冷めてからの方がよからう。言ふまでも無えが、絶対に知れねえやうにだよ。絶対だぞ！　知れると、私もお前も、えれえ事になるからな。

仙助　へへ、そりやお旦那、そこに抜かりは無えですよ。長坂でやすね？、

玉川　一俵につき五十両づゝ張りこまうぢやないか。

仙助　五十両でやすかい？、そいつは、可哀そうだ。

お旦那、せめて七十兩は出して貰はねえぢやー

玉川　まあそれでやってくれ、悪いやうにはしない。後は後で又うめえ仕事が絶えねえやうにしてやる。実あ、今日此處にやって来たのは、耕地拂下げの事と、そいから実は、大阪の方の銀行方面から大口に頼まれてな、此處らの山で焼いてる炭をソックリ買ひ付けたいと思って来たんだ。それにや此處のばあさんを先づ陥落させて、それから、はあさんの手で此の邊一帯の炭を集めさせりや、わけあ無えからな。なんしろ、人望がある、この邊の奴等あ村長さんの言ふ事あ聞かねえでも、此處のばあさんの言ふ事なら聞くと言ふからなあ。なにがなんでも、取込まないぢやならん。

仙助　へえ……だども、うんと言ひやすかねえ？、ボケてるやうだが、あいで、まだまだ、じやうぶ、しぶてえはさまだから——

玉川　なあに、攻め道具は揃ってら。へへ。まあ見てゐな。そいでだ、買付けが濟めば、一時どっか山ん中にでも隠し置くか、はじめから運び出すかしなきやならん。そいつを、どうだ、お前に一手に引受けて貰はうぢやないか。いや、さうなりやなにもお前が一々運送引っぱる事あ無い。人夫をお前の手で集めて、そいつらに働かしといて、お前は監督だけすりやいい。つまり坐ってゐて儲けられるんだ。

仙助　へへ、どうも　話あ結構でやすがねえ——

玉川　此處まで打明けて話した上は、私も真剣だぞ　いやならいやでいいが、しかし今更お前が下手に足掻くと、チットばかし、手荒い手段を採るからな。それは承知してゐて貰ひてえんだ。

仙助　いえ、そりや、いやだとは言はねえけどさ、その、警察の方は大丈夫でやすね？、　大丈夫、うまくもみ消して——

玉川　大丈夫だよ、安心してゐな。ハハ、お前なんぞ此の私が、此處らのいろんな顔株の連中に、どこまで網を張ってゐるか、よく知らねえんだ。ハハ、こいで、私あ次の總選挙にや立候補するんだよ。なに、チヤンと當選して見せる。そん時あ、お前なぞにも、運動員になって貰ふ。さうなりや、お前も押しも押されもしない、立派な顔になれると言ふもんだ。

仙助　へへ、さうでやすかね。どうも——

玉川　しかしだ、こうなれば、くどいやうだが、そこまで組んで行くことになりや、もうへえ、一蓮托生だぞ。どんな事があってでも一人勝手に寝返りなんかさせねえぞ。いいな？、千曲川の淵あ、いくらでも有る。変なことをすると為めにならんよ、

仙助　へへへ、へへ、そりや、そんな事、俺あしねえけどさ、お旦那の前だけんど、いざとなって、お旦那の方でだ、そんな奴あ俺あ知らねえで、ポイと放り出したりしやしねえでせうねえ、それだ俺が気になるなあ、ねえ！　へへへ。

玉川、此方も洗ひざらい、ぶちまけて有るぢやないか。萬一そんな事がありや、お前だって黙っちやゐまい？　一蓮托生つてのは、そこの事だ、大丈夫だよ。

仙助、しかし大どこにや大どこで、俺達にや無え逃げ手も有りや、かくし札も有るんでやせうで、へへ　第一、いよいよとなりや、その、今言った千曲川の淵と言ふ奴だ、だらず？、

玉川　ハハ、そりや、たとへだ、心配するな、大船に乗った気でゐな、ハハハ。

仙助、へへ、とにかく、ぢや、頼みやす。へへへ、なんせ、俺だちみてえなチッポケなもんは、何につけても、しやう無えや。

玉川　ひがむな。これで、大きくなりや大きくなるで、お前等にや無え苦労が有らあ。頭あ使ふしな、おかげで、こんなに禿げたよ。可哀そうに、いくつだと思ふ、これで。

仙助　へへへ、へへへ。

玉川　ハッハハハ。

　笑声の中に、おりきが、手からスタスタあがって来る。

玉川、ばあさん、来た、炭のことうまくやるから、頼んだよ。

仙助、へい。へへへ。

おりき　お待たせしやしたよ。……（後の谷へ振返って）サダあ、あんまり急いで出して折らねえやうにしろう！。（サダの声が「おいよう、わかってゐるよう！」と答へる）……どうしやした？、

玉川、ハハ、なにさ、わしらなど近頃、あんまり苦労が多くて頭あ禿げちやったって、笑ってゐたとこだ。

おりき　ハハ、しかしお旦那なぞのお大盡が頭あ禿

げるだら、わしらと来ちゃ、まる坊主になってなきゃなりますめ。
玉川　さうかねえ、そんな事あ無いだらう。近頃の地百姓の家なんて、食ひ物あ有るし金は溜ってるし、それこそ盆と正月が一緒に来たやうなもんぢやないのかねえ？、町場のもんはみんなさう言ってゐる、町の者が食ひ物に詰ってゐるのを尻眼にかけて自分さえ困らなきゃ知らんふりして、白米たらふく食ってゐる――
おりき　へえ、おら達がゝね？、
玉川　ばさまあどうか知らんが、一般のこの百姓がさ。腹の底から、うらんでゐるよ。
おりき　そいつは、違ひやす。たまにゃ、強慾な、アコギな事をしてゐる家も居るにゃ居るども、大概は、ほかにしやうが無くて、仕方なしに野菜など闇で売ったりしてゐる者ばっかりだ。さうぢゃねえかえ？、ぢか足袋一足買っても百五十両なんつする。種物も農具も肥料も、着もんも、何から何まで闇だ。いけねえと知ってゐても、そいつを買はなきゃ百姓はやれん。買はうと思ゃあ、どうで百姓だ、ほかにしやうは無え、作物《さくもつ》は闇値で売って金作るだ。すると町の衆は町の衆で、そんだけ高え作物買って食って暮してゐれば、金うんと要るから、足袋も農具も肥料もウンと高く百姓に売りつけねえば、立ち行かねえ。グルグル、グルグルと、はてしが無え。つまりが、じゆんぐんこうだ。……俺あ、四五年前に、ぢやうぶ混んでゐる満員の汽車に乗って、えれえ押されてね、死ぬかと思った事がありやす。つまり、あれだあ。誰も、へえ、人の事押してえと思って押す人間は一人も居ねえ。だども、後ろから人に押されるから、仕方なくて、前の人を押すだ。みんなが、さうよじゆんぐんこうだ。考へて見ると、人間なんて馬鹿なもんだ。一人々々はかしこい人でも、たくさん一緒になるつうと、人間なんつ、へえ、馬鹿なもんだ。
玉川　満員列車か、ばさま面白え事を言ふねえ。ハハハ。……ところで、ばさま、炭あ近頃どうだな。？、
おりき　炭かや？、　焼いてゐやす。
玉川　いえさ、景気はどんな具合だね？、去年の暮の値上げで、だいぶ儲かるやうになったづら？、

おげき　左様さ、それまでの倍近くの公定になりやしたからね、だいぶ楽にやなったけど、そんでも此處らあ大概雑木だからなあ、十五キロで八圓つうから、たかゞ知れてやす。そこいもって来て、ぜんは窯前の売り買ひだったのが、あれから此方、一々板橋の山元まで運び出さなきやならんくなつたでね、手間あ見てると、先づ、ぜんと似たやうなこんだな。第一、原木が高くなって、おいねえ、此處らの山でも、入札の値が、せんの倍だ。取る金が多くなりや出る金も多くなりやす、ハハハ、やつぱしこいつも満員列車で、どっちせ働いてゐるもんのふところ具合は相変らずだ、ピーピーしてら。

玉川、さうかねえ。そいでゐて木炭不足で、あっちでもこっちでも大変だがねえ。もう少し、この、実際に炭を焼いてゐる連中のふところに利益が入るやうにしたらいいんだ。打つ手はいくらでも有るのになあ、今の役人なんて全く、大飯くらってボンやりばかりしてゐて、すべき事あ、何一つしないんだからね。

仙助、しかし、なんださうでやすね、炭一俵供出すると、米一合特配貰へるやうになったつうぢやないかねゝ、さうとすりや、こんで悪かあ無え。

おりき　役場ぢやそんな事も言ってゐたさうなが、この秋あ板橋だけで二十軒の餘も炭焼いてる内が有るが、米の特配貰ったと言ふ話あ、まだ聞かねえ。これから呉れるか知らんが、どんなもんやらね。これまでも、ぢか足袋くれるの、手拭ひ呉れるのと言っても、めった呉れた事あ無えからの、當てにしてると、とんだカスを食はあ。もっとも、無くとも濟む酒だきや、こないだ特配があった、ハハハ。

玉川、それだ、今どきの政府や役人のする事は！。しなきやならん肝心の手は少しも打たねえで、せずともいい小刀細工ばっかりしてるんだ。そのために、こんな事になってしまったのに、まだ眼がさめないんだ！。実際、なんと言ふ！。四等国と言はれても仕方がないよ。これぢや、なんの事あ無い、五等國六等國、いや、野蛮國だ！。こうなると、われわれ國民も今の政府の言ふ事ばかり聞いてゐると、今にどんな目に逢はされるか、わからん！。なあ、ばさま、さうぢやないかゝ、

もうへえ、闇はいけねえの何は悪いのと、そんな小さな事にこだわってゐると、百姓は肥料も手に入らねえで作物あ、あがったりになるし、町の者あ食ふ物なくなって、くたばってしまふぞ！。

おりき　左様さ、理屈あ俺達にやわからねえが、なんでもえゝから、なんとかして貰はんと、あっちもこっちも、へえ、バッタリになりやす。

仙助　炭なども、なんだな、買ひてが有ったら、國民相場つうとこで、ドシドシ売るだなあ。

玉川　どうだらう、ばさま、わしはチョット頼まれた先が有って炭を集めてゐるが、どうだえ、ばさまんとこの、わしに売ってくれんかな？、

おりき　おら所のをかね？、

玉川　それに、どうせそいだけぢや足りんから、その板橋の二十軒の炭を全部貰はうぢやないか。ばさまから皆の家に話をしてくれてさ。

おりき　へえ……だども二十軒からの炭となると、随分の数になるが、なんにしやす？、

玉川　そりやお前……ハハ、いや、何百俵でもえゝ、多きや多い程結構だよ。そいで、値段は窯前で十五圓と張込まうぢやないか。

仙助　へえ、すると、山元値段の倍でやすね？、窯前渡しで十五圓なら、運賃や手間あ見ないですむから、窯主あ、先づ三倍の儲けか。ボロイ。へへ、俺なども一つ運送など引っぱってるのよしちやって、炭焼きになるか。

玉川　お前などに焼けるもんかい。炭が。はじからクネクネひん曲ってしまわあ。ハッハハ。どうだえ、ばさまで、さうして呉れりや、ばさまにや口きき料として、取引高の五分づつ、天引きに拂はうぢやないか。つまり口銭だ。

おりき　俺にかえ？、ハハ、冗談もんだあ。

玉川　冗談であらすか、本気も本気――（内ポケットから、膨らんだ紙入れを出し、手の切れるやうな百圓紙幣の束を出して、パッパッと音をさせて勘定しながら）……話あ早い方がいいや、な、ばさま。此處いらぢや、ばさまが、こうしやうぢやないかと言へば、みんなウンもスウも無えんだからな、ハハ。……ばさまの堅い事あわしが知ってるから、證文なんか一切抜きの、信用取引と行こう。はい、今日は内渡しとして三千圓。さ！。

おりき　こんな銭を――俺がお前さま――そいつは

困らあ。
玉川　その中から、ばさまの炭の分やほかの家への内金や、ばさまの口銭、どんな風にしやうと、はさまに委せる。どうで直ぐに全部拂うから、そん時に清算するからな、まあ今日は一つ、気良く受け取ってくんな。
おりき　困りやす。俺あ、へえ――。
仙助　へへ、紙幣束あ貰って困りやすは、よかった。困りやすなら、ばさま、そこいらに、ぶっちやけてくんな。とんだお前、秋の信濃の山奥で、枯木に紙幣の花が咲くべし。
玉川　そいつを蛸が拾ひにかゝるか？、
仙助　図星だあ！
玉川　アッハハハハハ。
仙助　ハハ、ヘッヘッヘヘ！

その笑声に混って右手下の方から、サダの笑声。サダと藤堂があがって来る。サダは眼だけを出してスッポリと頭と顔の全部を包んだ手拭を取りながら、

サダ　フッフ、ホホホ、ハハ。
藤堂　なんです？、
玉川、さて、話あ出来た。な、ばさま！
おりき　どうも、へえ――。
仙助、そいつは、しまひなんし。ふところに入れて喰ひ付きやしめえ。さあさ！
サダ　フッフフフ。
藤堂、……僕の顔が、どうかしたんですか？、
サダ　あれさ！。そんな、こすり廻すと、ハハ、尚のこと真黒になりやすよ。あれまあ、見なんし、言ってるそばから真黒だ。
藤堂、ハハ、いやあ、いいですよ、いいですよ。
おりき　ふわあ、まるで、へえ、おびんずる様だ。アッハハ、言はねえ事おや無え。窯あ開けるのに面あむき出しだや、たまったもんであらすか。サダもまた手拭でも貸してあげりや、いいに。気の利かねえ。
サダ　だって、おらの一つしか無えもん。……デッとしてゐなせ、はたいてあげやすから。

手拭で藤堂の顔を拂ってやる

おりき　待て待て、下手あすっと眼にへえる。どれ、手拭おらによこせ。
サダ　あい。……ばさま、それ――？、

おりき、うむ、こりゃ—（と、無理に渡されて手に持ってゐた紙幣束に眼を落す）—え？と……こいつは困りやすから、どうぞまあ、そちらへ—、

玉川、もう、なんにも言いっこ無し。ハハ、くどい話あ、わしは生れつき嫌ひでねえ、アッサリしやうぢゃないか、ばさま。

おりき　困ったの。……俺あ、へえ、こんなもん渡されても、どうも—

仙助、此処だけの話にすればよからず、ばさま。働いてる者あ、こんだけだ。なにもさう、しちっ堅い事言はずとも—そんな、話のわからねえばさまでも無えづら、よ！

おりき　おらんとこぢゃ、供出に出しやす。ほかの家はほかの家でどうするだか—そりゃお旦那の方から話して見て下せえ。

玉川、……さうかい。しかし、供出なんかに出してゐたんでは儲からねえと、先刻はさま自分で言ってたぢゃないかね？、

おりき　へえ、儲かりやせん。

玉川、そんなら、なにも、みすみす意地を張ることたあ無えと思ふがなあ。

おりき、ハハ、儲からねえのは、今に始まった事ぢやありません。戦争中も、今こんな事になって来ても、まるっきり同じだあ。

仙助　だからさ、少しはこの要領よくやって、儲けたらいいぢゃねえかい。

おりき　ヨーリヨウかや？、ヨーリヨウたあ、なんだえ？、

仙助　わからねえなあ。だってさうぢゃ無いかばさま、俺達コツコツ働いてる人間があったあこの、利益を掴んでだな、少しは良い目も見るなあ当然だらず？、また、さうなってもいい時代になって来たんだあな。

おりき　そりゃな、良い目は見てえよ。……だども、蛸仙なんつ男が、そったら事言ふのは、チヨッドへんだぞ。お前、なによ働いてるや？、一月に三日か四日運送引っぱるあとは、ヨタかチヨボイチ働いてるづら？、

仙助　かなわねえな、このばさあ！　そんな、そんなお前—、

おりき　アッハハハハ、第一、ぬしあ、急に玉川のお旦那の加勢するが、フフ、するつうと、なんか

この良い目の話が出来て、お旦那のゼゲンも働くかやて、

仙助　チッ、この、くそばさまあ！。

おりき　おゝよ、このばさまあ、クソでもミソでも掴むがな、こんなもん掴むなあ、あんまり馴れてねえ。ハハ、この銭あ、どうぞまあ、そちらへ。

玉川　……いや、お互ひに呆けるのは、いいかげんにしやうぢやないか、ばさま。私あ、まじめな話だ。あとあとも、決して悪いやうにはしねえ。現にだな、耕地の拂下げを受けるにしたって、あれでいくら安いと言ってもニ千や三千はどうしても要る。そりや、それ位の金あ、チヤンと有るにや有るだろうが、そりや又それで、有って邪魔になるもんぢや無しさ。

おりき　へえ、俺んとこぢや、銭あ無え。

玉川　そんなら尚の事ぢやないか。いよいよ拂ひ下げだ、銭あ無い、では、どうする気だね？、え？、私あ、ひとごととは思へねえから、心配してゐるんだ。どうするんだな？、

おりき　ハハハ、そん時になりや、なんとかなるべし。拂ひ下げの田地あ、どうで畑かタンボだ、まさか、あすこへ御殿ぶったてるわけぢや無え。畑かタンボなら、へえ、どう轉んだとて、どっかの百姓が物う作るんだ。心配することあ無えよ。

玉川　だからさ、そこを私あ言ってるんだ。耕地だから、それを実際に於て耕作する農家の所有にしたいと思ふのは、こりや當然だ。だからさ、その農家にとってどうしても必要な田地を買取る金をだね、何とかして作らうと言ふ場合にだね、その農家の生産物、つまり米、麥、野菜、それから此の炭などをだな、應分の代金―つまり時價で賣って金を拵へると言ふのは、こりや、やむを得ない、當然の事であって、誰に對してもはゞかる点は無いと、私は信じてゐる。大體、こんなインフレになってだ、諸物價があがってゐるんだ。それを少しも考へないで、役人が机の上で決めた公定價額を、たゞ一方的に守らせやうと言ふのは、こりや無茶だ。いいかね、ばさま！。それよりも、そのインフレそのものを何故おさへやうとはしないんだね？、そいつを放っといて、或る種の物資の値段だけを、おさへやうとしたって、そりや出来ない相談だ。大體、政府のやり方なんてものは、

まるでもう、一から十まで成って無いんだ。縣の當局にしたって同じこと！。あれもいけない、これもいけないで一切合切を法律や法規でがんじがらめにして、そいつを守らうとでもしやうもんなら、忽ちあっちこっちと突當って、手も足も出なくなる。國民はお前、なんにもしないでポカンとしてゐた末にかつえ死んでしまふほかに仕方がなくなってゐるんだ。もうへえ、私等國民は、今の役人なんつもんを信用するわけにや行かんのだ！さうだらず、ばさま？、　わかるかね、私の言ふ事？、

おりき　……、そんなもんでやすかね？、

玉川　さうなんだよ！。もう、こいだけ役人からだまされりや、もうへえ、たくさんぢやないか！早い話が米・麥の供出だ。戦争中、勝つためだ勝つためだと言ふんで——飯米までゴッソリ供出して來た。それがみんな噓だったんだ。私等あ、だまされてゐたんだ。こうやって散々に敗けちまって、やっとそれがわかった。さうだらず、ばさま？、（先程から切株に腰をかけて此の場の話を聞いてゐる藤堂が、下を向いたまゝだが、次第に気持をつかれ、無意識に足元の小枝を取ってはピシリピシリと折ってゐる。その段々に青く緊張して行く横顔を、サダが落葉を焚火の方へ掻き寄せながら時々見る）

おりき　左樣さ、だまされてゐたらしいな。だども、それもしようあるめえ。俺達の方も、へえ、だまされる程の阿呆だったんぢやからな。ハハ、第一、戦争つうのは、人間と人間が殺し合う仕事だらず？、殺し合ふ仕事をおっぱじめたのぢやもの、そのために人をだます位の事はヘッチヤラですべ。今更だまされたと言ひ立てて腹あ立てる事あ無えづら。人をだますのは、いくさの定法ぢや、腹あ立てるなら、第一にいくさをおっぱじめた奴に立てるがえゝ。

玉川　だからさ、だからこの俺達ただましてだ、事実を俺達から隠蔽して、戦争を始めた奴がゐるんだ。ゐたんだ。今でも居る。つまり、こうなってからまで、自分はヌクヌクと坐り込んで、やれ同胞愛だの、新日本建設だのと、えらそうなゴタクを並べて、この上俺達をだまそうとしてゐる連中だ。ね！　そんな連中の言ふ事をヘイコラ聞いて

ゐる事は無いと言つてゐるんだよ！

おりき　……だども……だまされた、だまされたと言ふが、お旦那あ、いつ、だまされやんした？、

玉川　そりやお前、いつのかつのと言つたつて、戦争中ノベツぢやねえか。一から十まで、だまされて来てるんだ、われわれ農民は。

おりき　そすかねえ？、しかしお旦那あ、地主さまのお大盡だあ。ノーミンと言いやしても、鍬あ握つて百姓なすつた事あ無えづら、ハハハ。

玉川　そりや、そりやお前、私の言ふのはだな、自分一個の、この、狭い立場から、この利己的に言つてゐるんぢや無くて、私もこれで農村に住んで多くの農村の指導をしてゐれば、農民大衆の立場に立つて、農民の生活のために考へるのは當然ぢやないか。つまり、それを言つてゐるんだ。即ち、だからだな、もうへえ、米麥にしろ炭にしろ、國民相場で売るのは、農民として當然なことだし、第一、さうしないぢや、農村は立ち行かなくなつてゐる。私は心から心配して言つてゐる事だ。

おりき　ハハ、心配して下さるのは、かたじけねえが、俺の[illegible]ぢや、米麥も炭も野菜も闇で売つた事あこれまで一度も無えけど、チヤンと立ち行つてゐやすがねえ。

玉川　ぢや、どうしても不承知なんだね？、日が短いんだ。それに私がわざわざこうして来てる。不承知なら不承知で、私にも覚悟があるんだから、ハッキリ言つて貰ひたい。

おりき　左様さ、俺もこれからまだウンと原木切り出さねえぢやなりやせん。日が短かくなつて困りもんだ。ハハハ、少し薄暗くなつて来ると、俺なぞのモーロクまなこだと、木の根つこ切りつけたつもりで石つころねらつたりしやす。ハハハ、もうへえ、こう年い拾つちまつちや——

玉川、（相手の言葉をたち切つて、怒鳴る）黙らんかいッ！……おとなしく相手になつてゐると良い気になつて、そらッ呆けてばかりゐる！。甘く見るのもいいかげんにしたらどうだ。私を誰だと思つてゐるんだな？、

おりき　……へえ？、

仙助　全くだ、へえぢや無えよ、ばさま！。お旦那がこいだけ御親切に言つて下すつてゐるの、わからねえわけぢやあるめえ？、なにも、いやなら、

いやでいいから、そんなヌラリクラリとお前、意固地なことばかり言ふ事あ無からう。俺あ――

藤堂　どう言ふ事なんですか？、差出がましいやうですが――

仙助　お前様あ黙ってゐて下さいよ。

藤堂　しかし――（内心の怒りが眼を光らせてゐる。ハラハラして思はず立上るサダ）

仙助　しかしもヘチマも無えんだ。なあ、はさま！　玉川のお旦那が此處までおっしやると言ふなあ、これでなんだ、よくよくの事でやすよ。だかずて、ばさまも大概、いいかげんにしたら、どうだや？、俺などが、よけいな口を利くやうだが、こんな事で、今後お前、何かにつけてだ、現に拂ひ下げの一件にしたってだ、まづい事になってしまふと気の毒だと思ふから、俺なんぞもこんな事も言ふわけよ。だらずて、ばさまよ！

その顔と玉川の方を心からの憎悪をこめてサダが睨んでゐる。

間……

おりき、……（静かな、シミジミとした句調）さうかや。……そんなら、俺も、へえ、まともに言ひやす。……ドン百姓のモーロク婆が、理屈けな事言ふのも、へえ、こっぱづかしいと思ったもんで、言はんかったが――仕方無えから、言ひやす。……先程からお前様だちの言ふ事聞いてゐると、戦争中、おかみぢや、勝つためだ勝つためだと言って供出させたが、こうしていくさあ敗けちまった……つまり、俺達はだまされてゐた。だから、もう供出なんぞしねえでもいい、供出なんぞしねえで、米も麥も炭も闇売をしてもかまわんと言ってござらあ。さうでやすね？、……んだども、ようく、この御自分、胸に手を當てて思ひ出して見なせえ戦争中、俺達をつかまへて、勝つためだ、コクサクだあ、なんでもかんでも洗いざらひ供出しろ供出しろ、供出をいやがる者あ國賊だと言って俺達をおどかしたなあ、お前様だちだらう。現に、玉川のお旦那、お前様が村の実行組合の寄合にござらして、エンゼツばして、俺達をがなり飛ばしなさった事を、俺あ憶えてゐやすよ。……いえさ、俺あ、それを今更とがめてゐるんぢや無え。あん時あ、あんなもんだったずら、誰にしたって。たゞ、あの時分あんな風だったお前様が、いつ、今のや

うになりやしたゞ、お前様だちあ、全體、なん度トンボ返りを打ちや、氣が濟みやす？、 それを俺あ聞きてえ。……だまくらかした・だまくらかした・だまくらかしたと言ふが……そりや、上に立ってる偉い家たちも嘘ついてゐたかも知らねえが、その手先になって俺達をだまくらかしたなあ、お前様だちぢや無えんでやすかえ？、 しかも、それがウヌの金儲けのためだ。出世のためだ。いえ、俺達が、いくら阿呆でも、それ位わかりますよ。ハハ、〔沈んだ殆んど泣いてゐるやうな笑ひ声〕なん度でもお前様だちあトンボ返りを打ちなせえ、ハハ……。だども、俺達ドン百姓は、トンボ返りの打ちやうが無え。どうひつくり返って見ても、足あベトん中ぢやし、手は鍬に行かあ。朝から晩までセッセと作物揃へちや、日本國中の人に、それを喰はせてやりやす。戦争の前も戦争中も戦争すんでも、まるっきり同じだあ。変りやうが無え・百姓の量見なんつもんは、いつでも、まるっきり変りやうが無えんでやすよ。特別に戦争ぢやからと言ふんで作物作って食はしてやるんぢや無え・また、あやつは嘘つきぢやから食はしてやらねえの、嘘らつかねえから食はしてやると言ふんぢや無え、みんな人間ぢやから、食はしてあげるんでやす。……でやせう？、 俺達百姓が食べ物作ってやらねえぢや、誰が澤山の人さまあ養ってやりやす？、日本國中なんで暮しやす？、俺達が米麥供出しねえと、みんなが、ひもじい思ひすらあ。んだから、供出しやす。理屈あ無えさ供出や配給の事がうまく行かねえのは、係り係りの人達が間違ったところを直して、もっとチヤンとやりや、よからず。そんだけだ、理屈あ無え。こうして俺が炭い焼いて供出するのも、町の人達が冬になって火も無くては寒い思ひをすべし、おまんまもたけめえと思ふからだ。そのほかに、なんの仔細もあらすか・供出の値段ぢやと俺達あ苦しいが、まあまあ、やって行けら。たとへ、やって行けなくても、炭い焼いてるな、なにも俺一人ぢや無えからな、いよいよ公定ぢややってけねえとなったら、みんなで値段をあげて貰やあよからず。……んだから、お前様に炭売るなあ、ごめんこうむりやす。そりや、俺だとて、なま身の人間だあ、銭あほしい。ほしいけど、お前様に二十両

で売りや、お前様あそいつを二倍か三倍に売りやんしよう。それを又何人もの人が間に入って、しまひに一俵百両にも百五十両にもなるでがせろ？、百両も百五十両も出して炭一俵買へるなあ、ウンと金持ったお大盡づら。お大盡にや、俺あ用は無え。俺の焼いた炭あ、町方の貧乏な家に使ってほしい。んだから、お前様だちに売るなあ、おことわり申しやす。へえ、もうお帰んなせえ。

玉川　……ふん、さうかい。フフ……（と無理にせゝら笑って）そりや、お前なぞが、そんな利いた口を叩いて落着き拂って居られるのは、戦争中、うまい汁ばかり吸ってゐて、ホントに痛めつけられた事が無えからだ。だまされて、戦争のために何もかも奪ひ取られた人間が、そんなお前、落着いて居れやせんよ！　馬鹿な！

おりき　ハハ……（寂しい寂しい笑ひ）左様さ、さう言やあ、そんなもんかも知れねえ。……しかし、戦争で俺んとこおや、息子二人、とられやしたよ。かしらの奴《やっこ》は満州、おとぼうの小僧は、ガダル、ダガル、ガ……あんでも、そったらとこだ。ハハ。……なんにも取られたもんが無えからだとおっしやられても、へえ、……お前さま、自分に子供持って見さっし。まして、ウスが腹あ痛めた小僧を、とられちまった母親の胸の内はなあ、……花が咲いても思ひ出しやす、雪が降っても思ひ出しやす、風が吹いても思ひ出しやす。木の枝で烏がガアと鳴きや、心の臓キリキリして、地びたの果ての所まで突走って行きたくなりやす。

藤堂　おばあさん……（泣いてゐる）

玉川　……ふん、それなら、尚の事ぢやないか。さうだらう、そいつが、みんなだまされて――

藤堂　黙れッ！（スッと立上ると共に涙声のままの噛み裂くやうな叱咤）……きさま達あ、帰れ！　そこで、いつまでも下劣な事を言ってゐると、俺が――俺が捨てゝ置かんぞ！　きさま達みたいな奴が居るからこそ――きさま達あ、きさま達あ、豚だッ！　恥を知れ、豚め！（一同、気を呑まれて、シーンとしてしまふ……間）

玉川　……フフ、君あ誰だか知らんが、ハハ、昂奮して、だいぶ、きいた風な事を言ふ。あゝ帰るとも。しかし私がこのまま帰ると、ばあさん、お前さんの方で後で困る事が起きるが、それでいいだ

いいだらうね？ 私も海の口の玉川だ。此處まで話をぶちまけて話したあげく、こんな事になって見ると、これはこれ、あれはあれで別々に扱っちや、まあ、居れないからね。拂ひ下げ耕地の事は、まあ、手を引かせて貰ふからね。お前さんの内の分も板橋の家の分も、私あ知らんから。

おりき ……さうでやすかい。（最初渡された委任状を懐中から出し、それに手に持ってゐた紙幣束を子供に芋でも包んでやるようにクルりと包んでまん中をおひねりにして、玉川に差し出す）へい、お返しゝやす。

仙助 ……（キヨロキヨロと双方を見くらべつつ、おりきの渡した紙包みを受取って玉川に渡してやりながら）だども、……なんだなあ……まづいなあ。なんとか話をまとめてさ、でないと、お前の方で困ることになるがなし、ばさまよ？ するつうと、なんとか話をまとめてさ、でないと、お前の方で困ることになるがなし、ばさまよ？ するつうと、なんでやすかね（と玉川に）お旦那が手を引くとなると、下手あすると、板橋への内にや拂ひ下げをしねえと言ふ事になりやしやせんかね？

玉川 そりや、先づ望みは無くなるな。さうで無くても、ほかゝらの申込で一杯だからな。

仙助 さうか、そりや……。なあばさま、お前もさう片意地な事ばかり言ってねえで、なんとか、この、お旦那にお願ひ申したらどうだえ？ 田地の少ねえ此處いらで、三段でも五段でも手に入る折なんぞ、この先ありやしねえで。

おりき ……。（シヨンボリと焚火の所にしやがんで返事をしない）

仙助 ……お旦那も、なんとか、もう一度、考へて下せえよ。農家に取っちや、田地の事あ、お前さま、ウヌの命より大事な事ぢやからなし。なんとかして、この――第一、お旦那あたりが手ば離してしまふと、忽ちこの、農民組合がキット割込んで来て、問題にしてしまふ事は見えすいてゐるだから――

玉川 問題にするなら、したらえゝよ。お前は先刻から農民組合々々々々と、そんな事ばつかり言つてゐるが、組合がなんだ？ 戰争中、手も足も出ねえで、ペコペコしてゐた奴等が、こうなったもんで、良い気になってシヤシヤリ出て来やうと言

ふんだらうが、どうでモグラみてえな連中だ、たかが知れてら。

仙助　そりや、いけねえお旦那！農民組合なんかどうでもいいけど、地百姓にとつちや田地が手に入るか入らねえかは、言はゞ生きて行けるか生きて行けねえかの問題でやすからね、たかゞこれ位の事で、こつちの話までぶちこわしにして貰つちや困りやすよ。

玉川　だつて仕方が無えぢやねえか！御當人達が要らんと言ふものを、なにも私等がシヤシヤり出てお前――

仙助　違ひやす！そいつは違はあ。俺あこれで百姓こそしてゐねえが、まあ、年中ピーピーしてるしね。百姓の内輪あよく知つてゐるから、人ごとたあ思はねえ。お旦那が拂ひ下げの事に乗り出したのが、この次ぎの選挙のための人気取りか、又は金儲けのためか、そこんとこは、偉い家達の腹ん中までは、俺みてえな人間にやわからねえけど、俺達にして見りや、こいで、この問題が地百姓に都合の良いやうに運んで貰はんことにや、いかんと思つてゐやす。利いた風な口を叩くやうだが――

玉川　さうよ、利いた風な口を叩くんだお前なんぞが。ハハ、そりや、お前なぞ、コソコソと闇買ひやゼゲンで食つてゐるんだから、言はば地百姓の寄生虫みたいにして食はして貰つてゐるんだからな、そりや人ごととは思へんのは無理あ無い。ハハ。

仙助　寄生虫は、ひでえや。そんな事言やあ、お旦那だつて、現に闇をしてるぢやないかね？それも俺達みてえなチッポケな事ぢやなくて、ゴッソりとお前さん――

玉川　あゝ、してるよ。してゐても、なにも私あ悪い事をしてゐるとは思はん。だつて、さうぢやないか、第一、戦争中、闇取引を一番大がゝりにやつた親玉あ、軍部だぜ。えらい軍人だぜ。しかも、闇でごまかされてしまつたなあ、國民全體だ。見ろ、戦争中とは限らない、終戦の時、大口の物資を自分達のふところにさらひ込んだのは、軍だ。現に今でも、此の縣だけでも、米だけでも何百石と言ふもんが、ごまかされて、どつかに隠してあると新聞に出てゐたなあ、知つてゐやろ？私等がチットばかりの闇をしたつて、それを悪いと言

へる岩が、どこに居るんだ？、

仙助　……すると、なにかね、条次んとこの倉にあるお旦那の米も、軍部かなんかの——？、いえさ、悪いとは思はねえとお旦那がおつしやるから、悪くねえから、なにも、おほっぴらに言ったって——

玉川　ハハ、又お前、私を脅しにかゝる気だな？、よしよし、脅せるもんなら脅して見ろ。さうと決れば、私も、お前の事で警察方面に運動するのはごめんだ。

仙助　そ、そりや、今更になって、そりや酷だ。

玉川　酷だらうと何だらうと、お前の心がらで、仕方が無えさ、ハハハ。

仙助　……さうかい。……お旦那がその気なら、俺も覚悟を決めやせう。仕方が無え、自分のした事のむくいだ、喰ひ込みやせうよ。だども、言っとくがね、俺あ旦那のしてる事あ大概知ってゐるからね、戦争中からこつちズーッと旦那がどんな悪どい事してるか位、俺あ——条次んとこの米や、材木の事なざあ、大した事ぢや無えや。ハハ、だらず？、供出米の事で農會の旦那衆がどんなうめえ事やらかして来たか、そのほか、肥料や農具の配給ごまかしてさ、そいつがばれさうになったので、警察から裁判所の方まで手を伸してさ、金え掴まして、去年の夏など上山田温泉の笹屋へんで、ダダラ遊びをきめ込んでよ、へへへ……どうで自分が喰ひ込むとなりや、ついでの事だ、へへ、知つてる事あみんな喋ってね、へへ、そいで——

玉川　（ピシリと仙助の頬をなぐる）野郎！

仙助　ッ！……なぐったな！

玉川　なぐったが、どうした？、　この蛸め！　くされ蛸！　こめ！　（仙助が崖の方へ退って行くのに、のしかかるやうにして二つ三つ四つとなぐる）くたばってしまへ！　きさまなざあ！

仙助　畜生！　（その相手の片手を掴んで、反撃に出やうとする。しやがんでゐたおりきが、この時まさかりを取ってフッと立上り、スタスタ近寄つて来る）

サダ　……（玉川と仙助の口論に気をとられてゐたのが、ヒヨイとおりきの方を見て、ドッキリ、絹を裂くやうな声を出す）あッ！　ばさまッ！

短いが、一同が化石してしまったやうな間。……サダの叫び声で一瞬立停ってボンヤリそちらへ

眼をやったおりきが、再び崖の方へ、

玉川　……な、なんだ？、（恐怖で動けなくなってゐる）

仙助　ばさま！　お前ー（これは真青になって、ヂリヂリ退った足が崖端を踏みはづす）あッ！　ズルズルッと落ちて行く身體。落ちまいために、掴んでゐる玉川の手を持って、引きずり落すやうな形になる。

玉川　あッ！、離せ！　畜生！（叫びながら、仙助と殆んど同體に崖の急傾斜を轉げ落ちて行く。一緒に轉落する石ころの音）わーッ！

仙助　助けてくれーッ！（二人の悲鳴は一瞬の内に下方はるかに小さく微かになる）

サダ　あらあらッ！

おりき　（崖のはるか下の方を見ながら）おゝお、へえ！

藤堂　ハハ、よく轉がる！

サダ　フッフ！　まるで、へえ、ダンゴが轉がるみてえ！

おりき　んだから、言はねえこっちゃ無え、此處の崖、踏みはづすとー

サダ　だって、ばさまがー妙な顔して、向って行くだもの、俺までハッとした。

おりき　なんだ？、

サダ　あの衆が、あんまりイヤラシ事ばっかり言ふもんだ、ばさま腹あ立てちやって、んでさ、そのまさかり掴んでんだもん。

おりき　うん？、（と持ってゐるまさかりに眼をやって）……これで、へえ、チョン切るかと思ったかや？、

サダ　出しぬけだもんで、ドキンとしたよ。

藤堂　いや、ホントにぶった切ってやりやよかったんですよ。

おりき　フフ、ハハ、ハハハ、フフ、俺あ、へえ、木い切らうと思ってな。あやつら相手にしてゐたんぢや、日が暮れる。

サダ　フフ、俺までびっくりした。……あらあら、あんなとこまで轉げて行った。もう直ぐオンゴ川だ。……どうしたづら、二人とも動かなくなった。……死んだんぢや無えかな？、

おりき　……なあによ……ほれ見、動いてら。（口に掌をかって下方へ呼びかける）おーい、けがは

無えかよーう？、

サダ　フフ、まるでへえ、虫けらみてえ！。　あら、また、こづき合って喧嘩あしてる！。

おりき　なあによ、川あ向うへ渡らねえ間に仲直りすらあ。

サダ　蛸仙野郎、這ひずり廻ってなんか捜してる。

おりき　……さっきおっことしたハンゴウづら。

サダ　ハッハッ！。おやおや、こんだ二人して此方向いてなんか言ってら。（谷へ向って叫ぶ）阿呆たれーえ！。

おりき　そったら事、言ふな。……（シミジミと）あれが日本人だ。……あれが、この俺達の正のとこだあ。……ウヌが量見まちがって人に喧嘩あしかけといて、とうどう崖からおっこちで、そこで又掴み合ってる。……（いとしげに）……あれが俺達だあ。

間……

藤堂　……おばあさん——ありがたう存じます。

おりき　うん？……

藤堂　……先刻から、あの二人を見てゐて、僕あ実は、——これを大きくしたのが、今迄僕等をいいやうに引きずり廻して来た上の連中ぢゃないかと言ふ気がしました。すると——やっぱり、負けた方がよかったと思ひます。下手に勝ったりしてるやうもんなら、いつまで経ってもあんな風な連中が上に立って、本當に元も子もなくしてしまってゐたと思ふんです。負けたゝめに今後、どんなつらい目に逢ふとしても、それでもまだ、この方がよかったといふ気がシミジミとしました。

おりき　左様さ……そりゃこの方がよかった。負けたくはなかったけど、それに気が附いたゞけでも——へえ、戦争のおかげだ。それに、お前さまも先程言はせった、國のためなら笑って死なうと思ひ込んだ心持が、なんぞ此の後も、そのままに消えて無くなるもんで無え。人間、一所懸命になってやった事あ、無駄にゃならねえもんだ。そうだとも。へえ、戦争から俺達あみんな、かけがへの無え大事なもんを拾って来てゐやす。そいつを忘れちゃならねえ。

藤堂　わかりました。

おりき　……なんで泣きやす？、

藤堂　いや、僕あ——

おりき　ハハ。……まあ、よかろず。先づまあ、お山あ見なせえ。……な！　あの向ふにや、お前さまのおふくろさまが、チヤンと見てござらっしやらあ。おふくろさまあ、死んだつうけど、なに、なんで死なっせるもんかよ、チヤンとお前さまを見てござらっしやらあ。

藤堂　……はい。

サダ　はさまだって涙あ出してるぞ。

おりき　なによ、嘘うこけ！　ハハハ、さあて、又やろかな。（崖ふちの木立の方へ）

藤堂　僕も一つ——（もう一丁のまさかりを取って、そちらへ続く）おばあさん、僕を一二ケ月、お宅に置いてくれませんか。納屋の隅でもどこでも結構です。

おりき　内にかえ？、うむ、そりやいいけど——そいでなによ、なさる？、

藤堂　おばあさんに百姓仕事を教はらうと思ふんです。

おりき　又、教はるか、ハハ、冗談もんだあ、なあサダ。

藤堂　冗談では無いです。

サダ　フフフ。

藤堂　ね、いいでせう？、お願ひです。ガダルカナルの道雄さんが、帰って来たと思って、僕を——

おりき　道雄かや？、……あの小僧……（フッと考へに沈まうとする自分を打切るやうに）ハハ、よしよし、よかろず。あい、好きなだけおいで。

藤堂　いいですね？、ありがたい。よし！

サダ　（谷の下方を見て）ハハハ、ズボン脱いで、川あ渡る気だ。見ろま、あの格好！　あんでも、まだやり合ってら！。

おりき　……（両手を口にかって下へ向って）おーい、川あ渡るだら、もっと下へ行きなあーあ！　下へ行きあ、瀬があるだーあ！。お互え同志喧嘩あするのも、いいかげんにせえよーう！。

藤堂　……（無言でヂッとそっちを見おろしてゐる）

おりき　さあてと！……（ふりかぶったまさかりを、大木の根元へ。続いて藤堂が、別の木の幹へ向って叩き込むまさかりの響）こん野郎ッと！。

（カーン、カーンと続く響。しばらく切りつづけてゐる中に、鼻歌が出て来る）山で——

切る木は

かずかずあれど
思いきる木は
更に無い．
のう．
更に無い。
秋の傾陽の中に力一杯まさかりを振る老婆と青年と、姉さまかぶりを取って上気した襟元を拭きながら、ニッコリしてそれを眺めてゐる娘

（昭和二十一年二月稿）

稲葉小僧

時……………現代・夜

所…………山田外科医院内部

人…………

戸部文三

稲葉小六

金貝看護婦

本田婦長

山田院長

絹子

友代

小じんまりとした私立医院の玄関と待合所。下手、ガラスの押扉、それを入ると叩きの土間、一段あがると広い板敷になって居り、そこに丸卓、椅子、火鉢、壁に寄せて長椅子など。壁に大時計。板敷は廊下になって正面奥（薬局、診察室、手術室などに通ず）と、手前上手（病室に通ず）に伸びてゐる。薬局には廊下に向ってと、土間に向って小窓があり、受付をも兼ねる。薬局の戸口の側に電話。天井中央から下がってゐる唯一つの電灯の円錐形の光がそれらを照し出してゐる。光の輪の外は、暗くてよく見えず、大時計が重々しい音でユックリと十二を打つ……

幕開く。

誰も居ない……間。

やがて真暗な街路から、人影が二つ、ガラス扉へ寄って来る。

声　……えゝ、こんばん……ごめんください……ごめんください……えゝと、こんばんは……ごめん（言ひながら扉を押して声の主が半身をのぞける。文三。ツンツルテンの洋服を着て、動作も言葉つきも恐ろしくユックリと歯切れの悪い、しかも小学生のやうにきまじめで、ニコリともしない男）……こんばん……ごめんください（キヨトリ、キヨトリと内部を見まわす）えゝと……

別の声　どうしたんだ？

文三　……う？　うむ、どうもこの……えゝ、ごめんください……。

男の声　だれってえなあー・ニー、カイカイデ、カイカイデー、（声の主が、文三を押し入れるやうにして、土間に入って来る・小六、背広に鳥打帽に革のゲートル。少しそゝっかしい位にキビキビとした男で、年は文三より若く、にがみ走った色白の面上、額口の横に疵あと。あたりを見まわす）……こんばんは。……（返事なし）

文　三　寝ちゃったかなあ。

小　六　だってお前、こんだけの病院でゐて、まだ十二時を廻ったばかりだって言ふのに一人残らず寝ちまやあしめえ。

文　三　兄きあ、近頃の東京知ねえからだよ、こんで、なんてえ事あ無え、日が暮れて、八九時になりゃ、どこのうちでも、高いびきだあ。なにしろ——

小　六　表口に鍵もかわねえで、ぢや、寝るのも、はやるのか？

文　三　それさ、んだから俺も……だけど、病院だからなあ、こんで、いつなんどき……。

小　六　（ノロノロした相手の言葉は聞かず受付の方へ寄って行き、小窓を指先でコツコツ叩く）晩は。……（返事なし。小窓を開ける）ごめん！

文　三　えゝと……（小窓から薬局の内を覗く）……誰か居ないかね？

小　六　へっ、夜逃げでもしやしないか。……しかし、下駄あ、こうして有るんだから。（下駄を蹴ったりしてヂレヂレして、身を乗出して廊下の奥を覗き込む）

文　三　（その間に頭を小窓の中に差しこんでゐる）もしもし。

小　六　……（振返って掛扉に書いてある文字を見る）此処だな、たしかに？

文　三　……なにがよ？

小　六　此の病院にまちげえ無えな？

文　三　そりやお前、その、隣りの家で、外科で山田と言ふ病院に行ってる……ハッキリさう言ったんだから——（同時にガツンと音がして、後頭部を窓枠にぶっゝける）おっと！……（差し入れた頭が小窓から取れなくなってゐる）ほっ！

小　六　どうした？

文　三　その、なんだ、戻らねえんだ。この——（窓枠に両手をかけて首を引抜こうとモガモガする

ーえゝと……。

小 六 てつ！　なんてまあ――！　（文三の後襟を掴んでグイと引く）

文 三 て！　てえっ！

小 六 （隙間から覗いて）あごを引くんだ、あごを！　あごだよ！　（又、引く。ゴリゴリと音がして、やっと文三の頭が抜ける）……馬鹿め！

文三 へえる時あ雑作なくへえったんだ。……耳がもげるかと思った。（笑ひもしないで、両手でかわるがわる耳を撫でてる）……へえ、おどかすない。

小 六 誰もおどかしてなんぞゐやしねえ。相変らずだ、ノロ！……ところで、全体、こいつ、どうなるんだ？

文 三 うむ。……どうなるって、お前……誰も出て来ねえんだから、どうにも、これ……。

小 六 俺あ急ぐんだ。

文 三 だって、お前、よそのうちだもん、まさか踏んごんで叩き起すてえわけにも行くめえ。……しやう無え、明日でも又出直して来て――

小 六 出直してなんぞ来て居れる位なら、今頃こんな場末をウロウロしてやしねえ。

文 三 するてえと、なにかね、やっぱし、ぢやーー？

小 六 するてえと、ぢや、なにかね――その雑音を挾むの、いゝかげんに、かんべんしてくれ。久しぶりで聞くと、足の裏がかゆくなら。

文 三 んだからさ、そのうー（相変らず）そいぢや、磐城の方へ行くんだね？

小 文 勿論。実あ先程まで迷ってた。山半の親方も当分こっちに居て、若いもんのタバネをしてくれと言ってくれるしなあ、どっちにしやうと迷ってゐたが、こうしてお絹が見つかったとなりや、ウンもスウも無え、あいつと一緒に磐城へ行って、スッ堅気で稼ぐんだ。

文 三 さうか。しかし、それにしたって、なにもそんなに急がなくたってお前――

小 六 細田の兄き達が上野の宿で、俺らの行くのを待ってるんだ。

文 三 そ、上海から一緒の人達だろ？　しかし、なんぢやないか、何も、ハッキリ約束したわけぢや無えんだろ？　なにも、さう――

小六　そりや、こっちの腹が決って無かったから、約束はしねえ。だけど、明日の昼迄待ってるから、それまでに来なかったら、俺達だけで出発するー　さういう事になってるんだ。
文三　だけんど、炭坑なぞに今頃から行ったって、この、なんだ、どう世荒い仕事だろう。働けるかねえ、兄きの前だけんど？
小六　なあに、昔取ったキネヅカだ。十代から五六年、東京で山半の親方んとこの飯を食ふまで、稼いだとこだ。言はゞ古巣だもん、ヘイチヤラだい。
文三　兄きや、いゝかも知れんけど、俺なんざお前、もと〱テキや稼業で、身体あ、なまっちやってら。
小文　なあに、少し馴れりや大丈夫だ。病人でさえ無きあ、誰にだってやれら。
文三　さうかね。……んだけんど、この——東京に居るやうにしたら、どんなもんかねえ？山半でお前、若いもん頭で、顔は利かあ。稲葉の兄さんで悪かえ無え。俺らも、さうなりや、その下で、チったあ面白い渡世もやらして貰へら。
小六　まっぴらだ。こんな風になっちまったのに、顔役だの何んだのと言ってゴロついてる時世では無かろうじやねえか。第一、東京〱と言ったって、どこに東京が有るんだ？モロにお前、ぶっこわれてしまってるぢやないか。へ！、俺ら、五六日前、初めて山手線で一廻りして見て、びっくらしたのなんのって、それこそ、影も形も、昔の東京のトの字も残って無え！話ぢやサンザ聞いてゐたが、まさかこれ程たあ思はねえやな。いまだに俺にあ正の事たあ思へねえ。
文三　そりや、まあ、さうだらうなあ。
小六　よんべなざあ、銀座裏あ通ってゐて、昔の事思い出して俺ら涙が出たぜ。
文三　そらあ、昔、あの辺で鳴らした兄きにして見りや、なんだ、無理あ無えとも、うむ。
小六　なに、町や家の事じや無えよ。そんなもなあ、その内又こしらへりやいいさ。俺の言うなあ、人間だ。東京の人間の、つまり、イキだ。どいつもこいつも、ひだるそうな青い顔して、キヨロキヨロと下あ向いて、そいでもって、薄っ暗い所で、コソ〱と商売してやがる。負けて、乞食になっ

ちゃったならなっちゃったでいいから、思ひ切りよくサッパリと諦めて、正々堂々と背い持上げて歩いてよ、なんでもいゝから働いたらどうだ。ボロう下げて、こそくみしたって、お前、なんの恥かしい事があるんだ。へ！　東京の人間も下落したよ。

文　三　だって兄き、そんな、そんな事言ったって、兄きあ上海から戻って来て、こんでまだ五六日にしきあならねえ。東京の人間がどうのこうのといったって、いつ、お前、見てる暇があったい？　そらあ、まあ、イキャハリが無くなったなあ事実だけんど、それもお前、こんだけの目に逢った後だ……なんだ、つまり深い渕にゃ波立たずと言ってな、大きにこんで、ジックリと腹あ据えてるから、シンとしているという事もあらあ。才一、この、俺達東京っ子にゃ、こんな風になっちゃった東京を復興する、この、責任だな、つまり責任が有らうじゃねえか。山半の親方なぞも、つまり、それを言ふんだ。んだから——

小　六　そら、そうだ。しかし復興は東京に限った事あ無え。東京にしてからが、物が無くちあ復興出来めえ。するとまず俺達に直ぐやれるのは石炭だ。俺が盤城に行こうてえのは、それだ。

文　三　へへ、なに、そんな事よりも、へへ、お絹さんだろう？

小　文　そりやあまあ、なんだ、有りやうは、そのへんかな、フフ、なんしろ、又東京で遊びにん稼業に舞戻ったりして、この上彼奴に苦労をかけたく無え。

文　三　来年三月高尾が来るか。とんだ、稲葉の兄きも焼きあ廻った。

小　六　あゝ廻ったよ。

文　三　俺らあ、詰らねえや、盤城へ行っても、長屋の隅かなんかで、お仲の良いのを指をくわえて眺めているんだ。

小　六　お前は、ぢや、一緒に行くの、よすか？　いや、まじめな話がよ、先刻からなんだか気が進まねえやうじゃねえか。

文　三　そんな、そんなお前、殺生な事言うなよ。行くよ、つれてってくれよ。たゞ話がさ、この、話をしてるまでじゃねえか。

小　六　ハハ、ま、いいや——のあらためて、その

辺を見まわして）この病院は……こんだけ喋ってゐても誰も出て来ぬと言うのは、これ、どう言う所だい？、

文　三……（これもキヨトキヨト見まわす）え、とーしがしーーんだからさ、どうでも此処で働いてゐと言うんなら、急に居なくなりやしねえんだから。

小　六　わからねえなあ！　いっときも早く俺あ逢いてえんだテキに。……どんな気持で俺が戻って来たか、察してくれ。

文　三　だって、出て来ねえもなあ、渡りの付けようが悪えんだから、どうも、これ……。

小　六　失礼して、俺あ、あがるよ。（靴をぬいで板の間にあがる）

文　三　んだけど、ことわりもなしに、いいかなあ

小　六　別に悪い事をしようと言うんじゃねえんだ。それに病院といやあ、言わば、まあ、誰がとびこんでもいいところだ。……（正面奥の廊下や手前上手の廊下の方などをすかして見ながら）今晩は！　ごめん！　どなたか居ないかね？……へっ、どなたも居らっしゃらねえと来た。（手に持ってゐた帽子を丸卓の上にポイと投げ出して）こうなりゃ持久戦だ。（長椅子にかけようとしてヒョイと見ると、文三が板の間の真中にキヨトリと突立ってゐる）お前もかけたらどうだ？、

文　三　うむ、その……

小　六　今戸焼の狸が酒買ひに出て戸惑ひをしやしめし……（全く、文三が戦闘帽を片手にダラリとさげて立った姿は、それにいくらか似てゐる）

文　三　だって、兄き、俺あどうも、この……

小　六……（自分の言葉で何かを思い出して、改めて、相手をヂロ〱見てゐたが）さうだ久しぶりだ、其処で一つ、人寄せのタンカぶっぱなして見てくれ。

文　三……なんだよ？

小　六　これからバイを始めやうと言う時あ、お前いつも、そのデンで町の角やなんかで突立ってゐたよ。ハハ。やって聞かしてくれ。そしたら、誰か出てうせるかも知れねえ。

文　三……そんな、お前……今更……商売よしてから五年……忘れたよ、いいかげん……その第一、こんな所で、よる夜中だってえのに——

小六　いいじゃねえか。案内をそうても誰も出て来ねえから、人寄せをしようと言うんだ。頼むからやって見てくれ。

文三　……だってお前、おらあ、きまりが悪いや。

小六　だから、聞いてゐるなあ俺一人だ。誰か出て来たら、よしゃいい。

文三　だって、そんなお前、殺生な——

小六　いやか？……さうか、ぢゃ、頼まねえ。

文三　いやってえわけぢゃ無えけんどさ——

小六　ぢゃ、聞かせてくれ。久しぶりに戻って来たんだ。昔の東京の匂ひぐれえ、かぶしてくれ。

文三　さつかい……んぢゃまあ……えゝと……（頭を掻いたりして考へてゐたが、やがて、自分の周囲の板の間のあちこちをマヂリマヂリと見守る）……弱ったなあ……どうも、その……（持ってゐる帽子をヒヨイと板の間に置き、二三歩さがって、その帽子をヂッと見てゐたが、想像上の通行人の足が帽子を踏みそうになるのをハラハラして警告するしぐさ）……あぶないよ！、おっと、あぶない！、喰いつくよ、気を付けねえと！、とっ〳〵〳〵！、（例のノロ〳〵した態度と言葉で、どこが変ったとも見えないが、いっぺんにその帽子に注意を集中させてしまう）

小六　……うめえや！（ニヤ〳〵してゐる）

文三　……（通行人が三四人立ち停ったらしい、それらの顔を見まわして）へ、へ、へ、へ、……帽子に見えるでしよ？、……たしかに、へへ、くたびれた戦闘帽だ。……ところうが、実は左に非ず、これが、生きてゐる。ノソリノソリと、ねえお立ち合ひ、おどろくなかれ四六の蟇！、（調子に乗って、出しぬけに大声を張りあげる）

（正面廊下の奥から看護婦の金貝——まだ極く若い白衣に白帽、両腕を肱までまくり上げ、白マスク——が小走りに出て来、薬局の扉の把手に手をかける）

文三　今に動き出すよ！

金貝　（その声でヒヨイと其方を見て、立停る）……？、

文三　ね、そうら出て来た。

金貝　（めんくらっている）……あのう——？

文三　ほら、ほら、ほら、動き出した！、（まだやっている、小六は金貝の姿を見て椅子から立上

ってゐる）

金　貝　え？……なんですの？（小大を見る）

小　六　えゝ、今晩は。あのう——

金　貝　なにか、……？（その眼を、気になると見えて床の上の帽子に移す）

文　三　……うごき……（言いかけて、夢からさめたやうになり）……なにさ……動きやしねえ。（帽子をヒヨイと取って、頭にのせてケロりとしている）

小　文（代りにてれながら、一二歩前へ出て）へ、へ、その、チヨツト——

金　貝　急患ですか？

小　六　ギキーカン？

金　貝　いえ、けがでもなすったんですの？

小　六　いえ、そんな——こちらに来ている者を訪ねて——

金　貝　あゝ、お見舞いなんですね。チヨツト待って下さい。今、急ぎますから——そちらで（言ひ捨て、薬局に入る）

小　六　いえ見舞いぢや無えんで。チヨツトその——（薬局の扉が締められたので、しかたなく、その扉を見ている）

文　三　……どうも、この、おどろいたよ。

小　文　しかし、なんだなあ、うめえもんだなあ相変らず、どこを押しゃ、そんな芸当が出て来るんだ？

文　三　なにさ、へへ、いくらおだてたって、もうやらねえ。

小　六　だからさ、チヤンと利きめがあったんだから——（言葉の切れぬ内に、薬局の扉を押開けて、繃帯の包みと二三の薬品瓶を手に抱えた金貝が出て来て、正面奥の廊下の方へ小走りに行こうとする）おっと！（それを押しとどめるやうにして）待っておくんなさい。手間あ取らせません。こちらに、その、絹子って言う者が来てる筈なんですが、チヨツトそれに——

金　貝　絹子？　さうですね、絹子さんなんて方、入院なすって居なかったやうですけど……後で、あの、名簿を調べて——

小　六　いえ、その、看護婦なんで……看護婦さんの中に——

金　貝　はあ？

小　六　看護婦さんぢゃ無くっても——とにかく、
　こちらにつとめている人の中に——
金　貝　私達三人と、それから炊事に一人居ますけ
　ど、絹子なんて人は居ません。
小　六　……本郷という苗字ですけどねえ？
金　貝　本郷？……さあ、本田さんなら居ますけ
　ど……でも、本田さんは静江と言ふ名です。
小　六　さいですか。……（考へてゐたが、急に眼を
　輝かして）それです！　それです！　静江とも言
　ふんです。言ってた事がある！　そ、その女に、
　いや、その人に会ってくれませんか、小六が逢
　ひに来てるって——稲葉と言ってもわかります。
金　貝　はあ……でも今チヨツト手が離せませんか
　ら、しばらく待ってゐて下さい。イナバさんです
　ね？
小　六　（うなづいて）小六です。さう言って下さ
　りゃ、わかりますから。
声　（正面廊下の奥から）金貝さん！　どうしたの
　金貝さん。
金　貝　はあい！　（その方へ小走りに去る）
小　六　……（それを見送ってから）ありがてえ、
　やっと、とっかまへたぞ！
文　三　……んだけんど、静江なんて名が有ったか
　ねえ、お絹さんに？
小　六　あったんだ。彼奴が、六丁目裏の鶏料理に
　出て居た頃だ。そのさ、先刻言った、堅気になり
　てえてんで、看護婦の学校なぞに通ってた時分よ。
　店ぢゃ静江と言ってゐた。
文　三　さうかなあ。……だけんど、兄きの前だけ
　ど、鶏料理と病院たあ違ふんだしなあ、なにもお
　前、源氏名あ名乗らなくたって——
小　六　源氏名だって言やあがる、てっ！　（嬉し
　さにその辺を歩き廻る）ハハ、ありがてえ！
　こんどこそ、俺あシャンとして、なんだ、彼奴に
　も、いい目の一つも見せてやる。恥かしい話だが、
　これまで着物一枚帯一筋、引張らした事が無え。
文　三　……んだけど、なんせ、とにかく、六年て
　え月日がたってゐるんだから——
小　六　だからよ、彼奴だってそれこそお前——（病
　院に入ってゐる）なんしろあんなことで、七年前、
　銀座辺の盛り場あ火が消へたやうになるし、仲小
　路の小僧とはうるせえ出入りにやなる、どうにも

世間を狭くしちゃって上海へ飛んで以来、たより一本出さねえ始末だ。今度一緒になったら、ちったあ、いたわってやらねえじゃ、彼奴があんまり可哀そうだ。

文三　違ふんだよ、俺の言ってゐるなあ……その……

小六　何が違ふ？

文三　とにかく、六七年てえ月日だもん。……その……まあ……女だもんなあ……それがソックリ元のまんまで今巨暮してゐるか……

小六　なんだ、さうか。ハハハ、だから、こうして看護婦になっちゃってらあ。ハハ。

文三　うむ……いやさ……そりゃ、一人でやって来たとしてもだよ、かんじんのお絹さんの腹ん中が……

小六　わかったく。ハハハハハ、お絹って奴あ、そんな女ぢゃ無えよ。よしんば、六年が十年別れてゐやうが……ハハハ、逢いせえすりゃ、お前……ハハ、そこいらの事あお前にゃわからねえ、すまねえけど――（その辺を歩き廻ってゐたのが、ツと言葉を切って、正面廊下の奥から急ぎ足に出て来た人に眼をやって立停る。出て来たのは本田婦長。男のやうな言語動作の中年の女で、白衣白帽白マスクに、両腕を肩の辺までまくり上げてゐる。気の立った顔付きと眼光）

婦長　（小六の方をヂロリと見たまゝ、薬局の入口のそばの電話口にかゝり、受話器をはづして廻転盤を廻す）

小六　……（相手の横顔を喰ひ入るやうに注視する。文三も椅子を立って来る）……あのう？

婦長　……（右手でマスクをかなぐり取って二人をヂロヂロ見る）

小六　……（チヨツトびっくりして）えゝ……その――？

婦長　待った！（マスクを持った手を一つ振って）……あゝもしく。共生会ですね？こちらは山田外科です。山田……先月の末に、そら、学生の人を一人よこして貰った……さう。……もしもし……さうさう、山田外科医院。しっかり聞いて下さい。寝呆けちゃ困るよ！

小六　｝――……（おどろいて立ってゐる）
文三

婦　長　……アッハハ（男の様に短かく笑って）もちろん！　用が無きゃ、誰が電話なんか掛けるもんですか。あのね、ベー型の給血者を……ベー、ベー型。わかった？　アーベーのベー！　さう、それを一人、間に合はせて貰へる？……相手は小児患者だから、一人で結構。いえ、まだ、ホンのたった今、開腹すましたばかりで、いよ〱、するかしないか、まだきまらないけど、もしかすると三十分位の内に、急にやる事になるかも知れないから、前以てチヨット聞いとこうと思ってね。いづれ決定したら又電話しますけど、念のため……はい。どうぞ早いとこ（電話の相手が向ふで何か調べるらしい。その切れ目を、電話口に掌でふたをして、此方を振向くやいきなり）あなた方、どなた？、

小　六（めんくらって）あの、チヨットその……先程の看護婦さんに申したんですが――

婦　長　どなたですか？

小　六　――こちらの、お絹―― その、静江と言ふ者に、取次いで下すって――

婦　長　ですから――（そこへ電話の相手が再び話し出したらしい）あゝもし〱。……え？、え？、なんですか？……もっとハッキリ！、簡單明瞭に！……なあにをグズ〱あんた言ってくの！間に合うか合わないか、それをハッキリ言ってくれりゃいいのよ！　さうですよ、馬鹿だねえ！簡單〱！……都合が悪い！　都合が悪いとは？……今丁度、間に合ふ人が居ない？……ぢや駄目ね？、

（そのチヨット前から正面廊下奥に現はれた白い人影がユックリ此方へ歩いて来る。山田院長。まだ若く、落着い、物言ひのブッキラボーな医師。手術衣姿。両手には、まだゴムの手術手袋をはめたまゝ）

院　長（立停って、婦長の電話を聞いてゐたが）……駄目かね？、

婦　長　はあ、なんですか、直ぐには間に合はないと言ふんですの。

院　長　どうも、そんな事じゃ、しやうが無いなあ。……だが、まあいいだらう。

婦　長　さうですか？……（電話口へ）もし〱、そいぢや、ま……だけど、そんな事じゃ、しやう

うが無いわね。お願ひだから、もっとシッカリやって下さって上の人に言っといて下さいよ。ホントに、なんのための――（言ひつのらうとするが院長が傍に立ってゐるので、思ひとどまり）ぢや、さようなら。失礼。（電話を切る）……なんでしたら、母親から、なにすることも――？

院　長　しかし、相当貧血してゐるしね、立会ってゐて卒倒するやうな状態では、無理だらう。……寝せてあるかね？

婦　長　はあ、三号室の方に。おさまったやうです。だいぶ。

院　長　今、立会ってゐる。あの娘さんのは？

婦　長　エー型だそうで、駄目です。

院　長　さうか。……なに、いよいよとなったら、折口のでやる。近所から連れて来てもいいしね。町会の台帳はチヤンとしてるね？

婦　長　はあ。しかし、それだと、今から準備して置きませんと――

院　長　タバコ一本くれ。（婦長はポケットからタバコの箱とマッチを取り出す）……なに、やらないで済むかも知れん。おっと――（婦長の差し出したタバコを、思はず左手を出して取りそうになり、気が附いて宙で止める。その左手の手術手袋の甲の半分ばかりが、ベットリと血で濡れてゐるのが、はじめて見える。それを認めて此方の小六がドッキリする。文三も首を差しのべてそれを見てゐる。……婦長は馴れた手附きでタバコを院長の口にくわえさせてやる。婦長は院長に対する時だけは、ひどくやさしい）

婦　長　いえ……進んでゐるんで、びっくりしました。切開しなくても、どうせ、あんなイレウスを起してゐたんじゃ――（マッチをすってやる）

院　長　うん、中毒がひどい。急に始まったもんじゃ無くて、だいぶ前から来てゐるね。とにかくあんな小さい子にトルジオンは珍らしい。……（タバコをユックリと吸って）……あゝ、うまい。

婦　長　一時間半、ぶっつゞけですものね、こら、この汗。（ガーゼを出して院長の額の汗を拭いてやる）……どうでせう、先生？

院　長　仕事はうまく行った。……しかし、なんせ、子供だからね。……（タバコの煙を吐きながら）……最善を修す。（単純に言って、元来た方へ引

返すべく身を返して、小六と文三を見て）……この方たちは——？

小　六　こんばんは……どうも——

婦　長　面会の人です。

院　長　さう……（廊下奥へ歩き出しながら）イルリガートル、もう一つ、そいからオブエクト、グラスを二三枚、用意しといて。

婦　長　はあ。（院長は落着いた歩調て奥へ去る。婦長、チヨツトそれを見送ってから、サッサと薬局に消える）

（それまで小六と文三は、気を呑まれてマヂリマジリとしてゐたが、今度は院長も婦長もスッと居なくなったので、ボンヤリする）

小　六　……おどろいたなあ。

文　三　取り込んでるやうだなあ……けがにんかね？

小　六　盲腸と言ってたから、腹を切って手術したらしいな。……しかたが無え、もう少し待つか。とんだところに飛込んで来たもんだ。

文　三　しよんべんが出たくなったがなあ。

小　六　ばか野郎。

文　三　んだけれど、これ、しやうが無えぢやねえか。（キヨトリと立って、上手奥の方などをすかして見る）

婦　長　……（一二の薬品包みとイルリガートルを持って薬局からサッと出て来る）

小　六　（あわてて近寄って）あの、お忙しい所を甚だ相済みませんが、その——静江……と言ふ人に、こふして来てるからと、おっしやって下さらねえでせうか。待つなあ、いつまででも待ってゐますから。

婦　長　（噛みつくやうに）ですから、何の用ですって言ってるじゃありませんか？！

小　六　いえ、そりや、逢った上で——

婦　長　ですから、こうして逢ってるぢやありませんか！　私が静江です。本田静江。私のほかに静江と言ふのは、この病院には居ませんよ！

小　六　へつ？

文　三　……（これも、びつくりして、眼をむいて相手を見てゐたが、ニタ〳〵笑ひ出す）……へへ、ぢよ、ぢようだん言っちや……いくらなんでも、お前さん……山の芋が鰻になると言ふ話あ有るが、そんな——

婦　長　山の芋？、
文　三　いえ、その、なんです、、、私は——
婦　長　私に面会があると言うから来て見ると——
　なんです？、
小　六　いえ、こりゃ、何かの——
婦　長　用があるならサッサと言って下さい！
文　三　、、、便所、どこでせうか？、、
婦　長　なにっ？、
文　三　いえ、その、べん、、、
婦　長　便所は——（と顎で上手への廊下を指して
　）そちらの、右、（言ひ放って、舌打ちをしなが
　ら正面廊下へ。そこへ廊下奥から和服を着た若い
　友代が、心配そうに緊張した顔をして小走りに出
　て来て、婦長に出会ふ）
友　代　あのう——？、
婦　長　、、、？、
友　代　どうなんでしょうか？、
文　三　（小六を見て）どうも、おったまげたよ。
　（小六も毒気を抜かれて椅子に腰をおろして、、八
　ンケチで顔を拭いてゐる）
婦　長　、、、あなた立合ってごらんになってゐた通
　り、手術はすみました。
友　代　はい、いえ、、、どうもいろ〳〵ありがとう
　ございました。あの、、、
文　三　とんだ静江だあ（婦長と友代に眼をやる）
小　六　ウム、どうも、、、
婦　長　、、、（ヂロリと文三の方を振返る。文三ビ
　クッとして、ヒヨコ〳〵と歩いて上手廊下の方へ
　消える）
友　代　それで　なんでせうか、、、どうなんでせう
婦　長　どうとは、なんです？、
友　代　いえ、あの、、、助かるでせうか？、
婦　長　、、、手術はうまく行きました。
友　代　でも、あんなグッタリとなってしまって、、
　、あれっきり眼がさめないで、おしまいになるや
　うな事は——？
　（こちらの椅子にかけた小六は、顔を拭きながら
　時々二人の方へ眼をやってゐる。はじめボンヤリ
　見てゐたが、チラ〳〵のぞく友代の姿に次才に気
　をとられ、注意を集める）
婦　長　、、、まだ子供さんですしね、それにズッと
　前から、いけなかったやうです。、、、でも、まあ

あのまゝ置いとけば、どっちせ、駄目だったんですからね。
友代　なんとかして……お願ひでございます……どうぞ、ひとつ――
婦長　あとは、心臓がもつか、どうかできまります。（奥へ歩き出す）
友代　なんとかして……どうぞ……
（婦長と入れ代ったため、友代の顔と全身が見える。その友代を穴のあくほど見てゐた小六が、出しぬけにサッと椅子を立つ）
婦長　とにかく、出来るだけの事は尽して見ます。
友代　よろしく、お願ひいたします。どうか――
婦長　いえ、あなたは、いつとき、立合って下さらなくても結構だから、この間に、お母さんの方を見てあげて下さい。（言ひ捨て、奥へ消える）
友代　はい。……（婦長の消えた方を心配そうに見送っている。その後姿を見守っている小六が次第にワクワクして来る。……友代は、やがて、振返って、上手廊下の方へ。椅子のところに人が立ってゐるのをチラリと眼に入れ、手に持ったハンケチで口のあたりを隠すやうにしながら、小腰をかゞめて、急ぎ足に横切りかける）
小六　……お……お絹！
友代　……（驚ろいて立停り、そちらを見る）……――？
小六　俺だく、小六だよ。久しぶりだったなあ。ハハハハ……なにね、おめえんちをやっと捜し出したら、誰も居ねえだらう。困っちまって隣りの家に聞きに行かせたら、隣りの家でも、もう寝ちやってゐて、なかく起きないのを、ようく叩き起すと、戸も開けてくれねえで、此処に来てると言ふんだ。そいでヒョイと思い出した。おめえが前に看護婦の勉強をしてゐたことがあったな、それさ！　そんで、まあ、テッキリ看護婦になってゐると思ひ込んじまった。おかげで、さつきから随分マゴくしたぜえ。ハハハ、いくら訊ねてもわからねえ筈よ。（一気に喋りながら友代の方へ寄って行く）
友代　……（後しざりしながら）あの……どなた――？
小六　（逢ひたい人にやっと逢えた喜びに相手の言ふことも耳に入れない）いや、捜したのなんの

のって！　向ふから帰って来てから、こっち——ホンのこないだ上海から帰って来たんだ。なにさ帰って来たから此処にこうして居るわけだが——ハッハハハ（と一人で笑って）とにかく、丁度いいあんべえにノロ文と逢ったんで——そう、おめえも二三度逢ったことがある、テキヤをやってゐた、そら、おっそろしくノロ〱した、まるで油とっくりみてえな——あれだ。（その当の文三は小便をしおえて、上手廊下の方から戻って来て、上手にノッソリ立ったまゝ、此の場の様子を見てゐる）やっこさんを案内役にして、蔵前から寺嶋、第六天から渋谷と、次から次ぎと向合はせちゃ、まるで足あすりこぎさ。でもまあ、これでやれやれだ。……俺あな——どうも、何から話したらいいかわからねえが……とにかく、かんべんしてくれ。永えこと放りぱなしにして、苦労かけてすまなかった。なに、はじめ向ふへ渡る時あ、こんなおめえ、六年も七年も留守にしやうなんて、夢にも考えへてやしねえ。たかが半年か一年……その気だった。だもんだから、手紙も出さねえ。なに、もう直ぐだ、もう直ぐだ、帰りさえすりや……そつもりでツイ、もう三月、もう半年と延びちやって……もっとも、頼って行った細田の兄きが、商ふで請負をはじめてゐて、俺もまあそいつを手伝ってゐたが仕事が忙しいもんだから、どうしても離さねえ。そこい、三年前から、こんだ帰りたくも帰れなくなる。ついなあ。……だけど、六年が間、俺あ……なんだ……お前の事を思ひ出さねえ日は無え。フッ！（自嘲）中学生じゃあるめえし、嘘つくその悪い話だが、昼間あ忘れてゐると思ってゐるやつが、夜になると、つい、おめえ——。そこい戦争はあの始末だ。テンヤワンヤの騒ぎさ。あっちも、すると、東京も大変だらうと思う。どうしてるか？、そこいやっとまあ船に乗れる事になって、細田の兄き達と一緒に帰って来た。いや内地の山が見えだしたら、みんなもう泣いたよ。俺らにして見りや、ほかあどうでもいゝ、たゞ東京だ。……そんなわけだ。かんべんしろ。

友代　……（その間も困りきって、何か言はうとあせってゐるが、相手があまり気をこめて一気に喋りつゞけるので、気を吞まれて口出しをする隙は無し、わけはわからず、少し気味が悪くなって

来て、モジ／＼と、しまいに奥を振返ったり、上手廊下を見たり、そこに立ってゐる文三に助けを求めるやうな眼をやったり）……ちがいます。あのう、そんなー ちがひます。

小　六　（相手をさうだと思ひ込んでゐるので自分だけでスッカリ内省的になってしまって、床を見詰めて、思い入ったやうに語りつゞける）いや、さうなんだ。しかし……しかし、これからあ、もうお前に、つまらねえ苦労はかけやしねえ。……昔あ、しやうが無かった。つまらねえ、俠客気取りで、思ひ出してもムシズが走らあ。……上海へ渡ってから、一人になって、シミジミ考えて見た。それまでの自分のして来た事よ。……なんてまあ、出来そくないの、薄っぺらな……つまり小僧っこ……つまりが稲葉小僧だ。そいつが身にシミジミとわかった。うむ……お前に対してのこれまでのやりかただってさうだ。お前をシンから想ってゐる気でゐて……いや、シンから惚れてゐるくせに、これまで現に俺がお前にして来た事と言えば、お前に苦労をかけ、お前をいじめる事ばっかりだった。上海へ立つ時だって、さうよ、俺が留守の間もチャンとお前の身が立つやうに、なんとか格好をつけて行かざならねえとこを、ウヌが一人合点で行っちまった。そりや、当時身体ヤバひし、急いぢや居たけど、その気が有りや、それ位の事あ出来てる。……向ふに居る間中、腹ん中でお前にあやまり通しさ。ハハ……そんなこんな、いろいろ考えてな、量見方あ、だいぶ変った。

文　三　……兄き。おい、稲葉の兄き！

小　六　黙ってろお前は！　そいでさ……そこい、一週間前に戻って来て、この東京の姿を一目見るなり、こんだこそ、お前、ドカーンと、それこそ脳天から、やられた。それこそシチリコッパイ、これまでの自分一人のケチックセエ量見かたから、夢もまぼろしも消し飛んだ……なんしろ、今後どうしていいか、まるっきり、わけがわからなくなった。……そいで、お前の事だ。とにもかくにも、お前に逢って、とにかくまあ、安心もさせ、お前の考へも聞いて、何もかもチヤンとしてな、そんで、まあ、これからお前と一緒に、なんだ、堅気に働きてえ……さう思ってよー

文　三　兄き！　あのう、この人はー

小　六　てめえは引込んでろい！　なあ、お絹――
友　代　それは、あの……言って見ますから……いえ……あの……（小六の述懐の間に、何事かに気附き、言葉を挟まうとするが、どう言ってよいかわからぬし、気味は悪くなってゐるし、それに一方には気がせくので、遂に、頭を一つ下げると、小走りに文三の傍をすり抜けて、上手廊下の方へ消える）
小　六　お絹！　おい！　おい、お絹
文　三　（追ひかけて行こうとする小六を止めて）兄き、なんだか、どうも、変ぢゃ無いかね？　どうも、こいつは――
小　六　何が変だ？
文　三　なんだか、違ふんぢゃないかなあ。
小　六　何が違うんだ？
文　三　今の、その――
小　六　だから、何がどうしたってんだ？
文　三　んだからさ、人違ひぢゃねえか？
小　六　なあに、何か訳が有るんだ。何かキット訳があって――
文　三　さうじゃ無えんだよ。そのう、なんだ！今のは、お絹さんじゃ無えんぢゃねえかねえ？
小　六　なんだって？
文　三　なんだか変だよ。
小　六　な、な　なによ言ってゐるんだ。寝呆けるな早えぞ。お絹ぢゃねえか現に。
文　三　うむ、そうあ、お絹さんにソックリだけんど……どうも、この、あんまりソックリすぎらあ。
小　六　チッ！　お前どうにかしゃあしねえか？、顔だけぢゃ無え、声もチャンとお前聞いたろう？
文　三　うん、たしかにお絹さんの声だけど……だけんど、なんだぜ、つまり六年だぜ、つまり、あれから六年たってゐるんだよ。その、赤んぼだって六年たちゃ六つになるらあ。あん頃、たしかお絹さん廿一か二だ。するてえと、今年、廿六七だあ。……今の女はせいぐ〜十九か廿だ。兄きの前だけど、人間、さかさに年を取りゃしめえ……実あ俺もはじめお絹さんだとばかし思ってゐたが……よく似てゐれば似てるだけ、こいつ、変だよ。
小　六　……（文三が喋ってゐる間に、その事に気附き、ギックリ顔色を変へ眼を据えて空を見てゐたが）……するてえと――（友代の去った方を睨

んでゐる）
文　三　たとえにも言はあ、子供の大きくなるなあわかるが、ウヌが年を取るなあ覚えねえ。兄きだつて俺だつて、あの頃からあ、六つ七つ年食つてらあ。あんまり似てるんで、俺らまでさう思つてしまつたけんど、お絹さんだけが元のまゝで居るわけが無えもんな。
小　六　ウーム。……（唸つてゐたが、ツイと反代の後を追つて行きかける）
（そこへ正面廊下から金貝看護婦が急いで出て来て、薬局の扉を引開ける。その音で振返つた小六、急いでそつちへ寄つて行く）
小　六　チヨイ、チヨイトお訊ねしますが――（扉の把手を掴んだまゝ振返つた金貝に）今さつき、此処を通つて向うへ行つた女の人が居ますが――着物を着た、若い――
金　貝　はあ？
小　六　あれ、誰なんでせうか？　どう言う――？
金　貝　今、手術をしてゐる子供さんのお母さんの、たしか妹さんだとか言つてゐましたけど……お知り合いぢや無いんですか？
小　六　へ？　するてえと、その、お母さんと言ふのは？
金　貝　あゝ、それは先刻、手術に立ち合つてゐる最中に脳貧血を起して、三号室に寝せてあります。
（言ひ残して薬局に消える）
文　三　……さうだあ！　（手を打つて大声を出す）
小　六　……？
文　三　お絹さんの妹ぢや無えか、今のは？　たしかあの頃、十四五になる妹が居たじやねえか。そらよ、一度兄きが業聴のお絹さんちへ俺を連れてつてくれた事があらあ。あん時に、たしか――
小　六　さうか……しかし、するてえと……その脳貧血を起して寝てゐるというのが、ぢや、お絹か？
文　三　さうだよ、たしかにさうだよ。
小　六　するてえと、しかし、手術をしてゐる子供の母親がお絹と言ふ事になるぜ？　そ、そんな筈は無え！　お絹に子供が有るなんて、そんな――
文　三　そりやお前……んだから
小　六　子供なんてえもなあ、一人で出来るか？
文　三　そりやお前、子供なんてもなあ、一人で――出来ねえな。

小　六　見ろ、子供が有りゃ、亭主が有ると言ふ事になるんだ。

文　三　先づ、さう言ふ事になる。

小　六　なによつ！（いきなり、文三の頭をこづく）

文　三　だってお前……だって……んだからさ、六年相経ち申し――

小　六　まだ言ふか！――（そこへ金貝が薬局の箱を抱えて薬局から出て来て、廊下奥へ行きかける。小六、それに向ってすがり附くやうにいそいで、その、貧血で寝てゐると言ふ女の人は、本郷と言ふんぢゃせうか？、

金　貝　さあ、よく憶えてゐませんけど……本郷なんて苗字ではありませんでしたよ。たしか、み、なんとか、……さうく、御厨さんと言ってゐました。

小　六　御厨……？

金　貝　急ぎますから――（すりぬけて廊下奥へ去る）

小　六　見ろ、まるっきり違わあ。

文　三　うむ……えゝと……だけんど、子供が有って亭主が出来てるとすりゃ、こんで、苗字なども変って――

小　六　ぢゃ念のために、当の本人に逢って来やうぢゃねえか。三号室だと言ってゐた――（はや、上手廊下の方へ歩き出してゐる）

文　三　だって兄き、そんなお前、寝てると言ふんだから、そこい――（止めにかゝる）

小　六　なあに、逢って見りゃ、いっぺんにわかる――（言ひながら、廊下の方へ消えやうとしたのが、奥から出て来る人に気附いてフッと立停り、その方を見る。やがて妙な顔になって、後ろへさがる。……廊下奥から、友代に助けられながら、ヨロヨロして絹子が出て来る。小六と文三が友代を絹子と見まちがえた位だから、友代ソックリの女が出て来るかと思ってゐると、さうでは無く、昔は知らず現在は、面差しのどこやらが僅かに友代に似てゐると言える程度で、心労と病弱のためやつれ果ててゐる。友代の肩につかまった手がブルブルと顫えてゐる）

友　代　大丈夫、姉さん？

小　六　……（さすが一目で絹子を認めるが、その

あまりの変りやうにトムネを突かれて、声をかけるのも忘れてゐる）

友　代　大丈夫。歩ける？

絹　子　いいの……（小六を認めるや、口の中でア！と言つて立停る）

（永い間。大時計の秒刻の音。……見守り合つてゐる小六と絹子。先程友代をつかまへて一気に喋り立てた小六の調子では、当の絹子に逢つたらどんなに雄弁にまくし立てることかと想はれたのが、反対に、なにも言へないで、たゞシミジミと変り果てた女の様子を見つめてゐるだけ……文三も友代も、二人の様子を交る〳〵見守つて立つてゐる）

小　六　……（口の中で）……お絹。

絹　子　……（次第にうつ向く）

文　三　……だけんど、この、変つたねえ、お絹さん。（棒のやうに突立つたまゝ、眼がしらに流れ出して来た涙を指の先きで拭く）……だいぶ、なんだ、苦労したやうだなあ。

小　六　……（文三に言はれるまでも無く、相手の様子から殆んど一切のことが一度にわかるだけに、却つていたわりの言葉も言へず、涙一つ出て来ない。次第に頭が垂れて来る）

絹　子　……（眼まいがするらしく、フラ〳〵と倒れそうになる）

友　代　姉さん！（椅子の方へ連れて行く）姉さん！

絹　子　……いいのよ。（椅子にかける）

（間）

文　三　……稲葉の兄きが、どうしても、お前さんを捜したいからと言ふんでね、俺も、その……俺あ、その、なんだ、文三ですよ。ノロ文だあ、当時……ハハ、二三度お目にかかつた事があらあ、ハツハハハ（笑うがちつともおかしそうでは無い。小六も絹子もそんな声は耳に入らぬらしい。友代は姉の様子を心配そうに見たり小六の方へ眼をやつたりしている）

小　六　（やつと頭を上げ、口の中が乾いてしまつたやうな、かすれた声で）……弱つてゐるやうだ。……それに、こんな所だし、なんにも言えない。……俺が悪いんだ。……言いてい事は。いくらでも有るが……言はない。……とにかく、大事にしてくれ。

絹子 （声を立てないで、せぐり上げてゐる）
文三 余くなあ……どうも……（頬に涙を指の先でぬたくつてゐる）
小六 ……しかし、たつた一つ、聞かしてくれ。……その、今、手術を受けてゐる子供と言うのは……お前のホントの子か？
絹子 ……（ガックリとうなづく）
小六 ……さうか。……そいで……そいで、その子の——？
絹子 ……（下を向いて身動きもしない）
小六 え？……誰だい？……その子の父《てて》親は——？
絹子 ……。
友代 ……（姉が黙つてゐるので、代つて答へる）あの……姉さんは、辰造兄さん——御厨辰造という人んとこに、片附いたんです。そいで、辰夫ちやんと言うのは、その子供です。
小六 御厨……さうか……さうだつたのか。
絹子 ……あれからズッと……私、待ちました。待つてゐましたけど、あなたから手紙も来ない……そこい、お父つあん亡くなりました。家は見なくちやなりません……いろ〱、やつてみましたけど、女手じや、どうにもなりません。そりや、ずいぶん、なにして……とう〱、そいで、是非にと言われて、なにする事になりました。……かんべんして下さい。
小六 ……そんな、そりや、かんべんするもしないも、……そんなお前——。……さうか。
絹子 それについちや、その時、あなたに何とかして話だけでもと思つて、以前のお仲間の人達をはじからたずねて歩いたんですけど……どうしたんですか、一人も逢えなくつて——
小六 そりやあの頃、大方みんな、東京を売つて、よそへ行つちやつたから。……さうか。……（話してゐる間に急に眼を光らせる）いい、や、そりや、いい。しかし、此処で先刻から聞いてると、その子供、だいぶ、むづかしそうじやねえか。こんな際に、その父親——御厨か——その人あ、やつて来もしないで、何をしてゐるんだ？
絹子 え、、そりや……
小六 お前だけ、こうして苦労させて、……そんなこつて有るもんぢや無え。全体、そんなお前—

友代　あの、辰造兄さんは、南方からまだ復員して来ないもんですから……。

小六　え、復員？、……するてえと、その人、兵隊だったのか？、

友代　えゝ。

小六　……。

（そこへ、正面廊下の奥から婦長が出て来る。小走りに上手廊下の方へ横切ろうとして立停る）

婦長　あ、此処に居たんですか。（と絹子と友代に言い、次ぎに小六と文三にチラリと眼をやって）……**こちらの**お見舞いだったんですねの、

文三　……へえ、どうも先程は。

婦長　（絹子に）直ぐ、手術室の方へ来て下さい。

絹子　（ハッとして立あがる）では、あの、辰夫が――？、

婦長　……（自分は薬局の方へ）

友代　（姉を助けて歩き出しながら）しっかりしてよ、姉さん！、（婦長の背に）そいじゃ、もう、いけないんでせうか？、

婦長　急いで下さい。（薬局の中へ消える）

（友代は絹子を助けて、急いで正面廊下の奥へ去る。あとには、椅子にかけて自分の考への中に落ち込んでゐる小六と、キヨトリと突立ってゐる文三）

文三　……だいぶ、この、むつかしそうだなあ。

小六　……（忘れたころになってから）……え？、なんだ？、

文三　子供さ、その。……どうも、様子が、……

なんじゃないか。

小六　……（ビクッとして椅子を立つ）……さうか。……（そこへ婦長が大きな帳簿を持って薬局から出て来る。それに向っていきなり）その、病人は……駄目ですか？、

婦長　……（チロリと見るが、直ぐに帳簿を開いて調べにかかる）

文三　……なんとか、その、ならねえもんですかね？、

婦長　……（相手にせず、捜してゐる頁が見つかったらしく、廊下奥へ）

（そこえ院長がスタ〳〵出て来る）

婦長　……（院長に）そいじゃ、あの――？、

院長　うん、いや、…で、近所から来て貰う人の

見当は附いたかね？、

婦　長　はあ……でも、こんな遅そうござんすし、とにかく、いやがりますから、……やっぱり折口さんにしましせうか？、

院　長　さうさ、だけど看護婦の手が一時だけでも一人欠けるのは困るんだが……まあ、しかし、ほかに居なければ仕方が無いが……とにかく、ぢや、やって見るか。ぢゃね、枸櫞酸はよして、タオルであったためて行こう。準備してくれ。

婦　長　はい。

院　長　そいから、あのお神さんは、此方へ連れて来といてくれ。あすこに置いとくと文句れる。オ一、あゝ弱られちあ、見てる此方が、たまらん、クランケ見てるぶんにゃ、どんなひどい奴でも平気だが、はたで騒がれるのは、やりきれん。ハハ。

婦　長　……さうします。

文　三　（院長に）どうか、ひとつ、よろしく、その……。

院　長　やあ、……（婦長を見る）

婦　長　今、なにしてゐるの、見舞ひに――。

院　長　さう。……（軽く頭を下げてから、急ぎ足に廊下奥へ。婦長もそれを追って小走りに去る）

（取残された小六と文三は、暫くボンヤリしてゐる。……間。……やがて小六はノロノロと板の間を歩いて、あがり端へ行き、そこに立停って、室の気配に耳を澄すやうにしてチヨット立ってゐるが、溜息を一つ附いて、しゃがんで靴を取る）

文　三　……どうするんだよ、兄き？、

小　六　う？、……けえる

文　三　けえるって、お前……このまゝで、お絹さんが……そいから、その、子供が、いよいよいけねえとなりゃ、お前――

小　六　……俺達あ、居ねえ方がいい。

文　三　だけんどお前……そんな……オ一、兄きや、そいで、どうするんだい？、

小　六　そうさなあ……山半の親方んとこへでも行くか。なに、こうなりゃ、思い残りあ無え。

文　三　するてえと、盤妹は、やめにするのか？、

小　六　うむ、なんしろ、張合いが抜けちゃった。まあ、いっとき山半で草鞋をぬがして貰って、万事はそれからかな。

文　三　するてえと、細田ってえ人の方は――？、

小 六　なに、先に行って貰ふさ。……考へて見りや、どうで、俺なんざ、ゴロンボウに生れついてるかも知れねえんだ。

文 三　だつて、そいじゃ、あんまり、アッケ無えぢゃねえか。もう少し、この——

小 六　なあに、こいで、もともとだ。なるほど、六年が間、あいつが待っていやうなどと思ったのが、虫が良過ぎたんだ。小僧、やっぱり、焼きが廻ってゐやがら。

文 三　だつてお前、それとこれとは、別だ。俺の言うなあ、お前——

（言ってゐる所へ、正面廊下奥から、後ろに気を残しながら、オロオロと昂奮した絹子が金貝看護婦に助けられて連れられて来る）

絹 子　いえ、かまいませんから——大丈夫です！かまひませんから——

金 貝　此方で——いっとき休んでゐて下さい——また、あなたが、なんですと困りますから——

絹 子　あたしは、たとへ、どうなっても、かまいませんから——あたしの血を採って下さい。私の——

金 貝　（無理に絹子を長椅子に坐らせる）大丈夫ですから、安心して——妹さんが附いてゐらっしゃるんですから——

絹 子　駄目でせうか？、私のでは、駄目でせうか，

金 貝　身体お弱ってゐらっしゃるんですから——。いえ、さうなれば、チャンと先生がなさって下さるんですから、安心して、委せて——

文 三　……（あがり端のところから振返って二人を見てゐたが）どんな具合ですかね？

金 貝　は？、……はあ。

小 六　……（これも振返って、オロ〳〵と廊下奥にばかり気を取られてゐる絹子の様子を見てゐる）……いけないかね？、

金 貝　いえ……いけないって事はありませんけど……なにしろ……一声でも、泣いてくれろやうだと、取りとめると、先生、おっしゃってゐますけど——

絹 子　（祈るやうに）……泣いてくれ！　辰夫、大きな声で泣いておくれ！　辰坊、泣いておくれ！（……そこへ廊下奥から婦長が小さいガラス板とメスを持って出て来る）

婦長　（その皿を見廻し、あがり端に行ってゐる小六と文三の方へ敏捷に寄って行き）あなた方、チヨット待って、チヨット、チヨットノ、あがって下さいな！

文三　なんか、その——？

婦長　すみませんけど（文三の片耳を、いきなり掴んでグイ／＼と消毒する）ジッとしてノ、（メスを持って行く）

文三　おっと！（めんくらって、眼をパチつりさせてゐる）

婦長　はい、よろしい。（採血を済ませ、瘢跡にバンソウコウをはり）そちら——（今度は小六の耳にかゝる。手馴れたもので、早い）

小六　……どうするんですか？

絹子　辰夫、泣いておくれ！

文三　……どうするんかね、俺達を？

婦長　はい済みました。チヨットの間、待ってゐて下さいね、直ぐですから。

絹子　いかゞでせうか、もう——？

婦長　あなたは、そこで横にでもなってゐて下さい。（小走りに廊下奥へ）

文三　なんせ、たまげ返ったバアちゃんだなあ……どうも……（金貝に）ありや、偉えのかねえ、此処で？

金貝　（微笑）はあ、婦長さんです。

絹子　そいで、どうなんでせうか？（これはあくまで子供の事が気がかりで、金貝にすがり付くやうに聞く）

金貝　先生と婦長さんがゐらっしやるんですから、そんなに心配なさらなくっても——

小六　……（妙な風になってしまって、直ぐには帰りもならず、絹子の方ばかり見てゐたが）……そいで何かね……その御尉と言う人の留守は、暮しの方はどんな風に——？　親族は無いのかね？

絹子　……東京には親類は無いんです。……辰造は工場の方へつとめてゐました。そいで、そのあと、頼んで、同じ工場へ私もつとめさして貰ってゐます。精密機械の……。妹も働きに出てゐますから……。

小六　すると、子供は——？

絹子　辰夫は託児所にあづけて行くんです。……

そいで、そんなわけで、今度も、つい手遅れになってしまって……。夕方から、痛い、痛い……いえ、しばらく前から、おなかの具合が悪くって、直ぐに痛いと言ってました。……そいで、いつもの事で大して気にもしないで、そのまゝにして置いたんです。腸捻転なんて、思っても見ないもんですから……そのうち、あんまり苦しがるので、こちらへ、なにして……。子供の事で何を聞いてもよくわかりませんけど、昼間、すべり台から転げ落ちて、棒かなんかでひどくおなかを打ったらしいんです。前から故障が有ったとこへなにしたんで、そいで——だそうですの。……いえ、私の不注意です。こんな事になってしまって——みんなあたしが至らないからです。……こいで、あれに死なれでもすれば……御厨には申しわけが無いし、あたし、生きちゃ居れません。（泣く）……辰夫、どうぞ、お願ひだから、お願いだから、泣いておくれ！

文三　大丈夫だよ、大丈夫、そんな事にゃならんよ、なあに、そんなお前——

小六　……（絹子の様子の痛々しさに、なぐさめの言葉も出ないで見てゐたが、フト思ひ付いて洋服の内ポケットから紙幣入れを取り出し、文三に渡す）

文三　……どうすんだよ？

小六　……（眼顔で絹子を差す）

文三　そっくり——？（小六うなずく。文三、絹子の方へ行き、その膝へ紙幣入れを置く）

絹子　……（それを見てから、小六の方へ眼をやる）

小六　……少しだけど、何かのたしに、使ってくれ。

絹子　いえ、そんな……私、こんなもの——

小六　ホンの土産代りだ。……なあに、たんとは無え。……（微笑）なに、こんな事と知ってりゃもう少しは持って来れたんだが、なんしろ、まるでお前……ハハハ（寂しい笑ひ声）

絹子　……すみません。（金の事では無い）

小六　いいんだ、いいんだ、ハハ、なに、もともと——

（そこへ再び婦長が急いで出てくる。腕まくりをしてある腕を更にまくりあげながら）

婦長　さ！　えゝと……（と文三と小六を見て）
血を少しばかり、いたゞきますよ。
文三　血？　血と言うと、その——？
婦長　なに、ホンの少しです。
文三　血をかね？（恐慌をきたしてゐる）おいらあ、どうも、この——
婦長　いや、あんたはペケ。合いません。（小六に）こちらの——
文三　ペケえ？（眼をキヨトキヨトさせながらも、ホッとする）
婦長　（かまわず小六に）あがって下さい。
小六　おいらの？
婦長　あなたのは、合いますから、いいでせう、ホンのチヨットですから？
小六　そりあまあ、構はねえけど——
婦長　（小六の手を取って引き上げるやうにして）ひとつ、頼みます。さ！
絹子　それでは、あの——？
婦長　いいでしよ？　輸血協会では間に合わないし、此処の看護婦に一人、合ふのが居ますけど、看護婦ですしね、チヨット困りますから。それから町会から型の合う人に来て貰ってもいゝんですけど、なにしろ遅うござんすしね、丁度この方なら御懇意のやうだし、あなたからも、頼んで下さい。
絹子　はい、そりや、……でも——（しかし、今の場合、具合が悪くて、口に出して頼みもならず、困って、たゞ祈るやうな眼つきで小六を見てオロオロしてゐる）
小六　どうも、困ったなあ。
婦長　それで、こちらの息子さんの命が助かるかも知れないんですから——
小六　助かるかね？
婦長　そりや、やって見なければ、なんともわかりませんけど……とにかく、今のまゝにして置けば、もう望みはありません。
金貝　お願ひします！
小六　……弱ったなあ、どうも。
婦長　あなたの心持一つで——ことに、まだ復員なすってまないと言ふじゃありませんか、あの子のお父さん——そう言った方の息子さんの命が助

かるかも知れないんですから――
小六　……そりゃ、なあに、……アカの他人にしたって、人一人助かるとありゃ、俺の血なんぞ、いくらでも、やっていいんですがね――
婦長　よろしい！　では、急いで！　なに、このまゝでいいんです。上着だけ此処で脱いで行って貰ひませうか。（言ひながら、既に小六の背廣を脱がせにかゝってゐる）
小六　（あわを喰って）チヨ、チヨット。チヨット待って！さうじゃ無えんだ、さうぢゃ無えんだ、俺の言うなあ、その……（言ってゐる中に婦長から上着を脱がされてしまってゐる。益々あわてゝ）しとっ！、いや、俺の言ふなあ、その、俺の身体あ、どうも、役に立つめえと思って――
婦長　さあさ、急いで！、此方へ来て下さい。
小六　弱ったなあ！、さうぢゃ無えんだ。俺の身体ぢゃ、そんなわけには行くめえと思ふんですよ。
婦長　どっか、悪いんですか？
小六　なに、悪いってわけぢゃ無えんだけど、全体、俺の身体や血なんてえものは、……どうも困るんだ。……だろうと思うんですよ。
婦長　どれ〳〵、ぢゃ、チヨット見せなさい。（今度はシャツをむしり取りはじめる）ズボンも脱いで！、
小六　あ！（既に上半身を半裸体にされかけて、あわて切って）さうじゃ無えんだ。さうじゃ無えんですよ！困るよ！困りますよ！。／口文！（うろたへて、文三に助けを乞ふ）
文三　どうもこの！　えゝと……んだけんど……（これもウロ〳〵するが手出しもならず）
婦長　いゝ身体してるぢゃないの！
小六　違ふんだ！、その、俺の身体なんて、これまで、その、持ちくづして……この、ロクな事あして来て無えんだから、さん〴〵、この……つまり、よごれ切ってるんだから――
婦長　……（相手の言ふことが、わかったやうなわからないやうな、しかしさすがに年で、少しは察しが附いたらしく、ニコ〳〵して）かまんかまん！、そんな事あんた、なあに、誰にしたって――いざとなりゃ、どうにでもなりますよ。
小六　（へこたれ切って殆んど泣きっつら）いや、それが、普通の誰も彼ものなにとは少しワケが違

ふんだから、どうも……困るよう！、
婦長　かまひません！、さ！、（強引に小六の手を掴んで、廊下奥へ引立てて行く）まかせて置きなさい！、此方はくろうとです！
小六　知らねえよ！、俺あ、知らねえよ（消える（あとに文三が、小六の言ふ事に就ては彼自身にも多少おぼえの有る事故、よくわかるし、されぱと言って押しとゞめる事もならず、閉口して、頻に片手を持って行ったまゝ、アッケに取られて見送ってゐる。絹子はそっちへ頭を垂れて、両手を握りしめてゐる。金貝は小六のあわてやうが、あまりひどいので、びっくりして見送ってゐる）
絹子　……（低い声）おたのみします、小六さん！
文三　……どうも、へえ……フウ！……全体、この……（ボンヤリと金貝に）なんですかねえ……この輸血なんて事が、そんなに手軽に出来るもんですかねえ？、
金貝　はあ、簡単です。準備はスッカリ出来てゐますし、一番簡単なやり方だと、十分もかゝりません。内の先生は、それに、軍医で出征なすってゐたので、さんざ馴れてゐらっしゃいますから。
文三　さうかなあ……軍医さんか……えゝと（と奥を気にしながら、絹子に）お絹さん……その、御亭主と言うなあ、いつ頃出征なすったんです？
絹子　……（心配で椅子から立って見たり、又掛けて見たりして奥の気配に気をとられてゐる）？え
文三　いや、その御厨と言ふ人は、いつ頃出征……
絹子　さきおとゞしです。……子煩悩な人で……、辰夫が死にでもすると……どんな気持がするか……それを思ふと、私、たまらないんです。……出来ることなら、私が身替りになってでも、辰夫だけは……辰夫だけは私……。
文三　さうだらうなあ……（金貝に）輸血と言ふもなあ、そんなに利き目が有るもんですかねえ？、
金貝　そりゃ、やって見なくては判りませんけど……病気の種類にも依りますが……出血のひどい患者さんなど、大概テキメンに利きます。人に依っては、今まで脈も息も絶えてゐたのが、血を入れると、いきなり眼をパチ〳〵させて、起きあがらうとする人なんぞありますわ。なにしろ、生きている血がヂカに入って行くんですから。
文三　そんなもんかねえ……。

絹　子　すると辰夫などのやうな病人には——？、
金　貝　利くわけですわ、わけから言へば。……とにかく、泣き出す位の力が出て呉れさえすれば、こっちのもんだって先生おっしゃってゐました。
絹　子　……泣いてくれ辰夫！　大きな声で泣いておくれ！（ヨロ〳〵立って廊下口の方へ行きかける）
金　貝　落着いてゐて下さい。（それを無理に椅子へかけさせる）そんなにして、又、あなたが倒れたりなさると、困りますから。
文　三　さうだ、そりゃ、落着いてゐなくちゃいけねえ……（自分も落着けない、でウロ〳〵と廊下口へ行って奥を覗いたり、椅子の方へ来たり）大事にしてくれねえと……だけんど、いやにヒッソしてやがるなあ。……いや、なんだよ、実際この、びっくりしましたよ、最初にあんたを見た時あ……なんしろ、あんまり変ってゐるんでなあ……そりゃ、こんな心痛が有って見りゃ、無理も無え。無理も無えけんど、なんせ、昔の面影なんぞ、どこを捜したって無えもんなあ。ドッキリしちゃったあ。……はじめ、先刻の妹さんを、あんたゞとスッカリ思い違へてね、ハハハ、また、似たと言っても、六七年前のあんたに瓜二つだもん。ハハハ（つとめて笑う）……そんでも、兄さは、やっぱり、たいしたもんじゃありませんか、当のあんたを見たら、こんだけ変ってゐるのに、一目でそれとわかったからね。惚れてると言ふなあ、たいしたもんだなあ。ハハ、……（やっぱり、他の二人は、笑ひに乗って行こうとせぬ）
婦長の声（廊下奥から）金貝さん！　金貝さん！チヨッと来て！
金　貝　はい！（立って行きかける）
絹　子　……（これもギクリとして立ち、金貝の後に添って行きかける）あの——？、
金　貝　あなたは此処に居て下さい。
絹　子　でも、私も——
金　貝　（絹子の肩を押して椅子に掛けさせ）大丈夫ですから、此処に落着いて居て下さい！（文三へ）あの、こちら、お頼みしますから。
文　三　え？　あゝ、なに、よござんす。えゝと——（言ってゐる間に金貝は小走りに廊下奥へ）どうも、この……（まだ立ったり掛けたりしてゐる絹

子）大丈夫だよお絹さん……まあ、そんなに、なんだ……なに、向ふはチヤント大勢附いてゐるんだから……（言ひながら絹子を掛けさせるが、しかし、さう言つている自分も、奥の気配にばかり気を取られてゐる。奥はシーンと静まり返つてゐて、コトリとの音もしない……………いやあ、ハハハハ（と無理をして笑つて）おどろいたの、なんのつて！、なんしろ、ねえ、四五日前、いきなり稲葉の兄きにふんづかまつて、お絹はどこだ？まるで、この俺があんたの親元じやあるめえし、あんたの居どころを知らねえと言ふ法は無えと言はんばかりさ……マゴマゴするてえと、ぶんなぐりさうなけんまくでよ、その場から一緒に行けつてんで……まるで、うしろからケツを叩かれんばかりにして、毎日々々、足あスリコギにして、あんたの行方さがしさあ。ハハ、そいで、探ね探ねてヤツトあんたの家が見つかつたら留守……此処だと言ふんで来て見ると、これだ。……なにさ、はなつから看護婦になつてゐるんだと思つてゐるもんだからね、先刻の山あらしみてえな看護婦の大将にやおどかされる……や、もうサンザンさ……

そんでまあ、とにかく、飛込んで見たら、その当のあんたのさ、子供さんの手術の真最中だと来た……まるでどうも、芝居か小説本……なら、まだいいけど、手も無くモグラモチが彼方へ行つちや石ころにアイタシコ此方を掘つちや木の根ペボイタシコ、しまいにやつとの事で、うまひ具合の穴を掘り当てたと思つたら、そいつが待ちかまへてゐた犬の口ん中だつてね……先づ、まあ……これがめんくらわずに居られますかつてんだ……なんしろ、お前《めえ》さん、おどろき桃の木さんしよの木、……さんしよの木の下で、雨ふり蛙《げえる》が眼をむいてらあ……そんでまあ……（相手の気をまぎらすために喋るが、心が此処に無いために、次才にとりとめが無くなつて来る。それに絹子はやはりヒヨヨイと立たうとしたり、椅子の背を掴んで見たりして奥にばかり気を奪はれて彼の言ふことなどよくも聞いてゐないので、段々に言葉が続かなくなつて来る）この……（ヒヨコ／＼と廊下口の角まで行つて、奥を覗く。絹子は無理に落着こうとつとめながら、その文三の横顔をヂツと注視する—あたりはシーンと静かである）

（出しぬけに、大時計がジージーと唸ってから、ゴーンと一時を打つ。その音が深夜の静かな医院内に、大きく反響する……虚を突かれて、文三も絹子もギクンと飛びあがる）

文　三　（駆け出しそうにしたへッピリ腰で振返って）な、な、な……へっ！

絹　子　……（これも直ぐに時計とわかるが、心配は益々つのるばかりなので、立ったまゝでワクワクしてゐる）

文　三　（絹子を見て）ハッハハ、おどかすねえ！　チッ！　ねえ、ハハハ。

絹　子　ノ口文さん、どうか、どんな様子か、手術室の方を見て来て下さい。

文　三　ノロ——？

絹　子　いえ、あの……お願ひですから。

文　三　フウ！　そりやね……なんだ……ノ口文か。

（変なところで感心してゐる）

絹　子　（相手の気持などに気を使う余裕なし）見て来て下さい、どうか！

文　三　うむ……。

（そこへシャツの腕まくりをおろしながら小六がフラーッと戻って来る）

文　三　おどうした、兄き？　すんだのかね、もう

小　六　……（気抜けがしたやうに絹子の方を見る。絹子は、すがり附くやうな眼で小六を見たり、廊下奥を見たりしてゐる）

文　三　そんで、どんなかうかね？　その——

小　六　うむ……（少しヨタ〱するやうな気味でユックリ歩いて椅子に置いた上着の方へ）

絹　子　小六さん、あの——

（そこへ奥から、昂奮した婦長がツカ〱出て来る）

婦　長　御苦労さんでした！　チョットその辺で、横になって休んで下さい。

小　六　……。

婦　長　そこの長椅子にでも。

絹　子　それで、どんな具合なんでせうか？

婦　長　もう少し見て見なければ、わかりません——（小六の方へ寄って行き）いゝんですか？　二十分ばかり、此処で横になって休んで下さい。さあさ！　（小六に上着を着せてやる。絹子もそれに手伝ふ）

小六　いゝんだ。……なに、なんとも無え。……たけど……おいらあ、知らねえよ。……あの子にた〻つても、おいらあ、知らねえよ。

絹子　……すみませんでした。

婦長　はい、ネクタイ。

小六　いいんだ。（いたわられるのが少し癪に障るか、怒つたやうに言ふ。絹子は婦長からネクタイを受取つて、小六の襟に結んでやりかけるが、両手がブル／＼顫えてゐるために、なか／＼結べぬ）

婦長　ハハ……これでもし効果が有れば、あなたはあの子供さんの命の親ですよ。

文三　大丈夫かい兄き、少し横になつてゐなくつても──？

小六　なんとも無えと言つてるじや無えか！

文三　だけんど、少し、この、フラ／＼してるんぢや無えか？

婦長　よろしい、取つて置きの葡萄酒が少しあるから──

小六　チツ、大丈夫ですよ

（その時、はじめ静かに、次第に激しく、奥からきこえて来る子供の泣声。同時に一同ピタリと黙つてしまい、その方へ耳をすます……間。……婦長は薬局の方へ行こうとした足を停め、絹子は結びかけたネクタイの手を停めたまゝ）

婦長　……（次第に自分に集つて来た他の三人の視線を見返して、強くうなづいて見せる）うまく行つたやうです。……（薬局へ入つて行く）

絹子　……（子供の泣声を聞きすまして奥の方を見てゐた眼を、次第に小六の眼へ移す。まだ無意識に小六のネクタイを掴んだまゝである）

文三　……やれやれ……。

（きこえ、バタ／＼と奥から駆け出して来る友代

友代　……姉さん！　姉さん！　辰夫ちやんが『姉さん！』辰夫ちやんが眼を開いて、姉さんを捜してゐるわよ！

絹子　……（ネクタイを掴んだまゝの両手で顔を蔽ふ。自然、小六の胸に前額が触れんばかりになり合掌してゐるやうな姿勢になる。やがて立つてゐるのに堪え切れなくなり、そのまゝ、ズル／＼と膝を突いて、小六の足元に手をつく）……ありがたう！　小六さん、ありがたうございました！　お

かげで——（なりふりも構はない心底からの感謝
小　六　……ボんやりして突立ってゐる）
（そこへ、喜色満面の院長がツカ〳〵出て来る。これと出会いがしらに、葡萄酒のビンとコップを持った婦長が薬局から出て来る）
院　長　……本田君、よささうだ、タバコくれ。
婦　長　はい。（手がふさがってゐるので、コップを手近かに立ってゐる文三に）はい、これを。
文　三　へえ？（そのコップに婦長が葡萄酒を注ぐ。注ぎ終ると婦長はビンを友代に渡して、自分は、タバコを出して院長に渡し、マッチをする）
絹　子　（院長に）ありがたうございました。ありがたうございました。
院　長　（フーッとタバコを一吸ひして）いやあまだハッキリした事は言へんが、大概大丈夫でせう。早く行って見てやって下さい。
絹　子　はい。……（イソ〳〵として、小走りに廊下奥へ去る）
婦　長　あらまあ！　どうしたの、あんた？
文　三　へ？
婦　長　あんたにあげたんぢゃないのよ、その葡萄酒！（なるほど、文三は、うっかり飲んでしまってゐる）
文　三　さいですか？
婦　長　さいですかぢゃないですよ！　あたりまえじゃありませんか！　こちらの方が、採血した後だから、なにしてゐるのに、なんてまあ、ホントに！（コップをむしり取って小六に手渡す。それに友代が葡萄酒を注ぐ）
院　長　ハハハ、まあ、いいさ。ハハ！
友　代　ホントに、ありがたうございました。
院　長　なに、礼を言ふなら、この方《かた》さ。（小六を差す）
友　代　（小六に）何と言ってよいか——
小　六　……（まだボンやりしてゐたが、手のコップにフッと気附いて、一気にグーッと呑みほし、頭をブルンブルンと振る）
婦　長　ホントに、いつとき横になってゐるといいんですけどね？
小　六　なに……だけど……（院長に）どうも、なんですよ、おいらあ、知りませんよ。
院　長　なんだね？

小六　おいらの身体なんてもなあ、これまで持ちくずし切って、……とにかく、俺の血なんて、ヤクザと言っても、これほどヤクザは——

院長　やあ、君の血は良い血です。

小六　え？

院長　強い、立派な血だ。

小六　……強い？……つ——？（びっくりして院長の顔を穴のあく程見つめてゐる）

院長　大丈夫だよ。ハハハ。（きげん良く笑ひながら、小六の背を平手でトンと一つ叩いて、さてと（婦長に吸い残りのタバコを渡しながら）ぢやあと、葡萄酒を一本、用意しといてくれ。その必要は無からうと思うが。（奥へ歩き出しながら）急ぎはしない。（廊下奥へ消える）

婦長　はい。……（友代に）あなた、もつと注いであげて。

友代　はあ。……（小六に葡萄酒を注ぐ。小六はそれを無意識に立てつゞけに二三杯飲む。眼はうつろに院長の去つた方を見てゐる）

婦長　（小六の様子が少し変なので注意して見ながら）ホントに、あなたが折よく来て下すつて居たので、助かりました。

小六　……。

文三　兄き——おい！

小六　う？、……（眼がさめたやうにその辺を見廻し、もう一度奥へ眼をやり、それから、ムツクリと）……そいぢや——（婦長にチヨット頭を下げてコツプを返してから、あがり端へ行き、腰をおろして、靴をはきはじめる。文三も、その小六の様子を横目で見い見いしながら、靴をはく）

友代　……（二人が帰る様子に気をもんで）あの、もうチヨツと居て下さると、なんですけど……婦からも、よくお礼を言つたり、……それから、あの、なんか——

婦長　大丈夫ですか？

小六　……（靴をはいてゐた手をフッと停め、タタキを見つめて、ヂッとなつてしまう。不意にククと妙な声を出す。文三も婦長も友代も、びっくりして見守る。その視線の中で、クク、ウーッと二つ三つ男泣きに泣き出す。しかし直ぐに泣声を止め、両掌で顔を蔽ふて石の様にうづくまつてしまう。……他の三人も、無言でそれを見守つてゐ

る。……永い間。……（大時計の秒刻の音）

文三 ……（驚きからやっと回復して）ど、どうしたんだよ、兄き？、

小六 ……ツット立つて、出て行きそうにするが振返つて友代を見て、フツと眼を釘付けにされる）

婦長 気分でも悪いんじゃありませんか？、

小六 ……お絹……お絹さんに、よろしく言って下さい。子供さんも……そいから自分も、どうか大事にしてくれるやうに。

友代 はあ、それは……でも、ホントに、もういつとき居て下さるといゝんですけど——姉さんもいろ／＼、なにか——

小六 いいんだ——（先程からあまりにマゲ／＼と相手を見るので、友代モヂ／＼する）

文三 ……なんしろ、いまだに、お絹さんだと言はれてもウツカリすると、そう思へるよ、うむ。

友代 まあ……。

小六 そいぢゃ——（先に立って出て行きかける）

文三 どうするんだよ、兄き？、どこえ、お前——？、

小六 こいから、上野だ。

文三 上野？、……そいじゃ、なにかね、やっぱり盤城に行くんだね？、

小六 （うなづいて）お前も一緒に来たきゃ、来い。

文三 そりゃ！、まあ、行くけどさ……しかし、急にいろ／＼になるもんだから、なんだか、お前——

小六 今夜と言う今夜は、考えた。……今迄、全体俺あ、何を寝呆けてゐたのかと思う。……六年も七年も経った夢を追っかけて、なんてこった！……第一、キボったら無え！以前ヤクザな真似ばっかりしてゐた頃あ、太えツラしてゐたく世に、今になって見りゃ、自分で自分に見きりをつけて物の役にゃ立たねえもんだと思ひ込んでる！ケッ！ ウヌの身体ん中にゃ、ドブ泥でも流れてゐると考へてゐたんだなあ。……そいつが、なんと……強い血だ。強い血……びっくりだ。ウム。これまで、まるでお前、のら犬のやうに……たよりになるものあ無えかと、捜し回ってさ、行く先先、次から次ぎと叩きこわされてちゃ、ウロ／＼する。……言われて、気が付いて見るてえと、なあんの

こいた！ ヴヌが身体ん中に、なんとお前！ チヤンと有るんだ！ はじめっから備はってら！ いたゞいてら！ チッ、どうでえ、ビックリだあ！ ……これまで見てえに、ウヌが身体を……ウヌが量見を……ウヌで粗末にしちゃ、ならねえ！ 立てれは、チヤンと人さまの、役に立つ身体だ。……へっ！ 女と一緒に向うで小じんまりと暮そうなどと考へで、シヤラックせえ！ 正に小僧だったよ。……しかし、こうなったら、大僧も小僧も無えや。もうグラくと迷ったりはしねえ。石炭が要るというから掘りに行くんだ。

文　三　そりゃ、さうだ！ そりゃ、そうだ！

婦　長　どうなすったんですの。

小　六　ハハハ、なにね、これから炭坑に行くんです。

婦　長　さう！ そりゃ、結構ですわね！ そりゃいいわ！ ひとつしっかりやって下さいよ！

小　六　あとは、よろしく一つ――

婦　長　大丈夫く（友代に）そひぢゃ、あなた、もう一つ注いで、祝盃に。はい。（と差出したコップを、手近かな文三が受取る。それに友代が葡萄酒を注ぐ）だけど、まだ電車が無いでせうに？

小　六　歩いて行きます。

婦　長　歩いて、大丈夫ですか？

小　六　ハハ、なに、わけあ無え。

婦　長　あらまア、またっ！（叫ぶ、再び葡萄酒は文三が飲んでしまってゐる）なんてまあ、このト―！（えんびを伸ばして文三のえりくびを掴みかゝる）

文　三　ひっ！（掴まれては大変と、コップを友代に渡すや、あわてて懸命に飛びさがって、三和回タタキの所でキリく舞いをしたあげくに、廻転扉を突き開けて表へ消える）

小　六　アッハハハ！（友代から渡されるコップを持つ。友代、涙を流した顔のまま葡萄酒をつぐ）友代ちゃん、だっけ……姉さんに、そ言って下さい。小六はよろこんで出かけたって。

友　代　……はい。

小　六　……（グッと一息に飲みほして）……ありがたう……（コップを友代に返す）

文　三　……（廻転扉を細目に開けて二ユッと首だけ出す）……どうしたんだあ、兄さ？

婦長　まあた、呑みに来た！（踵を振廻す）

文三　フツ！（びつくりして、二三度頭を扉につかへさせてゴリ〳〵言はせて消える）

小六　ハハハ、ぢや、さよならよ！（扉を押し表へ）

婦長　フフ、アッハハハ、ハハハ？（腹をゆすつて笑う）

友代　まあ！……（コップと葡萄酒のビンをかかえ、頬に流れた流れた涙をそのまゝに、扉のガラス越しに、去り行く二人の姿を、すかして見ながら、これも笑えて来る）

（幕）

満員列車

暗い中で、進んで来る列車の音。音は次第に高く大きく、耳がつんぼになる位にはげしくなる。
やがてその中から人の声が叫び出す。

男1　いてえ！　いてえ！　てっ！

男2　誰だっ、そんなに押すのわっ！

女1　苦じいっ！

男3　だめだ、あほうめっ！　もう、はいらないんだっ！

女2　いたいっ！　それあ、私の手ですよっ！

女3　あらっ！　なにをなさるのっ！

男4　くそっ！　前がつかえているのが、わからんかっ！　ばかやろう！

女4　あ～あっ！　あ～あっ！　死んでしまう！　死んでしまいますよっ！　つ、つ、つ、つ！

この八人の言葉が、同じ順序でもう一度くりかえされる。さらに、もう一度くりかえされる。ただし、三度目は、八人同時に叫ぶ。叫んでいるうちにパッと明るくなる。
舞台前面に一列に（ゴチャゴチャにひとかたまりになってもよろしい）、一人々々かってな方向を向き、さまざまの身体のかっこうをして、その全体が、まるでカンづめの中につめられたイワシのようにギュッと互いに押し詰め合い、突っぱり合い、しかも一人々々が怒って、苦しそうな、おそろしくきげんの悪い顔つきと姿勢をした八人の男女（この八人は必要な最小限の人数である。できればもっと多く――最高二十人位まで――の登場者がほしい。八人以上である場合は、この八人の男女を列中のところどころにはさみ、八人以外の人たちは合唱を受持つ。言葉を言う八人の人間には、言葉を言っている間スポットをあてる。）

女1（少女）
女2（中年）
女3（若い女）
女4（老婆）
男1（青年）
男2（中年）
男3（中年）
男4（老年）

グワーッと大きくなった車の音が、ギギギとや

むっ同時に、この集団がショウギだおしに一方に向ってよろけて、たおれそうになる。やっと踏みとどまったと思うと、つづいて、ガタンと音がしてこんどは反対の方にたおれそうになる。それを又やっと踏みこらえる。（それらの動きが集団的なムーヴマンとならなければならぬ）

男 １ いてえっ！ いてえっ！ てっ！ なにをしやがるんだっ！ いくら押したって、ドアだぜ此方は！ ドアから先へは行けねえぞ！

男 ２ （男１の言葉の後半にかぶせて）誰だ！ そんなに押すのはっ！ わしの足がアベコベにひん曲るぞっ！ こら、おい！

女 １ （同じくかぶせて） 苦しいっ！ 助けてくださいっ！ 息ができない！ あっ！

男 ３ （同じくかぶせて） だめだ、あほうめっ！ もうはいらないんだっ！ なんてえまあ、あほうがそろいやがったんだ、一台待って、あとに乗れっ！ あとに乗れっ！

女 ２ （同じくかぶせて） いたいっ！ それや私の手ですよっ！ どうしようと言うんですよ！ ツツツ！ こんちくしようっ！ （両ひじを突張って周囲をこづきまわす）荷物を持っていたからってそんなにジャケンにしなくったって！

女 ３ （同じくかぶせて） あらっ！ なにをなさるのっ！ ジャケンにするったって、なにも押しているのは私じゃありませんよっ！ 後から押してくるから、しかたがないじゃないかっ！ （首をうしろへねじ向けて）誰だかしらないけれどへんな所をグリグリするのは よしてちょうだいっ！

男 ４ （同じくかぶせて） なにがなんだよ！ へっ、前がつかえているのが、わからんかっ！ 苦しいのは、おたがいさまでえ！ 押されるのがイヤなら、はじめっから、こんなものに乗らなきや、いいんだ、べらぼうめ！ （グイとそっくりかえって、うしろの人を押す）

女 ４ （同じくかぶせて） あゝあっ！ あゝあっ！ 死んでしまう！ 死んでしまいますよっ！ つ、つ、つ、つ！ そりゃ、あなた、わかっていますけどさ、つ、つ！ 助けてください！ 助けて！

一人々々がてんでに、互いに押したり突いたり

しながら、もう一度、同じ言葉をくりかえして、わめきたてる。たゞし今度は八人全部が同時に言う。八人以外の人間も、ワッとかオウとかギヤッとか叫声をあげる。だから、全部がやかましいだけで、言葉は一つも聞きとれない。おまけに、そうしてわめきながら一人々々が、隣りの者をこづいたり、のしかゝったり、手足をグリグリ、バタバタしたりする。

男１　いくら押したって、もう、ドアだって言っているのがわからないのか、君！　なぜそう人の足を踏んずけるんだっ！　（隣りの男の鼻づらを、下からこづきあげる）

男２　踏んずけたいと思って踏んずけるんじゃ無えんだっ！　後ろから押して来るから、しかたが無いじゃないかっ！　（男１の頭髪をひっつかんで、自分から引離そうとする）だ、だ、だれだっ、そんなに押すのは！　わしの足が折れてしまうぞっ！　ち、ち、ち！

男１　いて、て！　なにを、この！　（自由な片手を空にふりまわす。その手が男３の頬にあたって音をたてる）

男３　（怒って）このやろう！　なぐるという法が有るかっ！　（飛びあがって男をなぐり返そうとするが、からだが人と人との間にはさまっているので、うまくいかぬ）

男１　だって、しようが無えじゃねえか！　さわられて悪いようなヅクニュウは、もっと引っこめとけ！

女１　（人と人の間にもぐってしまい、空をつかんで、もがき苦しんでいる両手だけが見える）助けて！　苦しい！　苦しいよっ！　助けて！

男３　（隣りの男のアゴを、自分の頭で突き上げながら、しかし、眼は男１の方を睨みつけて）なにをっ！　言ったな君！　これあ、君一人の車じゃ無えぞ！　君みたいなやつが居るから四等国民と言われるんだ、ばかやろう！　（叫んだひようしに隣りの女のスネをけあげる）

女２　いたいっ！　そりゃ私の手ですよっ！　どうしようと言うんですよっ！　グッ！　ゲッ！　に、に、荷物を持っていたからって、なにも、虫のせいやカンのせいで、こうして、ヒーッ！　（隣りの男の腕に、かぶりつく）

男２　いてえっ！　な、な、なにをするんだっ！

女３　ばかっ！　ばかっ！（山あらしが怒り出したように、人と人にはさまれたまゝで、からだ全身をグリグリと動かしてあばれる）こ、こ、この！　押しているのは、私じゃ無いんだよ、後から押して来るからしかたが無いじゃないかっ！　それを、さっきからグリグリグリグリ、ほんとに人をばかにして、この！　キャア！

男４（これは周囲の三四人の男女を、両手でこづきまわしながら）なにがキャアだ、くそ！　チット落ちついて静かにしないかよ！（言っているくせに周囲の人々を両手でこづきまわす）買いきりの車に自分一人乗っていやしめえし、苦しいのはお互いさまでえ！　え？　なんだって！　なんだよ、グリグリたあ？　へっ、のぼせなさんな、グリグリ、バタバタやってるなあ、そっちじやねえか！　だれがクソ、押されるのが、いやなら、はじめっから、こんな車に、乗らなきゃいゝんだっ！

女４（そう言っている男の口に指を突込んで）あゝ！　あゝっ！　死んでしまうよっ！　つ、つ、っ！　ヒーッ！

あっちでも、こっちでも、一人々々が叫び、あばれ、隣り同志でつかみ合い、もみ合い、引っかき合う混乱、それが、全員身うごきもできない状態の中で行われるので、そのたびに全体がグラグラとゆれ動く。

（以下三十行ばかりを、次々と非常な早さで。強風の下で水面を波が渡って行くように）

男１　なぜ押すんだ、君あ！

男２　なぜ踏んずけるんだ、きさま！

女１　助けて！

男３　なぐるとは、なんだっ！

女２　どうして押すんですよ！

女３　あとから押すから、しかたが無いよっ！

男４　だから、なぜ押すんだと言ってるんだと言ってらあ！

女４　あゝ！　あゝっ！　あゝっ！

（今度は逆の順序で波が渡って行く）

男４　豚だ、どいつも、こいつも！

女３　そう言うあんたも豚ですよ！

女２　負ける筈だよ！

男３　へっ！　そう言うお前さんもメス豚じやないか！
女１　あゝ！
男２　死んでしまえ、クソ豚め！
男。１日本人のクソ豚め！
その中から女４の「死んでしまう！　助けてくれ！　助けて下さい！　助けて！」と言う声が、次才に他の声々から浮びあがつてハッキリとして来る。
それにつれて、女１が、少女らしい声でワーッ！　ヒーッ！　ヒーッ！　と泣き出す。それが、思い切つてたゞならぬ泣きかたなので、忽ち一人二人三人と耳をとられ、静かになつて来る。
男１　……どうしたんだ？
女２　なんですよ？
男１　どうしたんだよ？
男２　誰だ誰だ！
女３　踏みつぶされたんじやないかねえ？
男３　ぜんたい、どこで泣いてるんだ？
女４　あゝ、この下ですよ、こゝですよ！
男：４　どこだい？　どうしたんだ？
人々の間に埋まつて、たえいるように泣きつゞけている女１（少女）の顔が浮びあがつて来る（スポット）。
男１　どつか、ケガでもしたのか？
女２　どうしたのさ？
男２　女の子なんぞが、いまどき、こんな車に乗るのが、まちがいだあ！
女３　そんな事あ誰だつて知つていますよ。
男３　ねえちやん、どつかケガしたのか？
女４　ホントにどうしたの、あんた？
男４　泣いてばかり居ちや、わからんよ！
女１、それでも、しやくり上げて泣く。
男１　チエッ、だからどうしたんだと言つてるんだ！
女１　ワーッ！　ワーン！
女２　どっか痛いの、あんた？
女１　か、か、悲しいの！　な、な、なさけ無いの！　ワーッ！
男２　あたりめえじやねえか！　泣くのは、たいがい悲しい時だあ！　ぜんたい、用も無い者が、こんな車に乗るのがまちがいだあ！

女１　用は有るの、ワーッ！
女３　ですからさ、あんた、ケガでもしたんじゃないの？
女１　こゝが苦しい、ワーッ！
男３　胸をやられたのか？
女１　そうじゃないんです。
女４　アバラ骨でも折れたんぢゃありませんかね？
女１　ちがいます。
男４　わからねえはあ、ぜんたい、お前さんは、どこえ、なんの用で行くんだあな？
女１　（シャクリあげながら）
姉さんとこで、あかんぼが生れたんです
デンポーが来たんです
姉さんとこは、姉さんとお婆さんの二人きりで、
そのお婆さんは病気で寝ていて
姉さんの主人は
引上船の船員で
今、船に乗っているので
早く私が行ってやらないと、
ごはんをたいてくれる人は居ないし
あかんぼのお湯をわかしてくれる人は無いし、
こまるんです
姉さんもお婆さんもあかんぼも
死んでしまいます！
男１　そうかい、そいつは――。
君みたいな小さい子がなあ
引上船の船員さんの家か
大丈夫だよ、泣くなよ
あかんぼも、ほかの人も死にゃしないよ
君の行くのを待ってるよ。
もっとこっちい寄れよ
ちったあラクだよこっちが。
ふん、こんな小さな子を押しつけて
ふんずける奴が居るからなあ
（男３をジロリと見る）
男３　へっ、誰がふんずけようと思ってふんずける者があるんだ？
男１　（それをわざと無視して、鼻でセセラ笑って、そして女１に向っては少し過度にしんせつな調子で）
ぼくも去年復員して来た人間さ

もしかすると
その赤んぼの父親の人に
やっかいになったかも知れないね
ぼくは、もともと米屋でね
復員して来てから食糧営団につとめているけど、
今日は、米をはこぶトラックの燃料の
木炭がたりなくなったので
地元まで打合せに行くとこだ
こいつが切れてしまうと、
米がはこべなくなってしまって
配給が出来なくなるんだ
そうすれば、あっちでもこっちでも、たくさんの
人間が　かつえ死ななきゃならんからね、
それを思うと、ぼくは、
どんな事をしても
今日中に地元まで行かなきゃならんのだ。

女　2　そうですかねえ
それはそれは、御苦労さまですねえ
いえ、ほんとに、着るものや住む所は
なんとか、がまんする事はできますが
主食が無くなっちゃ
それこそ、生きて行けませんからねえ。
私なども、こうして、あなた、
誰がいまどき、こんな車に乗りこんで
踏み殺されそうな思いをしたいものですか
八人も家族がありましてね、
その中の四人が、あなた、食いざかりの子供です
もん（ひどくブリブリした口調になる）
ねんがらねん中、配給ではたりないんですよ
しかたが無いので、
金や着物や下駄やタビを持って、
いなかの遠縁にあたる百姓家へ行って、
おがみたおすようにして、
芋だとか、だいこんだとか、フスマだとか
こうして、あなた、運んで来るんですよ。
つらいですよ。
さっしてくださいよ！
おかみで、あなた、せめて主食だけでも闇をしな
いでやってけるようにさえしてくれりゃ、
誰があなた、
好きこのんでこんな事するもんですか

腹が立ちますよ、ホントに！
男２　まったくだ！
みんな、つらいんだ！
だまって向い合っていれば
つらいのは自分だけなように思えるが、
一人々々、事情がわかって見ると
みんな、つらいんだ！
私は、いなかの農事実行組合の人間ですがね、
わしらの村では、
この春の種ヂヤガイモが
たりそうも無くなったので
中央からまわしてもらおうと思ってね
この頼みが、だめになると、
今度のイモはひどい減産になる
県外へ出すことはもちろんのこと、
供出なども果せない
百姓が種イモまで切らしてしまうなんて
人が聞いてもはずかしい話だが、
わしらの村は山の中でね
米がいくらもできないんだ
そこへ去年の秋からこっち、
二度も三度もの供出で
あとの事は心配するなと言う役人の言葉でおとなしく
飯米のぶんまで出してしまい
背に腹はかえられない
ついつい種イモにまで手を付けたうちができたわけだ
そりゃ、皆さんも承知の通りに
百姓の中にゃ、農作物の闇売りにばっかり夢中になって
自分の慾ばっかりかいている者も、ずいぶん居るにゃ居るけれど
中にはこんなバカ正直な農家も有りますよ
そんなうちでは、役人がチヤンとしてくれると約束した
それをあてにして待っている
そいつが今まで、なんどもなんども、ウソをつかれて、スカをくった
つまりが政府の言う事が当てにならんとなったら
バカを見るのは正直ものだ
いきおい、だんだんに悪くもなろうし、利己主義

にもなるべし
種や肥料や農具の配給が当てにできないとなれば
闇で買うために、自分の作物も闇で売ろうず
それさ、わしらの心配は。
そんなふうにはなりたくないと思ってね
こうしてやって来て苦労してやす
女 ３ そうですとも、そうですとも
私たちにしても同じですよ、
早くなんとかして ちっとでもたくさん
肥料を作り出して、農家に送って
と思っていっしょけんめいにやってますけど、
電力はたりないし
石炭はたりないし
機械もロクにまわらないので、
たいがい、あなた、近頃では、
人間が手で機械をまわしているんです
泣きたくなるのは、しじゅうですよ。
私はリンサン肥料をこさえている工場の女工です
けれどね、
今日もこれから会社へ行くんですけれど、
車に乗ると、これでしょう？
押され押されて、
会社に着いた時は、もうくたびれてしまって、
しばらく休まないと仕事にかゝれません
ホントに、どうしてこんなふうに
あっちもこっちも
ガタピシとなってしまったんだか
これから先き、世の中は
どんな事になるんでしょうねえ？
男 ３ どんな事になるんでしょうねえ、と、
いくら言って見たって、しかたが無いさ
誰のせいでも無いや、
バカな奴が居やあがって
バカな事をやらかしちまってさ
そのまたバカの言う事を
だまって聞いてたバカが居た
つまりが日本人が自分たちの手で
日本をこんなふうにしてしまったんだからね、
自分達の手で、又、ボチボチ
立てなおして行くほかに法は無えや！
男 ４ そんな君、人ごとのように
自分だけは、責任無いみたいに

言うのはよしたまえ！
君だって、その日本人の一人じゃねえか！
男 3 だから、俺はそれをやろうと思って、
これから炭坑へ行って
石炭を掘ろうと思って
こうして、この車に乗ってるんじゃねえか？
俺あ満洲の移民村で働いていて
去年引上げて来てからこっち、
いろいろと困っちゃいるけれど
たゞ口すぎをして行くだけならば
なにも、炭坑に行かなくたって、
仕事はいくらも有るけれど、
石炭が無くちゃ、なにもかも
立てなおしは始まらないと思やこそ、
炭坑に行って坑夫になろうと決心してさ
こんなギューギュー詰めの車にも乗っているんだ、
べらぼうめ！
男 4 そうか、こいつは、あやまった！
こいつは、私の言い過ぎだ！
そうとは知らず、しつれいした。
かんべんしておくんなさいよ！

なにね、俺だって——
俺あ大工だ、
これで一日働らきゃ日当百円にもなって
三度の飯は何う持ちと言う口も
有るにゃ有るけどね、
そんなーあ、気にくわねえ、
日当は安い、飯は出ねえが
引上者や戦災者を収容する
バラックを立てる仕事をやってくれと言うんで
こうして毎日通っているんだ
内の者たちあ、
そんな割の悪い仕事を
その年になってウンウン言ってするよりや、
もっとラクをして割の良い仕事をしたらどうだと
言うがね、
俺あ、言ってやるんだ、
じょうだん言っちゃいけねえよ
割の良い仕事、割の良い仕事と
みんながそっちの方ばかり行ってたら、
家が無くて困っている者あ、
いつになったら、落着けるんだ、

俺あ、なんにもリクツはわからねえが、
困っている者あ、あいみたがいだ
寒いひもじい思いをしている人がドッサリ居るのに
そいつを眺めながら自分だけが
ヌクヌクと坐りこんで、うまい物食ったって、
なにがおもしろいものか
そうだろう、お前さん！
才一、その年になってと言うがね、
なにも、お前、おんば日がさで六十まで育って来たんじやあるめえし
まだまだ十年や二十年
なあおい！　たとえ満員列車で悲鳴をあげる事あ有っても、
大工仕事のチョウナなカンナの腕に年は寄せねえ！
（男１２などが、よろこんでヨウヨウ！　と叫んで拍手する。一同笑う）
女４（これも笑いながら）まったくですよ！
年と言われれば
私などこの年でこんな車に乗って
旅をするなど、人さまから見れば
スイキョウな事に見えることでしょうがね、
事と次才によれば、あなた
年の事など言っちゃ居れません
私は四人の子持ですけれど
その中の二人は戦争でとられまして
あとの一人の娘のかたずいた先の
亭主はまだ復員して来ないんですよ、
その娘と孫達四人
ズットいなかにソカイしていますがね、
こないだから娘が病気で寝込んでいて、
まだ小さい孫達四人が
山ん中のさびしい家で
ウロウロしているんですよ、
なんとかやって行けるから
来ないでよいと言います
ソウリョウの内でも
行くのはよせと言いますけれど
なんで、これが、あなた
坐って見て居られるものですか！
なに、踏みころされゝばころされた時のこと

孫達の所まで行き着かずにゃ置くものですか！
男　１　えらいなあ、おばあさん！
男　２　さあさあ、もう少し此方へ寄んなさい。ち
　ったあ、この方がラクだ。
女　４　はいはい、ありがとう！
はい、ありがとう存じますよ！
いえもう、これでけっこうでございますよ！
すっかり、ラクになりましたよ！
だけど、なんでございますねえ、
だんだんうかゞっておりますと、
皆さん一人々々それぞれに
やっぱりこれでどうしても行かなきゃならない用
　事を持っていらっしゃるんですねえ！
考えて見りゃ世の中も
えらい事になってしまったもんですねえ！
男　２　ハッハハ、そりゃ、おばあさん、今どきだ
　！
誰が、お前さん、用も無いのに
こんな車に乗って
　押され押されて死ぬ思いをするものかね！
女　１　そうだわ！
どの人もこの人も
どうしても行かなくてはならぬ用事を持っている
　のだわ！
用のあるのは、自分だけじゃ無いんだわ！
女　２自分が行ってやらないと困る人ができるからですよ
困る人はさしあたり二人か三人かだけれど
そのために、こんどは又
そのまわりの五人十人が困りますからね
五人十人が困ると
それにかゝわりのある百人千人が困りますからね。
女　３　そうですとも
チョット見には、なんのかゝわりも無いように見
　える人でも
チャンと何かしらかゝわり合って暮しているんで
　すからね
あちらこちらとクサリみたいに次ぎから次ぎにつ
　ながっているんですからね
言って見りゃ、世の中ぜんたいですよ
男　１　そうだ、そうだよ！
こうしてみんな自分々々の用で出かけているよう

でも
つまるところが、この世の中の
立てなおしのために、かけまわってるわけだよ！
男３　ヘッヘ、大きく出たね！
男１　（言われてテレて、ムカムカした調子で）
大きかろうと小さかろうと
事実がそうなら、そうじゃないかね！
だれがクソ、そう思わなきや
米を運ぶトラック用の木炭だぜ
向うさまでチヤンと当てがってくれるべきもんだ
それをノコノコ自分で
買いつけに出かけたりするもんか！
男３　だから、そうじゃねえとは、
誰も言ってやしないぢやないか
俺だってご同様だ
自分さえ良けりや
問屋かなんかでふところ手をして遊んでらあ
誰が君、馴れねえ仕事をしに
炭坑なんぞに出かけて行くもんか
自分一人、大ヅラをするなあ
おたがいに、よしたいね。

男１　いつ、俺が大ヅラをしたんだよ！
男３　大ヅラをしねえ奴が、さつきは、なんで人
の頭あ突きとばした？
男１　だから、ありや後ろから押されて
思わず前にのめつた手が
君の頭にさわったんじゃないか！
男４　まあさ、まあさ！
いゝよ、わかつたよ！
あんたも、あんたも、
理窟あチヤンとわかってるんだ
たゞ、気が立ってるから
トンガラがりやすいだけだ
言って見りや兄弟げんかだ。
だって、そうじゃないか
こいだけの場所に、こいだけの人数で
こっちのハシを押せば
向うのハシが出っぱるわけさ
手もさわろうし頭も突こうさ
いちいち気にしてちや、キリが無いさ
おたがいに、かんべんしてやるほか無いさ！
そんな事よりや

こっちのハシの隅っこで
自分が隣りの人にしんせつにしてやれば
隣りの人が助かるだけじゃ無い
えんもゆかりも無いような
向うのハシの隅っこで
とんだ助かる人ができている
つまりが、みんなが、つながってる！
そいつを考えるのが早わかりだ！
女 3 どうりで、おぢさん
さっきまで、ずいぶん
しんせつにしてくだすったわねえ。（クスクス笑う）
男 4 それを言うなよ（笑って頭をかきながら）
じぶいに恥をかゝせなさんな
俺だって押されたから押したまでだ
つもってても見なさいよ、
いい年をつかまって、このさなかに
ねえ皆さん！
どんなベッピンがこすりついて来たって、
ムホン気なんか起きるもんかな。（一同ドッと笑い出す）

女 4 （一同の笑い声がやみかけた中から、自分もまだニコニコしながら）
こうして話し合って見ると
こんなに仲良く話し合える者どうしが
さっきまでのケンマクと言ったら
ありませんでしたからねえ
私は、今日こそ殺されると思いましたよ（一同笑う）
いえ、まったくですよ。（又笑う声）
男 2 まったくだ、人間なって！
ほんのサッキまでのエビスヅラが
不意に歯をむく事もありゃ
たった今のケンカづらが
たちまち笑い合う事もある、
ホンのチョットしたかげんで
鬼にもなりゃ佛にもなる
同じ事なら、おたがいに
仲良くやらなきゃ損だね
男 1 まったくだ！（ため息を吐くように）
女 2
女 3 そりゃそうですねえ！（同じように）

女４」
女１　ねえ、
さっきまで、押されて押されて、
あんなに苦しかったのに
いつの間にかユックリして
ラクになった！
さっきから、誰一人
この車から降りて行った人も無いのに
急にラクになったわ！
男２　なるほど！（そのへんをキョロキョロ見
まわして）そう言えばそうだ！
女４　ラクになりましたよ！（これも人々を見
まわす）
男１
男３　なるほど！（おたがいに顔を見合う）
男４
女２
女３　そうですねえ、ねえ！（これも周囲を見
女４　まわす）
女１　どうして、ラクになったのかしら？
なぜかしら？（隣りの人に）

隣人　妙なもんだねー（キョロキョロして次ぎ
の人に）
隣人　なぜ？（同じく次ぎの人に）
隣人　全くねえ——（同）
隣人　そりゃ、あなた——（同）
隣人　そうさねえ——（同）
隣人　そりゃまあ——
全員　……？（一同がキョロキョロと顔を
あっちへ向けたりこっちへ向けたりして、何かを
捜すような動作をする）
男１　そうだよ！（人々の間にはさまったまゝ
両手を打ち合せる。そのひょうしに、その片手が
男３の頬にあたる）
男３　（反射的に頬を手でかばいながら、ムッど
して男１を睨んで）
また君あ——！
男１　かんべん、かんべん！（と同時に全員が
グラリと一方に傾いて、列車が動き出す）かん
べんしてくれ！
ついその——なんだ
オットット！（列車の速力が加わり、大きくな

る車輪の響）
ねえ、急にみんなが
ラクになったわけだよ！
そうじゃないか！（右手をあげて一同を見まわす）
ねえ、そら！
おれたちが――
おたがいに――
おれたちの――！
車輪の響がグワーッと大きくなりその叫び声を消してしまう、男１は、口を大きく開き、右手で観客席を指してワウ、ワウ、ワウと叫んでいる。暗くなる。

―（おわり）―

附記――これは、芝居の公演の開幕劇、又はいろいろの集会の時の朗読用として書いてみました。

上演する時には、演出者をきめて、その指揮のもとで充分にけいこすることが必要です。われわれの日常語だけを使ってありますが、しかし全體として一つの詩または音楽として書かれたものなので、各部の強弱や緩急の組合せにウンと注意しなさい。

音楽を使ったり、それから、或る一人の言葉の一部を全員が合唱してくりかえしたり、又、全員の動作をマスゲームのようにクフウしてほしい。

上演したい時は、前もって、かならず作者に許しを受けないといけません。

満員列車
稲葉小僧
上演の手びき

1

この上演の手びきは、主として、この二つの戯曲を、しろうと劇団で上演する場合の参考として書きます。しかし演劇という芸術をつくりあげて、それを人々に見せるという点では、くろうとの劇団もしろうとの劇団も同じであって、そのあいだに、本質的なちがいは無い。くろうとは上手であって、しろうとは下手であるというような事は、やむをえない事であるが、しかし、くろうとなら、こうでなければならぬが、しろうとなら、そんな事はどうでもよいと言ったような事は、なに一つありません。したがって、この手びきは、しろうと向きだからと言っても、言ってあることの内容は、すこしも水を割つしたり割引いしたりはして無い。だから、これは、くろうと劇団や半くろうと劇団で、これらの作品を上演する時の参考にもなりうるし、してもらいたいと思います。

めんどうなリクツは、なるべく抜きにして書きます。

人々がシバイをやろうと思い立つのは、たいがいの場合、それによって共に楽しもうという気持からだと思います。なかには、シバイをやる事を、その他のなにかの役に立てようというつもりで始められることもあるでしようが、そういう時にしても、シバイをやる事が楽しい事だから、その楽しい事を人々が集ってやっているうちに、又、やった結果として、ほかの何事かに役に立つというのだろうと思うのです。たとえば、シバイを作りあげて、それを人々に公開して見せることによって、作りあげる人々どうしの、また、やる人々と見る人々のあいだの、集団的なむすびつきやしたしみをはかるという事やそれから、おたがいが住んで仕事をしたり勉強をしたりしている場所や土地や職場についての愛と理解を深めるという事や、シバイをいろいろクフウしてつくりだしたり、見味ったりする事によって心を養い、生活のいろいろの味をかみわけ、自分の生活感情の内容をゆたかにしたり、仕事の疲れをいやすと同時に、明日の仕事への元気を養ったり、人と人とのおたがいどうしの協同的な気持を高めたり、社会的な教養や訓練をつよめたり——その他いろいろあるでしよう。みな、けっこうな事だと思います。

シバイは、そのような事に非常に役に立つ行事です。いろいろの芸術活動の中で、そういう点で、直接的に効果のあるのは、シバイが一番です。よしんば、そのような目的はすこしも考えないで、たゞひたすらに、共に楽しむだけの催しであったとしても、これまた、けっこうです。なぜなら、ホントに楽しい事ならば、この世の中にいくらたくさん有っても有りすぎるという事はない。多ければ多いほど、われわれの生活や社会は、味のある、ゆたかなものになるからです。

いづれにしろ、特にしろうと演劇をやろうと思い立った人々の心持が、さしあたり、オ一に、楽しむためであるという事は、正直のところでしょう。それでよいのです。私どもは、コチコチの道学者先生や修身教科書の教えることを、たゞ盲目的に守る必要はありません。

2

ところで、楽しむためにやる事ならば、じっさいにおいて楽しいようにやらなければならない。しかも、その楽しみは、デタラメなものであったり、薄っぺらなものでありたくない。味の深いものでありたい。心のたしになるものでありたい。本質的なものでありたい。また、自分ひとりが楽しいだけでなく、それに参加する人々ぜんぶが同じように楽しく そして、それを見る人々も共に楽しいもので なければならない。自分だけ、又は自分たちだけは楽しいけれど、ほかの人々は苦しいと言ったような楽しみは、全体としての楽しみとは言えないし、けっきょくは自分にとっても楽しみにはなりません。

自分にとって楽しいと同時に、他の人々にとっても楽しいようにシバイをやるためには、それだけの用意と、やりかたの上でのクフウが必要です。

それには先づオ一に、そのシバイの仕事に参加する人たち全部が、一人々々、同等の発言権を持っていなければならない。めいめいが、他の人々の意見や気持を、自分の意見や気持と同じように尊重しなければならない。これは、どうしても守らないといけない原則です。もちろん、十人なり二十人なりの人が集まれば、みなの意見や気持は、それぞれすこしづつちがうものだし、また、自然に、意見や気持

の上で段階がつくもので、けつきよくは、もつとも熱心でもつとも正しい意見をもつた人たちが全部を引つぱつて行くことになるし、またそれが望ましいのですが、しかし、そうだからと言つて、その他の人々の意見や気持が無視されたり、無理におさえつけたりしてはならない。充分に全員が話し合い、意見を出し合つて討論し、そして全員がなつとくした上で、事がきめられ、押し進められなければならない。つまり、すべてが、全員のなつとくずくで進行しなければいけないのです。

それで、全員がふくぞうなく相談してとりきめた事については、全員がそれにしたがわなくてはならない。かりにその中の一人や二人が個人的には反対の意見をもつている場合にも、ぜつたいに忠実にそれにしたがわなくてはならない。シバイの仕事は、全員がそれぞれの部署を守りながら、その全体が一つにより集つて――つまり綜合的な集団行動であるから、常に全体の統制がとれていないと、うまくゆかないのです。うまくゆかないと、せつかくの楽しさも失われます。つまり、全員にとつてのホントの楽しさを生みだすためには、その一人々々の発意が生かされること、その上で、参加者の総意が作りあげた決定に、めいめいが無條件にしたがう事が必要なのです。

そのやうなやりかたでもつて、だれとだれとが、どのような組織で、どのような予算で、どのような経営のしかたで、どんな脚本を、どこで、どんな人たちをお客にまねいてシバイをするかという事を、とりきめます。

3

それがきまつたら、つぎに、そのとりきめにもとづいて、参加全員の受けもちの部署を決定します。ある者は経営をやり、ある者は演出を受けもち、ある者は舞台装置を受けもち、ある者は観客の動員や他との連絡にあたり、ある者は照明にあたり、あるものは音響効果にあたり、ある者は演技にあたり、ある者は演出助手や舞台カントクになり、ある者は公開当日の會場係りになる等々です。すべて適材適所主義でとりきめます。同時に、その土地や経営や場所の特殊性と、各人の自発的な積極的な創意を、

なるべく生かすように心がけてほしい。
そのつぎに、みんなで持ち寄った戯曲作品（脚本）を一同で読んで、その中から一篇なり二篇なりを上演用としてきめます。もっとも、実際の場合は、この順序は逆になる事があります。最初に脚本がきまって、そのあとで全体のやりかたがきまるという事もあるが、それは、いづれでもかまいません。要は、自分たちの目的と気持と、そして、自分たちの能力とをよく考え合せて、それらに最もピッタリくるものであればよいでしょう。どんなにすぐれた脚本であっても、あまりに長い上演時間を要するものや、その中で取りあつかわれている事がらが自分たちとあまりにかけ離れているものや、また、それに要する舞台装置や扮装があまりに大がかりすぎたり、あまりに費用がかかりすぎたり、また、戯曲の書かれかたが、あまりに高度な専門的な技術を必要とするものであったりするのは、失敗する率が多いから、避けたほうがよい。

言うまでもなく、シバイをするのに、先づ一番たいせつなものは脚本です。脚本が良くなかったり、又は、自分たちに適当でなかったりすると、たとえそれをどんなによくケイコして上手に演出演技しても、うまくゆきません。ですから、脚本の選定は、てってい的に慎重にやらなくてはならない。さて、脚本が決定されたら、その作者に會うか手紙を出すかして、上演の許しを受けなくてはなりません。これまで、作者の許しを受けないで上演したり、手紙の出しっぱなしで作者からの返事を待たないで上演したりする事が各地で非常にたびたび行われて来ましたが、これはぜったいに、いけません。そのような非礼な非常識な事をヘイキでやれるような人たちには、かりにも文化的な仕事の中でも最も程度の高い演劇をやったりする資格は有りません。また、劇作家の著作権や上演権は法律で保護されているのでことわりなしに上演すると、訴え出られて、法律による処分を受けることがあります。

作者の許可が受けられたら、――又は、作者の許可を受けるためには、上演料を作者に支払わねばなりません。入場料を取って公開する公演の場合には、予定することのできる入場料の総額の、だいたい一割か二割（この点、作者によっていろいろちがいますから、前もって作者に問合せた上で）を支払います。

入場料を取らない上演の場合でも、原則として応分の上演料を予算に組みこんで、優先的に作者に支拂うべきです。たゞしその場合は、上演の意義や主意を作者に賛成してもらつて、上演料無しで上演させてもらうよう頼めば、承諾してくれる作者もあると思ひます。作者に対してこれだけの手順を踏むことは、文明國で、文化のことを取りあつかう人間に欠くことのできない義務であります。

4

さて、作者の許可も得られた。いよいよ、ケイコに入ることになります。

ケイコに入る前に、演出者を選み出します。演出者は、そのシバイ全体を作りあげるための最高の指揮統率をする人なので、全員のなかでシバイについて最もよく知つており、かつ、その脚本についても一番深い理解を持つている人を選び出さなくてはなりません。適当な人が、その集団内に居ない場合は、外部から頼んできてもよいでしよう。それから、装置をする人、照明をする人、演出者の助手をする人などを一人又は数人づつ必要なだけ選び出して決定します。

(一)、本読み。――演出者がその脚本を全員に読んで聞かせます。そのあとで、その脚本の主題し、その作品が作品全体としてどのような事を取りあつかい、どのような事を人に訴えたいと思つて書かれたものかという事を、――その作者の考えと、それについての演出者のカイシャクをのべます。そして、演出者を中心として、全員で、語り合い、研究して、全員がこれをハッキリとつかむようにします。

(二)

配役――その全員によつてつかみ取られた主題を強く現わすのに最も適当だと思われるように登場人物の一人々々の配役が決定されます。これも演出者が中心になるべきです。なぜなら、演出者には、その作品の、どういう点を最も強調して演出したいという――つまり演出方針や演出意図が有るわけで、それに最もふさわしいように配役するためには、演出者の考えが中心になる必要があるからです。しかし、その際、

それと同時に、全員の自由な意見や希望がのべられて、それらが、できる限り、配役の上にも生かされる事が望ましい。

(三)、ケイコ日程の作成―― いよいよケイコにかかるわけですが、ケイコの日数は、なるべく長い方がよい。たゞし、あまりダラダラと長くなりすぎてダレないハンイ内でゝす。しろうと劇団の場合は、参加者の大部分が本業を持っているために、毎日のシバイのケイコに当て得る時間や力が、すくないわけだから、それだけ日数は多くなければなりません。シバイのおもしろみは、公開の舞台にもあるけれど、ケイコに有るのです。一歩々々、一段々々と、役々の性格や心理をつかみとり、相手役とのカミアイの味を深め、芸を作り出して行くよろこびです。それで、日数がきめられたら、その日数を最も有効に使いこなして行くために、日程表を作ります。それには全員が相談して、全員に最もつごうの良い日と時間と場所を取りきめて、一覧表にするのです。

(四) ケイコ―― はじめから終りまで、全員でとりきめた事をげんかくに守らなくてはならない。日程表の時間を正確に守ることはもちろんの事、演出者の指揮に従う。同時に、その他の各部署の係りや責任者の命令に全員が従わなくてはなりません。なぜなら、日程表を作ったり、演出者や各部の責任者を選び出して決定したのは、全員ですから。つまり自分たち自身ですから。また、そうで無いと、ケイコは有効に気持よく楽しく進んで行かないのです。普通の遊戯をして楽しむのだって、それに参加する全員が、その遊戯の規則を、げんかくに、そして平等に守らないで、エテカッテにダラダラとやっていると、うまく行かないのです。楽しさが失われてしまうのです。まして、シバイのケイコと言うのは、普通の遊戯にくらべると百倍もむづかしい、そして全員の統制のとれたチームワークを必要とする仕事なのですから。もちろん、そうは言っても、演出者や責任者も時によって、あやまりにおちいる事はあります。しかしそれを、その場で他の者が言い立てては、進行のジヤマになります。ですから、それを修正するために

は、ケイコの途中でも、時々、全員会議を開き、その席上で全員がもう一度、平等の立場に立つて自由な意見を出し合うようにするのです。この全員会議の時間のあいだは、演出者も責任者も、指揮者としての地位からおりて、完全に全員の一員としての資格になり、他の人の批判や意見をスナヲに聞かなくてはならない。それをしないと、その集団の中で指導的な立場に立つ人たちが、自分のひとりよがりにおちいったり、又は、他の人たちを知らず知らずの間に圧迫して、まちがった方向へ向って全体を押しすすめたり、仕事ぜんたいが気持よくはこばなくなったりするおそれがあります。全員会議がすめば、すぐに又演出者も責任者も再びその地位にもどつて、全員会議の時にみんなから出た意見をなるべく生かすようにしながら、ケイコぜんたいを指揮統制して行きます。これを、なんどもくりかえして、キビキビとケイコを進めて行きます。ケイコの順序は、本読み↓読み合せ↓立ちゲイコとはこんで行き、いよいよ全体ができあがったら舞台ゲイコになります。本読みは演出者が全員に脚本を読んできかせ、その後で、自分はこれをどんなふうにカイシャクし、どんなふうに演出したいか、各人物の性格や境遇や心理がどんなものであるか、照明や装置や扮装はどんなふうでありたいか等々々を説明し、全員の方からもそれぞれ質問したり意見をのべたりする事です。読み合せと言ふのはテーブルゲイコとも言いますが、配役された自分々々の役のセリフを、その役の人物になったつもりで気持を入れてやってみる事です。これを充分ていねいにやる事が必要です。自分の役の人からや性質や、その他その人らしくなりきるためのいろいろな事を、たづねさがし、掘りさげ、つかむための研究を、この期間に充分にしておかないと成功しません。次ぎの立ちゲイコと言うのは、いよいよ、それぞれ役の当人になって、立つて、その動作をしながらセリフを言うことです。つまり舞台に立った時にするのと同じようにやってみることです。この三つのケイコの期間は、それぞれの場合に必要に應じて取りきめられるもので今こゝではハツキリ言えません

が、その三つ全部をひっくるめて全部でどんなに短かくとも三週間以下では、いけないと思います。

(五)、舞台ケイコ――公開を前にして、公開する時とまったく同じように装置し照明し扮装して、全体をやって見ることです。そのためのいっさいの準備や手順は、ケイコ期間中に充分にして置かなくてはならない。

(六)、公開当日――準備を完全にした上に、その時その場でおきるいろいろの突発的な変化や事情については、できる限りおだやかに、キゲンよく、すばやく処理して行かなくてはなりません。劇団員おたがいどうしも、観客に対しても、つとめてなごやかに愛と尊敬をもってすべてをはこんで行く覚悟さえあれば、たいがいうまくゆきます。

(六)、あとしまつ――公開公演のしっぱなしは、よくありません。まづ、経営的な処置をキチンとしなくてはならない。経済上の収支決算報告、舞台に使うために他から借りた物をそれぞれ返すこと。それから、文化的、芸術的な意味での成績の報告書作成と、それについての自己批判それらをひとまとめにして、その土地や職場や施設の関係方面や作者などに報告して礼をのべること。その際、こん談会などを開いて、たのしく語り合いながら、自己批判をしたり、今後またいつごろ、どんなふうにしてシバイをやると言ったような見通しを立てることができれば理想的でしょう。

5

さて、そこで、この本にのせた二つの作品を上演する場合に注意すべき事がらを書きます。

その前に言って置きたいことは、これまでに書いたことを注意ぶかく、まじめに実行してもらえば、その間に作品に対する理解も自然に深まるはずですし、ケイコをしっかりとやっている間に、いろいろのクフウも生れて、ひとりでにどんなふうに表現するかものみこめて来る筈なのです。つまり、すべての集団活動における同じく、誰がどこで、どんな陣容で、なにを、どんな準備をして、やるかという

事が決定された時に、すでに半ば以上の成否がきまるとも言えるのです。ですから、以下は割にカンタンに書きます。それに、戯曲作品についての理解のしかたは、それぞれの人によって多少ずつちがうもので、又、そうだからおもしろいとも言えます。結局は、これを上演する当の劇団の人たちや、とくに直接の責任者である演出者自身の理解のしかたを中心にして上演されるわけですから、以下に書くことは、あくまで参考意見としてあつかってもらいたいと思います。したがって、あまり突っこんだ意見や、あまりこまかい注意は、わざと書かないことにします。又、よく考えて見ますと、作品についての解説というものは妙なもので、もともと作品というものが人々に向って或る事を理解させるために書かれたものだから、その作品を読みさえすれば、すべての事がわかる道理です。注意ぶかく何度も作品を読めば、それを上演するのに必要なことは全部わかるのです。又、作品をいくら読んでもわからない事が、誰にもけつきよくわかる道理がありません。つまり、作品そのものが、その作品についての最も良い解説であるわけなのです。ですから、これまで方々でよく行われたような、ゴタゴタとリクツばった理論だくさんの書き方は不必要だと思いますから、アッサリ書きます。

○稲葉小僧

だれにしろ、この十年ばかりをふりかえって見ると、世の中のありさまも、自分の周囲の物ごとや人々のありさまも、自分自身の境遇や心もちなども、めまぐるしい位に早く、そしてはげしく変って来たことに気づくでしょう。まるで、それは夢のようです。しかし夢では無い、ホントに起きた事なのだから、それがどんな大きな変化であったとしても、今こうなってから、その一つ一つを思い出して、その意味や原因をたどる事ができますし、又、これからの人間が平和に、そして堅実に生きて行くためには、それらを思い出したどって、そこに起きたいろいろの事をしっかりとフにおちる必要がありますし、又現に健康な人間ならば、意識的にも無意識的にもそれをしつつあります。

戦争のために、誰もかれもが、はげしくゆすぶり

立てられた。その中でも、戦争中、外地に行っていた人で、終戦後、帰って来た人々は、中でもそれがはげしかったわけです。この作品の主人公の稲葉小六もその一人です。とくに、当人の境遇や性質などが、普通の人よりもはげしいだけに、なおさらの事です。この人間が、東京に帰って来て、戦争のためにスッカリ変ってしまった東京の姿にビックリし、心細くやりきれなくなればなるほど、久しく思いつめていた昔の愛人に早く逢って、身のふりかたも、心の持ちかたでも落着きたいと思いこがれて、その女を捜し捜して、やっと捜し当てゝ見ると、女の境遇はガラリと変ってしまって居て、現在、主人公の思っても見ないような事情の中にあった。それを見たり聞いたり、女を助けたりしているうちに、主人公が久しくいだいていた夢は全く破れ果てゝ、再び、いや前よりもはげしい虚脱の中に落ちかけるが、ヒヨッと気が附いて見ると、他ならぬ自分自身のうちに、自分を再び生かし得る要素が厳存している。夢はこわれたが、しかし、そのような夢がこわれただけに、その底に今後自分ががシッカリとやって行くに足る地盤を発見する。――そういう事を書こうとした作品です。つまり、これがこの作品の主題です。

作者は、これを書くのに、普通一般の世の中や人々から掛け離れた特殊の事件や人物や心理を持ち出していません。又、特に知識的であったり、理論的であったり、特異な心理を持ち出そうとしていません。つまり、世間で言うインテリ風なものを持ち出していない。ごくありふれた普通の事件や人物ばかりを、大衆的な庶民的な平明な描きかたで描いています。つまり、日本人が百人居れば、その中の八九十人の人は、たいがい、こんなものだろうかと思われるような書きかたをしている。この主題と、その書かれかたの調子をよくつかんで演出される事が必要です。気取ったり、むやみとシンコクぶったりしてはいけません。

それから前半は、比較的にユックリした調子ではこんであり、後半はバタバタとたゝみこんであります。そして後半に移ってから幕切れに至るまでの間に、小六や絹子などの心理が描いてある部分に数カ所、シバイの進行がユックリとよどんで、そこで点を打ったようになる個所があります。そして、そのよどみから、次ぎにその人物の心理の飛躍が起ります。

それがどの個所であるかは、注意して読めばすぐわかりますから、見つけだしてほしいと思います。

全体も各部分も誇張してはならない。「オシバイがカリ」に大げさにしてはならない。私どもが私どもの周囲を見まわせば、ここに書かれた事に似た事件はいくらでもあるし、ここに出て来るような人物もたくさん居りますよ。ですから、じっさいこんな事件が起きているように、スナオに自然にやるのがよい。よく「生きた人間を舞台の上に現わす」ために、リクツばった事がいろいろ言われていますが、それを、文字や観念だけで、あまりむつかしくこねまわすのは、よくありません。生きた人生や社会をよく見しらべ、研究して、自分がなるほどと思え、そして人が見てなるほどと思えるようにやって見ること。自分がその人物になりきった気持になって、いろいろとクフウして見ること。それだけです。ほかの演出者や、ほかの俳優のやった事をウノミにして真似るのは、よくない。くりかえして言いますが、ホントの演劇のお手本は、あくまで、常に実人世にあるのです。ただ、演劇の場合では、その全体も部分々々も、実人世におけるよりも、すべてが煮つめて、強くしたり鋭どくしたりしてあります。ですから、いくら実人世ではこうだからと言っても、それをそのままスキウツシにすると調子の低いダラダラしたものになってしまいます。そこのカゲンは、なかなかむづかしい。それを調整して、全体を調和のとれたものにするのが、言わば演出者の仕事なのです。

話のすじの運びは誰が読んでもわかるように書いてあるので、演出者も俳優もかゝれてある通りにスナオに演じてゆけば問題ありませんが、たゞ、待合室でこれだけの事が行われている間に、奥の手術室で子供患者に対して一刻を争そう手術が行なわれているのですから、その感じが現われるように、手術室から待合室の方へ出入する人達の動作や言葉がキビキビとスバヤク、ムダの無いものでならなければならない。それと、この待合室で運ばれる事件とが二つの線を形ちづくって、それがうまい具合に対照的になったり、一つになったり、ぶつかり合ったりする面白さを出すように、充分にケイコする必要が有ります。

稲葉小六——気の早い、激しい性質の男。

特別な教育は受けていないのでインテリ風なところはまるで無いが、ものわかりは非常によい。時によってソソッカシイくらゐに頭の働きのキビキビしたところがある。それだけに、自分が激しくこうと思うといつの間にかひとりガッテンになりやすく、自分が思ってゐる通りに他人も思ってゐるように考へてしまうクセ。もと東京の銀座あたりでゴロついてゐた顔役だが、その当時もケンカをしたりバクチをうったりは多少しても、それ以外の悪い事はあまりしなかった男で、この種の人間の中では、いわば「正義派的」――顔役に正義派と言うのもおかしなものだが――で、もともと純情な男である。もちろん封建的な性質をまだたくさんもっている。早のみこみで感情の表現が激しい。口のきき方も早くテキパキしている。悪い意味でのゴロつきではないので、アクドイいやらしい動作や言葉つきで演じてはならないが、しかし以前の身分や上海で請負師の片腕になっていた事がわかるように、普通の人よりもクズれた動作や言葉つきが必要。みなりは引揚者らしい服装ならどんなでもよいが、しかしその中にも普通のカタギな人とはちがう。たとえば色もののシャツにハンチングに皮のゲートル等をつけるようにした方がよかろう。

　戸部文三――俗に言う「血のめぐりのおそい」男。動作も言葉つきもユックリしすぎている。それと、小六のキビキビした態度が対照になる。しかし、ウスバカでは無く、常識は小六などよりも豊かにそなえている。たゞ考えることも、する事もスローモーションのために、ほかの人の調子とずれてしまって他から見ているとコッケイに見えるだけで、本人は大まじめである。だから、これを言うところの「コッケイ役」だと思って誇張して演じてはならない。本人はマヂメでも、はたから見ていると時にコッケイな人間は、実際の社会にも多い。それを参考にして、マヂメに演じることです。善良で、他人への同情心に富んだ、貧しく、目立たない、ポカンとした人がら。身がらは、きたない、すこしダブダブの（逆にすこしツンツルテンでも、よかろう）服。しかし、これも、特に誇張してはいけない。

　絹子――あまり高い教育は無いが、しかし、気もちの細やかな、物ごとに行きとどいて、情愛の深い性質。自分の愛する者に対して、打ちこみきって居

えたり心配したりするタチです。それだけに、その時々の運命の流れにさからって、あくまで自分を立て通して行く強さは持っていない。やゝともすれば、オロオロしてしまう弱さ。今は、やつれきっているが、昔は美しかったろうと思われる所があります。身なりは、あまりハデな物はこまるが、でも、子供を病院へつれて来るために、一枚残っている昔の外出着を急いで着て来たと言った感じがほしいから、あまりジミな着物でないほうがよい。

友代――姉思いの、気立てのやさしい女。六七年前の縞子をハッキリ思い出させる美しさと若々しさ。人に対する思いやりは豊かに持っているが、しかしまだ若い処女で、自分の気持がスラスラと表現できないで、一本調子に、すこしポキポキするような所がある。若い娘らしいハデな身なりでよいが、しかし働らいて生活している人間の堅実さのある――若いガラのメイセン程度の――着物でしょう。

本田婦長――男まさりの、キビキビとした性格。そこへ永年の間、知識と決断を必要とする看護婦の仕事をしてきたゝめに、時によって、手きびしいような、ガラガラした言動になるが、しかし根は、人の良い、同情心の厚い人です。ガミガミとどなりつけられても、ホントの腹は立たないと言った人が世間によくある、あれです。――患者に対して、誠実な責任感を持っている。山田院長を心から敬愛しています。しかし院長に対する態度を誇張して「イヤラシク」してはなりません。キチンとした看護婦服。

金貝看護婦――ごく普通な、健康な看護婦です。看護婦になってから、まだ一二年にしかならぬために、まだ完全に職業的にはなっていず、時々、娘らしい同情心を出したり、ウッカリすることがある。白い看護服。

山田院長――ブッキラボウな位にサッパリした男性的な性格だが、仕事に対しては熱心で熟達しており、患者に対しては良心的です。独身と考えた方がよいでしょう。ズボンにシャツの上に手術着を着て手術用のゴムの手袋をはめるのですが、これらは知り合いの医院から借りればよい。

○「稲葉小僧」の装置

チャンとした劇場で上演される場合には、装置は

劇の感じをよく出すように—又—舞の感じを助けるように"予算の許す限り"なるべく実際のその場らしく、かつ、美しい方がよいのは、もちろんです。しかし"これには注意が必要です。予算の許す限りと言ってもいろいろの程度がありますが、私の言うのは、あくまで全体として無理の起きない割合——ト、つまり全予算の三分の一ぐらいの事です。それから実際のその場らしくという事は、いかに小さい外科医院の内部と言う感じを出すことの出来る最小限度のことで、なにからなにまで実際をスキ写しすることでは無い。又美しいと言うのも劇の感じから浮きあがってしまって、たゞ色や形の美しさになってはいけない、——つまり正確に言うと"真実"な感じのことなのです。ですから、あらゆる場合にシバイの装置は、(一)なるべく安あがりに、(二)なるべく、単純に、(三)なるべく真実に、という三つの事を睨み合せてやってほしいと思うのです。

講堂や公会堂や教室やその他で上演される場合には、費用の点でも設備の点でも、その時の臨機の装置のしかたが考えられる必要があります。その場合でも、常に、なるべく安く、なるべく単純に、なるべく真実にと言う三原則を睨み合せて考えること。そして、装置にかけられる費用がどんなに小さくとも、設備がどんなに粗末でも、悲観することはありません。なぜなら、シバイは、極端に言うと、人間さえ居ればやれるもので、あくまで人間の気持を表現して人間に見せるという事が中心だからです。ですから、人間の気持を、よりよく現わし、よりよく味わってもらうための手段の一つである装置もたいせつにはちがいないが、しかし最もたいせつな物では無い。それを忘れないでほしいのです。

装置の責任者は、脚本をなんどもなんども読むことです。その全体の感じと、人物の出入りや動きをシッカリと頭に入れることです。そして、もし近くに病院か医院が有ったら見学に行って、その内部のグアイをスケッチして来ることです。そして、自分に与えられることのできる費用と資材を睨みながら、演出者の意見や注文に添いながら、クフウします。

ここに参考のために、一つの例をあげます。先ず学校から、教壇を五ツ六ツ借りて来て、舞台の上にならべる。（もっとも、舞台そのものも無い所でやるには、先ず舞台を作るのに教壇を積みあげたり並

べたりしなければならないが、その場合には、その舞台の上にです）それが山田医院のユカやロウカになります。上にあげた平面図の点線の部分になるわけです。それから、学校や役場や会社などにある、西洋間の中ジキリによく使う、タケの高い板のツイタテを六七枚と、絵やモヨウの描いてないフスマを七八枚借りて来ます。そのツイタテを、医院内部の壁の個所に、平面図における位置と角度で立てまわして、その互いのハジとユカへ動かないようにカスガイでとめる。そのスキマを、フスマでふさぐ。そして、その全体に、壁の色に近いハトロン紙のような紙をビョウで張りつける。その場合に、投薬口だとか手術室だとか薬価表だとか、必要な文字をその紙に書いて置く。入口の押戸はちょっと、やっかいですから、カゲにかくれるようにしてしまって、無しにする。長イスやイスや丸テーブルや時計などは借りて来ればよい。電話器は、板を寄せ集めて、それらしく細工して作ればよい。これで、いちおう装置は出来あがったと言えない事は無いのです。つまり、これでもシバイは出来るし、又、これでもどんなに良いシバイでも出来ます。

これは、最もカンタンにやろうとする場合の一例です。装置者はこれを参考の一つとしてその時その場の條件や力やベンギを、うまく生かし、自分の独創性を働かしてクフウしてほしい。

各人物の持って出る小道具で普通の物は、すぐにそろうでしょうが、医院用のイルリガートルとか膿バンとかホウタイとか薬ビンなどは、近くの医院から借ります。全員、カツラはいりません。

照明（光りで場面を照し出すこと）は、普通の人が考えているよりもシバイには重大な要素でして、極端な事を言う人は、装置などなんにも無い所でも、照明さえうまくやればシバイは出来ると言っている位です。しかし此の場合は、あまりコッて考える必要はありません。天井から、二つばかりのワット数の高い電燈と、それから、できれば、四つ位のカサ付きの電燈を舞台ハナ（フットライト）の所に舞台内側上方に向って取りつけたい。昼間、明るい会場で上演する場合には、太陽の光線だけでもかまいません。しかしその場合も、なるべく夜中の感じを出すために、全体をなるべく薄暗くして、一つ二つの電燈はほしい。

これで大体、「稲葉小僧」については、手びきを書きおわりました。あとは上演する諸君のクフウと創意しだいで、良くもなれば悪くもなります。

○満員電車

この作品は、本式の劇ではなく、シュプレヒコール（英語でマス・レシテーションとも言い、群集が登場して、その各人、又は全員いっせいに語り、叫び、となえる）の形式で書かれたものです。

シバイのようなメンドウな装置や扮装を必要としません。全体が一つの詩の朗読、又は一つの音楽又はマスゲームのような効果をねらってあります。

敗戦の結果、今私ども日本の上下は、いろいろの混乱におちいっている。みんなが早くそれから立直りたいと思って、それぞれ努力しているが、よって来る原因や理由が、非常に大きく深いために、それがなかなかスラスラ行かないでいる。個人々々の生活もそうですが、特に人が多人数集った場合には、その混乱と、混乱から集る苦しみがいちじるしい。汽車や電車の中が、その一例です。

もともと、収容能力以上の人間がそこに押し合っている。きたない。苦しい。くさい。みんなイライラと、ふきげんになっている。みんなそれぞれ、悪いのは他人で、自分一人が苦しんでいるような気がしている。だから、みんながズリズリと怒りっぽくなっている。だから、互いにチョットした事でも腹を立て合う。そして、おたがいに不幸な気持になっている。

そこに、なんでも無いヒョッとしたキッカケで一人々々が口をききはじめる。自分の境遇を語る人も出て来る。グチを言う人も現われる。それをはげます人も出て来る。議論をはじめる人もある。ジョウダンを飛ばす者もある。ヤヂる人間もある。笑い出す者もある。……そのうちに、ヒョイと気が附いて見ると、人数は前と同じなのに、前よりもみんながラクな気持になっていた。キュークツなのは前と同じだが、それが前よりもコラエやすくなっていた。いや、いっそ、みんなの気持が互いにわかり合ってみると、なんとなく、みんなホントは仲間同志だと言ったような、ナゴヤカな、親しみのある、たのもしい気持になっていた。――私たちが、社会生活の

中で時にぶつつかる。このような現象を表現して、私たちが敗戦の混乱から立ちあがるための一つのキッカケのようなものを暗示してみたい、と思った。これが、この作品の主題です。

　これを上演する場合も、むづかしく考えれば、どんなにでもむづかしく考えられますが、しかし、そんな必要はありません。八人から十四五人位の男女が舞台に出て来て、満員列車の中で押し合いへし合っているように、かたまって、一方に傾いたり、又別の方に傾いたりする動作をしながら、普通の言葉の言い方で、しかし声は普通よりもズッと大きく高く言えばよい。

　前半、一同がフキゲンにズリズリしている所は、言葉も叫ぶように、叩きつけるように、そして速度を早くパッパッとやります。後半、女工が泣き出して話しはじめる頃から、すこしユックリとなり、それをキッカケにして、一人々々が自分の身の上を語る所はシンミリとおちついてやります。そして一番最後の二十行ばかりを、又、早く、力強く、ハッキリとやる。

　全員が互いに押しつまってキユーケツな姿をしたり、それが全体で一方にゆれたり、別の方にたをれそうになったりする動作は、一つのマスゲームだと思って、列車の中らしい実感を無くさない限り、節度のある、リズムのあるものにしたい。それには、演出者が、全体を見ながら、なん度もなん度もケイコしなければなりません。

　大事なのは、全体の動きと流れです。それが力強く、ハッキリと、そしてトントンと行かなくてはならぬ。ただ、後半の一人々々が長く語り出すところで、流れがヨドンで静かになりシットリとなります。一人々々の言葉の意味をクッキリと観衆に聞かせ、その気持を充分に訴えかけます。音楽で言えばこの部分がアンダンテ（ゆるやかな調子）になるわけです。前半はアレグロ（早い調子）最後の部分はアレグロ・ヴイヴアチエ（早いカッパッな調子）と言うことになるわけです。

　アンダンテの部分では、話をする一人々々の顔や肩をすこし前に乗り出させて語らせたらよい。

　かくべつ扮装をこらす必要は無いでしょう。その人の年と境遇を考え、それにふさわしいような普通のナリでよい。装置はいりません。ハダカの舞台で

もよし、最も適当なのは、幕をおろした舞台の前のハジ「ドフットライトの上の処に横にならんで演じることです。

照明は、大事です。スポットライト（動かすことの出来る投光器。それの無い場合は、ワットの高い電球にボール紙でガンドウ形のカサを取りつけて作ればよい）を持った照明係りが、舞台の前へ又は舞台のソデ）から、言葉を出す一人々々を次ぎ次ぎと照し出して行くと、話している人がハッキリすると同時に、走っている列車の感じが出ます。他はなるべく普段の言い方がよい。

一人々々の人物の性格については、それぞれの言葉をよく味って読めば、割にカンタンにわかりますから、ここにのべる必要は無いでしよう。それをつかみ、その言い方をいろいろに研究し、そして他の人と同じようにならぬようにクフウすることです。はじめの間は、みんなが怒りっぽくふきげんに、ポンポン言い合い、なか頃にそれがだんだん落ちついてシンミリとなり、次ぎにみんなキゲンよくなり、笑いながら話したり、気持よくカラカウようにしやべったりして、しまいに、みんなが、なごやかな、元気な調子になります。もちろん各人物の性質で、そのような気持の変り方にも早いおそいが有りますが、それは脚本をよく読めば、わかります。

シュプレヒコールの上演は、日本ではまだあまり盛んではないので、演出者も出演者もなかなか骨が折れるでしようが、それだけに新らしい分野ですし、今後いくらでも発展させる事のできる、又、発展させたい形式であります。


（おわり）

あとがき

「崖」、昭和31年、著者四十四才。

4月、著者自身の演出でNHKより放送。

8月戯曲集「崖」に収録、桜井書店より刊行。後に37年5月戯曲座が渋谷公会堂で上演した。

演出者、高橋昇之助。出演者、佐々木けい子。高品格。池田生二。原俊江。高沢昭二。


「稲葉小僧」

31年5月、新国劇が大阪宝塚劇場で上演。演出者、三好十郎。出演者、島田正吾、辰巳柳太郎。


「満員列車」昭和22年、著者四十五才。

日本評論22年7月号に発表。


「稲葉小僧、満員列車、演出の手びき」

現在三好家に残された著者の自筆原稿に據った。

昭和三十八年五月十三日　印刷
昭和三十八年五月十五日　発行

三好十郎著作集　第三十一巻
（非売品）

限定版
２３０部
その内の
第 [illegible] 番

◎三好家に無断で上演上映、放送、出版、複製をすることはかたく禁じます。

著作者　三好十郎
監修者　三好きく江
発行者　三好十郎著作刊行会
代表者　大武正人
東京都大田区北千束町七七四番地
電話（七一七）二三八五番
振替　東京　五一七五二

印刷者　株式会社　タイト印刷
東京都中央区八重洲四ノ五梅田ビル内

三好十郎著作集既刊目録（その三）

配本年月日	巻数	頁数	内容
37.7.18	第二十一巻	111	妻恋行、屠殺場へ行く路、鏡、
37.8.21	第二十二巻	112	破れわらじ、不良日記、健の犯罪、夜の潮、願いごと。
37.9.27	第二十三巻	90	世界の最古の書籍、溶接されたものの解題
37.11.6	第二十四巻	104	村山知義へ、芝居随談、観客との合作、安住の棲家、映画に関しない随筆、三月の劇評、三面記事的リアリズム、文芸時評、しなりお・余話、春の追想、五月の各座を観る、歌舞伎、新劇、私の夢想、「シナリオ文学論」読後、演劇慰問列車、新劇の幽霊、歌舞伎保存と伝承、映画俳優雑論（その一、その二）独語風自伝。芸術小劇場の「紋章」。国民に返せ。劇評雑感、劇評談義、
37.12.6	第二十五巻	118	浮標、病中手記①

37.12.21.	第二十六巻	137	生きている狩野、幽霊荘、
38.2.1	第二十七巻	120.	恐山トンネル、鉄のハンドル、
38.2.28	第二十八巻	113	ぼたもち、初旅、鈴が通る、ともしび、女体、
38.4.14.	第二十九巻	99.	「路地の奥」の作者として、芸術至上主義と能率至上主義、本当のこと、素裸になれ、講演ぎらひ、女優いろいろ、映画に関する疑問、言はざるの弁、時感二つ、年期、シナリオ作家への手紙、芸術の恐ろしさ、自分のためのノートから、戯曲「三日間」に添へる私信、千葉の上田さん、俳優への手紙、
38.5.15	第三十一巻	130.	崖、稲葉小僧、満員列車、稲葉小僧満員列車演出の手びき、

第三十[redacted]回配本

復刻版 三《み》好《よし》十《じゅう》郎《ろう》著《ちょ》作《さく》集《しゅう》 第2回配本
（第4巻〜第6巻） ＋別冊1

2015年5月15日発行
揃定価（本体48、000円＋税）

発行者 細田哲史
発行所 不二出版
東京都文京区向丘1-2-12
☎03（3812）4433
印刷所 栄 光
製本所 青 木 製 本
乱丁・落丁はお取り替えいたします。

第6巻 ISBN978-4-8350-7704-8
第2回配本（全4冊 分売不可 セットコードISBN978-4-8350-7701-7）